在這迷人的晚上

大時代的小城故事

1935-1978

馬文海 著
Wenhai Ma

目次

目次

深夜花園裡四處靜悄悄
樹葉也不再沙沙響
夜色多麼好
令我心神往
在這迷人的晚上

——蘇聯民歌：《莫斯科郊外的晚上》（Подмосковные Вечера）。米哈伊爾・馬都索夫斯基作詞，瓦西里・索洛維約夫・謝多伊作曲。

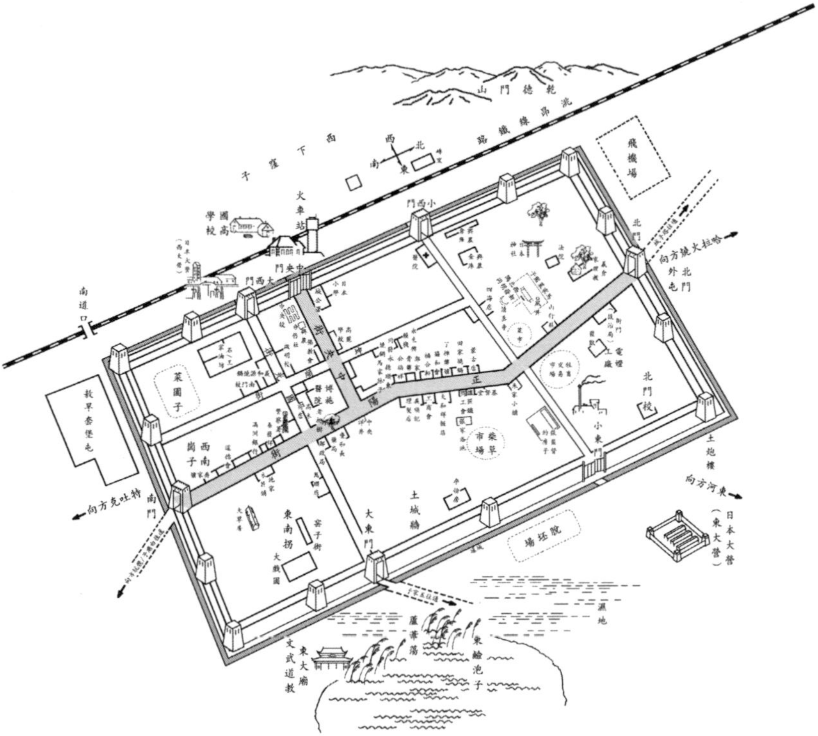
乾德門山
洮昂線鐵路
西下窪子
飛機場
火車站
國高學校
小西門
中央門
大西門
南道口
菜園子
西南崗子
東南拐
大戲園
大東門
土城牆
小東門
北門外屯
北門校
土炮樓
菜市場
正陽街
向東河方向
日本大營
(東大營)
向特吐克方向
蘆葦蕩
東鹼泡子
濕地
東大廟
文武道教

楔子
我們的城 Prologue: Our Town

「康德七年」，民國二十九年，西元一九四〇年

我們的這座小城，座落在中國的東北部，地跨東經一二二度五九分至一二四度，北緯四六度一三分至四七度一〇分，早時也叫滿洲和關東，小城的名字我故意隱去不提，因為它的名字在我們中國廣袤無垠的土地上，實在是名不經傳。此外，我不想讓人覺得，這城裡的故事，已經發生過的，正在發生的，還有將要發生的，會和讀者自己的經歷有太多的相似。但是就算是有，那也是純屬巧合罷了。

這小城不大，它呈出一個大體的長方形，若準確地說，它的南北長五華里，東西長兩華里。它四圍被土砌的城牆嚴嚴實實地圍了。這城牆六尺多高，上窄下寬。城牆的外頭，還有一條護城壕，也是六尺多深。這一牆一壕加在一起丈二有餘，看起來有些險要。遠觀上去，城牆的垛口巍巍襯在藍天之上，還真有點像秦始皇修的萬里長城吶。然而，這仍然是「擋君子不擋小人」，對於那些飛簷走壁的竊賊，或者流竄於鐵路沿線東的托力河「河套」，以及沿線西「老錢櫃」一帶的鬍子綹子，譬如那頗有些名氣的「老來好」，「十八省」和「大老疙瘩」，偶爾間越壕翻牆，訪問一下這繁華的小城，應該不算是甚麼難事。然而，比起深山老林中的慣匪惡盜，這些平原上的小股綹子就

有些小打小鬧，小巫見大巫了。

這城牆共計設有七個城門，其中的五個是長方形的，正面牆上有五個垛口。另外的「中央門」和「小東門」是便門。中央門通往火車站，是為了便於上下火車，它連結了外面的世界，外面的世界常常令人嚮往。小東門靠近城裡赫赫有名的張監督的房子，大抵是為了張監督的方便。「小西門」則近醫院，卻是人們輕易不願光顧的地方了。

城裡的交通其實是十分地便捷。那是因為它實在是很小，你自己的兩條腿，就是你的車，你的馬。你走在路上，蹓躂蹓躂，就出了城門。當然，進出城門是要出示那滿文日文的黃布皮面的身分證「國民手帳」的。

每一個城門都設一處警察分駐所把守，每一個分駐所設警察三四人。老百姓把這些警察叫作「皇帝陛下的警察官」。也有人在背地裡叫他們「黃狗子」。他們上著黃呢軍衣，下著黃呢馬褲，頭戴大蓋帽，帽子邊圍了一圈兒白帽帶，肩章也是白色的，加了金線。帽子前面綴了「紅藍白黑黃」五角帽徽，內挎短嘴匣槍和警繩，外挎腰刀，竟也有些威風。

小城的「東門外」再往東，除了住著的十來戶高麗人家，多以開高麗冷麵攤和兼賣狗肉為生，就基本上沒有居民住戶，是脫坯場和臭名昭著的亂屍崗子。那裡還有一個水泡子，叫「東鹼泡子」。那泡子周圍是一片濕地，生長了蘆葦，野草，蒲棒和馬蘭，也常有仙鶴，大雁和別的甚麼野鳥在這泡子的上空飛來飛去。小城裡的每一天，就是從這裡的日出開始。每逢晴朗的早晨，東鹼泡子水面上的太陽就射出了萬道金光，把這小城從它那混混沌沌的睡夢中喚醒。

城牆內的西南角，地勢偏高，這裡人煙稠密，人稱「西南崗子」。「南門外」，則有一個蒙古屯子，稱「敖旱套堡」，住了大戶「崔」姓及其他二十多戶蒙古人家。再南下去，有一個大泥坑叫「龍坑」。據說有一年天旱，「龍王爺」派了一條龍來施雨，這龍就曾在那裡盤臥休憩，留下的一團團凝固了的白色泡沫，就是這龍曾經光臨過的憑據。小城的人們後來在「東大廟」加建了一座「龍王廟」以資紀念。也許是人們送去的伙食不夠稱心如意，那五彩的泥塑「龍王爺」怒目圓睜，雙唇緊閉，不友好地瞪著上香的人們，常常把小孩子們嚇得往大人們身後躲藏。

「西門外」有幾十戶人家，都是些鐵路上的員工家眷。這鐵路在民國十五年開通，從洮南通到昂昂溪，叫「洮昂線」，先是由「中東鐵路公司」管轄，繼而由「中東鐵路株式會社」接管。「洮昂鐵路」的西邊，是一片窪地，叫「西下窪子」。綠油油的莊稼，苞米，大豆，高粱，把這西下窪子妝點了，覆蓋了。遠遠看得見的乾德門山不高，卻顯露出了一種沉著和矜持。夏天日落後的傍晚，這裡的火燒雲就格外地絢麗。那些紅彤彤金燦燦的雲化作或牛或馬，或犬或羊，或雞或鴨，在這西門外西下窪子和乾德門山的上空追逐嬉戲著，小城裡的每一天，就是在這裡的日落和火燒雲中結束。

「北門外」，有幾家菜園子，諸如萬家菜園子和劉家菜園子。北門外雖然並不遙遠，但那裡人煙稀落，被小城的人們稱作「北頭」，就好像是在說「北極」。若聽到誰在說「家住北門外」，就好像是這人悠揚地唱起了「在那遙遠的地方有位好姑娘」一樣，頓時就生出了一種距離。北門外的住民，雖然靠近「電燈工廠」，卻仍然點著洋油燈，喝著笨井水，完全同隱居在鄉間一般。

這座小城裡的人們把發電廠稱作「電燈工廠」，無形中增添了一種樸實的親切感。另一方面，也是因為這樣的電力只是為電燈而發。實際上，小城裡的人們甚至還因為自己也有了「電」這種東西，而時常生出一些自豪吶。只不過這一一〇伏的電力常常是不夠強勁，一百萬瓦的電量也遠遠不敷使用，以至鬧得常常停電，而點電燈的人家也為數不多，故而洋油燈和洋蠟是必備無疑的。洋油是新鮮玩意兒，洋蠟卻是奢侈品，通常要挨到過年，才捨得在祖先的牌位前擺出一對，年三十傍晚點上，還沒等燒完兩指高，就「噗」地一口吹熄了，而到了初五的下午，這些洋蠟，還有蠟臺香爐甚麼的就統統收起，留到明年的這個時候再用。就這樣，一對紅色的洋蠟，大多的人家，可以用滿十年，可見小城人們的勤儉美德之一斑。

小城周邊的鄉間，有許多的村落，則多以蒙古語命名。這些蒙古語的村名，聽起來就很有趣，說起來就很文雅。

比如有一個村兒，叫「綽爾等」，意思是「馬尾狀的地方」。比如「特克吐」，那是「好打誤的地方」。比如「哈拉乾吐」，就是「杏樹疙瘩」。比如「哈拉火燒」，是「黑色山嘴子」，「巴拉嘎臺」是「生長柳條的地方」，「鬧爾基」，那裡「盛產蔬菜」，「七克吐」，那裡「多長穀莠子」，如此等等，不勝枚舉，不一而足。

而漢人或滿人們給自己村落起的名字，卻相對來說多了幾分隨意和幽默。「隨意」就是「信手拈來」，「幽默」就是「逗樂子」。雖然「幽默」一詞，那時還沒有人從林語堂先生那裡正式引進過來，這裡的人們還是老早就有了這樣「信手拈來」的「幽默感」了。

比如小城不遠的鄉下地方，有一個屯子，沒有地名。後來有一天有個人要去那個地方，別人問，你這是去哪嘎噠，答曰，我就去那嘎噠，那嘎噠有個老張家，院門口拴了頭大灰驢子。人們就開始把這屯子叫作「張大灰驢子屯」，那驢子姓了「張」，那屯子就姓了「張大灰驢子」。後來有私塾的先生說這「不夠文雅」，倒不如叫「張大灰屯」。屯民們一聽，覺得有點道理，於是再問起來「你住哪嘎噠」，答曰「張大灰」，這就文雅得多了。

這小城和小城的四圍也有河有江，有山有崗。河有「東河」，河裡的魚鮮美無比。江有「嫩江」，上有一座大鐵橋，叫「江橋」。山有「東山」和「乾德門山」，稱其為山，實則為丘，是斷斷無法同著名的「三山五嶽」相提並論的。崗則有「東南崗子」，「西南崗子」，也就是平地上隆出的一個坡來，是人們打柴火的地方。

所謂的「官家」，也就是統治機構，有倒是有的，比如「城公署」，「協和會」，「警察署」，還有法院和監獄，只是這些地方與老百姓的關係遙遠，就被避而遠之，不去理會了。

這小城住了漢人，蒙古人，滿人，高麗人和日本人，有人口大約一〇四三〇二，這是五年前的統計。能來到這北方偏遠小城的西洋人屈指可數。人們還記得的，就只有天主堂的瑞士神甫高輔文了。高神甫留了一把雪白的鬍鬚，常常穿了當地「滿洲人」窩窩囊囊的棉袍子和「氈疙瘩」鞋，若不是那掛在襟前的黑木十字架，咋一看，還以為是「滿洲中央銀行」發行的百圓大鈔「老頭票」，那上面的白鬍子老頭兒走了出來吶。除了他那怪腔怪調的「滿洲話」令人啼笑皆非外，高神甫倒是十分和藹可親，溫文爾雅。他住在「天主堂」那兩間青磚房的後間，甘願於節衣縮食的清苦生活。省城教區的主教瑞士人英賀甫也常派瑞士人巴利德神甫來小城協助，在西門裡開辦了「啟明初高級小學校」，頗受小城人們的敬重。

日本人是有的，卻並不多見。對於這些日本「東洋鬼子」，只要在街上相遇，人們便會屏息快步，視而不見之。北門以內，有個「建國神社」，坐北朝南，「人」字形的房架，另有一個三根檁木釘成的紅漆木頭門拱。據說那「神社」裡頭藏了寶劍和樹葉，稱之為天照大神。每年逢九月十五，便由「城公署」和「日滿親睦會」在此共同舉辦盛大的「日本承認滿洲國」紀念會，高搭牌樓，演劇，演講，夜晚還要舉行燈火遊行，更有十幾個日本浪人，只穿了三角褲衩子，輪流擡著四五米大的木桶，遊街串巷，間或地喊著「噯哮噯哮」，稱之為「狂歡」和「慶祝」，把四鄰的狗們嚇得狂吠不已。

除此之外，若非那「北門外」偶爾處決了甚麼命犯，或者是那高高聳立著的塔樓子發出了嗚嗚咽咽的火警警報聲，會引來差不多全城的人去參觀議論，便沒有甚麼別的驚天地泣鬼神的大事了。

一言以蔽之，這小城大抵平坦，平凡，平靜，像是一隻「平坦的盤子」。

小城的街道屈指可數。兩條有名的大街，一條南北大街叫「正陽街」，另一條東西大街叫「中央街」。這兩條街呈「丁」字形，中央街短，正陽街長。還有一條街叫「坤順街」，這條街街口處，除了一個電話局，那座日本小洋房，兩三家糧棧和油坊，一家大車店「張家店」，一家小樓「博施醫院」，就沒有其他的買賣了。另外諸如「大十街」，「小十街」，還有「震明街」，「民康街」，這些街名就不大被人們記得起。至於那些大小胡同，諸如「從義胡同」，「和平胡同」，「升平胡同」，「尚忠胡同」，「忍讓胡同」，「永安胡同」，「民康胡同」，「西北隅新發胡同」，名兒是有了，卻大抵叫也沒有叫過幾回，或者聽也沒有聽說過，就被人們忘卻了。

這小城的氣候四季分明，唯一的缺憾是春季的風沙太大，於是便生出了一種特別的眼鏡叫「風鏡」。這風鏡很有幾分紳士和摩登。男人們戴了這風鏡，鼓鼓的，像那菜地裡的蟈蟈。女人們戴了這風鏡，頭上還要包裹一層透明的紗巾，紅的綠的，像那籬笆上飛舞的蝴蝶。

對付風沙，還有一種辦法，那就是灑水。正陽街上每一個門市的前面，都擺了一口大水缸，這些水缸也有用火油桶代替的，那上面還寫著「美孚行火油」或是「亞細亞火油」的字樣。春夏秋三季，水缸每日就必裝得滿滿的。刮風沙時，滿天黃塵蔽日，澆水的「傳水牌」由包片的巡警傳遞過來，道東一個，道西一個，各店鋪遂派人出來，用水舀子或銅盆子從那水缸中取水，潑灑在馬路上壓塵。傳水牌就一家家依次傳遞下去。風大的時候，傳水牌每日要下傳兩三次之多。這時，一盆盆的水向馬路上潑灑出去，這架勢，倒像是傳說中的傣族人，在興高采烈地慶祝他們的「潑水節」吶。

後來，這灑水的習慣在風和日麗的早晨也得以發揚光大。一大早，太陽還沒有從東鹼泡子上出來，勤快的夥計們就抱了掃把，打理自家的門庭，一邊從中央洋井擔了水，裝滿那大水缸。然後，一手端了水盆，一手把水均勻地撩在地面上，那就是《朱子家訓》中的「黎明即起，灑掃庭除」了。

另外，那馬路兩旁的排水溝也是值得稱頌一番的。這裡的人把它叫作「洋溝」。這洋溝寬二尺餘，深約三尺，上面鋪了木板，叫「洋溝板子」。這洋溝板子由那些巡警們看守。誰家門前的洋溝板子少了一塊，就必得立時補上，是斷斷馬虎不得的。

小城裡奉行的是「左側通行」。街面上行的跑的快的慢的，有最簡便的蒙古大木軲轆勒勒車「草上飛」，有兩套馬的鋼軸車，有三套馬拉的的大鐵車，繫著飄帶，響著銅鈴，更有「周馬車」周鳳戈的出租車「玻璃車」，這鑲了玻璃窗的車篷裝潢得美輪美奐，車底還加了減震鋼板，使這車行走起來穩穩當當，又威風凜凜。

此外的人力車「東洋車」，因周身漆成了黃色，故又稱「黃包車」。據報紙上說，這車「比中華車大不相同，不論天暗下雨，一樣可推。車上另有篷帳，下雨不濕衣服，格外奇巧」。另有「自転車」，或稱「自由車」，雖然沒有馬車那樣張揚，卻很有幾分洋派。而那自転車並非真地「自轉」。只見那騎車的紳士，頭戴巴拿馬涼帽，眼戴風鏡，身穿白府綢衫，使勁兒地蹬繞著腳蹬子，他的白府綢衫兜了風，吹得嘩啦啦地響，把那街頭上飄揚的「紅藍白黑滿地黃」的「大滿洲國」國旗都比得黯然失了色。

在正陽街和中央街這兩條街交叉的「丁」字路口，在正陽街上，有一口手壓的抽水洋井，叫「中央洋井」。這小城裡的井水十分好喝，也就是說且清且甜。那巨大的木頭水箱中，永遠盛滿了這上好的井水。大水箱子旁掛了一個洋鐵杯子，過路的人渴了，即可猶自地拿了這杯，免費接上滿滿當當一下子，咕嚕嚕一飲而盡，那架勢，就好像是一個漢人去蒙古包作客，從好客的主人手中接過一碗濃鬱的馬奶酒一飲而盡一樣。

這中央街就到此為止了。

橫過來的正陽街，那就要熱鬧得多了。

第1章 正陽街 The Sunshine Street

「康德七年」，民國二十九年，西元一九四〇年

這條橫跨南北的五里長街正陽街，在這時已經各行各業，五行八作，無所不包，無所不有了。正陽街，人們也叫它「買賣一條街」和「熱鬧一條街」。這裡商貿興旺，人口稠密，茶肆，酒樓，雜貨鋪，金號銀樓櫛次鱗比。

到了「康德七年」，即民國二十九年，西元一九四〇年，小城的經濟就到了其繁榮的鼎盛期。這時，日本人對於建設「滿洲國」，很是煞費了一番心機。「當局」對於工商業，主要從計量，特許權，商標權，輸入檢查等方面進行控制和管理，對市場經濟控制寬鬆，使得小城的資本經濟得以相對的自由發展。

同時，從洮南到昂昂溪的鐵路線「洮昂線」早在十五年前就開通，遂為小城樹起工商經濟發展的里程碑，而帶來了百業振興，經濟日趨繁榮的新景氣。

此間，外地資本也不斷投入市場，外地商戶紛紛到城裡，以代購代銷等形式經營工商業，投資經商立坊，開鋪設店，日用百貨大量輸入。鄉下的地主們也懷揣了銀兩和洋錢，紛紛趕了馬車到城裡兼商。一時間，搶地段，爭位置，修門面，拉生意，各個摩拳擦掌，躍躍欲試，大有大展鴻圖，

大顯身手的架勢。一家家商舖，招幌高掛，匾額高懸，流光溢彩，芸芸眾多，亦各具特色，好不熱鬧。

此外，還有近百家手工業作坊相繼開張，其中有製酒，製油，製革，印刷，漿染，薄鐵，縫紉，估衣，製帽，製鞋，製紙，打棉，編柳，織繩，鐵木，修車，薪炭，葦蓆，小手工作坊比比皆是，鐵匠爐打造小五金的鐵錘叮噹。走街串巷鋸鍋鋸缸的，挑擔理髮的，鮮貨店食雜店小舖小攤小販的叫賣吆喝聲不絕於耳，響成一片，

這條正陽街，從南城門到北城門，依次排列下去，數得上來的門面，就有喬家爐，山行莊，道教會，萬順大車店，霍家油坊，池家木匠舖，德興合木匠舖，造車修車的木匠舖德聚永，天增盛和富發合，滿洲中央銀行，永豐源燒鍋，泰發祥上雜貨，糧穀加工舖，大成公雜貨，天和東雜貨，世一長大藥舖，福聚長雜貨，益同茂雜貨，魚檔，郵政局，三泰棧糧棧，慶和長藥局，興順厚上雜貨，和發謙藥局，佛師藥爐，中和金店，賣水的中央洋井，王興泰鮮貨店，德順東馬家床子下雜貨，公福祥綢緞莊，郭家膏藥舖，大東茶莊，葉鏵爐鐵匠爐，大昌時計店，亞洲照相館，彭家床子下雜貨，義順記理髮店，福合軒大飯店，了禪藥爐，田家燒鍋福原德，張家浴池，基督教堂，世和公鞋店，翟瑞符報館，商公會，基督教會，蒙古店，柴草市場，菜市場，朱家小舖，金家木舖硬作坊，樊家木舖軟作坊，家理教公所，牲畜交易市場，衙門，最後是電燈工廠，也就是發電廠，但這已經快出了北城門了。警察署和協和會也在這條街上，只不過名聲不佳，正像坤順街的東洋「開拓團」一樣，在此不值一提罷了。

這條街上還有不少家打醬油打豆腐乳打散裝酒的小舖子，和賣糕點槽子糕爐果西洋糕套環油茶麵兒餅乾的糕點舖子，多半在街角，諸如「朱家小舖」和「劉家小舖」，只不過記不得它們的名號

罷了。這些鋪子雖小，鋪子裡散著的味道卻是迷人。那是一種過年過節和陰曆四月初八逛廟會的味道，是一種平淡似水又鋪張揚厲的味道，是一種似乎塵封已久，說遙遠並不遙遠，說鄰近並不鄰近的味道，令人說不清，又令人不願離去。

正陽街非筆直，而在中央街和小西門的兩處，各拐了一個彎兒，就形成了如今的「兩彎三段」。據講這是因為那時私人地界田家燒鍋「福原德」的阻礙。「燒鍋」就是釀酒廠。在這時候，擁有「燒鍋」或是「油坊」，也就是豆油廠，是很富裕和顯赫的。而城中的燒鍋當以田家的為最大，據講田家釀酒用的是祖傳秘方，燒出的酒沒名，卻不但入口甘醇，後勁猛烈，且有祛風禦疾的獨特功效，可謂名聲在外，遠近皆知。

這些櫛次鱗比的商號中，最大的買賣當屬「公福祥」。公福祥在城中最好的位置，就是在正陽街的中段路西，左鄰兩條街轉角處的「王興泰鮮貨店」，和五金下雜貨商店「德順東」，右鄰「郭家膏藥鋪」和大飯店「福合軒」。

公福祥又被稱作「貿易局」，經理劉子長，從業者竟五十餘人。雖說是綢緞莊，主要經營上等布疋綢緞和高檔化妝品，卻也兼營日雜百貨。出入往來的都是城裡的名流政要太太小姐們等體面人物。

公福祥青灰磚牆的門面上，高聳的「女兒牆」上白底黑字，正楷書了「呢絨綢緞，京廣雜貨」，大門上砌出一個優雅的三角形，上面又高出一塊半圓形的弧形牆垛。牆上伸出兩條鐵製的飛龍鉤掛，張著牙，舞著爪，下邊各懸掛了一條長六尺，寬一尺有餘，三邊綴著白色狼牙的紅布幌，中間用白色大楷書了「特產綢緞，洋貨呢絨」「衣用裘皮，珠寶首飾」，直飄地面，迎風搖曳。門是對開的，上好的水曲柳木，暗色的清漆下隱約見得到山形的木紋。玻璃上「公福祥」三個正楷磨砂大字端莊好看，錚明瓦亮的銅門拉手斜跨門上，光可鑑人。玻璃門的外邊裝了一套木柵板，像所有店舖的柵板一樣，上面用黑墨編寫了序號「甲零壹」，「乙零貳」，「丙零三」，或是「肆之伍」，「陸之柒」，「捌之玖」，淨是拳頭般大小耐看的行楷。最外邊又裝了一道可裡外收拉的鐵條拉鍊門，可謂銅牆鐵壁，固若金湯了。

這些買賣的門臉各個裝潢體面，且各具特色，彷彿每個店舖有每個店舖的體溫，每家買賣有每家買賣的氣味似的。

雜貨業或稱「上雜貨」，即百貨店，最惹眼的是「福聚長」，「泰發祥」和「興順厚」三家。且說說福聚長吧。福聚長位於正陽街中街路西，是「山東李」和潘寶庭投資開設的百貨店，先由夏錦堂，王冠五任經理。該店的傳統是「死店活人開」，奉行的是低利潤，勤週轉，廣招顧客，所謂「一分利撐死人，十分利餓死人」，在經營上總是薄利多銷，資金週轉快，在同行業中商品價格總是偏低，因而顧客迎門，銷售量大，宏觀上實獲厚利。該店也設代銷業務，獨家專賣英美煙草公司的「金磚」，「哈德門」等高級捲煙。太平洋戰爭爆發後，美國抽出資本，由英國獨家經營，改稱「啟東公司」。福聚長仍獲利頗厚，營業最好時雇員多達六十一人。

此外，福聚長還籠絡了警察署長安來祥，專門為安署長設了一單間精緻舒適的客房，供署長在店裡吃住和打牌，以至街頭小混混小流氓小潑皮小無賴不敢前來騷擾，甚至連「邊兒也不敢沾了」。

城裡最大的「下雜貨」買賣，就是我祖輩的買賣下雜貨五金電料行德順東，初時叫「馬家床子」，舖面在正陽街偏北，與公福祥緊鄰，也是小城的最好地段。

下雜貨，經營的是鉤竿鐵尺，鏟鑿斧鋸，五金用品，鍋碗瓢盆，瓦缸瓦罐，洋釘洋蠟，洋瓷盆洋瓷碗，洗衣盆搓衣板，菜刀菜墩菜板，鎗刀子飯勺子水舀子鏟刀子，剪子鉗子扳子筷子匙子錐子撚子耙子鎬子，酒盅子棒槌子鐵錘子洋叉子二齒子籮筐子鼠夾子木桿子麻繩子算盤子洋胰子，剃頭刀子挖耳勺子擀麵杖子搗蒜缸子鐵絲笊籬鐵絲燈籠，等等等等，不一而足，囊括了小城百姓生活起居的全部內容。

馬家床子德順東，原本是馬家祖輩幾個兄弟為生計合夥張羅起來的小本生意，先是出售自己用鐵絲編織的大小笊籬和大小燈籠，慢慢開了舖，起了家，辛苦經營，終於有了現在的規模。

馬家床子德順東店門的玻璃窗上，「德順東」三個磨砂大字飽滿端正。透著門和窗，見得到櫃臺上掛著的一排鏡面畫。中間的一幅叫「三秋富貴」，畫面上的白菜蘿蔔穀穗，蟈蟈蜻蜓蝴蝶，各個色彩鮮明，栩栩如生。對面的東牆上，掛了一個十分好看的西洋自鳴鐘。這鐘的擺是一個西洋娃娃，金發碧眼，分不出是男是女，卻像是世上最可靠最快樂的不倒翁「搬不倒」，永遠是笑笑嘻嘻的，也永遠在搖搖擺擺著。鐘的旁邊，還掛了三五個大小不等的「洋黃曆」，畫著的盡是穿旗袍或著洋裝的摩登女郎，她們的頭髮都是《影壇畫報》封面上的樣式，整齊地在右側分向兩旁，中間一綹微微捲起。她們都明眸皓齒，靚麗摩登，或手持了洋煙捲兒，或腳踏了自転車，都是衣食無虞，滄海桑田，我心不驚的樣子。還有一幅菱形的木製浮雕，是一個櫻花叢中，穿了和服的東瀛女子背影。那女子的眼和嘴小得如芥菜籽般，頭髮上插了幾把木梳和木頭簪子。她微微轉了頭，凝望著那開始飄落的櫻花，辨不出是憂傷還是嘆息。

最醒目的是那張對開紙大小的「麗德雪花膏」廣告，由「滿映」寫真部印製。綠色的背景上，十七歲的「哈爾濱小姐」Miss Harbin陶滋心，穿了黑底白花滾邊旗袍，微捲的黑髮齊肩，眼睛看著畫外，甜蜜地微笑著。密斯陶膚如凝脂，白璧無瑕，定是因了這不可思議的雪花膏的滋潤和祝福。

這其中也包含了一些神祕，就連她那頗具詩意的名字，也像是遠離今日這個世界似的。

馬家床子的大掌櫃馬德雲時年四十一歲，中等身材，體態微胖，方正的大臉，高鼻樑，一襲長衫，一雙布鞋，一副忠厚憨實的模樣。他的算盤子打得劈劈啪啪嘩嘩啦啦如行雲似流水，蠅頭小楷記下每日的往來明細進入支出，謂「主內」。二掌櫃馬德豐時年三十四歲，身材略高，身板挺直，也是方正大臉，高鼻樑，嘴唇略厚，面帶威嚴。他負責採貨訂單，談交洽易，往來奔走於小城和奉天或白城之間，謂「跑外」。他的行頭是一身西服革履，風衣禮帽，手套是雪白的，懷錶是閃亮的。他的洋派作風，也表現在選貨簽單方面。

比如，馬家床子引進了一種新興的西洋發明叫「洋火兒」，令小城的人們十分地欣喜。這被視為奇珍異寶的洋火兒，比起那操作麻煩的「火紙迷」和「火繩」，真是不知便利了多少。你只消從那黏糕般大小的紙匣子裡取出一根細木棍兒，把有著一個小紅疙瘩的一頭對著紙匣子那塗了紅磷的一側輕巧地一擦，「嗞啦」一聲，那細木棍就被點燃了，發出令人愉快的光亮，而後，趁著那木棍燃燒的當兒，就點燃了那燈那蠟，因此，小城的人們也把這洋火兒叫「洋取燈兒」。孩子們則沉迷於劃亮這洋火兒時在黑暗中綻放的火花，使他們聯想到過年時供桌上的蠟燭，還有那大的小的紅色燈籠，那窗外嗶嗶剝剝的鞭炮，那桌上的年夜飯，那浸在醬油裡油汪汪的豬肉片兒。

還有「洋油燈」。這洋油燈是玻璃做的，下面的綠色燈座裡盛的是「洋油」，也叫作「煤油」。它的燈罩燈座的曲線凹凸有致，曼妙無窮，像是一位穿了旗袍身材窈窕的淑女，卻是錚明瓦亮的，見了就不由得惹人喜愛。這時小城雖然已經有了電燈，卻不甚普及，且因電力不足而時常停電。這洋油燈就放在琴桌上，用洋取燈兒點洋油燈，一下子就驅走了黑暗，小城人們的世界就大放了光明。這美妙的洋油燈，還不怕風吹。大熱的夏天夜晚，你儘管放心地在它的旁邊搖你那大蒲扇子，那玻璃燈罩裡的火苗卻巍然不滅。

精巧的「洋油燈」也叫「美孚燈」，是「標準公司」製造，只需幾分錢即可提供相當於洋蠟的照明，且一加侖洋油就足以維持十個晝夜不停的消耗。於是這洋油燈就真正地點燃了現代性之聖火，且不過多久，就代替了原本的豆油燈。比起那盞燈臺上坐了個小碟子，放了根燈芯的豆油「冒煙燈」，便有了天壤之別，與之不可同日而語了。於是，洋油燈就成了小城人們不可或缺的生活必需品。

更有暖壺這種奇妙的東西，也令人激動不已。至於這新進的「暖壺」，雖然沒有沾上個「洋」字，卻有人知道這壺本叫「杜瓦瓶」，隨了英人「杜瓦」的姓氏。看那細竹篾兒的殼子上，還套色印著鮮豔的牡丹花。殼子裡銀色的玻璃瓶口上，嚴嚴實實地塞了個軟木蓋子。有了這不可思議的暖壺，你便可以隨時隨地地打開蓋子，極為迅速地為來客和自己沏上一碗冒著熱氣的紅茶了。

總而言之，馬家床子的貨品給小城的人們帶來了便利和新奇。

再說飯店。飯店門前，通常兩側懸掛著「包辦酒席，應時小賣」的告牌。高聳的木桿上掛了羅圈幌子，小飯店只掛一個幌，表示設一般酒菜，經濟小食。中檔飯館掛兩個幌，表示具有各種酒類炒菜，烹飪技術較高，飯店規模也較大。大飯店掛四個幌，表示高檔飯店，其烹飪技術高超，飯店設施豪華，經營面積寬敞，可以包辦酒席，舉行宴會，亦可烹製地方風味，南北大菜，滿漢全席。幌子的顏色分兩種：一種是紅色幌，飯店就是漢人滿人所開。另一種是藍色幌，代表的是清真飯店，是由穆斯林人所開，表示宗教的「清真高切」。這些幌子的中間是羅圈，或繪了吉祥紋樣，或書了福祿壽喜。羅圈下面綴了飄帶，上面是用三根繩拴一個環，飾以彩球，便於早晚掛摘。風兒吹來，這幌子就搖來搖去，下面的飄帶就飄來飄去。開門掛幌子，夜裡打烊關板兒時取下。有時入夜忘了摘幌子，這時若有客人進店吃飯，就是廚子走了，掌櫃的也要親自下廚，就是這個講究，誰讓你還掛著幌子吶。

飯館的高湯，就是老湯，加上些鹹鹽粒兒胡椒粉兒辣椒麵兒蔥花香菜，都是免費的。炒肉片不夠吃，吃到差不多時，還可再讓跑堂的夥計拿到廚房回回鍋，重新一熗，加上些許蔬菜炒出來，也是免費的。

城裡的飯店敢掛四個幌子的甚少，正陽街北街的大飯店福合軒是其一。聞名遐邇的大飯店福合軒在德順東馬家床子下雜貨和公福祥綢緞莊還有郭家膏藥舖以北。民國十七年，即西元一九二八年，城外北河沿，有一個村子叫「克利」，也叫「呼和黑勒」，蒙古語的意思是「藍色的林子」。那一帶有個蒙古地主叫「唐寶兒」，也要進城兼商。他在正陽街買下了一塊地皮，有一天突發奇想，說這小城平坦得像呼倫貝爾大草原，像一隻淺底的盤子，何不在小城建上一座樓？於是，就找來幾個生意上的朋友，合計合計，說好吧，建就建。於是，他們就集了資，置了地，由當時有名的木匠陳維新承包，一年後，即民國十八年，在這條街的北段路西，剛好拐了個彎兒的地段，起了這座兩層小樓。這樣的一座「二節樓」在小城低矮的街巷中鶴立雞群，一枝獨秀，可謂此地前無古人的「開天闢地第一樓」了。

這樓總面積約合二九二點六平方米，青磚青瓦，朱窗漆柱，古色古香，富麗堂皇。它的正面抄手迴廊，紅燈高掛，金匾高懸，好不氣派。唐寶兒在此樓開了這家飯店，遂著一片鞭炮鑼鼓，這小城裡的「開天闢地第一樓」賓客如雲，門庭若市，盛極一時。唐寶兒死後，兒孫們不善經營，家道中落，飯店倒閉，不得不將這樓轉賣給小城裡的一個頭面人物，蒙漢翻譯鄔萬程，人稱「鄔通事」，也就是「鄔翻譯」。鄔通事又將其租賃給商人邱顯庭和從洮南回來的鄭萬富，二人合夥開了家大飯店，取名「福合軒」。「福」為「福星高照」，「合」取「天作之合」，「軒」，就是這「二節樓」了。它的門前兩側懸掛了「包辦酒席　南北大菜」的告牌。通常的飯莊前面掛兩個幌子，福合軒的門臉兒卻掛了四個的幌子，入冬時節還加掛花籃式燒麥幌，在這座巍巍聳立的大樓前顯得鮮豔奪目，壯麗非凡，顯示出邱老闆鄭老闆十足的自信和超群的氣度來。

福合軒一開張就給人以一鳴驚人的架勢。邱老闆和鄭老闆請來城中名廚叫陳有主勺，從此，福合軒就翻開了小城歷史的新篇章。從上午九時至夜間九時，透過那樓上樓下的雕花鑲邊玻璃大窗，見得到裡面的雕樑畫棟，推杯換盞，猜拳行令和燈火輝煌。

不久，福合軒樓下的一角，被城裡的照相師王泰來賃了，開了一家攝影館，叫「光陸照相館」，再後，轉賃給了另一位照相師李喻武，改叫「大昌寫真」。於是，便時常有先生們吃飽了飯，喝足了酒，劃罷了拳，有點兒雲裡霧裡似地從樓梯上走下來，瞥見那「大昌」牆上的布景，在電燈光照下，那亭臺樓閣也在雲裡霧裡朦朧著，飄渺著，便不由得坐下來，待李老闆從攝影機上那塊黑布下鑽出來，說了句，「先生是精神煥發呀」，就把這先生逗樂了，便就勢按了快門，把這先生精神煥發的笑容攝進了他的匣子。

福合軒大飯店還包辦婚禮和酒席。偶爾逢良辰吉日，也會見到「大昌」的李老闆，在福合軒大樓前，架了攝影機，給婚禮酒席後穿了洋服戴了禮帽的新郎，和穿了婚紗戴了手套的新娘，跟族人們風風光光地攝影留念吶。

這時，城裡的大多數人們，除了傳聞中聽說的和畫兒上看到的高樓，還沒有見過真正的「樓房」到底是甚麼模樣。人們猜測著，坐在樓上一眼望出去，一邊喝著酒，品著茗，就著一碟拼盤和椒鹽花生米，那會是甚麼樣的感覺吶？恐怕連東鹼泡子，還有連東大廟都盡收眼底了。樓上的紳士太太少爺小姐們吃飽了飯，喝足了酒，飲罷了茶，抽完了煙，眺望了遠方的東鹼泡子和東大廟，月色中一片朦朧和迷離，便詩興大發。吟詩對仗幾番輪迴之後，下得樓來，那酒足飯飽後的富態相，還有那吃完鍋包肉溜肉段兒後留下油光光的嘴巴，一看就有股子吉祥如意的派頭。

福合軒的南北山牆，靛青色的底上，大白漆料書寫了倆個長方體大字「仁丹」，是東洋出產的提神清涼口含紅色丹粒，卻和這「包辦酒席，南北大菜」並無干係，就顯得格外地突兀和怪誕了。

於是，城裡這四處出色的買賣，就被人們視為「四大家族」，且有了這樣的說法：

福合軒樓席不散
公福祥莊客連綿
田家燒鍋酒香遠
馬家床子萬萬年

這樣的說法，是強調了小城人們對於「食衣飲用」的標準和嚮往。而對於「食」，敢掛四個幌子的大飯店小城裡還有一處，就在福合軒的斜對面，張家浴池以南的小胡同旁，有一處「轉筒屋」，也是門面朝西，那裡就是賈家開的「大和祥」飯店，名兒一聽就滿溢吉祥之氣。大和祥的老掌櫃叫賈鳳祥，十數年前隻身從河北闖關東來到小城，後來家人們陸續追隨。精明能幹的賈掌櫃，帶著他的磕頭弟兄們合力悉心經營，已經把這大和祥做得風聲水起，蒸蒸日上，並也赫然掛上了四個紅色大幌。

更值得一提的是，老掌櫃這六個磕頭兄弟，最小的叫郭潤田。老掌櫃讓他和自已的長公子少東家賈玉和到北門外姓楊的老師傅那裡去拜師學做燒雞的手藝。楊老師傅曾經在遼寧給「溝幫子燒雞」打過工學過藝，算得上溝幫子燒雞的真傳。從此，這裡的燒雞不但成了大和祥的特色之一，也成了小城人們推崇和嚮往的上乘美味佳餚。

大和祥的燒雞選材優良，配料有方，製作精細，且定以當年的小公雞燒製，計有十三味中藥調味，經十道複雜工序燒製。烹煮時，要煮一鍋，根據需要，小鍋可煮兩三隻，大鍋則煮十幾隻。之後，用另外一個專門的鐵鍋，鍋底放糖，上架鐵簾，擺放煮好的雞兩三隻，鍋底用大火乾燻。雞要多，得分幾次才能燻完。因此，不能現點現做，但只要是當天的雞就好吃。如此，燒好後的雞形狀飽滿，色澤好看，味道鮮美，黃裡透金，紅裡透亮，晶瑩剔透，泛著油光，看著就讓人把口水流出來，聞著就讓人把口水嚥下去。這燒雞擺在桌上，筷子一夾，皮脆肉嫩，爛而連絲，撕開時雞汁兒慢慢從肉間滲出，且溢出些許柴火土壤和藥材之氣，一口咬下，淡而泛鹹，油而不膩，酥而不柴，令人樂不思蜀，回味無窮。

這條街上，光是藥局大小就有九家。其中五家也兼售文具書刊。比如慶和長藥局門前，兩隻彎形鐵桿，掛著七寸大小正方形白底黑圓心的膏藥牌，對角聯結五六塊，上下各三角形的半塊，最下面掛了木刻的並蒂雙魚，牆垛上寫了「地道參茸藥材，自製丸散膏丹」，正門的周圍鑲嵌了彩色瓷磚，女兒牆上白底黑字，寫著「書籍文具，兩洋藥品」。楊星垣的「世一長」藥局更加出奇制勝，它的門前立著兩個一人來高的大葫蘆，以令人想起「鐵拐李」，大約是表示此葫蘆裡的「膏」，與「鐵拐李」葫蘆裡的「藥」有著某種特殊的關聯。

理髮店門前掛著一塊一點二尺寬，一點五尺長的白布，橫掛在一條二寸寬的木板子上，書寫了「理髮」二字。它與煎餅舖的幌子尺寸相同，只是煎餅幌是附在一條竹弓子上，而且寫了「煎餅舖」三字，但不識字者，往往鬧出去理髮店錯進煎餅舖，買煎餅誤入理髮店的笑話。

「張家浴池」是大名鼎鼎的張監督所開。它門前的幌竿有三丈多高，上掛六角紅燈，猶如鶴立雞群，大老遠便可知是否開業。與它相媲美的是大車店的幌竿，高度略差，上面橫釘了一條用木板刻製的大鯉魚，大概是象徵這裡的店家如鯉魚那般，不閉眼地看守著住客的車馬，或者是說這裡魚目混雜，請看好衣物，因為店裡就貼著「莫談國事，自照衣帽」的告示。

這條街上，呂國藩開設的藥局「了禪藥爐」也是值得一提的。光是這名字，就既體現了「禪味」，又表達了「藥香」。這裡不僅名貴草藥丸散膏丹應有盡有，還另有書刊報紙諸如《曉鐘》，《健康滿洲》，《興農月刊》和《滿洲國語》，《盛京時報》，《大同報》和《龍江民報》。那門口懸掛在門兩邊的膏藥雙魚幌子，以及撲面而來的草藥味道，端端站立著的穿戴整齊的夥計們，他們身後千百個貼了紅簽的小抽屜，上書了川芎，白芷，杜仲，人參，砂仁，丁香，還有那秤藥的戥子，壓藥的碾子，搗藥的罐子，掛著的電燈，擺著的筆硯，攤著的書刊，都令人覺得愉快，感到安寧。

抓藥的人三六九等，或求坐堂大夫開方，或胸襟裡掏出來藥帖子，錢多的吃名藥，錢少的吃草藥，沒錢的吶，就不吃藥，或者只能吃偏方了。

對於偏方，了禪藥爐卻是鄙夷的。比如有一個方子，是要在豬的身上抓來一些蝨子，放在酒盅裡研碎吃了，說是治小孩子出疹子。小孩子是不肯吃的，大人就哄著嚇著逼著吃。幸運的就出完了疹子，於是這偏方就靈驗了。不幸運的就逃不過這一劫，死了。於是提供這方子的人就不知如何面對了。這些藥爐藥局藥舖也有施醫贈藥的時候，但那畢竟是很少的。

到了關店打烊的時候，門口的電燈就亮了起來。夥計們出來了，拿起立在窗邊的柵板，按照編號的順序，一塊塊豎著插在窗臺的槽隙裡，最後，再橫著加上根鐵條，上了鎖，這一天的買賣就算是「關了板兒」了。窗子裡的燈光，仍然從閘板的空隙中透出來，像一條條金線，擴散在窗外的地面上和洋溝板子上。

那些飯店和藥局卻沒有關板兒，它們的招幌仍然搖晃，燈火仍然闌珊。

馬路上偶爾也有車馬走過，是四輪馬車，東洋車，自転車，奉行的是左側通行。也有行人，或著長衫，戴禮帽，或穿旗袍，圍絲巾，或短衫短褂，戴草帽，戰鬥帽，或光著頭，或穿學十服，男生是土黃色，小立領，綴銅釦，戴學生帽，女生是藍白相間的仿水兵服，過膝裙，他們大多是在歸家的路上。

至於旅館，如「悅來客棧」，「康德棧」，「中央旅館」和「天泰旅館」，則多在僻靜之處。這些旅館門的兩側掛了「仕宦行臺，安寓客商」或「招商客店」，「賓客如歸」的告牌。從正陽街上的大十街向西的國光西一道街，有一處日本旅館，門匾和燈籠上就寫了三個字「禦旅館」，只對日本人開放。這家旅館一排八間青磚房，室內是東洋格局，裝有隔扇拉門，鋪了榻榻米，放了小木桌，常常有日本人跪坐了對飲，背景上的音樂「薩酷拉」，從那大喇叭「留聲機器」裡，嗚嗚咽咽地響動著，不時隱約地傳到馬路上來。

禦旅館的隔壁，是王家的洋鐵鋪「福生合」，經營自製的洋鐵盆，水舀子，漏斗和爐筒子。再隔壁就是日本人高木吉藏開的「高木商店」，只佔了兩間房。商品中有少量的日本貨，大多則是兒童食品和學生用品。這裡是「中央校」和「啟明校」學生們上學放學的必經之路，故而賺得的只是學生們的零錢散子罷了。學生們買了小件貨品，就從口袋裡掏出幾枚鎳幣，數好了，丟在櫃臺上的一個圓形鐵盤裡。鐵盤不大，上面鐫刻了海水山崖松樹和飛鶴，放在一個小黑盒子裡，襯在淺黃色打皺的絨布上，顯得十分精緻。鎳幣丟下去的時候，就發出清脆的聲響，還常常轉動了幾圈，才停在那上面的山崖或海水上。生意不多的時候，就會見到老闆「高木君」站在商店的門口，他穿了和服，踩了木屐「踏拉板」，拄了手杖，望著遠處西邊的天空，看著那雲漸漸地變紅，終於慢慢地變成了晚霞，叫「火燒雲」，他看著看著，天就暗了下來。

另外，在這條正陽街的中段，路東世一長藥局的門前，有一棵老柳樹，也是不可繞過不可不提的。這棵老柳樹差不多有了近百年的歷史。實際上，在人們的記憶中，這老柳樹大抵是「自從盤古開天地三皇五帝到如今」，就已經在這條街上了。於是漸漸地，就有了個性，悟性，靈性和神性。這方圓不大的小城，這時已經住上了各路「神仙」。比如在東鹼泡子旁邊，就有諸多諸路神仙英雄豪傑的居所叫東大廟，其中有文武聖廟，觀音廟，泰安宮，城隍廟，土地廟，龍王廟，財神廟，或泥塑或彩繪了關羽，岳飛，張憲，比干，眼光娘娘，送子娘娘，三宵娘娘，藥王菩薩，十不全，八仙過海，岳母刺字，西遊記，封神榜，水滸傳，桃園結義，古城相會，破關斬將，槍挑小梁王，大破朱仙鎮。在中央街還有雷音寺，洋教天主堂，家理教，基督教會，宗喀巴教喇嘛廟，在北頭，還有穆斯林清真寺，真是三教九流，萬無一漏，應有盡有了。不過，人們並不忘記對這老柳樹的矚目和景仰。人們不時地擺上些鮮貨和果子，也在那枝幹上纏繞了紅布條子，寄託著各自或大或小的心願和嚮往。老柳樹那粗壯的樹幹歪著扭著，茂密的枝條搖著擺著，像一位可親的溫柔典雅的紳士，像一位可敬的與世無爭的大肚彌勒，永遠笑眯眯地看著這小城，看著這街巷，看著早晨的陽光照在路西店舖子的牆上，看著傍晚那牆後天空上的火燒雲，看著夜晚那闌珊的燈火，看著這朝代的更迭，風雲的變幻，看著這一代代行色匆匆的路人，從出生走向死亡，履行著他們人生的的必經路程，就像是豆腐社那蒙了眼睛拉磨盤的毛驢兒，機械地，並無目的地永遠地轉著。

這時，小城裡還有一條街，那裡的夜卻開始明亮了起來。那條街叫「窯子街」，靠近東大廟和東鹼泡子的「東南拐」。那裡除了有一座燈火通明的劇院叫「大戲園」，還有茶館和飯莊，更有數處鴉片館和不少的妓院叫「窯子」。就在這夜幕低垂華燈初上的時分，正陽街白日間的喧鬧便轉移到這東南拐了：聽戲看戲的，飲茶聽書的，吃飯喝酒的，吞雲吐霧的，逛窯子嫖娼起膩的，看相測字占卜算卦的，提籃子叫賣拎籠子遛鳥的，無所事事遊手好閒蹓躂閒轉悠閒賣呆兒的，賣小食麻花和兩分錢燒餅鍋盔的，真可謂形形色色，林林總總，人如潮水，人聲鼎沸，大馬車小驢車東洋車自転車熙來攘往，車水馬龍。

於是，小城裡五彩斑斕光怪陸離的夜便在這裡開始了。

第2章 東南拐之夜 The Enchanted Night

「康德元年」，民國二十四年，西元一九三五年

小城的夜，只有在東南拐窯子街才稱得上真正的五彩斑斕，光怪陸離。

「窯子街」並非正式的街名。這條街，或者說這個街區，是在小城的著名地段東南拐。這東南拐的來由也很簡單：小城很小，從正陽南街行到小十街，東一拐南一拐，再向前稍微一蹓躂就拐到了。

東南拐的街巷並不規則，或長或短，雖也各有其名，卻沒人理會和記得。上至有頭有臉的仕官商賈，下至木匠舖的學徒大車店的夥計，若在這一帶轉悠，問他「去哪嘎達呀」，答曰「東南拐去蹓躂蹓躂呀」，便可猜到那是十有八九去窯子街蹓躂無疑。

窯子街所在地東南拐，西鄰大車店「萬順店」和高大的「大草房」，東鄰香火不斷的東大廟和蛙聲不絕於耳的東鹼泡子，是全城最熱鬧的去處。而這窯子街所在的幾條巷子，更是熱鬧的中心，所以，小城裡的人們也把這裡的前後兩條街叫作「熱鬧街」。

熱鬧街窯子街也的確是熱鬧非凡。城裡其他街巷沒有的買賣，特別是「吃喝玩樂抽」，這裡一應俱全，樣樣都有。

這裡有「王三五包子鋪」。王三五的湯包味道好，看相也好。它口感柔軟，香而不膩，形似菊花，色如嫩藕。鮮美的汁兒擁著一小團餡兒，白菜芹菜蘿蔔角瓜，豬肉牛肉羊肉狗肉，算下來計有二八一十六種口味。這裡有「劉家漿汁館」，每日新磨的豆漿，或甜或鹹，配以豆油炸出的大餜子黏糕油條，是老少鹹宜的經濟便食。

這裡有曲藝茶社，叫溫家茶館，容得下五十餘人。說評書和唱大鼓的藝人，全部是從外埠請來。不久前就曾從奉天瀋陽城請來過著名評書藝人張先生張青山，專說全本《青衣女》，《洪武劍俠圖》和《薛剛反唐》。四十歲出頭的張青山，這時已是說書圈內說「武扣」的名將，其書藝書路乾脆火爆，自成一派。民國十七年，張青山又在長春新京印書館出版了大部頭長篇書詞《洪武劍俠圖》，此時正廣為流傳，且如日中天，方興未艾。

只見那堂前擺了張不大的桌子，後面坐著說書先生張青山。張先生大臉盤，小眼睛，闊嘴巴，腮幫子刮得紫裡透青，頭髮向後梳攏，溜光水滑。他身穿灰色長衫，摺痕熨跡清晰可辨。每逢桌後坐定，張先生便氣定神閒，冷眼掃視室內吵吵嚷嚷的茶客，並不開口。待那黑壓壓的人群漸漸安定下來，他便左手捏了一個硬木頭塊兒，叫「醒木」，也叫「驚堂木」。這「驚堂木」見棱見角，夾在指中，輕輕舉起，急速落在桌上，「啪」地一聲，張青山把那定場詩脫口道出：

青史幾行名姓
北邙無數荒丘
前人播種後人收
說甚龍爭虎鬥

說到縱馬急馳馬蹄翻飛，那驚堂木就在桌上蹋蹋踏踏響個不住，敲出一片馬蹄聲碎，由遠而近，由緩而急，或整齊或凌亂，或平穩或激昂，那看不見的千軍萬馬就翻盞潑碟般地馳騁奔騰起來。

張青山右手捏了把摺扇，不時地「嘩啦」一聲展開，又「嘩啦」一聲合起，繼而在指上翻迭旋轉。他的驚堂木起落之間，彷彿敲出人世間的紛爭喧擾，萬籟千聲。他的摺扇開合之際，彷彿展示出人生中的幕啟幕落，悲歡離合。他學女子時就假著嗓子做出嬌態，眼裡頓時生出縷縷柔情。說莽漢時就換了粗聲甕嗓，面上頓時生出豪情萬丈。他搖頭晃腦，指手畫腳，口若懸河，嬉笑怒罵，唾沫橫飛，把那武林俠義，江湖紛爭，無盡兇險，是是非非，坎坎坷坷，蒼茫人世，浮雲半生，都演繹得洋洋灑灑，熱熱鬧鬧，令人如身臨其境，目不暇接，啼笑不已，如癡如醉，盪氣迴腸。

溫家茶館的前前後後是座無虛席，場場爆滿，從清晨到深夜，評書聲不絕於耳。特別是那些木匠舖的學徒，大車店的夥計，他們常常兩三成夥，四五成群，花上幾角鎳幣，叫上一壺紅茶，一碟瓜子，一坐就是大半天。而趴在窗外的半大少年，也有大人和老漢，雖然沒有紅茶瓜子伺候，卻也各個聽得興高采烈，一字不漏。不料每每到驚心動魄或情意綿綿之時，驚堂木卻「啪」地一響，張青山的一句「欲知後事如何，各位明天請早」，就把懸念又一次留到了明天，不禁令人悵然若失，懸心吊膽，不願離去。

張青山一住就是半個月，溫家茶館不但發了一筆財，那「茶香水開角棒」的美名也再次流傳於街頭巷尾。

這一帶最昂貴和最不可思議的去處，說來該算是這三家「鴉片零賣所」，也就是大煙館了。這三家大煙館的字號分別是「生記」，「昌記」和「泰記」，其經營的鴉片，也叫「阿芙蓉」或「福壽膏」，要憑「鴉片專賣籌備委員會」所設「榷運局」發的配給證購買。而在實際上，隨便甚麼人，只要出得起錢，就都能出入鴉片館隨意吸食。「洋煙三口精神抖擻，再來三口大跑小走」，吸煙者們對這不可思議的「阿芙蓉」或「福壽膏」樂此不疲，還這樣地相互鼓勵著。

吸食鴉片的煙民上至富商政客，下至販夫走卒，三教九流，形形色色，無所不有。吸食鴉片甚至成了交際場上必不可少的項目。與別人談生意，拉關係，往往是請對方去大煙館「面議」，如同請客到「福合軒大飯店」赴宴會一般。一些殷實人家裡都備有煙槍煙燈，隨時供客人享用。如果不擺煙燈，反而會被認為是禮數不周，待客不恭。推而廣之的結果是這小城裡的飯館旅館浴池，還有這東南拐的窯子，都備有煙槍煙燈和臥榻供客人隨時「抽一口」之用。這是昂貴的「家常便飯」，是人們習以為常的見面問候，如同問起「吃飯了嗎」，答曰「吃完了」一樣。

而這一帶最廉價的去處，是往東走隔著姜家木舖大門洞的一家雞毛小店，叫「張明月小店」，又叫「花子房」，顧名而思義，就是花子乞丐住的廉價客房。它的門前高豎了一條木桿子，頂端扣了個梨包，就是鴨梨筐子，所謂「小店掛梨包」就是了。這樣的小店不提供被褥。討飯回來的花子乞丐們，把各自的破被爛褥往那木板通鋪上一丟一散，毫不在乎那通鋪的蝨子臭蟲，呼哧呼哧倒頭便睡。

所謂的特殊行業「風化區」的窯子，即掛牌的明娼所在地，在「三趟房兩條街」，這要順著這條胡同向東走，走到盡頭，右轉彎向南拐，就是東南拐中的東南拐。這裡的明娼，東後街約有十戶，每戶有窯姐兒五六名。前街約有十五戶，每戶有窯姐兒一名。光是拿有「執業證」的，竟有三四十家，故總共有窯姐兒約七十名。這些女子大多是來自鄉下，年齡在十三歲到三十歲之間。

這些窯子的字號也神祕莫測，且有高下之分。一二等的聽起來高雅，叫「院」叫「館」叫「軒」或叫「閣」，這裡的窯姐兒出手非常闊綽，有的呼奴喚婢，有的揮金如土。三四等的就不免有些寒磣，叫「室」叫「班」叫「樓」叫「店」，也叫「下處」，這裡的窯姐兒多是受窮受氣的主兒。門的兩邊飾有對聯，逐一細觀，概列如下：

如「精養軒」的是：

大唐蘆江威不在
前朝紅塵仍飄香

如「怡香院」的是：

才子佳人相聚百花店
紅娘粉女徘徊紫青樓

如「花月園」的是：

巫山洛賦
願得君王相顧
聞琴解佩

輓公長醉花間
橫批：一枕黃粱

如「菊水閣」的是：

牡丹花下死
死夢生醉
醉三山五嶽多情兒郎愛牡丹
做鬼也風流
流芳萬代
代五湖四海寡意女子來做鬼
橫批：一夢聞芳

如「拐月樓」的是：

清風多情猶止步
世間冷暖誰人憐
橫批：一江春夢

如「蒔花室」的是：

千金買笑不知佳人淚
萬般柔情哪堪公子憐
橫批：冷暖世間

這些牌匾和對子多是紅底金字，兩側掛了紅綢帶子，喜氣洋洋，日日像是娶親拜堂一般。有一處「環采院」，一見便看出其與眾不同之處。這家的大門，上面一格一格的玻璃，是彩色的，紅的藍的綠的黃的粉的。從裡面透出的光線便更顯陸離而曖昧，令人很想進前一探究竟。

透過這五彩陸離的玻璃門，隱約可見香案上方供奉的一張古人畫像，那是春秋戰國時期的管仲。他穿了紅袍，留著三綹鬍子，面上的表情卻分不出是在笑，還是在嗔。據說他是開設妓院的鼻祖，所謂「娼族祀官仲」，也就有如打鐵的供太上老君，木匠供魯班爺，梨園行供唐明皇，說書的供奉周莊王了。

然而，這家門口的對子，字裡行間卻透出一股直率和倨傲：

只愛金黃銀白
不問爾等來歷
且看官貪商奸
倒比他們乾淨

橫批：紅塵遊戲

等級是要分的。一等的房間大而敞明，設施講究，廳堂麗皇，冬有火牆，夏有風扇，用全套古色古香的紅木家具，內有羅帳錦被，文房四寶，名人字畫，瑤琴琵琶。這裡可嚐美味，抽大煙，打麻將，推牌九，下象棋，一應俱全。其間的窯姐兒們多為高級藝妓，才貌俱佳，嫵媚動人。據說，她們琴棋書畫也樣樣精通，笙管絲竹也件件拿手。

逛上等妓院的嫖客多為較有身分之人。二等妓院屬於普通的設施條件，嫖客多為商人，職員，警察，軍士。低等的為下流社會人之聚處，嫖客多為雜役，苦力或農夫，構成了小城娼妓業的主流。多家妓院設有「院中院」，即「小孬穆」隔間，門上都掛著簾子，簾子上墜了彩色的流蘇。「孬穆」不大，卻都各個珠簾綺戶，別有洞天，應了那榻前的對聯：「桃花流水窅然去，別有天地非人間」，竟是李白的詩句。

「窯姐兒」們的名字都是兩個字，比如梧桐，丁香，金蓮，蓮花，梅花，雪蓮，曉月，彩蝶，含香，諸如此類，盡是些「鶯鶯燕燕」和「花花草草」，真是花蝶曼舞，脂粉四溢。

在這夜夜笙歌的勾欄瓦舍青樓雅室，嫖客們伺紅偎綠，聽悠揚之琴，聞浮動之香，跳婆娑之舞，飲開懷之酒，喧達旦之笑，正所謂：不問世俗百態，縱情花草叢中正風流；豈知人情冷暖，恣意溫柔蜜鄉枉少年。

每到月尾，窯姐兒們去城醫院進行例行體檢時，就見到她們乘了四輪馬車，每輛車上或坐或站六七人：正小座乘三人，最後腳蹬兩側站兩人，與車夫同坐一人，後軸也站一人。這馬車設備齊全，夏季有遮陽篷，風雨天和冬天有摺疊暖篷，也有玻璃框架，故而又叫「轎車」，「娶親車」。

拉車的馬兒也是裝扮得漂漂亮亮。馬脖子上套了銅製串鈴，馬尾上繫了紅布飄帶，車夫腳踏彈簧響，這車子跑起來叮叮噹噹，煞是威風。窯姐兒們各個光鮮亮麗，風光旖旎。這四輪馬車雖說不能與「皇帝陛下」愛新覺羅亨利溥儀那輛鮮紅色的，車身車輪都鑲嵌了「大滿洲國」的「蘭花御紋章」，且沒有任何編號及車牌的大「凱迪拉克」相提並論，然十多輛這樣的馬車，浩浩蕩蕩巡遊大典般地開進城去，便顯得十分威風堂堂，壯觀氣派。

每當這些馬車在城裡經過時，就牽動了人們極大的好奇心，於是就忍不住前去參觀探究。大人們不准小孩子們近前。而這些孩子們，你越是不准他們看，他們就越是鬧著要看。他們吵著鬧著說，怎麼就不讓看？那天萬順店來了駱駝，你還讓我看了吶。然而，這些窯姐兒們就像是全然沒聽到這孩子的話，依然各個表情凝重莊嚴。她們在白日裡並不濃妝豔抹。她們的眼睛向天空或者別處瞥去，那樣子，甚至還有點兒凜然吶。

這些流落到花街柳巷的風塵女子，最終都難以逃開「風塵血淚痛無言」的悲慘命運。然而，當今就是當今，生存就是生存，在無可奈何之中，她們只有到這勾欄瓦舍去揮擲青春，去尋得一條生路。

就連城邊的鬍子綹子，他們對這些青樓女子也是講幾分義氣的。他們有他們的「山規」，所謂「七不搶」，「八不奪」和「五不准」。其中的「不搶」之一，就是「妓女不搶」，大抵的意思是妓女賣身，比起鬍子賣命，大可同命相憐。總而言之，是所謂「盜亦有道」了。

在相對清淨的「後街」盡頭，有一家料理店叫「松茂里」，卻是一家日本妓院，稱之為「置屋」，形式上與小城的窯子也不盡相同。日本人的妓院，大多是與旅館飯店混在一起的料理店。其妓女基本上分為兩種：一種稱之為「藝妓」，這些藝妓均能歌善舞。另一種稱之為「酌婦」，也就是女招待，這些酗婦善與客人劃拳行令，把酒言歡。

這家松茂里的玄關裡，會不時地傳出一陣陣異域的音樂聲。這聲音聽不出到底是甚麼樂器演奏出來的。它沉悶而憂鬱，有時還伴了沙啞而空曠的歌聲，聽起來甚至還有許多的蒼涼。透過拉門的窗紙，影影綽綽見得到有人影在晃動。有時在門口會閃出三五藝妓來，她們穿了奇怪的衣服，梳了奇怪的頭髮，穿了奇怪的鞋子，臉上厚厚地塗了鉛粉，跟那「玄關」布簾子上畫的女人一模一樣。當有大人領著小孩子在這裡走過，碰巧遇到這些日本女子時，見到她們在辭別客人，不時地鞠著躬說：「起臺酷來泰，阿里個都」，就常常會把那小孩子嚇得哇哇大哭，而這些女子便再度躬身，那小孩子卻認為女子要彎腰打人，便哭得愈加厲害。那年輕的母親便用手摸薩著那孩子的頭，耳和手，撫慰著：「摸摸毛兒，嚇不著。摸摸耳，嚇一會兒。摸摸手，魂兒不走」，卻還是止不住那哭聲。這時，日本女人們就互相對望了，變戲法般地在那孩子面前亮出了一顆糖球子。那孩子認得這是好東西，伸出那髒兮兮的手，一下子就把糖球子奪了過去，待察覺自己並未挨打，又看到那些女子的臉原來十分滑稽，便轉啼為笑了。日本女人遂鞠躬連連，孩子的母親卻慌忙抱了孩子，疾步逃遁了。

緊挨著窯子街，是城裡著名的戲園子，叫「大戲園」，也就是「南戲園」，無疑是這一帶燈光最亮的地方了。那高高架在桿子上明晃晃的電汽燈泡，像一輪晌午時分的太陽，不但把四圍的空場，甚至把那些飛來飛去的蚊子小咬，撲燈蛾子，甚至連它們貪婪的表情都照得一清二楚，纖毫畢露。

大戲園朝北開。它的門臉是個扁方的「口」字圖形，三扇木頭大門貼了銅製金邊兒，像是一個甚麼人猛勁地咧開了嘴向人們「燒包」，炫耀他的鑲金大牙一般。青磚的門面，塗了層淺淡的石灰，使得這張大口看起來很有些和藹可親，而大門上的那三個黑色大字大戲園，每個足有一張太師椅面那般大小，是凸出來的筆劃飽滿的大楷，雄渾而酣暢，透出這戲園子的實力和自信來。

城裡還有一處北戲園，在城北清真寺附近，卻因北市場不濟，本來就已經相當蕭條，更遇五年前一場大火，把這北戲園燒成了灰燼。南戲園，也就是現在這座大戲園，是兩年前在舊址上重建，女財主唐慧超所開。這一帶馬路兩側本是眾旅棧飯店商舖爭相搶佔之地，大戲園建立後，就自然地搶了「東南拐中心」的風頭。

「財主」，是指戲園子的老闆和班主。「唐財主」本人也是小有名氣的刀馬花旦，也不時粉墨登場，穿蟒紮靠，戴翎貫甲，騎馬揮刀，儼然是一個英姿颯爽，武藝高強的巾幗英雄。唐財主在《破洪州》中扮穆桂英，在《珍珠烈火旗》中扮雙陽公主，還進過奉天瀋陽城，那關內外各班社角逐的北市場「大觀茶園」，連演三六一十八場，出盡了風頭。

大戲園建於民國二十年。唐財主重金請來奉天瀋陽當紅名旦金芙蓉，還有碧蓮舫，筱花蓮等聯袂演出，後復邀請武生張翼鵬，武丑劉三麻子等數度加盟，小城裡掀起了一次波瀾，東南拐熱鬧街一時間熱鬧非凡，大戲園唐記大舞臺場場爆滿，盛況空前。小城的人們，無論走在街頭巷尾，還是坐在茶樓酒肆，談論中心總是離不開這聽戲的議題，且持續了很多時日，大戲園大有風聲水起，如日中天之勢。

唐財主經營有道，她顧用了些當地藝人做「底包」，也就是演些宮娥粉女，家奴護院一類，而主要的「角兒」，則多半是由外埠邀來「走穴」的流動藝人擔任。流動藝人們大多不靠長地，越流動得地方多，越流動得道路遠，就越被人恭維。

靠了唐財主的名望和交際，還真地常常請得來頗有名氣的角兒們，比如荀慧生的弟子菊桂笙，小達子，金香水，金鋼鑽，鹿樹田，馬豔霞，韓慧梅，韓淑豔等諸多平戲，梆子藝人來此演出。這裡也來過吳幻一等雜技團前來獻藝。請角兒演戲，最低是三斤小米的價錢，名角則要給三十斤。

底包中也有相當不錯且有名氣的，更有本省的角兒，比如平戲武生韓化軒夫婦和他的叔侄就常住城中，且在北戲園尚未失火之前，穿梭於南北戲園之間。

韓化軒的拿手好戲是《鐵公雞》。這是一齣「臺上灑」的戲。像是一個比武的擂臺，戲中張嘉祥按規矩斜露出半拉膀子，是個揉臉的長毛賊子。臺上幾位大武生火爆且潑蠻，要的是真刀真槍「嘎嘣溜丟脆」的感覺。韓化軒果真用的是真刀真槍，他的一招一式功底深厚，瀟灑淋漓，一衝一撞鏗鏘有聲，令人百看不厭，嘆為觀止。

「走穴」來的藝人們頭三天要唱「打炮戲」，就是唱得響的好戲。這「炮」打響了，就能在這裡立穩了腳根，佔住了地盤。連那些黑山惡水中的鬍子綹子們，都有不劫藝人的規矩，他們把藝人也看作是江湖之士了。

唐財主也很會為她的戲園子宣揚。她派底包的年輕學徒張貼戲報，粉紅色的紙上，宋體黑字分外醒目：

大戲園　唐記大舞臺

吉祥新戲　風雨無阻

康德元年　地址城東東南拐

文明評戲戲單

《楊三姐告狀》《珍珠衫》《空谷蘭》《桃花庵》《花為媒》

日場一至三點　晚場六點半至八點半　今早軍警義務戲晚戲照常賣票

請看晚價　邊坐一角　童僕減半　池坐兩角　站票半角　包廂三圓　茶水手巾每位大洋半角

戲報上藝人的名字排版是有講究的，分「立式」，「坐式」和「躺式」。誰是「躺式」誰的名望最高。正中大字「筱春燕」就是「躺式」。老闆唐財主不惜重金，從外埠禮聘頗有名氣的筱春燕來大戲園獻藝，令觀眾大開眼界，大飽眼福。戲報極盡鼓勵煽動之能事，說：「此乃各界觀劇之大好良機，佳座無多，請駕早臨。」

戲報是手寫石印，就是城中唯一的印刷場，正陽北街路西的「石印局」所印製。「石印局」的老闆石興華，不僅是戲迷，也是個十足的票友，興致來時，還出場「票」上一回，粉墨登場，過上一把戲癮吶。

大戲園是磚木建築，高樓雅座，三面包廂。進了大黃門，那個「燒包」的大嘴裡，迎面而來的是一間門廳，兩旁各有一木製樓梯，通往樓座的包廂。這面大牆上掛了主角兒們的放大素顏寫真，這令人非常地詫異：這些臺上的帝王將相和才子佳人們，原來也和你我並無多大不同嗎？

戲臺是開放式的，正方形，沒有甚麼幕布。幾盞大電燈明晃晃地掛在戲臺子上。戲臺子是木板的，上面鋪了一塊地氈。有人說唐財主在四年前建園的時候，曾在舞臺的底下埋了四口大甕，以營造音響迴盪餘音裊裊之果效，卻不知是真是假。

布景甚是簡單，那就是「一桌二椅」和「出將入相」。那桌椅後面的「守舊」，也叫「臺帳」或「堂幕」，以大紅軟緞為襯底，正上方以蘇繡繡了「福祿壽」三星圖，不論這臺子上演的是《穆桂英大破天門陣》，還是《三娘教子》，這「守舊」都堅守著它的信條，那就是，管你個天地玄黃，宇宙洪荒，小城的人們就一如既往地追求著這福如東海，高官厚祿，壽比南山的美妙境界。「守舊」的左右各有一個門簾，分別在上方繡有「出將」，「入相」的字樣，為上下場門，卻是「梅花篆字」，認得的人寥寥無幾。

臺口的兩根紅漆立柱，赫然在目的楹聯黑底金字，書著這樣的一幅對子：

臺上笑臺下笑臺上臺下笑惹笑
看古人看今人看古看今人看人

這幅對聯不但對仗工整，也在不經意中輕鬆地烘托出了場中的愉快氣氛。樓下的正面叫「池座」，戲臺兩側叫「兩廂」。兩廂後面靠牆處備有高木櫈子，叫「大牆」。樓上稱「樓座」，前面為「包廂」。樓上樓下，共設了四個「太平門」。唯一的缺憾就是沒有廁所，令有「內急」的看官相當地尷尬和不便。

樓上戲臺的後兩側叫「後樓」，在「後樓」看戲，只能看到那戲的背影，所以票價減半。不過，那背影也是好看的，因為透過那臺上紮了靠，插了旗，戴了長翎，手舞銀槍，足蹬快靴的穆桂英，還看得到樓下池座的紳士們，那前三排窄長的茶桌後，他們或搖頭晃腦，如醉如癡，或呆頭呆腦，目不轉睛，這是因為若錯過了甚麼，他們的票錢就浪費了，「白瞎了」。

這大戲園若加上「站位」，計可容觀眾一二〇〇多人。看戲的有富商，也有軍政要員，所以官軍商紳貴婦是戲院的常客。他們不會和百姓擠坐在樓下長條櫈上，而是進樓上雅座包廂，為了方便伺候，甚至可以隨帶僕人，但需買半票。票價是五角五分，再加上童僕茶資，已經是不低的資費了。

品茶啖果是一種雅事，再說演出四五個鐘頭，也需要一些消遣。所以茶資是要另加計算的。「池票每位五角五分」的是包括「茶水在內」。「門票每位兩角」的，茶資是不計在內。另有「茶資每壺一角」，則按壺計費，抵得上童僕的半票了。除此之外，「聽客自便，小賬隨意」，那就是指一些瓜子，蘿蔔，果糖，手巾之類的消費和賞錢了。

除了茶水，「小吃」有黑白瓜子，有鹽炒小花生和乾果，裝在小盤子裡，到壓軸戲，也就是「倒二場」開演前才收費。跑堂的小二跑來跑去端茶續水，買煙小販轉來轉去兜售香煙，看戲的邊看邊喝茶水，順口一喊：「來塊手巾把！」熱乎乎的手巾就從周邊的小二手裡擲出，口中叫道：「手巾把來嘍」，手巾把便準確地落在客人手中。戲園子裡臺上出將入相，鏗鏗鏘鏘，臺下煙霧繚繞，喝彩陣陣。儘管戲報上寫明：「務請依次入座，切勿喧嘩，以重秩序」，看客們依然該喧嘩的喧嘩，該躥座的躥座，他們我行我素，並不計較。

這些藝人們大多住在戲園子的西側。那裡有土房七八間，叫「下處」。下處有廚房「外屋地」，有鍋有灶。裡間有南北大炕，中間隔開。戲園不附後臺。化妝間及更衣室，這些需要就統統在「下處」解決。

戲園內後面的包廂裡，坐了一個特別的人物，這是「皇帝陛下的警察官」，警察署長安來祥。安署長四十來歲，中等身材，體態微胖，面色紅潤，留了髭鬚。他上著黃呢軍衣，下著黃呢馬褲，頭戴大蓋帽，帽子邊圍了一圈兒白帽帶，肩章也是白色的，加了金線，大蓋帽前面綴了「紅藍白黑黃」五角帽徽，內挎短嘴匣槍和警繩，外挎腰刀，在他頭上掛著的馬燈光照下，顯得煞是威風。

安署長雖然屬於「黃狗子」之列，雖然有時佔些小便宜，卻因總體為人寬厚，且不欺壓善良，遂頗受小城人們的敬重，這大約與他是「家理教」教徒有關，而「家理教」的宗旨是勸人為善，戒酒戒煙，講江湖義氣。還有最主要的是他的威嚴以及不容分說，使得他的出現，就如同一個符號，代表了紀律和秩序，代表了遵守與服從。遠遠地瞥見這著名的安署長，即「略舉首一斜瞬之」，就仿若有黃雲籠罩在房屋內，有紫氣瀰漫在庭院中，令所有的地痞流氓青皮無賴街頭混混望而生畏，退避三舍。城裡的幾處大買賣，大燒鍋，包括公福祥，泰發祥，「永豐源」和「福原德」，都專設了隔間小「孬穋」，供安署長休憩，並常以煙茶點心招待。安署長只需在那裡一坐，就猶如在你買賣店鋪的門臉上貼了一道「鎮宅光明」之「萬法萬應靈咒符」，聲明此地有「張天師在此，不得造次」。安署長在這大戲園的現身正是達到了如此的果效。

安署長不僅是戲迷，也是票友。他最熱衷的行當是「黑頭」，最拿手的戲文是《鍘美案》。有一次受老闆唐財主之邀，安署長還蹬臺過了一把癮。他身穿黑底蟒龍袍，腰挎白玉帶，手握朝笏板，頭戴烏紗帽，足蹬雲頭靴，黑臉長須，額頭上的月牙跟東鹼泡子上空的那彎一模一樣。他把這「西皮導板」和「西皮原板」唱得甘醇有味，圓潤高亢：「包龍圖打坐在開封府，尊一聲駙馬爺細聽端的」，贏得全場掌聲不斷，喝彩不絕。安署長坐包廂不但免費，還有茶水瓜子花生手巾把伺候，卻令唐財主送往迎來，求之不得。

多數的貧民百姓看戲，買的是一角錢的邊坐。「看戲」，也叫「聽戲」。「觀眾」，更是「聽眾」，他們中的大半人就只是坐在那裡，閉著眼，搖著頭，晃著腦，抖著腿，呷著茶，嗑著瓜子，跟著臺上的戲文哼哼唧唧，一邊用手拍了膝蓋打著拍子。

儘管戲報上特意注明：「進門買票，無票照補」，「定座自看，概不負責」，也少不了有想方設法看「白戲」的。比如有穿寬大棉袍者，裡面裹著個小孩兒，抱著大人的腿，踩著大人的腳，那大人佯作有點要拉肚子的樣子，雙手捂在腹前，謙虛地表示「肚子不舒服呀」，反正是你知我知，糊裡糊塗就混將進去了。

也有看「解放戲」的。那是要等戲演到十之七八，再沒可能有人賣票，這時，大戲園的大門就大敞實開，任人出入了。於是，心癢難耐又沒錢買票的戲迷們便蜂擁而至，目睹臺上閉月羞花的張五可李月娥雙姝爭俊郎而有情人終成眷屬，舞臺上一片洋洋喜氣和鏘鏘鼓樂，算是略飽了眼福耳福。其實，這解放戲的手段則更加添了他們的興致，他們大多會在翌日湊上些小錢，買了至少半角錢的站票，也照樣看得人眼花繚亂如夢如幻，聽得人滿耳生香如醉如仙。

在這大戲園中的繁華落盡曲終人散之後，臺下的看官臺上的伶人們都捨不得散去他們「天下的宴席」，他們還要在這不夜的東南拐吃些喝些玩些樂些甚麼。這街巷中的沉醉和迷茫，和身前身後這些歪歪斜斜，磕磕絆絆的步履，遂融入這流動著斑斕光影的夜色之中。

這迷人的夜色和這熙攘的人群中，自然少不了有小商小販們的叫賣相隨：有推車賣掛爐燒餅的，有挑擔賣牛肝牛肚的，有挎籃賣花生瓜子香煙的，有賣山杏賣栗子賣「姑娘兒」的，有賣燒雞賣江米涼糕的，有賣甜心蘿蔔賣自製糖果的，有賣蹄膀肉豬頭肉的，有賣豆腐腦賣炒黃豆嘣苞米花的，有賣搬不倒賣嘩啦棒吹糖人的，他們的叫賣聲摻雜了東鹼泡子傳來的蛙聲，此起彼伏，一波一浪，給這濃鬱的夜添加了許多的絢麗和奇異。間或也有挑了挑子穿街過巷理髮剃頭的，這挑子一頭的火爐子亮了紅色的炭火，忽閃忽閃的。他手拿響器「喚頭」，不時地用一根長鐵釘子從中間劃過，發出的響聲玄幻而悠長，傳向這東南拐的夜空，久久不肯散去，甚至還透出了幾分悲涼。

夜色如濃稠的彩墨，濃得人說不清紅黃藍黑的界定。燈火如迷離的繁星，迷得人道不明天上人間的區分。空氣如縱酒的筵席，醉得人記不得今昔是何夕。夜色柔軟而任性，燈火燦爛而冥蒙。五彩的光與五彩的風交相掩映，流銀瀉輝，溫溫柔柔地在這曖昧的分分秒秒中飛翔著，令這些流連忘返的人們浸泡在這東南拐的五彩之夜，渾渾噩噩地消耗在這夜色之中。

這東南拐之外的小城，卻已經早早地暗下了，沉沉地睡去了。間或，在這兒那兒，也會傳來不太真切的狗叫聲。

第3章 雨中的小城 Our Town in the Rain

「康德元年」，民國二十三年，西元一九三四年

小城的秋天是多雨的季節。這樣的季節也是值得記錄在這裡的。尤其是在傍晚時分，天本來是晴朗的，不知不覺間，雲彩就上來了，接著就下起雨來。這時的西下窪子，自然沒有了夏天傍晚時才有的火燒雲。而那大片的莊稼地，大豆，高粱，苞米和菜地，還有遠處的乾德門山，此刻都盡淋在煙雨之中。

城門外靠近「中央門」的火車站「票房子」，已經被雨淋得濕漉漉的了。票房子是東洋的式樣：高大的深灰色瓦頂，窄而長的窗子，厚厚的磚石牆壁塗成了土黃色，凸起的牆角和門窗的邊框塗成了白色。牆面左轉右轉凸凸凹凹，進進出出，多變而別緻。雨水流過屋頂，流進洋鐵簷槽，順著房角的洋鐵管道流到地面上，發出寂寥的響聲。

不遠處的「水塔子」，全城的最高建築，像是一顆立著的巨形手榴彈，也塗成了土黃色。它的頂上裝了根粗大的避雷針，通了金屬線，把雷電導往地下，故名思議，這「針」是避雷用的。然而，今天的雨卻沒有雷鳴，沒有閃電，而是淅淅瀝瀝，溫柔典雅的。

月臺下那些道岔閘把，給火車加水的臂架，那些說不清甚麼用途的好看的鐵梯鐵桿纜線，還有

信號燈架，高的矮的，胖的瘦的，橫的豎的，時而亮著耀眼的紅光，映在雨中交錯的鐵軌上和濕漉漉的枕木上，在藍灰色的背景下，顯得惝恍而陸離。還有票房子和「水塔子」的暗色影子，和其間窗子裡透出的燈火，這些都斷斷續續地映在地面的積水上。票房子正門口上的牆垛子是古代羅馬式樣的三角形，正中央凸起來兩尺見方的「滿鐵」標誌，一個「工」字形的鐵軌斷面，兩旁生了蝙翅一樣的雙翼，也映在積水中了。

雨其實不大，幾乎不易察覺，惟有在路燈的光照下，才看得出那一根根細細的雨絲，銀針般不急不緩地劃過空中，更像是在下霧，卻還是把這座小城籠罩在密如珠網的雨絲中了。這時，倒映在水中的燈影就散開了一片片若隱若現的昏黃色。

到了秋天的傍晚，小城就少不了這樣的煙雨和路燈。煙雨總是纏綿濛瀧的，消失在行人稀少的大街和曲折泥濘的雨巷。路燈總是昏黃迷離的，伴隨著夜行人寂寞的腳步。

城門仍然開著，門洞裡的燈光，把旁邊崗樓子的投影拉得很長。護城壕裡的水已經積了許多，漂浮著一些綠苔和草葉，也把那城牆和牆垛的黑色影子映在其中。

雨絲斜織著，有一股濕潤溫暖的泥土氣息，悄然無聲。白日裡的喧囂，這時都已經被擱置一旁。世界安靜了，就像正陽街一家家的店舖買賣，打了烊，關了板兒，喧囂就被關了起來。

小城的秋天就是這樣地安靜著。小城的住民們過著他們的日子，像一年四季裡的每一天一樣。在這煙雨濛濛的晚秋和街燈迷離的夜晚，他們或少不了麻將牌九撲克留聲機無線電梵阿玲和爵士樂調相伴，或安心於粗茶淡飯布衣糲食陋室葦蓆洋油燈麻花被和煙袋管悠車子相隨。這其中不乏令人任之由之的寧靜安和，也不乏令人不知所從的陸離荒誕。然而，也正是這些莫名而幽暗的印記，使得這一段「日子」顯得變形和扭曲，令人不堪回首。

中央街上車少人稀，燈火闌珊。寥寥可數的行人或是撐了油紙雨傘，或是裹了橡膠雨衣，戴了尖頂草帽。雨落在他們的傘上身上和帽子上，卻聽不到聲音。他們都是踩著匆匆的腳步在趕回府去。「府」就是家，大多在正陽街兩旁的街後，大多有一個小的院子，是用木板木條木棍或是泥巴圍起來的，安了一個木板子門，開關時發出「吱呀吱呀」的聲響。院子裡有醬缸，雞窩，鴨欄，煤倉子和倉房叫「下屋」。回到「府上」，紅漆炕桌上擺放的或是一盤炒土豆絲兒，或是一盤燉寬豆角兒，若還有一包「大和祥飯店」燒製的燒雞或「大李和」炮製的燻炮肉，那就得配一壺「塔子城老窖」。這叫作「下晚飯」。「下晚飯」或好或差，或粗或細，都在溫柔的電燈或油燈光照下顯得可親可敬。

「中央國民優級學校」簡稱中央校，就在中央街的盡頭路南的高坡上，快出了「西門」了。它本是由「友仁」，「輔仁」和「吉慶」三校合併而成。班級的排序，分別為「忠」，「孝」，「仁」，「愛」。此外，還開辦了幼稚園。城裡大名鼎鼎的張監督的女兒八小姐張敏忠，就在這裡教一年級。那三排青磚房，中間用一條走廊連接了，組成了一個「王」字形的平面，聽說是代表「王道樂土」。走廊裡的「過堂風」在夏天時涼風習習，清爽宜人。到了冬天，北風就呼嘯起來，把地面上的樹葉子碎紙片捲起來，盤旋地吹著，像是傳聞中的「龍捲風」，以至於當自然課的先生講到龍捲風時，就說這風也叫「龍吸水」，「龍擺尾」和「倒掛龍」，還順勢指那走廊說：「就像這走廊裡的穿堂風那麼厲害。」

這樣的房子還有一處，就是小城的首腦機關「城公署」，在中央校的斜對面，坐北朝南，青灰磚綠鐵瓦屋頂，它的平面也是「王」字形。這「公署」裡設了「庶務科」，「實業科」，「地政科」和「警務科」，都是不准許參觀訪問的。這裡常常見到大洋馬車進進出出。那黑亮亮的大洋馬四蹄雪白，拉著車上的日本人，噴著鼻，打著響，晃著鈴，威風凜凜，不可一世。

這時「城公署」的綠色鐵瓦屋頂也被雨淋得鮮亮亮的。它的正門向前突出了一塊，三角形的門臉前高高立著的旗桿上，淋在雨中的是「紅藍白黑滿地黃」五色旗，「滿洲國國旗」。

也有人說這兩處房子的「王」字是「出了頭的」，如此，唸成「主」字也未嘗不可呀。果真，在「首腦機構」的邊上，就有著一座天主教堂，但那可絕非像畫上巴黎聖母院那樣地燦爛輝煌，它只不過是兩間簡陋的青磚房，甚至有點寒酸，就像那瑞士神甫高輔文一樣。

高神甫常常是「滿洲人」的打扮。他那一把白花花的鬍子，配上一件灰布長衫和黑布鞋，除了他那鼻子有點過於高而大之外，遠觀就像「滿洲國幣」老頭票上那白鬍子老頭兒一樣。還有他那洋腔洋調的「滿洲話」，常常聽得人莫名其妙，一頭霧水，而當高神甫在當街上佈道的時候，就擠滿了人，更有小孩子們，想方設法地擠到前面，等著高神甫發放糖果。平時的糖果，就只有那手指甲大小的「甜菜糖」，到了聖誕節，才有瑞士糖。這時候，高神甫就戴上他那簇新的大紅色的圍脖，喜氣洋洋地站在王興泰鮮貨店前邊的臺階上，操著他那洋腔洋調的「滿洲話」，講述著天國的召喚。

此刻，天主堂敞著門亮著燈。不多的會眾中，遠遠地見得到身材不高的高神甫，正在講述著天國的事情。

對於日本人津津樂道的「王道樂土」，高神甫卻毫無興趣。他關心的「樂土」是屬於天上的，天國的。無論是在天主堂內，還是在小城的街頭巷尾，高神甫宣揚的永遠是《馬太福音》第四章第十七節耶穌基督的「樂土」，說：

天國近了，你們應當悔改！

然後在胸前畫了十字，還要加上一句：

願　神永遠與你們同在。

高神甫的天主堂，還有臨近的天主教私立啟明初高級小學校，日本學校，再遠一點的高麗和平小學校，雷音寺，還有路盡頭「丁」字街口的中央洋井，這時盡都淋在雨中。

高神甫的「日子」過得也是粗茶淡飯，布衣糲食。他把在瑞士的家產變賣了，籌資辦起了天主教私立啟明初高級小學校，人稱啟明校，計有男女學生三五七名，除了教授普通科目之外，還授英文和《新舊約福音全書》，就由「高校長」即他本人教授。校舍在國光街上「義和源糧棧」的對面。它的青磚校舍大門上，諾大的十字架下，鋪了白洋灰底，上面用漢文英文書寫了兩行大字：

爾將識真理
真理必釋爾
And you shall know the truth
And the truth shall make you free

十字架兩旁，書寫了「救世真光」和「以馬內利」。這漢文是高神甫的手筆，雖談不上盡善盡美，卻也筆酣墨飽，剛勁有力，這是他的信仰和追求。高神甫的天主堂的啟明校不掛日滿國旗，以示對當局的不滿。此刻，啟明校屋頂上插著的正方形瑞士國旗，大紅色底，大白十字，在這灰色的天空和銀色的細雨中，顯得格外地鮮豔而耀目。

這時的小城商貿繁榮。這條從南到北的五里長街正陽街上的商舖作坊櫛次鱗比，多達百十家。

此刻，商號大都打了烊，或者按人們的話說，是「關了板兒了」。

偶而看得到一輛兩輛的四輪馬車經過，是從火車站過來。車伕頭戴尖頂草帽，身穿橡膠雨衣，拉著馬韁繩。馬是「大洋馬」，東洋白鼻輕騎大馬，高峻而篤定。馬蹄兒踏在雨地上，「呱嗒呱嗒」地響著。車是摺疊暖棚車，有點顛簸，搖晃著車燈，把黃色的光影映在地面上，隨著車向前晃動著，顯出了幾許歸家的急急切切。

那車上的乘客靠在後座裡，看不清他的面孔。他大抵是從省城「江省」或奉天瀋陽或「首都」新京回來，或是膝上擱了點心匣子，或是身旁放了漆皮箱子。

馬車駛進了正陽街，這條街就熱鬧得多了。那車上的乘客朝著街上觀望著，觀著這街上的商舖，行人和燈火。商舖前的狼牙鑲邊招幌，在雨中輕輕搖擺著，上面的字兒各個寫得盡善盡美。公福祥，德順東，福聚長，興順厚，泰發祥，雙聚成，元興成，寶元隆，大典當，「滿洲中央銀行」，又叫「興農金庫」，俗稱「炮樓子」，這些小城裡的大小商舖雖然都「關了板兒」，那柵板空隙中卻還透出橙色的電燈光亮，映射在雨中的路面上，和街兩旁的洋溝板子上。這些商舖裡的掌櫃們和夥計們，大多都在「劈哩啪啦」地撥打著算盤子，「嘩哩嘩啦」地翻動著明細賬吶。

這條街上的大小飯店卻都還亮著燈，掛著幌，一個幌的小飯店，兩個幌的中等飯店，四個幌的大飯店。了禪藥爐，慶和長藥局和澡堂子也沒有「關板兒」。澡堂子是城裡大名鼎鼎的張監督張文石開的，叫張家浴池。它的門半開著，散發出熱水的蒸氣。門前高高挑起的桿子上掛了個橙紅色的六角燈籠，底下綴了根紅布浪蕩兒，上面罩了頂遮雨的大草帽，遠看就像是一位鄉紳喝高了酒，漲紅了臉，情不自禁地歪哩歪斜地扭起了秧歌，跑起了旱船，決意要給這安靜的雨夜添加幾分幽默和快活。

公福祥右手邊的大飯店福合軒在六年前落成，是全城唯一的樓房，樓上樓下都燈火通明，笑語歡聲著。這福合軒青磚青瓦，朱漆廊柱，門前的四個紅色大幌子在雨中格外醒目。右面的山牆，靛藍色底上用白灰寫了兩個大字「仁丹」，足有一人來高，是在給東洋的清涼藥丸仁丹做推銷廣告吶。在這古色古香的背景上，這仁丹二字顯得滑稽而彆扭，就像是城裡的喇叭匠「夏大胖子」，鼓足了腮卯足了勁，用他那三節桿大嗩吶，聲嘶力竭地吹著西洋樂調《致愛麗絲》一樣。

樓上的長排抄手迴廊裡走出了兩位紳士。一位穿深灰色長衫，中等身材，微胖，光著頭。另一位略高，大眼，精瘦，高而尖的鷹鉤鼻子，穿藍灰色對襟便服。這二位紳士徘徊了幾步，遂倚著欄杆，閒聊了幾句，觀望著這雨中的街道和過往的車輛行人。這二位紳士分別是德順東五金下雜貨，人稱馬家床子的大掌櫃馬德雲，剛滿三十四歲，和四弟馬德祥，二十歲出頭，都正值精力充沛的黃金時代。

民國十八年，馬德雲與胞弟馬德豐挑著擔子，先後從新民范家屯柳河畔出發，歷經千辛萬苦，來到這座小城謀生。五年過去，如今已經把這五金下雜貨德順東做得風聲水起。此刻，族人相約福合軒，為這過去的五年擺酒設宴，是一次難得的奢侈。

族人們已在樓上隔間入座，專侯二掌櫃馬德豐從奉天瀋陽訂貨歸來。

馬德雲看到一輛四輪馬車從中央街方向趕來，停在了福合軒的大門旁，猜想這就是胞弟馬德豐了。

果然，車上下來的是二掌櫃馬德豐字「潤身」。二掌櫃近年來主掌外跑採貨簽單，奔走在小城和奉天瀋陽或白城之間，是頗有經驗的「老客」了。付了洋車伕兩角雙龍鎳幣說，「剩錢就別找了」。

望見走進前來的德豐兄弟，大掌櫃馬德雲咧開嘴，憨厚地笑了。

二十七歲的馬德豐一身西服革履，外罩風衣，頭戴黑禮帽，手戴白手套，漆皮箱子上貼滿了標籤。他向上面的哥兒倆打了招呼，也咧開嘴笑了說，「嘿嘿，你們就別等我了。」又從口袋裡掏出懷錶，看了看說：「火車誤點了半個鐘頭。」

樓上的雕花隔扇，分開兩排雅座。靠窗的「秋實閣」裡，圍著圓桌，坐了高曾祖父馬成順和高曾祖母，也就是大二掌櫃的祖父母。「千總」出身的高曾祖父馬成順不時地活動手指關節，發出嘎巴嘎巴的響聲。身穿灰布長衫，上罩藍色馬褂，頭戴瓜皮帽，白色短鬚，五官棱角分明，如同石頭雕刻出來的一般。高曾祖母微胖，身穿藍陰丹士林長袍，髮髻梳理的溜光水滑。挨著的是曾祖父馬世恩和曾祖母馬安氏，也就是大二掌櫃的父母雙親。曾祖父馬世恩身穿淺灰色長衫，頭戴舊禮帽，精瘦，留著花白的山羊鬍子。曾祖母是滿人，穿了深紫色直筒式寬襟大袖長袍，衣襟下擺和袖口都滾了黑邊，腰間掛了香囊。馬安氏祥和富態，脾氣溫和。其他還有各股族人，他們都穿戴整齊，彬彬有禮，在平心靜氣地品著茗，聊著天，是五年以來在這小城，和五年以前在范家屯柳河的經歷。他們並不喧鬧和張揚，就像是在講著別人的故事。

門口的夥計撐著傘，接過車上的漆皮箱子，把二掌櫃馬德豐引進福合軒。二掌櫃脫下手套，接了遞上來的熱手巾把，擦了擦前額和雙手，踏上鋪了暗紅色地毯的木樓梯。

樓下王泰來新開張的照相館「光陸寫真館」，門口的小方桌上架了留聲機器，牽牛花一樣的大喇叭中，正纏綿地唱著，是李香蘭的《夜來香》：

我愛這夜色茫茫
也愛這夜鶯歌唱

更愛那花兒般的夢
擁抱著夜來香
聞這夜來香

外面夜色漸漸濃了起來，燈火也顯得明朗了。這小城依然不出聲響地淋在這秋天的雨中。

第4章 張監督的故事 The Story of Governor Chang

「康德元年」，民國二十四年，西元一九三五年

在東南拐拐了幾拐，就看到了大煙館，也就是鴉片館，這是小城裡最昂貴而又最不可思議的去處了。

大煙鴉片也有「雅號」，叫「阿芙蓉」或「福壽膏」。也有人說古代西人還把它叫作「忘憂藥」。根據近幾年相繼公佈的「暫行鴉片收買法」，「鴉片法」和「鴉片施行令」，鴉片是實行專賣的，要憑「鴉片專賣籌備委員會」下設「榷運局」發的配給證購買。

「大滿洲帝國」建國以來，出現了大量「政府管理」的鴉片館，說是「為緩解吸毒者戒毒的痛苦，我們將在鴉片館內少量供應鴉片」。但是，「榷運局」發的配給證上的「配給」供不應求，而在實際上，隨便甚麼人，只要出得起錢，就都能出入鴉片館隨意吸食。於是有吸食成性的癮君子們，為尋求神經上的麻醉和肉體上的解脫並無法自拔，終了妻離子散傾家蕩產一貧如洗而橫屍街頭的人，便屢見不鮮了。

聚集在這東南拐的「合法」大煙館，就有「生記」，「昌記」和「泰記」三家。這三家大煙館，也叫「鴉片零賣所」，內設侍者服務。三家大煙館中，以「泰記」為最高檔。

與這一帶大多建築一樣，「泰記」也是磚木結構的平房。磚是青磚，勾了白線。門是朱門，掛了銅環。兩側是硃砂漆柱，前面立了一對小石頭獅子。那石頭獅子不大，也不威風，看著牠們那向上咧開的嘴巴，甚至還沾了些嬉皮笑臉和玩世不恭的味道。此刻正值晌午歇息時分，那石頭獅子也好像是通了靈性一般，懶懶地坐在石頭墩子上，「嬉皮」「玩世」了整個上午，這會兒彷若有些無精打采，睡意朦朧了。

門楣頂端懸著褐色金絲楠木匾額，上題著兩個渾圓飽滿的燙金大字「泰記」。匾額兩邊的青磚牆上，各鑲嵌了長方形的白瓷磚，上面彩繪了紅色牡丹，顯得雍容華貴，國色天香。青瓦雕刻而成的浮窗框內是木雕的窗欞，纖細而典雅。尤為與眾不同的是，那門臉兒「女兒牆」比周圍其他舖面的要高出一大截兒。兩旁的牆垛細而長，六面攢角的尖頂精道別緻。牆垛的中間，擁了一面曼圓形的牆面，中央的一個大圓盤上是一幅精微細緻，顏色略暗的浮雕「花開富貴」，是青磚雕刻的，透溢出這個時代的特有風格。

「泰記」的老闆段先生是關裡人，叫段祥泰，「泰記」的「泰」，就是由此而來。段老闆經營這煙土生意，自己卻對煙土敬而遠之。「穿衣戴帽，各有所好」，他這樣解釋，「我就得意這洋煙捲兒」，同時，他會指一下嘴巴上叼著的哈德門。他抽哈德門，是立著插在煙嘴上，模樣像是那廣告牌上，留著整齊的短式中分頭笑吟吟的男子，表情像是那廣告上的旁白：「吸者笑口常開」。而那畫中的男子，就彷彿是他段老闆本人微妙微肖的照相寫真一般。

段老闆愛抽哈德門，還跟他曾親眼看見過真的哈德門有關。那真正的，巍巍聳立的哈德門，他不但見過，還在那一帶住過，並說那哈德門，就是北平的「崇文門」。因是向皇城內運酒的專用通道，故而又稱為「酒門」，「酒道」。還說那甕城，閘樓，箭樓都建得高大雄偉，蔚為壯觀。

如今，段老闆是遠離了那真正的哈德門，久居在這偏遠的北方小城，抽著哈德門洋煙捲兒，做著這「阿芙蓉」「忘憂藥」的賺錢買賣。

也不知是由城裡哪些紳士們的帶動，抽大煙吸鴉片竟成了一種身分的標誌，一種面子的象徵，也就是說，抽大煙必然花費大，而你又抽得起，就說明你財大氣粗，能掙能花，具備紳士的風度，具備老闆的派頭。這就應了伶界的一句話，叫「不抽大煙，不過一千」，即是說家裡若不擺著煙榻煙具，邀角兒的一來，包銀一准兒多不了，甭想超過一千塊。所以有些角兒不抽大煙也置辦一副煙具在家裡擺著，一來為同行客人預備著，二來就是給經勵科邀角兒的顯擺。這也可印證好角兒抽大煙算是常例。

小城裡的人們常說，「好吃不如餃子，坐著不如倒著」，對於這些來煙館的「癮君子」們，抽大煙卻強似「倒著吃餃子」，甚或強似人世間的萬事萬物了。

「泰記」面對「王三五包子舖」和「劉家漿汁館」，門面雖然不大，內堂卻十分寬敞。據說，常有顯赫的貴客，乘了轎子，徑直被擡進大堂才肯下轎，很有一番派頭。

今天上午來到「泰記」的張監督「監督大人」，就是從「監督府」上了轎子，徑直停落在「泰記」的大門廳裡的。

雖然早在民國初年，臨時國民政府就先後頒佈了剪髮辮，易服飾，改稱謂，禁纏足，倡女權等法令，所謂「斷髮易服，移風易俗」，革除了「大人」，「老爺」等前清官場上的稱謂，政府職員間改稱職務頭銜，民間普通稱呼改為「先生」或「君」，卻令小城的人們有點兒不習慣，人們還是時常稱這「監督先生」或「監督君」為「監督大人」。

「監督大人」確實很有「大人」的風範。無論是個頭，相貌，穿戴，談吐，舉止，儀表，還有威嚴，張監督都夠得上這個時代的「大人」稱號。

張監督名毓華，字文石，「大滿洲帝國」成立前，曾任北洋政府的「監督」，是「設治局」的首任設治員，也就是小城的首席官吏了。他出身名門，其父於清光緒年間，在省城江省的官職做到了從五品「知州」，領朝廷的年俸，祿米和養廉銀。民國初年，張文石留學東瀛，在東京唸的是土木工程和測繪。學成後隨家人移居小城，在小城中央校任督學，最後當上了城裡的「監督」，人稱張監督或「監督大人」。他學富五車，才高八斗，出類拔萃，不但擅長書法繪畫，能詩善詞，還精通算學和樂理，深諳《周易》，興致來時，會給你測字占卜，以決宜忌驅避，也是城中最大佛教會門「大同佛教會」的會長。

他家資萬貫，良田百頃，且投資多家商號做股東而日進斗金。城裡的澡堂子也是他開的，叫張家浴池，是城裡有史以來第一間澡堂子，乃僅此一家，別無分店。雖然是大池塘，不設單間和淋浴，水卻是夠多的，也是夠熱的。澡堂子的休息間有對面床鋪，中間設一個茶桌。床鋪下面是櫥櫃，脫下的衣服就鎖在櫃子裡。在這裡，多大的人物也得去了衣褲，脫得一絲不掛，和販夫走卒一樣，體現了絕對的平等和大同。在那熱氣騰騰的水池子裡泡上好一大陣子，就把整個人泡得通身舒展。上來後，一人拿一條白洋毛巾圍了，躺在床鋪上，叫來一壺茶水，一邊抽著煙，一邊喝著茶，或是同對面的紳士嘮上幾句嗑，嘮著嘮著，睡意就來了，於是就呼呼睡了起來。

甚至這小城地名的由來，也有張監督的功績。清末民初，小城尚屬科爾沁蒙古十旗之一扎賚特旗的一個村落。那時人家稀少，且多為蒙古人居住。後來蒙古居民逐漸西徙，小城的名稱也不規範了。民國二年，西元一九一三年，時任城「設治局」設治員的張監督邀集社會名流，研討設治局名稱。幾經商榷和論爭，這小城便得以命名，有了「否極泰來」，「枯木逢春」，「時來運轉」的吉祥之氣。

「滿洲國」「建國」後，日本人多次攏絡施壓，要他「出政」，他卻以種種理由和藉口加以推諉，百般無奈之下，才做些勘查測繪地理地貌地圖之事。他做的地圖，城區的鄉村的都非常精確。多年以來，人們就都以他的畫法作為範本。此外，因其兼授幾所學校的書法和算學，便更加添了些「誨人不倦」的夫子品性，故而也被稱為「大先生」。

像民國時代的多數遺老遺少一般，他依然講究體面，講究分寸。他在精神層面更具個性，或迂或狷，或癡或狂，但內裡全不失風骨，出行與談吐始終保持著一種典雅從容的架勢。但這滿腹的經倫，滿懷的壯志，現而今，已經英雄無用武之地。他那昔日門庭若市的府邸，如今已然是「門前冷落鞍馬稀，老大嫁作商人婦」，他只能藉著這「阿芙蓉」「忘憂藥」燒出的煙霧排解和遣懷，以及「忘憂」了。

監督大人的一筆行書寫得行雲流水，筆走龍蛇。人們總想著從他這裡得到一幅兩幅，貼在牆上，一是圖個裝飾，二是圖個吉利，三是圖個名聲。裝飾是肯定的。他的字兒，真草隸篆樣樣中看。年長的紳士們看他的「真」，就說：「這功夫，這構架，活脫脫一個歐陽詢九成宮。」年輕的學生們看他的「草」，就說：「這氣韻，這動勢，簡直像是洋人的洋字碼。」婦人們看他的「隸」，就說：「這字兒好看，一筆一劃都像大胖小子。」年幼的孩子們看他的「篆」，就說：「張監督寫的是蟈蟈蛐蛐蓋蓋蟲兒。我也要。」吉利也是肯定的。他的字兒寫的都是「吉祥」和「如意」。他寫「紫氣東來」，就被權貴們收了，他寫「財源廣進」，就被買賣家收了。他寫「氣若幽蘭」，就被文人們收了。他寫「風調雨順」，就給鄉紳們收了。若說到名氣，張監督的名氣那還了得，誰不想把張監督的字兒作一種炫耀，說，「你可知道這是誰人的真跡？」人家故意回答說不知道，他就會停頓片刻，眼睛一眨，說，「這可是張監督的墨寶吶。」

張監督這三個字，在小城裡提起來時，那可是如雷貫耳，振聾發聵的。這三個字象徵著摩登，象徵著權威，象徵著高貴，象徵著文明，象徵著門第，象徵著顯赫，象徵著學識，象徵著資本，象徵著份量，仿若是金子造就，鋼鐵鑄成，玉石雕刻的一般。

「監督」這職務，本指監督土地的丈量和買賣。民國初年，小城初具規模，土地管理並無明確章法可循。當地游牧民族跑馬圈地，「監督」就是監管督察土地的丈量的和區劃，這也與他學的土木測繪有所關聯。張監督高個頭，高腦門，高鼻樑，大臉，大手，大腳，一如相術中所謂「極貴之相」。那唯一嫌小的一雙細眼睛，則多半遮在那溜溜圓的金絲腳眼鏡後頭。這時的張監督已年過花甲，但他的臉面保養得很好，且修得很光，竟沒有一絲兒皺紋。他那略嫌薄了些的嘴唇上，整齊的髭鬚還大致是烏黑的。他禮帽下的頭髮，向後梳理得一絲不苟，這令人看不出他的實際年齡。

他右手拿了根黑漆「文明棍」「士的」，每每從門中走進走出時，都要用那「棍」敲點一下門框，略微躬身，左手則用三個手指扶一下頭上的紳士禮帽的前頂，就愈發顯出了紳士的派頭。他的禮帽做工精良，價格不菲，質料冬夏有別，冬季是黑色毛呢，夏季是白色絲葛，帽冠上繞著黑裡透亮的緞帶，無論春夏秋冬一年四季，無論著洋裝中山裝長袍馬褂，張監督的文明棍和紳士禮帽是從不離身的。

如今在這「大滿洲帝國」，張監督雖然仍舊大名鼎鼎，仍舊住在他的「監督府邸」，仍舊戴著他的禮帽，拿著他的文明棍，但終是斗轉星移，時過境遷，物是人非，他的時代和輝煌已經過去了。

轎伕把轎子前傾，拉開簾子，張監督便下得轎來。時下正值春夏交接的五月，天氣已經有些暖意了，張監督頭上的禮帽卻還是黑色羊毛呢的。他的頸上圍了條黑色絲質圍脖，腳上穿了雙圓口黑絲絨面千層納底鞋。他的體格雖仍然健碩，卻有些神色黯淡，不經意間顯出幾分蒼老和疲倦來。

他的藍綢長衫，使他的身材顯得修長而魁偉。他雖遠不似當年的洋派，卻也仍然風度翩翩。曾幾何時，這監督大人身著淺色洋服，頭戴米色巴拿馬帽，足蹬白幫黑頭漆皮鞋，戴了白手套，拿了文明棍，上過《新民國》期刊，那真是小城裡頭等顯赫的人物。

老闆段祥泰親自出迎，畢恭畢敬地招呼著。侍者小心翼翼地接過文明棍，禮帽和圍脖，把張監督引進了裡面一處精緻的單間雅室就坐。侍者端上一個托盤，上有疊得整齊的雪白的洋手巾，香噴噴地冒著熱氣，還有精緻的扣碗茶盅和五香瓜子，滷煮花生。

監督大人拿起那熱手巾，沾了沾前額，擦了擦雙手，又端起那盅子，只是用蓋子刮了一下浮在盅子上的茶葉，聞了聞，是上好的「祁紅」，又放下，也不去理會那侍者和那瓜子花生，卻撩起長衫的下擺，架起了二郎腿，頭靠在椅背上，打了幾個哈欠。他閉上了眼睛。

片刻睜開眼睛，他慢慢適應了這裡幽暗的光照。他隱約可見外間幾張鴉片床榻上，幾個抽大煙的客人頭下枕了兩頭繡了花的枕頭，靜悄悄地，懈怠地側身躺臥在煙榻裡，蜷縮著的腿搭在前面的方橙子上，一桿煙槍舉於掌心，一端對著那鬼火般地忽暗忽明的大煙燈，整個人懶懶洋洋舒舒服服地吞吸一口「雲」，再緩緩悠悠慢慢騰騰地吐出一口「霧」，雲霧間飄出一陣難以言喻的怪異的香甜氣息，在吞雲吐霧之間漸漸四肢疲軟，渾身乏力，飄飄欲仙，如夢如幻，忘卻了世間的煩惱和紛爭，幽靈般地進入天上的極樂世界。

看到眼前這頹廢的景象，張監督甚至有點兒鄙夷起他們，也鄙夷起自己來了。他吩咐侍者放下了簾子。

茶桌上還散著些雜誌，淨是些「奉天省公署」發刊的《曉鐘》，「滿洲結核預防協會」發刊的《健康滿洲》，「興農合作社」發刊的《興農月刊》，「滿洲國語研究會」的《滿洲國語》之類。張監督信手拿起了《晚鐘》，隨意地翻了翻，放下了。又拿起了《滿洲國語》，仍然隨意地翻了翻，又放下了。最後，他拿起那本《世界畫報》。只見那彩色的封面上，盛開的櫻花叢後，高聳入雲的富士山被白雪覆蓋了山巔，被碧水環抱了山腳，像一把懸空倒掛的扇子，又像是家家戶戶院子裡醬缸上的大草帽。早年他在東瀛留學時，就曾讀過「和歌」中這樣讚頌富士山的句子：「玉扇倒懸東海天」。他點了點頭，遂翻了翻這配了圖像的《世界畫報》，報導的淨是些「皇帝陛下」參拜旅順忠靈塔，支那的親日政策，蔣委員長會見鈴木中將，日滿聯軍佔領哈爾哈廟，蒙古國邊界衝突，諸如此類的「世界新聞」。他搖了搖頭，嘴角抽搐了一下，覺得這些新聞條條索然無味，乏善可陳，他大倒了胃口。

擡頭望向窗外，見那巷子裡插著的「紅藍白黑滿地黃」的「滿洲國旗」，忽地記起他曾經教授過書法和算學的中央國民優級學校，現任副校長的日本人渡邊，要求一年級的小學生就要會背誦這樣的課文：

國旗揚揚揚
紅藍白黑滿地黃
我愛我國旗
國旗揚揚揚

然而，那「國旗」卻沒有多少精神地垂掛在對面的屋頂上。他低頭望了望自己的胸前，大襟上掛了根金色的懷錶鏈子，先前的青天白日勳章不見了。他搖了搖頭，又聳了聳肩，並開始涕淚交橫，面色蒼白，手足乏力，遂覺得不可遏制的睏意和倦意一股腦地湧了上來，又接連打了一長串哈欠，便一頭倒在那煙榻的枕頭上了。

侍者知道監督大人的煙癮犯了，便招呼他吸煙。只見那侍者熟練地用手將那煙土摳下黃豆大小的一塊來，放在一隻毛線針般的細鐵釺上，在煙燈上轉動著烤。不一刻，那煙土就烤得滋滋冒油，成了可以抽的煙泡了。一個這樣的煙泡，三四口也就抽完了，甚至，一口就可抽掉大半截子。

這煙燈也很特別，是用了圓形的玻璃罩罩了，形成了無煙的長長火苗，烤出來的煙便沒有異味。侍者把煙泡烤好後，放在煙槍口上，把鐵釺抽掉，形成一個中間有一條管道的棗狀物。這「槍」其實跟旱煙袋管兒差不多，只不過比旱煙袋管兒粗，頭上沒有那煙袋鍋子，卻有一個大洋鈕扣狀的東西，上面開了個小圓孔。看這模樣，與其稱這為「煙槍」，倒更似那財主家嚇唬鬍子的「洋炮」。監督大人接過這煙槍，含在口裡，有煙泡的一端湊到火苗去燒，貪婪地吸了一口，那煙泡就矮下了一截。

他閉上了眼睛，神經全然地鬆弛了下來。不多時，他發覺煙榻上的「另一個自己」輕輕緩緩地被一種無形的力量托起了，說不清那是甚麼，像是一隻溫暖的巨手，更像是一朵軟綿綿的雲霧。

雲霧中，他聽見有人在呼喚，並將他扶起，推動他前行。他彷若醉人一般，恍恍惚惚，也不問緣由，便懵懵懂懂地跟了上去。路途似乎非常遙遠，卻不覺辛勞，不覺腹餓，不覺疲倦。一路不知行了多少晝夜，終於來到一處不可思議不可言表的地方。這就是傳說中的極樂世界。

眼前的景象，已然不是那幽暗曖昧的煙榻和鬼火般的煙燈，張監督看到了另一番天地。

此刻似乎已接近天亮時分，隱約聽得到有叮咚奏樂之聲。只見雲端上，有很多人出出進進，皮膚顏色也黃白棕黑各異，其中以黃色者居多，有男有女，有老有幼。他們衣裝奇麗，且會發光，又分不出地域和種族。他們三五成群，或在颯颯習劍，或在翩翩起舞，或在靜靜下棋，皆呈現出十分喜樂的氣氛。這裡的喜不是迷亂之喜，而是欣然之喜。這裡的樂不是癲狂之樂，而是寂靜之樂。這裡清淨無染，人人無需勞作，飲食隨念而至。見監督大人到來，皆露出歡迎神態，不過並未同其交談。

不一刻，眼前出現了一座大樓閣，卻有些模模糊糊，朦朦朧朧，飄飄渺渺，迷迷離離。樓閣的門口有一位身穿鎧甲的武將迎候。入得閣來，便有仙女端出玲瓏剔透的蓮花狀瓷盤，盛了香氣四溢的花蜜糕餅招待。監督大人吃了一塊，頓覺周身舒適，精神倍增。一旁有人說道：「天上都以花蜜為食糧。此糕乃前院天人仙女送來供養的，是以百種花草秘製，味道極佳。凡人吃到此糕，祛病延年，老者則返老還童，你多吃一點，有好處的。」監督大人遂又吃了一塊，邊吃邊行。這一塊，味道卻似曾相識。他努力地回想著是在哪裡吃過，終於記起原來是在那監督府邸，自己的家中。

於是他的眼前便現出了一所好大的宅院，這宅院被高牆圍了，看起來十分眼熟，仔細端詳，像是自己的宅子。「我的宅子怎麼會在這天上的極樂世界裡吶？」他有些驚詫，摘下眼鏡，揉了揉眼睛，果真是他的宅子，小城裡的人們把它稱作「張監督的房子」。

「張監督的房子」是小城裡最顯赫的宅第了。儘管它比不上天上的瓊宮玉宇，比不上地上的龍城雁塔，比不上「新京」城「皇帝陛下」亨利愛新覺羅溥儀的皇宮，卻也寬敞明亮，淡雅出塵，古色古香，氣度非凡。「一切都是青磚砌成」，他自言自語道。當年，建這宅子的時候，他就這樣說過。這座顯赫的宅院，是他親自繪製的圖紙，親自挑選的材料，匯集了城裡的能工巧匠，還有專程從奉天潘陽請來的畫師漆匠，歷經三年，就在民國十年落成。這宅第在小城鶴立雞群，獨樹一幟，引來不少人談論和張望。實際上慢慢地，「張監督的房子」這種叫法就演變成為一個標記，成了「那是一個特別稀奇而富有魅力之處」的代名稱了。比如，人們若說起了富貴榮華，錦衣玉食，就提到了「張監督的房子」說，「等我當了官，發了財，就讓你住上那樣的房子，過上那樣的日子。」就連三歲的小孩子，若哭鬧起來令人不得安寧時，大人騙騙他說，別鬧了，帶你出去看張監督的房子，那孩子就會止住了哭，睜大了眼，張開了手，向窗外遙遠的看不見的地方望去。那孩子並不瞭解張監督的權威和富有，卻懂得在「張監督的房子」不遠的拐角，有一處賣冰糖葫蘆的小販子，這家長的意思是「張監督房子就等於那冰糖葫蘆」，或者是說，「張監督的房子就是糖葫蘆」了。

他駕著祥雲，近前觀望，見那鐵皮大門兀自地打了開來。他便飄然而入，那門又兀自地合了過去。他看到青磚影壁牆上，中央的「影壁心」，由四十五度角斜放的方磚貼砌而成，磨磚對縫，非常整齊。牆中央和四角都飾以浮雕，乃福祿壽仙和吉祥圖樣。

繞過影壁，放眼望去，一排坐北朝南的正房堂而皇之地映入眼簾。這房呈「一」字擺開，兩側各有東西廂房，全部是青磚築建，曼圓形的屋頂鋪蓋了青瓦，正面挑了簷，撐起的門廊三尺有餘，後面加伸翼角，所謂「前出廊牙後出廈」。這些「廊牙」和「廈」，還有廊柱上，都妝點以彩繪花飾。雕刻著古色古香圖紋的門窗隔扇中西合璧，皆鑲著明淨的玻璃，院中則點綴以假山怪石，奇花異草。

本是空無一人，死寂般沉靜的宅院忽然間喧鬧聲起，燈燭通明，原來是元宵佳節到了。監督大人不免詫異，想在這北方的正月，何以溫暖如春？

他發覺自己的穿戴正是當年的淺色洋裝。他摸了摸頸上的領結，是光滑細緻的黑色綢質。左胸前的衣袋裡，還裝了一條疊成三角形的雪白的手帕。衣襟上，一枚青天白日勳章閃閃發亮。是的，這正是他的黃金時代呀。他的情緒也一下子好了起來。

院內外已然賓客盈門，笑語歡聲。城中紳士名流出出進進，溫文爾雅，謙謙有禮。有跟從提著禮盒，肩著禮擔，監督大人遂拱手相迎。有名媛淑女，旗袍洋裝，細語柔聲，鶯鶯切切，張監督便忙不迭地招呼賓客們品茗用酒，觀花賞燈。

只見這花燈各個出神入化，巧奪天工：吉祥如意荷花燈，活靈活現走馬燈，舞姿婆娑仙女燈，栩栩如生孔雀燈，玲瓏剔透金魚燈，古意盎然宮廷燈，把監督府邸的宅院妝點映照得五顏六色，流光溢彩，目不暇給。

廳堂內外酒宴擺就，朱漆桌前高朋滿座，酒香四溢，觥籌交錯，語笑喧闐。興致來時，席間賓客吟詩對仗，猜拳行令，把酒當歌，好一番熱鬧景象。

酒過三巡，菜過五味，有賓客提議要監督大人揮毫潑墨，院子裡書案上「玉版宣」和筆硯擺就，張監督手握提斗「純紫尖毫」，一揮而就，蘇軾蘇東坡的《水調歌頭》躍然紙上，呼之欲出：

明月幾時有，把酒問青天。不知天上宮闕，今夕是何年。我欲乘風歸去。又恐瓊樓玉宇，高處不勝寒。起舞弄清影，何似在人間。轉朱閣，低綺戶，照無眠。不應有恨，何事長向別時圓。人有悲歡離合，月有陰晴圓缺，此事古難全。但願人長久，千里共嬋娟。

監督大人今天的行書，彰顯了草書的狂傲，蕩漾著行書的飄逸，不經意間還流露出隸與篆之間的俏皮和拙樸，通篇渾然一體，差錯有致，放收有度，瀟灑俊逸，剛柔並濟，氣勢磅礴，豪邁奔放，雷霆萬鈞，墨落紙上，如龍張騰，似鳳飛舞，一如其人，一若其性，彷似蘇軾的自語：「十年不見老仙翁，壁上龍蛇飛動。」

正當賓客們嘆為觀止，都想著要向張監督討這幅登峰造極的書法上品時，案上的這些文字竟然活動起來，一個一個飄離開紙面，忽忽悠悠地在空中蕩漾遊浮，又合成一片，不經意間化作一隻巨大的鴻雁。這鴻雁的翅膀輕輕煽動，張監督遂勢升起，落在鴻雁的背上，牠是要帶這監督大人「乘風歸去」了。在眾人驚詫之餘，張監督手持文明棍，頭戴呢禮帽，與眾人告別。鴻雁遂載了他升飛而去。地面上的景致，他「張監督的房子」，那眾多賓客族人，那周圍住戶的土房，土路，還有街巷，正陽街，中央街，那櫛次鱗比的商號買賣，飄在門前的市招鋪幌，那顆碩大的歪脖子老柳樹，還有把這小城圍得密不透風的護城牆護城壕，城外的田野湖水河流，那月光下閃著微光的東鹼泡子，那街巷中透出的點點燈火，都漸漸地遠去了。

朦朧與飄忽之間，鴻雁把張監督載到了一處庭園，卻並非是自己的庭園，這庭園為池水環繞，又像是城外托力河那四面環水的「河套」，只不過這裡是沒有鬍子土匪出沒的清淨之地罷了。

這庭園佳木蘢蔥，奇花爛漫，一帶清流，雕甍繡檻，青溪瀉玉，石磴穿雲，白石為欄，環抱池沼。此時正值初夏，園內微風習習，風吹花動，間或有花瓣落地，有如細雪初降，無比清麗。

一彎新月滑過精緻的屋簷，給庭園內灑下一片朦朧昏黃的光澤，愈發顯得靜謐而陸離。

遠處有琴音和曲聲隱約傳來，並聽不出來自何處。那像是監督和三姨太的女兒「八小姐」張敏忠的琴聲。這琴是西洋之琴，叫「梵阿玲」，這曲是西洋之曲，是巴赫的「奏鳴曲」。這曲優雅恬靜，既有教堂的肅穆，又有田園的風光，又帶了沒著沒落的傷感。教堂添了人間的氣息和大自然的明亮，田園卻不見了鄉野的粗礪和泥濘。這音這曲是與眼前這景物融為一體了。

園中心的池水浮萍滿佈，碧綠而明淨。池水上面，凌空高高地懸著一個西洋式樣的自鳴鐘和一大本厚厚的「洋黃曆」。靠近池水的涼亭裡，擺了一個書案，上面獨獨放了一本沉顛顛的舊書，是他研讀了多年的《周易》。這本泛黃了的線裝古卷，在燭光下顯得格外地深不可測，彷彿它的內裡記載著這小城乃至他張監督自己的所有過去現在和未來的一切故事一般。

一忽兒，月亮漸漸地隱到雲彩裡了。像是又一道夜幕垂下，天色驟然變暗，開始飄起了濛濛細雨來。

張監督正襟危坐在那太師椅上，凝神靜聽亭外飄飛橫斜的雨絲，細細地敲打著池塘上的水面和浮萍。積水順著屋簷黯然滴落，在地面上暈開一圈漣漪，分不出是嘆息還是感慨。

忽然間，池上的自鳴鐘發出了響聲，原來是那象徵時光流逝的精靈「愛麗兒」拉響了鈴鐺，且頻頻點首。鐘擺的兩側，則有寓意虛度年華的小人兒在頻頻搖頭，乃因尚未享盡人間的富貴榮華，而遲遲不肯離去。監督大人嘆了口氣，感慨萬千。這鐘遂在「滴答滴答」地響著。他想起來了，這鐘擺的聲音，先前是察覺不到的。

自鳴鐘對面的「洋黃曆」，差不多有一張桌面大小，上面的字分紅綠二色，華曆紅字，西曆綠字，相間成文，十分醒目。除了華曆二十四節氣之外，西人禮拜日亦挨准注於行間，且印以厚實潔白之外國紙，四周加印巧樣花邊，最下邊還以英文註出禮拜月日年。雖然那上面的頁面不時地掉落下來，飄散在雨中，又落在地面上，「洋黃曆」的厚度卻彷彿絲毫不減，彷彿永遠都撕不完，日子永遠也過不盡似的。那時他年輕氣盛，躊躇滿志，前面有大把的時光大好的前程在等著他，他不會去留意到時光的流逝的。然而，「歲忽忽而遒盡兮」，大江東去，人生如夢，時光還是無情地過去了。

忽然間，池上的「自鳴鐘」又敲起了好聽的音樂，「叮叮噹噹叮叮噹噹」不絕於耳，且有回聲從四面傳過。對面的「洋黃曆」，竟然掉落得快了，一頁一頁地，俞來愈快，像是冬天裡的雪片，紛紛揚揚，把眼前的景物覆蓋了，且映射得明朗，這黑夜竟然變成了白晝。

他不敢相信自己的眼睛，眼前的景物也全然地變了。他便拭目觀望，眼前竟然是小城繁華的「買賣一條街」，他再熟識不過的正陽街中段。他聽到了車馬喧囂的聲音，也有小販叫賣的聲音。「丁」字路口向西去，則是通往火車站的中央街。他看到了這兩條街轉角處的水果店「王興泰鮮貨店」，它的右邊是經營五金電料下雜貨的馬家床子德順東。挨在右手邊的，正是城裡最大的貿易局綢緞莊公福祥和郭家膏藥舖，再靠北的二節樓就是他時常出入的大飯店福合軒了。那門口的四個紅色大幌迎風飄擺著，雕花的窗櫺後傳出笑語歡聲。是的，景物依舊，唯不見了街上飄揚著的「紅藍白黑滿地黃」的五色「滿洲國旗」。

令他驚訝不已的是這時空再一次地錯亂了。他看到了一個很有些派頭的老者，正坐在馬家床子的窗前一個卦攤後面。他穿著長衫，卻已然破舊得辨認不出顏色。他形容憔悴，面色蒼白，鬍子已經多時沒有修整，顯得邋遢而落魄。他鼻子上的金絲腳眼鏡斷了條腿，用一根洋鐵絲代替了。他原本的高大身軀是被無情的歲月壓彎了，像一隻火候過大了的河蝦，誇張地佝僂著。

這老者似曾相識，仔細辨認，竟是十年後的自己。是的，那頭上的黑呢禮帽雖然已經破舊不堪，橫在桌子上的「士的」文明棍雖然已經黯淡無光，這兩樣東西他卻是無論怎樣也認得出的。

恍惚中，張監督彷彿看到這十年間，他和他的族人，全部相繼染上抽大煙的惡習而無以自拔，終於逃不過注定的沒落而千金散盡，萬貫擲空。他也彷彿看到，除了他的女兒「八小姐」還穿了那已經不再「摩登」的洋裝，隔三差五地走近那算卦攤子，向那戴了破舊禮帽的老者討上些零用錢外，在這走馬燈一樣路過的芸芸眾生中，竟然見不到其他的家人了。他的《周易》並沒有給他特別的啟示。總之，他們都石沉大海，音信杳然，不知所終，就像那些錦衣玉食揮金如土的日子從來就沒有發生過一樣。

他除了繼續地翻著那本已經散了頁的《周易》外，要嘛就躺在煙榻上吞雲吐霧，繼而沉沉睡去，要嘛就一杯接一杯地喝酒。家業，田產，股份，丟的丟，棄的棄，賣的賣，押的押，到了最後，他竟然披頭跣足，失魂落魄，除了他那身行頭，那禮帽和文明棍，他竟然一文不名，一錢不值，一貧如洗了。就這樣，他雖然捱到了那荒誕不經的「大滿洲國」垮了臺，他自己卻身心俱疲，消耗殆盡了。

這個十年後的自己斷然是窮困潦倒了。為了混上一口飯吃，他從馬家床子討了張桌子，擺在窗前，挑了竿白布旗子，測起字算起命來了。憑著他對《周易》的熟諳，竟能未卜先知，料事如神。他在那桌子上還擺上一摞子黃裱紙，是他的墨跡，上面壓了塊破爛磚頭。逢來算命的人，臨走時就奉送上一張。他的生意雖說不上紅火，找他的人還是有的。其中的大多數並非是來算命，而是衝著那黃裱紙上的字。

見到眼前的情景，他不禁出了一身冷汗。正欲前去接濟這潦倒的自己，忽聽自鳴鐘的「叮噹」之聲又迴響在這寂寞的庭園之中了。「洋黃曆」又一頁頁地飄落下來，紛紛揚揚，不多久，就遮蓋了眼前的景物。

眼前的正陽街轉眼間變成了他的宅子，人稱「張監督的房子」的宅子。原來那「洋黃曆」竟然翻過了三十幾年的光景。

這時的「張監督的房子」已經面目全非了：一丈有餘的院牆沒有了，廂房沒有了，包了鐵皮的大門沒有了，影壁沒有了，馬車轎子沒有了，八小姐的英國自転車「三槍」沒有了。他宅子裡牆上的素墨丹青，案子上擺的連城之壁，奇珍異玩，稀世之寶也一定沒有了。穿梭忙碌的僕人，錦衣玉食的家眷和往來如雲的賓客都不見了蹤影。取而代之是豬欄，雞架，鴨棚，醬缸，草垛，破爛的雜物，骯髒的垃圾，惡臭的糞便。這房子破落了，也矮小了。這宅子顯然是被眾多人家瓜分解體了。

他分不清這是到了甚麼朝代，因為那出出進進的都是些從未見過的人們，男人女人老人孩子，穿著奇怪的衣服，藍的，灰的，藍灰的，灰藍的，草綠色，都是一個式樣。他們的胸前都戴了徽章，大的，小的，圓的，方的，都是閃光發亮的。幾個人像是長官的模樣，指手劃腳地，一邊說著甚麼。他們不少人的左臂上還戴了臂標，血紅色的，看不清那上面的字跡。他們各個表情嚴峻，怒目圓睜，彷若大難臨頭，大敵當前一般。他們圍坐成一圈，中央一張櫈子上站了一個中年男子，胸前掛了一個大牌子，低著頭，彎著腰，不時地顫抖著，像一隻無助的落湯雞和落水狗。他滿臉鬍鬚和塵土，頭上戴了一頂白紙紮的高而尖的帽子，是從未見過的式樣。他的鼻子上過時了的圓形眼鏡，兩條腿全然斷了，用線繩栓在耳朵上。右眼的玻璃鏡片沒有了，突兀怪誕地空架著。他周圍的人似乎是在義正詞嚴地向這落湯雞落水狗喊叫著甚麼，卻令人難以明白。這裡一定是發生了甚麼重大的事情了。

房山牆被塗上了一大塊白灰，上面用紅色書寫了醜陋的大字，看上去是中國字，卻又不像，大半缺筆少畫，像是變異了一般，又絕不是日本字，他不完全認得，但十分好奇，定睛細細查看，大致是在講著一種時代的「道理」：

□克斯主□的道理，千□□□，□根□底，就是一句□，造反有理。

說的是甚麼吶，他不明白。只有最後的「造反有理」他能夠連貫地讀得出來。他的腦子裡努力搜尋這話語的出處：莫非此間又生出了陳勝吳廣的大澤鄉起義？

他聽到了院子裡傳來陣陣聲響，吵雜，刺耳，激昂。那是一種音樂，應該是從路旁的電線桿子上發出的。那上面架著一個銀灰色的大喇叭狀的東西，像是當年他的留聲機喇叭「牽牛花」，卻又不是。那音樂是一種由樂器伴人唱而發出來的聲音，他聽不真切，卻認定那絕不是三十幾年前，他院子裡那大喇叭留聲機Gramophone中播放出的音樂。那時在炎炎的夏日下，他坐在樹蔭中的籐椅上，搖著紙扇，一邊聞著庭院裡月季紫露草瓜葉菊鈴蘭風信子的花香，一邊飲著濃釅的「祁紅」，一邊看著頭上浮動的藍天白雲，一邊聽著「一年到頭所有聽慣的樂調」。那是周旋的《月圓花好》，李香蘭的《何日君再來》，梅蘭芳的《嫦娥奔月》，西洋民歌Back in the Saddle Again, Smoke on the Water, Rodeo Sweetheart，還有那纏綿神傷，超越生死的爵士樂調。

他現在聽到的，只是一種粗礪的，攻擊的，狂熱的，征戰般的，廝殺般的，金屬撞擊般的，鏗鏘激進一往無前奮不顧身視死如歸的聲音，他無法理解，無法接受，就和他宅子山牆上書寫的「造反有理」一樣。

此情此景，如今發生在張監督的這座沒落宅第，顯得非常扎眼，非常突兀，非常荒誕，非常怪異。他深深地嘆了口氣道，嗚呼，就由著他們去罷。

正當張監督嘆息之間，忽然見一夥官差模樣的人擁了上來，不容分說，架起卦攤後的張監督就走。這些官差們穿著邋遢的「中山服」，頭戴的帽子像俄國「十月革命」的領袖列寧，卻不完全相同。他們是些甚麼人吶？他們不是北洋政府的東北軍，不是「皇帝陛下的警察官」，也絕非是蘇俄的「老毛子」紅軍。他們面無表情，喝兒呼兒地，口音怪異。

熟諳《易經》的他，相信在萬事萬物之中，既存在「定數」，又存在「變數」。「定數」即規律，「變數」即不規律。人生中既有定數又有變數，此乃天地之道，人稟命於天，其理亦然。「一朝天子一朝臣」，張監督不禁嘆道：「此乃吾之定數變數也。我被這時代徹底地淘汰了。」

遂一眼瞥見馬家床子門口的大掌櫃馬德雲，就叫道：「大掌櫃的，我要上路了，給我沏碗茶，招待一下吧。」大掌櫃忙吩咐人搬出一張太師椅來，招待這監督大人坐下。接著，二掌櫃馬德豐馬潤身從櫃上端出一盅扣碗熱茶來。張監督又翹起了二郎腿，端起那盅子，優雅地用蓋子刮了一下浮在盅子上的茶葉，聞了聞，也不去理會那官差們。慢慢品了這「祁紅」，用衣袖沾沾嘴，道：「好罷，挺滿足，咱們來世再見罷」。他拱手道別，遂被官差們押走送至牢獄之中了。

他自己也記不得他的「罪名」了。他的罪名或許就因為他是張監督。他看到自己終了竟然是如此的結局，這監督大人不禁「悲從中來，不可斷絕」。

他想起在馬家床子這攤子前，曾給城中名士趙向道測字看相。那時的趙向道剛剛二十三歲，卻已參了政，當了「滿洲國」的「部長」，手下部員五六個，也當過小學老師，教過美術。張監督為他測出將來的「十年牢獄之災」，把趙向道嚇得面如土色。他也給過無數的人測字看相，唯獨忘記給自己測算上一回。

「這個嘛」，他自語道，「無須測算，而今即親眼目睹也。」他又長嘆一聲。「而今」果然見到了十年後，即民國三十四年，西元一九四五年，「康德十二年」的自己。

他已然精疲力竭，萬念俱灰。這一年，在飽受牢獄之災後的不久，他看到他自己永遠地離開了他愛恨交集的小城和這個世界。這個世界是一個優雅與粗劣，斯文與蠻橫，溫柔與跋扈並存的多面世界。曾有萬貫家財的自己，臨了竟然連口像樣的棺材也沒有混到，甚至連口薄木棺材「狗碰」的禮遇也沒有混到，而唯有落了個「大跑大顛」，就是用草蓆一捲，捆紮都沒有，四個人架了，扔上那拾糞的大板車，一路任跑任顛，東山的亂屍崗子掘了個坑，草草地埋了了事。果真是世態炎涼，人情淡漠，人心不古，冷暖自知，「悲兮，哀兮」，他不禁嘆道。

看著看著，這兩個張監督不禁同聲詠誦起蘇軾的《念奴嬌・赤壁懷古》來：

大江東去，浪淘盡，千古風流人物。故壘西邊，人道是，三國周郎赤壁。亂石穿空，驚濤拍岸，捲起千堆雪。江山如畫，一時多少豪傑。

遙想公瑾當年，小喬初嫁了，雄姿英發。羽扇綸巾，談笑間，檣櫓灰飛煙滅。故國神遊，多情應笑我，早生華髮。人生如夢，一尊還酹江月。

這詠誦並不高亢和激昂，卻與那懸在空中的「自鳴鐘」聲融為一體，鏗鏗鏘鏘，叮叮噹噹，不絕於耳，在正陽街的上空鳴響，盪氣迴腸，動人心弦，感人肺腑，久久不肯散去。

監督大人沉迷於這煙霧間生出的極樂世界和虛幻飄渺之中，把這「大滿洲帝國」的「五族協和」，「日滿一心一德」，「王道樂土」，甚至他的萬貫家財，妻妾兒女，功名利祿，雄才大略，滿腹經綸，凌雲壯志，統統拋在了九霄雲外。

渾渾噩噩中，張監督遊離於這交相斑駁的時空之中，漸漸地迷茫起來，在過去現在和未來之間不知穿梭遊歷了多少次，一下子不知道自己身處何時何地，而分不出「今昔是何夕」了。

那「洋黃曆」上飄下來的每一天，飄呀飄地，像雪片，像蘆花，像雨絲，又像是清明時節為故人焚燒的紙錢，它們好似在象徵著悠悠的歲月，星霜荏苒，似水年華。

張監督終於徹底地疲倦了，隨著這些「洋黃曆」上掉落的紙片，終於在不覺中，輕輕緩緩地飄回到東南拐，一頭落在「泰記」的煙榻上，昏昏沉沉地睡了過去。

第5章 義順記理髮店 The Yee Shoon Kee Barbershop

「康德七年」，民國二十九年，西元一九四〇年

這北方的小城不大，卻也是麻雀雖小五臟俱全，各行各業應有盡有。比如說火車站蒙古店大車店，學堂衙門醫院，基督堂清真寺道德會，綢緞莊山行莊雜貨店，茶館飯館澡堂子，窯子大煙館戲園子，銀行燒鍋鐵匠爐，當鋪藥鋪木匠鋪，洋鐵鋪小賣鋪棺材鋪，帽社刻字社豆腐社，諸如此類，這裡就不逐一列舉了。

「飛行場」也有了，儘管還沒有啟用，人們卻也見過那像大蜻蜓一樣的雙翼飛機，從烏蘭沼那邊飛過來又飛回去。這雙翼飛機還負責滅蝗殺蟲，而那殺蟲藥水噴灑起來就像是龍王爺前來降雨，引來不少人站在房頂上，一參觀就是一頓飯的功夫。

這樣的一個小城，理髮店自然也是少不得的。

其實，小城裡的人們大多還習慣於把理髮店叫成「剃頭棚」。這樣的理髮店或者剃頭棚，小城裡倒是有好幾家，比如「新華閣」，「北盛軒」和「義順記」。

當然，走街躥巷的剃頭匠倒是比比皆是，隨處可見之。這些剃頭匠肩了挑子剃頭，卻並沒有「棚」。他們手裡拿了一種響器叫「喚頭」，也就是兩根條鐵，一頭燒結成一個把兒，另一頭兩根

鐵微張，全長一尺二寸，左手握著它，右手用一根五寸的大鐵釘子，從兩根條鐵的縫隙中間向上一挑一劃，便發出玄幻的「嗡嗡」聲響。而他們的挑子一頭是紅漆長方櫈，帶三個小抽屜，是「涼」的一頭，另一頭是個長圓籠子，裡頭放一個小火爐，上面放了一個大沿的黃銅盆，是「熱」的一頭，就是所謂「剃頭的挑子一頭熱」了。

比較起來，最值得一提的還得算「義順記」理髮店。義順記一家就開了兩處，在正陽街上的南北兩段。而這裡說的是北段的本店，在正陽街和中央街交界的一帶，更準確一點兒說，是在德順東五金雜貨店和公福祥綢緞布疋莊的對面，還有福合軒大飯店的斜對面。

這一年，每到早晨八時許，就會在那一帶傳來唱戲的聲音，那是義順記理髮店在放音樂吶。那音樂是從架在門口的「無線電」裡發出來的。

「無線電」就是收音機，小城的人們卻習慣於叫它「戲匣子」，這樣的叫法便顯得格外地可親可敬了。小城的人對於事物的看法和稱謂，都很有自己的獨到之處，比如候車室叫「票房子」，浴池叫「澡堂子」，劇院叫「戲園子」，摩托車叫「屁驢子」，搖籃叫「悠車子」，妓院叫「窯子」，伶人叫「戲子」，如此等等，不一而足。

「戲匣子」，顧名思義，也就是「唱戲的匣子」。義順記的戲匣子是新近出品的美國貨「珍妮絲」牌。只見這個扁方形淺棕色的木頭匣子，左邊向前凸起了一塊，橫著又凸起了五道木棱子，卻是深棕色的。這匣子的中央，嵌了一個長方形的鍍銀框子，上端寬出了一條，凹進去了一行英文ZENITH。框子裡的玻璃，罩著波段顯示板，黑底上標示著白色的洋字碼。一根豎著的白線，是調定了的電臺，也就是「平戲欣賞」。兩邊各有一個白色的按鍵掌控音色，一個標著低音BASS，另一個標著高音TREBLE。下面有兩個旋鈕，分別掌控選臺和音量。兩個旋鈕當中，橫排著五個按鍵，掌控自動調臺。

小城雖然偏遠，卻早在民國十五年就通了火車，從洮南到昂昂溪，叫「洮昂鐵路」。兩條永遠平行著的鐵軌，載著南來北往的人流，還是把這小城與外面的世界聯通了起來。民國十二年，美國人把無線電廣播引進中國，又在民國二十九年建了調頻廣播，到了民國三十一年，就是西元一九四二年，調頻廣播就已經風行世界了。

義順記這個戲匣子，是為了吸引過客招徠生意而設。路過的行人見了這稀奇的會唱戲說話的木頭匣子，便忍不住停下來參觀。這時，會來事兒的學徒張凱，就會笑盈盈地迎上前來，用一口可敬的的老坦兒腔招呼著說：「奏啥捏來呀來呀，在這兒聽奏啥呀，歡其就上裡頭聽來吧！」

這戲匣子光亮的油漆下面，透出細密的木紋，在早晨的陽光下熠熠生輝。這樣的戲匣子，小城的人們是很少見過的。此時此刻，這戲匣子裡還真地是在播放著平戲吶。這是「四大須生」之首，平劇三大家之一，北平「扶風社」的招牌人物馬連良在唱《甘露寺》：

勸千歲殺字休出口
老臣與主說從頭
劉備本是靖王的後
漢帝玄孫一脈留

唱到這裡，連路上的行人，還有周圍店鋪的師傅夥計，但凡聽得到的，就都放慢了腳步，放下了手中的活計，跟著唱起了下面這兩句：

當陽橋前一聲吼
喝斷了橋樑水倒流

馬連良的唱腔流利而舒暢，雄渾而俏麗，深沉而瀟灑，奔放而精巧，寬厚而細膩，在這北方夏天的早晨迴盪著，聽起來令人感動。

而義順記裡的師傅夥計們，頭剃得好，戲也唱得好。他們終日裡一邊為前來的人們剃頭燙髮修面，一邊聽著這戲文，久而久之，就聽熟了，會唱了，唱熟了，唱油了。

義順記的正店有三個師傅，一個夥計。南頭的分店則主要由二掌櫃李長順經管。義順記的商號，就是在正店掌櫃張儒義，和分店掌櫃李長順二位名中各取一字所立。李長順分店的門下，還有師傅「大老孫」，「二老孫」和徒弟「三柱子」。

且說正店的掌櫃師傅，也叫「剃頭司務」張儒義，河北唐山人氏，因「儒義」諧音「如意」，人們也稱他「如意司務」，又因其精明幹練，善於籌劃謀算，又稱「如意算盤」。「如意」其實並非樣樣如意。已然四十開外的他膝下無子，好在外甥張凱兩年前從唐山老家投奔門下，肯學肯練，且對舅舅舅媽孝敬有加，甚得「如意司務」的歡心，也就算是不如意中的如意了。於是，張儒義仍然是「如意司務」。他高個兒，梳了大背頭，嘴上留了濃密的鬍子，終日叼了個洋煙斗，卻很少見他裝煙點火，這卻使他添了威嚴和神祕，有幾分像是傳說中蘇俄「露國」十月革命的繼承人史達林了。

然後是二師傅胡仲久，外號也就是「壺中酒」，故名而思義，他是跟喝酒結了些緣份的。這壺中酒四十不到，中個頭，黑燦臉，大腦袋上留的是「板寸」。板寸頭是一種常見的髮型，也叫「板刷」，乃因是一寸左右的頭髮，短而整齊，上面是平的，與側面稜角分明，前邊形似帽簷，腦袋形成方形的一條，短得像板子，整齊而精神，使人具有硬漢風格。壺中酒有一個拳頭大小的錫製酒壺，常常在晚飯時由家人備小酒一壺，小菜一碟，卻多不過「壺中之酒」，小酌而不大飲，故而又得外號「小酒壺」。

末了的一個師傅叫上官子雄，複姓，也有口音，卻不知是何方人氏。這令小城裡的人們十分地詫異，因為這樣的複姓，在小城裡尚未聽過。於是，便令人們懷疑起他的出身，說這姓名聽起來像是日本人啊。但很快地，他的本名就被人忘卻了。那是因為他每逢身上有了錢，就常張羅打撲克牌。撲克一打，必分輸贏，輸者出錢請客。這時上官子雄便脫口來上一句平戲中的韻白：「上——館——子。」輸的人就罵了：「上館子個熊。」人們就發覺了「上館子熊」剛好可以用在他「上官子雄」的身上。繼而，這叫法就簡化了，他的名字就演變成了「上館子」，到底還是體現出了小城人們的智慧和幽默。

最後的就是學徒的夥計張凱，時年二十一歲，至今尚未有外號，也尚未婚娶。於是，閒餘的時間，張凱就出沒於茶館和戲園子，漸漸地，就學會了些蓮花落，二人轉，還有平戲。這張凱秧歌也是扭的。逢正月初三至二月初二，先是「小秧歌」，「小場子」和「對秧歌」，而正月十五之後，便開始鬧「大場子」，是過年中的高潮了。張凱善於模仿，看得多了，見得廣了，不禁自然而然地隨著大溜兒，跟著隊列扭起了「滿天星」，「八卦陣」和「單雙圓場」，且扭且跳了起來，後來就連「戴宗三亮」和「騰空旋風」這些身段都做得有模有樣了。

而張凱卻不肯改換口音，便被周圍的小孩子們模仿。小孩子們知道張凱非但不惱，甚至還會引發出他對老家的思念，而跟著他們說出一段順口溜：

你瞅我也中，你不瞅我也中。我奏得那兒泥，不心窄也不歡其。你惦著我也中，你不惦著我也中，感情兒奏得內兒泥。不這兒來，也不沒溜。你些痕我也中，你不些痕我也中。些痕奏得內兒泥，不多嘍也不刺溜沒嘍。

義順記的門口豎了根長竿子，頂端橫出了根短竿子，挑起兩個大木梳一樣的木條子，掛了兩面白布旗子，旗子上各寫了兩個黑色顏體大字「理髮」，飽滿而渾厚。

北方的早晨，即便是在盛夏，也不是十分地炎熱。反之，早飯之前，小城下了場不大不小的雨，剛好把小城裡地上的萬物沖了個乾淨。這會兒，雨後的天空像是嵌了塊無邊無垠的藍色的玻璃，顯得十分明淨。一條淡淡的彩虹，彎到義順記門口旗桿上。兩面白色的旗子透過雨後的陽光，顯得格外地耀目。

義順記門口兩邊的牆上，也像全世界所有的理髮店一樣，各架了個圓柱，碗口粗細，兩尺多高，紅藍白三色條紋斜著排列。圓柱上端各頂著一個白球，罩著燈。開業時，那圓柱就旋轉起來，而那三色條紋就像是向上升起來一樣，先是紅的在上，但立刻就被藍的給旋了上去，繼而是白的旋過了紅的。旋到哪裡去了吶？看來看去，看不清楚。後來有人說那三色代表動脈靜脈和紗布。人們知道紗布，卻不曉得動脈靜脈是甚麼東西，而這跟理髮剃頭刮臉又有甚麼關係吶？就更沒有人能說得明白了。有了戲匣子裡播放的音樂，這三色柱就像是決意要配合馬連良一樣，不卑不亢地，不緊不慢地旋轉著。

這時的小城時興在店鋪的門口掛對子。義順記的門口就掛了這樣的一副：上聯是「進門來長髮羅漢」，下聯是「出店去光面菩薩」，橫批是「義刀理順」。這還不算，出門的門口還貼了這麼一副：上聯是「雖然毫末技藝」，下聯是「卻是頂上功夫」，沒有橫批。

義順記的玻璃門半開著，聞得到理髮店的氣味。那是一種洋胰子，頭油，髮蠟，燙髮水，啫喱膏，撲粉，還有頭屑的混合的氣味。

這氣味是在向人們宣告一種希望，它讓人相信，你進來時蓬頭垢面，鬍子邋雜，無精打采，這沒關係。等給你剃了頭，刮了鬚，修了面，吹了風，打了蠟，你就會容光煥發，面貌一新，鏡子裡，恐你看見的就不再是你自己，而是趙丹或者勞倫斯奧利弗了。這說的是先生們。至於太太小姐們，你進來時頭頂雞窩，艾髮蒼容，鬢亂釵橫，這不要緊。等給你燙了髮，打了捲，定了形，上了油，撲了粉，你就會人面桃花，端莊典雅，鏡子裡，你見到的是活脫脫的胡蝶或者瓊芳汀了。

義順記的門面並無出奇之處，而同這街上大多的鋪子差不多。不同的是，義順記的兩扇窗戶開得大，透過玻璃上斗底大的「義順理髮」四個燙金大字，裡邊的情景一覽無遺。

在義順記的店中還真地掛了幾位當紅明星的寫真，鑲在鏡框裡。對著窗的牆上，除了趙丹勞倫斯奧利弗胡蝶瓊芳汀，還有袁牧之石揮雷門諾伐羅，周璇阮玲玉費雯麗。這些寫真，都以手工著了色，奪目而不豔俗，迷離而不惝恍。這感覺倒像是在電影院了。不過，這時小城裡還沒有設立專門的電影院，這樣的電影明星寫真，人們也只是在城裡「英美寫真館」才見得到的。這些電影明星的寫真和門口的戲匣子，構成了義順記理髮店的另一種魅力。

裡邊的擺設也在傳達著一種「這裡與眾不同」的精神。先是牆上的大鏡子。這樣大的鏡子足以把坐在椅子上的你全部反射進去。你也會發覺，這面鏡子裡的你，要比你府上那蒙了塵，積了垢，老掉了牙的鏡中的你要體面得多了。這裡的鏡子，給學徒張凱擦得一塵不染。這店堂，收拾得乾淨整潔，用張凱的話說，「四至」。

挨著鏡子的，是沿牆的一排窄面的桌子，桌子上齊刷刷擺著剃頭推子，剃頭刀子，剃頭剪子，木攏梳子，雞毛撢子和洋胰子。吹風機是鐵質的，有點笨有點拙，吹起風來像那做飯時拉的風匣，呼哧呼哧地大口掀著鼻，喘著氣。一條繩子緊繃繃地橫貫拉在屋子裡，上面掛滿了手巾，是「土耳其毛巾」，上面印著義順記三個小字。屋中央的兩根方柱子上，各掛了幾條三指寬的牛皮帶子，這叫刀當子背刀布，是打磨剃刀子用的。剃刀子在這牛皮帶子上正一下反一下蹭了四五次，這刀子刃便鋒利無比。

每一面鏡子的前面，擺著一把鐵鑄轉椅。這敦實厚重的黑皮鐵鑄轉椅就實在是不可思議了。它可以三百六十度旋轉，立起來可以剃頭理髮，放平了可以刮臉洗頭。這些鑄鐵椅子是上海造的，另外一把木頭的，卻是日本造。這些椅子各個結實耐用。那鐵的腳踏板是鏤花的，看著就令人想把雙腳放上一放。坐過的人都忍不住說上一句：玉皇大帝抑或「皇帝陛下」那龍輦，也比不上這大轉椅子舒坦吶。這結論其實已然得到了證實。有人在東南拐的大戲園子裡，坐過那戲臺上玉帝的龍椅，還真是不咋地吶。

牆角的臺子上放了五六個竹篾暖壺，前面放了幾個塗了紅漆的洗臉盆架子，每個架子上都坐著一個大銅盆，裡邊盛了大半盆水。

此時，三個師傅和一個徒弟身穿大白圍裙，胳膊上戴了套袖，那模樣有點兒像那鑲牙館裡的鑲牙師，正在照顧著店中的三位客人。

壺中酒在為一位太太燙髮。這時開始流行燙髮，藥水燙髮就是這個時候有的。如意司務還帶了幾個師傅去了趟哈爾濱，從道裡地段街老字號「東明堂」學了這新技術，也算是第一批學會的。

上館子在為一位老顧客刮臉。他依然堅守著傳統技藝，這就是「七十二刀半修面」。這「七十二刀半」的意思是指運用多種持刀方法，修剃整個面部的細毛，最少不得少於七十二刀半。修面靠的是細膩的刀功，其中必須掌握好運刀角度，而上館子的「七十二刀半」此時也正是爐火純青之際。

如意掌櫃則剛剛給一位中年紳士理了髮，此刻，正用一把軟毛刷子，掃去頸上的碎髮吶。中年紳士正是我的祖父，對面街德順東馬家床子的二掌櫃馬德豐，又名馬潤身。祖父這一年三十三歲。

民國十八年，祖父的老家遼寧新民范家屯柳河氾濫，兩岸的田地和街巷滿灌了河水，鍋子盆子瓢子浮在水上，便只能用繩子拉住，拴在樹上，才不至漂走。馬家全家人也和周圍的鄉親們一樣，在房頂上住了一個多月，連做飯也只能在耳房上胡亂弄上一口，可謂非常艱難的日子了。

族中「德」字輩長兄馬德雲湊了盤纏，隻身擠上悶罐車，一路顛簸辛勞，來到這北方的小城，見有商機，遂寫信告於三個胞弟德豐，德恆，德祥前來經商，以自編笊籬兼銷下雜貨為起步的攤床，經營得日見紅火。

不久，兄弟們再寫信給老家，請祖父馬成順，父親馬世恩及馬氏家族所有家眷全都遷居於此，落腳生根，轉眼十餘載過去，買賣也從街邊攤床的馬家床子，移至門市，取名德順東，終躋身於城中鬧市的最佳地段，與城中其他三家買賣，並稱「四大家族」。這一年，正值德順東的黃金歲月。

馬家兄弟們住在城北老宅「西北隅新發胡同」，臨近清真寺和「電燈工廠」。這西北隅的「新發胡同」其實並不是真正意義上的胡同，而是一條小巷子盡頭的一個很大的院落。院牆外圍了一圈楊樹和榆樹。大門開處，是一面大影壁牆，後面是一排青磚大房計五大間，兩邊各有一間耳房。這院中除了馬家兄弟，還有其父母和祖父母。房子後頭，是一個諾大的菜園子，種了數十種蔬菜瓜果，綠油油的，青爽爽的，煞是好看。

德順東的貨品大多從奉天瀋陽城或鄰近的白城子進購。德豐二掌櫃跑外多於主內，主要負責選貨訂貨和發貨，人稱「老客」，時常奔走於小城與奉天瀋陽或白城子之間。這天剛剛從奉天進貨回來。

德豐二掌櫃中高個兒，大臉盤，闊額頭，濃眉毛，挺鼻樑，厚嘴唇，身板筆直，走起路來咚咚響。他大致上繼承了其祖父，即我高曾祖父馬成順的秉性，威嚴而不傲慢，耿直而不專橫，謙讓而不妥協，忠厚而不愚鈍，唯缺少的是生意人所慣有的那份圓滑和世故。這一點也反映在他的兄弟們身上。兄弟幾人紳士也做，買賣也開，卻不刻意追求大發大富，所謂知足常樂，隨遇而安。馬家兄弟的另一個特點是節儉，比如說他們穿著或西服革履，或長袍馬褂，回家的路上，若地面上見到了木頭條兒，樹枝桿兒，總是要拾起來，拿回去燒火的。他們仍然編著他們的笊籬，可謂「拳不離手，曲不離口」。那笊籬編得飛快，是真正的「立等可取」。你見他們坐在櫃臺裡，手裡穿繞著那銀色的細洋鐵絲，兩顆紙煙的功夫，那精巧細密的笊籬就能放在你的手上了。

去年夏天，德豐二掌櫃還隨商界觀光團遠渡東瀛，到過東京，大阪，京都，名古屋和鹿兒島。此外，德順東開始從東洋引進洋貨。義順記所用的剃頭刀子，就全部是德豐二掌櫃進的貨。那裝在黑紙盒子裡的剃頭刀「月の刃」，各個刃如秋霜，鋒利無比，令上官師傅的「七十二刀半」修面，做得得心應手，遊刃有餘。

德豐二掌櫃每次都來義順記理髮，且由如意掌櫃親自出面掌剪。他給德豐二掌櫃剪的是從右向左的「一邊倒」，且有稜有角，這使德豐二掌櫃看起來十分精神。

義順記的師傅夥計們，各個都是愛說話的。客人來了，坐定了，話匣子打開了，就繼續下去了。這話題吶，就天南海北，古今中外，街頭巷尾，雞零狗碎，無所不談了。德順東二掌櫃馬德豐雖並非健談之士，卻也不冷場，能應對，間或也發出「嘿嘿」的笑聲。

德豐二掌櫃打開懷錶看了一眼，起了身，張凱忙從衣架上取下了二掌櫃的禮帽，遞上前去。這頂淺灰色的禮帽不久前還在「徐氏禮帽店」清洗過。禮帽店在正陽街小十街路西。每逢春暖時節，「徐氏禮帽店」就在街面上擺起了案子，帽楦子，各種刷子，大小水盆子，為顧客洗禮帽。師傅們用鹼水，胰子水，用刷子用力裡外刷洗，再用水浸泡，用手揉搓上幾次，擰乾，上帽楦子撐，兩三天就乾透了，一頂嶄新的禮帽交給顧客，顧客戴在頭上也十分滿意。二掌櫃三個指頭捏了禮帽的前頂，端端戴在頭上，從長衫懷中掏出兩塊「大滿洲國」新製的壹角「雙馬」鎳幣放在臺上，正欲離開，如意司務打開了的話匣子卻還沒有關上。

於是，接了適才的話題，如意司務繼續問道：「我說二掌櫃地呀，那東京的女子這一陣子些痕內陸式兒的髮型吶？」德豐二掌櫃道：「這個，卻沒有怎麼留神。」忽然想起要幽默一下，就學那老坦兒的口氣說，「逗知不道咧。」又說：「哦，日本女人穿和服時是戴假髮的。穿洋裝嗎，那就是摩登的式樣嘍。」看來德豐二掌櫃並非對這摩登的理髮有太大的興致。如意司務卻窮追不捨：「那二掌櫃地，這東京的摩登理髮是不是跟牆上這些明星相似？還是地呀？」德豐二掌櫃笑道：「我看是差不離。」然後，又加了一句：「東洋的男子，卻好像剃光頭的挺多吧。」上官師傅插嘴道：「二掌櫃的，櫃上新進的剃頭刀子是啥牌子地吶？」這個，德豐二掌櫃倒是了如指掌：「這次進的還是月の刃啊。」如意司務又道：「傢伙雷子，了不地。二掌櫃地就給多留幾個吧。咩個後末晌我就求去。」說話間德豐二掌櫃已經戴上了禮帽，走出了義順記，邊道：「那是當然的。」三個師傅加上徒弟張凱忙歡送到門外說：「二掌櫃地多錢兒再來啊。」德豐二掌櫃卻健步如飛，咚咚咚地踩在了濕潤的地面上，轉眼之間，已經過了馬路，走進了馬家床子德順東。

義順記門口的戲匣子仍然在唱著戲，這時是馬連良的《空城計》：

我本是臥龍崗散淡的人
平陰陽如反掌保定乾坤

附近的買賣舖子，福合軒大飯店，公福祥綢緞布疋莊，德順東五金下雜行，慶和長藥局，了禪藥爐，大東茶莊，劉家煎餅舖，袁家飯館子，都陸續掛了幌兒，開了板兒，敞了門兒。街兩旁也開始來了小攤小販，賣豆腐腦的，攤烙餅的，炸油條大餜子的，占卜算卦的，騎了自転車送冷麵的，挑了擔子鋸鍋鋸碗鋸大缸的，推獨輪車賣切糕的，像正月十五的走馬燈一樣，在這條正陽街上活動著，味道也豐富了起來，聲音也吵雜了起來。

馬連良在義順記門前繼續唱道：

閒無事在敵樓我亮一亮琴音
我面前缺少個知音的人

這段著名的西皮慢板展示了諸葛亮在經過了馬謖失街亭後，又遭司馬懿兵臨城下的危機，卻指揮若定假戲真做的大智大勇。這邊義順記的師傅夥計們又跟著唱了起來。

德豐二掌櫃不善戲文，卻也被馬連良的西皮慢板所打動，不禁也跟著哼了起來，腳步輕快地走進了櫃上德順東。大掌櫃馬德雲正端坐在櫃臺後，劈哩啪啦地打著算盤子。他身後的牆上掛著一排畫框，其中之一是那幅玻璃畫《三秋富貴》。暗褐色的框子裡是一派田園風光，那是一個大蘿蔔，一顆大白菜，一顆大穀穗，一隻大蝴蝶，一隻大蜻蜓，一個大肚子蟈蟈，都是綠油油的，光亮亮的。這牆上還掛了一張照相，鑲在一個深色的鏡框裡。這是晚清時的高曾祖父馬成順。原本是深褐色的畫面，而今已經泛黃。那上面莊嚴地站立著這位「千總」大人，他身穿朝服長袍馬褂，頭戴斗笠狀的緯帽，帽後拖一束花翎，腰戴佩刀，瘦削的臉上留著參白的鬍鬚，看起來如同石頭般地堅硬。這也正是他性格的反映。

天有些熱了起來。耀眼的陽光透過大玻璃窗，照在德順東的櫃臺上，照在德雲大掌櫃和德豐二掌櫃寬厚的臉膛上，照在牆上一排鏡子上，照在《三秋富貴》上。《三秋富貴》的鏡子面，又把陽光反射到對面的牆上，還有那蘿蔔，白菜，穀穗，蝴蝶，蜻蜓，和那隻站在穀穗上的大蟈蟈，不很真切，卻和對面義順記戲匣子裡傳出的平戲一樣，充滿了活力和生機。

第6章 齊畫匠的故事 The Story of Master Chi

「康德六年」，民國二十八年，西元一九三九年

在正陽街南段路東，有一家頗有名氣的木匠舖，是「池老七」經營的「軟作坊」叫「德興合」。德興合裡有個齊畫匠齊師傅齊璽庭，他的經歷也和他的繪畫一樣，令人嘖嘖稱奇。

齊畫匠原本是吉林梨樹人氏。那時他的家和他的遠房堂叔家，住在城邊鄰近的巷子裡。堂叔的一個兒子叫齊萬庭，也就是他的堂弟，恰好和他同年生人。長到六七歲時，兩人同入私塾唸冬學，所謂的「南北大炕，書桌擺上」。

齊萬庭竟是相當地聰明。無論是描大紅寫大字，還是背誦《百家姓》，《三字經》，《千字文》，《名賢集》，《莊農雜字》都十分出眾，被人視為神童，大有「將來必定出人頭地」之勢。果真過不多久，在一個偶然的機會，小萬庭就被一個「伯樂」發現了。這伯樂叫常玉懷，在「東北王」張作霖旗下做高官。他偶然遇到了萬庭，看到這孩子聰明伶俐，便不覺心生喜悅，就把他收留了說，讓這孩子跟著我，將來定有出息。

接下來常玉懷又供了萬庭七八年的冬學。轉眼間璽庭和萬庭就到了十四五歲的光景。當時正遇「直奉戰爭」，東北軍一進關，萬庭就從冬學退了出來，當了常玉懷的隨軍副官。

於是，終於有這麼一天，常玉懷的隊伍開拔，把萬庭帶走了。這孩子的父母感到這一走，在這軍閥混戰，天下大亂的年代，大多就難以再見，便突然改變了主意，死活都不放手了。他們派了族人長女和次子，乾脆到火車站去堵截。無奈，這孩子七八年跟著常玉懷，竟學得些「迂迴戰術」，你在這個路口堵，我從那個路口走，反之，你在那個路口堵，我就換那個路口進，總之是進了站，上了車。好在，族人的長女是個明眼人，突地在一個車窗口瞄見了萬庭的身影，二人便奮不顧身地衝了上去，不容分說地把萬庭拽了下來。萬庭哭哭啼啼，硬是要跟著常玉懷離家出走。正在這難解難分的當口，常玉懷從車上跳下來，怒目圓睜，大聲呵斥道：「你等實在不識好歹。你們這弟弟跟著我前途無量。就憑你家這條件，這孩子就算給耽擱了。我勸你們最好給這孩子一條生路和前程。這實在是為你們自家好。何去何從，儘快定奪吧。」

這番話聽起來確實有理。見這孩子哭得死去活來，常玉懷拍了胸脯打了保票說：「好了，實在不必擔心過慮。我定要這孩子按期寄送家書。待一切安頓停當，再把你們的二老和全家接去，長住短住，悉聽令尊令堂的便罷。」

這話聽來，也算是到了家了，又見火車馬上就要啟程，加之車警又不斷催促，常玉懷就將萬庭按在地上，朝他父母的方向磕了三個響頭。那常玉懷遂雙手抱拳，道了珍重，又掏出十塊大洋，要這兄妹轉於他們的父母，說後會有期，就上了車，離開了小城，向南邊的「雲深不知處」去了。而這一去，就從此再無音訊。萬庭的父母家人任憑望穿秋水，也無從得知萬庭的下落。再後來，聽說常玉懷被張作霖給斃了，卻不知真假。然冥冥中，仍深信萬庭這孩子還活著，而且是「錯不了的」，也算是自我安慰。

話說璽庭家境不濟，只上得起兩年冬學。「冬學」和一般的「私塾」一樣，是要給塾師繳納

「束脩」，也就是現金或柴米的。唸了兩年的冬學，璽庭的父母就再也拿不出這「束脩」了。雖然只有兩冬，卻還是學到了初級讀寫認講背的能力，還有「人之初，性本善」，「子不學，非所宜，幼不學，老何為」的道理。停學後，在家中玩耍了一陣子，八歲那年，母親過世，十一歲時，來到這座小城。為了生計，璽庭謀得了一份工，是在大車店萬順店做雜役。

這時的小城，正值商貿繁榮的鼎盛期。許多鄉下的地主們懷揣了洋錢和銀兩，紛紛到城裡開店鋪設作坊，往來於城鄉之間。也有進城購物辦事的農人，住得離城稍遠，備了草料進城，需要住上一兩天或兩三天，除了置辦東西外，也因家中無急事，便順路在城裡休休閒，到東南拐大戲園看看戲，到溫家茶館聽聽書，到王三五包子鋪吃吃包子，到劉家漿汁館喝喝豆漿，到張家浴池泡泡澡，說不定還到窯子街逛逛窯子，享受一番人間的快樂。而若住在親戚朋友家，因為有馬有車不方便，就得住大車店。一來二去，大車店的生意就紅火了起來。於是到了這時，這樣的大車店，小城裡竟有了十餘處：南頭的除了萬順店，「四海店」，「羅家店」，「孫家店」，「遲家店」，「李家店」，「福合店」，北頭的有「張家店」，「彭家店」，「周家店」，「唐家店」。

萬順店管吃管住，夏天給一套單衣，冬天給一套棉衣。錢卻是沒有的。

萬順店在城東南，北臨大十街，西臨池家木匠舖德興合，南臨城內著名的大草房，東臨城內最熱鬧的所在東南拐窯子街和大戲園，再東，出了城門「大東門」，過了護城牆和護城壕是東大廟。故而，萬順店的地界，可謂是得天獨厚了。一個諾大的院子，圈了院牆，門前立了個桿子，約莫丈三有餘，上面釘了個三尺多長的木頭魚子，木魚下邊橫著釘了塊木頭牌子，上面寫著五個字「萬順大車店」。大門口的院牆上，寫著斗大的字，左邊是「通鋪便炕，炕熱屋暖」，右邊是「騾馬車店，草料俱全」。店房的大門口貼了對聯，說是「孟嘗君子店，千里客來投」。這對聯每逢年節都要更換，圖著個新的氣象。鄉下人識字的少，大多就只認招子幌子不認字，卻相信，寫著的一准是好話了。

院子裡確保了「五有」，顯示出大店的規模和氣派，即有大口井，井上有軲轆把，井旁有飲馬槽，屋裡有火炕，有栓馬樁，有餵馬槽，最後有嚴緊的大門。每住一晚一角，過站，歇腳，餵馬，也是按人頭馬匹計價。

掌櫃的叫楊萬順，故而店名就叫「萬順店」。楊老闆常常站在這大車店的大門口，笑臉迎接每位車老闆子和過客們。車老闆子進院卸車，有夥計把馬牽進馬廄裡，給餵草餵料。車老闆子進屋，跑堂的即接過鞭子給掛在牆上，遞上一壺茶。又有跑堂的給上飯菜，基本是苞米麵大餅子，大煎餅，夏季做些茄子豆角甚麼的，冬季就只是蘿蔔條子湯白菜土豆湯，而豆腐算是好菜了。這一頓飯是免費招待的。也有自帶乾糧的，店裡就給熱飯，另贈送一碟鹹菜，一碗開水。大車店只收宿費和草料費，價格便宜，熱飯不另收費。

客官中有荷包滿一些的，就在這大車店裡住一宿二宿的，花銷合計兩塊洋錢，或許興致來了，再往東走，大戲園子看上一場大戲，說不定再歪打正著，撞進了花街柳巷，被風情萬種的窯子姐兒拉進屋，風花雪月，鬧上一回洞房，算是不枉進一次城吶。

住店的人除了鄉下進城辦事的車老闆子，還有跑江湖的，搖卦算命的，擺奇門的，擺地攤的，賣膏藥的，說書唱戲的，打把式賣藝的，焗鍋焗碗的，吹糖人倒賣土特產品的，山裡挑倒賣山貨的，玩雜耍的，耍猴的變戲法的，演皮影戲的，要飯的，尋醫討藥的。大車店為討藥的人準備了藥壺，有的還代為煎藥。還有打官司告狀的，也常常到大車店住宿。大車店經常接待這些人，對訴訟程序都很是內行，也專門找人為他們代寫訴狀，甚至可以給這些人出保條，但必須交納保條費。這裡也住了黑白兩道的各色人等，包括官府的探子「包打聽」，各路騸子綹子，還有野妓暗娼。於是，這大車店就成了三教九流五行八作各色人等的匯聚之所了。

這十幾間大敞實開著的筒子房裡，排著南北兩鋪大炕，炕上鋪了葦子，一鋪炕能睡二十來人。最痛快的是那些鄉下人。他們來了，往往為了可省去些銀錢而『打乾房』，就把自帶的鋪蓋捲往炕上一丟，散開了，蹬掉腳上的鞋子，倒頭便睡。

這兩排大炕的中間，是一大排馬槽子。卸了套的馬，也可以牽到屋子裡。這時，馬兒們就在槽子兩旁大口地咀嚼草料，也隨意地拉出些糞蛋子，冒著熱氣。馬兒們不時地突嚕著鼻子，滿意地打著鼻響。儘管牆上和柱子上貼了告示，說是要「禁止煙火」，「注意衛生」，「莫談國事」和「保持肅靜」。可不識字的農人們不去理會這些，除了「國事」沒人有興趣談論之外，其他一概反其道而行之，那就是：煙是要抽的，痰是要吐的，腳丫子是要晾的，呼嚕是要打的，話是要說的。於是，這店中便終日瀰漫著濃烈的劣等煙草「蛤蟆頭」，人汗馬汗，還有臭馬糞，臭腳丫子的混雜味道。

地上放了張木桌子和幾個長條櫈子，兩個洗臉的銅盆子，還備了胰子和手巾。胰子是店家用豬胰子羊胰子摻了火鹼揉做的。

除了大通鋪，萬順店裡也有幾個「小孬穆」，也就是用板皮子隔成的隔間，開口處掛了厚布簾子，多收半角錢，但卻也擋不住店中汙濁的空氣和惡臭的味道。

也有剛剛喝完了酒，又不睡覺的，就大聲地說著故事，這故事也是雞零狗碎，雞三狗四。比如說村東頭的張寡婦和村西頭的王木匠搞上了「破鞋」，天天半夜時分私會，或者是村南頭李老太家鬧了「黃皮子」狐狸精，兒子孫子得了囈怔，或者是村北頭趙老漢昨夜丟了東西，是一隻掛在房簷下醃製的野鳥「飛龍」，那飛龍原本是留著年三十兒和親家下酒的。這類的故事，就被無休無止地反覆地傳誦著，渲染了，誇張了，再加進些幽默的色彩，末了，眾人就發出一陣哄笑。

也有人在馬槽子的盡頭開出一塊地方，擺放了一張破舊的八仙桌子，在昏暗的馬燈下或玩麻將或打紙牌或打牌九。

大車店的外面，有時在夜間會生出一片吵雜哄鬧，原來是有人偷香瓜了。那瓜車就停在外面，還裝著沒有賣完的香瓜。偷瓜的多半是少年孩子們。他們兩人一夥，一個踩了另一個的肩膀翻牆而過，一個守在外面。裡面的蹓到蒙蓋了草料的木板車旁，鼻子一嗅，就嗅出了哪裡有香瓜。摸出了一個，學了聲貓叫，一聲長，兩聲短，「嗖」地一下，就把那香瓜拋出牆外。那邊的少年遂伸手把瓜穩穩接住。如此運作三五次，那少年便光了脊樑，大搖大擺地空著手走了出去。待遭到懷疑質問時，少年就攤了雙手，心平氣和地說，沒有啊，兔羔子才偷瓜了吶。說著，用手指指遠處說，瞅瞅那邊，可真有人偷瓜了。趁問話的人把目光轉過去的當兒，這少年「兔羔子」便腳底抹油，以迅雷不及掩耳的速度，飛也似地跑出院子，一邊咯咯地笑著。

十多歲的齊璽庭，就是在這個魚龍混雜的萬順店裡謀生，具體說就是伺候玩麻將打紙牌打牌九的車老闆子們，還有市井各類三教九流，為他們端茶送水，遞煙點火。璽庭雖非他出走的堂弟那般「神童」，卻也十分醒目，就是「有眼力見」。他把這班人伺候得順順當當，樂樂呵呵。人家說給倒碗水，他就給人家倒碗水，人家說給買包煙，他就給人家買包煙。人家要玩上一宿，他就伺候人家一宿。等到天亮，人家就說，哎呀，這小孩兒挺機靈，賞他點兒錢吧。這樣「伺候局」拿到的「小櫃」，也就是賞錢，卻很是可觀，甚至高過一般雜役小廝該拿到的工錢。他就用這「小櫃」孝敬父母。

這些打牌的烏合之眾之中，也不乏個把有些頭臉的人物，混在其間。比如，就有一位很有些顯赫的池老七，也就是城內著名的池家木匠鋪軟作坊德興合的老闆。

池老七的木匠鋪德興合就在萬順店的路南，卻只被人們叫作「棺材鋪」。這棺材鋪的門口，停放了五六口碩大的棺材，棺材上塗了鮮豔的油漆，擺在路旁，大老遠就引發了過往行人的注意。於是，人們慢慢忘掉了這鋪子的本名德興合，而索性就單單叫它作棺材鋪了。這些棺材的樣子張揚而炫耀，喧賓而奪主，結果這死人的去處竟高於活人的居所了。

小城裡的人們也遵行著「人靠衣裝馬靠鞍」的原則，認定這馬兒的本身，就是說這棺材的質量且可不顧，而這馬兒的鞍子，也就是棺材的外表，尤其是這棺材頭，卻是斷斷馬虎不得的。棺材鋪，除了出產這五顏六色的棺材，也更有木製家具，箱櫃臺櫥，桌椅板櫈，一應俱全。池老七晚近生意興隆，禁不住很有些得意。得意之餘，又禁不住有些忘形，忘形之時，就禁不住打起麻將來了。這一打不要緊，手氣也練得不錯了，竟在這萬順店打成了當然的「常勝將軍」，輸少贏多，一把贏一個雙龍鎳幣，一來二去，癮頭子上來了，就不大願意離開這牌桌了。

齊璽庭也特別地照料在池老七的前後左右。池老七的牌打到甚麼時候，璽庭就一路陪到甚麼時候。而池老七前面的「洋灰墩子」，裡面的茶水都是滿而不溢，熱而不灼。東南拐買來的甜心蘿蔔，用張道林紙包了，一路小跑，遞上來時，還沾了點兒白霜，是地窖裡冰鎮了的。這冰鎮甜心蘿蔔，在這盛夏的傍晚，就格外地清脆可口。而且，憑著他機靈中透出的一份儒雅，齊璽庭很快就贏得了眾人的一致讚譽。

有一天，池老七的牌局從晌午飯後，一直打到翌日上午十時，而池老七竟一連七七四十九局，每打必勝。齊璽庭不但更加殷勤，甚至用自己僅有的積蓄，從東南拐王三五包子鋪買來「狗不理」

一扉，在小十街的小舖，從那「老胖頭」手裡，打來散裝白酒二兩，又從「大李和」的提籃裡，買了「燻炮肉」三塊，呈交池老七。池老七欣然接受，喜得眉開眼笑，連聲誇讚這孩子懂事。四盅小酒下肚，輕輕地拍了拍璽庭的頭頂，說：你這小孩兒挺好。不過，你在這兒學不到甚麼東西。我有意收留你到舍間學藝，管吃管住不給錢，徒滿後仍然管吃管住，月薪兩塊大洋，日後再酌情加增，你可願意？璽庭也意識到這「雜役」一事並非長久之計，也正苦於求藝無門，見這池老闆個頭兒不高，卻看似仙身道骨，又慈眉善目，令人信賴，便一口應承下來，遂磕了頭，拜了師。萬順店楊老闆挺好，就應允了池老七的請求。當日，就搬到池家木匠舖去了。齊家父母自然很是歡喜，這裡暫略去不表。

這一年，齊璽庭十四歲。池老七唸他年小力薄，暫時不宜學木匠手藝，就說，你學畫匠吧。這正中了璽庭的意。於是就跟著師傅學了起來。

畫工三四個，唯李師傅的手藝最高。齊璽庭在一開始就嶄露出對於畫工的興趣和天分。他看著李師傅畫箱子畫櫃兒，畫棺材頭，就為他調色調料，洗筆遞筆，為他謄稿子，鋪色，落膠，上漆，琢磨琢磨就明白了。他再拿起筆來，勾邊，劃線，描金，塗銀，漸漸就入了門，開了竅，且舉一而反三，聞一而知十，用李師傅的話來說，很快就「頂得上一把管用的刷子」了。

時光流逝，轉眼兩年半過去，這期間，璽庭的畫技大有長進。差半年滿徒的當兒，李師傅因故回山海關內，就把璽庭託付給張姓師傅。這期間，璽庭曾經到過江省省會齊齊哈爾進修，叫「練筆」，回來後錦上添花，如虎添翼，畫技越發爐火純青。畫到熟練之處，連稿子都不用了，直接蘸了顏色就畫。別人拿不下來的活兒，他卻「玩兒似地」就畫了出來。不久之後，在「江省齊齊哈爾匠畫技術比賽」中，憑他精絕的畫技和多面的畫風，竟一舉得冠，拿了個第一名，從此，便名聲大噪，達到他畫匠生涯中的巔峰。這時他二十四歲，被尊稱為齊大畫匠和「江省第一刷」。

他畫的動物圖案常見的有獅子孔雀蝙蝠花鹿鷺鷥綿羊鶴鷹錦雞麒麟，花卉果實如梅花荷花菊花牡丹花蘭花牽牛花竹子松樹靈芝蜜桃石榴枇杷鴨梨山杏葡萄等等等無所不有。他善把禽鳥與花卉組合，昆蟲與草葉組合，強化了裝飾情趣。此外，還有器物形象構成的圖案，如古玩金石陶器鐘鼎，杯盤壺碗瓶罐書畫，以及甚具典雅之風的博古紋樣。他畫麒麟瑞獸，天下太平，番人進寶，萬國咸寧，步步高陞。他畫松鹿同春，祿壽康樂，樹石花卉，碧玉荷葉，他畫牡丹富貴，海水江牙，五嶽真型，海屋添籌。他畫鳳戲牡丹，喜上眉梢，忘憂仙草，靈仙祝壽，也畫獅子滾繡球。他還用八種佛教用供器組成「八吉祥」，用道教持物組成「道八寶」，乃至用西洋立體透視風格畫出諾亞方舟，浪子回頭，天使告知，博士朝拜，聖母聖嬰和復活升天諸如此類，不勝枚舉。他畫啥像啥，且不需圖樣，隨心所欲，信手拈來。他的拿手絕活是「套繪」，就是以一隻筆同時蘸兩三種乃至四五種顏色，一筆畫出，深中有淺，明中有暗，粗中有細，紅中有綠，黃中帶紫，藍中透赭，韻味十足，變化無窮。他畫的忍冬紋，如意紋，一隻筆蘸了三樣顏色，筆和木尺中間用隻細西洋筆桿反過來架著，一筆畫過，氣韻平穩，顏色不沾尺子，溜兒直溜兒齊，乾淨利落，令在一旁觀看的人連連稱奇，嘆為觀止。

他善畫匠畫，又獨具西洋風，不但所繪景物頗有立體感，設色且豔而不俗，構圖且奇而不怪。人靠衣裝馬靠鞍，狗配鈴鐺跑的歡，這德興合的所有產品，若沒有齊大畫匠這一刷子的「畫龍點睛」，那就等於吃飯時有碗沒有飯，喝酒時有壺沒有酒，品茗時有壺沒有盅，失去了事情原本的意義。

店中的名木匠，店中的幾個有頭有臉的人物，包括池老七的兒子少東家，主動提出與他結為拜把兄弟。於是，齊璽庭排行老七，而老八就是少東家。東家池老七，就成了璽庭的「乾爹」，少東家就成了他的「乾兄弟」。甚至，「乾」字索性去掉，就叫「爹」和「兄弟」，東家就成了璽庭的親爹了。

齊璽庭受寵了。這時，池老七就把齊璽庭從夥計的桌子，叫到他的飯桌吃飯，儼然就把他當成了家人。每逢家有貴客來訪，或是店中有大事要商議時，比如「這個買賣能不能做」，「這個人可不可交」，均請他入座發表意見，儼然就把他當成了生意上的高參和智囊了。池老七仍管他吃住，外加每月給他薪酬大洋十八塊，比起旁人的三塊五塊十塊，那真是不可同日而語。齊璽庭這時已然娶妻生子，店裡的事情，家裡的日子，都做得過得風聲水起，人們都看好他前途無量。

誰知天有不測風雲，人有旦夕禍福。這一天是「康德六年」，西元一九三九年的一個春天，大西北風呼呼地吹著。在夜半城靜，月黑風高，德興合全店的人早已酣然大睡之際，不知何等原因，店中突起大火，且來勢兇猛，勢不可當。店人向城中消防隊報了警，警報樓子裡的警報也拉響了，嗚嗚咽咽地叫著，各商號的義務消防員也聚集了。這時，整個街區火光熊熊，煙霧彌漫，人們倉皇逃生。

半個鐘頭後，消防隊拉出了人力壓抽式水車，卻已然無濟於事，為時過晚。天乾物燥，火借風勢，風假火威，不一刻，大火已經燒得「圓盆」。由於風勢強勁，救火員根本無法靠近，而現有的消防工具落後，開設不了防火道，人拉手壓的消防車根本就「趕不上趟」，且沒有運水車，沒有水源，遂眼睜睜地看著這大火整整燒過後半夜，到了天亮時分也餘煙未盡。東側的二十多間民房火燒連營，十幾家普通民居住戶，只搬出些許衣服被褥，此外全部燃盡燒絕，幾近片瓦無存。所幸無人傷亡，不過池老七的德興合也就從此敗落了。

池老七的德興合雖蕩然無存，卻在銀莊洋行裡多有存項，所謂家大業大，「瘦死的駱駝比馬大」，故而對於他來說，這場大火並沒有給他帶來滅頂之災。

齊璽庭這小倆口子恰好住在店鋪旁邊，自然未得倖免。他們的全部家當，在這場大火中燒個精光。更可惜的是，那些多年積下的畫譜畫樣，特別是李師傅留下的珍貴圖稿，還有一堆名字名畫，也同時化為灰燼，不禁令人搥胸頓足，「腸子都悔青了」。

有人串掇齊璽庭，是不是跟老爺子唸叨唸叨，說這是在「櫃上」失的火，看老爺子能不能發發慈悲，給點理賠，幫幫這些無家可歸的可憐的人們度過眼前的難關。齊璽庭一想也是，生活沒著落呀。於是，他就逕自去了。不料，池老七卻拍了桌子，翻了臉面，大罵齊璽庭「不知好歹，不識時務」。也許是不巧趕上老頭子正在氣頭上，也許是天意如此，反正池老七是撕破了臉皮，往日的笑容和藹甚麼的，頃刻間就蕩然無存了。

池老七還憤然地招來了警察，所謂「皇帝陛下的警察官」。其中的一個配了黃漆腰刀的大個子警尉，把穿了軟腰馬靴的腳架在櫈子上，刻薄地訓斥著齊璽庭，說啊，像你這樣的刁民，我抓你去做勞工你信不信？隨之，又極盡威脅恐嚇之能事，警繩也拿了出來。齊璽庭無奈，只好作罷。

鋪蓋沒了，衣服沒了，畫稿畫譜沒了，家也沒了，甚麼都沒有了，齊璽庭一貧如洗，乾爹與他反目為仇，他便只能認了。他跪下，給池老七磕了三個響頭，叩謝了師徒及乾父子之情和知遇再造之恩，便起了身，道了別，遂自謀生路，自奔前程去了。

無奈，城裡的人們都知道齊璽庭和池老七鬧僵了，礙於池老七的勢力，便沒有人敢收留他。齊璽庭空懷一身技藝，卻嘆英雄無用武之地。然而，他的厄運和劫數並未歷盡，反而雪上加霜。他的妻子竟然經不住這等變故，一下子病倒身亡。三歲的兒子，不久之後也染病不治夭折。這一次又一次的打擊，使得齊璽庭萬念俱灰，便只好挑了擔子，走街躥巷，靠「收破爛」換得一口吃食。他的擔子一頭兒栓了個大花筐，放了桿秤。於是，小城裡的大街小巷，就無處不出現這曾經輝煌一時的齊大畫匠的身影。他手搖著「哈拉巴」，那是一塊牛肩胛骨，上面裝了五個小鈴鐺，發出「嘩嘩啦啦」的聲響，在這風雪交加的夜晚，顯得格外地單調而淒涼。

這樣的日子自然是艱辛到了最底層了。不過，這樣的人生，也可以算作是一種特殊的歷練和磨難。他從他肩上的破爛筐子裡，從筐子裡的破銅爛鐵碎布舊衫的臭味中，更深一層地認識到了人間的千滋百味和世態炎涼，也給了他一個機緣去尋思做人的道理。

在一個陰霾密布的下午，齊璽庭路經前妻的親戚家。人家拿出一些水煮雞蛋款待他，他謙讓了一番，抹不開多拿，終了，收了兩個揣在懷裡，便肩了擔子，繼續上路去了。行到半路，天色驟變，遂風雪交加。漫天飛舞的雪花把這小城的郊野遮蓋得嚴嚴實實，放眼不見人跡。他饑寒交迫，精疲力竭，「撲通」一下，坐在一個背風崗子的雪地上。他餓極了，他絕望了，所謂「好一似食盡鳥投林，落了片白茫茫大地真乾淨」，他想起了這個句子。

忽然間，他想起了那兩個雞蛋，掏出來吃了，便頓時覺得有了精神，好多了。他又吃了幾口雪，站起身來，拾起了擔子，一氣兒走到老丈人家。這遭遇使他得到了一個結論：雞蛋可是個好東西呀。

齊璽廷開始在鎮賚，試著倒動點小買賣。不曾想「無牌販賣」，這在「滿洲國」是違法的。警察把他抓了去。一個月後開庭審理。法官問甚麼事兒，把這窮人給抓了？問明白後，這法官就把警察大罵一頓，說「人家挑擔賣貨非偷非槍，礙了你甚麼事兒呀」，就立刻把他放了。

繼而，齊璽庭想起前丈人家有一個親屬，在龍江開木匠舖，且聽丈人說「何不過去看看」，於是他就去了。他重抄舊業，再拾畫筆，又畫起了箱櫥櫃篋棺材頭，又畫起了二十四孝，喜鵲蹬梅，三秋圖和鳳凰戲牡丹。他繪奠字，常青藤，金蝴蝶，還會用金箔打一對蝴蝶插在靈堂門前的大白花上，風一吹就會顫動，很有些淒美的意境。他畫的「飛鳴宿食」，畫面上是四隻大雁，有天空中飛翔的，有地面上鳴叫的，有蘆葦蕩裡宿眠的，有湖邊覓食的，看上去便是世間生靈生存狀態的反映，也是他自己人生中顛沛流離苦辣酸甜的真實寫照。他的手藝好，技術高，在哪裡打工都很受歡迎，很受重用。人們爭著搶著用他，說哎呀，這真是來了個高人了呀。

這年年三十兒，櫃上接的一個活兒沒幹完，那是一個大櫃子，要趕在年初一清早上完漆畫完面擺出去。於是便挑了燈打了夜作，一直幹到該吃年夜飯的時候。完了活兒，餓腸轆轆的他，胳膊下夾了個木尺子，手裡拿了幾支筆，趕路回到木匠鋪吃年夜飯。

快到了門口，昏暗中瞥見一個人，形容模糊，分不清男女，卻見頭上纏了條白色布巾子。齊璽庭一怔，不禁問道：你找誰啊？那人不語。再問：請問你找誰啊？那人還是不語。他有些詫異，卻還是湊上前去。那人便走開。這樣跟了數次，齊璽庭便不再跟了，而回轉身來，徑直向木匠鋪走去。進屋把這事跟桌上的夥計們說了，眾人都連連稱奇，且禁不住好奇心盛，蜂擁到外面查看。那人卻已經影蹤全無。眾人就說，你這是遇見鬼魂了。說來也怪了，回到屋裡，齊璽庭一下子坐在櫈子上，喊道頭痛啊頭痛，便沉沉睡去。

齊璽庭從此便臥床不起了。櫃上的人只好捎信到家中。而後搭了輛馬車，馬不停蹄，不日間回到小城，在家中躺了數日，並不見好轉。

有一天，巷子裡來了個白鬍子老者，是個算卦先生。這先生手持一把大算盤子，號稱「鐵板算盤」。說是老者，其實也就是五旬不到，嘴巴上卻飄了一縷雪白的鬍鬚。報上生辰八字後，又從肩搭子裡掏出一本舊吧兮兮的書叫《鐵板神數》，在算盤子上劈哩啪啦打上一陣，再看了一眼這書，然後再劈哩啪啦打上一陣算盤，再查書，查到甚麼字就叫人記下，如此搗鼓了幾次，拼出了下列的句子：

尋蒙僧自東方來也

遂脫口說道：「你的陰氣太重，像是為冤魂野鬼所衝。然，這不打緊。你在某時某刻，留意從東方走過來的一個蒙古和尚，他即可包你藥到病除矣。」

果真，在那個「某時某刻」，鄰人報信，說見到有一個蒙古和尚，也就是蒙古喇嘛模樣的老者，從東大廟的方向走來，想這應該就是等待中的蒙古和尚吧。一問，正是如此。這蒙古和尚漢話說得哇哩哇啦，像是國光西一道街高木商店的經理，那日本人高木吉藏講的「滿語」一般。蒙古和尚說他是從扎賚特來的，跟著一朵祥雲來到這小城。

於是，齊家就把這蒙古和尚請進了屋。蒙古和尚也不把脈，也不看舌苔，而是搖了一陣子轉鈴，唸了一陣子經文，說要病人如此這般。末了，從袋子內取出一個紙包，是一些紅色藥粉沫子，囑咐煎了服下。齊太太好奇，湊上去問道：「敢問高僧，這方子裡是些甚麼藥材吶？」高僧先是笑而不語。捋了捋鬍鬚，矜持著，開了口：「這藥材嗎，說來也很簡單，你且如數記下。」原來是傳說中「李時珍」的「方子」：百年船底土，千年瓦上霜，萬年陽雀蛋，億年烏龜湯。那意思就是說，一邊兒呆著去吧，天機不可洩漏矣。齊太太明白了，人家這是秘而不宣呀。

服下這「李時珍」的「土霜蛋湯」之後，當夜，齊璽庭說他餓了。於是就吃了二米粥，吃了不少，從此就漸漸好了起來，直至大病痊癒。

再後來，日本人投降了，「滿洲國」垮臺了，蘇聯人來了，小城光復了，「維持會」成立了，國民黨支部成立了，國民黨黨專成立了，東北自治軍成立了，新四軍來了，天亮了，解放了。這短短的兩年中，小城發生了天翻地覆的更迭的演變，令人眼花繚亂，目不暇給。

小城的人們仍把「新四軍」叫「八路軍」。八路軍進城的第二天，一男一女「張同志」和「李同志」就登門造訪了齊家。他們打聽到齊家的先生是名畫匠，太太在江省唸過日文打字學校，都是有文化之人，就拉他們當八路軍，把軍裝手槍和入黨的表格都拿了出來說，只要你們把表格一填，就立馬可以別了槍，變成黨的幹部了。這話讓齊家夫婦詫異，遂要求政府容他們「考慮考慮」。言外之意，就把這盛情婉言謝絕了。

齊氏夫婦私下裡說：我是手藝人，我靠手藝吃飯。我們不是當官的料啊。再者說了，他們和「貧農會」走得近啊。貧農會卻不用好人。遠的不說，就說這近的吧。於是，就說起了「區長」李國祥。李國祥本是遊手好閒的二流子，是唬啦吧唧的社會渣滓，用這樣的人當區長，豈不是扯王八犢子？便說我不能和這種人同流合汙呀。他們想起了那時候「鬥地主鬥資本家」，李國祥那小子可「揚脖」了，可是「得了把」，可是「打腰」吶。那時，李國祥那小子鼓動群眾下手，狠鬥地主資本家，齊家夫婦硬是不肯參與，就被「李區長」大罵覺悟低。還有貧農會的一個二流子，侮辱資本家的女兒，密了人家的金戒指，還從她家中抄了把洞簫，打這女子，洞簫都打碎了。齊璽庭夫婦目睹了這場面，說這不行啊，就站到街頭，斥責貧農會不公道，說從今以後我不再跟你們來往。那時，還有八路軍的幹部在屋子裡坐著等著吶。也是因了齊氏夫婦人緣好，才沒有被「張同志」和「李同志」為難。

齊璽庭終於在歷盡那一切的艱辛和坎坷之後，又重新落戶在這座小城，拿起了他的畫筆，板刷和木尺，靠著他的手藝，養活著家人，也養活著自己。

人生沉浮，歲月如梭。繼而「公私合營」，「破舊立新」，有一天，他在的棺材舖竟不再做棺材了。政府禁止了土葬，在冬崗子建了「煉人爐」，從而死人們的住所從富麗堂皇的棺材，換成了小巧玲瓏的骨灰盒，改變了小城裡千百年來的文化和習俗。棺材舖現在叫「立新木工廠」，也算是「立新」了。他想不到竟然有一天，他得心應手爐火純青的那些手藝，也被視為「封資修」的「四舊」，而被淘汰和掃除了。

春夏秋冬，時光飛逝，斗轉星移，這循環不已的歲月，正如齊璽庭在孩童時，同堂弟齊萬庭在冬學堂咿咿呀呀唸出的《三字經》那樣：「曰春夏，曰秋冬，此四時，運不窮」，轉眼之間，又是十幾年過去。這時，齊璽庭已經是八個孩子的父親。他和他的家人們所住的「府上」，那兩間泥土房子越發老舊，越發擁擠了。這時，擺在他家櫃子上的一個竹子茶葉筒上，還繪著他早年的《飛鳴宿食》。畫面上那四隻大雁，仍然在繼續著牠們的生計。而飛在最前面的那隻，永遠是昂揚而進取的。看牠那展開的雙翼，任憑著勁風把蘆葦壓彎，牠還是向著前面的天空，勇敢地，義無反顧地飛去了。

第7章 菜園子 The Vegetable Gardens

公元一九五四年

正陽街馬家床子德順東的五金下雜貨買賣，做到差不多民國二十六年，即「滿洲國」康德四年的時候，就已經相當不錯了。八年的苦心經營，德順東最終還是遷到了中央街和正陽街交接的「丁」字路口上，鄰近城裡最大的綢緞莊公福祥，位置算是相當地顯赫。那時的德順東，被人們與另外三家買賣，相提並論為小城裡的「四大家族」，而綢緞莊公福祥也在其中。

公福祥經營的雖然是上等的綢緞布疋，小城裡的百姓們卻歷來穿衣節省，並不需常常添置新裝。而德順東經營的「五金下雜貨」卻不然。那裡的貨色，從鍋碗盤碟，茶壺茶盅，銅鎖銅盆，洋釘洋蠟，水舀子「喂大羅」，這些都是過日子刻刻少不得的。

德順東這三個字，來自於「德順堂」，馬家新民范家屯柳河畔老家的「堂號」。這堂號也標明在「錢搭子」上。而德順堂裡的人，就是在肩上搭了這樣的「錢搭子」，在柳河岸邊的街市上走動，在鹽店裡買鹽，在油坊裡打油，在布莊裡扯布，在藥舖裡買膏藥。淺灰色的粗線袋子上，印了黑色的「德順堂記」四個大字和「國寶流通」四個小字。錢是銅錢，「道光」的，「光緒」的，裝在「錢搭子」裡，「袁大頭」也有，裝在前頭。揹著這樣的「錢搭子」，走起路來沉甸甸的，響嘩嘩的，便有點兒威風凜凜的感覺。馬家兄弟「闖關東」後，買賣做到該給買賣起「字號」的時候，就徵得了父親馬世恩，特別是祖父馬成順的意思，一陣鞭炮聲中，那黑底金字的的扁額，上面橫著刻了德順東三個大字，左下角豎著的小字注了「馬家床子始於民國十八年」，就端端地掛在了舖面的門楣上了。

德順堂的前兩個字，分別取自成語「德厚流光」和「順德者昌」。德順東的「東」字，就取自「東風化雨」和「東方冉旭」，大約也是高曾祖父的意思。高曾祖父馬成順，晚清的「武舉人」，寫得一筆好字，是文韜武略，智勇雙全的儒雅悍將。

只不過城裡的尋常百姓，並非很懂得德順東這三個字的意思，就通俗地把馬家的買賣叫作馬家床子了。人們習慣於說「馬家床子如何如何」：馬家床子的笊籬可是輕巧靈便，馬家床子的剃頭刀子，那鋼可是一流的。馬家床子的碗碟，可是玲瓏剔透。馬家床子的菜敦子，還有那鈎竿鐵齒，那可是堅實耐用。馬家床子的少爺小姐們呀，都在學堂唸書哩。實際的情形也是這樣的。馬家床子的笊籬是大掌櫃馬德雲和二掌櫃馬德豐用細鐵絲手工編製的，剃頭刀子「月の刃」是東洋進口的，大銅鎖頭是德國製造的，菜敦子是上好的柳木的，碗碟盤匙是景德鎮的。這多半的貨品，是跑採買的「老客」「老捎」，我的爺爺二掌櫃馬德豐，從「奉天」瀋陽城進的貨。而公子們吶，就都在洋學堂唸著書吶。

民國二十七年，我的爺爺馬德豐，隨觀光團遠赴東瀛，到過東京，大阪，京都，名古屋和鹿兒島，回來後帶回一大本「寫真」，和一個蓋滿了紀念圖章的紀念冊。那些「寫真」上，三十多歲的二掌櫃西裝革履，外披風衣，頭戴禮帽，手上戴了雪白的手套，腰板筆直，神色威嚴，十足的紳士派頭。此外，德順東開始從日本進貨，包括那裝在黑盒子裡的剃頭刀子「月の刃」。這一切，在小城的那個時候，便被視為相當了不起的壯舉了。

民國三十五年，大掌櫃馬德雲的大孫女「雅琴」出生的那年，德順東的買賣分家了。即便如此，大掌櫃和二掌櫃的買賣還是在德順東的原址。門面隔開了，後院的門戶卻是相通的。雅琴會說話了，會走路了，就和幾個孩子們在德順東的院前院後跑來跑去。雅琴見到了牆角的流水管子，說那是「電話」，就對著那管子喊話，說那聲音會傳得很遠，會一下子傳到家裡去吶。

到了解放後，公元一九五四年的時候，馬家床子的後代中，有的就已經唸過了國民高等學校，唸過了土木工程科，唸過了機械科，唸過了瀋陽盛京學校，唸過了黃埔陸軍軍官學校，唸過了哈爾濱師範學院，唸過了中山醫科大學的，有會拉「梵阿玲」小提琴的，會彈腳踏琴，拉手風琴，吹口琴，拉京胡的，有會吹笛子，有會拉二胡的。孫輩們也是這樣：大掌櫃馬德雲的孫女，大小姐「雅琴」已經去唸「完小」了，而「雅琴」這名字的寓意就是「優雅的琴聲」。雅琴讀了「完小」，還要唸初中，而後一直就唸下去，去學那「優雅之琴」吶。

那一年是馬年，二掌櫃馬德豐的大少爺馬龍起剛剛添了丁，取小名「阿肥」，也就是我，後來聽大人們講，那時我吃的奶粉還是內蒙古出產的，聽裝的優等「牛牌」吶。那時我的祖父二掌櫃馬德豐，用稱藥的「小戥子」稱那奶粉，是把二掌櫃這股新一代的出生，當作了一樁子重要的事情。這樣說並非是馬家有何等地富裕，那時已經沒有甚麼真正的「富貴人家」了。無論貧富，日子都是節儉著過的。

然而，就在這個時候，德順東的大掌櫃馬德雲，我的大爺，就是大爺爺，卻從馬家的買賣退了下來。見到這轟轟烈烈的「社會主義改造來了」，在「鎮壓反革命」的一片喊殺聲中，不少昔日的「剝削階級」被毫不留情地槍斃了，「分勝利果實」時，把「資產階級」的資本悉數沒收，淨身出戶，寸草不留，分給了「無產階級」，繼而「公私合營」，大掌櫃的買賣做不踏實了，於是，就做起了「菜園子」來。

菜園子在北門旁「清真寺」以北。如若把小城比作一塊「盤子」的話，這個菜園子就算是在盤子的最邊沿了。

菜園子有東西南北園子之分，至於這菜園子的面積，大人們有說是十一畝，有說是還要大，而數北園子為最大，約六畝。六畝和十一畝是多大，我是不知道的，反正是一個很大的菜園子，這是馬家床子積下的家業。菜園子原本是「道德會」的地界。被馬家床子買下時，園子築了院牆，圍了一圈高大的榆樹和楊樹。大門朝南，門後一面青磚影壁牆後，赫然在目的是一趟青磚正房五大間，兩邊各有一間「耳房」。房子的後面，就是菜園子了。大爺爺馬德雲同他的「德」字輩兄弟們一樣，少時務農，一番「德順東大掌櫃」風光過去之後，伺候這菜園子仍然得心應手。據說，南園子有過一口大水井，不知為何就被填上了。不多久，在北園子打了口「風井」。風井的井口一尺見方，井沿邊纏裹了絲絲陸陸的棕樹葉子。打水的方口木頭桶是細長的。園子裡種了蔬菜瓜果，自給自足之外，賣給街比四鄰，日子過得倒也平靜舒坦。

德雲爺中等身材，富態敦厚，留著花白的鬍子。他很會拾掇屋子拾掇院子，很會打理農具。他種園子的傢伙什兒樣樣要使得順手稱心。他很會磨刀。一條長櫈，一碗清水，幾塊粗細各異的磨刀石，德雲大爺慢慢悠悠，淡淡定定地推著刀滑過磨刀石。他的嘴微微地開合著，眼睛左右地轉動著，像是在鼓著勁，加著油。不一刻，院子裡的鐮刀，煽刀，砍刀，菜刀，剪刀，剃刀，樣樣磨得鋒快，揩拭得錚亮。德爺大爺便用指腹輕刮刃面，眯著眼，迎著光，注視著刀鋒，笑了。

德雲大爺爺閒來卻仍然在那張八仙桌上劈哩啪啦地打一陣算盤子。只見他右手用拇指和食指撥珠，拇指管下珠靠樑，食指管上珠靠樑離樑及下珠離樑，左手則用食指和中指撥珠，其餘三指輕握算盤上下框，食指管下珠靠樑，離樑，中指管上珠離樑，靠樑，連珠打下去的同時，口中還念念有詞：五上五，五去五進一，六上六，六去四進一，六上一去五進一。德雲大爺算盤子上盤算的是甚麼吶？也許是菜園子裡的蘿蔔白菜，也許還是德順東的鍋碗盤碟，也許是闖關東二十幾年來顛沛日子中的柴米油鹽和酸甜苦辣，這裡就無從得知了。

德雲大爺偶爾還會寫上一個時辰的毛筆字。墨是風井的水研出來的，紙是德順東舊時的帳簿子。德雲大爺字如其人，謹慎中透出主見，誠樸中不失執著。如高曾祖馬成順的教導，字要寫得無垂不豎，無往不收，起筆多回鋒，回鋒且圓潤，收斂，謙虛。不可露鋒太過鋒芒，釘頭鼠尾，讓人如見古惑之人，毛躁，張狂。行筆中鋒，收筆先提後壓，且穩且緩，提是找到結束的方向，壓是達以完善結果，一筆落下，絲毫不得大意，分釐不可懈慢，善始善終。

德雲大爺寫的甚麼吶？也許是「蘿蔔廿五個白菜卅六顆」，也許是「細花瓷碗廿六個剃頭刀子卅七把」，也許是《千字文》中的「天地玄黃，宇宙洪荒。日月盈昃，晨宿列張」，也許是賈島的「返景入深林，復照青苔上」，也許是王勃的「閒潭雲影日悠悠，物換星移幾度秋」，也許是對這六十幾年中風雲變幻的歲月感嘆，這些也無從得知了。

他儼然還是德順東的「大掌櫃」，還是二十五年前那個從新民范家屯柳河畔隻身挑著擔子，擠進了悶罐子車闖關東，尋覓生機和商機，開出了「一塊天地」的三十幾歲的漢子。德順東是一番闖蕩，一番事業，是德雲大爺和他的弟兄們的一番輝煌。

如今這菜園子的日子是平凡而安靜的。這情形正應了德雲大爺牆上那塊鏡面畫，「三秋富貴」。這原本是掛在櫃上德順東門口牆上的鏡子。這鏡面畫可真是好看，它是鏡中有畫，畫中有鏡。你看到了鏡中畫著的蘿蔔白菜和穀穗，又看到了鏡中的你自己。你也看到畫面上的大蟈蟈，綠油油的，光亮亮的，就在你的臉上啄食吃呐。還有蜻蜓和蝴蝶，牠們都像是飛到了你的臉上。這「三秋」的「秋」，用蘿蔔白菜和穀穗表示，恰是小城裡人們最普通的蔬菜和食糧。蘿蔔是燉著吃的，白菜是漬酸菜的，穀子篩出來的小米是女人坐月子才吃得到的。而這大肚子蟈蟈，蜻蜓和蝴蝶，菜園子裡多得是呐。大掌櫃打算盤或寫毛筆字的時候，後菜園子的蟈蟈鳴叫聲就響成一片，此起彼伏，這真是令人稱奇，也令人感受到這樣的日子是多麼地平靜和舒坦。

園子裡的菜是無所不有的：除了蘿蔔白菜穀子，也有芹菜韭菜莧菜菠菜，洋蔥大蔥小蔥大蒜，冬瓜西瓜南瓜絲瓜苦瓜黃瓜地瓜，長辣椒甜椒柿子椒，西葫蘆胡蘿蔔紅蘿蔔白蘿蔔，扁豆毛豆蠶豆豇豆雲豆菜豆豌豆，豆角土豆茄子柿子。苞米也有，是自己吃的。向日葵也有，叫「毛子磕」，卻種在房前。那金燦燦的大橙色和大黃色，給人一種蓬勃向上的感覺。「添甜兒」是一種野生的小藍莓果，是專留給孩子們吃的。香瓜是種在菜園子中間那片窪兜裡，大人孩子都愛吃。那園子裡唯一沒有的就是「北瓜」了，而這「北瓜」壓根兒就是沒有的。可能還有一些蔬菜瓜果被我漏掉了，但就這些也是很了不起了。

小酒是要喝的，那是當地的散裝土釀。煙是要抽的，那是菜園子自產的煙葉子。德雲大爺獨自飲酒，一盤椒鹽花生米，幾條小魚，時復遠望，想到自己這一生，好像在夢幻裡。人生豈能被塵俗的羈絆拘牽？

此時，或許兒時在老家柳河私塾中，跟著先生和孩子們，咿咿呀呀唸出的陶淵明的詩句，正迴響在德雲大爺的耳邊：

青松在東園，眾草沒其姿。凝霜殄異類，卓然見高枝。連林人不覺，獨樹眾乃奇。提壺掛寒柯，遠望時復為。吾生夢幻間，何事紲塵羈。

看到話本《水滸傳》裡的「菜園子張青」，不禁令人想到「菜園子德雲大爺」，於是，這「菜園子」就沾了點兒「江湖」和「武林」的味道。實際上，在這翠翠綠綠的菜園子裡，德雲大爺和他的胞弟，我的爺爺馬德豐，還真地把他們的祖父馬成順的「鎧甲」翻騰了出來，輪流穿在身上，比劃了幾個回合。這「鎧甲」本是朝廷所賜，如今卻是不怎麼合身了，它有些「支稜巴翹」，披掛起來根本就不是那麼會事兒，大掌櫃二掌櫃這樣說。

不過，他們還是想像得出他們的祖父，當年戎裝戰馬的英雄本色來。

那是晚清光緒年間一個夏天的清晨，雨後的遼寧新民范家屯，那郊野的平原上空氣清新，柳河兩岸綠草如茵。東方的旭日冉冉升起，霞光萬道，氣象萬千。沐浴在陽光下的武舉人，號稱「千總」的馬成順，身穿鎧甲，肩挎弓箭，騎在一匹高頭大馬上。他三十出頭，留著短鬚，神情自若，英姿勃勃，氣宇軒昂。遠處的營盤內旌旗獵獵，鼓角齊鳴。這一年，北洋海師成立，英軍進攻西藏，康有為第一次上書。面對清政府所臨內憂外患，風雨飄零的境地，「千總」馬成順只能壯志未酬，望洋興嘆了。

馬家的家譜中，以這樣的一首詩，傳遞了後輩起名的依據：

始義秉成世，德龍治水勤。東方出紅日，萬物氣象新馬家的家譜，似乎尤為強調「東方出紅日，萬物氣象新」這兩句。這生機勃勃的景象給人以巨大的鼓勵和信心。

馬成順的「成」字，就是出自這首詩的首句「始義秉成世」，應對了語本《周易・革》中所說「天地革而四時成，湯武革命，順乎天而應乎人，革之事大矣哉」。「成順」，即「成己成物，順天應人」。「成己成物」，即自身有所成就，也要使自身以外的一切有所成就。「順天應人」，即順應天命，合乎人心。

馬成順先生一世推崇那些能為他人著想，顧群體利益的「謙謙君子」，鄙視那些終生陷在富貴塵網中的「汲汲小人」。

馬成順先生信奉的是「萬般皆下品，唯有讀書高」。人生而無知，若要獲得人生真理，除了「師承」而外，唯有靠書本。只有讀書，特別是讀聖賢書，才能真正明白人之一生，不能僅僅汲於自身溫飽，還有更重要的大事所在。此大事就是幫助天下所有人和所有有生，無生創造一個樂育長生的良好環境，使他們都能夠生機勃勃，都得以獲得完美生命。這裡的「讀書」並非指「讀書做官」，而是「讀聖賢書」，即老老實實地去向古代聖賢，古代經典討學問，以「讚天地之化育，則可以與天地參矣」，即唯有天下極端真誠的人能充分發揮他的本性；能充分發揮他的本性，就能充分發揮眾人的本性；能充分發揮眾人的本性，就能充分發揮萬物的本性；能充分發揮萬物的本性，就可以幫助天地培育生命；能幫助天地培育生命，就可以與天地並列為三了。據族人的猜測，高曾祖父有意後代子孫遠離官場和政治，且揚文避武，這其中或許是包含著「平安是福，平淡是真」的生活態度。

在德順東最輝煌的時候，九十二歲的高曾祖馬成順先生謝世了。

高曾祖父母是曾在這菜園子的老宅住過的。「不怎麼知聲」的高曾祖母過世後不多久，在這菜園子裡，一個普通的早晨，高曾祖父去摟楊樹葉子，被門檻子一絆，跌倒了，就沒有再起來。族人費了一番氣力，請來「亞洲照相館」的攝影師傅，勉強撐著高曾祖父，拍了最後一張全家福，午後兩時許，就與世長辭了。

以先生的高風亮節和為人處世之道，先生在這北方小城的最後十五年，竟交下不少的良朋益友。於是先生的駕鶴西去，便成了小城裡的一件大事。聽老人們說，那出殯的行列浩浩蕩蕩，頗為壯觀。城裡大小商行都前來弔唁，送來禮金，匾額，輓聯，輓幛，香燭，紙錢。成順先生在眾人的護送下，走完了他漫長的，傳奇的人生。

微風徐徐地吹著，把園子四圍的楊樹吹得沙沙作響。

那風井的周圍，是一個空場子。那地面上光溜溜的，亮光光的，只有幾塊水痕，那是打水時滴下來的。微風拂過，那水痕不一刻就被吹乾了。

空地的一旁，有個葫蘆架子。葫蘆多半還綠著，有一個熟了的，是黃澄澄的，像是太上老君裝仙丹的那一隻。葫蘆架下，擺了一張舊木頭桌子和兩張舊木頭椅子。陽光照在菜園子裡，那些菜啊果啊就顯得格外鮮嫩。和風麗日中，葫蘆的枝葉輕輕搖曳。陽光透過葫蘆架子，灑落在桌子上和周圍的地面上，那光影就顯得斑駁陸離了。

德雲大爺有時也會在園子裡，坐在這其中的一把椅子上，打他的算盤子，劈哩啪啦地。近前的地上，井旁放了四口大瓦缸，缸中裝滿了水，水中漂浮了水舀子，兩個鐵皮的，兩個葫蘆瓢的。

那口墨綠色的水缸中，一隻碧綠色的大青蛙在水中游來遊去，也不時地跳出來，坐定了。牠的眼睛又大又圓，嘴巴又闊又扁，它鼓著白花花的大肚皮，詫異地望著德雲大爺和他的算盤子，腮幫子一鼓一鼓地。德雲大爺注意到了，停了下來，摸了摸鬍子笑了，說，呵，你這廝，難道要跟我學打算盤子不成？那青蛙不作答，又鼓了幾下腮幫子，跳回水缸了。德雲大爺抖了抖腿，又咧嘴笑了。

在空場上，還有幾隻雞，幾隻鴨，兩隻大白鵝，在自顧自地啄食吃。這些雞鴨鵝，是我的「大奶奶」，就是「德雲大奶奶」飼養的，所以雞蛋鴨蛋鵝蛋就也能自給自足了。德雲大奶奶並未唸過私塾，卻學會了識文斷字，這也令人稱奇。這菜園子的空場，也常常是德雲大奶奶給孩子們說書的地方。這時德雲大爺正在菜園子裡伺候著蔬果，德雲大奶奶就坐到了葫蘆架子下，給孩子們唸《今古奇觀》和《紅樓夢》。

德雲大奶奶清瘦面龐，梳「疙瘩鬏」，穿藍布褂子，說話口齒利落。她先是唸那書本，書本是線裝的，有木刻的插圖。孩子們湊上前去看那插圖，德雲奶索性丟下書本，竟空口說起故事來了。德雲大奶奶把「怡紅院」說成「台紅院」。不過，無論是「怡紅院」或是「臺紅院」，對於孩子們，都是一個好的「院子」，這「院子」，就像是這諾大的東西南北大菜園子一樣，都是妙不可言的，稀奇莫測的，且不可思議的「今古奇觀」。只是，對於三歲的文奇，聽了不多時，就沒有了耐性。

倒是那隻跳來跳去的青蛙，更吸引著他。那青蛙跳了過去，他也跳了過去。青蛙停了下來，他也就停了下來。對於文奇來說，這才是了不起的「今古奇觀」吶。

那青蛙不叫，也不動，突然間「嗖」地一聲，已經跳到另一口水缸的沿口上了。一隻飛蟲在上面悠閒地飛著，那青蛙就蹲在那裡緊緊地盯著，飛蟲發現了青蛙，青蛙連忙閉上了眼睛。飛蟲以為青蛙睡著了，就在它頭上飛來飛去，突然，青蛙把大嘴巴一張，變戲法一般，飛快地彈出一條長長的舌頭，忽地把那飛蟲粘住，再忽地一縮，嘴巴一閉，就把飛蟲吞掉了，便有些得意的樣子，「呱呱」地叫了起來。停了片刻，牠後腿一蹬，縱身一躍，「撲通」一聲跳進了水缸，無影無蹤了。

天色有些暗了下來。落日的餘暉，把菜園子的上空照得暖暖的，使這周圍的景物顯得安詳而迷人。蟈蟈響亮地叫著，此起彼伏，彷彿要永遠這樣叫下去似的，時間好像就這樣地凝固了一樣。

第8章 變異中的小城 The Metamorphosis of the Town

公元一九五五年

這時的小城已經進入到了公元一九五五年。

十年前，康德八年，「大滿洲帝國」煞有介事地慶祝了它的十週年「國慶」。之後的第四年，即民國三十四年，西元一九四五年八月六日，美國人在日本的廣島扔了一顆「原子彈」。三天後，在長崎又扔了另一顆。這樣的「原子彈」，小城裡的人們是聞所未聞的。原子彈是甚麼「彈」吶？小城裡的人們只聽說過有「原子筆」，「原子腰帶」，「原子雨衣」，曉得任何東西，只要加上「原子」二字，就頓時身價百倍，卻至今未有見識過「原子彈」為何物。後來，出來有識之士透露，說這種「彈」也有外號，廣島的那顆叫「小男孩」，長崎的那顆叫「胖子」，這「小男孩」和「胖子」，倆人合起來，還遠遠不如火車站的水塔子大，卻比一百個水塔子那麼大的手榴彈，比一千枚地雷子一萬挺機關槍無數把王八盒子大刀長矛威力強悍十倍百倍千倍萬倍「葫蘆頭亂轉倍」乃至無數倍。九天後，日本宣佈無條件投降了，它垮臺了，日本人夢想中的「大東亞共榮圈」幻滅了，壽終正寢了。二戰也結束了。

眼見日本鬼子投降，蘇維埃布爾什維克中央委員會總書記史達林趁勢派遣蘇聯紅軍出兵東北。

民國三十四年八月九日，百萬蘇軍猛攻盤踞東北的關東軍，日軍迅速潰敗。八月十三日上午九時許，一列有著幾十輛水陸兩棲坦克的火車，由北向南的方向駛去。坦克車上，坐滿了荷槍實彈全副武裝的蘇聯紅軍。他們或戴了船形帽，或戴了鋼盔，大多人高馬大，黃毛碧眼，有的鬍子拉雜，有的臉刮得紫裡透青，間或有高顴骨細眼睛蒙古人模樣的，也多像是剛剛從飯館子裡出來，吃飽了飯，喝足了酒，醉醺醺色迷迷，說話時嘴裡打著嘟嚕捲兒。此後，在諾大的東北，凡是紅軍到過的地方，無論是他們的軍官或士兵，盡肆意姦淫燒殺，無惡不作。

這些紅軍本該是傳說中的「人民子弟兵」，但由於蘇軍在二戰中傷亡過大，他們就把一些監獄裡的犯人放出來打仗。他們名義上是把日本關東軍打跑了，而實際上，這些紅軍毫無榮譽感，毫無尊嚴和紀律性，是一支禽獸不如的軍隊。小城的老百姓憎恨地稱他們「老毛子」。

當街上常常見得到那些人高馬大的「老毛子」，一手拎著燒雞，一手拎著燒酒，醉醺醺地唸叨著：「馬達姆上高，福爾福爾摩斯。」據說那大意是「漂亮女人真好」。「老毛子」來了，女人們都換上男裝，在臉上塗了鍋底灰跑到莊稼地裡，讓他們抓到就給輪姦了。聽說有一次幾個「老毛子」從正陽街一家理髮店，抓了一個白淨面皮的少年，抱了出去就扒下褲子。最終一看，這並不是他們想要的「馬達母」，就哈哈哄笑了一場，把這小子給放了。那時也有這樣的「老毛子」溜出兵營，胡走亂蹿，私闖民宅，騷擾百姓，甚至有一個老毛子醉死街頭，另有一個老毛子槍擊市民，民憤太大，致使蘇軍司令部不得不派人乘專機降落在北門外的臨時機場，對這個蘇兵處以了極刑。「蘇聯老毛子和日本小鬼子半斤八兩，窩窩頭踹一腳，都不是好餅」，人們這樣說。

這時的小城容納了蘇聯紅軍，張平洋的自治軍，護路軍，國民黨黨部，國民黨黨專，維持會，如此等等，今天我們要繳械你們，明天你們要繳械我們，明槍暗箭，你爭我奪，雲譎風詭，一時間敵中有我，我中有敵，把小城搞得烏煙瘴氣，亂七八糟。

小城還是光復了。

此時關東軍總部內，鴉片堆積如山，日本鬼子們心急如焚：「蘇軍必將攻下東北，不及時把鴉片處理掉，關東軍將因販賣鴉片而被世人恥笑。於是，所有關東軍參謀都連夜挖洞掩埋鴉片。」

投降後的日本鬼子仍不忘放一把火，把火車站的候車室票房子燒了個精光，進行了又一次的「掃蕩」。混亂中，拚命逃亡的日本鬼子又是用鴉片換東西吃。錢已經沒用了，對於鬼子們，逃跑的路上，沒鴉片，就寸步難行。

這之後的小城經歷了翻天覆地的變化。光復後，還沒等國民政府接管，沒等那些接收大員坐穩了屁股，小城就打進了八路軍，實際上的新四軍，把小城解放了。一群群學生，「國高」的，「江省」唸書的，他們三五成群，紛紛出走，到長春，瀋陽，北平，重慶，成都，蜂擁到學生臨時接待站。他們無法認可這新政權。被日本人統治了十四年的亡國奴「滿洲人」所第一眼看到的「祖國人」，是一個頗為不堪的形象。他們見到這滿街破衣爛衫土裡土氣的「八路」，他們對這「太不正規」的隊伍不予認同和信任。部份留在小城裡的人們就依然過著他們的日子。對於這大時代中的巨大變異，他們中的一些人歡欣雀躍，敲鑼打鼓扭秧歌，一遍又一遍地唱了《解放區的天是明朗的天》。還有一些人先是無可奈何，無所適從，繼而就順勢而行，順境而變。他們眼裡見著這「改朝換代」所經歷的一番番風雨，他們的身子跟著這時代的浪潮，無可無不可地向前移動。

小城裡的人和物在發生著變異。這種變異是詭祕的，是在人們自己都不察覺的過程中發生的。

那些舊商號，比如公福祥，興順厚，慶和長，喬家爐，田家燒鍋，石家油坊，萬順店，福合店，公發泰，泰發祥，公發祥，福聚長，益同茂，長巨源，德興長，協成太，永泰號，等等等等，還有我家的買賣德順東，這所有的一切，在「公私合營」的時候就改變了性質。這些原本好聽又充滿吉祥之氣的字號，就像使用了數千年的中國漢字一樣，一夜之間，被這時代所簡化了，變異了。

小城裡著名的藏汙納垢之地東南拐，連同這一帶的一切「帝國主義，封建主義，官僚資本主義三座大山」和一切「舊社會」的汙泥濁水，都被「新社會」的革命洪流所徹底地蕩滌了。老鴇們和窯姐兒們，連同小城裡一切非「無產階級」的階級，都統統被洗了心，革了面，從了良，改了造，重新做人了。唐財主的大戲園唐記大舞臺和她的戲班也同這一帶的窯子街，大煙館，說書館，東大廟統統被關閉停業，一派「樹倒猢猻散」的蕭條。大戲園也因無人料理無人經營而淪落為便所茅房，且終於在一個晴朗的藍天麗日的夏天早晨，人們聽到了「轟隆」一聲悶雷般的巨響，那大戲園的屋頂塌了下來，砸在那舞臺上，壓死了一隻在裡面吃屎的豬玀。這戲園的門臉兒也散了架，垮了臺。人們從這斷牆殘垣上撿了缺胳膊少腿的桌椅板櫈和碎石爛木磚頭瓦塊，或蓋了倉房，或搭了豬圈，或修了雞欄。不多久，那給了小城人們無盡歡樂的大戲園就被夷為平地，甚至連東南拐這稱呼，都在小城裡逐漸地消失了。

義順記的夥計張凱如今已是一個中年漢子。他原本是大戲園的常客。大戲園的倒塌，令他失落，令他鬱悶。他連唱了一天「王二姐思夫」，連抽了兩天悶煙。連喝了三天悶酒，連睡了四天懶覺，到了第五天，他做了一個重大的決定，他要把自己的「府上」，他的家園，當當正正地建在昔日的舞臺上。他對「風水」有著獨到的見解。別人說「這地方的風水早就給臺上的帝王將相才子佳人佔了個底兒朝上，到你這兒就沒了」。他卻說「風水輪流轉，今年到我家」。果真，不多久，張凱就鑲了金牙，咧了大嘴，逢年過節穿紅戴綠，扭起了秧歌，唱起了蓮花落，儼然成了小城裡的名人，他是沾了這大戲園的風水了。他原本還動過在政治上「要求進步」，解決「組織問題」的念頭，但立刻有了自知之明，就自我否認了說，「傢伙雷子，入團的年齡咱早過了，入黨咱不夠格。咱做個革命群眾，咱自由兒。」

曾經的業主們，商販們，都被劃了「成份」，分了「階級」。但凡不是「貧農」「僱農」和「無產」，即「無產階級」的，就被打進了一個範疇，他們被劃為「資本家」，或「中資產」，或「小資產」。於是，他們注定了要在這「公私合營」的「社會主義革命」中，接受「社會主義改造」和「社會主義教育」。不多久，私有制就在這小城裡不知不覺間消失殆盡。中國歷史上幾千年的私有制文化，在一夜之間被顛覆了，被瓦解了。

不過，那些從「舊社會」走過來的人們，他們多半還活著。他們在這「改朝換代」的時代大變遷中僥倖地存活了下來。十幾年來，他們漸漸地隨著這個大時代的變異而變異。「舊社會」，如今說起來，就仿若是隔世一般。

也有一些人們，他們在初時，還不適應這些變異。他們見了面，不能適應相互間叫「同志」這一稱呼，而還是沿用舊時的稱呼寒暄，比如：「大掌櫃的，這是長公子的大小姐吧？長得多水靈。」這是在說我的堂姐雅琴吶。比如：「二掌櫃的，這是少東家的長公子吧？你看這胖乎乎的，多招人稀罕。」這是在說我吶，我的小名叫「阿肥」。比如：「李先生，跟你求副字兒吧。」這是在央求慶和長藥房二掌櫃李先生李幹臣的書法吶。李先生早在慶和長作二掌櫃時，就不時地被請去寫牌匾寫對子。又比如：「我定去府上拜訪。」這是說會去你家「串門子」，儘管你那「府上」只不過是兩間低矮的土房。再比如：「你這是去櫃上呀？」「櫃上」就是指解放後的「單位」或者「組織上」。

這時，人們在服飾舉止上，間或還保留了一些不易察覺的「舊社會」的痕跡。比如說我同學宋小國和他的哥哥宋三國，他們是國民黨「戰犯」的後代，即便是在自己的家裡，他們還穿著黑色西褲白色襯衫，穿了皮鞋，打了吊肩背帶，分頭梳理得整整齊齊，就像是電影裡地主家的少爺一樣。比如賣「燻炮肉」的「大李和」，他穿不慣「解放服」或「列寧裝」，卻無冬立夏地穿了長衫，夏天穿單的，冬天穿棉的。比如小舖的店員「趙老弘」，他穿了條燈籠褲，肥大得像條大口袋，褲腳子紮了起來。他的頭髮既不是分頭，也不是平頭，而是一種「南霸天頭」，就是把清朝時留下的辮子，沿著脖頸子齊刷刷一剪，前面的向後背著。若加上個鬍子，就是活脫脫的一個「南霸天」了。清朝早就過去了，民國過去了，「滿洲國」也過去了，他仍然捨不去這舊社會的痕跡。

更有連「大清國」的辮子都不肯剪的「楊小辮」，他比「南霸天」還棋高一籌，他索性就把那辮子盤在頭上，再扣上一頂大號「列寧帽」，引發了周邊孩子們的無盡好奇心。有一次，他「府上」鄰里的孩子「狗柱」和「長順」要試著一探究竟。他們躲在牆頭的另一面，手裡握了根長竹竿子，乘「楊小辮」經過，要突然間把那「列寧帽」挑掉，說這是「槍挑小梁王」。不料那「楊小辮」就像是背後也長了眼睛一般。他猛地回轉身來，腳一跺，身一躬，頸一挺，頭一昂，大吼一聲「站住」，腰間遂抽出一個長煙袋管子，橫握在胸前，那架勢就像在野豬林裡，突然冒出來的花和尚魯智深一樣，把「狗柱」和「長順」嚇了個半死，慌忙丟下那竹竿子逃之夭夭。「楊小辮」冷笑一聲，拾起那竹竿，膝蓋上一磕，斷成兩節，遠遠地扔擲到豬圈裡，把那裡面的豬玀們嚇得滿地亂竄。從此，這周邊的孩子們就再也不敢招惹他了。

也有人穿了舊時「滿洲國」的制服「協和服」出來。這「協和服」黃呢面料，有點類似民國時的「中山服」，也是四個口袋，卻不似「中山服」那麼闊大。穿了這「協和服」的人，下身卻穿了土裡土氣的抿襠綁腿褲，就免不了引來不少冷嘲熱諷，說：「吆喝，你這是將校呢呀。」這人卻說：「管它甚麼呢不呢，擋風就行。」嘲諷者就又加上一句：「像是鬼子翻譯官來了。」這人卻罵了：「你二大爺才是鬼子翻譯官吶。」而那「滿洲國」時滿大街見得到的「戰鬥帽」，則因太有「鬼子翻譯官」甚至「鬼子」之嫌，而沒有人戴得出來了。

我的太奶奶馬安氏是旗人，這時還在世，她老人家還是沿襲了滿人的習俗，連在族人之間的請安施禮，晨昏定省，大安小安，都要求禮數做盡，嘴裡要忙不跌地說「請阿瑪安」，「請額娘安」，不禁令周圍的人們嘖嘖稱奇。

也有不少的人或多或少地被「改造」了過來。比如說我的祖父，德順東馬家床子的二掌櫃馬德豐，寫給族人的信裡，就夾雜不少革命化了的豪言狀語。他在信中說：你要「為祖國為人民作更大貢獻」，「加強鍛鍊來改造世界觀，不太長的時間裡，來樹立無產階級世界觀」。

見到祖父如今身上穿了那粗劣的「勞動布」的工作服大掛，腳上穿了那膠皮「靰鞡」，便很難想像他當年穿了西服革履，戴了淺灰色寬帽簷呢禮帽和白手套，衣襟上掛了懷錶，那十足的紳士派頭。只是他的頭髮，還是梳著早年間整齊的「一邊倒」式樣。

他的鋼筆字是規規矩矩的。他用那兒時私塾裡寫毛筆字的方法，握了隻自來水鋼筆，一筆一劃地把他的「決心書」和「學習心得」寫在舊時留下來的帳頁上。那帳頁上面印了藍色的格子，標了「年月日，類種品，規格，品名，單位，原單價，售價，收入數量，付出數量，結存，數量，金額」。他習慣了那本馬家床子的明細帳。大概，使用這樣的帳頁紙，才能讓他平心靜氣。那帳頁上面，他彷彿還在記著「奉天進剋絲鉗子二十把，東京進月の刃剃頭刀四十把」吶。

還有那位李先生李幹臣，他那一手「嚴嵩」體大字方嚴渾闊，雄奇博大，若請他寫那舊時的商號牌匾，是再合適不過，而那同樣的「嚴嵩」若寫在「某某工會」或者「某某黨支部」的牌子上，大白底上用了大紅廣告色，而且那不經意間使用的繁體字，就不免顯得十分地突兀。

不知從甚麼時候開始，小城開始不那麼整潔了。比較明顯的例子是馬路兩旁，那曾經是非常整潔的排水溝洋溝。那些乾淨的木板子，慢慢地，一塊一塊地沒了，給人拿了去，回家做了豬欄的門，或者乾脆就劈了當柴燒了。洋溝的本身則淪落成了髒水溝和垃圾站。那裡面常常會積了汙水，也常有死貓死狗泡在裡面，水都變綠了，變臭了，長毛了。偶爾，竟然有喝高了的醉漢跌落在裡面，汙水中睡了兩個時辰，肥大的肚皮泡得發了白，任憑那路上的馬車牛車驢車騾車經過，人和畜生向著他致了無數次注目禮，他也不肯醒來。

舊社會馬路兩旁盛水壓塵的水缸火油桶也不見了。路面上的塵土，夾著風沙，在街巷裡肆無忌憚地飛揚起來，被人們稱之為「揚灰」，而垃圾和塵土，逢落雨時就和了泥，就成了「水泥」。這「揚灰水泥」把這正陽街弄得汙穢不堪，惡臭難當，漸漸地，就變得死氣沉沉，是一條真正的老氣橫秋的「老街」了。

舊社會的巡警被鎮壓了，人民「當了家，作了主」，並投身到此起彼伏接二連三無休無止一個又一個的政治運動之中。這樣，諸如「洋溝上的木板子」這類小事，就實在是微不足道，不值得去操心了。

不過，與此同時，新中國以來，這小城裡處處充滿了生機和刺激。見到這從來沒有見到過的事物，聽到這從來沒有聽到過的歌聲，得到這從來沒有得到過的應允，小城的一些人開始有些膨脹了，忘乎所以了，開始相信那些美妙無比的海市蜃樓般的預言了。

特別是到了一九五八年的「大躍進」，見到那些諸如「十五年超英趕美」，「人有多大膽，糧有多大產」，「小麥畝產十二萬斤」，「一顆白菜五百斤」的標語，那些絢麗多彩的壁畫，把這破舊不堪的北方小城，塗抹成春色滿園的天上人間。這樣自欺欺人的鼓噪，初時還令人相當地懷疑，說得多了，聽得多了，就不由得有些相信了，相信了「人定勝天」，相信了我們的國家我們的政府，他們一定會創造奇蹟，「他們一定有辦法」。

被鼓動起來的，頭腦膨脹，幾近癲狂的人們視撒謊為正常，視說大話為講真理，虛報產量，使政府徵購糧食的任務成倍增加，而實際產量與徵購數量幾乎相等。於是，留給農民的口糧就所剩無幾了。而就在這時，人民公社響應黨的號召大辦「共產主義」「公社食堂」，以幾千年來老百姓從未見過的場面糟蹋糧食，三四個月就耗盡了那本已不足的口糧。到一九五九年春天，許多地方已經有餓死人的現象發生。

他們眼見到那些兇惡的公社幹部在「挖糧底」逼交公糧時，像宣傳中的惡霸地主劉文彩的「收租院」和《白毛女》中的黃世仁一樣，把農民的糧食搜光搜盡，把藏糧的農民吊起來毒打，逼著交出「私藏」的糧食，結果農民的人均吃糧比去年還少了百餘斤。「反瞞產」完成政府徵購數量之後，許多地方的公社食堂普遍吃空，只剩下菜，連糠，甚至牲口吃的「豆餅」都被人吃光了。於是，自一九五九年底起，中國歷史上史無前例，冠絕古今的大饑荒，終於籠罩了小城城鄉，籠罩了全國大江南北。

因為沒有食物，人們開始吃大葉灰菜並中毒。樹皮被剝光吃了，被子裡的棉絮也扒出來吃了，而「榆樹錢」和榆樹葉子則成了普遍的食物。還有就是苞米葉子苞米瓤子黃豆秸子，磨碎了，摻了老鹼熬成糊，這算是好的了。人們還吃紅肚皮的林蛙「蛤仕蟆子」，說是高級營養品，說那「蛤仕蟆子油」還是中央首長們的保健品吶。他們眼見到由於營養不足普遍發生的水腫病，肝病和育齡婦女絕經。斷糧的農民大批地餓死，赤地千里，萬戶蕭疏，餓殍遍野，到處都有餓死倒斃在路邊的人。

這曠世的饑荒令小城的人們束手無策，無以應對。他們眼見到中國的許多村落，因饑餓而死亡的人數眾多，他們不敢相信那駭人聽聞的人吃人的傳說。他們來不及去思索探究這饑荒的源頭，便認可了這是自然災害，是蘇聯「老毛子」逼債的結果。人們把無盡的抱怨，丟向那創造了這「三年自然災害」的，那看不見的「天老爺」，和地圖上方那片諾大片土地上的「蘇聯老毛子」，「蘇聯老大哥」和「我們的榜樣」。

這樣的總路線，大躍進，人民公社「三面紅旗」，在這小城裡狂熱病般地飄揚了三年，終了竟然息鼓偃旗，不了了之了。人們的親眼所見，親耳所聞，親身所歷，令他們自己那初時的火熱和狂妄一落千丈，一掃而光。

鬧「公社大食堂」吃大鍋飯的時候，有一天食堂裡排隊吃飯，有一個七十多歲的老者排到了，窗口卻不給他，說是毛主席有指示，「不勞動者不得食」。這老者急了，就去搶。食堂的人就推他趕他。他被推倒在地。由於饑餓，他暈死過去。眾人把他救醒，他對他兒子萬德說：「萬德呀，咱們回家吧。咱們鬥不過人家啊。」遂搖了搖頭，絕望地與萬德離開了。

這三年「自然災害」的苦難便再一次地改變了他們。這之後的「憶苦思甜」大會講演上，老貧農憶著舊社會的苦，憶著憶著就走了板兒，說著說著就離了譜兒，就把那大躍進共產風的「挨餓那年」，當成了「萬惡的舊社會」。此後，「糧食」這兩個字，就成了一個至高無上的詞彙，變異成了「爹親娘親不如糧食親」這樣一種概念了。

「饑餓」二字令人談虎色變。人們最黑暗的回憶，就是那場曠世大饑荒的「挨餓那年」。「挨餓那年」前後出生的孩子，竟然大多數營養不良。這時人們的終極理想，就是「吃飽肚皮，不再挨餓」。

小城這原本「有水必有魚」以及「魚米之鄉」的富庶之地，如今已經同那狂妄的「十五年超英趕美」的海市蜃樓般的神話一道，一夜之間消失殆盡了。那期間水中的魚蝦，包括小河溝裡變異了的病魚「老頭魚」都網盡了，吃絕了。

這表面上看起來平坦平凡平靜的小城和小城裡人們，也和全中國的人們一樣，主動地或被動地捲入到目不暇給的政治爭鬥洪流中：土改，鎮反，三反五反，抗美援朝，對生產資料私有制的社會主義改造，整風，反右，如此等等。而「總路線，大躍進，人民公社」三面紅旗，則把這社會主義建設運動推向了高峰和極點。

小城裡的人們高唱著《我們走在大路上》，「意氣風發鬥志昂揚」地，「披荊斬棘」，渾渾噩噩地，又義無反顧地向著虛無縹緲的海市蜃樓走了下去，也變異了下去。

第9章 藝術劇院 The Art Theatre

公元一九五七年

儘管小城裡沒有甚麼名勝古蹟值得在這裡大頌大揚的，卻也有不少的值得提及的地方。比如有一處尤其值得一提的地方，就是「評劇院」，叫「藝術劇院」。英國人莎士比亞這樣說過：「世界就是一個舞臺。人世間的男男女女只不過是戲子罷了，他們有上場的時候，也有下場的時候。」一座城就是一座戲臺，一場人生就是一場大戲，一座城是不能沒有一座戲園子的，小城裡的人們雖然並不知道莎士比亞是何方神聖，卻也模糊地意識到了這一點。

於是，小城裡老早起就有了戲園子。

最早的戲園子建在城北，在月牙刀高高架起的清真寺附近，民國十九年一場大火，把這戲園子燒成了灰燼。後來，戲園子重建在城東南，叫大戲園，在窯子街大煙館花街柳巷那一帶，屬「下九流」地界，俗稱東南拐。此後的戲園子挪到正陽街和中央街的交叉口，小五金行德順東和綢緞莊公福祥的斜對面，終於落到了城裡的最中心地段。

「藝術劇院」的門臉兒高大而氣派，留給人一種「金壁輝煌」的印象。此外，它還很是有一番設計的。只見粉黃色的牆呈比例均稱的扁方形，牆上的兩邊是一排嵌有廊柱的牆垛，牆的中央高出一面扁長的三角形，周圍凸起了變化有致的「回」形花邊。三角牆垛的上方，「回」形花邊圈出了一條好看的弧線。弧線的兩端，「回」字俏皮地向上捲起，令人想起娶親的花轎頂子，也像是不久前在這裡演過的《春草闖堂》，那蘇德舫扮演的縣令頭上的烏紗帽帽翅，沾了些喜氣和誇張。三角牆垛子的正中央，浮雕上的甚麼圖案則是不易辨認了。下面用洋灰塑出了四個一呎半見方的黑色正楷大字「藝術劇院」，書體方嚴渾闊，筆力雄奇博大，字體豐偉而不板滯，筆勢強健而不笨拙，頗具明代「大奸大才」嚴嵩書法的神韻，是藥局慶和長的二掌櫃李先生李幹臣的手筆。這就與其他商號店舖的門面有所不同了。它給人一種明快的，還有一點兒「羅曼蒂克」，甚至有點兒輕浮的感覺，令人聯想起剃頭棚的張大金牙張凱，他穿紅掛綠扭秧歌時，一邊向周圍的大姑娘小媳婦們擠眉弄眼的樣子。

　　同城裡的大多門面一樣，藝術劇院的門面雖說漂亮，後面卻是粗陋的磚木結構了。這也應了小城裡人們的審美觀：「鑲金牙，咧大嘴，穿皮鞋，高擡腿」。資金有限，前邊咧了嘴，面子有了，後邊沒穿皮鞋，就不需要高擡腿了。

　　進了戲園子的正門，見到牆壁上掛著的一副對子，是某個去過關裡的文人墨客從京城移植過來的。這對子用正楷端寫在紅紙上，紅紙上撒綴了金星子，上聯說：「學君臣，學父子，學夫婦，學師學友，匯千古忠孝結義，重重演來，漫道逢場作戲」，下聯說：「或富貴，或貧賤，或哀怒，或喜或樂，將一時離合悲歡，細細看來，管教拍案驚奇」。據說此聯乃咸豐年間二甲進士陸潤亭所作。他把舞臺上演繹的人間百態和觀戲者的感受說得洋洋灑灑，淋漓盡致。

　　而在「太平門」，也就是出口門處，也有一副對子，卻是黑底綠字，並未撒金星子，上聯說：「你也擠，我也擠，此處幾無立身地」，下聯說：「好且看，歹且看，大家都有下場時」。這是在說人世間的爭先恐後是可笑的，再好的戲文也有曲終人散的時候，只不過沒有人知道這對子的出處就是了。

這是在一個晚夏的傍晚時分，夕陽慢慢地沉到對面中央街盡頭的天邊外了，落日的餘暉仍然停留在戲園子的門面上，給粉黃色的牆壁上罩了一層暖烘烘的玫瑰紅。

這時，藝術劇院前的空場子上已經聚集了各式小販，人多了起來。有三五個賣冰棍兒的，賣瓜子兒「毛子嗑兒」的，賣菱角賣山杏的，有一個吹糖人兒的，一個賣煙捲兒的，卻是一幅潦倒文人的模樣。他過短的衫子褪了色，頭上戴了頂舊時的禮帽，積了灰塵的帽簷上滴了幾塊洋蠟油子，顏色是斷斷辨認不清了。帽簷下，這男人一張疲憊的臉蠟黃著。地上斜立了一個盒架子，架子上的煙捲兒還真不少，有大前門，大中華，大上海，大生產，大建設，大公雞，大舞臺，大綠樹，恆大牌，衛國牌，蝶花牌，勞動牌，雙斧牌，百花牌，紅羊牌，金鐘牌，腰鼓牌，紅雙喜，農家樂，每樣一包。「洋火兒」，也就是火柴，架子上也有，卻只有一種獅子牌。他並不吆喝，也不向四處張望，只獨獨地立著，自顧自地抽煙，抽的是最低檔農家樂。他的腳下已經積了一堆煙頭兒，想這香煙是賣的不如自己抽的多罷。

末了，還有一個「拉洋片」的，五分錢看一回。這個拉洋片很有意思，是先前沒有人見過的。大人們說，這也叫「西洋鏡」或「琉璃鏡」，這話聽起來就有點兒神祕。

只見一個木頭架子，上面擺了一個偌大的木頭箱子，箱子上鑲嵌了四個大鏡頭子，叫「小四門兒」，內裝燈具照明，觀者通過鏡頭，往箱子裡面看那畫片。箱子上立著一塊板子，是一幅西洋畫法描繪出的「三潭印月」，卻把那三潭畫得跟三隻蹲在水中的癩蛤蟆差不多。三潭上空，高掛著一輪明月，湖中映著月亮的倒影，那倒影卻又沒有映直，歪在水中，好像西湖的水面傾斜了一般。

這引發了一個懂些畫工的文人的嘲笑，並用手中的扇子敲了敲那板子說，你這畫面上若是加上個劉海，那不就成了「劉海戲金蟾」了嗎？畫的兩旁也配了對子說：「箱內演大戲，洋片唱春秋」。這不免有點兒過於誇張了。於是那文人就上來問了：該是「園內演大戲，園外混春秋」吧。周圍的人發出一陣哄笑。漢子也嘿嘿咧嘴一笑，並不作答，待文人走後，就啐了一口痰，對旁邊的人說道：「彼此彼此，俺們都是古往今來事，胡亂混春秋哩。」

這拉洋片的漢子，聽他的口音，聽不出他到底是河北人，是河南人，抑或是山東人。他自稱是「韓五子」，剛剛從蒙古人地界「哈拉火燒」，繞到「特克吐」過來的。只見韓五子禿頭剃得油光瓦亮，腮幫子刮得乾乾淨淨，大臉膛黑裡透紅，太陽穴貼了塊狗皮膏藥，大眼睛努著，胳臂老粗，白手巾圍頭，小掛兒穿著半拉，繫著半拉，小城裡不常見的裝扮，而這裝扮本身就吸引了不少的人。

韓五子把畫片兒在箱內用繩索上下拉動，十張圖片一張張地拉將上去。花錢的可以看足全十張，圍觀只能看到一兩張。箱子旁有個鑼鼓架子，把小鑼，小鈸，小鼓全拴在一起，手一拉，竟三件兒全響。這不免令人嘖嘖稱奇。這與看電影不同，洋片的畫面既不會說，也不會動，主要是聽拉洋片的人演唱，以解釋畫片兒的內容。

今天拉的是「西湖美景十大片」，「三張照的，七張畫的：有蘇堤春曉，曲苑風荷，柳浪聞鶯，三潭印月，平湖秋月，斷橋殘雪，南屏晚鐘，雷峰夕照，花崗觀魚，最後是雙峰插雲。十大美景，不分先後，各個舉世無雙」，韓五子一口氣把西湖十景依次報來，眼睛都沒眨一眨。他口齒伶俐，動作滑稽，唱詞幽默，加上他那濃重的口音，把個「西湖美景十大片」說得個天花爛醉，美若仙境，贏得周圍看客，包括各式小販們，還有往來路人們的喝采，也勾起了人們對於遙遠的西湖美景的遐想和感嘆：上有天堂，下有蘇杭，咱這嘎達，就有個東鹼泡子和乾德門山呀。

遠處傳來一陣敲鑼打鼓吹喇叭的喧鬧。近前來，見得一輛花枝招展的木架車子，由幾個人推著，一群人擁著走了過來，那是藝術劇院的宣傳廣告花車子巡遊回來了。這車子上架了塊版子，是晚近的戲報，前後兩面，還拉了紅綢帶子。那推車的，吹喇叭的，敲鑼的和打鼓的漢子，各個臉色都擦了胭脂，被流下來的汗水沖得一道道的。這架勢，倒很像是「康德八年」，即民國三十年五月，「大滿洲國」皇帝陛下愛新覺羅溥儀到北方視察，所謂的「御巡狩」路徑小城時的排場吶。

戲園子前的幾個小孩子就大聲嚷嚷開了，玩起了「娶媳婦」。其中的兩個人雙臂交叉雙手緊握，做了個「轎子」，一個更小一點的孩子就坐了上去，他們喊了起來：「嗚哇堂啊，嗚哇堂啊，娶個媳婦尿褲檔啊。」又延伸到「螞螂過河」：「螞螂螞螂你過河，你娶媳婦我打鑼。」

車上的戲報，四周加了五彩紙花，大紅底黑色墨蹟列出今晚的曲目，標明門票分三等：普通三角，雅座五角，站票一角。戲角兒則淨是小城裡的當紅名伶：

藝術劇院（夜戲）新出「泰和社」　科班

陽曆八月十七日（星期六）陰曆七月廿二日：

評劇　摺子戲：夜宿花亭（玉鐲記）筱月鵬　鄭麗華

評劇　摺子戲：秦香蓮　小靈芝　筱月鵬　小山東

評劇　摺子戲：天仙配　小靈芝　筱月鵬　小山東

現已售票　請早惠購

這樣的戲報，藝術劇院的門口也貼了一張。那喜洋洋的紅紙，在這暮色漸濃的傍晚，顯得格外醒目。

熱熱鬧鬧的戲院前，唯有那賣煙捲兒的漢子，他仍然獨獨地立著，抽著煙捲兒，對於西湖美景無動於衷。戲院裡邊的正戲尚未開場，門口的拉洋片卻已經把西湖十景拉了兩輪。圍觀的人們盡了興，韓五子也賺到了錢，戲院裡面的戲也開場了。

事實上，今晚來聽戲的，多半是奔「小靈芝」而來。小靈芝是藝名，因為叫得響亮，她的本名已經很少有人記得了，而且，人們也並不去追究：小靈芝就是小靈芝，小靈芝是無可取代的。

小靈芝不是本地人。這時，常有外地戲班子來這裡「走穴」。有時候，走穴過來的角兒可真是要刮目相看的。比如說去年春天，就有從洮南過來的戲班子叫「春瀾社」，就在小城裡掀起過一陣波瀾。

那「波瀾」主要是那戲班中的名伶小靈芝掀起來的。

小靈芝鴨蛋臉，不高不矮，不胖不瘦，身段優雅，一雙大眼睛顧盼有神，雖有點高奔兒頭，皮膚並不白皙，舞臺上的小靈芝卻扮相格外端莊矜重，儀態萬千，光彩照人。

小靈芝演的是「青衣」。

舞臺上扮相最美，唱腔最美，身段也最美的也就當屬青衣了。青衣裡最美的也就當屬小靈芝了。曾有人說，青衣是夢，是男人的夢，也是女人的夢。小靈芝也是小城裡人們的夢。燈光下的小靈芝是一個風度凝重，行為端方，氣質含蓄的成熟女子。而她背後，似乎還有著一群這樣的女子，她們是一種文化，一個時代，一個夢想。她們溫良謹順，德言容工，相夫教子，勤儉持家，支撐著歲月中不足為奇的平淡的日子。她們羞澀地舞起水袖，咿咿呀呀地唱出了她們的一腔心事。燈光下，青衣小靈芝一個雲手，一個盤腕，一個轉身，水袖飄忽，青衫鼓蕩，指作蘭花，亦真亦夢。

小靈芝這綽號，應該是在形容她的「靈活機敏，芝蘭玉樹」的品性，只不過這三個字還遠不足以表示出人們對她的讚譽。當每次壓軸戲也就是拉場戲謝幕的時候，小靈芝水袖輕拂，蓮步輕移，走出了她的「角兒」，走出了她的故事，千迴百轉，跌回人間，臺下的喝彩就由高昂轉向悲壯了。這便贏得臺下的「看官」們無盡的傾慕。對於這些，老角兒們雖然心裡也有些妒忌，但還是心服口服的。於是，「泰和社」花重金把小靈芝「借」了過來，而小靈芝也不負眾望，為小城裡人們生活添加了一些美好的品質，像是一個春天的早晨下過雨後，太陽出來了，空氣清新，小溪流過時能聽得到的潺潺水聲。

人們繼而也把自己新生的女兒隨著小靈芝命名，比如「王靈芝」，「楊靈芝」，「李淑靈」，「張桂芝」，至少也沾了邊兒了。

只見園內的土地面上已經打掃乾淨，還專門灑了清水壓塵。舞臺臺口上面，掛了兩個大瓦斯燈，是為停電時而備用的。冬天取暖用的大鐵桶爐子連帶爐筒了已經撤掉了。觀眾廳的窗子很小，又開得很高，都敞開著，飄進來的是熱氣。臺下長條板櫈上滿滿當當地坐了兩百多人，在黯淡的電燈下嘮著嗑兒，嗑著瓜子兒，抽著煙捲兒或者煙袋，搖著扇子說，這天兒可真悶啊。莫非是要下雨不成？

前排的「雅座」，也就是一排有靠背的椅子上，坐了城裡過去的「紳士們」。這其中有我的曾祖父馬世恩和曾祖母馬安氏。老人家日子過得拮据，來戲園子聽戲，還坐在「雅座」，是破天荒的奢侈了。

這時候的曾祖父已過古稀之年，他還是穿著舊式的灰布長衫子。他白髮稀疏，留著山羊鬍子，乾癟的臉上滿是老人斑。他的手腕子上纏繞了一條條用彩線編織的手鏈，雙手撐了根拐杖。他的嘴裡含了一個糖球子，這使得他瘦削臉上的腮幫子，一邊鼓了起來，另一邊則癟下去。他胸前大襟上掛了塊手帕子，這手帕子卻有些老舊，像是和這長衫子同齡似的。四十四歲那年，他一路風塵，隨著父母親和兒子們，從遼寧新民范家屯柳河畔來到這座小城，如今已經二十八年過去。他的父親馬成順，一生只有他這麼一個兒子。經年朝廷官場所見的黑暗，令他悟出這樣的一個道理：清淡的老百姓的日子才適合於馬家人。他遵循祖訓，把對兒子馬世恩的寄託從讀書做官轉移到讀書生子。為延續馬家的香火，他乾脆把撫養培育孫子輩的責任承攬下來，讓兒子潛心接受必要的教育，爾後，放棄科考，回歸田園。此時，馬成順夫婦已經辭世十餘年。眼前這戲園子中，看著臺上演繹著的人生故事，想起自己以及家族所歷經的酸甜苦辣世態炎涼，不禁啼笑皆非。他半張的嘴微微地頜動著，山羊鬍子微微地顫抖著。這臺上臺下唱的原來是一齣戲文吶。

「世爺」馬世恩的一生果真清淡平穩。他與原配夫人馬付氏和後續夫人馬安氏計生有六子一女，真正地延續了馬家的香火。他書讀得不錯，字也寫得不錯，卻都不及父親「千總大人」。他粗諳家務，不善言辭。他用他那原本在「滿洲國」嚇唬鬍子用的「洋砲」，就是那桿長筒子獵槍，打到過幾隻山雞和野兔子。他的全部人生，遠不及他那吃過皇糧的父親那樣輝煌。然而，這正是父親馬成順所希冀的人生。

旁邊坐著的是曾祖母，是旗人，我祖父輩的「訥訥」，我們叫「太太」，也就是「太奶奶」。她老人家穿了件新些的衫子，頭髮梳得溜光水滑，臉色富泰又泛著紅潤，顯得乾淨俐落。看戲的人中，遂有族內的同輩老太，見到便走過來問安，行的是「撫鬢禮」。只見那老太頭部輕輕向前一點，慈祥地微笑著，雙眼平視著曾祖母，右手上舉至額頭處，在額前手心向內手背向外五指併攏，由左向右作平抹狀三次，但手心並不實際觸頭。性格直爽的曾祖母忙還禮。那老太又稱曾祖父「世爺」，曾祖父抱拳還禮。這就引來了孩子們的興致和圍觀了。一個五六歲的孩子，禿腦袋殼子上留了個「歪桃兒」，眼睛盯著曾祖父的腮幫子，嘴裡流了哈喇子。曾祖父就從長衫裡掏出了一塊油紙包，打開來，是最後的一個糖球子，說：你拿了去吧。其餘的孩子沒拿到糖球子，悻悻地走開了。曾祖母就囑咐說：咱們下回呀，就多帶上幾個糖球子吧。

幾個花一角錢看站票的孩子們。有點討人嫌地躥來躥去，碰了坐著的先生翹起來的二郎腿和皮鞋，就被先生喝斥說：你碰了我了。張家小子搶了李家小子的糖人兒，兩人就滿戲園子追趕打鬧著。張小子被抓著了，被奪走了糖人兒，就很傷心，索性坐在地上哇哇地大哭了起來。這哭鬧沒有人能阻得了，人們也就不管他了。觀眾席的燈暗了下來，臺上的幕布拉開了，一陣鼓樂聲中，筱月鵬和鄭麗華的「夜宿花亭」開場了。張小子卻還是在哭鬧，繼之李小子無奈，也跟著莫名其妙地哭了起來，嚎啕著，撕心裂肺似的，糖人兒卻不肯放手。有人督促這兩家的父母「管管你們的孩子」，兩家的父母就走上前去，不約而同地猛烈拍打他們孩子的屁股，於是，他們就哭得更兇了。這哭鬧把臺上的筱月鵬鄭麗華攪和得無可奈何，戲中「高文舉」與表姐「張美英」的親事也就草草地收了場。

說也奇了，當高文舉和張美英退了後，燈光再亮，側幕後款款走出了「秦香蓮」小靈芝，領著她的一雙兒女冬哥春妹上場的時候，張小子李小子就安靜了下來，目不轉睛地看起小靈芝來。這時，慣常的嗑瓜子兒發出的霹靂啪啦的聲音也戛然而止，燈光下的小靈芝青衫素顏，賢惠端莊，面若中秋之月，色如春曉之花，鬢像刀裁，眉如墨畫，目似秋波，雖怒時而若笑，即瞋時而有情，舉手投足，是女人和青衣自然交融的極致。

秦香蓮拖兒帶女，千里尋夫，見到陳世美貪圖榮華富貴，不捨烏紗蟒袍，拒不認秦香蓮母子，香蓮淒婉地唱道：

夫哇！三年前你為趕考奔京路臨行時啊，我千言萬語把你囑咐。我言說：咱的爹娘比不得別人的父母，好比那瓦上之霜風前燭。倘若得中龍虎榜，清晨得中你夜晚修書。中與不中你早回故土，也免得爹娘想你終日啼哭。咱夫妻灑淚分別說不盡的苦，不料想啊，你進京三年音訊皆無。因荒旱餓死了公爹婆母，為妻我剪青絲換蘆席葬埋屍骨。我那苦命的公婆啊！你生不養來死不葬，看不見你這獨生之子身披孝服。

……

你拍拍良心問問自己，難道說你的心腸是鐵打的！

小靈芝是天生的青衣，天生的秦香蓮，小靈芝把這個千古絕唱，這中國最平凡也是最偉大的女子演繹得淋灕盡致。

臺下的看官們留意著戲文，留意著小靈芝的每一字，每一音，每一腔，每一調，每一個水袖，每一個顰眉運眼，每一個舉手投足。

張小子，李小子，還有他們的父母親，這時候也全然地變得和藹了，變得仁慈了，變得可親可愛了。他們摟著他們的兒子，摩蹭著他們的耳朵和腮幫子，好像還應和著臺上的戲文的拍子。只是那張小子的母親和李小子的母親偶爾地瞧瞧她們的先生，看到他們定定地在看著臺上的小靈芝，就撇了一下嘴，醋意閃了一下，也就算了。

戲園子外面突然霹霹靂靂地響起了雷聲，又聽到了滂沱大雨的敲擊聲，像是從天上傾倒下來的一般。臺下有一處屋頂漏雨了，那下邊的人就把帽子脫下，翻過來用它接雨。人們先是笑他傻，繼而開始擔心起散戲回去的事情來了。前排雅座上坐著的幾個紳士們卻不急，他們仍然保持著矜持模樣。

曾祖父和曾祖母也在矜持著。曾祖父的父親，也就是高曾祖父，馬成順先生，晚清時曾中過舉，雖然沒有買得起「頂子」，也就是「頂戴」，卻是個穿過鎧甲的武舉人，管過千人的軍營，號稱「千總」，為正六品武官。他的紳士，矜持，和對於瑣事和俗物的不屑一顧，所謂「油瓶子倒了都不會去扶一扶」的派頭，也體現在曾祖父「世爺」的身上。此刻，世爺依然含著糖球子，優雅地搖著紙扇子，抖著腿，和曾祖母沉浸在臺上的喜怒哀樂和悲歡離合之中。

地面上已經鋪了厚厚一層瓜子兒皮，菱角兒皮，杏核兒和煙頭兒，還有孩子撒的幾泡尿。一陣激昂又有些慘烈的喇叭聲中，戲終人散，正應了進門時的那幅對子，臺上逢場作戲的拍案驚奇，孰好孰歹，就這樣完了，散了。而當人們擁向「太平門」的時候，卻沒有人留意那兩旁的對子，人們還是習慣性地擠著，推著。大門口的那張紅色戲報早已被雨水毫不留情地沖刷得幾近全無，只留下了一些淡紅色的紙痕，像是一張濃妝重抹的婦人，嚎啕大哭了一場，淚水沖走了那滿面的胭膏粉黛似的。那些小販子們，還有那個拉洋片的韓五子，早已不知甚麼時候離開了。

路燈昏昏噩噩照在剛剛下過雨的地面上，黯黃色的燈光映在積水中。仍不時地有雨點兒打在上面，映在水面上的燈光就被打散了。紳士們上了等候多時的四輪馬車，馬兒搖著鈴，呱嗒呱嗒地踏著泥濘的路走了。沒有馬車的人們就抱著孩子，乾一腳濕一腳地踏在路面上。路面上反射著這個小城雨後夜半的天空。街上的鋪面早就打烊了。一些還亮著的燈光，間或有「電棒兒」手電筒的光搖動著，在這燈火闌珊濕漉漉的迷人的夜晚，顯得模糊而陸離。

第10章 中央街 The Central Avenue

公元一九六一年

城裡的另一條大街，與正陽街接成「丁」字形的那一豎，叫中央街，卻很少有人記得這個名字。這是因為很少有這樣的需要。小城太小，街道的名字實在不那麼重要。城南的張家包了餃子，城北的李家趕過去吃，就必定還是熱乎的，這叫「趕趟兒」。從中央街的盡頭趕到正陽街的盡頭去吃餃子，也同樣是夠「趕趟兒」的。

然而，「餃子」這兩個字，近幾年來，特別是自一九五八年「大躍進」以來，就令人越來越陌生，而終於變成了水中月鏡中花，可望而不可及了。小城的人們也和全國的人們一樣，勒緊了褲帶，節衣縮食，吃完了糧食吃穀糠，吃完了穀糠吃野菜，吃完了野菜吃榆樹葉子，把能吃的都吃了，不能吃的也吃了，熬過了這三年曠世的「自然災害」和「蘇聯逼債」大饑荒，一股腦兒地把這筆帳算在天老爺和蘇聯老大哥老毛子頭上，這段不堪回首的日子終於過去了。

人們的飯桌上漸漸出現了久違了的糧食，甚至有了些許「細糧」。而對於「餃子」的記憶，就像是對於遙遠的上古時代的記憶一般，又漸漸地回到人們的心中。於是有的人家就翻出了麵板和擀麵杖，嘗試著包起了餃子，先是用蕎麵，加上些苞米麵，又開始用黑麵，加上些蕎麵，再開始用白麵，加上些黑麵，最後終於下定了決心，包起了純白麵的餃子，加入了肉餡蘿蔔白菜蔥花和醬油，於是，這人世間妙不可言的美味，終於冒著熱氣兒，散著香味兒，奇蹟般地再現在飯桌上了。

但是，若「城南的張家」包了餃子，卻不再捨得請「城北的李家」去品嚐了。「饑餓」二字仍然令人談虎色變。人們謹慎地守護著他們的食物，視糧食為天地，視細糧為神明。「細糧」的意思是「細水長流」，恰如「炒菜」的意思是僅僅用筷子在油瓶子裡蘸上一下，放在鍋中，這道菜就算是用油「炒」過了。於是吃「餃子」，就成了只有在國慶節和過年時才可能享受的「改善伙食」。

這條中央街與正陽街有著差不多同樣的歷史。這條街寬闊而空寂，遠不如正陽街那樣熱鬧繁華。一些老人們還記得這條街上早年間曾經有過的中央校，即中央國民優級學校，有過和平學校即高麗小學，有過日本小學，還有過雷音寺和天主堂，當然這些如今都已不復存在。在六〇年代「大躍進」時，這條街上的一些舊房子就被拆除，馬路也被擴建了。

這條大街深處的幾條巷子裡，還有過幾所醫院和育嬰堂，都是基督教徒和天主教徒開設的，比如張志新的福音醫院和趙桂卿的婦產醫院，比如趙博施的基督醫院，後來更名為博施醫院。博施醫院是一幢兩層的灰磚小樓，建於「康德八年」，即民國三十年，西元一九四一年。哈爾濱醫科大學畢業的西醫趙博施趙大夫是基督徒，他的名字就是「博施廣濟」的意思。這兩層的灰色小樓其貌不揚，卻是小城的「開天闢地第二樓」。它的外表，雖遠不及「開天闢地第一樓」福合軒大飯店那樣富麗堂皇，卻也是同樣地令人矚目和景仰。

博施醫院設內外婦兒各科，是相當齊備而專職的西式醫院。趙大夫的醫術也很高超。然而，對於尋常百姓，「博施」的費用仍然是昂貴的。他們生了病，要嘛去了禪藥盧買一些丹散草藥，要嘛去慶和長買一包紅藥麵子。據說那紅藥麵子的威力可是非同一般，那是祖傳的膏藥，一種紅色的粉麵子，撒在粘膏上用洋火一點，「忽」地一下著了，敷上一帖，把了毒，祛了瘀，算得上是妙藥了。大約這時的西醫，著實不被小城的人們接受。人們還是只認丸散膏丹，拔罐子刮痧，不認阿斯匹林和消炎片。

博施大夫的「博施」有矢無的，無法施醫於這小城裡的人們，且「人往高處走，水往低處流」，他最終還是「揮了揮衣袖」，帶走了他「博施醫院」的匾額和許多的遺憾，卻不知走到哪裡去了。有人說，趙大夫是去了哈爾濱醫科大學當了教授。他的二層小樓，後來幾經易主，最後有一天不知何故，也像傳說中的海市蜃樓一般，出現了不多時候，不知不覺間就消失了。

馬路兩旁原有的青磚房，牆上曾畫滿了「大躍進」時的配詩壁畫，描繪出中國人民超英趕美創造奇蹟，提前進入理想中共產主義的情景。那些充滿「革命現實主義」和「革命浪漫主義」情懷的壁畫五彩繽紛，不可思議。

比如講人民公社大豐收的「穗兒大，葉兒長，一顆玉米仨人扛」，比如講十五年超英趕美的「祖國工業飛躍發展，嚇得英國膽戰心驚」，比如講反美帝的「中國六億人，各個都是兵。對付美國佬，只當拍蒼蠅」。那些壁畫實在是好看，實在是令人著迷，令人流連忘返，就像在電影院裡看的《孫悟空三打白骨精》，那孫猴子吹口仙氣，說聲「長」，麥穗就長了起來，說聲「變」，手中的金箍棒就變成一個巨大無比的蒼蠅拍子，一下子拍死了美國佬。還有那描繪人民公社世外桃源般的樂園圖「人民公社好」，圖中的樹綠，山青，水碧，麥黃，天藍，糧滿囤，穀滿倉，柏油路上開著卡車客車，大食堂裡，社員們幸福地吃著白麵饅頭，香油餜子和豬肉包子，窗明幾淨的敬老院裡，老人們衣著整齊，讀報的讀報，下棋的下棋，學校裡，孩子們讀書寫字，盪鞦韆，溜滑梯。遠處的煉鐵爐又大又高，正咕咚咕咚地冒著黑煙，像是十幾年前，美國佬在廣島和長崎爆炸的原子彈

「小男孩」和「胖子」。除了這一點稍顯唐突之外，畫中的景致不禁令人興奮不已和心嚮往之。這樣的人間樂園無限地美妙，多麼像是全國人民免費赴王母娘娘的蟠桃宴會，令人盛情難卻，又有誰能拒絕吶。

那些青磚房子被拆掉以後，海市蜃樓般的「大躍進」也不了了之了。那些壁畫上描繪出來的奇風異景，神功鬼術，與現實中的嚴酷世界毫不相干。人們對於那時席捲全國的大饑荒通常就深藏於記憶，不願再去提起。好在我的父輩祖輩賣衣換糧，平安地帶我們度過了那些艱難的日子，沿著人生的過程，向前走了過去。那些青磚房子上壁畫中的故事，就溶解到我讀過的童話或神話裡去了，它們奇異而虛無，像是傍晚時分在中央街的盡頭，西邊天空上出現的火燒雲一樣，沸沸騰騰地燃燒了一陣子，不多時就散去了。

且說路兩旁陸續建起來的，幾座有模有樣的兩層紅磚樓房，比如說人民文化宮，綜合服務樓，電影院，迎賓旅社，也有一層的紅磚房，比如新華書店，第二副食品商店，二食堂，招待所，藥店，照相館和商業科，這些簇新的房子使小城一下子鮮亮了起來。

這一年我十歲，已經從企業小學轉學到了實驗小學，中央街就是我的「上學之路」。路是土路，兩旁種了柳樹。春天時這些柳樹吐出了嫩芽，生出了嫩葉，飛起了樹毛子。夏天的柳枝輕輕搖擺，卻不遮陽，晌午時路面被曬得熱鐵板一般。秋天時葉子就漸漸凋落，最後把那柳樹原本的枝幹裸露出來，令人有些神傷。到了冬天，下了雪，這些樹上就結滿了樹掛，把這條寬闊的大街妝扮得銀妝素裹。雪融了，存留在路面上的水又結了冰，又落了雪，行人們就在路的兩邊蹭出兩條光滑的冰道。上學的孩子們，遂帶著盪漾的心情，一路打著「滑出溜兒」滑過。興致來了，還有人滑著溜著，就蹲下身去，玩了個花樣兒。

這樣的「滑出溜兒」，常常連上工的大人們，和圍著好看圍巾的女孩子們也不放過，他們就這樣地打著滑出溜兒離家上工上學，打著滑出溜兒下工下學回家，一面還哧哧地笑著。

不久後，這條街上就撒了石子，鋪了「臭油子」，也就是瀝青，壓路機又在上面滾了幾次，算是鋪了「臭油子馬路」，而那臭油子的味道幾年內都不肯散去。「滑出溜兒」從此就沒有了。

中央街的上空常常是灰暗的。白日裡即便掛著太陽，太陽也是蒼白的，好像是離開了小城很遠，也不會讓人感到十分地炎熱。傍晚時分，街兩旁的房屋就全變成了黯淡的灰色。鋪了臭油子的路面反著有些詭異的光亮，忽閃忽閃的。這時從正陽街的方向朝火車站望去，就會看見城廓後那無邊無際的灰色的天空。天際與城廓交界的地方，會露出一線窄而長的金紅色的晚霞，又將街兩旁建築上的玻璃窗映照得燦爛輝煌，小城便顯出它一種特別的迷人的美麗來。

這輝煌和美麗是與火車汽笛的長鳴有些呼應的。一列客車到站了，又離開了。黯淡燈光下的旅客，是要被載到晚霞之外的甚麼地方去了。沿途廣播中的電影歌曲《誰不說俺家鄉好》和《洪湖水，浪打浪》優美抒情，朗朗上口，且百聽不厭。聽著聽著，覺得這車窗外灰土土的景色也顯得分外地明朗和嫵媚了起來。車上的旅客們吃完了帶上來的吃食，一個麵包，一條黃瓜，一塊鹹菜，一缸子白開水，也有加上一個煮雞蛋或是一根香腸的，那就算是非常奢華了。

有時候，這情景會令人突然間生起一種莫名的感動，令人突然想到自己所在的城實在是太小，太閉塞，像一塊平坦的盤子，令人覺得不能再停留在這隻淺淺的盤子裡了。可是，這城裡的人們多少年來就生活在這樣的一個盤子裡，從生到死，就在這圓盤裡轉啊轉的，人生就這樣地重複下去。終會有那麼一天，他們也會擠進那列火車，擠進那些灰色的旅客們中間，走出這塊平坦的盤子，走進廣闊些，有著多些色彩的世界中去嗎？

這列火車是168次直快。在這裡只停留八分鐘。車上的旅客在這時也許會稍微留意一下這個小城，或者朝著車窗外張望一下說：啊，是這裡啊。

然後，映照在玻璃窗上的晚霞就慢慢變暗了，消失了。天完全黑了。整列客車不聲不響地開動了。不一刻，又鳴起了汽笛，有點兒沉悶和悠邈。車輪壓過鐵軌發出有節奏的金屬的碰撞聲。在車廂的晃動中，一些旅客已經迷迷糊糊地睡著了。

第11章 電影院 The Movie Theatre

公元一九六一年

民國三十七年，小城裡發生了一件不大不小的事情，那就是開天辟地以來，小城裡第一次有了「電影院」。這麼晚才建起電影院，是出於甚麼樣的原因，就不得而知了。

電影院是用了拆東大廟的磚木建起來的。東大廟在東鹼泡子旁邊，也叫「文武聖廟」，除了供奉文昌武帝，「列聖宮」裡也分別供奉了古往今來的諸路神仙英雄豪傑。民國三十七年，西元一九四八年，人民政府破除迷信，關閉了所有的廟宇和教堂，以及和宗教有關聯的啟明小學。儘管昔日天主堂的瑞士神甫從「高輔文」更名叫了「高輔滿」，又從「高輔滿」更名叫了「高輔華」，儘管聽起來有了「進步」和「光明」的意思，儘管政府宣揚了「三自」即「自治自養自傳」的宗教政策，高神甫還是脫下他那大棉袍子和大氈疙瘩鞋，捲了鋪蓋回去了瑞士。除了伊斯蘭教仍保持宗教活動之外，所有的宗教團體盡都於一夜之間土崩瓦解了。那些「反動封建會道門」和「披著宗教外衣的帝國主義反動派們」，在一片《社會主義好》的嘹亮歌聲中，都無可奈何地，狼狽不堪地，屁滾尿流地「夾著尾巴逃跑了」。這一大片層層進進雕樑畫棟的東大廟廟群，便被拆得砸得片瓦不留，觀音彌勒龍王關公比干岳飛孫猴子以及所有一切泥像壁畫，統統被痛痛快快地砸了個人仰馬翻，落花流水。

那運磚的方法也很特別：全城的學生從東大廟起，站立了，半米的間隔，一個個地站下去，剛好站到電影院的工地。而後，那拆下來的磚，沿著小十街，大十街，正陽街，中央街，就這樣，一塊一塊地傳遞過去，看起來十分地壯觀。有人大膽地嘗試，用革命歌曲來「拉歌」，來鼓舞人心和士氣，於是唱起了《解放區的天是明朗的天》和《社會主義好》。不料，這拍節卻是難以與這運磚的節奏配合，結果情緒是高漲了，那接在手裡的青磚傳下去的時候，往往要使勁地停頓了一下，才能踩到那歌曲的點子上，使得學生們常常接不住，摔了磚，砸了腳，這「解放區的天」和「社會主義建設高潮」只好作罷。而在拆廟期間還砸死了一個人，便追認為獻身於社會主義建設的革命烈士了。

總之，「電影院」終是建了起來，建在中央街的盡頭，朝北的門面仍然是「凸」字形，正中上方用洋灰抹出了一個五角星，塗了大紅色油漆。緊挨著五角星的下面，也是用洋灰塑了白色仿宋大字「文化俱樂部」，用的是「繁體字」，從右向左讀。再下面，有兩個六角形的窗戶，下面是入口的正門，兩邊各開了三個窗戶。正門上有一個「遮雨搭」。這「凸」字形門臉的上半部，還保留了東大廟青磚的原色，下半部，則塗了一層灰不嘰嘰的鉛黃色。退遠觀之，這「文化俱樂部」，就像是一個瞪了眼，刺了青，紋了字，咧了嘴，呲了牙的土匪鬍子。於是，這土匪鬍子模樣的「文化俱樂部」，遂被人們稱作「電影院」。

小城裡的老人們，先前也看過電影。那是在「康德七年」，即民國二十九年的時候，比如在國光街的天主堂啟明小學校的院子裡，曾扯起過銀幕，放映過美國片《雲冕霓裳》（*Top Hat*）和日本片《東京之宿》。據說下雨的時候，就在電影機上面，扯起一塊油布遮雨。而看電影的人們，就只能給雨水淋了個通透了。

這裡還放映過「滿洲國」的電影。那是「康德四年」，即民國二十六年，「滿洲映畫協會」出品的《如花美眷》，由「哈爾濱小姐」，也叫「密斯哈爾濱」陶滋心主演，導演則是日本人荒牧芳郎。雖然「滿映」中哈爾濱的女子演員眾多，擁有「密斯哈爾濱」稱號的卻只有陶滋心。為了宣傳，「滿映」當局想出了新鮮招數，那就是在新京，奉天，哈爾濱和大連這「四大都市」中海選「代表小姐」。「作為全哈爾濱時代小姐們」的代表，就是這位有著頗具詩意名字的「陶滋心」了。密斯陶祖籍山東，畢業於哈爾濱女子「國民高等學校」。然後進入「滿洲中央銀行」哈爾濱分行。康德七年，陶滋心十七歲，剛剛當選為「哈爾濱代表小姐」，就進了「滿映」，繼而，又進了「滿映」自辦的「演員養成所」培訓，不多久，就主演了電影《如花美眷》。為了吸引民眾，「滿映」有意淡化了「國策」的政治色彩，這部《如花美眷》才偏重娛民，算是「滿映」的一部說得過去的片子。陶滋心的形象青春豐滿，也不時地出現在商業廣告上。比如飯館酒肆理髮店牆上那幅「哈爾濱啤酒」，畫面上袒胸露臂珠光寶氣的年輕女子就是陶滋心。此後「滿映」也針對陶滋心展開了一些「造星」運動，包括參加出席各種社會活動，還不時地請她在報刊上寫幾篇短文展示一下文采。就連她的穿衣打扮，小城裡的小姐們，也是悉心模仿過的。

更早的電影是無聲的，那是在民國初時，在「教育館」開放了手搖無聲小電影。那電影機，說是從日耳曼國進口的三十五毫米，電影則是美利堅國出品的《摩登時代》（*Modern Times*）。小城裡的人們開天闢地以來，第一次看到那穿戴奇特的小個頭「卓別林氏」，在教育館的白牆上忙忙叨叨地走動，嘴裡不知說了些甚麼，聽那喇叭匣子裡的音樂，卻也與劇情沒有甚麼關聯。然而，卓氏的小鬍子，破鞋子，一扭一扭地，倒是十分地逗樂，與城裡北戲園子的武丑「小山東」有得一拼。

聽說那時有某人要起身如廁，不料電影竟投在他的身上，而那牆上則投下他自己的一個巨大黑影，這令他十分驚慌。他忙不迭地用手拂去，竟以為是鬼魂附體了吶。

於是，直到光復了三年之後，即民國三十七年，西元一九四八年，在這小城的第一座電影院裡，人們才第一次看到「祖國的電影」，是上海電通影片公司拍攝的《風雲兒女》，見到了銀幕上的袁牧之王人美，聽到了主題曲《義勇軍進行曲》。

坐在電影院裡，任憑外面或大雨傾盆，電閃雷鳴，或雪花紛飛，寒風徹骨，裡頭的人們卻嗑著瓜子兒，吃著山杏兒，看著銀幕上的或風和日麗，百花綻放，或陽光明媚，潺潺流水，這感覺真是有些不可思議。看電影的人們就不禁翹起了腿，晃起了腳，搖起了扇，說：「這可比國民優級小學校那會子挨風吹遭雨淋強得多吶了！」

到了公元一九四九年，新中國宣佈成立，電影院旁邊又設立了文化館，終日裡有歌有舞，有琴有笛，有書有畫，這裡就開始有了文化和藝術的氣息。電影院的右手，搭了一道木柵欄，那上面就開始永遠地貼了條大字標語，內容則隨著時下政治運動的變化而變化。比如說初時的「中華人民共和國萬歲」，繼之的「抗美援朝，保家衛國」，後來的「深入開展轟轟烈烈的厲行增產節約的群眾運動」，「總路線是照耀我們各項工作的燈塔」。到了一九六一年，這標語口號便換成了「大辦農業，大辦糧食」了。

不多久，電影院進來了一位令小城人們敬佩的人物，那就是「張經理」。「張經理」是他的職務，或者是他的外號，是並沒有甚麼考據的。此外，張經理是外省人，講話的時候多半要加了「哩」字。這樣的口音，究竟是河南，河北，山東，抑或是四川，小城裡的人們也是不大分辨得出來的。

總之，張經理大約三十歲出頭，中等個，黑瘦，鐵著臉，挺著頭，挎著「電棒」手電筒，時而出現在大門的收票口，時而出現在觀眾廳大長條板櫈的周圍，時而出現在散場時廁所的內外。廁所裡常常躲著逃票的少年們，他們熱衷於那些「神話故事片」和「戰鬥故事片」。比如說城裡的大利子二利子三利子，或是四喜子五蛋子六順子，在電影散場了的時候，他們就會躲進廁所，再混到下一場的人群中，一場接一場地看下去的。這時，張經理就會舉起手電筒，照亮他們，操他那一成不變的口音大聲地喝斥：「票哩？票哩？」如果說這些事情都是在「經理」工作的範疇之內，那「張經理」就是當之無愧的「張經理」了。

也許是東大廟的磚不夠用了，也許是壓根就把這件事情給忘記了，這電影院的正門上少建了一個「露臺」，也就是說沒有了「電影海報」的位置。於是，就在門前搭上個架子，雖然簡陋了一點兒，卻仍然立刻吸引了人們的注意力。這架子上滿滿地畫了十幾部電影的海報：《洪湖赤衛隊》，《紅色娘子軍》，《紅珊瑚》，《五十一號兵站》，《革命家庭》，《英雄小八路》，《達吉和她的父親》，還有蘇聯電影《運虎記》，《紅帆》，《藍箭》和《堂•吉珂德》，頗有些「蔚為壯觀」。

這些海報，多半是電影院的專職畫師李玉航了打格子，臨摹放大在裱了紙的木板上，宣傳著正在或將要放映的電影。這海報多半用不同顏色的美術字表示，有的字套了邊，有嚴肅莊重的，有活潑跳躍的，也有龍飛鳳舞的。值得稱讚的是每一個「國產戰鬥故事片」或「外國彩色故事片」的「片」字，總是把那最後的一豎，向右向下再向左拐，使勁地甩出了一個大尾巴彎兒，這就增加了文字的藝術感染力和號召力了。

這些海報中的《紅珊瑚》，《革命家庭》和《藍箭》，尺碼則是大了兩倍，配了彩色大頭人像和背景著重渲染的。《紅珊瑚》畫的是身穿紅衫紅褲的「珊妹子」，在一片巨大的海浪前面，奮力地拉扯著一根繩索，升起一盞紅燈籠，她正要唱她的插曲「一盞紅燈照碧海，一團火焰出水來」。《革命家庭》的畫面也很是好看：這個「革命家庭」一家五口是用「素描」的方法表現的，他們深情地向前方憧憬著，背景襯了一面大紅的旗子。

特別值得一提的是「蘇聯反特故事片」《藍箭》，這是用「蒙太奇」的方法表現的。這幅海報的背景就是藍色調的：陰藍的天空上飛著飛機，飄著降落傘，陰藍的海面上航著軍艦和潛艇。一個蘇聯海軍軍官戴著白色的大蓋帽，他的臉陰沉著，鐵青著。最前面有一隻神祕的大手，捏著隻筆寫著密碼，一定是有人在醞釀著一場巨大的陰謀吶。畫面上面斜著寫了兩個黑色大字「藍箭」，套了白邊。這字的下面還格外地加了一行「拼音」：*LAN JIAN*，這就加強了畫面的外國感和神祕感。

這樣的海報是按時換的。畫師李玉航把每一個時代的英雄都臨摹得比原作還要鮮艷奪目好幾分，據說這樣做是為了防止褪色而預設的「提前量」。這就與周圍灰色的建築，還有灰色的人群構成了鮮明的對比了。

每當新的海報換上來的時候，就引來了一堆人參觀。參觀的人都有一些評論眼光，有一些獨到見解的。比如有人就說了：這「珊妹」長得像我媳婦，就是比我媳婦俊了點兒。有人就批評了說，別逗了，你媳婦趕不上人家一個角兒吶。有人說了：這「孫道林」畫得像是像，就是老了點兒。有人就又批評了說，你知道個啥，那電影的是化了妝的，比真人要年輕的。有人又說了：「這蘇聯軍官長得像張經理哩。」這話恰巧給張經理聽到了，他就有點「抹不開」，窘迫哩。但是過了不多久，張經理就習慣了這海報上的自己，且顯出一些自豪哩。

這時，三年的「自然災害」終於過去。從困境中挺過來的人們，又記起了人世間還有吃餃子和看電影這回事。吃餃子是人間的最高享受，電影卻讓人們看到了另一個世界，這個世界就像那西邊火車站傳來的汽笛聲一樣，令人愉快，令人感動，令人嚮往。電影銀幕上的故事都是「源於生活，高於生活」，銀幕上的餃子包子饅頭和熱乎餅，還有香腸麵包，美酒咖啡，卻都冒著團團熱氣，是鬆軟綿甜的，是香醇可口的，不像二人轉戲園子「藝術劇院」的臺子上，喝酒吃飯時袖子一遮，嘴巴還沒等沾了那碗邊兒，就頭一揚，乾巴巴的，一揮而就，算是吃完了，喝罷了，那全然是「虛擬」和「假定」出來的。

每當暮色籠罩了小城，不亮的街燈有一搭沒一搭地照在街巷上時，電影院前就擠滿了人。入場的大門只開了一半，那裡牢牢地守著張經理。張經理還是操著他那永不改變的外省口音，向每一個擠在最前面的少年人厲聲喊道：「票哩？票哩？」

交了票，進了窄門，這一關過了後，就算鬆了一口氣了。

在進電影院之前，有一些人們總是出得起一點小錢，買上一碗瓜子兒，或者一碗山杏兒，帶進裡面，這兩樣是看電影時必不可少的，或者說，這兩樣就等同於是看電影，也不是不貼切的。此外，夏天時買上一根冰棍，冬天時買上一串冰糖葫蘆，這樣就增添了看電影的興致了。紳士一點的人，大多會買上一包香煙助興，九分錢的「勤儉」，乃至一角五分錢的「大綠樹」。更紳士一點的人，指不定還會帶上一顆糖球子乃至「小人酥」，待看到興致高昂時就把它含在嘴裡，當然這樣的例子並不多見。這些零食，在電影院的門前，就有好幾個小販子在兜售。

這時的電影院裡，連抽煙都是熱烈歡迎的。抽煙的人很多，男士們差不多各個抽煙。這無意間增添了電影院裡的煙火氣氛和特技效果，特別是在放映動畫片《大鬧天宮》的時候，這煙霧瀰漫的電影院裡，銀幕上的孫猴子和天兵天將們，就彷彿真地騰了雲，駕了霧，舞著金箍棒和十八般兵器，翻騰在玉皇大帝的南天門外一般。

銀幕的兩旁，各設了一個圓形的，水缸口大小的窗戶，烏玻璃是白的，上面紅漆各寫著兩個字：「莊嚴」和「肅靜」。在戲園子瞧過《春草闖堂》的人就問了：「咦，這有點兒像戲臺上的迴避肅靜牌嗎。」這窗子和上面的字是幹什麼用的吶？沒有人明白。「莊嚴」和「肅靜」二字寫歸寫，人們還是我行我素地，想說就說，想喊就喊。在這裡，「莊嚴」的意思也可以理解成是「隨意交談吧」，而「肅靜」就是「劈哩啪啦地嗑瓜子兒吧」，故而每逢散場，大批的觀眾迫不及待地從裡面湧出去，同時又有大批的觀眾迫不及待地從外面湧進來，看下一場的時候，裡面的清潔工便毫不留情地舞動著苕帚掃把，清掃觀眾廳裡滿地的瓜子兒皮，山杏核兒，糖葫蘆桿兒，香煙頭兒，一時間，觀眾廳內外，掃得個塵土飛揚，天昏地暗，猶如剛剛消失在銀幕上的《風雲兒女》，那滾滾硝煙和烈烈戰火一般。

這時上映的電影，有不少的「戰鬥故事片」，這我一開始就不喜歡。我覺得這類電影冗長而枯燥，「勝利」總是拖到最後，幾個人扯了一面破爛的旗子，任它在勁風中飄擺，直到一個巨大的「完」字落到上面。

《巴格達竊賊》卻很好看。這時我也就是五六歲，坐在大人們中間，看著那個被困的魔鬼，隨著一陣黑煙，從那小瓶子裡忽忽悠悠地飄出，再搖搖晃晃地變大，直至他發出轟轟隆隆的笑聲，這讓人驚訝得喘不過氣來。有個孩子給嚇哭了，嚷嚷著要去撒尿，待他媽抱著他起來，他又鬧著說還是要看。他媽在他屁股上打了一巴掌，他反而咯咯地笑了起來。

後來的《孫悟空三打白骨精》更是令人著迷。我睜大了眼睛，眨也不眨地盯著銀幕。我要看清楚那孫悟空是怎麼搖身一變，就成了那個老妖婆的，卻終於沒有看出來。孫悟空是一下了說變就變了。他不像西邊天空上的火燒雲，初時是一頭驢子，同前院謝大個子家的驢子一模一樣。它搖晃晃地，這兒扭了一下，那兒轉了一下，就變成了一頭大駱駝。這個大駱駝，就和後院麻繩社上個月來的那頭太像了。那駱駝說是從扎賚特旗那邊來的。銀幕上的孫悟空會七十二般變化。這七十二般變化，除了妖婆，麻雀，小猴子和赤腳大仙，還有些甚麼花樣呢，問了大人，也終沒有人能說得齊全。那一年我七歲，也把《孫悟空三打白骨精》整整看了七遍。小孩子是不收票的。我光是同奶奶，就去看了三遍，奶奶也喜歡看這部電影。

這電影放著放著，就斷了片，就是膠片斷了。要接片，花的時間有長有短。短的只要你眼睛一閉，那聲音就又響起來了，你睜開眼就又看見那孫悟空在銀幕上跳來跳去。長的就會讓人等不及了，於是有人就抽起煙來。一顆煙抽完了，那片子還沒接好，臺下就一團混亂，有人就叫起來，有人就吹起口哨。婦人們就開始講起電影以外的話。片子終於接上了，場內的觀眾就鼓起了掌。有人大聲嚷嚷道：你那皮帽子擋了我了。

電影院的廁所在外面的院子裡。這時我已經能自己去廁所，也能自己找回來了。在廁所裡，我看到有一個十幾歲的少年，是大利子，正翻了院牆要跳進來。他騎在牆上，卻並不急於跳下。他反著手，眼睛上搭了涼棚，前後左右看了看，是在學孫悟空吶。這時把門兒的張經理也在撒尿，發現了這「孫悟空」，就猛地大吼一聲：「下來哩！」「孫悟空」一愣，蹭地一下子跳了下來，又颼地一下鑽進了煙霧彌漫的觀眾廳，就不見了。張經理忙去追趕，卻不料牆頭上忽地又出現了五六個這樣的「孫悟空」，正是二利子三利子四喜子五蛋子六順子，他們也都反手在眼睛上搭了涼棚。張經理轉過頭來，亮了手電筒，照在這些少年們的臉上喊道：「票哩？票哩？」「看電影買票哩！」少年們學他的口音，唱了個諾：「沒有哩，沒有哩。」扮了個鬼臉，劈哩啪啦跳下牆來，又說：「多謝玉帝老兒哩！」遂一溜煙兒地，也跑進了觀眾廳，消失了。張經理無奈，掏出顆「勤儉」來，點著了，吸了一口，吐出了一個很圓的煙圈來，搖了搖頭，努了努嘴，說：「油腔滑調哩。」

東大廟的磚木建了這電影院，卻沒有把地磚也搬過來，所以這裡的地面是泥土的，有些凹凸不平，按小城裡人們的說法，這是接了「地氣」。滿滿當當擺著的是大長條木櫈子，沒有靠背。場子裡一頭一個，放著兩個大火油鐵桶改造成的火爐子，引出了鐵皮爐筒子，用鐵絲吊著，插進牆上的小圓窟窿，再把煤煙子散放到外面的世界。

冬日時，這鐵桶爐子被燒得暖烘烘的，通透地紅著。有人便帶了土豆子去烤，也有人把鞋子擱在鐵爐子旁邊去烤。土豆子烤熟了，那味道可真是誘人。烤鞋子的人就說，我的鞋子怎麼烤出了土豆子的味道？於是就繼續烤。然而，他忘記了他的鞋子，那鞋子被烤久了，就發散了難聞的味道。烤土豆子的人就醒悟了說，哦，我的土豆子是烤過了勁了。

電影院就是這樣，給小城裡的人們，無論是政府機關的大小幹部，還是卑微平凡的市井小民，都帶來了一些小城裡平素生活中沒有的東西。電影院就像西邊火車站的火車和那汽笛聲一樣，是一個看外面世界的窗口，是一種來自外面世界的召喚。

這一天放映的電影是《蝴蝶夢》，是這一年中最受歡迎的片子。

《蝴蝶夢》這名字聽起來就有點兒深不可測。這部電影的海報，在門口的架子上已經架了兩個月了。這海報畫得詭異迷人，充滿了懸念。海報上先是看到兩個大人頭，是瓊芳汀和勞倫斯奧利弗，他們神色凝重，若有所思。左下角是一個小巧的，體態窈窕的神祕女子，站在映了火光的曼陀麗莊園的後面。背景上略略幾筆，就畫出了暗藍色天上濃烈的黑煙。「蝴蝶夢」三個字是大紅色的，套了精細的黑邊。這樣的海報牽動了小城裡人們的神經。人們說，這海報好看，這電影也好看，還說芳汀長得像周璇，奧利弗長得像趙丹，只是鼻子略微大了一點兒，眼睛略微凹了一點兒而已，大多數人就同意了這樣的見解。

海報上還有一個細節，被實驗小學的語文老師看到了，那是一行洋字母「拼音」，REBECCA：「這個嗎，怎麼也唸不出蝴蝶夢Hu-die-meng的發音啊，怕是英文吧。」城裡懂些英文的人實在是屈指可數，比如說曹先生，原「國軍」上校，曾經唸過教會學校，可他是「國民黨殘渣餘孽」，也就是「戰犯」，如今還坐著牢吶。最後，還是有一個看過這電影的人發言了：「我看是那壞女人的名字麗貝卡吧。」有人反駁說「哪有用壞人給電影起名字的。」遺憾的是，懂英文的曹先生雖然聽說就要被「平反」了，可眼下的問題還是沒有解決。

至於那劇情，還引發出一些更深層的議論來。已經看過了這片子的人就努力地說是「太離奇了」，還沒有看過的人就努力地矜持著，說「不會有楊乃武與小白菜離奇吧」。有人知道這電影的導演名叫「希區考克」，有人詫異了：「那麼他到底姓甚麼吶？莫非是複姓？」有人補充了說，「他是個大胖子。」有人問，「有大肚彌勒佛胖嗎？」那人反問，「你見過彌勒佛嗎？」有人出來打圓場了，說「我看你們都扯遠了。」於是人們就一致同意，無論如何，這《蝴蝶夢》既然是不可錯過的，那就先瞧了這電影再作理論吧。

《蝴蝶夢》散場了。銀幕上那個「The End「完」字剛剛出現，散場的人們就站立起來，潮水般地湧出了大門。也有人不願就這樣離去，他們仍然坐在那板櫈上，一下子還沉浸在那離奇的故事之中。但是，張經理已經舉起了電棒，照在他們的臉上，而那些打掃場地的清潔工們，也已經把地上的瓜子皮掃得的爆土揚場，全然沒有了適才的詭秘和迷離了。

門外面的情景卻令人十分地驚訝，原來是下雪了：大雪已經覆蓋了路面，馬路兩旁店鋪的屋頂上，已經落了厚厚一層鬆軟的雪。沿街的柳樹冰凌垂掛，像是一根根銀絲。天宇中只有一縷的風，像一根風箏的線一樣，牽著這霏霏的瑞雪，悄然無聲地飄著，轉著，瀟瀟灑灑，紛紛揚揚。落在地上的，便不見了，落在行人臉上的，便化成水珠，流到眉毛上，結成粒粒小冰碴兒。這小城一下子銀裝素裹，耀眼奪目，空氣似乎凝固起來了，街燈似乎也比平時明朗了，暖和了。剛才還是寂寞冷清的街，忽然一下子熱鬧了起來。

人們或仍然沉浸在那不可思議的故事中，或開始議論起了觀後感。這時候的意見就差不多一致了：這故事確實離奇，趕得上《楊乃武與小白菜》，瓊芳汀有點像周璇，勞倫斯奧利弗也有點像趙丹。至於導演希區考克究竟是不是像大肚彌勒佛，卻無法下出定論來，因為誰也不曉得這兩位究竟是甚麼模樣。小城裡的人們習慣於把西洋的人和物與我們中國的比較，這一點確實是值得稱頌的。

中央街對面的「人民文化宮」前面也熱鬧了起來，那邊的評劇全本《狸貓換太子》也散場了。去年建起來的人民文化宮，也是「凸」字形的紅磚門面，被燈光照成了金黃色，就像是一塊巨大的金絲絨幕布，在這北方雪夜黑白分明的背景上燃燒著。出了場子的人們行在這白皚皚的雪地裡，不禁要作一次深深的呼吸，讓那清涼的空氣浸入心脾，讓心裡的世界也得到潔淨了。

第12章 過年 The Chinese New Year

公元一九六二年

小城裡過年，也和中國的大多數地方一樣，是一年中最重要的節日。無論在甚麼樣窘迫的年代，即便是在「三年自然災害」或是「蘇聯逼債」的非常時期，年總是要過的。那個時期，我和我家人們雖然也吃過加了穀糠的大餅子和野菜餑餑，而且常常吃得半飽，卻還不致於去吃「觀音土」和啃樹皮，像中國的有些地方一樣。我的爸爸媽媽和爺爺奶奶千方百計歷盡艱辛地去鄉下用衣物換糧食，總算是挺了過去，走了過來。最差的時候，年三十的晚上，總會吃到餃子，一年中唯一的一次餃子，是蕎麥麵餃子。

這時已經到了「三年自然災害」之後了。像中國所有的地方一樣，過年，對於孩子們來說，是一件令人盼望和興奮的事，是一個「吃得到好吃東西」的盛大且輝煌的節日。

而「拜祖」和「拜年」，則是過年時必不可少的節目。「拜祖」，是奶奶的節目，而「拜年」，則更像是孩子們的節目了。

說是「拜祖」和「拜年」，其實就是極其簡單地紀念一下祖先，再看望一下祖輩父輩親友們，磕幾個頭，說幾聲「過年好」，差不多就是全部的內容了。

大抵在年前一個月之久，奶奶就開始想著和張羅過年拜祖這樁事情了。

奶奶是一個瘦小的婦人。她老人家換上了看起來很體面的深灰色的衫子，洗得乾淨，壓得整齊，她的頭髮也是梳理得乾乾淨淨的。奶奶把那一套上香的物件，香爐了，杯盤了，燭臺了，多半是銅的，從櫃子裡翻出來，仔細揩拭得光亮亮的。然後，就在櫃子上放一個小案子，案子上蒙一塊暗黃色的布，最後再把那些器皿擺在這布上：高層的中間是香爐，兩邊各擺一對燭臺，插著盤了金龍的紅蠟燭。蠟燭的邊上還各加上一個小碗，裡面香灰上插了許多小蠟燭叫「磕頭了」，前面下層則擺了四個盤子，兩個是高腳的，兩個是平盤，裡面分別盛放著兩個蘋果，兩個橘子，一盤凍秋梨，一些糖果和麵魚。水果是奶奶從大前院專賣「鮮貨」，也就是賣水果的王家買來的。麵魚是奶奶和媽媽的作品。雖說是麵魚，卻也有一些花樣。比如說那魚就有的像鯉魚，有的就像金魚，有的就像黃花魚，有的就甚麼魚也不像。甚麼魚也不像的，就是孩子們的手筆了。

除了魚，還有「佛手」，就是把麵切成那樣一種形狀，有點兒像是手，把它叫「佛手」。還有壽桃，小人兒，家雀兒，這是孩子們的要求。於是，做麵人兒也成了過年前奏的一個插曲了。無論是甚麼魚兒，佛手，小人兒或是家雀兒，都是有些細部刻劃的，眼睛都用綠豆點綴，令人相信牠們的視力是同樣地好的。牠們的臉頰上，也都塗了一些胭脂紅。至於佛手，就把胭脂紅塗在那「手背」上。這些麵魚兒，就在大屜子裡同饅頭豆包一起蒸。不一刻，出了籠，孩子們就等不及地跑近前看。孩子們就是八歲的我，五歲的二弟阿威和兩歲的三弟阿勇。一團團的熱氣中，我們看到自己的作品，驚異地說，我的小人兒變成了小土豆兒了，我的鯉魚兒變成了小胖人兒了，我的家雀兒變成了小綿羊了。但無論是變成了甚麼，各個都是胖乎乎的，臉蛋兒紅撲撲的，也有把那綠豆放歪了的，於是那人兒魚兒或羊兒就斜視著你，說，哈，這是你的作品嗎。奶奶和媽媽就揀出最好看的幾隻放在香爐前面的托盤裡，餘下的就分給孩子們吃了。香爐裡存放了多年積下的香灰，每一年都要拿出來再用的，但不知奶奶的香灰積攢了有多久了。

年三十的晌午一過，奶奶就把香燭點上了。那香火飄出縷縷青煙，蠟燭閃著點點光亮，在黯淡的背景上透出一種朦朧，靜謐，神祕，安祥和喜慶來。

這時候，奶奶那個放香案的大櫃子就顯得格外好看。那個櫃子塗的是綠漆，前面畫了四幅聯畫，分別是文房四寶，樹石花卉，碧玉荷葉和祿壽康寧，每一幅都用如意雲紋勾勒了邊框，煞是好看。這些畫都是手工繪製的，其中的筆觸和筆韻清晰可辨。這櫃子還配了銅鎖配件，也是黃澄澄地光可鑑人。

「外屋地」灶臺上，貼了一張木刻套印的「灶王爺」造像，據說那是在外地唸美術科的學生回家過年時的「勤工儉學」作品。擺在灶臺上的供品不多，也就是兩個佛手，兩個凍秋梨，想來是因為灶王爺比我家的祖先要節儉些吧。這灶王爺留著五綹鬍子，手裡舉了一塊木頭板子，慈眉善目的樣子，微微地咧開嘴笑著，表示還滿意所獲得的供品。他的兩旁寫著「上天言好事，下界保平安」，橫批寫著他的官銜：「東廚司命」。據說這官職不大，卻至關重要。東廚司命是能把下界的善惡曲直，是非對錯直接向玉皇大帝稟報的。

小城裡的人們在臘月二十三就把這造像貼好了。據說這一天是灶君上天的日子，而年三十這天，就返回人間了。算下來灶君只用了七天就天宮去了個來回，還在玉帝殿前做了那樣厄長的匯報，難道是乘坐了蘇聯的火箭「東方號」不成？小小地討好了一下灶君，至於他如何去如何回，又如何向玉帝老兒稟報，就由著他老人家了。

這一年，家裡的「年畫兒」一下子多了起來。這些年畫都是爸爸的學生們送來的。若一個班上有三十個學生，若是有兩個班，就差不多要收到六十張年畫兒。這時的學生送年畫兒，就有點兒像外國人的送年卡，上面還用鋼筆或墨筆寫了「送給某老師：新年快樂！感謝您一年來的辛勤培育！您的學生：某某某敬送，一九六二年某月某日」。於是這許多許多的年畫兒就把家裡幾間屋子的牆壁，一張挨一張地貼滿了。這些年畫兒畫工精細，色彩明快，與幾年前街頭上的那些「大躍進」壁畫不可同日而語。而那畫面上講述的故事也喜聞樂見，耳熟能詳，比如說《天仙配》，《牛郎織女》，《三姐下凡》，《梁山伯與祝英台》，《黃梅戲龍女》，《嫦娥奔月》，《打漁殺家》，《追魚》，《金山戰鼓》，《張羽煮海》，等等等等，令人突然覺得生活的內容豐富了起來，世界也明朗了起來。這時，我聽到一個成語叫「蓬蓽生輝」，就剛好形容那滿壁的年畫兒，在我家陋室中光彩照人和喜氣洋洋的感覺。

此外，對應著到處貼著的紅紙黑字的「福」，「春」，「擡頭見喜」和門口的對子，這感覺令人非常地愉快和振奮。

門口的對子是父親的手筆，上聯說：「始義秉成世，德龍文弘欽」，下聯說：「東方冉旭升，萬悟軒宇新」，這對子來自我家的家譜，是家族後代起名論輩的依據。當時的四代，也即曾輩祖輩父輩及我輩的名字正應了「成德龍文」四個字。橫批是歷來推崇的家風：「勤儉持家」。

孩子們洗過澡，理了髮，換上了新的外衣，肚子餓了，就在幾間屋子裡跑著，躥著。年夜飯終於上來了，這是媽媽和奶奶辛苦操持出來的，這是孩子們盼望等待了許久的：有酸菜燉粉條肉片兒，有木耳白菜炒肉片，有肉皮凍，有炒土豆絲兒，有小雞燉蘑菇，有炒花生米，有乾豆腐炒肉片，有韭菜炒雞蛋，計八道菜，主食是蒸大米飯和黏豆包。這樣的年夜飯是豐盛的，是平時所吃不到的。這樣的飯菜擺了兩桌，「東屋」一桌是大人們的，「西屋」一桌是孩子們的。不一刻，西屋一桌就被孩子們風捲殘雲，把菜呀飯呀一掃而光。東屋的吃得卻文雅矜持，這時就會把桌上的菜飯拿給孩子們一些。好在我家的孩子有些節度，沒有像傳聞中某某家的某某孩子吃得撐著了，而不得不在大年初一的一大早，找到常大夫常紹卿的府上，還要拎上兩斤凍秋梨或是一包木耳甚麼的。

說到凍秋梨，這真是北方的特色。北方的冬天沒有新鮮水果，唯有凍秋梨。凍秋梨凍得硬硬梆梆的，在涼水裡泡一些時候，緩解開了，卻是十分地可口。凍秋梨，花生，瓜子和糖果都是分發的，瓜子多於花生，花生幾下子就吃完了。糖果很少，含在嘴裡，不嚼，就著吃瓜子，那可真是美味無窮。

爺爺奶奶說，該拜年了。其實，真正地走街躥巷拜年，是在年初一，年夜飯後的拜年只是給祖上，也就是那香案，之後再給爺爺奶奶磕頭，在磕頭後會得到壓歲錢。一角錢的壓歲錢，在那時候是既非大的數目，又是可觀的。

磕頭的時候，地面上鋪了一條麻袋，頭碰到麻袋上。燭臺上的蠟燭，是一套早年就留下來的存貨，應該是「滿洲國」時購置下的。而那些很小的很細的紅蠟燭，叫「磕頭了」，「了卻」的「了」，意思是說你的一個頭磕完了，這蠟燭也就點完了。我還真地留意過我這一個頭磕完的時候，這「磕頭了」是否就用完了。然而卻沒有。我的頭磕得也許太短了，那「磕頭了」絲毫不見短缺，而還在好好地，洋洋得意地燃著亮著呐。

除夕夜的下一個節目，就是包餃子，是預備午夜時「辭歲迎新」時吃的。包餃子時就圍著放在炕上的麵板。麵板很大，三面起沿兒，平時就裝在一個布袋子裡。爸爸爺爺擀皮，媽媽奶奶包餃子，孩子們幫著按麵團兒，準備「劑子」。也幫著大人們把包好的餃子一圈一圈地擺在「蓋簾兒」

上。我也學著包，卻包不嚴實，把餡兒露了出來。於是，我就把餡兒撥出來些，這樣，就很容易地把麵皮捏成各種奇異的形狀。餃子是分成幾種餡兒的：蘿蔔餡兒的，白菜餡兒的，酸菜餡兒的，還有素餡兒的，捏成「麥穗兒」形，是奶奶吃的。孩子們熱衷的，卻是把一分錢硬幣或是一個棗子包在餃子裡。總共十個硬幣和十個棗子。吃到了硬幣，就算是好運氣，硬幣也歸了自己。吃到了棗子，就算要「早早發財」了。這時，能「發財」的人可說是鳳毛麟爪。前院的賈大鼻子家熬臉打葦子編茓子，舊車換了新車，小毛驢換了大叫驢，老大「大留子」也訂了親，給了彩禮，他本人也端起了小酒盅兒，按爺爺的話說，是「生活提高」了，那才算是「發財」吶。

餘下的節目就純粹是孩子們的了。那就是「提燈籠」。別家孩子的燈籠是怎樣的，我已經全然地不記得了。我家的卻是很特別。這些燈籠是爺爺用鐵絲編的。那還是早先年在德順東開馬家床子時的手藝。那時家裡常常見得到一圓捲一圓捲這樣的鐵絲，亮閃閃地發著光。爺爺的手很是靈活，一個長方形的或是橢圓形的燈籠，在爺爺的手下，很快地就編好了。此後，在裡面糊上紅紙，加上那木頭的燈座，加上一根細竹竿作提手，點上小蠟燭「磕頭了」，就把人和周圍的景物照得紅彤彤的，暖哄哄的，喜洋洋的。這樣的燈籠我們兄弟三個就人手一隻。

當我們提著這樣的小紅燈籠走到院外巷子口的時候，已經有別人家孩子們的燈籠在夜色中晃動了。那些燈籠也多半是紅色的。我和弟弟妹妹們就提著燈籠，繞過馬嬸兒家，繞過張曉麗張曉娟家，繞過楊金良家，繞過二孩子家，繞過豬圈，雞架，那些地方也貼了紅紙，說是「肥豬滿欄」「雞鴨滿架」，繞過那座高高的穀草垛，那上面也貼了「穀草滿垛」。又看到家家的窗子都亮著燈，家家的煙筒都飄著淡淡的青煙，不時地，還從裡面跳出細微的火花來，給這北方小城的除夕夜，增添了幾分奇異的色彩。

明天就是年初一了。小城裡的孩子們盼著年初一，也盼著年初二。年初二的早飯一過，秧歌隊就該來了。小城裡過年，光秧歌隊就有六七夥。秧歌隊除了那些穿得花花綠綠的扭秧歌的，那些吹鼓手們也很好看。小城裡最值得稱頌的吹鼓手，當屬「夏大胖子」，還有「門和」。他們的三節大喇叭「三級跳大桿」，加上「門和」的弟弟「門生」的「磨盤大鼓」，吹吹打打，響徹雲霄，此起彼落，沒完沒了。特別是人多之際，「夏大胖子」和「門和」就會越發地「人來瘋」，玩起他們的拿手絕活兒「卡戲」來。這「卡戲」是用喇叭模仿人的對話，像是說「你幹啥」「我沒幹啥」，「你這大妹子啊真好看」，「你這大哥哥呀可真龍性」。吹到最高潮時，「夏大胖子」和「門和」就索性脫下了套袖子，摘下了喇叭筒兒，拿下了喇叭管兒，光剩下個喇叭嘴兒，由「對話」轉成「放屁」了，「嘟啊嘟啊」地，一應一和，一起一落，頌揚讚美著他們飽足得禁不住「放出屁來」的幸福生活，把眾人逗得笑逐顏開，並熱烈地鼓起掌來。

鄰家的小忠兒，小安兒，二胖子，後院的小繼慧兒，前院的小鍾兒，小群兒，佳範兒，鄭小子，二留子，三留子，這些孩子們不知是否都出來了。於是，我和兩個弟弟們就穿過「大十街」，走到正陽街，那裡已經有好多的人們行在路上了。

一些舖面也張了燈，結了綵，很簡單地，卻很好看。也有奢華一些的頗為藝術性的裝飾，比如王大可的「美術裝潢圖章刻製鐘錶修理門市部」的門前，就架起了一塊圍繞了燈泡的牌子，「歡度佳節」四個仿宋大字也在黑暗中閃爍。

行人多半也是孩子們，提著燈。不時有把蠟燭弄倒的，就「呼」地一下把燈紙燒著了，在不很明亮的街巷裡，像放了一顆煙花一樣地明亮了一陣子。那孩子也不沮喪氣餒，他甚至和他的朋友們歡呼起來了。

開始有人放鞭炮了，那響聲令人興奮而激動：先是稀稀落落地，繼而畢畢剝剝地，又鋪天蓋地地，熱烈無比地。間或有「二踢腳」突然發出「咚——咣——」低沉卻炸雷般的巨響，一道道火光劃破了夜空的黑暗，令小城裡的人們忘記了一年中所有的不快和辛勞。

第13章

濛濛的影像 Images in the Mist

公元一九六二年

比起其他任何商號店舖，「照相館」應該是小城裡最具神祕色彩的地方了。最初的照相館也叫「寫真館」。民國初年，小城初具規模，但仍然是個農牧小鎮，照相這種科學的行業尚無人問津。

「康德」元年，即民國二十三年，有位尹姓先生去了趟大上海，受了美租界百老匯路二號「美利豐照相」BURR PHOTO CO. 的啟發，回到小城，換了個西洋名叫「喬治尹」，並在正陽街中街開起了「喬治尹寫真館」，也學那大上海的洋人，在牌子上加了行洋文GEORGE YEN PHOTO STUDIO，卻並沒有人認得。此外，喬治尹還在那門邊掛了另外一塊黑色的板子，用斗大的金字寫了「第二個我」，以宣揚照相的意義。這是小城裡開天闢地以來的第一家照相館。喬治尹的設備有些簡陋，技術有些低拙，卻吸引了許多人的眼光，引發了許多人的興趣。

這是新興的事物。

喬治尹把那模樣古怪的東西叫「攝影機」。那是用三根木頭條子撐起來的風箱狀的木頭箱子，喬治尹把它叫「皮老虎」，上面蒙了塊面子黑裡子紅的遮光布。充當「攝影師」的喬治尹神祕兮兮地擠著眼睛，吹著口哨，打著指響，變戲法兒般地鑽進那遮光布裡頭。圍觀的人們就覺得這十分可疑。有人趁機掀開過那遮光布，發見了那匣子裡的鏡子，映著那前方的紳士，卻是頭朝下腳朝上，倒立著。這不禁令他大驚失色。正巧那被「攝」的紳士忽然間打了個響亮的噴嚏，竟一下子受了風寒。於是，有人就發表言論，說這「攝影術」乃西域傳來的異端邪術，「攝影師」實際上是「攝魂師」，「攝影」者，「攝魂」也。這奇怪的鏡箱子對著人取影，是在「攝魂奪魄」吶。

可是，當人們看到這「攝」出來的「影」，比那碳精畫像來得快捷方便，神情酷肖，效果更為逼真，而且那被「攝」過的人，並無有大礙。更有飽學之士，道出了北宋沈括的論證，說他老人家早在《夢溪筆談》中就這樣說過：「《酉陽雜俎》謂海翻則塔影倒，此妄說也。影入窗隙則倒乃其常理」，這意思是說物與景經過小縫隙，也即「針孔」，影子肯定出現倒像，大海出現在天上，寶塔頂尖向下是很正常的事。眾人不曉得沈括是何許人也，卻認為古人的話都是對的，人們對於「鏡箱中人物倒立著」這事便欣然釋懷。還另有博聞之人說，這攝影機曾被清廷駐西方的公使大人稱作「神鏡」，並學習如何「借日光以照花鳥人物」，使其「映像固定停留在鏡子表面」，人們的興趣也油然升起，遂各個磨拳擦掌，躍躍欲試，都想親身領略一番這「攝影」「神鏡」的奧妙了。於是，喬治尹對於「第二個我」的詮釋，使這一「自我發現」的意識在小城裡大大地得以流行。

此後，還有人拿了這玻璃底版，對著光去看，就不禁毛骨悚然。見到那本該是黑的地方，卻變成了白的，本該是白的地方，卻變成了黑的，就說這分明是鬼魂的模樣嗎。還有人看到底版上出現了影影綽綽的紅色斑痕，便驚訝地說「哎呀媽呀，這是給吸了血呀，」「怪不得我這幾天腦瓜仁子疼。」殊不知這是修版時彈上去的紅顏色，彈在暗處，照片洗出來時就會明亮些。還另有到過京城的廣識者，說西太后老佛爺就曾風靡過「攝影」，照了數不清的「寫真」，她老人家雖然沒有活到

「萬歲萬歲萬萬歲」，可還不是壽終了才正寢的嗎？這樣的論證是如此地有份量和說服力，乃至不得不令人信任有加和肅然起敬了。

談起這「攝影術」來，甚至還有文人墨客搖了扇子，捋了鬍子，稱其為「開數千年不傳之秘」，說是宮廷裡曾有人賦詩對此術讚曰：

光學須從化學洋，西人格物有奇方。手持一柄通明鏡，大地山河無遁藏。

這攝魂奪魄且吸血的「攝影」，是採用玻璃底片或乾片感光，用日照爆光洗印。它的成像程序複雜，全部照相材料均須德國進口，成本相當昂貴。對一般的家庭，到尹先生那裡去照相，也像去福合軒大飯店吃宴一樣，是一樁非常隆重而奢華的事。不過，還是有許多有識之士，樂意以斗米之資換得一張二吋小照。看著這照相雖然是棕不拉嘰的土灰色，卻與梳妝鏡中的自己毫無二致，或者說那就是鏡中的自己，「第二個我」，便說即使是以斗米換來的，「那也叫上算」。

於是，喬治尹的照相館有了生意。

第二年，又有曾先生曾升武開了家「升武照相館」。次年，又有王先生王泰來在福合軒樓下開了家「光陸照相館」。「康德四年」，「升武照相館」兌給了「大昌錶店」的王德惠，錶店與照相館同營。同年，「塔子城」開藥局的劉先生劉亞洲進城開了「英美寫真館」，門匾上還加了洋文叫YING MEI PHOTO STUDIO，於是這三家並存，開創了小城攝影行業的先河。

而後，王泰來又登報聲明轉讓他的「光陸照相館」。城中名士金亞民承接下來，開設了「美光照相館」，遂將舖店兌給李喻武，更名叫「大昌寫真」。此時已有大量日本乾版輸入，照相價格稍有降低。太平洋戰爭爆發後，凡標榜「英美」和「中華」的字號，都被勒令更名，於是，城裡的「英美照相館」就改為「亞洲照相館」，「美華照相館」就改為「美容照相館」。

儘管這幾家照相館來來回回地轉手更名了多次，照相的生意還是紅火了起來。小城裡的人們前來拍攝人像照，證件照，學生照，卒業照，結婚照，家室照，戲裝照，群體照，一時間，「寫真照影」蔚然成風，照相館的門前也不時地見得到淑女紳士們進進出出。這些身穿高領長衫的淑女和身穿長袍馬褂的紳士們，有時還乘了「東洋車」或騎了自転車，來照相的路上，順勢在城中市面上兜一次風，講一回排場吶。

平民百姓也要來湊個熱鬧。儘管沒有「東洋車」或自転車助威，來照相的，無不洗了臉，梳了頭，漱了口，換了衫，把自己打理俐落，像是過年或逛廟會一般。

照相滿足了小城人們各種各樣的需求，也極賦想像力地被運用在素常生活之中，甚至祭祖的儀式也因相片的使用而大大地先進化了。體面的家族定期地聚集，向先祖的相片鞠躬，並為饑餓的亡靈奉上一大籃鮮貨餜子。更有家長為兒子相親者，竟然可以對著一疊相片挑選。就連通緝犯的相片也被貼在火車站票房子的牆上，讓大眾端詳。早在民國初年，國父孫中山的照相就出現在所有的公共場所的講臺上，兩旁立著黨旗與國旗。民國二十年許，國家元首蔣中正先生的相片也逐漸移到了國父身邊。商店住家和公共禮堂，到處都是他的相片。而在「大滿洲帝國」時期，「皇帝陛下」愛新覺羅溥儀那張戴了眼鏡掛滿胸章躊躇滿志的照相也隨處可見。

慢慢地，小城走過了民國，又走過了「滿洲國」，光復了，天亮了，解放了，進入了一個又一個的新時代。

老景和老郭的「藝聲照相館」在公元一九五六年，就同劉忠文開的「藝術照相館」和李喻武開的「大昌寫真」「公私合營」合併了，起名叫「合作照相館」，在正陽中街路東，「春風飯店」的對過，老柳樹的的後面，與鐘錶店隔壁，是老景老郭「藝聲」的原址。儘管歲月更迭，風雲變幻，物換星移，儘管是「公私合營」「合作」了，照相館的攝影師傅們還是架著那攝影機，蒙著那遮光布，不屈不撓地，一張一張地，拍攝下小城裡一代一代人各式各樣的面孔，紀錄著歲月給他們留下的滄桑和印記。

說話間已經到了公元一九六二年。

這時的「小柳」，後來的攝影師傅柳詩源，年滿了十六歲，到了符合徵兵的年齡。政府宣傳的是「一人參軍，全家光榮」。「當兵」，本是擠破腦袋的熱門事，這一年卻是被冷落了。聽說「人民公敵」蔣介石揚言要反攻大陸，這弄得有些人心惶惶。柳詩源也決計放棄這份光榮，先找個工作再說。結果「反攻大陸」的事並未發生，大陸卻和印度打了起來。

柳詩源是從畫「啪呀嘰」開始他的藝術生涯的。他不是一個專心讀書的學生，卻借他爺爺的光，常常跟著他到茶館去聽書，聽《水滸傳》，《上古史演繹》，《東周列國誌》，《三國演義》和《書劍恩仇錄》。日久天長，耳濡目染，他對書中英雄俠客江湖義氣生出了極大的興趣，他甚至同街頭另外的六個孩子結成「拜把兄弟」，一起打彈弓，彈玻璃球，玩摜刀，溜鐵環，放風箏「八卦」，而最令他愛不釋手的，是這時孩子們風靡的啪呀嘰。

啪呀嘰也叫「洋畫兒」，就是茶杯口大小的圓紙殼，上面畫了古裝人物頭像，大多是小說畫本中的各路英雄。這些啪呀嘰，都是大孩子們自製了，賣給小孩子們的玩具。玩啪呀嘰就是瞄準對方反扣在地面上的啪呀嘰牌，再用自己的一張猛力拍在旁邊，以煽動的力量，將對方的牌打翻過來，對方這啪呀嘰牌就歸你了。贏了的孩子自鳴得意，輸了的孩子痛心疾首。因這牌摔起來「啪呀嘰」

一聲響，這遊戲就叫「摔噼呀嘰」。柳詩源自己積累了不少這樣的噼呀嘰牌，卻捨不得把它們在地面上摔來摔去。他把牌積攢起來，收藏著。他琢磨著要掙點錢，就開始製作這個了。

這樣的噼呀嘰牌要先用「葫蘆瓢」刻了模子，用黑墨印在紙上，貼在硬紙殼上，塗了顏色，剪下來，甚至還打了蠟，上了光，硬梆梆的，叫作「寶兒」。這樣的「寶兒」噼呀嘰牌，能賣到兩分錢一個。小孩子們大多都會設法湊夠一毛錢，買到五張這樣的噼呀嘰，有《封神榜》的雷震子，有《水滸傳》的林沖，有《西遊記》的孫悟空，有《三國演義》的呂布，還有《說岳全傳》的岳飛。這些彩色的噼呀嘰牌上的人物虎頭燕頷，浩然正氣，是孩子們崇敬的英雄。

柳詩源製作噼呀嘰上了癮頭，一天出品了很多。這些噼呀嘰賣給同學，也賣給鄰里的孩子們，能掙到一元多近兩元錢，是一筆不錯的收入，有時甚至供不應求，要排著隊等候。也有的孩子為了討好他，還不時地送上個玻璃球甚麼的，就連作業本和鉛筆，都常常是同學「進貢」的。這畫噼呀嘰的經歷，使柳詩源對這類「人物造像」的事有了一些認識。

柳詩源的同學中有一個畫得很好的少年叫萬家賓，他們常常在一起畫畫玩兒。放學後，他也常常跟著萬家賓到「文化館」去閒逛。他們還進過館長劉丹的辦公室，那裡放了不少的石膏像。這些西洋人石膏像也引起了他們的好感。有一次，他們還看到了鎖在櫃子裡，沒有手臂的「米洛的維納斯」。那次，文化館的專業畫者王大可，竟然把這「維納斯」搬到外間的桌子上，撐起了畫架子，對著這半裸的女子，用鉛筆描畫起「素描」來。

文化館的王大可，劉成榮，還有劉丹，他們各個都是畫畫的高手，不但能畫各式各樣的石膏像，宣傳畫，還能打格子放大「主席像」。能畫主席像，那就是比考上了「八級工」還了不起的事。特別是劉丹，他的畫風格外細膩而柔和。他畫的毛主席紅光滿面，慈眉善目，那波浪狀的頭髮就像真地向後背了過去，那鼻子眼睛就像真地立體起來了一樣。

雖然人人都以能「畫得了主席像」為畫畫的最高標準，柳詩源卻還沒有達到這個水平。他更熱衷於畫日本鬼子和美國鬼子，都歪著鼻子瞪著眼，還有那古裝的金甲神人，各個執戟懸鞭，持刀仗劍，也相當地威風。

有一次，他用鉛筆畫了張《嚮馬傳》中的「冷面寒槍小羅成」，貼在家裡的牆上。他的二姑父看見後，便說他跟照相館的「老景」關係好，並跟他說了，要送他到老景那兒當學徒。「會畫畫可以去學修版啊」，他二姑夫說。他就去了。

「老景」叫景命富。他的右胳膊和左腿沒了，是「一等殘廢軍人」，還拿「殘廢補貼」。而知道他底細的，提起來就會不屑地丟上一句：「甚麼他媽殘廢軍人，甚麼他媽當民兵剿匪給炸的，扯他媽王八犢子。」接著就揭穿他的內幕，說他那胳膊腿兒，是年輕時泡窯子風花雪月，得了「那種病」，長了瘡，生生爛了而鋸掉的。還有人說他解放後也賊心不死，「近水樓臺先得月」，「兔子愛吃窩邊草」，把照相館的女人，前前後後總共有十六個，有一個算一個，全給「腐化墮落」了。

一個像樣的照相館，要配有「四大技師」，就是攝影技師，修版技師，暗房技師和著色技師，而修版則至關重要，所謂「三分照七分修」。底版上的臉常常是魂兒畫的，要修了版才能光潤細膩。修版技師比攝影技師也就是「拉箱的」待遇要高，拿一等工資。也有「修片的」，就是用毛筆在相紙上直接修照片的細部。最後是洗印的，多是由學徒來完成。

老景是個熟練的修版技師。他鼻子上的眼鏡緊貼在放大鏡前，左手捏著根鉛筆，在那底片上並不經意似的點點劃劃，沒有幾下，就把原本魂兒畫的底版修好了。

老景擡起頭，呷了一口茶，花鏡邊上瞄了一眼柳詩源，眉間皺起了兩條豎線，咧開嘴說：「聽說你會畫畫兒，你就給我畫個像吧。」老景的鼻子大，嘴巴也大，頭髮稀疏了。柳詩源就把這特徵給抓住了。他把一個人畫得這麼像，生平還是頭一次。這算是緣份。「我這輩子也就這張畫得像。以後就再也不行了」，柳詩源後來這麼說。

一看畫得很像，老景樂了，眉間的皺紋也沒了，說：「呵呵，那就留下吧。」於是，柳詩源就留下來給老景他們打雜做學徒。

做學徒很是辛苦，不僅要學技術還要打掃衛生，給師父斟茶續水，點煙滿酒，有叫必答，有呼必應。師傅老景行動艱難，本來是借助個櫈子，一步一步往前蹭，後來從民政局領了「殘廢證」，也領回了輪椅車。柳詩源來了，就常常推著他上下班。

柳詩源先跟著老景學修版，跟著老攝影師傅學沖印，學擺光，學修相，學上色。攝影則是跟著大師姐的爹李青岩學，後來到齊齊哈爾的技術指導小組提高。他忙得不亦樂乎。比起畫啊呀哦，照相的各方面技術要複雜得多，而攝影室這樣的地方更讓他興奮，讓他著迷。

是的，攝影室實在是個令人著迷的地方。這裡從來都是霧氣濛濛的，就像攝影機前面的彩繪布景也是霧氣濛濛的一樣。這霧氣濛濛的效果，是因了光線的原故。攝影室的光，原來是從天窗上透過來的。

這時，大多的照相館採用的是天然光，用日光照相，就是說在屋頂上開個天窗。屋頂是起脊的半圓形的，天窗向上凸起了一塊，鑲上了大塊的玻璃，像一張大篷子，所以攝影室也叫「玻璃房子」。天窗的下面有一個架子，架子上拉了幾塊黑色的絨布簾子，根據需要調整。

「電光」也是有的。早在「滿洲國」時代，小城就有了電燈，是從城「北頭」的電燈工廠發過來的。只是電燈工廠發的電力常常不足，停了電，攝影師傅就拉開天窗的簾子，外面的天光就自然而均匀地射了進來。

老景他們的「合作」生意紅火。是因為這裡攏聚了全城的照相名師，還因為老景的修版技術高超，印出來的照片令人滿意。攝影室後面的背景也新穎別緻，比起「國營照相」那空蕩蕩的大白幕，或是簡單粗陋的「月亮門」，就顯得很是富有詩情畫意了。

攝影室的背景，叫作「布景」，顧名而思義，這景是畫在布上的。這布景可是實在地好，它比真的還真。只見那上面的瓊樓玉宇，層層疊疊，那上面的迴廊，曲曲折折，在碧綠的湖水中，伸向遠方的一座涼亭。涼亭的飛簷彎著翹上去，還把影子倒映在水中。

迴廊到了前面，就連接了真的木頭欄杆，這使那平面的布景變得愈加立體。攝影師傅還讓照相的人把手搭在那木頭的欄桿上，而這欄桿，就像是從那迴廊上延伸過來的一樣。

地板上鋪了好看的地毯，地毯上擺了花盆，絹做的花草，有牡丹，月季，矢車菊，牽牛，蘭草和馬蹄蓮。他們把這攝影室妝點得奇花朵朵，竹影娑娑，楊柳依依，佳木蔥蔥，流水潺潺，煙霧濛濛。湖水是朦朦朧朧的，散著蒸汽。天空是朦朦朧朧的，飄著浮雲。月亮被雲半遮著，有點兒靦腆，是想笑又不好意思的樣子，像是那些端坐在門廊裡等候照相的人們，男的女的，老的少的，他們都是這樣地靦腆。

對付他們的靦腆，攝影師傅們很有辦法。要照相的人放鬆，逗他們笑，師傅們懂得「溝通的語言」。這語言其實也很簡單。比如對那女人說：「哎呀，這衣服帶勁，這咋這麼帶勁吶？」她就笑了。再就是你要她舔舔嘴唇，這話一說就保準把人逗樂。於是就抓住時機，用力一攥那連著快門的氣囊，「咔嚓」一聲，抓住這一瞬，這叫「捕捉」。或者對照相的男人說「你朝我看」，「你笑，再笑，笑大點」，那男人就笑了。這類簡單的語言，是他們平時說笑話時自己琢磨出來的。逗小孩兒，你就得拿個甚麼東西，比如說「嘩啦棒」。這嘩啦棒就好比是魔棒，一嘩啦，孩子就樂了。

也有個別的情況，比如小孩子「哭臺」和「笑臺」的事，也時常發生。有時，有的小孩子碰上了不順心的事哭了起來，任憑你的嘩啦棒搖得死去活來，他也決意不同你合作，而變本加厲地大哭大鬧。逢這時，攝影師傅就用另外的辦法。他首先掏出一毛錢紙幣給那孩子，那孩子竟也跟大人一樣地見錢眼開，便不哭了，甚至轉哭為笑了。於是，這「合家歡」上，便把那孩子拿在手裡的一毛錢也記錄了下來。當然，「羊毛出在羊身上」，最後這一毛錢還是出在那孩子父親的身上。也有連錢也不認的，攝影師就掏出一個糖球子，那孩子認得這才是至高無上的好東西，就張開嘴含了，於是驚天動地的哭聲就終於戛然而止。只不過，這含著糖球子的腮幫子，鼓鼓囊囊地，終是被無可奈何地記錄在這照片上了。

「笑臺」的也有。這時，難度就會大了一些。這常常發生在小孩子見到嘩啦棒的時候。嘩啦棒發出嘩嘩啦啦的聲音，小孩子聽到了，轉過頭來，「咯咯咯咯」的笑聲就止不住了。你打他一下屁股，他停下來，轉眼之間卻又笑了。然後，就任憑你連著打他五下屁股，他也不去理會，那嘩啦棒實在是太好笑了。遇到這種情況，攝影師就黔驢技窮，無計可施了，只好由那孩子無盡地笑，大聲地說「好好好，看著我笑」，快門就按了下去，那孩子笑得眼睛也看不出來了，鼻子也緊成一團了，嘴巴也笑歪了，攝影師傅就肯定地預言，說這孩子會一生快樂，他就把這一生快樂的模樣紀錄了下來。

柳詩源跟著老師傅們，一點一滴地，把這些都學會了。

柳詩源是個折衷主義者，講究的是「不偏不倚」和「恰到好處」。他做起事情來也是不緊不慢，不瘟不火，不偏不倚。他不高不矮，不胖不瘦，不白不黑，不俊不醜。他和他的拜把子兄弟們崇拜那些武林英雄江湖好漢，他本人卻並無辟呀嘰牌上那些英雄豪傑們的沖天豪氣，而是更多了些許「書卷氣」，更像是個「文人」。

他的「折衷主義」也反映在他的穿衣戴帽上。他在穿著上總是不薄不厚，不黑不白，不大不小，不多不少，不寬不緊。他的襯衫總是整齊地掖在褲子裡。他穿了涼鞋，而這涼鞋實際在總體上是雙皮鞋，只不過多了幾個洞而已，也是冷暖適中的。他過早地有了「少白頭」。這樣，就連他的頭髮也體現了「折衷」的原則，就是說黑白參半，不白不黑了。他的分頭不長不短，也是分得恰到好處。這一切，使他給人的感覺很平易近人，甚至有些溫文爾雅了。二十六歲的單身漢柳詩源竟能把自己打理得整整齊齊，乾乾淨淨。

然而，不夠「折衷」的方面也有，那就是他講起話來，永遠是滔滔不絕，口若懸河，只多不少。他的外號叫「柳大白話」，那意思是他能言善道，說起來一套一套的，「把死人也能給你說活了」，這就是人們給他的評價。

他還對畫布景製道具樂此不疲。畫布景使用的是油畫顏料。畫得最好的是馬運鵬。馬運鵬是從瀋陽請來的專門畫師。他來了兩個月，柳詩源就跟他學了兩個月。他帶來了畫樣子和全套工具，先打了格子，輕輕畫出輪廓，再一層層塗色渲染。這樣的一張布景要畫上五六天。柳詩源幫他打下手，做底子，調顏色，學到了技術。馬運鵬還傳給了他一個畫油畫的「訣竅」，是「煤油調色法」。

用煤油調色的優點是畫面不反光，還省油色兒。稀稀薄薄的油畫色，蘸了點燈的煤油，清清淡淡地畫在繃緊了的畫布上，那天那雲那花那草那枝那葉那亭那宇就顯得虛虛實實，重重疊疊，朦朦朧朧。照相的人站在這光照下，猶如無意間闖進了玉皇大帝王母娘娘九天玄女的花園，四處望望，就有點兒暈暈惚惚，迷迷離離，飄飄渺渺，彷彿天上人間的感覺。而這樣的相片洗印出來後，那點點花草上還偶爾染上顏色，再看那襯托在這良辰美景中照相的人，儘管穿了家裡最好的衣裳，打扮得莊嚴體面，也不免顯得有些土裡土氣，呆頭呆腦，有些尷尬難當，甚至有些不知自己身在何處的窘迫模樣了。

給洗印出來的照片著色，是一道最藝術而費時的工序，用的是水色或油色。水色比較清淡，油色比較豐富，且有一種透明感，幾個小時就乾了，效果最好。著了色的照片紅是紅，綠是綠，藍是藍，紫是紫，如同真人一般。著色技術最高最好的，是柳詩源的大師姐李志華，她是在齊齊哈爾辦的技術普及學習班學的。後來，在省城的全省技術考試中，她拿下過第二名。再有，就是劉忠文的侄子劉亞民，早在兩年前，就考上了省城的師範學院藝術系。劉亞民的技術全面，水色油色都用得好。他不僅把紅綠藍紫都調了上去，還調出了好看的，不易察覺的灰顏色，使得色彩細膩入微，變化無窮，儼然是畫冊裡的蘇里科夫和倫布朗。還有外號「唐大辮」的唐淑琴，當學徒時，他們就已經是很熟練的著色技師了。

柳詩源耳濡目染，勤學苦練，慢慢掌握了這些技術，完全能獨當一面。有一天，他離開了「合作」，經營起了「美麗佳照相館」，做起了首席攝影師。

「美麗佳」三個字，出自戰國宋玉的辭賦《登徒子好色賦》：「天下之佳人，莫若楚國；楚國之麗者，莫若臣里；臣里之美者，莫若臣東家之子。」柳詩源能把《登徒子好色賦》一口氣背得順而暢之，且抽出其中的「佳麗美」三個字，反過來唸，以「美麗佳」表示自己對於攝影藝術的追求，即要做到「恰到好處」，「增之一分則太長，減之一分則太短，著粉則太白，施朱則太赤」。每逢有人問起「美麗佳」三個字的典故，他都會不失時機，不厭其煩，不漏一字地把這「賦」背誦一遍，半閉著眼，輕搖著頭，像私塾裡的學子們背誦《三字經》一樣。

柳詩源還在門口掛了副對聯，說是「拍得靚客麗影，攝來榮華富貴」，橫批是「美麗幸福」。這話聽起來不似《登徒子好色賦》來得雅緻，卻全然是他的自編和原創，代表了小城人們的畢生嚮往和追求。

「美麗佳」的攝影室裡也是霧氣濛濛的。在這霧氣濛濛的世界裡，柳詩源每天做著同樣的事情，卻面對著不同的面孔，男的女的，老的幼的，貧的富的，美的醜的，高的矮的，胖的瘦的，文的武的，貴的賤的，善的惡的，他們來到這個虛擬的世界，記錄下他們並不十分真實的人生軌跡。外面的世界，無論多麼地吵雜和紛亂，都好像與他們毫無關聯一樣。

柳詩源經營著他這虛擬的世界。這虛擬的世界是迷人的，一如「美麗佳」門楣上的橫批所言，是「美麗幸福」的。

他畫的布景越發霧氣濛濛了。他不墨守成規，試著摒棄「煤油調色法」，乾脆用水色畫。水色的布景若不沾水，就不至於髒，而且用水色也省事兒，省錢。拿了刷子，蘸了水，調色都不需要，就呼呼嚕嚕往上刷，畫得霧氣沼沼的。他就喜歡那雲裡霧裡虛擬的效果。佈景用過時了，他並不把它扔了，撿巴撿巴，收拾收拾，湊在一起，又是一個新的畫面。

他還是憑著他少年時代製作噼呀嘰的經驗，琢磨著照相館的經營，也琢磨著增添道具。

攝影室的一角就擠了不少新添的道具。梆硬的太師椅上坐的不是戴了烏紗帽，搖著軟帽翅的「太師」，而是穿了灰不唧唧的對襟棉襖，頭戴棉帽子手握龍頭拐杖的老者。老者那瘦小的身材，越發突顯出那太師椅的曠大。舒適的籐椅，上面坐了個戴眼鏡的男子，頸子上繞了一條圍脖，翹了二郎腿，持了紙摺扇，膝蓋上橫了條「文明棍」，似笑非笑，似嗔非嗔，那樣子既不像是民國時師範學校的「五四青年」，又不像是「滿洲國」時哪家店鋪子裡的帳房先生。

還有小孩子的小圈椅，坐著圍了圍嘴兒，淌著哈喇子的小男孩，衝著前面的嗶啦棒傻呵呵地笑，還有吹洞簫或吹橫笛的高中生，則鼓著腮，皺著眉，像是城裡的吹鼓手夏大胖子在吹喇叭。

小木馬的圖樣是請來朋友萬家賓，從上海捲煙廠出品的「飛馬牌」香煙盒上扒下來的。那匹紅鬃烈馬騰空而起，像一隻離弦的箭。這個小飛馬，畫在纖維板上，鋸下來，後面加個座，小孩子們見了，老遠就跑過來，搶著騎上去。這木馬用了許久。後來，他自己畫了個帶鞍子的，加上了立體的腳蹬子，就更受歡迎了。

還有樓梯，他找來木匠，只做了三步臺階，向旁邊一拐，餘下的就隱去了。樓梯旁，他照著畫本兒，畫了個樓窗，加了好看的窗簾，牆上掛了個不好使的電話，頂棚上垂下一盞電燈，罩了一個捲沿花邊的燈傘，碧綠碧綠的，小茶几上鋪了凹凸紋細布的床罩當桌布，再放了一個高腳杯，裡面盛了半杯淺紅色的水，代表葡萄美酒。白色的小瓷盤裡，精緻地擺出幾塊包著糖紙的「小人酥」，洋式的玻璃瓶裡插了一束花，擺上幾本英文書，此外，還有一臺上圓下方的綠色玻璃西洋鐘。他讓小姐站在樓梯上，旁邊立了幾根「文明棍」。小姐穿了粉紅色的毛衣，領口和下擺都加了雪白的花邊，金橙色的裙子，隱約可見其中的暗花，腳上穿了白襪，蹬了一雙半高跟黑皮鞋。她的頭髮披散在肩上，就像隨風飄蕩的太陽光一般。她手中拿了書本，眼睛卻是朝著窗外看的。窗外盛開著桃花。那小姐望著桃花，矜持地微笑著，並不露齒。光照下，小姐仙姿玉貌，千嬌百媚，這就是所謂的「樓上樓下，電燈電話」，「飯前葡萄酒，飯後水果糖」了，是柳詩源對於「摩登和幸福一應俱全」的詮釋和憧憬。

他還把「將軍」畫在膠合板上，鋸下來，立在「大前門」旁。這「將軍」肩上挎了弓箭，腰帶上插了把匣子槍，時代和式樣介乎於中西之間和古今之間。「將軍」的臉上摳了洞，供人把臉套在後面。管你是男是女，是老是幼，這「將軍」是一概通用的。個子高的就彎彎腰，個子矮的就踩個板櫈。男的貼上把鬍鬚就是「岳飛」，女的貼上朵紙花就是「花木蘭」。愛逗樂子的就戴上墨鏡，那就甚麼也不像了。

他還做了一個奔月的嫦娥，也把臉摳了下來。照相的女子站在後面，窟窿中露出臉來，連衣服都不必換，她就成了嫦娥。嫦娥的腳下飄著一朵朵的彩雲，背後的夜空上，一輪明月中的亭臺樓閣，還有那搗藥的玉兔，都隱約可見。這就引發了人們對於月球的渴念，而恨不得變作嫦娥，離開這剛剛走出大躍進大饑荒的人間，隨著那五彩祥雲騰升而去，那裡的月餅是「五仁」的，那裡的包子饅頭熱乎餅是管飽管夠，「各盡所能，按需分配」的。舉一反三，柳詩源接著又做了「天女散花」和「麻姑獻壽」，這些象，為他賺了不少錢，也同樣贏得了那些仰慕「天女」和「麻姑」的女人們的歡心。

他還用膠合板做了個飛機頭。飛機頭畫得立體，還鑲嵌了玻璃窗。你坐在這窗後面的櫈子上，露出個頭來，待攝影師傅把那飛機上「中國民航」四個大字也一併拍在照片上，給人見了，就問，你何時坐過飛機吶？這時，你並不需要正面回答，而可以繞了彎子糊弄他說，喔，我還坐過火箭吶。火箭也是有的。只不過那粗爐筒子般的東西有些怪模怪樣，令人感到不那麼愜意，而且說到那火箭是「蘇聯老毛子」發明的，來照相的人們，就寧願選擇去坐飛機了。坐了飛機，飛過這平坦的小城，去北京看一看毛主席蹬過的天安門城門樓子，比乘了那蘇聯老毛子的「爐筒子」，「颼」地一聲，躥進那黑漆漆的，深不見底的太空，要來得安全而踏實。

就像是當年刻葫蘆瓢，畫噼呀嘰一樣，柳詩源對於道具的興致和發明，竟也是一發不可收拾。他接著又用膠合板做了年曆，打了格子，寫上日期，立在地上，人就站在旁邊，一個月一個景，一個月一個樣，一張張拍下來，就是一年十二個月，有人有景，圖文並茂。

比如「一月」，他撿了棵榆樹戳了起來。他嫌樹枝多了不好看，就修剪了，把紙花貼上，枝幹上再粘了些棉花，那就是「雪中臘梅」。然而，那「臘梅」後的男子卻穿了夏日裡的襯衫和涼鞋。待那助手撒下些碎紙片，表示「北風那個吹，雪花那個飄」，這衣著單薄的男子就顯得格外地「傲雪凌霜」了。

「五月」的後面，站了個女子，穿了連衣裙「布拉吉」，她肩上挎了個小皮包，手裡撫摸著掛下來的垂楊柳，是細麻繩上粘了紙剪的柳樹葉充當的。背後的布景，則是西湖畔上的「三潭映月」。比起這仍然北風呼嘯的小城，光禿禿的乾德門山和那死氣沉沉的東鹼泡子，西湖的美景引起了人們無限的嚮往。攝影師打上好看的輪廓光，彷彿西湖上空那一輪明月正溫文爾雅地把這「五月」的月光灑在這「西子」般美麗的女人身上。這樣的年曆，一套總計五元人民幣，比起他早年畫噼呀嘰的收入，要實惠得多了。

此外，這裡也備了服裝，旗袍，戲服，西服，婚紗，民族服裝，五顏六色，雜七雜八，樣樣都有，且不另計費。來照相的，選了道具，挑了服裝，扮了自己的角色，進了這虛擬的世界，得了這短暫的榮華富貴，留下這永遠的浮光掠影。

他照相講究光的應用，所謂「光純潤厚」。「光」，就是明亮感，亮韻。「純」，就是乾淨，明快。「潤」，就是濕潤，接地氣。「厚」，就是厚重，渾然，有骨有肉。照相也講究「三感」，即皮膚質感，景物的空間感和藝術感。他常用白布架在旁邊作反光布打三角光，這樣，陰暗面就不黑了，效果很好。

美麗佳照相館門口櫥窗裡擺著的頭像，就各個講究「光純潤厚」和「三感」。這些放大了的照片，有虛了邊兒的，有題了詩的，有原版黑白的，也有上了色的。這些照片，多以「少小漁女」為題材。「少」即少數民族。比如蒙古人，滿人，達斡爾人，鄂倫春人，高麗人，這些少數民族衣著豔麗，各具特色。「小」即小孩子。小孩子或手裡拿了嘩啦棒，或騎了小木馬，有的大豁牙子，有的滿臉雀斑，有的臉上光溜溜的，都各個逗樂。「漁」泛指衣裝有特色的勞動者，比如穿了蓑衣的漁夫，戴了草帽的農人，這些人大多鬍子拉雜，皮膚黝黑，都沾了江湖武林中的豪氣。「女」即女子。女子多善打扮，那頭上的髮捲兒，頸上的紗巾，辮子上的蝴蝶結，都令人稱頌。

櫥窗裡的照片，每張的下面都加了標籤命了題。除了一張《沉思》之外，所有照片上的人都是笑著的，有的大笑，有的中笑，也有的微笑。即便是身穿中山裝，頭戴「列寧帽」，看本人有點兒呆頭呆腦，土裡土氣的「土特公司」調度員「張大下巴」，都被柳詩源逗得咧開了嘴，瞇住了眼，連那下巴，都有點兒「喜興」的意思了。那照片被命名為《喜悅》。

門廳牆上也掛了滿滿登登的照片，這些照片的上面大多題了字。題字是免費的。用黑色墨水寫在底版上，洗印出來這字就是白色的了。題字說明相片的性質和意義。比如一張群體照，一堆幹部模樣的人正襟危坐，不苟言笑。前排中央留了「背頭」的，體態微胖的領導們，他們的慈祥中透出威嚴，這照相就題了「第七屆代表與首長合影」。一群咧開嘴笑的青年人合照，題字是「工作一週年紀念」。還有的題字充滿了勉勵和激情，比如「共同前進」，「握手前進吧」，「幸福戰鬥，共同學習」，「為了共同事業奮鬥」，「到農村去！到農業戰線上去！」聽這口氣，倒像是《人民日報》社論的標題了。

也有自帶道具來照相的群體，比如一堆人扯了塊「優勝小組」的紅旗，是在慶祝和紀念這集體的成績。或是一群青年女子，每人腰間繫了條長綢帶，雙手舉起兩端，擺出舞蹈的姿勢，題字就說這是「青春之花」。

結婚照上了顏色，兩個新人的頭靠在一起，臉蛋紅撲撲的。他們微笑著，嘴唇紅得發亮。這女子身穿的紅色絲綢花襖質感十足，背景上的光影變化細緻微妙，猶如油彩畫出來的一般。這對夫妻連結婚也不忘他們的「偉大事業」，因此那題字是「為了共同事業奮鬥」。

還有一張照片，上面是三個青年男子，穿了背帶工裝褲和白襯衫。他們那時興式樣的分頭見稜見角。他們都笑吟吟地，每人推了一臺「永久牌」自行車。他們的衣袖半捲著，左臂手腕上戴了手錶，站在「湖畔春色」的布景前，神氣活現。若留意細看，你還看得到這光可鑑人的自行車前邊，都裝了一個「摩電燈」吶。這上面的題字是：「永固的心」。可到底是「永固」著甚麼樣的心吶？是「永固」著笑吟吟的心？這就有些費解，讓人想來想去，卻想不明白。

這其中的不少照片，就是柳詩源拍的。它們不都是「少小漁女」，卻都是耐看的。

他也曾給抗日英雄鬮子祥的兒子鬮鳳奇拍過照，給城裡的幾任領導拍過照。幾年後的一期《中國青年報》上，發表過一組農業戰線「英雄人物」的照片，其中小城的那一部份，總計的八個英雄，就有七個是柳詩源跟了宣傳部長白保宇，在鄉下的現場一個個拍攝的。那還是柳詩源第一次坐吉普車，那感覺比十幾年前畫了噼呀嘰，每天賣得到近兩元錢還要興奮。

他的修版技術，比起老景來，已經青出於藍而勝於藍了。而修版又是一道很重要的工序，所謂「三分照七分修」，照得再好，不修是絕對不行的。修版，不是修得「千人一面」，而是完好地把每個人的個性整理復原。

他拍的照片很耐看。何為「耐看」吶？在柳詩源的眼裡，拍照時，要掌握好光線，影調，姿勢，神態，構圖，層次，質感，拍得不失真，有味道。

還有，原來的膠片是用藥水沖印，現今的柳詩源則可以把底片中不需要的藥膜完整取下，再粘貼上取而代之的藥膜，就像顯微鏡下的外科手術，這難度很大。柳詩源手很巧，這得益於他小時候製作咿呀嘰刻葫蘆瓢模子的經歷。那時，他連上面英雄那鉛字般大小的諢號，都用細小的尖刀刻了出來，而且還是繁體字吶。

他喜歡擺弄照相機。相機裡最好的是德國的「祿萊柯德」ROLLEICORD，「美麗佳」就有一臺。還有一臺日本的單鏡頭，有點兒壞了，放在那兒沒有人用。他琢磨琢磨，鼓搗鼓搗，竟把它給修好了。

柳詩源很會說話，很會和別人搭腔，也很會逗人開心。來照相的人，都願意找他。「你得見甚麼人說甚麼話，只要你不說令人生厭的話就是了」，他這麼說。

有一次，他的鄰居家來了鄉下的親戚，一下子就是八個姑娘。她們全部都到「美麗佳」照相去了，一照就是一整天。後來沒錢了，就乾脆兩個人合照一張，過足了照相的癮。是這個「小柳師傅」，把這些姑娘們逗樂了，迷住了。後來回去了，別人問，你們這些丫頭片子到哪兒去了，瘋了一整天？丫頭片子們說，是小柳把我們給迷住了。小柳可會說話，可會逗樂吶。

雖然在大多時候，柳詩源都會輕易地把來照相的人逗樂了，他還意識到，每張照片的背後，都有著一個甚麼故事。這就像在傍晚時分，這小城中的大街小巷每戶人家的窗子，你看到的是柔暖的燈光，卻不知道那燈光的背後，會有一些不為人知的甚麼，愛了，恨了，笑了，哭了，吵了，鬧了，分了，合了，感動了，懊惱了，絕望了，期待了，總是有點兒甚麼，令人生出好奇，想去探究，想去尋找。

有一次，進修學校的學生畢業，呼啦啦地一下子來了六十多人，照集體像，還單獨照個人像。

他們本來先在國營照相館照過了，卻不好看。國營的，人一多，他就給你糊弄了。國營的修版技術不好，光用得也不好。然後，其中的四個女生來到「美麗佳」，找到柳詩源說，師傅你看看，都把我們照成老娘們兒了。柳詩源一看，果然如此，那臉上修版不好，臉上「魂兒畫」的一樣。他就說：「你們就在我這兒照吧。先照，好了給錢，不好不給錢」，還說好了第二天就可取像。柳詩源連夜修版洗印。第二天姑娘們一看照片，真帶勁，就樂壞了。這事傳開，全班同學竟都來了，先是拍大集體照，又是拍小集體照，最後拍單人照。這一個月，「美麗佳」賺了超過一年能賺的錢。

這時的照相館雖然早已不再像「康德元年」時喬治尹的「攝影術」那樣，被視為聳人聽聞的「攝魂術」了，小城裡偶爾仍有人怵於攝影，對照相存有戒心，毀謗和謠言也時有發生。柳詩源對這些天方夜譚竟也起了興趣，還特地把它們記在本子上，起名叫「謠言錄」。

流傳頗多的謠言，是說有時照了相，洗出來後，發現被照的人沒有了腦袋。比如有一個人連拍了三次，居然都丟了腦袋。而照相館的師傅卻知道這「照相照丟了腦袋」的說法並無根據。那是因為底版在暗盒子裡露了縫隙跑了光，跑光的那部份就成了黑的，洗印出來就成了白色的了，而沒有頭的照相就顯得格外地詭異。但這是正常現象，卻並非是真地「鬧了鬼了」。

有一年，有一個軍人結識了一個漂亮女人姓楊叫「楊柳青」，在「民政」工作，兩人很快就搞上了對象，且迅速地照了結婚照。奇的是待這兩人回去結了婚，沒幾日，那軍人竟然無端地暴斃了。不可思議的是待那結婚照洗出來後，發現這軍人面有苦相，而那個叫楊柳青的女人卻沒有了腦袋。

這一年人們「階級鬥爭」的這根弦已經開始繃緊。想到這樣一個革命軍人竟一夜之間，被這樣一個女子「給妨了」，也就是給「剋星」「剋」了。這情節頗像新近的反特電影《徐秋影案件》，像其中的一句臺詞所說，「這是一個情緒很灰色的女人」，說不定這「楊柳青」是「階級敵人」，在搞破壞哩。於是，共青團就組織人調查。先搜了楊柳青的屋子，看了她的日記，又搞了楊柳青的「外調」。最後，連「煉人爐」火化場都查了個底朝天，卻發現這軍人大致是肺結核致死。但是，這樣的暴斃猝卒，到底是否和「撞上了鬼魂」或者和「階級鬥爭」有些關聯，也就無從考察，無從得知了。本著「共產主義者不講迷信」的原則，共青團還是認定這事「不必深挖」，也就放棄了追究而不了了之了。

「那黑白照相的藥水裡能提出銀子來。」柳詩源常常這樣誇讚那洗印照片的藥水。在暗房裡，紅色燈光幽暗而神祕。他把相紙泡在「顯影液」裡，用那竹製的鑷子翻動著它們，等待著泡在那神奇的藥水裡面的相紙，眼見著那上面的人影慢慢地顯現出來，就像少年時剛剛用葫蘆瓢刻好了噼呀嘰模子，刷上了墨，壓上了紙，慢慢揭開那印出來的「豹子頭林沖」或「齊天大聖孫悟空」那一瞬，禁不住那滿心的激動和欣喜。然後，再在「定影液」裡定影，貼在烘乾機上烘乾，上光，切邊，或直邊或花邊，就成了相，像是他兒時把那做好的噼呀嘰打了蠟，上了光，就成了「寶兒」了。

柳詩源覺得當照相館的攝影師傅是件挺幸福的事，因為來照相的人都是喜氣洋洋的。在這裡，他看到的都是永遠的笑容和永遠的合家歡。

他見過住在「北頭」的一對夫婦，他們的結婚宴席是在福合軒辦的，結婚照也是在福合軒樓下的「大昌寫真」拍的，那時還是民國二十七年。照片上的新郎身穿長衫頭戴禮帽，新娘身穿旗袍頭戴鳳冠，那時他們正青春年少。二十五年過去，如今「大昌」早已沒有了蹤影，他們就來「美麗佳」拍「銀婚紀念照」。這對夫婦事先說好，還是要當年「大昌」給他們照相的攝影師傅李諭武給他們拍。這時的李師傅已經退休。柳詩源把他請回來，花了心思認真地拍了這最後一張照片。如今這對夫婦和他們的攝影師傅都青春已逝，鬢髮斑白，眼窩凹陷，無情的歲月，在他們的臉上留下了不可思議的痕跡。他們當年那好看的行頭早已不知所終，他們的笑容卻還是自然的和由衷的。他們的臉朝著攝影機的方向歪著，那樣子彷彿是在說：「歲月蹉跎，那又算得了甚麼？」他們還要求柳詩源給那照片題了字：「幸福歲月」。他們認為，再蹉跎的歲月，也是幸福的，也是值得紀念，值得珍惜的。

一天下午，美麗佳照相館來了一位二十多歲的女子，引起了柳詩源的注意。那年輕女子身材修長，面龐美麗，衣著時尚，氣質出眾，甚至有點兒高傲和凜然，看樣子斷不是這小城裡的住民。只見那女子安靜地坐在攝影室的角落裡，像是來照相的，卻在淡定地看著柳詩源忙活著擺光，調位，搬太師椅，搖嘩啦棒，再逗人笑，按手裡的快門，為前來照相的拍了單人照，證件照，合影，忙完了最後一個顧客，一看就是大半天，那女子卻仍然不動，顯然是在等著單獨見柳詩源。這時已經到了傍晚，客人們都走光了，師傅們也走光了，待這前前後後完全安靜下來時，女子走向前來，對柳詩源說：「師傅您的相照得很好。我想在您這兒照幾張相，有特別的用途。」柳詩源詫異且警覺了，說：「請講。」那女子遂拿出一張工作證。她原來是北京一所畫院的畫家，在畫一張創作。這次碰巧來到小城，碰巧來到「美麗佳」，就想請柳師傅為她拍幾張裸體照做素材，就由她自己作模特兒。她還要求柳師傅立即為她修版，洗印，烘乾，並帶走全部底片和照片，不能留下任何痕跡。「請您幫忙，要多少錢都行。」說著，拿出一百元錢。這一百元錢對於月工資四十五元的柳詩源來說，是一筆不可思議的數字。那女子還拿出幾張草圖，說明瞭所需要的構圖和光線。

攝影室裡，這女子把身上的衣衫一件件脫下，落落大方地，最後，莊嚴地站在後面的布景前。

布景是霧氣濛濛的，像是飄著浮雲，燈光也是霧氣濛濛的，像是在下著細雨。這時，在攝影機這邊的柳詩源才有機會仔細地打量眼前那神祕的女子和那不可思議一幕。

她那端莊秀麗的瓜子臉，挺直的鼻樑和精緻的下巴，都美得恰到好處。她優美小巧的弧形紅唇微啟，略帶笑容，卻含而不露，嘴角淺淺的弧線朝上翹起，顯出她的矜持和高貴。她的頭髮像「米洛的維納斯」一樣，向上向後隨意地梳起，幾縷碎髮遮住她平坦的前額，在濃密的睫毛上輕漾。她雙眸諦視，閃爍著自信和從容。她的眼睛略大，纖長漆黑的睫毛在眼瞼上投下淡若晨露般的陰影，氤著幻美的流光。她微藍的瞳仁寧靜而柔和，彷彿耀眼卻不張揚的寶石，瞬間照亮了漆黑的夜幕，眸心卻陽光般地流轉出瑩瑩光澤，帶著深不可測的嫵媚，熠熠生輝。她的表情舒適平靜，莊嚴崇高，沒有半點嬌艷和羞怯，沒有半點矯情和做作，只有純淨，典雅和真誠。

她的肌膚豐潤，光潔得像無瑕而透明的玉，微微扭轉的修長身軀飽滿輕盈，形成了一波三折的曲線，構成了一個和諧優雅的螺旋型上升的體態，極富音樂的韻律感，呈現出希臘雕塑般的簡潔和明快，流露出抒情的女性的柔美和嫵媚。在她的身上所煥發出的勢不可當的青春活力和優美，和不經意間所流露出的詩情畫意，使周圍的任何布景道具和服飾都顯得微不足道和黯然失色了。

柳詩源覺得他的心在砰砰地跳著。眼前的畫面，美得令人窒息。他除了在文化館見過的石膏像，那斷了手臂的「米洛的維納斯」以外，還從未見過真實的女人的身體。文化館的維納斯是冰冷的殘缺的，而眼前的她卻是有著體溫的，是活生生的，是完美無缺的。

他有一種走向前去撫摸一下，甚至擁抱一下她那美麗的身體的慾望。可是，他的潛意識中，還是有一種力量，不自覺地阻礙了他。他不知道那是甚麼。那也許是他從少年時聽過的評書所得到的感動，他畫過的噼呀嘰上的武松，面對潘金蓮的誘惑而表現出的大丈夫氣概。那是他崇尚的英雄。他也許是記起了誰說的「發乎情，止乎禮」。他終未超越禮法的界限，而守住了一個「君子」的規範。他為自己的這種表現而驚訝，他甚至把自己都感動了。

他想起了有一種比喻叫「霧裡看花水中望月」，眼前的女子就像那霧裡的花，水中的月。花在霧裡月在水中，花似花花非花，月似月月非月，可遇而不可求，可望而不可及呀。做人，終究要面對現實和規範。既然我們無可奈何，又何必為此煩憂呐？立於天地之間，靜觀萬物，就像這攝影機前的布景，這些瓊樓玉宇，奇花異草，湖光山色，佳木蘢蔥，一切都只不過是海市蜃樓，過眼雲煙罷了。

他沒有作超越禮法的「猥瑣小人」，而作了理想中的「謙謙君子」，甚至是戲文中的「堂堂英雄」。

忽然間，那女子似乎想到了甚麼，對著自己興奮地一笑，眼睛彎得像月牙兒一樣，彷彿那靈韻也溢了出來，帶走了如柔美的月光一樣的歡樂，和清煙一般的惆悵。

柳詩源下意識地按了手中的快門。女子的一笑，就被永遠地定格在那裡了。

在暗房裡，那女子眼見著柳詩源機械地在黯淡的紅色燈光下，洗印出了那四張照片，她很滿意地笑了。柳詩源忽然間覺得自己是幸福的。

他連那女子給他的一百元錢也退還了她，說這是幫助藝術。那女子謝了說：「師傅，沒有甚麼可謝您的，我給您唱一首歌兒，算作紀念吧。」

在攝影室裡，柳詩源再次打開燈，就由那女子站在燈光下，彷彿是站在舞臺上，濛濛的霧氣又籠罩了這似真似幻的時空。

她先用英文，再用中文。她的歌聲也是同樣地美麗動人。

歌聲飄起。柳詩源凝神靜聽著。歌聲婉轉動人，像清晨山澗中的潺潺流水，像傍晚天邊一道道絢麗的晚霞，像翩躚著炫目的雪色華澤，風輕雲淡，透過瀰漫著朦朧的霧靄，與陽光的神采一起飛揚。剎那間，柳詩源被這歌聲震撼了。這是一種內心的共振，一種從未體驗過的情感：

Should auld acquaintance be forgot,
and never brought to mind?
Should auld acquaintance be forgot,
for the sake of auld lang syne.
If you ever change your mind,
but I living, living me behind,
oh bring it to me, bring me your sweet loving,
bring it home to me.
bring it home to me. Yeah~ Yeah~
怎能忘記舊日朋友　心中能不歡笑
舊日朋友豈能相忘　友誼地久天長
友誼萬歲　朋友　友誼萬歲
舉杯痛飲　同聲歌頌友誼地久天長

柳詩源從來也沒有聽過這樣好聽的歌聲。他記得《漢書・郊祀志下》說過：「聽其言，洋洋滿耳，若將可遇；求之，蕩蕩如繫風捕景，終不可得。」這是說，聽著這聲音，滿耳都是美好的景象，好像見到仙人仙境一般。可是，你要尋找它，卻虛無縹緲，好像要縛住風，捉住影一樣不可能獲得。那女子和她的歌聲，是他一見鍾情，卻是一廂情願的紅顏知己，也是可遇而不可求的，而今遇到，就不枉此生了。

那女子也不多逗留。她離開了「美麗佳」。她就像她的歌聲一樣，漸漸地遠去了。柳詩源望著那女子的背影，心中留下了許多的失落和惆悵。他後悔自己在看到她的工作證時，由於慌亂，竟沒有注意到她的名字。但是，今天經歷過的這美好的一幕，卻永遠地留在他的記憶中了，也是朦朦朧朧地，像那攝影室裡的布景和燈光一樣。

那女子的歌聲好像拖得很長很長，因此也拖得很遠很遠，然後，就慢慢地消失在西邊火燒雲的餘暉中了。中央街盡頭的火車站，又傳來了一陣火車汽笛的長鳴。也許她這時已經踏上了那列168次直快火車，在回返北京的途中了。她那美妙的歌聲好像是仍然在這四圍迴盪，餘音裊裊，不絕如縷。

柳詩源想，世上的有些事情你會遇到，但是不能強求在你想要遇到的時候遇到。有些人即使讓你遇見了，得到了，卻不一定是在你認為合適的時候。換言之，冥冥之中，上蒼對於這些瑣碎的事情，竟也自有祂的安排。在某一特定的時間才能遇到某一特定的人和事。他遇到的那個女子，是他一生中遇到的最美麗的女子，那女子的歌聲，是他這一生中聽到的最動人的歌聲，他拍攝的這幾張照片，是他一生中最得意的照片。他沒有照片的副本，卻把那霧濛濛的影像印記在他記憶的底片上了。

是的，他覺得他的照相館是幸福的。他的這次經歷，也成了他一生的照相館生涯中最幸福，最值得珍惜，值得回憶的經歷了。

第14章 蹓躂 In the Street

公元一九六二年

我們小城裡的人們有一個良好而優雅的愛好，這就是「蹓躂」。這樣的蹓躂，也稱作「賣呆兒」，也就是逛街，也就是東走走，西看看，或走或停，或急或緩，或長或短，全然隨意。這樣的「蹓躂」很容易就遇到熟人，於是就問候著說：「吃飯了嗎？」答曰：「吃了。」再問候說，「你幹啥去吶？」再答曰：「我蹓躂蹓躂。」然後，大致就沒有了下文，各自就繼續去「蹓躂」了。

我們習慣於把「街」說成「該」。像樣些的街有兩條，一條叫正陽街，另一條叫中央街。還有兩條街，據說與正陽街平行的叫坤順街，與中央街平行的叫國光街，但那都是「滿洲國」時的事了，那樣的街名早已被忘在了九霄雲外。坤順街上有「印刷廠」，所以提起來就說「印刷廠那條街」。國光街上有「郵電局」，所以提起來就說「郵電局那條街」。我們在正陽街上蹓躂，從南到北，再從北到南，在中央街上蹓躂，從東到西，再從西到東，全部蹓躂一遍，就算是蹓躂遍了全城。

這一年我剛剛八歲，暑假裡作業不多，常常閒得沒事，就找了同學或鄰居家或親戚家的孩子們，去街上「蹓躂蹓躂」。

我們蹓躂的地方很多。時常停下來參觀一番的地方有皮革社，小食舖，刻字舖，鐘錶舖，藥舖，貿易局，百貨商店，下雜貨，食品商店，新華書店，帽社，麻繩社，大車店，洋鐵舖，廢品收購站，木匠舖，鐵匠爐，棺材舖，還有小人書攤。

這一天，我和堂兄文奇就是從這條街的街北蹓躂到街南的。晌午一過，我就去了北頭文奇家。文奇今年十一，大我三歲。他闊腦門，挺鼻樑，高我半頭，看得出是他的爸爸，龍漢大伯年輕時的模樣。見到文奇一家和他的爺爺奶奶，也就是我爺爺的胞兄，原來德順東馬家床子的大掌櫃馬德雲，參觀了那屋子裡的鏡面畫「三秋富貴」，留意到那上面的白菜蘿蔔穀穗和蝴蝶蜻蜓蟈蟈，各個都栩栩如生，妙不可言。接著，又逛了「菜園子」，那裡面白菜蘿蔔蝴蝶蜻蜓蟈蟈樣樣都有，只是沒有穀穗。文奇的蟈蟈住在「醬桿兒」紮的籠子裡，掛在風井旁的葫蘆架上。那隻蟈蟈又綠又大，和「三秋富貴」上的那隻一模一樣，正在吃那倭瓜花吶。倭瓜花又黃又嫩，是在園子裡摘的。那蟈蟈的嘴巴像鐵匠爐的鉗子一樣地一張一合著，牠吃得淋漓盡致，不亦樂乎。

文奇摘了園子裡的蔬果，打了風井裡的水洗乾淨，甩了上面的水請我品嚐。甜桿兒不用洗，牙齒咬開了，剝了皮兒，嚼那甜的瓤兒，吸那甜的汁兒，渣滓就吐掉了。我們每人吃了一根甜桿，兩條旱黃瓜，三個洋柿子，就把肚子撐得鼓鼓囊囊的了。

我們商量了出去「蹓躂蹓躂」，說往我家的方向走吧。這時是下午一點左右，天氣還有些悶熱，大人們在睡午覺，我們就走出了菜園子的土牆和圍著的榆樹，經過月牙刀高掛的清真寺和挑水的井沿，轉過「朱家小舖」，走進正陽街。

正陽街北段的店舖子不多，不怎麼繁華。馬路兩旁的洋溝上，木頭洋溝板子剩下來的不多了。我們東看看，西望望，停在一家「皮革車具製品社」，就是從前的皮革鞔具舖「義發順」，參觀了裡面的車具鞔具馬具，就是膠皮軲轆車車轅上那皮製零件和皮製大馬鞭。一些說不出名字的製品還配上了黃燦燦的銅圈和惹眼的紅纓，煞是好看。

有一大抱掛在牆上的細鞭稍像一大坨長長的掛麵條，令人十分羨慕，散發出來的卻是皮革的味道。這「鞭稍」是要栓在車老闆子們的大鞭子上的。車老闆子們夏天穿白布坎肩，抿襠單褲，戴尖頂草帽，冬天穿大羊皮襖，抿襠棉褲，戴貉殼棉帽。他們趕著那膠皮軲轆馬車，甩著那長桿鞭子，抖著紅纓，發出「嘎嘎」的聲響。那大車「嘩啦嘩啦」地響著鈴，或是從「哈拉火燒」來，或是往「哈拉乾吐」去，聽起來都像是天邊外「在那遙遠的地方」，令人不禁心馳神往。

前面馬路西的大飯店福合軒，遠遠地就看得到了。這是城裡唯一的一座樓房。太陽正當頭照著，沒有風，那四個紅色大幌正高掛在門前，動也不動。

福合軒是我們很想進去一逛的地方，但這樣的機會大致是沒有的。我們穿著灰土土的衣裳，既不是「中山裝」，也不是「唐裝」，袖口和胳膊肘常常打了補丁，多半是用舊衣料改製的，連口袋都沒有，因為省了這布料剛好用來做一雙鞋面。我們的鞋是納底的布鞋，很舊了，襪子也沒有。鞋子的前邊都有些破了，不過還沒有露出腳趾頭。我們蹓躂著，不時地踢起一塊石頭子兒或一塊玻璃片兒。踢到了好看的石頭子兒就撿起來握在手裡，踢到了好看的玻璃片兒就走到電線桿子旁。電線桿子上纏繞了粗鐵絲，我們就把這玻璃片兒插進鐵絲的縫隙，一下下把它掰成圓形，起名叫「鏡頭」。我們的頭髮也是亂蓬蓬的，像東鹼泡子周圍的荒草「牛毛槓」，若進到店裡觀看定會被鄙視，呵斥了說，你們是幹啥的？

我們就趴著福合軒的窗向裡面張望。那裡面坐滿了人，多半是「幹部」模樣。桌子上擺了酒菜，小酒壺是瘦長的三角形，有一個小細脖子。幹部們笑吟吟的，捏了小酒盅，或隨意小酌，或大快朵頤，祝著酒，獻著辭，各個都冒著汗，都吃得矜持而愉快。我們看到那木製樓梯，扶手的欄杆描金畫綠，臺階上鋪了暗紅色地毯，不時地有賓客上上下下。上樓的賓客莊重典雅，下樓的賓客頭重腳輕，也都是幹部模樣。那樓上的情景是怎樣的吶？從那一排大窗透過抄手遊廊，一定望得到遠處的東鹼泡子，望得到那上面被風吹動的蘆葦和飛著的大雁。大雁一會兒排成「一」字，一會兒排成「人」字，向南頭喬家爐，白廟子和再遠的方向飛去。

「公私合營」後，許多的店鋪買賣就在這條街上消失了，像那東鹼泡子上空的大雁一樣地飛走了。眾多的百貨上雜貨店現在只剩下我家馬路對面的泰發祥和中央洋井斜對面的公福祥。只不過泰發祥的招牌早已經撤掉，說是叫「公私合營」，卻不見了匾額，它沒有了店名。公福祥其實也不見了，它同德順東和「鮮貨店」打通了，大門開在街角，就是原來的「王興泰鮮貨店」的地方，掛了一塊白底匾額，大紅美術體書了「百貨商店」四個大字，「百貨」的「貨」字，把左邊「單立人」的一豎拉到了底。高聳的「女兒牆」上，還殘留著公福祥時書寫的廣告：「呢絨綢緞，京廣雜貨」，叫「牆招」。

貿易局的門臉仍然很體面。它上面抹著的洋灰摻碎石子牆面，仍然泛著耐看的淺灰色淺黃色光澤。排水的「水管子」仍然結實地掛在牆上。從前我祖輩的買賣德順東就在這幢房子裡。我家和德雲大爺爺家就住在這後院的「轉筒屋」，是「前店後宅」。那時的孩子們熱衷於在這房前屋後躪來躪去，還彎下身子，對著這水管子說話，說這是「打電話」，能把聲音傳到後院去。我和文奇這時也彎下身子，對著那黑洞洞的水管子喊了聲「喂」，再把耳朵湊過去，聽到了微弱的回聲。旁邊看書的孩子瞪了我們一眼。

貿易局投下的影子不大，剛剛遮蓋了路旁的洋溝板子。影子裡擺了三五個出租「畫本」的攤子。

「畫本」就是「小人書」，小人書也叫「連環畫」。我們揀了最大的攤子坐下。攤主是個十五六歲的少年，尖下頦，細眼睛，白淨面皮，嘴角上有了些淺色的鬍子，外號叫「扁擔鉤」。他伸出了舌頭，在舔一根二分錢的冰棍。他的「攤子」就是一個木架子，「Ａ」字形張著，上面橫著分了格子，前後兩面密密層層地擺滿了幾十本近百本畫本小人書。

看小人書的大多是「小人」們，也常有大人光顧。扁擔鉤提供的小板櫈不多，已經給先來的人坐滿了。沒有板櫈的就坐在貿易局的窗臺上，或是摞起的閘板上，或是地上。

貿易局門前原本的「趙三爺」卦攤早就不見了。剩下了「掌鞋的」有三處，攤主是張瘸子，李瘸子和王瘸子。他們也都對這小人書有著極大的興趣和愛好。他們每人租了一本小人書，翻開來擺在一旁。張瘸子看的是《黛玉葬花》，李瘸子看的是《尤二姐》，王瘸子看的是《尤三姐》。他們都是「紅學」的業餘研究者，也都是「性情中人」。他們一邊釘著鐵釘，削著膠皮，錐著洞，穿著線，一邊斜眼瞄著那小人書中的林黛玉，尤二姐和尤三姐，為她們絕世的美麗而感慨唏噓。他們掌握了這一心二用一石二鳥的方法，甚至還不時地同他們的顧客交流一句兩句心得和體會。他們的顧客，趙大下巴，錢大眼泡和孫大耳朵坐在小櫈子上，則努著下巴，腫著眼泡，豎著耳朵，一邊抽著煙捲，一邊瞥著那書中的林黛玉，尤二姐和尤三姐，為她們的悲慘命運而遺憾惋惜。

賣冰棍的「韓大腦袋」，也手拿了一本小人書，是《三打祝家莊》。這是和扁擔鉤「貿易上的互通有無」。他們說好了，一根二分錢的冰棍，換看兩本小人書，一根三分錢的冰棍，換看四本小人書，一根五分錢的奶油冰棍，換看六本小人書。扁擔鉤要待攢足了錢，買足了一百本小人書，再去吃五分錢的奶油冰棍。

文奇有五分錢，說可以花掉四分租四本小人書，每人選兩本。這麼多的選擇，令人有些無從下手。看看周圍的人，大人和小孩人手一本，都在專心地看著，也偶爾會發出哧哧的笑聲。小孩子們在看《西遊記》，《岳飛》，《追魚》，《阿里巴巴和四十大盜》，《紅岩》，《林海雪原》，《敵後武工隊》和《鐵道遊擊隊》。也有人在看蘇聯故事《鋼鐵是怎樣鍊成的》，《藍劍》和《一封遺失了的信》。大人們在看《三國演義》，《水滸傳》和《楊家將》。我和文奇反覆討論了，選了又選，最後選定了《一枝駁克槍》，《無底洞》，《通天河》和《黑龍湖的祕密》。

這時我已經讀完了二年級，小人書上的文字大致讀得下來了。我們每個人選的兩本都非常好看。「通天河」被凍得結結實實的，上面還覆蓋了一層雪，這太像遠處的東鹼泡子了。冬天裡，我曾跟著爸爸和爺爺，拉著板車去戧葦子。東鹼泡子的水結凍了，也是凍得結結實實的，特別光滑。我們的鞋子上裝了防滑鐵皮，是在「洋鐵舖」的廢鐵皮堆裡撿回來加工的，就是把那鐵皮剪成尺子般的寬度，放在地面上，用釘子鑿了些洞眼，鑿出了尖牙子，把這鐵皮綁在鞋底，就可以防滑了。這通天河唐僧師徒四人，他們的鞋底和白龍馬的蹄子，也都是包裹了防滑的乾草的。那巨大的水怪是一條鯉魚精，邪惡而狡猾，令人心生恐懼。

《黑龍湖的祕密》是本彩色的小人書，講述了一所學校暑假裡的五個孩子，進入大山深處探險的故事。他們聽說山中「黑龍湖」的水終年泛水泡，誰也不知道是甚麼原因，於是就帶了乾糧前去探險。他們在路上遇到很多困難，卻也增長了不少科學見識。後來在老師的幫助下，他們終於解開了黑龍湖泛水泡的祕密，原來那湖底藏有豐富的天然氣寶藏。

這本小人書的封面上，四個男孩一個女孩站在青翠的山岡上，應該是在眺望遠處的黑龍湖。他們是大海，小蠻牛，小兔子，三貝兒和小妞兒。他們差不多和我一樣的年紀，衣著鮮豔好看。他們都戴了紅領巾，都是少先隊員。他們的村莊也山清水秀，風景如畫。五個孩子給家裡留了封信，就出發上路了。

他們的裝備整齊：穿黃色衫粉色褲的小蠻牛帶了一把柳葉刀，是他爸爸「從前打日本鬼子時用的」。穿格子衫的小兔子是個禿子，他「帶了一把斧頭」。穿綠色無袖衫留著「歪桃兒」的大海「帶著火柴和玻璃漏斗」。穿米色衫戴了小藍帽的三貝兒帶了獵槍。穿紅上衣藍裙子的小妞兒帶上了「姐姐的皮藥包」。

可是看著看著，他們的衣服就變了。男孩的黃色褂子變成了藍色的，他的黑色長褲變成了紅色短褲，他頭上的帽子也從藍色變成紅色的了。而那女孩小妞兒，她原本的藍色裙子也變成了粉紅色，連她那酒紅色的「皮藥包」也變成淺灰色的了。他們去深山探險，並沒有行李，是怎樣換的衣服吶？還是畫書的人粗枝大葉，畫了後面的，忘記了前面？還有，他們應該和我差不多的年齡，就是八歲左右。這樣的年紀，到這樣的深山老林裡探險，豈不是比我們去東鹼泡子洗澡和到小樹林子裡打家雀兒還要令家人擔心？

儘管如此，這本小人書實在是好看，因為這書中的故事和風景都是我所不曾經歷過的。

第六十九頁的畫面最引人入勝。這一頁講的是「野餐」：天色已晚，五個孩子肚子餓了。他們獵到了一隻山雞，就架起篝火野炊。夜幕下的篝火也一定是無比地迷人。青煙向上升著，鍋子裡的山雞「還配上新鮮的香草」，那味道一定是無比地鮮美。這些都令人無比地嚮往和憧憬，令人為我們的小城沒有這樣神祕的深山和奇妙的黑龍湖而遺憾。

這本小人書有一一二頁，封底標了定價是零點三八元。我們誰都沒有這許多的錢去新華書店買來這一本小人書。帶著滿足和遺憾，我們便離開了小人書攤，繼續蹓躂去了。

「刻字社」也修鐘錶。這也是一個十分吸引人的地方。它的招牌豎著立在門口，叫「美術裝潢圖章刻製鐘錶修理門市部」，名字很長，但是寫得非常美術。這牌子上的字體特別，每個字裡都有一個筆畫「畫」成一個圓點兒或圓圈，就好像是每一個字寫完之後，被專家鑑定了，認可了，再蓋上了一個大圖章。

這牌子上還畫了圖章和鐘錶。圖章刻了字的一面朝前歪著，上面的字是反的。我們用那玻璃片做的「鏡頭」反射著看，見那方的章刻了「張國慶印」，是「仿宋」，那圓的章刻了「王大可印」，是「隸書」。我們說「張國慶」應該是一個顧客，肯定是「國慶」那天出生的，而「王大可」，應該就是坐在玻璃窗裡面的人。那人看起來三十幾歲，黑燦燦的臉，個頭不高，梳了背頭，戴著的套袖上沾滿了顏色。他的左眼眯縫著，右眼上卡了一個小瓶子狀的放大鏡，正在專心地刻一枚圖章吶。

我們推開那鑲了大玻璃的門走進去，見到迎面的掛鐘坐鐘落地鐘，還有玻璃櫃子裡的手錶懷錶馬蹄錶各式各樣，琳琅滿目。

櫃臺裡坐了一個修錶的年輕女子，大鼻子，凹眼睛，長得像「蘇聯人」，正戴著修錶專用的「目鏡」，用髮夾大小的鑷子夾起一顆微不可見的零件放入錶盤。她手中兩片細細的尖嘴鑷，在細如髮絲般的手錶遊絲間晃動，擺弄著手錶中的零件。她注意到了我們，卻並沒有投過來不友好的目光。

這些鐘錶都在發出「滴答滴答」的聲音，而且各不相同，都十分好聽，就像傍晚東鹼泡子的青蛙和草蟲的叫聲一樣，這真是比那皮革社裡的車具馬鞭銅鈴紅纓還有意思。

忽然間，這些鐘錶幾乎同時響了起來，發出了「叮咚叮咚」的響聲，是下午五點鐘了。這時，掛在中間的一隻形狀特別的外國掛鐘格外吸引了我們。只見那鐘上面的小門自動打開了，裡面走出一個小人兒，穿著古代的衣服，頭戴大帽子，飄出一根大的羽毛，手裡拉著一根細繩，拉響了一個小鈴鐺，又不停地低頭行禮。鐘擺的兩邊，另外的兩個小人兒則在不停地搖頭，好像是在嘆息這流逝的時光，留戀這人世間的繁華，而不願離去一樣。正在我們驚詫不已的時候，櫃臺裡面一個戴眼鏡的男子發現了我們，喊了一聲，沒事別在這看了。

我們悻悻地離開。再看到那門口豎著的招牌時，越看越覺得那美術字上的圓點兒像是餅乾，那圓圈兒像是套環兒，都是食品商店櫃臺裡好吃的點心。我們蹓躂了半天，消化了菜園子裡的甜棵兒黃瓜和柿子，是肚子餓了。

太陽已經開始西下，房子的投影差不多把馬路都蓋過了。我和文奇在這條正陽街上繼續蹓躂著，碰到了認識的孩子，就相互問候著：「吃飯了嗎？」「你幹啥去呐？」答曰：「吃了」，「我蹓躂蹓躂。」

這樣的「蹓躂蹓躂」，我同文奇大約就僅此一次而已，但這一次要算是蹓躂完了半個城。

文奇一家在這一年初秋搬去了江橋。我用水彩畫了一套四幅漫畫連環畫叫《引火燒身》，附了封短信，到「郵電局那條街」上的郵電局，貼了八分錢的郵票，寄給了在江橋的文奇，用的是文奇的父親龍漢大爺的地址：「江橋中心校，馬龍漢轉馬文奇收」。這漫畫是臨摹的，每一幅比火柴盒略大，說的是一個胖乎乎的，留了鬍子的紳士，躺在床上吸煙斗，吸著吸著，他睡著了。煙斗掉落了，燒著了蓋在身上的被子和嘴巴上的鬍子，紳士才驚慌失措地跳了起來，屋子裡一片濃煙。我選了這樣的漫畫送給文奇，是因為覺得這實在是太好笑了。

郵電局的房子是二十幾年前日本人建的，看起來仍然堅固結實。它門口的「飛刀樹」不久前還是淺綠色的，這時就已經變黃了。樹上的「飛刀」也變得薄如蟬翼，裸露出淡黃色的葉片經脈。它們伴隨秋風沙沙作響，不時地飄下，落在郵電局那深綠色的大鐵皮屋頂上和馬路上。從實驗小學放學回來的孩子們停在飛刀樹下，拾起這樣的「飛刀」向空中拋撒。透過太陽的光芒，它們顯得格外地剔透和明亮。它們在空中旋轉著，久久不肯落下。

夏天過去了，秋天來了。

第15章 夏天過去了 Suddenly, Last Summer

公元一九六三年

北方的春天，實在是有些過於倉促了。人們脫下了厚重的棉衣，戴上了那像蟈蟈或蛤蟆眼睛一樣的「風鏡」，感受了幾場夾了黃沙的春風，還沒有顧得上去細細品味一下春天的氣息，天就開始變得炎熱，夏天就這麼突然地來了。

太陽灼熱地炙烤著大地，樹木和花草都被烤得有些無精打采了。老母豬在泥窪裡打著膩，大黃狗在柵欄旁吐著舌頭。老抱子大公雞在散發著熱氣的地面上啄著食，熱得不時地伸縮著脖頸，像是被燙著了一樣。老人們在房屋的陰影下坐著，陰影卻只有狹長的一小塊。他們不斷地搖著蒲扇，煽出的卻是熱風。誰家養著的蟈蟈叫了起來，聲音有些尖厲，另一家的蟈蟈迎合了起來，聲音有些嘶啞，遠處還有一隻蟈蟈也加入進來，聲音則有些悠揚，卻都像是在訴說著夏天的炎熱。

夏天的早晨和夜晚卻涼爽宜人。

夏天的早晨是從東鹼泡子開始的。這時，一道紅霞連接在天地之間，一眨眼的功夫，太陽就露出來了，火紅火紅的，像是半個燒紅的鐵球，又像是半個熟透了的橘子，它把東鹼泡子的水面照得波光粼粼。水上的蘆葦也被太陽照耀著，上邊的露珠閃著光亮。很快地，太陽就完全升起來了，整個的世界彷彿充滿了希望和生機。

而夏天的夜，則是在穀草垛旁結束的。夏天的夜，像是剛剛浸泡了濃彩重墨的絲巾，高高地掛在院子裡穀草垛的上空，總是有些迷人，有些斑斕，有些深不可測。待月亮從屋頂上升起時，便襯托了那些高高低低的煙囪，生出了一些甚麼天上的故事。那一輪皓月像一塊巨大的玉盤，若仔細察看，還看得到在它的右下角，隱約立著一棵玉樹，枝幹上掛滿了晶片，叮叮咚咚，臨風搖曳。那樹下有一隻玉兔，牠是嫦娥的唯一夥伴。許久以來，她們就在那寂寞的月亮上守候著，等待著有一天再返回到天宮。

夏天雖然也很短暫，卻也過得真切而悠長。這時的我剛剛滿九週歲，看著牆上厚厚的「洋黃曆」，一張一張撕也撕不完，便覺得這一年中的每一季每一月每一天都是無比地緩慢，像是怎樣揮灑都用不盡似的。暑假作業不多，在學習小組裡，幾天就做完了。學習小組多半在和豔雲家，有四個同學，是和豔雲，劉桂雲，張桂芹和我。和豔雲的家在正陽街南段，老銀行炮樓子的斜對面。「返校日」在開學前的兩個星期，這一天令人興奮，沉靜了多日的校園，這時就一下子熱鬧了起來。

學校叫「企業小學」，就在穀草垛的路東。校舍就是兩排土房，我們卻沒有發覺它的簡陋。比起剛剛上小學一年級時「企業小學」的教室要好多了。三年前的夏天，我還沒滿六週歲，和一群比我大一到三歲的孩子們懵懵懂懂地揹了書包，在「皮革廠」大躍進的「公社大食堂」裡，圍著大圓桌子，糊裡糊塗地跟著孫淑琴老師唸課文：

我叫小三毛，你叫阿廖沙。不是同根生，勝似親哥倆。

孫老師大概就是二十歲出頭，梳著兩條又長又粗的辮子。她的臉上洋溢著青春和活力，就像語文課本上那彩色插畫蘇聯姑娘「卓婭」一樣地好看。我們那時和蘇聯有著「永恆的友誼」，我們最好的朋友是「阿廖沙」和「卓婭」。

而算數課就有些太難了。先頭是「2」字的困擾，那下面的一橫，無論怎樣努力都要向右下角劃去。但我還是想了辦法，就是先寫了上面的彎勾，再用尺子把那一橫畫直。不過，待到做「2+X=3，X=？」，我便不知所措了。這「公社大食堂」教室的唯一好處，就是那裡有一個黑洞洞的地窖，我們常常跟著班長陳仁孝趴到下面探險。

二年級時，「公社大食堂」關閉了，我們遷到了穀草垛的路東，這時學校就叫「企業小學」。校舍前面的一排，在中間開敞著一個門洞，門洞兩側的牆上用洋灰抹出了兩塊「黑板報」，紅色粉筆模仿了毛主席的題詞「向雷鋒同志學習」，黃色粉筆畫了雷鋒的畫像。「雷鋒叔叔」頭戴大皮帽子，手握衝鋒槍，他那小而細的眼睛裡彷彿透出一種堅持與忠誠。「黑板報」上還用大字抄寫了「雷鋒日記」：

對待同志要像春天般的溫暖，
對待工作要像夏天一樣的火熱，
對待個人主義要像秋風掃落葉一樣，
對待敵人要像嚴冬一樣殘酷無情。

我們對這樣深奧的「四個對待」並不理解，且已經把春天的溫暖秋天的落葉和冬天的嚴寒，全部地忘記在腦後，甚至連剛剛過去的「夏天的火熱」也差不多忘記了。

沒有忘記的是夏天的遊戲，夏天的遊戲是迷人的。男孩們玩的是打彈弓，下五道兒，彈玻璃球，摜刀，咬狗，打醬桿兒，射老頭兒，滾樹雀兒，抽老牛，抓蟈蟈，紮風剌樓，疊飛機，打嘚呀嘰，蹓鐵圈兒，或者到東鹼泡子旁邊的「東大坑」洗澡，捉蝲蝲蛄。而野蠻些的就要算馱馬架和挖陷阱，殘酷些的要算抓了青蛙烤大腿，抓了家雀兒糊上泥巴燒著吃了。女孩們玩的則是踢口袋，跳格子，跳繩，玩嘎喇哈，編花籃，或是講故事。「穀草垛」高高聳立在院子裡，是男孩女孩們都玩的。孩子們高喊著：

穀草垛，高又高
你的兵馬叫我挑

螢火蟲忽閃忽閃地飛著，孩子們大汗淋灕地追逐著嬉戲著。空氣清新而潮濕，那是東鹼泡子濕地的味道，是夏天的味道。

「返校日」到了。這一天是「夏天的尾聲」。同學們聚集在校園裡，吵吵鬧鬧，嘰嘰喳喳，等待著老師的到來。男生們大多穿著帶補丁的衣褲，或戴了軟塌塌的布帽，或留了亂蓬蓬的頭髮，或穿了布鞋，或穿了膠鞋，都灰灰土土的，臉兒也被夏天的陽光曬得紅彤彤的。女生們則要乾淨和整齊多了。她們有的圍著鮮艷的紗巾，有的繫了紅領巾，大多都嘴裡咬著「姑娘兒」，就是把青「姑娘兒」仔細揉軟，把蒂上的小圓點兒用細草棍兒扎了，然後再一點點把「姑娘兒」裡面的籽兒汁兒擠出來，裡面吹了氣，牙齒一咬，就發出細小的「吱呀」聲響，像是她們的悄悄話和竊竊私語，令人十分愉快。

老師遲遲等不到，於是大家就繼續吵鬧著。有高年級的男生竟大模大樣的抽起了捲煙，甚至吐出了煙圈兒。

有看了電影的男生們講起了《紅日》和《小兵張嘎》，津津樂道地討論起了那些槍械，差一點的是「漢陽造」，「三八大蓋」和「歪把子」，好一點的是「毛瑟」和「勃朗寧」，說起來都如數家珍，條條是道。他們還學起了電影中的臺詞：「攻上孟良崮，活捉張靈甫」，「甭說吃你幾個破西瓜，老子在城裡吃館子都不交錢」。我和翟國良更推崇《寶葫蘆的祕密》，特別是那個無所不能的「寶葫蘆」。「咱要是有個寶葫蘆就好了」，我們萬分遺憾地說。有了寶葫蘆，我們先要把那五分錢的「奶油冰棍」吃個夠，然後，買來所有的畫本兒「小人書」，再買一個幻燈機。翟國良比我大三歲。暑假期間，我們曾一起用紙盒子做了個「幻燈機」，找了個手電筒「電棒」，卸下了前面的鏡頭，把畫在玻璃片上的「幻燈片」投射在牆上，映出了「劈山救母」，「寶蓮燈」和「孫悟空」。黑暗中，那圖像不太真切，把鄰居來看「幻燈」的四歲小孩嚇得哇哇大哭起來。

老師終於來了，卻不是段老師段文海，而是魯老師魯樹林。魯老師宣佈了三件事：第一，開學後要分校，說家住正陽街路西的，要歸劃到「五完」，就是「第五完小」。第二，在開學前每人要交滿五筐糞肥，是支援農業。第三，要「學雷鋒，做好事」，要「助人為樂」。翟國良和我討論了一下，決定要響應毛主席的號召學雷鋒，在開學前的兩個星期內做兩件「好人好事」：先是為照相館的「景瘸子」景命富推輪椅車，因為據說「景瘸子」的腿和胳膊是「抗美援朝」或者是「剿匪」而失去的。再就是在電影院為老人讓一次座兒。這樣的計劃不禁令我們興奮不已。就這樣，「返校日」草草地過去了。

可是，大多數同學都不願散去。幾個男生要去東鹼泡子洗澡，另外幾個男生要去小樹林子打家雀兒，剩下的就一致提議要女生朱雲秀講故事，大家就圍著坐了下來。

朱雲秀大概十一歲的樣子，長得好看。她梳了一尺長的辮子，辮梢上紮了紅頭繩。她的頭髮黑而亮，眼睛大而圓，嘴唇潤而薄。她口齒伶俐，也很「厲害」。她的家在「皮革廠」後院，她的故事都是在這大雜院裡聽到的。

班上的同學，名字中帶「亞雅君琴芹雲國文」的居多。圍在朱雲秀身邊的就是鄭亞茹，高雅琴，符雅君，袁鳳琴，張桂芹，和豔雲，史國林，翟國良，張文波，蘇文志，陳仁孝，柳顯軍，盧德林，張顯忠，羅豔秋，鍾新元，王玉和我。

「講甚麼吶？」朱雲秀問，那感覺是要她講甚麼都不在話下似的。

「鬼狐傳！」男孩女孩們異口同聲地說。鬼和狐狸的故事永遠令人無比興奮。

「好吧。」朱雲秀說。這時她臉上的表情一下子嚴肅了起來，喧鬧的教室也頓時一片沉靜。我和同學們也忽然間生出一陣莫名的緊張。

「從前啊，有一個年輕人叫寧采臣。有這麼一天啊，他碰巧到一個寺廟去，看到那寺廟很大，很好看。」朱雲秀開講了。她講故事的時候，喜歡加上一個「啊」字或「吶」字強調語氣。

「奇怪的是啊，寺廟的裡邊外邊都長滿了蓬蒿。」她的眼睛眨了一下，咬了一下嘴裡的「姑娘兒」，發出的聲音竟顯得有些神祕。

「蓬蒿是甚麼？」個子不高臉色黝黑的男生王玉問道。

「蓬蒿就是蒿子桿兒。」經常打柴火的史國林說。他手裡捏了根自己捲的葉子煙「蛤蟆頭」，鼻子裡噴出了一團煙霧，嘴裡吐出了一個煙圈兒。而這漂浮著的煙霧，慢慢地顯得詭異起來，令人聯想起朱雲秀的故事，在「寧采臣」寄居的寺廟，那比人還高的蓬蒿周圍，也一定瀰漫著這樣的煙霧，這不禁令人不寒而慄。

「這寺廟啊，」朱雲秀說，「好像是沒有人進出來往似的。寧采臣吶，就打算在這兒住下來。只是啊，東西廂房還住著兩三個僧人。」

「僧人是甚麼？」剃了光頭的蘇文志問。他每天洗臉時順便洗頭，卻從來不洗脖子，這樣就像是在黢黑的脖頸上戴了個面具和頭套一樣。

「僧人？」個子高些年齡大些的陳仁孝把一隻髒呼呼的大手放在蘇文志的光頭上，還磨蹭了幾下說，「僧人還不知道？就是你這樣兒啊。禿腦亮，摩電棒」，大家哄堂大笑。剛才的緊張氣氛一下子沒有了。

蘇文志並不生氣，他雙手合十，閉上了眼睛，學著他想像中的僧人，說：「阿彌陀佛。」

朱雲秀瞪了他們一眼說：「別鬧了！你們不聽我就走了。」說著就一副要起身離去的樣子。女生們急忙拉著她。

「你們都安靜一點吧。」朱雲秀的生氣是假裝的。「是，僧人，就是和尚。在我的故事裡，他們的房門是虛掩著的。」

「虛掩是甚麼意思？」我問。

「虛掩就是半關著門。」我旁邊的翟國良做了解釋。

我們不覺看了一眼教室的門，這門有些不怎麼嚴實，恰恰也是「虛掩」著。這時，這虛掩著的門被風吹了一下，發出「吱呀」的一聲，令大家倒吸了一口氣。

「那僧人的門啊，就時常這樣地響著。」朱雲秀說，嘴裡順勢咬了一下「姑娘兒」，發出的也是「吱呀」一下聲響。

「到了夜裡吶，有個書生來了。」大家猜想「書生」就像是「藝術劇院」臺子上那伸了「蘭花指」，扯了公鴨嗓的「小生」筱月鵬，於是就忍住不問了。

朱雲秀很滿意，就繼續講了下去：「書生就對寧采臣說，這裡沒人管，你要是不害怕，就住在這兒吧。」

教室的門又被風吹得開合了一下，發出的卻是長長的「吱呀」聲，這時外邊的天色也彷彿黯淡了下來。

接著，朱雲秀就講起寧采臣在這寺廟住下，然後，這天的月光是如何地亮，寧采臣和那書生如何地聊天，後來又怎樣地不能睡覺，聽到北房有人悄聲說話，寧采臣又趴牆查看，最後，又有一個十七八歲的女孩兒走進了屋子，她的樣子很好看。

這故事深深地吸引了每一個人。大家看了看和豔雲。和豔雲十歲，圓臉兒，眼睛不大，卻很光亮，特別像她文具盒上的畫兒。此刻，她的手裡正拿著這個文具盒，上面跳「荷花舞」的女子們，都穿了荷花似的長袖粉紅色上衣和湖水一樣的長裙，像是漂浮在鏡子一般光潔的水面上。她們明亮的眼睛正笑盈盈地看著右前方，她們是「荷花仙子」。朱雲秀講的「聶小倩」，應該要比文具盒上的任何一個「荷花仙子」都好看的。

「這時候啊，」朱雲秀繼續講道：「已經是深夜了，寧采臣差不多要睡著了，卻感覺有人走了進來。」說著，又「咯吱」一聲，咬了一下「姑娘兒」，便不響了。

「是誰來了？」我們都禁不住發問。

「你們猜？」朱雲秀賣了個關子，卻沒等有人猜，就宣佈說「是聶小倩！」又立刻加了一句，「聶小倩太好看，太漂亮了。」

大家想像著聶小倩的美麗。漸漸地，大家明白了，這無比好看，無比漂亮的聶小倩，原來就是一個女鬼。大家繼續想像著這女鬼是怎樣地被妖怪威脅，用容顏迷人，用錐子刺人的腳心，等這人昏迷了，就吸他的血，或者用金子勾引人，「金子」卻是羅剎鬼的骨頭做的，貪了這假金子的人，心肝就會被掏了去。

而這美麗的女鬼聶小倩，最後還成了寧采臣的妻子，是「鬼妻」，於是便愈發令人害怕，愈發令人驚奇。

朱雲秀的「鬼狐傳」故事，也和「返校日」一樣地悠長。

但是夏天和暑假還是過去了。揹了空空的書包回到了學校，發覺男孩兒女孩兒們，頭髮和衣服似乎都和以前不太一樣，甚至有些陌生了。

老師也換了，是年輕好看的女老師劉老師劉曉梅。劉老師也留了兩條長辮子，講起話來不急不緩，很是和藹可親。這一切都令人愉快。劉老師發下了課本，是語文和算數。

有人在議論，說段老師「犯錯誤了」，是「作風問題」，是「搞破鞋」，而那女人是劉老師劉俊霞，是「一完」的大隊輔導員，長得非常好看。還說，段老師在「火紅醫院」附近的家門口，就時常被人扔了隻破鞋子，這有些令人費解。還聽說他原本是「很紅」的老師，甚至有希望當上校長的。他梳了大背頭，鑲了金牙，抽著「大綠樹」煙，現在卻見不到他了。

天空被染得湛藍如洗，明淨而清澈。秋天的陽光照在簡陋的教室裡，暖暖洋洋的，舒舒適適的。

比起上學期的課文「天上沒有玉皇，地下沒有龍王；我就是玉皇，我就是龍王，喝令三山五嶽開道，我來了」和「房前屋後，種瓜種豆，種瓜得瓜，種豆得豆」，三年級的課文深了一些。這學期語文課的第一課是一首詩，叫《夏天過去了》，劉老師便帶領我們朗讀這篇課文。課文的生字不多，內容易懂，又令人回憶起這個剛剛過去的夏天。

不多時，我們就能把《夏天過去了》讀下來了。操場上聽得到這朗朗的讀書聲：

夏天過去了，
可我還十分想念，
那些個可愛的早晨和黃昏，
像一幅幅圖畫出現在我眼前。
清早起來打開窗戶一望，
田野一片綠，
天空一片藍。
多謝夜裡一場大雨，
把世界沖洗得這麼新鮮。
火熱的太陽當頭照著，
我們在菜地裡拔草。
管菜園的老爺爺送來了茶水，
還誇我們拔得又快又好。
老榆樹下是個好地方，

我常常在那兒乘涼。
我把腳伸進旁邊的小溪，
聽知了在樹上一聲聲歌唱。
有一次我們在瓜田裡守夜，
守到半夜誰也不肯去睡。
我們逮住了三個小偷，
他們的名字叫刺蝟。
那些可愛的早晨和黃昏，
像一幅幅圖畫出現在我眼前。
夏天過去了，
可是我還十分想念！

劉老師還給我們講了幾個夏天的故事：「夏天」，就是校舍後面的那條小溪，就是小溪旁的柳樹和搖曳的枝條，就是了用鉛筆刀削一根柳條，做一堆哨子吹個不停，就是東面不遠處的東鹼泡子，就是那暴雨如注的酣暢淋漓。

我們的眼前就重現了這些夏天的畫面，那小溪就在學校的後面。下過雨後，那裡的水便急湍湍地流過。折下一根柳條，抽出裡面的枝幹，用刀子削成哨子，就能吹出「嘟嘟」的音響，那就是夏天的聲音。哨子的粗細，發出的音響不同，那就是夏天的合奏。再把腳伸到小溪中，沖去上面的泥巴，舒適而涼爽，那就是夏天的溫度了。

窗外吹來一陣陣涼爽的風，吹動了窗外的樹葉，吹動了書桌上課本的紙張。遠方天空的大雁，彷彿在回應著這課本上的故事一樣，不急不緩地向南方飛著，一會兒排成個「人」字，一會兒排成個「一」字，飛著，飛著，漸漸地遠去了。

第16章

文化館 The Cultural Centre

公元一九六四年

這座小城，也像我們中國的大多數小城一樣，有一個「文化館」。

文化館差不多在中央街的盡頭，在電影院的旁邊。那周圍沒有店舖子，並不繁華，但那裡接近火車站，接近火車站傳來的每一陣笛鳴，還有鐵軌和車輪的碰撞聲。那巨大的車輪在鐵臂般的連桿和搖桿的帶動下，向前行進時的那種從容和鎮定，給人以一種希望，那就是說如果踏上了這列火車，就可以去經歷外邊的世界，外面的世界是精彩的。

於是，這些火車的聲音，在文化館的院子裡聽起來，就顯得格外真切，格外引人入勝。

這時我正在實驗小學讀四年級。我的班上有一個同學叫趙威。一個星期天的上午，趙威把我帶到了文化館。

其實，文化館也就是一棟普通的紅磚房子。這棟紅磚房子的前面，有一座小洋房，是城裡唯一的圖書館。這座小洋房子卻很特別：洋灰牆面，大屋頂，窗子很多，卻很窄小，屋頂上有好幾個高低不等的煙筒，卻並沒有炊煙從裡面飄出來。

這座小洋房，原本是「滿洲國」時期的金融信用機構，叫「興農合作社」，在「康德四年」，民國二十六年，西元一九三七年的初夏建成。它的窗子是雙層的，裡面有西洋式的壁爐，東洋式的廁所，有上下水道和地板。它的格局也有點複雜和不可捉摸，這就激起了我和趙威的好奇心。這個「合作社」是從事農業資金和農技，向農民提供貸款，以促進農業生產而設置的機構。這個「興農」機構，表面上看是由中國人任「名譽會長」，實則大權卻在日本理事長松本的手中。說是貸款，普通農民卻是貸不到款的。反之，他們卻協助城公署催繳「出荷糧」，也就是官府向農民低價徵購糧食。故而，農民們也把這合作社稱作「坑農合作社」，或者乾脆就是「坑農活作孽」了。

這洋房裡住過甚麼樣的日本人吶？是像在《鐵道遊擊隊》「洋行」裡的三個鬼子掌櫃，「從奸商手裡大把撈錢」，被老洪王強彭亮「血染洋行」，給亂刀砍斃了？那裡面曾經是甚麼樣的擺設吶？寫字臺，木地板？電燈電話？鐵爐子？四面屏風上，各畫了一個穿和服的日本女子，踩著木屐，露出了大脖頸子？牆上的「寫真」，有三個挎洋刀，穿軍服的鬼子，站在富士山前，牽著大狼狗，咧著嘴獰笑吶？這小樓的外面，大抵還有兩個旗桿子，扯著兩面旗子，「滿洲國」的「紅藍白黑滿地黃」和日本「膏藥旗」？對面的牆上，也寫著「王道樂土，五族協和」與日本「共存共榮」的標語嗎？這樣的標語如今已經蕩然無存了。只有一處，那就是福合軒大飯店，那山牆上如今還殘留著兩個仁丹的大白字，就像電影裡的布景，電影拍完了，布景卻忘了拆了。小洋樓的地板也已經破舊了。當年，這地板一定是被擦得一塵不染的。那些想像中的鬼子，電燈電話和屏風甚麼的，就如同投射在銀幕上的電影一樣，電影演完了，那銀幕上就甚麼也不見了，留下了那一片空白和一個空了的場子罷了。

如今的圖書館，回回見到的是滿滿當當，興致盎然的人，就像是在街頭租「畫本兒」，連環畫「小人書」的攤子一樣。圖書館窗戶全部大敞實開著。熱呼呼的空氣中，人們流著汗，搖著扇子。

學者們讀《紅樓夢》，《儒林外史》，尋常百姓們讀《水滸傳》，《三國演義》，中學生們讀《青春之歌》，《鋼鐵是怎樣煉成的》，小學生們讀《十萬個為甚麼》，《短劍》。我那時對《十萬個為甚麼》興趣不大，卻讀《短劍》，《一隻駁殼槍》和《寶葫蘆的祕密》。「反特」和「科幻」小說也十分好看。那些充滿懸疑的故事和緊張的情節，那些對於「美好的未來」的預測，那些對於將來「科技進步」時，人類會吃上夾肉饅頭，吃上壓縮餅乾，配上牛奶和豆漿的故事，令人無限地憧憬和嚮往。

這樣的洋房在小城裡還有幾座。在一片片灰色低矮的土屋和殘舊的青磚房子組成的街巷和院落中，圖書館這樣的洋房就顯得非常地出眾和特別了。

臨街的一排宣傳欄，玻璃窗裡貼滿了時事宣傳材料和圖片，中心內容是一九六四年二月十日，《人民日報》刊登的報道，頌揚「大寨」及其發展農業的先進事跡。電影院院子的木板牆上，貼著的大標語，用仿宋體寫著「學習大寨人自力更生，奮發圖強的堅強意志」。

這樣的文化館，其實早在民國十九年前後，就有過雛形，叫「民眾教育館」，設有館長，館員和工友各一人，辦過諸如體育遊藝象棋乒乓球比賽，也開了一間閱覽室，架子上擺了書報雜誌。還用手搖電影機放過卓別林的默片《大馬戲團》。

據說建立文化館，是學「蘇聯老大哥」的模式，是「開展群眾文化活動，宣傳黨的方針政策的前沿陣地」。這裡的標語口號永遠反映出中國最新的政治動態。

但是在這個「意識形態」的前沿陣地，卻保留了一些小城人們對於文化和藝術本能的追求和渴望。雖然這裡也設了「館長」和「黨的領導」，這裡的「館長」和「黨的領導」卻更是屬於這個「文化藝術」的世界的。這個世界與小城裡的世界卻是截然不同，南轅北轍，格格不入，這裡令人忘記了外面的政治運動和宣傳，而使人的神經鬆弛了下來。

我和趙威看到他的爸爸趙連山趙老師，此刻正在這座小洋房圖書館的玄關，也就是入口的小門樓那裡，靠著一把椅子，半坐半站，敲一套架子鼓吶。

趙連山很是享樂其中的樣子。他叼了顆自己捲的紙煙，一綹頭髮遮住了前額。他搖晃著頭，半閉著眼，眼鏡滑到了鼻子尖上。他手裡拿了鼓槌，敲打著那些小鼓，嗵鼓吊鈸，腳下敲打著那些大鼓，踩鑔，手腳並用，劈哩啪啦地敲打出一片蕩魂動魄的音響。

這令人想起了不久前，和奶奶在東門外看馬戲的情形。那個撐起了高大的尖頂帳篷，帳篷的大門口，一幫儀仗隊的鼓樂手們，也是這樣手腳並用，擊打出的聲響也是這樣地驚心動魄，蕩氣迴腸。

趙威帶我把文化館和圖書館的前前後後，裡裡外外的每一個角落都轉了一遍。

我和趙威在後院一間明亮的辦公室見到了「老館長」劉丹。他正坐在一塊畫板前，莊嚴隆重地，一絲不苟地醞著筆，用炭精粉擦著一張齊白石的肖像吶。那桌子上攤了擦筆，棉花球，橡皮，放大鏡，和一堆色彩鮮明的，裝在小瓶子裡的「馬利牌」炭精粉，在暗色的辦公桌上顯得十分好看。劉丹的老花玳瑁眼鏡也是滑到了鼻子尖上。他頭戴一頂藏青色便帽，衣袖上罩著深棕色的套袖。他的衣服是整潔而體面的，他的性格是慢條斯理的，這風格也反映在他的畫面上。畫面上的「白石老人」是彩色的，那光滑柔細的藍緞大褂，那拂面飄揚的銀絲般的鬍鬚，那幽然反著光的金絲腳眼鏡，都被劉丹用炭精粉擦得一絲不苟，就是那臉上的老人斑和皺紋，也都刻劃得纖毫不差。畫面上的光線柔和，層次分明，立體感強，色彩穩重而素雅。劉丹在神情格外專注的時候，就微微張開了嘴，一顆鑲了金的牙齒就閃起光亮來，這樣子便越發顯出了他的和藹和慈祥。

文化館的畫室，和實驗小學的畫室一樣，也是迷人的。

實驗小學的畫室，在實驗小學「王」字樓形的校園下面一橫起筆的地方，就像是大楷課上，企業小學的崔校長崔治國強調的「起筆處，橫劃要竪著下筆」，所謂「大膽落墨，一氣呵成」。那個「落墨」的地方，就是畫室了。畫室所有的窗子，都掛了厚重的黑色窗簾子。棚頂上有電燈，不很明亮。偶爾從窗簾子的空隙中透過一絲一線光亮，照在桌子上擺好的靜物上：有一個罐子，兩個蠟製的水果，一捲發舊了的圖畫紙，紙的一角稍稍翹起，用一根紙繩繫著。這些都襯在深色的布上，令人想起夏爾丹的靜物畫，尤其是像他的《素描練習》。畫面上呈現的精緻的材料，艷麗的光澤，純粹而諧調的雅素色調，浸透於暗部的纖細的光影變化，充滿思索的厚重和靜謐而冥想的氣氛。這個幽暗的畫室就蕩漾了夏爾丹畫面中彬彬有禮的從容典雅和含蓄謙遜的詩情畫意。

而文化館的畫室，則更像是一部西洋歷史和文化的壯麗畫卷。這個畫室，在館長室的隔壁，它寬敞而明亮，令人想到古愛琴海和地中海燦爛的陽光和濕潤的空氣。

這些供練習素描用的石膏像，就隨意地擺在桌子上，地面上，掛在牆上。它們分別是莊嚴美麗的米洛斯的維納斯頭像，比例均稱的女子軀幹像，痛苦掙扎中的特洛伊人拉奧孔半身像，一頭鬈髮和大鬍子的羅馬皇帝維魯斯的掛像和切面像，朦朧中卻充滿帝王之氣，有阿格里巴，古羅馬將軍，軍事統帥和海軍戰略家，他的表情嚴酷專注，令人生畏，有佛羅倫薩美第奇小教堂石棺上，米開朗基羅的「朱利亞諾」。他外表剛毅，內蘊空虛，陰柔的美感中卻流露出雄渾大氣。還有米開朗基羅的「布魯圖」胸像。布魯圖是凱撒大帝最寵愛的助手，摯友和養子，更參加過刺殺凱撒的陰謀。布魯圖身披羅馬長袍，臉向左側有力的轉動過去，嘴角緊閉，專注的眼神凝視著前方。雕像的頭部並沒有像藝術家其他作品一樣經過細緻的打磨，卻更賦予了人物以粗獷的性格。

布魯圖的對面，被人們誤稱作「羅馬青年」的頭像，卻是年輕的羅馬大帝裘莉凱撒，布魯圖所蔑視和刺殺的暴君。據說在凱撒遇刺時，他本來是抵抗的，但最終發現被自己器重和寵愛的布魯圖也參加了這場刺殺的時候，便驚愕而絕望地問到：Et Tu, Brute? 竟有你嗎，我的孩子？於是，他放棄了抵抗，身中數十刀，倒在龐培的塑像腳下氣絕身亡。

凱撒和布魯圖雕塑的創作年代相隔一千五百年以上，如今，他們在這個中國北方的小城相遇，這局面便有些尷尬了。然而，北方夏天的陽光從窗子裡射進來，照在這些稜角分明的面孔上，這些千古恩仇卻全然地淡去了。他們的表情凝固在這陽光下，他們的恩怨也凝固在這陽光下了。關於這些石膏像的故事，是我後來才漸漸知道的。聽說這些石膏像，大半是文化館裡的人從省城和北京運來的。

趙連山的架子鼓仍然在劈哩啪啦地響著。這鼓聲和不時傳來的火車的笛鳴，就成了這些靜止而冷漠的石膏像的背景音樂，但這音樂卻是悸動的，熱烈的，像是兩千年前羅馬角鬥場的鼓聲和歡呼聲一般。

除了這些石膏像，這個畫室裡也同樣有一些畫架，顏料，紙張和畫板。畫架子是木頭的，顏料是「馬利」牌水粉色，一小瓶一小瓶的，很是鮮豔好看。紙是圖畫紙和大白紙，成捆地綁著，堆在櫃子上。畫板是雙面的繪圖板，樺木的。筆類就有點兒亂七八糟了，油畫筆，中式毛筆，板刷子，甚麼都有，都用過了，有的沒洗乾淨，顏色在上面乾固了，凌亂地放在窗臺上和桌子上。

這天上午的天空很晴朗。院子裡鋪滿了柔暖的陽光。地面上灑過了水，令人覺得愉快。紅磚房子投下的狹長陰影裡，靠牆架著一幅巨大的畫板，畫板前站著的是劉成榮老師，他在畫畫。劉成榮是文化館的美術員，這一年不到三十歲。

他的前面是一張小桌子，上面放著調色版，擺了很多小瓶子，裝著廣告色，有深紅，大紅，朱紅，玫瑰紅，橙紅，赭石，橘黃，土黃，中黃，檸檬黃，深綠，橄欖綠，中綠，粉綠，淡綠，翠綠，草綠，普藍，群青，湖藍，鈷藍，紫羅蘭，青蓮，煤黑和鈦白，是由暖色到冷色排列的。此外，還有一大桶調好的立德粉。

他穿了一件褪了色的襯衫，下擺掖在褲子裡，左手捏著一張宣傳畫稿，右手伸出油畫筆，正在臨摹放大宣傳畫《走大寨之路》。

畫中的是山西農民陳永貴，他黑紅臉膛，穿黑色的棉襖，袖口捲起些許，頭紮雪白的「白羊肚」毛巾，腰間繫了根綠色的布腰帶。他一手攥了個鐵鑿子，一手高舉著一個鐵榔頭，在一錘一錘地鑿石頭修梯田，一邊微微地笑著，露出了雪白的牙齒。背景上層層山巒，疊疊梯田，由暖色漸變成冷色，終於「山天一色」了。這是氣吞山河的大寨人民公社社員們在「改天換地」，「開山劈嶺造良田，戰天鬥地奪高產」，「讓高山低頭，要河水讓路。向河要地，向地要糧」吶。

這張色澤鮮豔的宣傳畫，是要掛在街邊的架子上，配合黨中央「學大寨」的運動的。《走大寨之路》被劉成榮臨摹放大得相當準確而好看。

這樣的宣傳畫，通常出現在小城裡幾個主要的街口。但是，到了特別重大的運動時，比如「大躍進」，小城裡的大街小巷，就被這些畫給鋪滿了。一個接一個的「運動」和隨之掀起的「高潮」，使得這類的宣傳畫，演變成了一個時代的標識，像是正陽街店舖前的招牌一樣，一目瞭然，一清二楚。

這些用「廣告色」畫的宣傳畫的缺點，就是不防水。比如說一九五七年「反右」時的一幅畫，叫《聽黨的話，跟黨走，把心交給黨》。這是「反右運動」時號召全民向黨「交心」的宣傳。「反右」是由中共中央認為「右派在猖狂進攻」而發起的。據說初時毛主席所定的「限額」是五千人，不料這「限額」被嚴重地擴大了，結果是把空前大量響應黨的號召而仗義執言的，「把心交給黨」的知識份子和民主黨派人士不容分說地劃為「右派份子」，成了「人民的敵人」了。

這畫上「把心交給黨」的男子右手挎了一本厚重的紅書，左手甩到了大後面，他邁了堅定的步伐，急急切切地向前走去。他的前面，是一片紅光，紅光中閃爍著交叉起來的「鐮刀斧頭」。他穿著白色的襯衫，袖子捲到了胳膊肘。他被前面的紅光照得暖暖的，背光的地方，反映著天空的湖藍色。只是他的頭髮，明部暗部，都是暖紅色和暖黃色，他到底是中國人，還是「蘇聯老大哥」，還有就是他為甚麼穿了條紅褲子，這就讓觀者犯難和煩惱了。於是，有圍觀的人就罵了：「哎呀媽呀，這還是黃頭髮吶。」也有人說：「蘇聯老毛子。以前淨禍害中國女人。」

然而，這張畫架起來不多久，就趕上了一場暴風雨。猛烈的雨水，先是沖掉了畫上的顏色，而後，連糊在板子上的紙也被沖爛了，沖得無影無蹤了，至於那「把心交給黨」的人到底是不是「蘇聯老大哥」，就不再引發人們的興趣了。

也有用油畫顏料畫這類宣傳畫的時候，成本高了許多，但那效果就會好多了。一九五九年前後，是中蘇友好的「蜜月」晚期。一張用油畫顏料臨摹放大的宣傳畫，叫《學習蘇聯，向世界科學水準進軍》，顯得非常地醒目。這張畫上畫的不是通常的「工農兵」，而是難得一見的「科技人員」，穿著白大掛，動作像那張西洋油畫哥白尼，「復興了地球和行星圍繞太陽運行的觀念」，張開了雙手和五指，正驚詫地注視著浩瀚無垠的星空。

不久後，中蘇反目為仇了，這幅用油畫繪製的「學蘇聯」，還沒有被小城裡的暴風雨考驗和洗刷過，就被撤了下來，用塗料覆蓋了，上面再畫了另一幅，叫「人民公社好，幸福萬年長」。

接著，這類「總路線大躍進人民公社三面紅旗」的壁畫，宣傳畫，便隨處可見了。這些畫充滿了革命浪漫主義的想像和革命理想主義的情懷，給小城增添了絢爛的色彩和綺麗的風光。人們經過這些壁畫，就慢下了腳步，欣賞著，品評著，好像是走在頤和園，參觀西太后的十里畫廊一樣。

這些壁畫的畫工程度各異，良莠不齊。有畫得很好的，那是文化館的專業人才畫的。有畫得差些的，那是民間畫者畫的，比如有「木器社」畫箱子畫櫃子的，棺材舖畫棺材印冥紙的，各學校的「文體」老師，教「手工」教「美勞」的，各機關團體的「宣傳幹事」，寫材料和出黑板報的，甚至還有解放前「代寫書信」，「代寫狀紙」的老先生。這些人是或多或少都沾了些「藝術」的邊痕了。

水準居高的就畫那些難度大的畫兒，比如有著大頭像，且有明暗光影的。水準居中的畫那些中難度的畫兒，比如人物不多，且多以蘿蔔白菜穀穗為主體的。水準不居高也不居中的，也就是居下的，則畫那些難度最小的，也就是沒有人物的畫兒或者乾脆畫背景畫天空或寫大字了。

至於其中一位「代寫書信」的老先生，他的字兒是很好的，畫的畫兒卻不敢恭維了。他傾向於犯「比例」和「透視」上的錯誤。比如一張表現「大肥豬」的壁畫，上面的打油詩說「肥豬賽大象，就是鼻子短。全社殺一口，足夠吃半年」，字兒寫得筆走龍蛇，鐵劃銀鈎，「大肥豬」卻畫得比大象還大了，鼻子太長了，腿太短了，耳朵也太闊了。而那上面坐著的兩個人，真是小得出奇，小得像兩隻螞蟻了。

最引人注目的還是那些誇耀「公社食堂好」的畫兒。比如說那張《公社食堂強，飯菜做得香；吃著心如意，生產志氣揚》，畫了一個鄉下壯漢子，頭紮「白羊肚」毛巾，同樣的毛巾，他肩上還搭了一條。在「公社食堂」裡，他一手端了碗「雞蛋甩袖湯」，一手要把一塊「麵捲」送到嘴裡，腮幫子被食物塞得鼓溜溜地起了一個大包。桌子上還有一大盤子炒菜和兩個「麵捲」。炒菜是綠菜，沒有肉，卻是油光光的。「麵捲」卻是有學問了：那裡面是夾肉的，至少是夾了紅豆沙的。這壯漢旁邊的服務員，是一個留著短髮，面似桃花般的青年女子，她端著的籃子裡，竟裝了七八個這樣的「麵捲」。她和壯漢的眼光相遇，像是在鼓勵著說：「敞開肚皮吃吧，這麵捲是管夠的。」

這情形不禁讓路過的行人們格外地滿意。有人羨慕了，說：「硬飯硬菜硬湯，真想來上它一頓。」城裡著名的「徹底的無產者」小王發看見這兩幅畫，深有感觸，嚥了幾下子口水，先說：「這一對兒豬耳朵就夠我吃一個月，這大豬鼻子夠我吃兩個月，這大豬頭夠我吃半年。」而後，又痛罵起自家的爛伙食了，說：「哪嘎達的伙食這麼好，咱過去吧。看我家的，媽拉巴子的，包米碴子還吃不上。」

這些壁畫，卻用的是骨膠配製的顏色，故而不怎麼褪色。一些房屋逐漸被拆除了，壁畫也消失了。沒有被拆除的房屋，這壁畫竟一直就保留在牆壁上。有一幅叫《以鋼為綱》的宣傳畫，就多年保留在「第三完小」一進門的大門洞裡。那裡的「過堂風」有點兒強，讓人覺得有點兒冷颼颼的，像是沾染了些「鋼鐵」的力量。門洞兩邊的牆上，手握鋼釺子的煉鋼工人就像是「門神」一樣，一邊站了一個。這倒是提醒了人們的思考。原來這「大煉鋼鐵」竟然是導致這三年「自然災害」的根源之一。

這幅畫《走大寨之路》的顏料裡，加添了不少的兔皮膠，竟然抗住了幾場暴風雨，在架子上挺了很久，挺到了另一幅宣傳畫《工業學大慶》，也上了架，並排列在左邊。於是，王進喜和陳永貴就成了對應的「工業學大慶，農業學大寨」的主體造型了。

這幅畫也是從文化館出來的，畫面也是紅彤彤的暖色調。畫中表現的，是石油工人「鐵人」王進喜。比起《走大寨之路》，《工業學大慶》就顯得多了些氣氛：這是一個北方的早晨，面對著初升的太陽，王進喜的臉上罩了紅光。背景的天空，下半邊仍顯出寒冬的冷冽，上半邊已經被朝陽染上了玫瑰色。高聳的井架，掛了標語牌，頂端飄揚著紅旗。王進喜手握控制鑽機的啟動和剎車的剎把，神色嚴肅凜然。他穿了件工作服棉襖「龍溝服」，衣袋裡裝了本書，白色的封面上，一塊豎立著的紅條，推算下來應該是毛主席著作《實踐論》。

這樣的宣傳畫，雖然是政治宣傳的題材，卻仍然有著一定的繪畫水準。文化館的美術員們畫的雖然是陳永貴王進喜和工農兵，潛意識中卻仍然在畫契斯恰科夫蘇裡柯夫和列賓。

「這裡的結構有點兒問題。」「這裡的素描關係有點兒不大對。」「這裡的色彩有點兒髒。」他們在看畫的時候會談論這樣的話題。這不禁令人肅然起敬。藝術是莊嚴的，藝術也是超越的，這一點，在這樣偏遠的小城裡也是這樣的。這就是說，小城雖小，文化藝術的意識卻是本能地就有的。小城裡的「一中」甚至還有一架鋼琴，民間的藏書也有不少。這城裡不但有人會俄文，日文，也有人會英文，甚至世界語吶。至於美術方面的意識，就顯得格外地強了。

比如王天國，就在一九五六年實驗小學畢業後，考進了「魯美」，也就是魯迅美院的「小附中」。而後，在一九五九年，文化館美術員劉成榮的胞弟，尚未滿十五歲的劉成華也考進了「魯美」附中，竟與王天國班上的三十個「小附中」合班。一九六二年，王天國附中畢業參加工作，當了老師。劉成華則繼續讀完附中高四，最後在一九六三年去了中央工藝美術學院。還有李玉璞，也在一九五九年考進工藝美院，就讀裝潢系書籍裝幀專業，這一年剛剛畢業，被分配到了《人民畫報》社作美術編輯。還有劉亞民，我的老師之一，原本在照相館給照片上色。他讀了省城哈爾濱師範學院美術系，這一年夏天也畢業了，並分配到了省城美術出版社編輯室工作。

這些出去的學生們節衣縮食，至少在寒假，還是要買上張「硬座」火車票回到小城過年的。

這年冬天，從北京發出的167次「直快」仍然是一票難求，人滿為患。一路風塵顛簸，在經過「白城子」時，就令二十歲的劉成華興奮不已了。他高個兒，瘦削的臉上架了副近視眼鏡，頭髮長且有些凌亂，看不出是分頭還是一邊倒了。這使他看起來有一些毫無刻意地，說不出來地與眾不同。

不多久，他便終於透過車窗，見到了在昏暗燈光下飄揚著雪花的小城。

火車站暗黃色的候車室票房子仍然是去年的模樣。票房子不大，卻很好看。它的大門上，鐵路的標誌，也就是那個有點兒像火車頭和工字鐵的圖案，大老遠就看到了。它的大斜屋頂上，蓋了一層雪。票房子左邊的「水塔」像是一顆站立著的手榴彈一樣，仍然是全城的最高建築，也是敗舊了的暗黃色，看起來卻仍然很堅固。月臺上的燈光黯淡而陰鬱，只有間或亮著的紅色的信號燈，在灰朦朦的背景上，才顯得異常明亮。這看起來倒很像畫片中的蘇聯灰色調油畫，大約是可以來這裡畫一張風景寫生的。

成華的哥哥成榮去接站。他們就推著自行車，架著簡單的行囊，走進被雪覆蓋了的小城。

「站前公園」也蓋在雪中。花園中水池裡的水結了冰，落了厚厚一層雪，假山變成了雪山。兩隻石雕的仙鶴，是按東鹼泡子的真仙鶴為「模特兒」雕成，一動不動按固定的姿勢站立著，它們變成長腿白頭翁了。近三米高的抗日英雄張平洋將軍紀念碑的頂上，那四個角翹起來的飛簷，已經掛了冰溜了。這碑早在光復那一年，即民國三十五年二月，就立在這裡了。那上面雕刻精緻的蛟龍盤柱和眾蝠捧壽也掛上了雪。碑身南側的「流芳千古」和北側的「浩氣長存」黑色大字，在這樣黯淡的夜裡，仍然看得真切。白日間在這裡畫張油畫寫生也還是不錯的。

文化館圖書館的大屋頂也蓋上了雪。門口玄關上亮了一盞燈，照在落了雪的臺階上，灑了一片暖黃色的光。這裡也可以畫上一張風景寫生。

他們這些出去了的學生，都受過文化館的啟蒙和薰陶。現在，他們也把他們專業的美術觀念和方法帶回來。他們偶爾也帶回來稀有的外國畫冊和他們自己在畫室裡的作業，比如說長期素描作業，比如說水粉頭像，鉛筆速寫，還有許許多多的見聞和故事，這令他們周遭的朋友們十分地羨慕和景仰。

那條「學大寨」的大字標語則略有變動，這時已經是一個完整的句子，即「工業學大慶，農業學大寨，全國學人民解放軍」。這標語在夜色中變得非常地安靜。《工業學大慶》中的王進喜與《走大寨之路》中的陳永貴並列著，在夜色和燈光下便顯得非常地協調。

十六年前用東大廟的舊磚木建起的電影院「文化俱樂部」，比起馬路對面的人民文化宮，就顯得有些破舊了。這電影院前的木頭架子上，仍然掛了電影海報，介紹著當下在北京也在全國放映著的電影，那是宣傳抗美援朝的《英雄兒女》，反映國共鬥爭的《兵臨城下》，推動學雷鋒運動的《雷鋒》和強調階級鬥爭的《千萬不要忘記》。此外，也不乏令人輕鬆愉快的兒童片《大鬧天空》和《小鈴鐺》。

這些海報常常是文化館的人幫著畫的。中央街上，那四年前建起來的龐大的紅磚建築，「人民文化宮」，「綜合服務樓」和「迎賓旅社」的門前，已經架起了「歡度春節」「新春快樂」的立體大字，掛上了大紅燈籠，在雪夜中顯得非常地好看。橫跨著馬路，搭起了一個彩牌樓，橫空飛起的是兩條紙紮的龍，張著口，露著牙，舞著爪。這一年是龍年。這牌樓上也蓋了雪，密密地紮了野蒿草和松枝，在這北方寒冬的夜晚，發出陣陣的清香。

路上的行人不多。他們或戴了棉帽子和棉手燜子，或圍了厚圍巾抄了袖子，會回過頭來，打量一下從火車站出來的「外來客」。偶爾聽到遠處甚麼地方有人放了爆竹，劃破了小城寂靜的夜。火車站那邊，又傳來了火車汽笛的長鳴，又有一列客車或者貨車開進了或開出了這座小城。這爆竹和汽笛的聲音，使得這北方的雪夜，顯得慵懶而綿長。

第17章 「南頭」的人們 The South-End Residents

公元一九五六——一九七一年

小城裡的人們習慣於把這座城裡的城區叫作「南頭」和「北頭」，也就是這南北大街正陽街的代稱。早先年，小城裡的多數人居住在「南頭」正陽南街這一帶。而在「南頭」小十街背巷子裡的住民，則多半是些販夫走卒，五行八作，三教九流，形形色色。這些人中，說得上名姓的就有掌鞋的「遲瘸子」，掌鞋的「小張瘸子」，開茶館的「劉大鬍子」，開茶館的孟香久，剃頭的「王大白話」，剃頭的「大金牙」張凱，撿大糞的「劉大吃」，撿大糞的「屎杵子」，賣膏藥的「李大膏藥」，小舖的店員「趙老弘」，小舖的店員「老胖頭」，開「盧家小舖」的盧永貞，趕出租馬車的「周馬車」，飯店跑堂的「邵大舌頭」，挑挑子賣菜的「解瘋子」，賣燻炮肉的「大李和」，「鍋鍋鍋碗鍋大缸」的「王鍋鍋子」，開小買賣的宋祥，「打冒支」的冒牌「老紅軍」劉泰，冒充「老八路」的「老張瘸子」，唱戲看相的梅老三，澡堂子的雜役「小王發」，還有不知道做些甚麼的「小老人兒」，等等等等，人物繁多，不勝枚舉。

「遲瘸子」本不瘸，只因那年糧庫失火時救火，大牆倒了，恰恰砸在了他的腿上，腿斷了，就成了瘸子。就好像命運之神要跟他遲家開個玩笑，他的兒子，後來竟也給甚麼砸斷了腿，就成了

「小遲瘸子」。掌鞋的「邵瘸子」，強姦了自己的姑娘，後來給槍斃了。掌鞋的「老張瘸子」，小時候騎牆頭，牆倒了，腿給砸瘸了。「解瘋子」其實沒瘋，他只不過是常常口出狂言，開口就禁不住罵人而已。「老八路」並非真正的「八路」。真正的「八路」來了，他們都是關裡人，講起話來都是嘰哩抓啦的。他就學人家，弄了頂黃呢子帽子戴上「打冒支」，給人的錯覺是個「轉業軍人」。後來上街掌鞋，在那裡一坐，還真像個人樣，像個「幹部」。來了掌鞋的人，不多久，他就搭上話，學了南方口音說：「窩參加改命那年」云云。

這裡的人們雖然生活清貧，他們卻早就習慣了這樣的生活狀態。在達官顯宦，袞袞諸公的眼裡，他們的生命價值，也許連豬狗都不如。他們的生存手段，也許連娼妓都不屑。然而，他們卻不抱怨老天爺對他們的不公。他們就這樣地居住在這些低矮的貧民窟般的泥土房子之中，每天擔水拾柴，淘米煮飯，點的是洋油燈，穿的是劣布衣，吃的是粗茶淡飯，喝的是散裝酒，抽的是葉子煙，就這樣一天天一年年地過著日子，忙活著各自的生計，甚至過得還頗有一些風采和滋味吶。

1. 算卦的趙三爺 Master Chao the Fortune-Teller

公元一九五六年

在小城裡，「趙三爺」大小也是夠得上個頭面人物的。

「趙三爺」叫趙均庭，在中央街路東的一間小門市，擺了個算命看相攤子，經營八卦六爻和占卜抽籤，生意相當不錯。

趙三爺這時已年過六旬，他體態微胖，膚色偏黑，眼瞼有點下搭，山羊鬍子有點稀疏。他的前額，永遠留著三個淺紫色火罐子印痕。他夏天穿長衫，冬天穿棉袍，這使他看起來有點兒像戲臺上的包公包拯包青天。趙三爺的文字也好，小城裡的許多人家都掛有他的文字，或詩或句，各個都中看而吉祥。

在「大滿洲國」時公開報「爺太」的人不多，趙三爺就是其中的一個。他的營生雖然遠比不上他街比的買賣公福祥興順厚福合軒天和東德順東那樣風光顯赫，可他為人仗義疏財，仕官兩相都恭維他，敬重他，大事小情都少不了他。細一追究，他原來是「家理教」的人物。

「家理教」原非宗教團體。民國中期，在北門裡「義倉」，也就是儲存賑災糧倉庫，也叫「老榆樹院」院內，由幾個社會耆老組織了「家理公所」，其宗旨是勸人為善，戒酒戒煙，講江湖義氣。凡家理教徒，無論走到哪裡，遇到困難，只要與當地家理教聯繫上，通過盤詰，對答無誤，便可得到周濟和扶助。誰在哪兒辦事或做買賣虧了本，遇到了困難，行話叫「淺住了」，家理教的人都會慷慨解囊相助，這就叫家理教。

加入家理教要經引進師介紹，只要願意為慈善事項繳納不定額的慈善費者皆可加入。入教時由「點傳師」擺香堂，拜認本命師和眾師父，放給「海底」，方能成為正式教徒。「海底」就是一本小冊子，扉頁上印有「義氣千秋」四個字。次頁填寫派系，輩份，姓名，年齡等項，再後印有家理教的宗旨，須知，章程，義務等項。「滿洲國」成立後，南方城市的社會幫派青紅幫傳入，原始的家理公所也進行了改組。派系有「興武泗」，「興武六」，「嘉白」，「嘉海衛」等。輩份以字代數，如「通」，「悟」，「學」，「萬」等字，如「通」字是二十世，「悟」字是二十一世等。趙三爺是「興武六幫」「通」字輩的，徒兒徒孫眾多，有的稱他為師父，有的稱他為師爺。趙三爺的徒兒徒孫都是第二十一、二十二輩份的，其中，地位最高的是原「滿洲國」警察署長安來祥。教徒在「三節兩壽」要向師父送禮，送賀儀，「三節」即春節，端午和中秋，「兩壽」即師父本人和夫人的生日。遇到對外來教徒周濟時，要大家集份子。各界頭腦人物中很多是家理教徒，入教可得些庇護，故而家理教流傳甚廣且教徒眾多。

「康德十二年」，民國三十四年，西元一九四五年，「滿洲國」垮臺了，小城光復了。天亮了，解放了，萬物更新了，改朝換代了。共產黨掌管了小城，破除了迷信，那些占卜算卦的攤子全部被取締查封。東鹼泡子旁的東大廟被拆得片瓦不留，寸草無根。家理教也和諸多宗教團體一樣，在「反動封建會道門」登記時，被明令限制和徹底取締了。無產階級專政了，人民當家作主了，哥們兒義氣不需要了。小城裡看相占卜的先生術士們，還有他們的徒兒徒孫們也紛紛改了行，易了業，接受了這社會主義的改造。靠得近些的職業，就是去了藥房，當個「帳房」，或是去了小學校，教個珠算大楷，靠得遠些的，就乾脆去收破爛兒，拾大糞，賣冰棍兒，崩爆米花，如此等等，是他們原先千百次的六爻八卦中所做夢也占不到，卜不出的。

話說抗日英雄張平洋將軍被害，屍體被塞進東河的冰窟窿裡。這事被趙三爺知道了，他就帶了兩個原先家理教的弟兄，把張將軍的屍體從冰窟窿裡拉出來，交給了政府。政府遂找池家木匠鋪德興合的池老七，給打了口上好的棺材，請來「江省第一刷」齊大畫匠，帶了幾個徒弟來上漆描畫。那棺木上面的海水江牙，五嶽真型，松柏長青，眾蝠環月樣樣都栩栩如生，把這棺木妝點得美輪美奐。政府把這抗日英雄厚葬，又槍斃了刺殺張將軍的兇手付國石。這趙三爺算是立了個大功。

對於這時的趙三爺，人民政府叫他「幹點正事兒」。「正事兒」大體是指賣菜拉腳，脫坯掃鹼，編蓆織茓，鋸缸鋸碗，所謂「車船店腳牙」的「勞動人民的事兒」，大不了到那人民政府看個收發室。這些他都不幹，便婉拒了政府的好意，說「我就會算卦」。唸他有功，政府就破例，放了他一馬，雖然關了他在正陽北街的門市，卻准許他在那門口擺了個攤子，光明正大地繼續著他那幹了大半輩子的營生。

待到公元一九五六年，趙三爺的營生便已然日薄西山，日暮途窮了。「社會主義革命」和「社會主義改造」中急風驟雨般的變異，令他那套六爻八卦再也跟不上這大時代的步伐。他窮盡一生積累下來的經驗和道行，也算不出明天後天這大革命中將有些甚麼會發生。

他想不到有這麼一天，他那本已經是門可羅雀的卦攤，竟然到了全天都沒有一個人光顧的地步。他白日間被那烈日曝曬，傍晚時又遇到滂沱大雨。他丟了那攤子，躲到公福祥綢緞莊避雨，回來後卻見那卦攤上遮陽遮雨的大油紙傘，已經被打翻在地，摔得七零八落了。他那竹竿子上挑起的白布，被吹落在地，那上面的黑色大字「欲知未來事，問我趙三爺」，已經被雨水沖刷得幾乎消失了。更令人不可置信的是，一隻骯髒的老母豬，正在那上面拉糞。他那白鬍子氣得發抖，遂用手中的龍頭拐杖去打那豬，那狡猾的豬卻背後張了眼睛一般，拖著牠那沉重的奶子，「颼」地一下逃走了。

他見到他的卦籤散落了一地，在泥濘的地面上，屈屈然如被無盡地羞辱了一般。那空空的桌案上，獨獨留下最後一根卦籤呆呆地擺在正中，彷彿是在向他挑戰向他示威向他宣判。他靈念一動，說：「也罷，這卦籤殊上殊下，就是老夫的了。」他定下神來，翻過那籤，舉起來看了，怔住了，半晌吐不出一個字來。這是他最忌諱的隱藏著殺身之禍的下下籤。他感到一陣心痛和眩暈。

趙三爺不禁黯然淚下。他記起來幾年前，原本是城裡的大富大貴之人張監督張文石，居然在他這卦攤的不遠處，那馬家床子下雜貨德順東的舖面前，也擺了個算卦的攤子。

他遙望著那面黃肌瘦，蓬頭垢面的張監督，想到那曾是錦衣玉食，妻妾成群，良田千頃的貴人，他那「前出廊簷後出廈」的豪宅大院，也早就拱手交公，如今已落得妻離子散，家破人亡，他搖了搖頭。

更有甚者，一年後的一日，他親眼目睹了那監督大人被幾個解放軍押了，五花大綁，胸前的牌子上說他是「歷史反革命」加「戰犯」，此時正是在押赴牢獄的路上。張監督途徑馬家床子德順東，要求「政府」稍停片刻。他向德順東的大掌櫃二掌櫃討了杯茶水，道了聲謝，說：「咱們來世再見罷。」

趙三爺狠命地把他那龍頭拐杖敲在那積水的卦攤上，低聲地說了句甚麼話。然而這時當街對面的鞭炮聲驟響，是那義順記理髮店「公私合營」了。被那「劈哩啪啦」的鞭炮聲蓋過，趙三爺究竟說了句甚麼，沒有人聽得清楚。

果真，一個月之後，趙三爺死了。是他的乾兒子把他給殺害了。趙三爺無妻室子女，這乾兒子本是他徒兒。這五年的相處，最後把稱號中的「乾」字都去掉了。這悲劇的起因是乾兒子向他借錢，他沒應，那小子也沒說甚麼，轉身吐了口痰，說，「爹來，該拔罐子了。」

趙三爺已經身感不適多日。唯有這跟隨他多年的黑釉陶拔火罐，扣在身上時，那一股灼人的熱力，能以緩解他身體上的疲憊和心靈上的不安，就如同愛酒之人的「何以解憂，唯有杜康」一樣。

一如以往，乾兒子仔細將那火罐點燃了，小心地吸在他的身上。趙三爺閉上了眼睛。

突然間，他覺到了一股寒氣和殺氣自後直逼而來。他的乾兒子將藏在身上的一把尖刀抽出，直刺乾爹的後背。趙三爺驚愕地睜圓了眼睛，他已經感覺不到疼痛了。

冥冥之中，趙三爺似乎看到了那個風雨交加的下午，那桌子上獨獨留給他的「下下籤」。

「人心不足蛇吞象啊」，他喃喃地說。他費力地伸出手來，指向牆角的那片磚地：「你要的，在下面，拿去罷」，就嚥了氣了。

2. 劉大鬍子茶館 Big Beard Liu's Teahouse

公元一九五八年

老街南頭萬順店以南，著名的大草房附近，有一個茶館。人們把這個茶館叫作「劉大鬍子茶館」。這種叫法，其實只是一種習慣。事實上，這茶館是連個名號也沒有的。「劉大鬍子」是這茶館老闆的外號。顧名而思議，這老闆姓劉，且留著一臉大連毛鬍子。

這茶館的門前，立著一根竿子，上面掛了把髒兮兮的洋鐵皮水壺，壺底下吊了塊髒兮兮的布條子，算是幌子，遠遠地看著，就像是一張黑黢燎光的臉。水壺底的布條子，原本的紅顏色早就褪去，也變得黑了吧唧，倒像是一把亂糟糟的鬍子。

有一天，一個淘氣的少年，趁人不備，給這水壺做了美術加工，用油漆畫了一對小眼睛，一個大鼻子和一張咧開了縫的嘴巴。劉大鬍子本人見了，先是一怔說，「好嘛呀地，揍啥？」繼而覺著這免費提供的廣告「不嘎古，有點意思」，是給自個兒的茶館「添了彩兒」，就決定把這美術保留下來。果不其然，從此人們大老遠看見那把掛著的水壺，那上面的造像和壺底下的破布，一眼就認出來了，興奮地說：「咻咻，這不是劉大鬍子嗎？」還有高人發表了高見說：「正是。劉大鬍子的嘴張著，是在唱曲兒吶。」就連牙牙學語的小孩子，也會指著那水壺說：「劉大鬍子。」而劉大鬍子本人，也確實長得越來越像這水壺上的自己了。

劉大鬍子是從關裡闖關東來的唐山「老坦兒」。他唸過私塾，毛筆字寫得好，甚至是個「老飽學」，就是「飽學之士」。更有甚者，他且「歡其」唱京戲，又獨衷「青衣」。在這大雜院和茶館進進出出，他總忍不住唱上一段戲文。

他時常唱。在哪兒唱，唱甚麼，就由那時的環境和心境而定。走在當街上，他就唱《蘇三起解》裡的「低頭離了洪洞縣」。在院子裡，喝完悶酒，他就唱《鎖麟囊》裡的「春秋亭外風雨暴」。「心窄」，心裡不舒坦生了激憤時，他就唱《穆桂英掛帥》裡的「猛聽得金鼓響畫角聲震」。夜晚擡頭見到皓月當空想起了老家，就唱《貴妃醉酒》裡的「海島冰輪初轉騰」。常年地咿呀呀，使得他平素裡講話時，開口閉口之間，都流帶出一些荊釵布裙，素手青衣的意味，這就與他那黑黢燎光的大臉和捲曲濃密的大連毛鬍子，那十足的張飛模樣大相徑庭了。

因為他開茶館，擔水，燒水，沏水，賣水，喝水，整天價長流水不斷，他對於「水」這種奇妙的東西，產生了一種敬畏。他的「寫子」就是兒子，就取名「劉得水」，小名「得水子」。他的大黃狗就取名「水黃子」。他的口頭禪是「和龍王爺打交道」，那口氣，就彷彿龍王爺是他親二大爺一般。於是，他話裡話外便離不了這一句了。他說：「和龍王爺打交道，你不起早成嗎？」他還說：「和龍王爺打交道，你不貪晚成嗎？」

他這「和龍王爺打交道」的茶館，其實很是簡陋。這兩間土房裡，也就擺了幾張八仙桌子，圍著的是長條板櫈子，卻也乾淨「四至」。灰土土的牆上掉了幾塊牆皮，卻貼了張彩色艷麗的年畫兒。畫上的龍王爺穿了羅衣，掛了玉帶，雪白的鬍鬚，雪白的長髮，慈眉善目的，被宮女們簇擁了，正在向他這凡夫俗子和這其貌不揚的茶館張望吶。他老人家關注著屋子的角落，那裡立著一個一人來高的鐵皮水爐子，也是黑黢燎光的。這大水爐子裡的水，像是取之不盡用之不竭似的，它永遠在「吱吱」地叫著，「嘩嘩」地開著。其實劉大鬍子是天不亮就起身擔水劈柴了，那是因為他相信，龍王爺他本人也是在這會子起身治水的。

他的茶館不設評書，卻也大體生意興隆。每月下來，他不但支付得起六元五角四分的門市房金，還「花岔」隔三差五地下頓館子。這時，他就要上二兩豬頭肉，二兩散白酒，慢慢地吃，細細地酌，獨自品出了些「過日子」的味道。情緒來了，還唱起了《霸王別姬》裡的「勸君王飲酒聽虞歌，解君憂悶舞婆娑。」接著，還是說到了龍王爺：「和龍王爺打交道，承蒙他老人家關照哩」，他的語氣中還是帶了「青衣」的意味。

小城裡的「龍王爺」原本住在東大廟院子裡的「龍王廟」，離茶館倒是很近。據說，這鄰近的東鹼泡子和遠處的東河，大溪小渠，除了井水外，也就是說「井水不犯河水」，就都由這龍王爺駐守。那時每遇久旱不雨，小城的住民們必先到龍王廟祭祀求雨。若龍王爺還沒有顯靈，則把這神像擡將出來，在炎炎烈日下爆曬，直到把他老人家臉上的油彩都曬化了，大汗淋漓似的，親身體驗了這十萬火急的軍情，而終於肯撩雲撥霧，呼風喚雨，大降甘霖為止。

民國三十七年，西元一九四八年，共產黨解放東北，破除迷信，帶領了人民把東大廟拆個片瓦不留，寸草無根。至於那廟裡的「龍王爺」，據說是率了他的妻子兒女蝦兵蟹將和鋪蓋捲兒，連夜撤回了東海，卻依然生風雨，興雷電，暗地裡職司著這一方的水旱豐歉。

這茶館到了晚飯後，就尤為熱鬧起來。那些鄰近的市井小民，在那吊著的一盞馬燈下，喝著廉價的紅茶，搖著破舊的蒲扇，光了膀子，或談天說地，或評古論今，或雞零狗碎，或犖犖大端，說著這些，就彷彿是上界的神仙皇帝，坐在高高的雲端，評判著下界的是非曲直一般。

在劉大鬍子茶館，有關女人和「搞破鞋」的故事，大致上是不會被錯過的。在報告這類事情的時候，他們就表現出來更大的熱心。他們要竭力地討論那些細枝和末節，認為這些都是至關重要的，是馬虎不得的。

還有，興致來了，他們就擺上一盤象棋，不贏錢，贏茶水，倒也自得其樂。高潮之時，劉大鬍子會親自出馬，唱上一曲《謝瑤環》裡的「謝瑤環深宮九年整」，還笨拙地翻了蘭花指，踩了碎雲步，把茶客們樂得前仰後合，每每要多喝上一壺茶，再多撒下一泡尿。

劉大鬍子慣以這北方的童謠來鼓勵自己：「一斗窮，二斗富，三斗四斗開當鋪，五斗六斗揹花簍，七斗八斗繞街走，九斗一簸，到老穩坐」。對此，他在「南頭」這一帶還真地做過實地考證和調查研究。

吃瘟豬頭的「小王發」一斗，窮得叮噹響。掃鹼熬鹼的「謝大個子」二斗，富得一年殺一次豬兩次雞。三斗的「老胖頭」沒開當鋪卻開了「小鋪」。四斗的「王鋸鍋子」沒開當鋪也沒開小鋪而開了走街串巷「鋸鍋鋸碗鋸大缸」的「流動鋪」。五斗的「大李和」和六斗的「小老人兒」賣燻炮肉撿破爛兒，提著揹著的正是「花筐子」，也就是「花簍」。七斗的梅老三和八斗的「周馬車」雖說一個是徒步，一個是趕車，不正是成天價街上轉悠嗎。他本人劉大鬍子恰好是佔上了「九斗一簸」。他指望著他的兒子「得水子」讀完小學讀中學，讀完中學就不讀大學而讀中專，讀中專要讀「水利」，像已然搬回東海去的龍王爺一樣，治水理水降水得水。「和龍王爺打交道，大富大貴咱不求」，他這樣總結了，「傢伙雷子不嘎古。到老穩坐才是正果。」這樣籌劃著，他不免有些得意，便不禁唱起了《穆桂英掛帥》裡的戲文：

猛聽得金鼓響畫角聲震
喚起我破天門壯志凌雲

劉大鬍子的悲劇，起源於「大躍進」那年，也就是人們所說的「挨餓那年」，公元一九五八年。接下來的三年內全國轟轟烈烈地大煉鋼鐵，熱熱鬧鬧地大搞三面紅旗，說是要「十五年超英趕美」，「提前進入共產主義」。他家爐灶上的「鋼攏鍋」就是那大鐵鍋，砸了去「煉鋼」，煉出一小塊黑鐵疙瘩。剩下那口小鍋子，裡邊三五天卻煮不上一碗米。

他拿了那鐵疙瘩塊子，去找那煉鐵的土工程師王同志「王躍進」問：「我跟龍王爺打交道多年，沒斷過炊米。你把這鍋給我煉回來吧。」王躍進反問：「你把我當成是太上老君煉金丹啦？煉不回來地，潑水難收了。」提起了共產主義，劉大鬍子就又問：「哎呀龍王爺，那進入了共產主義，我這茶館是開還是不開了？」王躍進耐心地解釋了：「聽說這共產主義啊，那是要消滅私有制。你這茶館當然是要全民制公社制集體制，要共產共有了。」劉大鬍子不解：「那我靠嘛吃飯？」王躍進指了指牆上的壁畫，那上面畫的「公社食堂」紅旗招展，有一大堆人穿得光光亮亮，笑盈盈地在那裡吃飯吶。那桌子上滿滿當當地擺了饅頭花捲大米乾飯，綠油油的菜，紅汪汪的肉，於是咽了下口水說，「傢伙雷子，中！」他還聽到了王躍進的進一步解釋：「到時候啊，咱就不用愁了，公社食堂，按需分配，管夠吃，可勁造。」

這時的劉大鬍子茶館已難以支撐下去。那茶裡加了榆樹葉子，放了糖精，取名「奮鬥茶」，是「大躍進」時期的特別產物。這時，劉大鬍子就愈發企盼共產主義的早日光臨。

有一天，劉大鬍子的老婆劉二嬸子去郊外農田附近挖野菜，被看青的公社社員誤當作偷竊賊，從後邊打了一大棒子，叫喊一聲都來不及，就給打死了。這事並未引起大的追究，因為那社員被拘押在「笆籬子」，沒得吃，過不多久，便活活地餓死。而這樁命案，也就草草地了結了。

劉大鬍子中年喪妻，悲痛不已，從此終日魂不守舍，萎靡不振。他原本黑黢燎光的臉變得汙臘巴塗。他原本油亮茂密的連毛鬍子，也變得花白稀疏，全然失去了光澤。

三年後，他十歲的兒子得水子，因為吃了過多的野菜中毒，加上嚴重的營養不良，通身腫大得嚇人，「屎撅子」都拉不下來了。他勉強喝了三天苞米瓤子磨出的「奮鬥麵」糊糊，然後就不再張嘴。又過了一天，他死了。

中年喪妻，晚年喪子，劉大鬍子徹底地被生活和命運擊垮了。他魔症了，四處亂跑，尋尋覓覓，找不到他的老婆劉二嬸子「孩兒他娘」和兒子得水子，反覆地說「可惜了得，可惜了得」，卻再也哼不出「低頭離了洪洞縣」和「春秋亭外風雨暴」了。

不多久的一個清晨，有人聽到這茶館裡狗的叫聲，掙命似地，一聲高過一聲。有過路的人好奇，停下來，趴那窗戶看進去，發現劉大鬍子茶館裡遍地是水，是那大水爐子漏了。牆上那龍王爺年畫剝落了，浸泡在水裡。那條大狗水黃子，正瘋狂地趴在門把手上，呼喚著路上的行人。這劉大鬍子本人，歪歪斜斜地靠在一張八仙桌子邊兒上，他低垂了頭，口裡淌了哈喇子，他死了。

門前掛著的破水壺在輕輕地搖擺著。那下面的破布條子已經不見了。那上面的鼻子眼睛也模糊難辨。唯有那嘴巴，還張開著，似乎在唱著甚麼曲兒，至於到底是甚麼戲文，人們卻猜不出來了。

3. 大李和 Big Lee Ho

公元一九六〇年

在小十街西南角一條巷子邊，住著「大李和」。

每當西邊火車站上空的火燒雲退去，夜幕低垂的時候，這條巷子的深處，便會傳來一陣陣叫賣聲：

「燻——炮肉！」

「燻」字拖得長，「炮」字就一帶而過，「肉」字則略加強調，主音是在「燻」字上。過了片刻，又用同樣的節奏叫道：

「燒——雞！」

這叫賣聲低沉而渾厚，凝重而悠邈，這是「大李和」的聲音。「大李和」本名叫李和，卻因個頭大，而被人們叫作「大李和」。

大李和方頭大耳，相貌平平。他的打扮，卻像是「舊社會」裡的甚麼反派人物。因為個頭大，他的長衫子足足用了九尺「更生布」。他夏天就穿了這件大長衫子，腳上穿了雙開了口子的破布鞋子。冬天吶，他就穿了件舊大棉袍子，腳上穿了雙破「靰鞡」，是一種北方特有的皮靴子。他頭上的帽子，無論冬夏，竟是一個款式，像他那長衫子和長袍子一樣，只不過夏天是單的，冬天是棉的。單的還是棉的，卻是不易辨認的。那是因為「單」的上面打了不少的補丁，就厚得像是棉的，而那「棉」的卻因太舊，內裡的棉花也太少，便也就薄得和「單」的差不多了。而且，他的帽子還有一個特點，那就是，在帽子前邊簷的地方，還加上了一個用紙殼褙兒自製的長帽簷子，這是遮光用的。這紙殼褙兒帽簷子，看起來有點兒怪誕，卻很是實用。這是因為北方的夕陽雖然好看，卻又是強烈而刺眼。這紙殼褙兒做的帽簷子很是科學和先進，壓低了，它就綽綽有餘地遮住了他的半邊臉，旋轉了，就隨意調節光線。日久天長，他那醬紫色的臉膛上，那被遮住而曬不到的額頭，就顯得很有些蒼白了。

他挎了一個不大不小的筐子，上面蓋了一塊灰不溜秋的舊手巾把子，而那神祕莫測的「燻炮肉」就裝在那筐子裡。他的身後，不時地會跟上幾個饞嘴的孩子，膽子大一些的，會鼻子湊近前去，聞上一聞，吧嗒吧嗒嘴。膽子再大些的就乾脆說：「給我一塊燻炮肉！」這肉當然是不能給的，大李和就不理會他。待那孩子再不停地吵鬧，他就說上一句「一邊兒站著去」。

大李和的家門朝裡開。這土房子低矮，房頂子還不及他的胸口高，是半地下室，是這裡人們所說的「地窨子」。他的五六個孩子，還有他的老婆，就全部擠在一間半這樣的「地窨子」裡。

他的老婆，一個醜陋的，髒兮兮的小老婦人，黢黑的手，黢黑的臉。她黢黑的手，抓了柴禾又抓苞米麵貼餅子。她黢黑的臉，頰上長了個瘤子。這「燻炮肉」和「燒雞」，就差不多是他們全家的生計。

地瓜下來的時候，大李和就增加了他的項目。他在路旁的洋溝邊上，用土胚架起個爐子，用他孩子撿來的煤核烤地瓜。洋溝是「滿洲國」時挖的，上面的洋溝板子早就不見了蹤影。大李和高大的身軀佝僂著，或用一把長長的鐵鉗子翻動著爐子上的地瓜，或用一把破蒲扇煽乎著那燒著的煤核，那地瓜便散發出誘人的香味兒。他不時地用他那同樣的聲音喊道：

「烤——地瓜！」

這樣的「烤地瓜」一天下來，給他賺得到一元多錢，他就知足了。

雞是在周邊鄰里處收買的。而「燻炮肉」，據說原來就是燻野兔子肉。野兔子則是在蒙古人那裡「以物易物」換購的。這小城的周邊，有不少的蒙古人聚居的地界：哈拉乾吐，哈拉火燒，特克吐，還有扎賚特旗和音德爾。鹿和麅子雖已然不多見，野兔子還是很多的。換來的野兔子，掛在牆上的釘子上，用刮臉刀片子一點點剝下兔子皮，晾乾，賣給正陽街上的「帽社」，熟了皮子吊帽子。

大李和的「燻炮肉」，據說是他的老婆，就在他那個破爛的家裡，用她那雙黢黑的手，調理燻製出來的。若是說到他家裡的髒，埋汰，人們就會咽上一下口水說，還管那個，那「燻炮肉」的味兒好啊。晚飯時分，街頭巷尾的老少爺們兒，若還有上兩角閒錢的，就讓大李合撕給他半個拳頭大小的一塊燻炮肉，或更有紳士者，還「摳上一個鹹雞子兒」，就能喝上一壺酒，這一天的勞作就算沒有白搭，這人間的一日就算沒有白過。

第二天一大早，在大草房附近劉大鬍子的茶館裡，昨夜的這壺酒和這塊「燻炮肉」，還有那個鹹雞子兒，便成了一件很值得炫耀的盛事了。喝著濃烈的紅茶，人們海闊天空地扯開了「閒白兒」，扯著這街頭巷尾的雞零狗碎雞三狗四和天南地北上天入地的奇譚怪聞，眾人們扯著扯著，晌午飯的時候就到了。

後來有一陣子，人們聽不到大李和的叫賣聲，卻聽說他是中了風了。待過了些時候他又出現在這巷子裡，叫賣著他的「燻炮肉」，人們便察覺到了他的異樣，原來大李和的嘴巴有些歪了。

然而，他的叫賣聲仍然和先前一樣，低沉而渾厚，凝重而悠邈，且多了一些哀傷，像是從地獄的底層發出來的一般。

4.「老紅軍」劉泰 The Old Red Army Soldier Liu Tai

公元一九六二年

老紅軍被稱作「老紅軍」，卻跟真正的紅軍或八路軍乃至新四軍八竿子也打不著，邊兒都沾不上的。他充其量算得上個「老幹部」或「老革命」，至於「軍」或者「兵」，他則是一天都沒有當過的。但是「老紅軍」這三個字，卻成了他的代號，成了他的「註冊商標」，成了他的「家庭出身」和「階級成份」了。

「老紅軍」今年四十多歲，住在南頭小十街的一條小巷子裡。他個頭不高，黑慘慘的臉，酒糟鼻子有點歪，連鬢鬍子有點白，稀疏的頭髮有點捲。當然這是他現在的樣子，他也是從年輕力壯的時代走過來的。

他原籍山東，本名劉泰，自小在鄉間給地主「王大善人」放豬。那一年他十歲。

有一天，十歲的劉泰在東南崗子放豬，那些豬卻不知何故，受了驚嚇，中了邪一般四處跑散了。那些豬跑得飛快，他顧了東顧不了西，顧了南顧不了北，無法分身四處追趕，二十幾隻豬遂全部不知所終，最後手中空握了一根鞭子。想到回去後不知如何向東家王大善人交代，他就坐在地上，哇哇大哭起來。

這時正好有一個青年農人在此地經過，見是個小孩，便問起了緣由。說來這人還是個山東老鄉，因村裡鬧著饑荒，無以生計，正在「闖關東」的路上。此人也姓劉，就說本家兄弟，要嘛你就跟俺往再東北地界走吧。劉泰連甚麼是「再東北」，甚麼是「地界」都沒搞清楚，二話沒說，就不假思索就跟著走了。

結果這一路餐風露宿，苦不堪言。這兩個山東小子隨著人流，有火車就搭火車，坐油罐，坐悶罐，坐拉木頭車，坐運牛車，沒火車就徒步走，沿著鐵道線，要飯吃，偷黃瓜蘿蔔甜菜疙瘩吃，竟然來到了大東北北大荒黑河地界，這時已經衣衫襤褸，面黃肌瘦，只剩一口氣了。

大東北的黑河，更是地廣人稀，一眼望不盡的黑土地香噴噴的，像是滲了油一般，儘管遠不像傳說中的「棒打麅子瓢舀魚，野雞飛進飯鍋裡」，卻終是救活養活了他，而在這動盪不安的世界上存活了下來。

為了混上一口飯吃，他撿過糞，打過柴，拾過荒，偷過煤，脫過坯，扒過樹皮，抗過麻袋，刨過鹼土，編過炕蓆，用他自己的話來說，是「甚麼活兒俺沒幹過呢？」

十六歲那年，他給茶館當茶役。不料，陰差陽錯鬼使神差地，這差事改變了他的命運，引領他從此「參加了革命」，「走向了光明」。

劉泰當茶役的茶館叫「雙榆茶館」，是因為門口長了兩顆碩大的榆樹。這茶館表面上看與其他的茶館別無二致，實際上卻是共產黨的祕密交通站，也就是「接頭聯絡點」。那祕密是在擺在窗口裡的那把茶壺上。白瓷茶壺表示「平安無事」，紅瓷茶壺表示「有情況」。他就負責管理這兩個茶壺，糊裡巴塗地被發展成了個「祕密交通員」。

後來，中共派人留蘇學習進修，組織上見他年輕，就把他派去了。這時不到四十歲的康生在中共駐共產國際代表團工作，並在「列寧學院」學習。他在中國留蘇學生中開展「鎮反肅托」運動，是一個響當當的「左派」。也是命運使然，劉泰竟跟從了康生。

混了一年，除了被洗腦，他甚麼都沒有學到，連俄語也就只將就說個「薩巴細巴」，「達娃哩西」和「瑪達母哈啦騷」，連個像樣的句子，若不加半數以上的漢文，都是說不全的。有時候，他甚至把兒時學會的若干蒙古話當成了俄國話，夾雜在裡面，把那「老毛子」蘇聯同志們聽得一頭霧水，整得「一愣一愣的」。

康生見他是「朽木不可雕，孺子不可教也」，就不再為難於他，而打發他回了革命聖地延安。「組織上」先是分配他到幼稚園去擔水，而後當了倉庫保管員。無奈他品質欠佳，遂開始鼓搗著偷東西。那時紀律嚴明，組織上就要收拾他。他去找康生。康生還真地保了他，沒把他怎麼樣，卻把他貶到了大東北的佳木斯。

到了佳木斯，因為是「中央蘇維埃」派下來的，組織上就照顧他，給了他一個「科長」的職位幹幹。這科長主管槍械，很有些權力的。

說這話時，劉泰已經三十多歲，儘管是「留蘇」，儘管是「延安來的」，「蘇維埃來的」，他還是討不到老婆，或者按新時代的說法，就是找不到「愛人」。

話說佳木斯的偽滿警察署長徐進財，原本有四個老婆。「滿洲國」垮臺了，大東北光復了，天亮了，解放了，警察署長徐進財被拉出去槍斃「立即執行」。他的四個老婆，大的上吊，二的投井，三的分給了「貧農會」李區長當「愛人」。四的先是被貧農會關押保管著，後來組織上為他做主，把署長的第四房姨太允給了他，當了「愛人」，算是組織上對革命幹部的照顧，也算是革命工作的需要。

這姨太叫「彩萍」，原本是「春和社」戲班子的戲子出身，這時也就是二十出頭，長得楊柳細腰，花容月貌，水水靈靈，十分可人。劉泰溺愛這彩萍，任由這小女子性子上來時打打鬧鬧，則罵不還口，打不還手。男人們嫉妒他，罵他是「共產共妻」，罵他是「老牛吃嫩草」，說是「鮮花插在了牛糞上」，嘲弄他「夜晚動靜太大，龍體欠安」。他非但不惱不怒，反之是十分地得意和受用。他說：「這警察署長真他娘地會享受。」他還不忘記加上這麼一句：「俺得感謝組織感謝黨。」

他還向組織上借手槍。組織上又照顧他，借給了他一隻槍。不料這槍丟了，且出了事，一追追到了他的身上。這次，又因為他是「從中央來的」，就從輕發落，派他去了齊齊哈爾，當了「第十三處」處長，是個挺大的官兒。那時的齊齊哈爾還是「龍江省」的省會，算是一個大的去處。

他除了自己的名字「劉泰」，大字兒並不識得幾籮筐。他原先會說的幾句俄文也早就還給了蘇聯老大哥「老毛子」。這「處長」的活兒，他也著實幹不了。組織上就只好再次照顧他說，「你要嘛就下基層鍛鍊鍛鍊吧」。他說「好，俺就去那兒，俺服從組織分配。」

於是他就來到了這座小城的「基層」，在西下窪子的苗圃任了廠長。

苗圃不大，活兒也不多，也就是種種樹苗子，綠化綠化街道。此外主要的一項，是每年春季開展一次全城的「植樹造林誓師大會」。「誓師大會」在東山舉行。全城的中小學校列了大隊，擎了紅旗，敲了鑼鼓，埋上一百株小樹苗子，每一株澆上三水舀子水，由領導同志做了重要指示，唱上一打革命歌曲，呼上兩打革命口號，鼓上三打革命掌聲，算是進行了一年中的一場運動。而這苗圃的工作分工早已明確。他雖然是「廠長」，卻基本上可以甚麼事兒也不管的。他發現，「組織上仍然是照顧我哩」。

於是他便徹底地放了鬆，見天裡喝喝酒，飲飲茶，哼哼曲，抽抽煙，揮揮手，吐吐痰，東轉轉，西看看，簽簽名，蓋蓋章，對他的職工說「你這大糞上少了」，「你這坑子挖淺了」，「你這樹苗子插歪了」，發這些無關緊要，無關痛癢的指示。他像那在「蟠桃園」任「齊天大聖」的孫猴子孫悟空，做著這個「革命工作」，落得個逍遙自在，悠之閒之。逢到批文件，他的簽名倒是顯出一種特別來。他把那「劉泰」兩字，簽得像俄文又非俄文，漢文則唸不出，「或許是蒙古文也說不定」，人們就這樣調侃他。

「老紅軍」這三個字，其實是由群眾的「印象」而叫起來的。他平時戴了頂去了帽徽的八角軍帽，穿了吊兜的灰布衣，腰間加了根舊皮帶，胳膊肘子上縫了大補丁，這裝扮就令人想起爬雪山過草地時的「紅軍」造型。他那滿臉刀刻般的皺痕，那滿佈了斑點的酒糟鼻子，是久經沙場出生入死的佐證，也令人聯想起「長征」時吃過的草根和皮帶，或者是「大躍進」時啃過的樹皮和挖過的「觀音土」。他鬍子拉雜，滿口黃牙，開口閉口說「俺打下地江山」，這一切，讓人們相信他就是一個貨真價實，不折不扣的「老紅軍」。對於這點，他不但慢慢地接受了，也漸漸地堅信不疑了。他後來的大會發言中，還時常添加上這樣的一句說「紅軍不怕遠征難」，或者乾脆說「俺們紅軍長征」云云，還加強了山東口音，渲染了「關裡的老紅軍」這種感覺。

於是，小城裡就有了這麼一位絕無僅有，獨一無二，可敬可佩的「老紅軍」。關於這一點，還引發了小城人們的驕傲和自豪。於是，小學校中學校托兒所幼兒園開始請他做報告。這時，主席臺上的紅布橫條上，大頭針別了一塊塊白紙，對角放著，墨筆大字標出了大會的主題：「革命傳統代代傳」，抑或「沿著老紅軍長征的足跡」。

這可敬可佩的「老紅軍」劉泰，初時還樂於接受邀請，除了上述臆想中的「俺們紅軍長征」之類，說著說著，他就會扯到「俺小時給地主放豬」，「俺把豬全給放丟了」，「俺就沒有顏面去見王大善人」，「俺闖關東坐悶罐差點沒給餓死」，「老毛子的伏特加比貓尿還難喝」，「那蘇聯妮子們水靈靈地」，「那瑪達母狐臭熏得俺差點吐他娘的」，獨獨缺少了預期中的「爬雪山過草地」，「革命傳統發揚光大」和「三軍過後盡開顏」這樣的詞句。這就把臺上的領導們弄得尷尬不堪，急得抓耳撓腮，又無法終止，便只好猛烈地咳嗽，又勸說他鼓勵他一碗一碗地喝那濃烈的紅茶。於是，趁他去小解之際，全體起立，唱了「我們年輕人，有顆火熱的心」。待他返來後，給了這「老紅軍」紀念品，一個手工紙紮的大紅花戴在胸前，還有一個筆記本，在熱烈的掌聲中，就草草結束了這報告。

好在臺下的學生們，有的在偷偷畫小人兒，有的在悄悄嘮閒嗑兒，剩下的一些，聽不懂他那山東話，就相信了他的確是在講述爬雪山過草地的故事。第二天，竟然也能寫出一篇像樣的「心得體會」，說「我們一定要繼承老紅軍的光榮傳統，作共產主義紅色接班人」，「苦不苦，想想紅軍兩萬五。累不累，想想革命老前輩」云云。

不多久，學校就不再請他做報告，他自己也覺得「莫啥勁頭兒」。他後來有些不得志，就給「康生同志」寫信請求調離，是別人代筆的，寄往「北京黨中央康生同志收」。這信卻被原封不動地退回，說是「地址不詳」。再寄，就石沉大海，音信全無，退都不退了。

他那小老婆，那原本風光無限的「署長四姨太」彩萍，有一天不見了。有人說是看見這小婆娘和一個「相好的」在那天凌晨，帶了些「細軟」，捎帶著他那臺「紅燈牌」戲匣子無線電收音機，跑了，影兒無蹤了。那相好的是來給他打「琴桌」的張木匠。

從此他萎靡不振，越發無度地喝起酒來。他先是每頓喝二兩散裝白酒，後來改喝半斤。他退了休，沒有了過去的光榮。他那原本就是虛擬的稱號「老紅軍」，也失去了任何實質上的意義。人們還是習慣性地這樣稱呼他作「老紅軍」，只是作為一個綽號而已，就像是人們稱呼「小王發」，「王大屁股」，「梅老三」，「小老人兒」和「劉大鬍子」一樣。

5. 小王發 The Story of Little Wang Fa

公元一九六六年

「小王發」住在老銀行「滿洲中央銀行」對面的一條小胡同裡，他的「府上」是一排低矮土房中的一間黑呼呼的小屋。

說起小王發來，這方圓幾條街口的大人小孩兒們是都知道的。人們認為他是個傻子，並說他是在戰場上被炮彈震傻的。他當過兵，打過仗，自然也聽過那隆隆的炮聲。至於他當過甚麼兵，是共軍還是國軍，至於他打過甚麼仗，是國軍打共軍，還是共軍打國軍，還有他究竟是被國軍還是被共軍的砲彈震傻的，又被震得有多傻，已經無從考據無法對證了。也許他並非是傻，而只是缺些心眼兒罷了。

而對於小王發的實際年齡，究竟是三十歲，抑或是四十歲，則令人難以判斷。他的眼神光亮，動作靈活，興致來了的時候，便不自覺地手舞足蹈，走路時也連跑帶顛，甚至還會唱起小曲來。

無冬立夏，他永遠戴了頂帽子。這帽子像是叫「列寧帽」，髒兮兮的，油膩膩的，帽簷捲曲著，歪扭著，又十分邋遢。到了寒冷的冬天，他就在這帽子的上面加上一頂大狗皮帽子，差不多遮蓋了半張臉。他鬍子拉雜，稀疏焦黃，破衣爛褲，腰間紮了根草繩，腳上趿拉著露了腳趾的，髒得一塌糊塗的「解放鞋」。

小王發姓王名發，前面被加了個「小」字，是因為他的身材瘦小。小王發的「發」當然是「發家」或「發財」的發。只不過他不但從來沒有發過家發過財，連將來會要發家要發財的跡象也絲毫沒有顯示在他的身上。反之，他是個徹頭徹尾的窮光蛋，是個徹頭徹尾的「無產階級」和「無產者」。

在這時，「無產階級」是最受推崇的階級，是領導階級，是要「專」別人的「政」的階級。但是小王發這樣的無產階級卻不然。他胸前也不戴毛主席像章，更不參加任何造反組織，也沒有人要他參加。他是不屬於那個革命的無產階級的，或者說他只是一個「中間人物」。

小王發是有工作有單位的，而他的「工作」和「單位」究竟是在煤建公司看煤場，還是在澡堂子打更，抑或只是在澡堂子打零工，對於這個問題，人們曾有過爭論。不過，後來終於有人證實了，說小王發確實是有一份工作的「臨時工」，而不是真正的「國家職工」，他是在「綜合服務樓」裡的「人民浴池」其實就是「澡堂子」裡做工，是做雜役。

有一陣子，「人民浴池」澡堂子關門裝修，小王發就歇了工，失了業。不過這非但沒有使他氣餒和失落，反而激發了他的熱情，他竟為這裝修做起了宣傳廣告的「義工」來。他逢人便說：「澡堂子關門裝修了，半年後還得開業的。」人們便嘲笑他說，「這小子真是虎了吧唧，人家裝修關你屁事。」

不多久，小王發找了個拉人力車運磚的差事。這苦力的差事，卻被他做得有滋有味起來。只見他把他那「列寧帽」扭曲了的帽簷子轉到了腦後頭，他那矮小的身軀，駕著那車，裝滿了紅磚頭，遇到人多的地方，他就會鉚足了氣，漲紅了臉，學起西邊火車站的火車笛鳴：

嗚嗚嗚燜燜燜

然後一路小跑，邊跑邊顛起來，一邊繼續著火車的聲響：

哐啷哐啷哐啷哐啷，啷啷啷

於是，他那響著笛的「火車」，就在這塵土飛揚的馬路上，一往無前地駛了過去。人們就又嘲笑他了，這回不光說他真是虎了吧唧，而且還說他人來瘋，是不可思議。但這非但不影響他的情緒。反而使他格外地快樂興奮和嬉皮笑臉起來。

他在上班下班的路上，多半會揹了個破柳條花筐子，花筐子裡揹著的是路上拾來的柴禾牛糞還有破爛兒。那花筐子裡也裝過他的「崽」，按他自己的話來說，先是老大，再是老二，最後老三，他的老婆接連給他生了三個「崽」。他時常極大地關注馬路旁的洋溝，若見到那發綠了的臭水裡泡了個豬頭，或是條死狗，是人家丟棄的瘟豬和病狗，他就撈出來，裝在那花筐子裡，一路滴著水，肩上揹著回家，用一口大鐵鍋煮了全家吃。這樣久而久之，他就也被喚作「撿豬頭的小王發」。

當小王發揹著那破花筐子路經東邊穀草垛時，人們便會常常聽到他哼唱二人轉《王二姐思夫》

的戲文，那應該是文革前在戲園子裡蹭戲時或是在軍隊裡當兵時學來的。他一邊走，一邊哼：

八月呀秋風啊冷颼颼哇
王二姐坐北樓哇好不自由哇哎哎咳呀
我二哥南京啊去科考　一去六年沒回頭
想二哥我一天吃不下半碗飯
兩天喝不下一碗粥

這類《王二姐思夫》在這時是被禁止的「反動黃色歌曲」。說他傻，這樣的大段戲文他卻是記得清楚真切的。小王發會不會是潛伏在人民中的特務，裝瘋賣傻，在散佈反動思想和毒害人民靈魂的「精神鴉片」呢？這樣的想法在一些「階級覺悟高」的人腦中轉悠過一些時候，卻終被排除，因為人們已經把小王發這個人排除於「人民」或是「敵人」甚至「人類」的屬性之外了。街道主任佘老太也認可小王發一家都是傻子，於是他是「革命的傻子」或是「反革命的傻子」，甚至於他是活著與否，對於目前這場史無前例的無產階級文化大革命，對於「無產階級專政」，都是無關痛癢無關緊要的。

街坊鄰里的小孩子們每每都會在小王發經過的時候跟在後面不遠的地方，乘他不注意的當兒，朝他扔土坷垃，再齊聲喊道：

小王發，大傻瓜。瘟豬肉，揹回家。臭大糞，一把抓。窩裡吃，窩裡拉，你說敗家不敗家。

這話小王發聽得懂。他急得回轉頭來，也彎腰撿土坷垃回擊，孩子們便呼地撒腿就跑。

小王發追趕了沒有幾步，忽地一腳踩進孩子們佈下的陷阱裡，腳拔出來時，已經踩了滿滿當當一腳豬屎，花筐子裡的破爛兒也滾了出來。小王發氣急敗壞，朝孩子們破口大罵：

我操你媽！我日你八輩兒祖宗！」見到孩子們停了下來，向他扮鬼臉，就繼續嘟囔著罵道：「花錢不可雞巴灌，還給你留半截！」

這陷阱多半是鄰家少年程家的小洪明和穀草垛旁邊閻家的二孩子佈下的。他們在行人必經之路挖了一尺深的坑，裝了豬屎，撒了尿，上面架了秫秸蓋了土，再輕輕地印了個腳印，連自己都看不出破綻。這兩個少年淘得翻了天，也是在這一帶聞名遐邇的。

小王發的「府上」，我曾和周圍的孩子們在窗外向裡面張望過，不過那裡面太黑，看得不真切，只見得很髒，很破爛，是家徒四壁，四壁上沒有毛主席像和毛主席語錄牌，像是和這個時代隔絕了一樣。

小王發的媳婦兒也很缺心眼，有些歪嘴，搭拉著一隻手臂，同時也是啞巴，只能「烏拉烏拉」大概地表示著甚麼。即使這樣，他們還是不停地生孩子，生的孩子都是黑不溜糗的，頭髮是亂糟糟的，淨是蝨子。他們從來不洗澡不洗臉，所以全身也是灰土土的。鼻涕流下來，就用袖口一抹，那鼻子下面就擦出一塊人類皮膚本來的顏色。有人曾看見過小王發媳婦兒抓了街上撿來的骯髒的柴火添進灶膛裡，再用同一隻手貼苞米麵大餅子，摔在鍋子裡，不時地把手上沾上的牛糞渣子和草屑子貼在餅子上。

儘管平素裡小王發髒到了極點，他家裡的衣服，偶爾還是要洗上一洗的。東邊不遠處的東鹼泡子，是城裡著名的「游泳池」和「洗衣場」。那裡常常有逃學的孩子們去洗澡嬉耍。小王發去洗衣服的時候，孩子們就遠遠地圍觀和取笑他，逗上他幾句，他也就愈發地「人來瘋」起來。孩子們注意到，那小王發上身穿了件大布衫子，下身竟原來一絲不掛。小王發洗衣，並沒有「洋胰子」肥皀，用的是鹼。他家徒四壁的「府上」，卻不知怎地，竟然還有一條破毛毯子。他就用鹼水把毛毯泡了，用搓衣板一下子一下子地搓，又不時地站起身來，直直腰，揚揚脖子。洗到高興的時候，他便在水裡又顛又跳起來，一壁廂又唱起了他自編的戲文：

跑一跑
顛一顛
雞巴卵子乾一乾

這就把孩子們逗樂了。孩子們遂試探著湊近了些，嘻嘻笑著，又試探著向他身上撩些水去。這時，小王發便忽地正經起來說，「行了，別逗了」，又加了一句，「看夠了吧？」

「活得就像豬狗一樣，卻是快樂啊」，人們這樣說，但說得很平和。因為這件事和他們並無關係，就好像在說「世界上還有三分之二勞苦人民生活在水深火熱之中」一樣。世界上那三分之二的勞苦人民離開我們遠著哩，而且與我們又有甚麼關係呢？隨便說說罷了。實際上，小王發這一家子活得真是連豬狗都不如的，像契珂夫筆下的小人物一樣，活得就像一條蟲，一隻蟑螂，一隻蒼蠅。

儘管如此，這一家人還是照樣過著生活過著日子。

不知是怎樣的起由，後來小王發媳婦兒竟跟一個光棍兒搞起了破鞋。是那光棍兒勾引了小王發媳婦兒，還是小王發媳婦兒勾引了那光棍兒，這也無從查證了。小王發找上門來質問：你給錢了嗎？光棍兒說沒錢。小王發氣得無奈，上房頂拿走了光棍兒的兩捆凍白菜抵債。光棍兒家也是窮得家徒四壁的。

也許是出於報復的心裡，小王發也有了「外遇」。他強姦了一個女子，竟被抓住了關了五年笆籬子。

出獄後小王發的日子也就不了了之了。小城裡並沒有人理會也沒有人記得他後來的故事。人們對這個無產者連最後的一絲同情也沒有了。後來當人們閒談起小王發的時候，才知道他早就死了，他的老婆也死了。他的孩子們倒是長了起來，老大還是老二犯了命案，被槍斃了。其他的兩個，沒多久後也都死了。他們的生命在這個世界上折騰了一陣子，就過去了。他們的生命沒有在這個世界上留下甚麼大的痕跡，儘管他們的生命力還是比豬狗比蟲子蟑螂蒼蠅的要略略頑強些，光彩些。

6. 梅老三 Mister Mei-Lao-San

公元一九七一年

梅老三住在南頭棺材舖的路東一個門洞子裡的大雜院內，和教書先生曾有才住隔壁。他的前院，也住過另一個教書先生，文化大革命初年上了吊，自絕於人民了，據說很有些學問的。若按這時的說法，梅老三就是住在了「知識份子成堆的地方」。雖然前幾年知識份子們被打成了「臭老九」，不吃香了，如今文化大革命進行了五年，這概念開始有些淡化。而且，梅老三已經把自己規劃在這知識份子臭老九文化人的行列，於是，「跟教書的先生相鄰」，便令他生出幾分優越和自豪來。他調侃地說，他梅老三即使不是「臭老九」，也算得上個「臭老三」，至少還是個「梅老三」。小城的人們在骨子裡還是敬重文化人的。

平心而論，梅老三的長相很是周正。他的個頭適中，不胖不瘦，耳眼口鼻都不大不小，唯嘴巴上的兩撇鬍似乎一邊寬一邊窄，一邊厚一邊薄，而且在光照之下，也好像一邊深一邊淺，一邊黑一邊白似的。他是「從舊社會過來的人」，卻跟得上形勢，攆得上時代，趕得上步伐。這一點從他的衣著上就看得出來。五〇年代時他穿長衫，戴禮帽，六〇年代時他穿短衫，戴解放帽，到了七〇年代時，他就穿中山裝，不戴帽了。他不再戴帽的原因是他在這時開始把頭髮向後梳攏，而且梳得油光錚亮，所謂「蒼蠅上去打劈胯，蚊子上去打滑溜」。這一點引起了街道主任趙五嬸子的注意，說只有電影裡的反動派和特務頭子才梳大背頭吶。對於這樣的看法，梅老三不予苟同，反駁說：「差矣。中央首長還留背頭吶。革命導師斯大林還留背頭吶。」他其實本想說「毛主席還留背頭」，卻止了口，因為他覺得他已經把道理說得清楚透徹了。

他胸前的衣袋裡，插了紅藍黑三管鋼筆，卻沒有一管存了墨水。他幼年在鄉間讀過一年私塾，把「人口手足，舌牙耳目」這些字寫得龍飛鳳舞，說那是「連筆字」。他還讀過《三字經》，且把「人之初，性本善，性相近，習相遠」這頭四句不僅背得滾瓜爛熟，甚至倒背如流，說是：「遠相習，近相性，善本性，初之人」，他肯定地認為這樣的「反其道而用之」也有著一定的道理。此外，他還記得不少的戲文，都是呼之即出，張口即來之的。他深信自己是「飽學之士」，「博藝之人」。這三管三色鋼筆就是證明，且令他看起來就更像是這「知識份子成堆的地方」的住民了。

無論冬夏，他的手中永遠捏了把紙摺扇，舊吧兮兮的扇面上題了李太白的「日照香爐生紫煙」，看上去像是把有了些年頭的「古扇」。有傳聞揭發了這其中的倪端，說實際上，他曾把那扇泡在茶水裡一晝一夜又一個時辰，晾乾了，留下了這斑斑茶漬。退而觀之，這扇子還真有點兒古色古香，像他宣稱的那樣，是「先祖留下來的傳世之寶」，是「宮裡傳出來的震宅極品」吶。

他的言談舉止之間，常常流露出一股莫名其妙的文雅和溫良，這方面就使他顯得有些落伍和跟不上形勢了。他開口時從來不忘加上一個「噢」字，表現出了一些深不可測和若有所思。

他的「府上」，是貧民窟中的極致。他所住的南頭，這「知識份子成堆」的一帶卻耗子成堆，鼠輩橫行。大白日裡，就看得見牠們在府前府後躥來躥去，堂而皇之，旁若無人，大有反客為主，雀巢鳩佔的架勢。然而，這成群結隊的「無名鼠輩」，竟被梅老三描繪得有聲有色有情有義：「噢，爾等鼠輩，也要躋身於我這知識份子成堆之地不成？」或者是「噢，吾人官職甚微，舍間卻妻妾成群。幸哉，幸哉。」實際上他家徒四壁，窮掉了底兒，更無妻室兒女。除了這不計其數的耗子，他只是有一個「相好的」婆娘「小老人兒」，兩人不時地暗渡陳倉罷了。

小老人兒邋哩邋遢，毫無姿色，加上從未進過學堂，沒有任何技能，就在這一帶拾荒，「撿破爛兒」。她的道具是一個手提籃子和一個粗鐵絲做成的耙子「鋪襯撓子」，把手上纏了破布。在南頭這一帶，犄角旮旯房前屋後灰坑子灰池子就是她的「工作單位」。她拾了破銅爛鐵碎骨頭舊布片舊報紙，再賣給老銀行炮樓子對面的廢品收購站，每日賺到一角到兩角，算下來也是個自食其力的「勞動人民」和「無產階級」。她撿了煤核兒木片兒秫秸棒兒冰棍桿兒，就自個兒用以燒火貼大餅子。梅老三看上了小老人兒，便把她帶到「府上」，自由戀愛了。

在南頭，梅老三算得上是個頗有些名氣的人物。他原本是有名字的。他的大哥，即梅老大叫梅香久，他的二哥，即梅老二叫梅香武，輪到了他老三，人們反倒不知道他的名字了。若按邏輯推算，他應該是叫「梅香遠」，「梅香清」，「梅香鬱」，或「梅香甚麼甚麼」的。只是，人們早已習慣於叫他「梅老三」，久而久之，即便是知道他原本名字的人，也認可了梅老三這樣的叫法，並覺得別的任何叫法，都不如梅老三這三個字來得貼切和形象，更能體現出他的品質和特性了。

也有尊稱他「梅先生」的，他就調侃，說，「噢，是梅先生，卻非梅蘭芳先生，乃此梅先生非彼梅先生也。」於是，聽到這話的人就學了他的口氣，這樣說，「噢，給你鼻子上了臉了。」又加上了一句「趕勁」的話，「噢，此梅非彼梅，我給你個大耳雷。」「耳雷」就是嘴巴子。說著，那人就伸出了巴掌嚇唬他。梅老三怕了，急忙說，「噢，使不得，使不得。要文鬥，不要武鬥，君子動口不動手嘛。」說著，就加快了腳步，一拐一拐地，逃之夭夭了。

他原本是「洋井」街基鄉民間戲班子的戲子。嚴格說起來還是個專業的「小生」，而且唱得還正經不賴吶。是的，他的幾個兄弟都在戲班子待過，其中也有拉弦子的吹管子的。雖然是在鄉下，鄉下的戲班子也演出也賣票，而且戲子們還靠此維生吶。

鄉下的草臺戲班子，平時就那麼三五個人，上臺前臨時抓來幾個會些弦管懂些樂理的「屯不錯」伴奏。梅老三就擦了粉，上了妝，穿了靴，戴了帽，粉墨登場了。「場」就是場院或滿人的三面大炕大屋。馬燈的光亮之下，村民們看著梅老三翹起蘭花指，扯起公鴨嗓，咿咿呀呀地唱起《白蛇傳》中「娘子把真情說一遍，一樁樁往事湧上我的心間」，或者是《人面桃花》中「去年今日從此過，見一位美大姐在門前站著」，便興高采烈，心花怒放，連聲喝采。

他那「蘭花指」比劃得有點兒誇大，便引發了「屯大爺」們的嘲弄，他們就伸開自己那又黑又粗的手指，摹仿起來說：「嘿嘿，這個咋樣？」也有鄉間的窮酸文人，私塾的先生看了，便搖頭晃腦地讚嘆不已：「噫嘻！此蘭花指也，胡為乎美哉？」

然而好景不常，一個突發的事件改變了他的命運，阻斷了他的梨園生涯。

在一個暖秋的晌午，梅老三在東山崗子上砍柴禾，砍著砍著，他就睏了，就找了個避風處睡著了。一枕黃粱夢，醒來後就得病了，得了奇怪的囈怔，或按他自己的說法，他是得道成仙了。他開始歇斯底里胡說八道，而且說的是甚麼，他自己也不知道。他大哥「梅老大」梅香久，這時當上了城裡第一任糧食局局長，很有些地位和關係，就張羅著給他搶救。

好轉後，他的腿腳卻是不對勁了。他開始點腳了，走起路來不但一瘸一拐，左腳還俏皮地向前扔上一下。他不能再唱戲了。稀奇的是，他卻因禍得福，感到自己有了「法力」，也就是說，冥冥之中有了暗助，他會算卦了。他的所謂「算卦」，卻既非「算」，也無「卦」，而是突然間腦中閃出一道靈光，鬼使神差地給你指出一條甚麼「道」來，說出一句甚麼「預言」來，聽起來像是胡謅瞎咧，瞎說八道，有不少的時候，這「道」卻相當地有道理，這「預言」卻是出奇地有預見，所謂「道可道，非常道；名可名，非常名」就是了。這事稀奇且蹊蹺，人們便因「用科學無法解釋」，來終結這討論了。

且說他的「道」和「預言」罷。比如晌午時分晴空萬里艷陽高照，大十街見到了走出來的小賣店「老胖頭」。梅老三就抓住了他，說：「噢，胖老兒。你今日紅光滿面，精神煥發。」「老胖頭」不理會他的恭維，卻問：「梅老三，我今兒要去鄉下乾德門山會親家，你看我是去還是不去？」梅老三伸出手掌，五指合併，做了一個「不」的動作說：「噢，不可不可。今天下午要降大雨也。」「老胖頭」想可也是，天有不測風雲啊，便改去了「連橋」家。「連橋」就是「連襟」，就是「郭木匠」，住在不遠處小十街「常邵卿診所」後院。果然不出一個時辰，天空忽地陰雲密布，緊接著，下起了瓢潑大雨。這天「連橋」家正好得了隻野兔，燉了，小炕桌上擺了酒。聽著窗外的風聲雨聲雷電聲，「老胖頭」和連橋郭木匠盤了腿，乾乾爽爽地坐在炕上，呷著酒，吃著肉，抽著煙，說若去了乾德門山親家家，我這會兒一准兒淋成個落湯雞或落井兔子了。說著，激靈一下子，差點兒打了個噴嚏，便急忙捏起酒盅，抿了口酒壓驚。

翌日，「老胖頭」老遠地瞥見梅老三一扭一扭地走過來，就叫住了他，掏出了「握手」香煙，抽出一隻遞上，說是對這「預言」的獎賞。梅老三接過那「握手」，夾在耳朵後面，伸出手，又接了一隻「握手」，點上，抽了一口，吐了個圓而大的煙圈，拉過老胖頭的手，用力地握了一握，道：「噢，好煙。我早就算出今晨必有握手在握。」

梅老三沒有工作單位。或者說，他的「工作」就是閒逛，就是蹓躂，他的「單位」，就是沿街的店舖子飯館子戲園子下棋下五道慣刀打瓦摔噼呀嘰打撲克閒嘮嗑扯老婆舌的人堆兒。一言以蔽之，有人的地方必然有他的身影。在店舖子裡他只是賣賣呆，搭搭話，說出幾句「預言」。在飯館子裡則背著手，聳著肩，先是裡面轉上一圈，見到了熟人，就稱「本家」。他不請自坐，不賣呆而只搭話，盯著那盤中菜和杯中酒，發表了「預言」道，「噢，你這漬菜粉兒火候好像不夠啊」，又說，「噢，你這酒好像沒溫啊」，說著，抄起筷子，夾了一筷子漬菜粉放在嘴裡，又端了那「洋灰墩子」，「嗞啦」一聲，呷了口酒，把那「本家」的鼻子都氣歪了。

至於「戲園子」，這時已經不復存在，取而代之的是「毛澤東思想宣傳隊」。這樣的「宣傳隊」正風靡神州大地，僅小城就有十幾二十夥。最專業的，就是原本「評劇團」改裝的「毛澤東思想文工團」，地址在電影院對面的人民文化宮。他混了進去，在門口看著臺上正在排演的《沙家浜》，身穿土布藍花繞紱衫的阿慶嫂正和身穿土綠色「忠義救國軍」軍衣的刁德一在「智鬥」，就忍不住了，跟著臺上的「刁德一」同聲唱了起來：

這個女人 吶啊啊
不尋——啊常

扮演「刁德一」的青年學員「大郗子」郗忠華，這幾日正為自己音色欠佳，缺少「膛音」且不夠「迴盪」而犯愁。這會兒聽到了「膛音」遠遠地從門口那邊「迴盪」過來，不禁眉頭舒展，說：「我這早晨喝的胖大海，還真管些用哩。」

對於這「膛音」的效果，梅老三相當地滿意，以致於回到府上，竟指著蓬頭垢面的「小老人兒」，把「刁德一」又唱了一遍：

這個女人 吶啊啊
不尋——啊常

「小老人兒」不諳樂理，不懂戲文，只聽懂了稱她「這個女人」四個字，便不禁心花怒放起來，瞥了他一眼，歪了歪嘴，把今天賺到的髒兮兮的毛票，一分一分地點了十張，說：「你這傻了吧唧的。拿去買煙罷。」

梅老三停在下棋下五道打撲克的攤子，做的是「技術顧問」，當然也少不了對棋局牌局不時地提供「預言」。這些「預言」準確的時候，就得到一顆煙，好一點的是「握手」，次一等的是自捲葉子煙「蛤蟆頭」。若這「預言」有了偏差，不但「握手」和「蛤蟆頭」取消了，還會遭遇到批評和奚落：「胡說八道扯王八犢子。我這車是沒了。」這時，梅老三便像戲文中刁德一那樣「神情不陰又不陽」地說：「噢，此預言之偏差亦在預料之中也。」說著，順勢抓起「楊瘸子」的旱黃瓜，袖子上擦了一下，咬了一口，一拐一拐地走了。

於是，他憑借這「未卜先知」的本領，時常混得上一些免費的酒菜煙茶瓜子兒花生山杏糖球子甚麼的。

梅老三除了混些吃喝，還偶爾地做做「掮客」，就是「中間人」，主要是活躍在商店鋪子中，憑著「關係」，套購些緊俏憑票限購物品，小到火柴肥皂白糖，大到暖水壺洗臉盆皮靴子，他竟能憑藉他的「關係」搞到手，所託之人，多半說「剩錢歸你了」，算是「為人民服務」所得的「好處費」。

他的這種「關係」完全是憑了自己的「本事」。這「本事」就是搭話，混個「自來熟」。搭不上話的，他就硬搭。比如他進了「二百」，見到個店員，就搭腔說：「噢，你們這裡有個人有福。」見那人不理會他，就追加了一句：「有福了。」那人還不理他，他就訕訕地走了，嘴裡還嘟囔：「噢，就是說你吶。不識好歹之人，慽事，慽事啊。」他合了那紙扇子，伸進後背，抓了個癢。

儘管時常遭受冷遇，他對自己的狀況還是滿意的。這樣的活法，用他自己的話來說，就是「噢，活得有滋有味呀。」

缺少「滋味」的時候也是有的。有一次，新建的紅磚紅瓦大房頂藍屋簷的「第二百貨商店」裡，青年店員王鳳林跟「老猴子」侯傳玉，要蹬高爬梯子，掛上一塊「甩開膀子學大寨」的宣傳牌。不知何時，這梅老三就像是自天而降，拐拉拐拉就走了過來。每拐一步，他的左腳就向前扔上一下。他站定了，手托著腮，看著王鳳林和「老猴子」，沉吟了，脫口說道：「噢，不好不好，今天日子不好。誰蹬高，誰得摔，得受傷呀。」

王鳳林聽著就氣不打一處來。於是立刻「嗖」地一聲，從梯子上下來說，「梅老三，這就是你算的呀？我下來不是沒摔嗎？」他伸出了手，「啪」地一聲，給了梅老三一個不大不小的「耳雷」，問道：「噢，今天你挨這耳雷子，你也算出來了？」

梅老三捂了腮幫子，對於王鳳林的奚落和「耳雷」，他提出了嚴重的抗議，說：「噢，你這樣子是很不好地。良藥苦口，忠言逆耳也。」他邊說邊逃，左腳還是向前一扔。這次，他忘記了文雅和溫良，而狠狠地罵了一句「噢，我操你媽」，是我們中國最原始最惡毒的詛咒。他加快腳步，消失在人群之中了。

7. 常紹卿大夫 Dr. Chang

公元一九七一年

正陽街南頭小十街路西「孟香久茶館」右手的一個巷子裡，住了小城裡的另一位著名人物，叫常紹卿。他開了一個診所，就叫「常紹卿診所」。

雖說他被人們口口聲聲地稱作「常大夫」，細究起來，這常大夫卻是「拉藥匣子」出身。也就是說，少年時代的他曾在這條正陽街上的「世一長」藥房當學徒，身後有一大片小抽屜叫「藥匣子」，上面貼了紅紙條，寫了工細耐看的小楷，是那些妙不可言的草藥：黃芪當歸蘆薈木香地骨半夏百合石昌。常紹卿就是拉這匣子抓藥的夥計。

那時的常紹卿也就是十七八歲，還是個青澀少年。他穿了長布衫子，留了中分頭，臉上堆著笑容，接過那遞上來的箋紙一張，皺巴巴的是一個藥方。他仔細辨認了那上面龍飛鳳舞般的書法，讀了出來，俐落地拉開了幾個抽屜，分別取出了白芍，生甘草，枳實，用小戥子稱了，黃紙包了，細紙繩綑了，熟練地擰了個勁兒，順勢一頓一拉，紙繩就斷了。他再用食指和拇指把繩頭一撚，一頓，一拉，就打了個結，並留了個提套兒，像二斤包好的槽子糕一樣，遞在你的手上，一邊叮囑說，要加水兩碗，煎成大半碗，每天一劑，分兩次服用，此方適用於老年，治療各類便秘，藥到便通啊。聽者用心，說者留意，常紹卿每見到這類治常見病的方子，就暗暗記在心裡，抽空抄錄保留下來。

幾年下來，常紹卿記下了不少這樣的民間藥方，尤為對地方病，腦膜炎，以及一些疑難雜症，也搜集到難得一見的特效偏方。他從坐堂先生那裡學會了看舌苔把腕脈，又無師自通地學了些西醫的手段。久而久之，耳濡目染，日積月累，頗有了些經驗。

有一個雨天，一夥計模樣的少年前來世一長抓藥，少年通身被雨水淋濕，衣袋裡的方子也給淋得字跡模糊，常紹卿無從辨認，索性順口說出一方，說你用這藥試試，兩日內必有果效。這少年就依方抓了藥，接過遞上來的油紙雨傘去了，兩天後回來還雨傘並報告，說老爺的大便已然暢通無阻，此刻正坐在東南拐的大戲園內，聽日場大戲《將相和》吶。少年開口朝常紹卿叫了聲「常大夫」。起初他有些詫異，但馬上明白了那是在叫他自己，便報以一笑，默認了這稱號。

慢慢地，常紹卿也相信自己真就是了「大夫」。後來，他就離開了世一長，籌了些銀錢，置了些器具，穿起了白大掛，掛起了聽診器，戴上了眼鏡，梳起了背頭，就在他的「府上」，和他的夫人合作，開起了診所，真地就當上了「大夫」。

幾年後，「滿洲國」垮了臺，小城先光復，再解放，靠近城牆小西門的醫院也改叫了「人民醫院」，也就是公家的醫院。雖然那日式洋房的大鐵皮屋頂在太陽光下閃閃發亮，無奈卻因為費用過高，醫生護士敷衍了事，態度傲慢惡劣，與大門廳牆上的毛主席題詞「救死扶傷，實行革命的人道主義」大相徑庭，便被小城的人們敬而遠之，甚至嗤之以鼻，出言不遜了。傷風感冒，人們就嚼頭大蒜，吃根大蔥，喝碗薑湯，發場大汗。頭疼腦熱，人們就拔拔火罐，揪揪脖子。若不見好，就去藥房買上一副狗皮膏藥貼貼。若再不見好，就到南頭小十街找上「常大夫」常紹卿。

常大夫雖是「中醫」，奉行的卻是「土洋結合，中西合璧」。他的「常紹卿診所」，也就是書桌一兩個，雇員兩三名，土房三四間，錦旗四五面，獎狀五六張。「所長」是他自己，「副所長」是他夫人，「藥劑」是他的丈母娘，「護士」和「學徒」是他的三個女兒常世萍，常麗珍和常世傑。院子裡逗蟈蟈的則是他的小兒子常世良。

前來看病的人就坐在那兩張條木櫈子上。診所的地上灑了「來蘇爾」，是醫院裡的味道。牆上掛了錦旗，最大的兩面上寫的是「仁心仁術，治病救人」和「國醫聖手，再世華佗」，卻沒有明確的署名。有人議論說，這些錦旗實際上是他的夫人自己縫製起來表揚他們自己的。遺憾的是，他的夫人即「副所長」，卻是一個整天拉拉著「豬肚子臉」，沒有好氣的婦人。好在「常紹卿診所」常常不見「副所長」的蹤影，人們就說，那「豬肚子臉」是轉到人民醫院去了。

這時的常紹卿是個相貌堂堂的中年漢子。他態度和藹，能說會道，有問必答，有求必應。他戴了眼鏡，掛了聽診器，當他要求那病人張開嘴，用個木片壓著舌頭，再說一聲「啊」的時候，他那眼鏡片上便及時地反出一道光亮。當他在病歷上飛快地寫他的診斷時，那書法龍飛鳳舞，既不像漢字，又不似拉丁文，便不禁令人頌讚和稱奇。於是慢慢地，他就有了名聲，有了顧客，漸漸地，他的診所竟然應接不暇，忙得不亦樂乎，那牆上的錦旗也多了起來。

常紹卿偏諳兒科，也頗懂得一些心理學。他在民間學了針灸，尤擅長給小兒扎十個手指肚，叫「扎十宣調百病」，治小兒驚風，昏厥，癔病，急性咽喉炎，急性腸胃炎等，效果甚是顯著。人家的婦人抱了孩子來瞧病，他就說：「哎呀，你怎麼現在才把孩子抱來呀？可是好懸沒把孩子耽擱了呀。」這話很令那婦人緊張，忙說：「常大夫，求求你了呀。」常大夫於是說：「沒事兒沒事兒，我有辦法。」這話聽起來就像是說，天要塌下來了，但是沒有關係，我有辦法把它頂住哩。常紹卿確實還真有辦法，原來這「辦法」就是針灸，銀針扎手指肚，就是這「扎十宣」。小兒出生，一般都沒太大毛病，扎了「十宣」，開了一副藥，吃了多半也就好了。只見常大夫左手握住患兒的手，捏緊拇指指尖，展露十宣穴位，即指尖端，右手用酒精棉消毒，取毫針點刺十宣穴出血，最後再以消毒乾棉球壓迫止血，症狀便不日即退。還有就是「克山病」和「起臭翻」，人們說西醫是不會治這些病的，治一個死一個。常紹卿則有辦法，那就是用銀針把泡挑開，撒上一些「五毒定」粉末，常常也就治好了。於是在小城裡，常紹卿就成了「一代名醫」。

到了公元六〇年代，城裡的人民醫院就遷移到了舊時的法院和「日本神社」附近，已經是一座堂皇的紅磚大樓了。正門廳前不但建有三步階梯，兩邊還有斜坡車道。廊柱上裝有球形壁燈，進門迎面的牆上，除了毛主席題詞「救死扶傷，實行革命的人道主義」，還在通往「住院處」的走廊上面摹寫了毛主席的書法「為人民服務」，紅底金字，瀟灑而飄逸。白牆下半邊塗了一米多高的牆圍子，豆綠色的油漆反著光亮。

醫生護士們都穿了白大掛，或掛了聽診器，或握了記事板，或戴了近視鏡，或戴了白口罩，胸前或別了圓珠筆，淡然而篤定地行走在那水磨石地面上，皮鞋底的鐵釘掌敲出高雅的腳步聲響，或倨傲而輕蔑地坐在辦公桌後，從容不迫風輕雲淡惜字如金地宣佈對你的診斷，最輕者說出兩個字：「沒事」，次輕者說出三個字：「吃藥吧」，重者說出四個字：「打點滴吧」，再重者說出五個字：「去大醫院吧」，更重者說出六個字：「想吃啥吃啥吧」，逐客了就說出七個字：「走吧走吧下一個」。然後就合起案上的卷宗，眼睛向窗外望去，那意思是宣判你的死期臨近了。

到了公元一九七一年，文化大革命已經進行到第五個年頭，人民醫院樓內樓外的大標語和大字報已經開始斑斑駁駁，殘缺不全了。新近貼出的大標語是「徹底批判唯生產力論！」和「工業學大慶」，卻和這「救死扶傷」和「為人民服務」之地有些「風馬牛不相及」和「驢唇不對馬嘴」了。

「掛號處」旁邊的宣傳欄上，除了革命樣板戲的照片之外，最惹眼的是新近由「峻嶺」為林彪林副主席拍攝的彩色照片《孜孜不倦》。這幅照片在「八一建軍節」時發表在《人民畫報》和《解放軍畫報》合刊上。雖是「峻嶺」，人們卻知道這就是「江青同志」，她使人們第一次看到了一個事實：「孜孜不倦」讀紅寶書的林副主席竟是個禿頭，架勢雖然有點不夠自然，卻是紅光滿面，身體健康。

然而，儘管人民醫院的「服務」如何不夠「完全徹底全心全意」，這裡還是永遠地擁擠不堪，人滿為患。門診部的走廊裡擺了些汙穢不堪的痰盂，地面上散落著煙頭和垃圾和痰跡，大廳裡飄散著煙霧，「來蘇爾」和廁所的混合味道。

這一天，人民醫院二樓的內科來了柳慶恆，是我在百貨公司的同事，曾是駐中蘇邊境部隊的二等翻譯。此刻，他不足十歲的女兒得了肺病，正在這人民醫院等著搶救，同病房的四個孩子都得了同病。

柳慶恆比他的女兒還要顯得消瘦憔悴。他坐在走廊裡一張木條長椅上抽煙，眼睛呆滯地看著前方，一籌莫展，凌亂的長髮像一顆倒立著的還沾著泥土的苞米柞子，他在等著做點滴。這時，走廊盡頭過來了城裡的造反派頭子「張大筐」。

「張大筐」原本是司機。這綽號源於他給領導開車去鄉下視察，每次必帶上一個大籮筐，歸程必裝上苞米土豆香瓜白菜滿載而歸。人們說這是「鬼子掃蕩來了」。他與柳慶恆在部隊時是戰友，這天剛剛到醫院幽會過新「相好」李護士叫「李要武」，是按毛主席的話「要武嗎」改的名字。「張大筐」今天擦了雪花膏，穿了一身嶄新的草綠色軍衣，胸前佩戴了一枚毛主席像章，腰間紮了一條牛皮武裝帶，「三接頭」皮鞋和大背頭都擦得光可鑑人。除了滿臉的「酒刺」有些不盡人意外，這會兒的「張大筐」是「革命委員會」的副主任，可謂正春風得意，如日中天。他吹著口哨，果然心情很好。見到柳慶恆便問：「你咋造成這樣？幹啥吶？」柳慶恆說，「孩子病重，等著打點滴打吊瓶吶。」張大筐說，「那怎麼沒找常紹卿？他有偏方啊。」柳慶恆半信半疑說，「噢，我不認識啊。」張大筐忽然生出惻隱之心，說：「走，我帶你去。」

柳慶恆遂自行車上馱了女兒，與「張大筐」來到了南頭的「常紹卿診所」。一聽病情，常大夫就說：「這病點滴無濟於事。」說著就開了個小藥方，抓了藥，用水煎了，倒進碗中，再用紗布蘸那藥，放到那孩子的嘴裡浸著。這樣連續幾天，病竟慢慢地好了。柳慶恆好奇，問，「常大夫你這是甚麼靈丹妙藥啊？」常大夫卻笑而不語，那意思是說「祖傳秘方，天機不可洩露啊」。

後來聽說人民醫院同病房打了點滴的那三個小孩都先後不治身亡，柳慶恆不禁倒吸了口氣，說了句俄語：「烏且哉」，想到只剩下自己的女兒得以倖免，就吐了口痰，又說了句俄語：「哈拉騷」，舌頭打了卷兒，發出了一串嘟嚕，最後花錢在王大可的「美術裝潢圖章刻製鐘錶修理門市部」做了面錦旗送了去，大紅緞面上書寫了黃色大字：「妙手回春 濟世良醫」，落款「柳慶恆敬贈」。常紹卿把這錦旗掛在牆的正中，因為這讚詞中的「世良」正是他兒子常世良的名字。這時，九歲的常世良正熱衷於紮蟈蟈籠子和打噼呀嘰吶。

然而，對於常紹卿的讚譽，「妙手回春」也好，「濟世良醫」也罷，其中的一部份是出自於小城人們的溫良和仁義。「常大夫」自然也有失手的時候。還有，他常常給人以能言善道，花古巧語的印象，更會說出一堆的俏皮話，令人覺得有些華而不實，但這卻是多年前在世一長做學徒時養成的品性。

比如在六〇年代末，有一次，我家後院王家的小繼惠兒突然發燒，咳嗽流鼻涕流淚，於是就按族人的傳統，嚼了大蒜，吃了大蔥，喝了薑湯，拔了火罐，揪了脖子，塞了火鹼，甚至唸了咒語，叫了魂靈，卻仍然不見好轉，王二嬸子就帶他去常紹卿診所找常紹卿。常大夫給繼惠號了脈，再用他那鋥亮的聽診器，給繼慧聽了聽前胸後背，張開嘴「啊」了一聲，開了一包草藥，說了幾句俏皮話，最後說沒事兒了，今天半夜就會好了。回家後，繼慧持續高燒不退，竟然昏迷過去，不到半夜，就沒有了動靜，王二嬸子探了探繼惠的鼻子，已經沒有了呼吸，他死了。

王二嬸子悲憤難當。第二天就讓人把常紹卿拉上門來，先是罵了個狗血噴頭，最後撲向前去，狠狠揍了他一頓拳頭。常紹卿並不躲閃，因為王二嬸子的氣力其實是不大的。

居委會的余老太聞訊出來勸解，唸了毛主席語錄，說：「白求恩同志毫不利己專門利人的精神，表現在他對工作的極端的負責人，對同志對人民的極端的熱忱。每個共產黨員都要學習他。」常紹卿聽出了這是對他的教育，就說：「老嫂子，我非黨非團，只是個革命群眾，也得學習他嗎？」余老太瞪了他，又對王二嬸子唸了毛主席語錄，說：「人總是要死的，但死的意義有不同。」又自作主張地加了一句，把「張思德」換成了「小繼惠」，說：「小繼惠是為人民利益而死，他的死是比泰山還重的。」王二嬸子一家不吃這一套，把她給轟了出去。王二嬸子又哭了一通，常少卿也陪著流了些眼淚，扔下了五元錢，走了。

「滿洲國」時，城裡曾有過一個很有名望的西醫大夫，叫趙博施，開過一家基督醫院，叫「博施醫院」，取「博愛廣施」之意，還蓋了一座小樓。不過沒多久，趙博施趙大夫就舉家遷移到省城，那「博施醫院」的小樓，就像海市蜃樓一般，也在不經意間，在這小城上悄然地消失了。

除了趙博施之外，還有一位楊姓西醫，沒有人知道他的確切名字，只知道他的外號叫「楊花臉子」，是因為他得過白癜風，落下了後遺症，面皮變得蒼白斑駁。據說他原本是國民黨少校或中校軍醫，有些口吃，醫術卻頗高。這位楊軍醫於「解放戰爭」中投誠，被結合進了小城的人民醫院，被人們在背地裡叫起了「楊花臉子」。他的「府上」就在舊時城牆西牆「小西門」附近。他很有些家底兒，收入也高於普通人一大截。有傳聞說他和他的夫人生活水平超前，冬天穿貂皮大衣，夏天吹電器風扇，一年四季每天吃得上一兩豬肉，二兩白酒三個雞蛋和四塊槽子糕。有人曾親眼看見他穿了那貂皮大衣，是「本黑貂皮」，且是稀罕的母貂皮，認出那原本為城裡著名人士張監督所有。人們猜測，張監督晚年吸毒成性，最後千金散盡，只得變賣家產，典當細軟，這貂皮大衣便流落民間，不知這事是真是假。至於那每天的「一兩豬肉二兩白酒三個雞蛋和四塊槽子糕」，卻至今尚未有人親眼目睹，因為除了在一九五八年馬路邊的壁畫上，人們領略到「公社大食堂」關於吃飯場面的熱烈描繪，見識過那桌上一盤盤葷素搭配的免費筵席，實在無法想像人世間竟有如此的奢華和享受，故而對於這「一兩豬肉二兩白酒三個雞蛋和四塊槽子糕」的真偽，人們就不得而知，不予深究了。

對於小城裡的人們，似乎只有常紹卿診所才與他們的生活距離不那麼遙遠。日復一日，年復一年，那診所就一成不變地開在它原本的地方。人們看病還是來找常紹卿，或許在他死後，去找他的兒子，以及兒子的兒子。若干年後，楊花臉子死了，且並未留下後代，於是，在這個小城裡，說到看病，若不去人民醫院，除了他，就差不多找不到別的甚麼人了。

第18章 院子 In the Courtyard

公元一九六二—一九六九年

1. 院子 In the Courtyard

公元一九六二—一九六九年

北方的夏天，傍晚來得也早。午覺醒來之後，好像還沒多久，下午就差不多過去了。這時的太陽早已移到了房子後邊，移到了房頂上高高低低大大小小的煙囪後邊，遠遠地掛在西下窪子的上空了。太陽比白日時大了些，紅了些，也柔和多了。空氣中開始飄散了傍晚時才有的氣息，令人覺得涼爽而舒適，令人覺得還有許多的氣力沒有揮灑出來似的。

正陽街的街燈還沒有亮，街兩旁的店鋪子，有的已經快要打烊，有的已經「關了板兒」。百貨公司，那曾經輝煌顯赫的泰發祥，門臉上的曼圓形牆垛子，在西邊光亮的映襯下，已經顯得黯淡，像一隻躬著腰的貓，等待著晚霞火燒雲的來臨。

穿過路東的一條胡同，就進入到這裡的住民區了。這胡同很窄很低，只容得下一個人通過，卻是去「糧米舖」買米買麵和去「小舖」打醬油打豆腐乳的必經之地。對面來了人，你就得讓他或他就得讓你。這條胡同沒有名字，若硬是要給個名字，則大可叫作「忍讓胡同」。這條忍讓胡同確實在小城的歷史上存在過的。好在這一帶沒有胖人，而喇叭匠夏大胖子住在城北豆腐社路西，且不需要走這樣窄小的胡同。否則卡住了走不出來，那逢年過節時，小城裡豈不是缺少這「三級跳大桿大喇叭」了。

進了小胡同再往東，還有一條街，人稱「背街」，也是沒有名字的。這裡有大大小小的院子，住著小城裡普普通通的人家。

這一帶的房屋都是泥土的，屋頂砌成了曼圓形，也是泥土的。土是鹼土，從東鹼泡子以東那邊刨了運回來，春天一到，家家戶戶就開始和泥抹房子了。抹房子是男人們的事。抹到了屋頂的煙筒裡飄出一陣子青煙，下面開著的門裡飄出了飯菜的味道，就是該收工吃晚飯的時候了。晚飯也叫「下晚飯」，這時，炕上的桌子上就多加上一盤小蔥拌豆腐，炒土豆絲裡，也放了些許肉絲。

這些房子的窗戶和門大多漆成了艷藍色，這就給北方這灰土土的景致增添了不少的生氣和光彩。院牆也是泥土的，牆頭上插了玻璃碴子。也有用木桿子圍成的，長短不一，都裝著木板了門，門上掛了個「響器」，是用洋鐵罐頭盒子改裝的。每逢開門關門，這「響器」就發出一陣響聲，並不悅耳，代表的是「吃飯了嗎」，是小城人們見面時最友好的問候。

每家的院子裡都有一個煤倉子，一個雜物倉子。煤是從煤建公司憑「煤本」買來的，用的是自家的木板車和葦茓子，多半靠人拉。也有用驢子拉的，當然這算是富裕人家，這樣的人家在這一帶是為數不多的。

雜物倉子「下屋」裡的東西就無所不有了，但是除了爐筒子，嬰孩用的搖籃「悠車子」，還有自製的鐵絲滑冰板和自釘的鐵絲小冰車外，大多的雜物就是「自古即有之」卻「永世不碰之」了。

院子裡還有柴火垛。柴火是在「造紙廠」南邊或「東山」打來的，或是用耙子摟，或是用鐮刀割，是引火用的。耙子摟的是乾草，叫「羊毛槓」。鐮刀割的是青草，叫「蒿子」，回來後要散在院子裡，曬上一個禮拜。這時院子裡就充滿了蒿草的清香味道，就是這小城人們「過日子」的味道了。

院子裡還有雞架鴨架。養上雞鴨五六隻，一年的蛋就有了。也有的雞偏愛在鄰家的窩裡下蛋，鄰家就友好地把這蛋交還給這雞的主人，說：「他二舅母，你這老抱子看上我們家的窩了。」有些人家還養了大公雞。「紅公雞，綠尾巴，一頭鑽到地底下」，這樣的說法只是一個謎語而已，說的是羞答答的紅蘿蔔。這些院子裡的公雞，卻都是各個昂首闊步，洋洋得意的樣子，因為這小城裡的每一天，都是由牠們喚醒的。

豬圈則是在院外另闢的，這是因為那豬們不講究衛生，特別是在夏天，牠們若痾起糞來，打起膩來，就奇臭難當了。通常的人家要養上一頭到三頭豬。年尾時，第一頭殺了，開懷地吃上一頓豬肉燉粉條子和白肉血腸，再餾上一屜黏豆包，鄰居們送上些五花肉，餘下的凍在院子的水缸裡，這存貨就一直要留到過年。第二頭小些的繼續養著，明年這時期限才到。第三頭賣給「牲畜收購屠宰場」，賣得五十到八十元，一年的日子就會鬆裕了許多。「豬菜」要到敬老院再過去的「南崗子」撛，院子裡的爐子上「咕嚕咕嚕」地烀，撒上些苞米或豆餅渣，豬槽子裡冒著熱氣，豬們興高采烈，吃得像年三十的年夜飯一樣。

這院子裡還有大肚子醬缸，鹹菜罈子。醬是黃豆醬，用小蔥和苣蕒菜蘸了吃。鹹菜有芥菜疙瘩，有醃黃瓜，醃蘿蔔，有醃茄子。醃茄子裡夾了蒜沫，蔥絲，香菜和鹹鹽，可口而下飯。有一個罈子是專門醃鹹雞蛋和鹹鴨蛋鹹鵝蛋用的。鹹蛋不常吃，而且從來都是敲開了一個小洞，用筷子摳了，就了飯省著吃。這時這蛋就顯得格外地不可思議細水長流，摳了三兩天也吃不完似的。

這些缸缸甕甕，罈罈罐罐，大的上面都蓋上了草帽狀的大蓋子，或葦篾編的，或洋鐵打的，小的就倒著扣了個盆子或盤子，上面再壓上塊磚頭。遠觀上去，最大倒有幾分像夏大胖子，他鉚足了勁，鼓圓了腮，正在吹喇叭吶。小的則像是他的徒兒徒孫們，他們的腮幫子不如師傅師爺鼓得圓，卻是同樣鉚足了氣力的。

這時候已經沒有了自転車，有的是「自行車」。舊些的是「國防」，新些的是「永久」，白天就停在這院子裡。到了夜裡，每逢那廣播匣子放出了全天最後一個節目，廣東音樂《步步高》，就把車推到屋子裡來，因為無論是「國防」還是「永久」，都是小城人們的奢侈品，是要防範到永久的。

這裡的院子並不規則，院子與院子之間，又有許多小巷。去「糧米舖」或是去「小舖」，就必經過這些小巷。小巷七拐八折，要經過下雜貨的鄭佩環家，經過藥材公司的河南楊家，經過打羊草的謝大個子和熬鹼的賈大鼻子家，經過不知道做些甚麼的趙瘸子家，這些人家的院子也都是大同小異的規格和品性。謝大個子和賈大鼻子有車也有驢。車是木板車，結結實實的，驢是大叫驢，健健壯壯的。據傳聞說，謝大個子家每月吃得上一頓到兩頓山東大饅頭，夠得上城南一帶的富裕人家了。

院子向東，靠近「背街」的大空場，那座高高聳立著的穀草垛，就是謝大個子的產業。

這座穀草垛和這周圍的空場，不知道從甚麼時候開始，被這周圍的孩子們看中了，於是，這裡就變成了他們的「戰場」。這裡另有一番天地，另有一個世界，是給予孩子們無盡歡樂的地方。

2. 穀草垛 The Haystack

公元一九六三年

這時，火燒雲已經開始聚集在遙遠的西下窪子的上空，開始了它們不知疲倦的追逐和變幻。巍巍聳立著的穀草垛，在火燒雲的輝映下，變得金燦燦的，暖洋洋的，像是被厚厚地塗了一層金黃色。

許多年前，在遙遠的「拉・曼卻地方」，可敬的騎士堂・吉訶德先生，當年就是在這樣的火燒雲輝映下，騎著他的瘦馬，持著他的長矛，眺望著那遠方的城堡和風車的。

這時，瘦而高的山東漢子「謝大個子」，也正是像堂・吉訶德先生那樣，凝神望著他的穀草垛。那垛著的細細密密的羊草，是他的產業，他的「城堡」他的「風車」。見到孩子們並沒有攻擊和摧毀它的意思，不苟言笑的他還是有了些笑意。他穿了一件汗背心，黑府綢抿襠褲，寬大的褲管被晚風吹拂著。他雙手背在後面，他那並不太長的鬍子本來是黑白參半，這時在這火燒雲的映照下，就有了金燦燦的意思，看上去倒有些不真實，像是貼上去的假鬍子似的。

「穀草垛」周圍的空場上，聚集了住在這一帶的孩子們：我和弟弟們阿威阿勇，陳家的二胖子小安兒小忠兒，袁家的小群兒二孩子，張家的佳瑞兒佳範兒，賈家的二留子三留子，楊家的小金良，余家的小錘兒，王家的繼惠兒，鄭家的鄭小子，馬家的馬小子，差不多就是所有的男孩子們了。女孩子也有，知道名兒的有佳瑞兒佳範兒的大姐桂蘭，二姐桂清，還有小金良的二姐秀琴。

孩子們的臉，頭髮和全身，還有那些圍著他們轉的雞兒鴨兒鵝兒貓兒狗兒，這所有的一切，也都被這火燒雲塗上了厚厚的一層金黃色。

螢火蟲在榖草垛前後忽閃忽滅地流過，晚風吹逐著白日間留下的炎熱，伴隨著孩子們的打鬧嬉笑聲。

下了工的男人們，或坐或蹲，開始散在自家的門前，或院外的牆根下，抽著紙煙，看著火燒雲，看著孩子們的嬉戲，有一搭沒一搭地聊著小城中的新聞。屋子裡，婦人們則忙在爐灶旁。風匣呼啦呼啦地拉著，煙囪裡飄出淡紫色的炊煙。

遙遠的不知甚麼地方，傳來吹「洋號」的聲音，悠邈而綿長，像是在宣告這傍晚的來臨，宣告堂・吉訶德先生和他的僕人桑丘的光臨，宣告這一場風車大戰的開始。

榖草垛下，孩子們汗衣濕透，「攻城」大戰進行得如火如荼。

孩子們兩軍人馬，各站一排，手拉著手，遙遙對峙。個頭最大的站中間，小個頭的站兩邊。甲軍的當中，站的是小群兒，乙軍的當中，站的是小錘兒。

甲軍的一位「壯丁」鄭小子被乙軍選中，便飛快地跑過去，趁「投敵」的當兒，瞄準左邊的目標，那是手拉手的小忠兒和二孩子，撞開了，就勢反擄回敵軍的士兵小忠兒。乙軍又重整旗鼓，堅守陣地，高聲挑戰，並派佳範兒衝向甲軍。甲軍的繼惠兒和小金良卻把手拉得更緊，佳範兒做了甲軍的俘虜，卻咧開嘴呵呵地笑了。甲軍戰士更加眾志成城，乙軍則毫不氣餒，沉著應敵。甲乙兩軍對應著，高聲喊叫：

穀草垛
高又高
你的兵馬叫我挑
挑哪個
挑紅英
紅英不在家
要你哥兒仨

這些對詞聽得懂，卻不解其意，但九歲的我也同樣地跟著大家高聲喊叫著。更小些的孩子們，在一旁玩的是「老鷂子抓小雞」。他們也被輝映在這金色的火燒雲光照下了。「老鷂子」是佳瑞兒佳範兒十歲的二姐桂清，「老抱子」是他們的大姐十一歲的桂蘭，跟在後面的「小雞」們，有不足六歲的二弟阿威，個頭卻像七歲的樣子，有五歲的小繼惠兒，乾瘦而不太結實，有不足五歲的二孩子，流著大鼻涕，有剛滿三週歲的三弟阿勇，戴著圍嘴兒，還有一些差不多大小的女孩兒們，紮了紅頭繩兒，梳了羊角辮兒。

「老鷂子」張了牙，吐了舌，舞了爪，瞪了眼，卻還是抓不到「小雞」。「小雞」們拉著前面的「老抱子」躲著，轉著，格格地笑著。這「老鷂子」固然可怕，但他們心裡清楚，這其實是二姐桂清啊。

一旁參觀的大人袁北合嘲諷了，說，「老鷂子你怎麼一隻小雞也抓不到啊？」「老鷂子」不理會，也不氣餒，她仍然努力地做著這規定的角色。他們都在這高高的穀草垛邊玩兒得興高采烈，熱火朝天，大汗淋漓。

慢慢地，火燒雲和它的餘暉退去了，退到了百貨商店後面的再後面。它們臉兒上曼圓形的牆垛，仍然像一隻躬著身的貓，是在等待著黑夜的來臨吶。

這邊的甲軍乙軍仍然在不停地穿梭往來，直到夜色濃濃地鋪滿天穹，月牙兒亮晶晶地高懸在穀草垛的上空，堂・吉珂德先生的城堡和風車，以及周圍的景物都變成了剪影，一簇簇的土屋裡亮起了點點暗黃色的燈光。

遠處東鹼泡子的蛙聲此起彼伏，響成了一片。

孩子們聽到了母親們在叫著他們的名子，是呼喚著吃晚飯的聲音。這聲音在這迷人的晚上，顯得格外地悅耳和動聽。

3. 下雨了 The Rain Is Coming

公元一九六二年

下雨了！

這雨訊是正在院子裡彈玻璃球的孩子們發出的。他們擡起頭，望著滴在臉上手上的雨珠，說了聲「一二」，就大聲喊了出來：

天老爺
別下雨
包子饅頭全給你

又見到路上的一個漢子，戴了草帽，匆匆地從遠處走來，就又齊聲喊道：

下雨了
冒泡了
哪個王八戴草帽啦

沒等那漢子醒悟過來，這幾個孩子就已經逃得無影無蹤了。那漢子並沒有在意。這同樣的把戲，多年前他也幹過的。

雨就突然地下了起來，來勢洶洶，如同天上的海洋漏了底一般。沒有風，沒有雷，沒有閃電。路上，也沒有行人。

雨就這樣地下著。院子裡的缸缸甕甕，罈罈罐罐，都任憑雨水擊打著，碎鼓似地響著。泥牆，泥屋被雨水沖出一條條的溝渠。雨水遂混著泥漿，不顧一切地流去。玻璃窗外的霧濛濛連成一片，前面鄭世經家的土房，那泥土也被衝出了一條條的溝渠。踮著腳從門口向東望去，隱約見到那片空場上的穀草垛，沒有孩子們圍在它的旁邊，獨自地淋在大雨之中。

炕上的玻璃窗前，七歲的二弟阿威和四歲的三弟阿勇，還有剛滿三歲的妹妹小潔，他們一起在玻璃上貼著剪紙。玻璃上蒙了一層水氣，那剪紙一下子就貼上了。那是奶奶用白紙剪出的男孩兒女孩兒們，他們聯在一起，手拉著手，是在玩著那永無止盡的「攻城」遊戲，張開嘴高喊著「穀草垛，高又高，你的兵馬叫我挑」吶。旁邊的雞兒鴨兒貓兒狗兒們，是圍在穀草垛旁的特別觀眾，牠們的嘴也都張開著，牠們是在助威吶。奶奶剪的紙人兒，大抵伙食很好，各個都胖乎乎的，耳朵都撐成了「3」字形。他們都一致篤定地「大」字形站著，在這大雨滂沱的星期天下午，他們的「攻城」就轉移到這玻璃窗上了。

「攻城」前面的窗臺上，還擺著用媽媽的線軸和木塊搭成的宮殿，有亭，有臺，有廊，有閣。這一切在雨在霧的背景中，彷彿化成了真的時空，並活動起來了。而遠處的朦朧中，那座藍灰色的穀草垛，就是這背景中的城堡，城堡的上方，烏雲的深處，一定有著人們想像中的一條巨龍，搖晃著身軀，舞動著利爪，誇張地開著大口，吐出大江大河。據說這龍曾現身光臨過這小城，曾住在去南崗子路上的「龍坑」，那坑裡至今還留著凝固了的白色泡沫，是那龍住過的證據。

炕上的葦蓆上，散落著「識字卡片」。兩寸見方的薄紙殼上，一面印著文字，下面注了拼音，另一面是彩色圖畫。它們是人，口，耳，鼻，眼，日，月，雨，雪，虹，總共有兩套，整一百張。

身材瘦小的奶奶這時並不太老，頭髮白得不多，「疙瘩鬏兒」梳得光滑細緻。媽媽這時年輕，梳了兩條長辮子，紮了紅頭繩。奶奶坐在炕頭兒，媽媽坐在炕稍兒，她們在幽暗的房中繞著線團，一面在嘮著嗑兒吶。

炕頭兒的奶奶雙手撐開那邊的線圈兒，緩慢地繞著，炕梢兒的媽媽快捷地把線纏在這邊的線團上。

炕梢擺了「炕琴」，也叫「被閣子」，上面摞了被褥，再整齊地蓋上一個綉了花的罩子。炕琴的正面，鑲了彩花瓷磚，盡是富貴牡丹和花開富貴，寄託了這裡人們對於未來的嚮往和信心。

十歲的我已經是小學四年級的學生。從企業小學轉學到實驗小學，加入了學校的「美術小組」，這時正坐在牆邊的「琴桌」上，畫一張水彩，叫「松山竹馬」。

屋裡擺了一對木箱，架在木頭板櫈上。箱子蓋面上被媽媽擦得一塵不染，放了暖壺，茶壺茶碗茶盤。一臺綠色的外國玻璃小座鐘，已經不走了，或者說是「時間凝固了」。還有一個深紫色的燒瓷臺燈座，形狀十分奇異：一個細長的花瓶旁躬著一隻貓。牠躬得這樣起勁兒，比起家裡那隻常常躬著身子的狡猾的黑貓「饅頭」，是有過之而無不及。

牆上的幾個玻璃鏡框裡，彩色的襯底上鑲了點點密密的照片，多數是黑白照，偶爾有塗了色的，題了字的，陳列了家族成員和親朋好友們的光榮和歷史。這周圍還貼滿了年畫，都是爸爸的學生們過年時送來的，張張都十分鮮豔，十分好看。天花板是白紙紮的，有些泛黃了，見得到幾點漏雨留下的水痕。鏡子也掛在牆上，不大，後面別了雞毛撣子。

箱子的右手是琴桌。「琴桌」只是對「書桌」的另一種叫法，它的上面，垂著一盞電燈，罩了一個綠色的捲邊玻璃燈傘。這時還沒有「來電」，這罩了燈傘的電燈和牆上的年畫卻給人以一種光明的感覺。

炕上的弟弟們阿威阿勇還在擺那剪紙和宮殿。妹妹小潔轉去玩那些識字卡片，也不時地鑽進奶奶和媽媽繞著的線圈。他們偶爾也說些甚麼，笑些甚麼，我專心地在畫「松山竹馬」，就不覺得這吵鬧了。

不知甚麼時候，雨聲沒有了，天亮了起來，原來雨終於停了。

「出槓了！」院子的孩子們高聲宣佈著。「槓」就是彩虹，是孩子們必看的風景。我放下了

「松山竹馬」，帶著阿威阿勇和小潔出去了。

赤腳踩在雨後的地面上，光滑而舒適。空氣中還含著水氣，灰色的雲漸漸散去。太陽出來了，不熱，卻讓人覺得愉快。地面上的雨水，仍和著泥，匯成無數條小溪，急湍湍地向東流去。穀草垛濕漉漉地立著，滴著水，像是一座剛剛歷經了一場曠世之戰的城堡，下面是大大小小的水窪，斷斷續續地把穀草垛映在其中。

穀草垛的上方，出現了一條彎彎的彩虹。

周圍的孩子們遂又跑出門來了，有的穿著雨鞋，有的赤著腳，也快樂地大聲地叫著，追逐在穀草垛旁。大人們也出來了。人們仰著頭，瞇著眼，看著這天上人間最炫麗的色彩和最美麗的景緻，不可思議地出現在這雨後碧藍淨亮的天空。

誰家的大叫驢子步出了草棚，伸長了脖子，猛力搖去身上的雨水，「嗚哇嗚哇」快樂地嗚叫了起來。

4. 紅色蜻蜓 The Red Dragonfly

公元一九六二年

正午的空中，一絲雲也沒有。白色的太陽，無聲無息地照著這小城，照著這周圍的土屋，土牆，照著這一座座院子。

窗戶中時而有蒼蠅飛進飛出，嗡嗡地響著。這正是睡午覺的時候。兩歲的三弟阿勇，睡得正無比香甜，哈喇子把圍嘴兒都流濕了。

剛滿八歲的我和旁邊不足五歲的二弟阿威，這時卻毫無睡意。耐不住這屋子裡的悶熱和無聊，我們從炕上爬了下來，東轉轉，西看看。

東屋的奶奶也在午睡。

爺爺則坐在小櫈上，一邊喝著紅茶，一邊用細鐵絲編「笊籬」吶。

三十三年前，二十二歲的爺爺馬德豐步了長兄馬德雲的後塵，帶了四歲的長子，我的父親馬龍起，挑了擔子，從老家新民范家屯一路風塵，落地生根在這小城，終於闖出了一片天地，靠的就是勤儉和這「不起眼的笊籬」。如今這笊籬是要送給鄰里們的。

朝東的牆上，新近開了一扇小窗戶，因了這緣故，這屋子就明亮些了。透過窗，遠遠地看得到東鹼泡子上空的日出，看得到遠處高大的穀草垛，一無遮擋地曬在陽光下。

牆上的鏡子，上下都鑲著鏤花的木雕，是幾十年前的老物件，卻揩拭得乾淨，把它那明亮的光映射在對面的牆上。

鏡子下邊的一把彈簧椅子，座位上的漆布面已經有些破損了，大抵也是從前買賣「櫃上」的家具，或許是「滿洲國」的遺物也說不定。這椅子坐上去並不舒適，式樣也顯得過時和突兀了。

牆邊的描花大綠木頭櫃子，正面的黃銅飾件被奶奶擦得閃閃發亮。櫃子上面，正中擺了一個一尺多高的座鐘，圓形的頂上蓋了一塊長條的紅布，下面的鐘擺左右搖晃著，發出均勻的「咯噠咯噠」的聲響。它就這樣不停地擺著響著，讓人覺得「時間」這種東西是取之不盡，用之不竭的，前面有著大把的未來，有著數不盡的明天，永遠在等待著我們去揮灑去消耗似的。

座鐘的兩邊各擺著一對花瓷「撢瓶」和「帽筒」。「撢瓶」裡插了雞毛撢子，帽筒裡插了「蠅甩子」和孔雀翎子，早年爺爺的禮帽大概就是放在這上面的。這帽筒上彩繪了兩位楊柳細腰，杏核眼櫻桃口的年輕女子，扛著鋤，提著籃，在庭園中打理花圃，那上面的題字是「惜花春起早」。這其中的「花」字，此時我還不認得，因為它是「連筆字」的寫法。我家裡的人，和這小城裡所有的人們，也都和這女子們一樣，每日「黎明即起，灑掃庭除」，心安理得於這平淡無奇與世無爭的日子。

櫃子上還擺著爺爺的白瓷茶壺，那上面藍彩的風景旁題了詩，說：「嶗山有清泉，泉水清且甜」。這常常引發了孩子們的無限嚮往，想像著那比後院兒畢家井沿兒還要清，比大十街的冰棍兒還要甜的嶗山泉水，是多麼地不可思議。

爺爺打了個呵欠，他也睏了。

我和阿威踮著腳，屏著氣，從家裡溜了出去。

外面也同樣地燥熱著。

院子裡的幾個孩子們也在。隔壁陳家的小忠兒，後院王家的繼惠兒，前院鄭家的鄭小子，他們都聚在牆根兒那邊，用高粱秸「醬桿兒」紮了眼鏡，戴在鼻子上，紮了煙斗，叼在嘴裡，紮了匣子槍，別在身上。這樣的醬桿兒篾兒堅韌光滑，瓤兒柔軟細嫩，我和阿威的裝備很快就做好了。

然後，我們每人手裡再拿了一整根高粱秸，就在院裡院外跑了起來。

空氣悶熱而乾燥。一切都像是被太陽曬乾了一樣，蒼白，沒有生機，沒有色彩。地面也像被曬出了一層塵土，飄浮在腳下。千篇一律毫無變化的土屋頂上，豎立著一片大大小小高高低低的泥土煙囪，在天空的襯托下，倒顯出了一些別緻來。

無數隻蜻蜓，劈哩啪啦地飛著，飛在高高的穀草垛周圍，飛在這院子的上空。陽光透過它們的翅膀，反射出金燦燦，亮晶晶的光芒。

我們手持這高粱秸，在蒼白的陽光下興奮地跑著，跳著，追逐著這些五彩的蜻蜓，一邊高聲地呼喊：

蚂螂蚂螂你落
落到我家的柴火垛

我們不時地將手中的高粱秸舉上舉下，等那蜻蜓落在上面。忽然，我手中高舉的高粱秸上端，落下一隻蜻蜓。我把那高粱秸小心地降下，發現上面停落的是一隻紅色蜻蜓。

看，紅色蜻蜓！我告訴周圍的孩子們。

孩子們圍了過來。那隻紅色的蜻蜓彷彿要炫耀自我一樣，停在高粱秸上，動也不動地任我們看著牠。

當我又將這蜻蜓高高舉起，放回到空中的時候，牠又展開牠紅色的翅膀，飛越高高的穀草垛，向著那蒼白的太陽飛去。我們遂又追逐牠，追逐那無數隻色彩斑斕的蜻蜓，我們跌落了「眼鏡」，丟掉了「煙斗」，遺失了「匣子槍」，直到那白色的太陽刺痛了我們的眼睛。

那紅色的蜻蜓飛向了我們看不清而無所知的地方。

湛藍的背景前，仍然有無數隻彩色的蜻蜓，在穀草垛的上空，劈哩啪啦地飛翔著。

穀草垛下，我同周圍的孩子們一道，追逐著，嬉戲著，喧鬧著。我們漸漸地長大了。

5. 井沿兒 By the Well-Side

公元一九六九年

「井沿兒」在我家的大後院。井沿兒的主人姓畢，所以井沿兒也叫「畢家井沿兒」。

當小城裡的人們知道世界上還有「自來水」這回事的時候，人們的用水還是要到「井沿兒」去挑。

挑水的時候，一條扁擔扛在肩上，兩端的鐵鉤子掛上洋鐵水桶，或方或圓，空著桶去，滿了桶歸，拎起來，「嘩」地一聲，倒在水缸裡。

我家「外屋地」廚房的那口大瓦水缸，若要裝滿了，差不多得五六挑子水。這時我十五歲，二弟阿威十二歲，我們已經開始幫助爺爺和爸爸分擔這項家務了。

挑水的路上，永遠會留了兩行滴下來的水痕。到了冬天，這兩行水痕就凍結成冰，一層層的滴水，凍了，隆起來，就像是冰築的田埂一樣。

去井沿兒挑水，要經過穀草垛，那是前院謝大個子的家產，也是孩子們和堂・吉訶德先生的「城堡」和「風車」。然後，從張曉麗家左轉，經過麻繩編織社和洋鐵舖的後大門，就到了畢家井沿兒，來回差不多是十五分鐘的路程。

編織社就是編織麻繩的地方。這裡的後大門朝東，對著「背街」，終日敞開著，看得到裡面堆滿的麻繩材料，聞得到裡面飄散的麻繩味道。

那妙不可言的「麻繩機」，拉開了架勢，把一排十幾二十根麻繩從院子的一頭拉到另一頭。它的中間橫了一個像木梳一樣的東西，在這些繩子上「嘩啦嘩啦」地梳來梳去，就像是給《巨人傳》裡躺著的巨人梳理頭髮。

這時已經是收工下班的時候，編織社的院子裡卻擠了不少人，是周圍的人們又到這裡來看駱駝了。近來，這裡常有駱駝光臨，引發了鄰里乃至城裡人們的濃厚興趣。也有人大老遠從「北頭」趕來，說這駱駝若是不看上一回，豈不枉來人間一場？

駱駝的主人，一個有著濃重外地口音的漢子，很是慷慨和大方。他不但准許老人們伸出手來，摸摸那駱駝的皮毛，也准許一兩個膽子大的孩子騎上去。他要那孩子抓緊前面的駝峰「莫鬆開手」。那孩子起初還有點兒害怕，待那駱駝站起身來，向前走動起來時，便樂不可支，竟然不肯再下來了。而在這之後的一個到兩個星期內，這孩子每逢看見馬，牛，驢，甚至汽車，都定然要宣佈一次：我還騎過駱駝吶。那口氣，就彷佛是他還騎過龍，駕過鳳，見過玉皇大帝一般。

這駱駝是小城人們前所未見的龐然大物。就連大人們，也被牠的高大威武，甚至牠咀嚼草料時表現出來的莊嚴和隆重，所深深地吸引和打動了。

沿著編織社的牆邊兒去井沿兒，又見到「洋鐵鋪」的後門，也是終日敞開著的。我的大姨父王樹林和王家大舅王鐵生就在這裡工作。他們用洋鐵，就是薄鐵皮打造爐筒子，洗衣盆，水舀子，漏斗，燒水壺，水桶和「喂大羅」。他們的手藝是原先王家的洋鐵鋪福生合所傳承的。他們把這些用具都打造得精巧耐用，七年八年九年十年也斷斷用不壞的。

洋鐵鋪的垃圾池子裡堆滿了丟出來的洋鐵片廢料。孩子們在裡面翻騰，找到了銀光閃閃的「匣子槍」，「王八盒子」或「屠龍寶劍」，就戴在身上，能玩上差不多一個星期。大人們撿了些回來，用釘子在上面打了洞，加工成防滑鞋底，冬天時綁在鞋上，去東鹼泡子割葦子，走在那凍得結結實實的冰上，就不會滑倒了。

這一年，在去井沿兒的路上，擺放了很多很大很結實的大鐵桶叫「抗旱桶」，形似火車站見過的大油罐車。它們剛剛被噴了漆，編了號，銀色的外表，橘色的內裡，在夏天的烈日下閃閃發著金屬的光亮，陣陣散著油漆的味道。這些抗旱桶是要由馬車拉了，灌滿了水，再拉到鄉下田裡澆地用的。抗旱桶的上面有一個圓形的蓋子，這引發了孩子們的興趣和想像。他們跳上這些鐵桶，鑽進去鑽出來，躥過去躥回來，把它們當作日本鬼子的「鐵甲戰車」了。

畢家的全家，就住在這井沿兒旁的一座小土屋裡。土屋低矮，令人覺得只要你縱身一躍，就已經站在那屋頂上，抱住那有點兒傾斜的，永遠飄出縷縷青煙的煙筒了。

畢家的老太是寡婦，有口音，是外省人。畢老太其實並不老，她帶了三個孩子，就靠這兩分錢一擔的水，一擔一擔，積少卻不成多，過著清淡如同這井水一樣的日子。

畢家土屋的後窗很小。透過那有些汙濁的玻璃，見得到裡面的簡陋家具。簡陋的書桌上，也有孩子們的書本和作業，簡陋的牆上，也貼了彩色的年畫和孩子們的獎狀。「全家福」相片也有一張，那前排的一個中年漢子，看上去還健健壯壯的，就是這畢家的家長，如今卻已經不在這人世間了。

屋子的另一面，也有一個小的院落，也養了雞鴨，牠們就在窗前啄食。院子裡有一條花狗叫「蔫蔫兒」，是一條動靜很小的好狗。門前的幾盆花兒，芍藥，玻璃翠，君子蘭，還有籬笆上爬著的牽牛花，這裡叫「打碗花」，籬笆後的向日葵，這裡叫「毛子磕」，都在這小小的院子裡盛情地開著。

靠牆角立著的一根木桿子上，掛了隻鳥籠，裡面的一隻黃雀兒不時地向外面的世界張望和召喚，牠是畢家男孩的朋友。這一切在這夕陽的輝映下，都顯出了盎然的生機和無盡的活力。

北方人起得早，井沿兒也開得早。井是「洋井」，就是手壓抽水井。每天天剛矇矇亮，畢家老太就提了一個洋鐵茶壺走進水房。水房也是一座低矮的土屋。畢家老太站在一個木箱子上，一面把水慢慢地澆在那井肚子裡引水，一面抓住壓水的臂把上下壓動，那葫蘆狀的井肚子裡就發出了「嘶啞嘶啞」的嗚咽聲。這時，水就引出來了。畢老太一下一下地壓著水，水便灌進了水房外面巨大的木頭箱子裡。過些時候，孩子們醒了，就接她的班。這水箱裡的水滿滿當當，像是取之不盡用之不竭似的。

水箱子旁的一顆生了鏽的鐵釘子上，掛了一個癟了口的洋鐵水杯子。過路的人渴了，就自己拿下那杯子，走進水房土屋，接在水龍頭下，畢老太就輕輕一提手中的臂把，壓出一注清涼甜美的水來。過路的人「咕嚕嚕」一口氣灌飽了肚子，滿意地擦擦嘴，再把杯子掛回原處，大步走開了。

逢清早上班前或傍晚下班後到井沿兒挑水，就得排隊了。前面的隊伍少則四五人，多則十幾人。人們習慣地把扁擔撮在畢家土屋的牆上，把方口圓口的洋鐵桶擺在隊伍中，再用腳踢得它們叮噹作響向前移，自己則站在一旁。輪到的人，便向井房玻璃窗戶的一個小方口裡丟進一塊「水牌子」。水牌子是畢家自製的，一片拇指頭大小的馬糞紙殼上，印了一方看不出字跡的暗紅色圖戳。透過窗，模糊地看得到畢家老太的土藍色士林布褂，和她那張疲憊的臉。間或，若是有畢家老太的兒子，和我年紀相仿的男孩出來壓水，等水的人們便會把水桶移動得稍快一些了。

遇到熟人，等水的人就會搭訕著聊上幾句閒嗑兒：

吃飯了嗎？

嗯吶，吃了。你吶？

還沒吶。兒子多暫娶媳婦兒？

過小年。

殺豬嗎？

不殺了。這豬得賣給屠宰場啊。

可不是咋地。

接完了水，這有關娶親和殺豬的話題，就得留到下次井沿兒見面時再繼續討論了。

井沿兒邊上等著接水的人們，也是各式各樣的：有還沒脫下油膩圍裙的「紅旗包子鋪」的大師傅，頭髮亂糟糟的像是扣了個雞窩；有鑲了大金牙穿戴了骯髒的大褂和套袖，耳朵後夾了根煙捲兒的「東風理髮店」的剃頭匠；有頭戴鴨舌帽身穿中山裝，胸前佩戴了「毛主席去安源」像章，胳膊下夾了一捲報紙的斯文漢子，他的眼鏡腿斷了，就用膠布纏著，徒增了些「溫良恭儉讓」的味道。還有如我一般單薄稚嫩灰頭土臉，腳上穿了黑色塑料涼鞋的待業青年；有衣襟沾了鼻涕，脖子上留了黑皴，面色卻紅潤光滑的半大少年，還挑不動整擔水，便湊上兩隻小桶「喂大羅」，有些靦腆地衝著裡面的畢老太遞上兩個字：半挑兒。

有時，也會遇到梳了羊角辮兒，紮了紅頭繩兒，腳穿黑布鞋白絲襪，臉上擦了雪花膏，來結伴挑水的女孩子們。她們的樣子好看，就像畢家門前盛開著的花兒一樣。這時，我便不好意思地移開視線，轉望向井沿兒上空那些燦爛炫目的火燒雲。火燒雲在夕陽下追逐著，變幻著，初看時像是一群在草地上的山羊，不急不緩地吃著草。不經意間，牠們又化作了一群躍躍欲奔馳起來的雙翼神馬了。

這時，畢家井沿兒的井房，就躲進洋鐵舖的高牆投過來的影子裡。前面的畢家土屋，則被罩在暖紅色的夕陽中，把那鳥籠裡的黃雀兒也變成「紅雀兒」了。

待輪到我接了水，拿起扁擔，挑起水桶，大步跨出了畢家井沿兒時，後面那些等著接水的女孩子們，仍然在嘰嘰喳喳，說著笑著甚麼。

洋鐵舖和編織社的大門已經關了。鄰里的孩子們又都聚集在穀草垛的周圍。月亮升了起來，不很明亮，卻很柔和。一下子，兒時的記憶，和那些無憂無慮的感覺就突然間回來了。

男孩子們仍然在玩著「穀草垛攻城」，是我從前玩過的遊戲。這兩軍人馬遙遙對峙的陣營中，有我十一歲的二弟阿威和八歲的三弟阿勇，他們跟著那些孩子們喊著，叫著，也同樣地興高采烈，大汗淋漓。

我六歲的大妹小潔，和同歲的陳家小華，宋家小華，張家小麗，這六七個女孩子們圍成一圈，架起了右腳，相互搭著，搭成了一個「花籃」，她們就跳著，喊著：

編，編，編花籃
花籃裡面有小孩
小孩的名字叫秀蘭
蹲下，起來
坐下，起來
一二誰出來
一二出來

然後，依著兒歌中的詞兒，她們就蹲下，起來，坐下，起來。

宋家小華絆了腳，差點兒摔倒了，旁邊的小潔小娟就拉住了她。她們沒有要她「出局」，她就笑起來，周圍的孩子們也笑起來了，這笑聲就止不住了。「秀蘭」不見了，「花籃」散了，她們笑得抱成了一團，眼淚也笑出來了。

一旁兩歲多的妹妹小紅和同歲的陳家小燕兒，她們還不會玩這「編花籃」，卻也同樣興奮地轉著，格格地笑著，她們玩的是「天轉地轉，葫蘆頭亂轉」。

還有幾個大些的女孩兒們，她們扯起一根用布條接起來的，長長的「橡皮筋」，熱烈而專心地跳著。她們靈巧地擡著腿，踢著腳，在那根布條兒上繞著，像是輕快的燕子繞過柔軟的柳枝。她們不時地用手撩起前額的頭髮，一邊唸道：

一盆火，兩盆火
太陽出來曬曬我
鯰魚頭，鯰魚尾
鯰魚喝水嘎巴嘴

然後，她們又唱了另外一首：

高粱在這邊
楊柳在吐芽

鮮豔的花兒
開到咱的家

也有淘氣的小男孩從旁邊湊過來，手裡拿了樹枝，試著去勾那根布條兒搗蛋，女孩兒們最多說上一句「煩人」或「走開」，或者乾脆不理會他們。女孩兒們認真地舉起那布條兒，小舉，大舉，過頭，最後，她們又跳起了「馬蓮花」：

小皮球兒　架腳踢
馬蓮花開二十一
二五六，二五七，二八二九三十一
三五六，三五七，三八三九四十一
八五六，八五七，八八八九九十一
……
九五六，九五七，九八九九一百一

她們的「馬蓮花」就這樣無盡無止地開著，她們也就這樣不知疲倦地數算著，像是在數算著她們無憂無慮的，永無止境的童年的日子。

廚房的水缸裝滿了。蓋上那高粱秸「蓋簾兒」，把兩隻水桶疊在一起，倒扣在一旁，再把扁擔掛在牆上。炕上的矮桌子上，媽媽已經擺好了晚飯，是炒土豆絲兒和高粱米粥。

天還沒有完全黑。晚風從開著的窗子習習地吹進來，涼爽而舒適。弟弟妹妹們，還有鄰里的孩子們，他們這時也都吃了晚飯，洗了個乾淨。孩子們的興奮還沒有退去。他們的精力，就像是那井沿兒大水箱裡的水，取之不盡，用之不竭。他們的臉蛋兒，都仍然是紅噗噗的，鮮亮亮的，在這迷人的晚上，就像是畢家井沿兒的院子裡，那盛開著的芍藥，玻璃翠，君子蘭，和籬笆上的打碗花兒，還有向日葵一樣。

第19章 小城的四季 The Four Seasons in Our Town

公元一九六四年

小城的四季是分明的。

一過臘月廿六，掛在牆上的「洋黃曆」上，就註明瞭這一天是「立春」了。「打春陽氣轉，雨水沿河邊」，這兩句諺語就勾畫出了一幅充滿了生機的圖畫，人們也生出了對於春天的盼望。然而在北方的諺語裡還說：「打春別歡喜，還有四十冷天氣」。果真，小城裡的春天，到了四十幾天後，才算是真地來了。這時，空氣中出現了暖意，屋簷下的雪融化了，院子裡的雪人本來是胖墩墩的，樂呵呵的，現在卻開始打蔫兒了，開始慢慢地消瘦了，融化了。他頭上的破鐵桶「喂大籮」，有一天「咣噹」一聲，掉落下來了，充當鼻子的那條胡蘿蔔，也歪歪斜斜地塌落了。他的嘴巴和眼睛，早就不見了。

東鹼泡子和東河的水也融化了。那水面上飄浮著一層潮濕的熱氣，混合著一許腐草的味道，那就是春天的氣息了。人們脫了那沉甸甸的棉衣，換上了夾衣，頓時覺得脫胎換骨般地愜意和輕鬆。

小城的春天很短。幾場不大不小的風，夾著砂子，吹走了凌厲的嚴寒，吹綠了街邊的楊樹和柳樹。照例，院子裡那大肚子瓦缸裡，又下了豆瓣醬。天天日曬，時時打耙，一個月就過去了。還沒等人們定下神來，醬就已經好了，天就已經到了盛夏了。

盛夏的東鹼泡子，有一多半被蘆葦覆蓋了。居住在那裡的青蛙此起彼伏地鳴叫，節日般地喧囂著。若仔細地聽，那喧囂聲中，好像還夾雜著北方的語音，說：「夏天來了，夏天來了。」

夏天來了，窗戶就大敞實開著，蒼蠅飛進飛出，院子裡的聲音就阻不住地湧進來。那聲音並不好聽，兒時的記憶和那些舒緩踏實的感覺卻似乎突然地回來了。

夏天的飯桌子上多了新下來的小蔥，蘸了新下來的大醬，也許還有苣蕒菜，婆婆丁，蘸了醬就非常下飯，就著的苞米麵貼餅子，或是苞米碴子蕓豆粥，一會兒就吃得滿頭大汗了。

有本事的人，會到東河網上幾籮蝦，放上少許鹽，少許油，炒了，那蝦就成了紅艷艷油汪汪香噴噴的一盤下酒菜了。酒是散裝的糧食酒，小城的燒鍋自釀，沒有名字，卻是貨真價實香氣撲鼻的好酒。酒壺是白瓷藍花的，一個穿了洋裝的少女模樣，頭髮梳理成三角形。脖子有點兒太細了，卻亭亭玉立似的。酒盅也是個小三角形的。夏天的酒不必燙，兩個指頭捏起來送到嘴巴，抿上一小口，發出「滋啦」一響，喝酒的人是溫文爾雅的。

若是更有本事的人，再釣上幾條魚燉了，那裡面放了蔥薑蒜，還有鹽和料酒，煮出來魚湯，便真是鮮美無比。若再放上些大豆腐，那便是非常奢侈的了。吃魚的一家人，還要把那魚刺魚頭甚至骨髓都嘬得乾乾淨淨，精精光光，就是掉在桌子上一滴魚湯，也要揪下塊兒貼餅子，抿上它一下，放在嘴裡細細品嚐，咀嚼回味一番。

這樣鮮美的魚吃了還沒有幾次，就立了秋了。秋天就更顯得短。人們吃了幾次香瓜，西瓜和沙果，男孩子們嚼了幾次「甜桿兒」，女孩子們咬了幾次「姑娘兒」，飯桌上吃了幾次茄子拌醬，旱黃瓜蘸醬，小蘿蔔蘸醬，燉豆角，烀倭瓜，本愈大吃特吃，以不至於懊悔，白晝就開始慢慢變短，樹葉就開始慢慢落下，備秋菜漬酸菜的時候到了。

於是，家家戶戶的門板卸了下來，架在櫈子上，一顆顆地疊了洗好的大白菜。大瓦缸也刷洗乾淨，放在「外屋地」廚房的一邊，像是家裡添了一位賓客一般。滴完了水的大白菜一顆顆擺在瓦缸裡，一層層撒上鹽。擺到缸沿了，放了水，壓上一塊石頭，剩下的就是等侯了。

院子裡的地窖，也儲存了大蘿蔔，胡蘿蔔，白菜和土豆。天很快就有涼意了。這涼意在不知不覺間卻變成了冷意，又突然間變成了寒意。繼之，有一天天上飄散起雪花來，就宣告冬天來臨了。冬天卻是漫長而毫不含糊的。天似乎在一天冷似一天，一天比一天嚴峻，直到有一天有人指了指掛在牆上的「洋黃曆」，提醒了，說，「大寒小寒要過年」，人們就開始認真地準備起年貨來了。

這時小城的經濟有所復甦，人們有了久違了的「寬裕」的感覺。「三自一包，四大自由」的經濟發展政策給人們帶來了一些兒實惠，小城的人們也和全國的人們一樣，不但餐桌上有了真正的糧食，也真地有了些「過年改善伙食」的意思了。人們遂又記起了那久違了的順口溜，便把過年的好處娓娓道來：

小孩小孩你別饞
過了臘八就是年
臘八粥，喝幾天
哩哩啦啦二十三
二十三，糖瓜粘
二十四，掃房子

二十五，炸豆腐
二十六，燉羊肉
二十七，殺年雞
二十八，殺年鴨
二十九，蒸饅頭
三十晚上熬一宿
大年初一扭一扭

這些很有些奢侈的節目並不是家家都辦得到的，人們努力地操辦著，耐心地等待著。北方漫長的嚴冬開始了。

第20章 嚴冬 The Bitter Winters

公元一九六四年

冬天的嚴寒是永遠在小城人們的記憶之中的。雖然是剛剛過了冬至，天就已經冷得不行了。窗外刺骨的寒風吹著，吹得樹木東搖西擺，吹得窗戶紙「嘩啦啦」地響。

人們剛剛吃了晚飯，收拾了碗筷。暗黃的燈光下，男人抽著自捲的紙煙，聽那廣播匣子裡枯燥乏味的「新聞聯播」，女人納著鞋底，孩子們寫著作業。這一切都做完了，就上了炕，焐了被，滅了燈火，黑暗中有一搭沒一搭地說點甚麼。一邊聽著外面那呼哧呼哧的風聲。兩袋煙的功夫，那風仍然不斷，就再說上幾句甚麼，不知過了多久，才迷迷糊糊地睡了過去。

鞋子都放在爐子旁的地上烤著，烤出了絲絲的焦布味兒。地是土地，被踩得硬梆梆，光溜溜的，被那爐火照出些紅色的光亮。炕上鋪了兩層炕蓆子，是自家用葦子編的。蓆子上鋪了褥子，上面鋪上被子，最後再壓了脫下來的棉襖棉褲。

可以想見外面的嚴寒來。「手都凍裂了」，「耳朵都凍掉了」，「下巴都凍歪了」，人們就這樣形容北方的冬天。手凍裂了倒是真的，擦了「蛤蜊油」就好些了。耳朵被大狗皮帽子護著，是凍不掉的，下巴被大棉襖子裹著，是凍不歪的。倒是小孩子撒尿，在外面，那就要當心了。那尿撒出去的時候還冒著熱氣兒，待泚在那凍得硬梆梆的大地上，眨眼間就變成冰餾了。旁邊的大人還得拉那孩子快點兒進屋，說要不然啊，「就把小雞雞凍掉了」。

男人女人大人小孩兒們，對於這冬天的嚴寒，也都習慣了，沒有抱怨了。年復一年，冬天還不是就這樣來了，又這樣去了，抵也抵不住，擋也擋不開的。

但是，北方冬天的火爐子火炕火牆，抵擋起嚴寒來，都是無比地管用。儘管外面大雪紛飛，北風凜冽，屋子裡頭卻是暖和舒適的。

爐子是土坯或是磚塊砌成的，裝了「爐筒子」。爐筒子是「洋鐵舖」裡打的，使用了十幾年也使不壞。爐筒子先是在爐子邊上豎起兩節，再加了一個「拐脖兒」，橫著的兩節就用洋鐵絲吊起來，拐向窗戶外，把那爐子裡的煤煙子引到了外面，一縷一縷的，像是舊時的紳士在抽一個洋煙斗一般。也有的爐子是鑄鐵的，燒得熱烈的時候，就周身通紅，爐筒子也燒得紅裡透亮了。於是，那紳士就像是來到家裡作客，酒喝高了，上了頭，情緒也高漲了起來，話語也多了起來一樣。

火爐子燒的是煤麵子，盛在一個破臉盆裡，摻了水。爐鈎子煤鏟子都是鐵打的，放在旁邊的地面上。這樣的火爐子是不會白白地空燒著浪費著的。它的鐵爐蓋子大圈套小圈，上面永遠要燒著些甚麼，或是開水，吱吱地叫著，或是大碴子蕓豆粥，嘩嘩地燒著，或是豬食，嘟嘟地煮著，而實在沒有甚麼可燒可煮又嘴饞的時候，就烤上兩個土豆子，那感覺並不比那一盤炒河蝦或者燉江魚遜色。那香噴噴的土豆子，皮兒烤得焦黃，掰開後便冒著熱氣，拿在手裡還燙得慌，吃在嘴裡時，便覺得這整個的世界都在你的嘴裡融化了。

又下雪了。雪片不大，卻千姿百態，晶瑩剔透，像是穿著華麗衣裳的精靈兒，不急不緩地自天而降。雪花片片，跳舞似地，接在指頭上，看得出它們的形狀。那六角形的雪花形狀各異，有的像銀針，有的像落葉，有的像蝴蝶的翅膀。看著看著，倒是越看越像剛出爐的「大餜子」和「槽子糕」，於是，口裡就像有了這樣的味道。不過不及眨下眼睛的功夫，這一切就都融化了，甚麼也不見了。

漸漸地，風吹得猛烈了，雪也密了起來。漫天飛舞的雪片，隨之越來越大，飄飄灑灑，紛紛揚揚，像是一面鋪天蓋地的白色綢緞，把天地都給蓋住了，蓋得嚴嚴實實的。天地渾然溶成一體，變成了銀裝素裹，冰雕玉砌的世界。寒風針一般地刺著行人的肌膚，他們便將棉衣扣得嚴嚴實實，把手抄在衣袖子裡，縮著脖子，小心地一腳深一腳淺地踏在積雪的路上。

晨霧迷迷茫茫地瀰漫在天地之間，把整個城都籠罩了。東門外的東鹼泡子，和再遠處的「東河」，都被淡淡的白煙和這漫天的大霧大雪融合在一起了，到處都是白茫茫的一片。

西門外西下窪子盡頭的乾德門山頂上全白了，給藍天鑲了一道銀邊兒了。山坡上，有的地方雪厚點，有的地方枯草還露著。山坡下的菜地，苞米地，高粱地，還有村落，也被大雪覆蓋了，填平了。沒有了綠樹綠草綠莊稼的點綴，大地和山崗就都顯得破敗和冷清了。

到了燒晚飯時候，有炊煙從那白雪覆蓋了的屋頂升起來，裊裊娜娜，輕輕柔柔，這時才顯出了幾分溫馨和生機。

間或，有吹「洋號」的聲音從這一帶傳來，大抵是中學的學生，被這大雪的場面打動了，籍著這洋號抒發感受。他吹出的聲音有些生分，卻悠揚而明亮，還隱約有些撕裂感，使得這黃昏的景象多了些深深切切的意思，像是有千絲萬縷的愁緒似的，又像那大雪一般洶湧紛揚。

窗戶格子和窗戶紙上都掛滿了冰霜。中間那小塊玻璃上結了冰花，是縮小了的雪景，那就是一幅幅好看的圖畫，是童話書裡的圖畫。這童話講的仍然是冰天雪地白山黑水的故事。是「高高的興安嶺一片大森林」，那林子裡每一棵樹都掛滿了霜雪，那滿山滿嶺跑著的獐麅野鹿是「打也打不盡」的。

而窗戶外邊就是放大了的雪景了。鵝毛般的大雪紛紛揚揚地飄落下來，無聲地撲在房屋上，撲在籬笆上，撲在院子裡的罈罈甕甕上，撲在扣在醬缸上的大草帽上，撲在凍得石頭般堅硬的大地上，厚厚的，軟軟的，鬆鬆的。窗外望去，鄰家的房子，就在窗前不多遠的距離，卻全然地給雪遮蓋了，景天一色，辨認不出了。

遠處的東鹼泡子，和再遠處的「東河」，都凍得結結實實的，都被淡淡的白煙和這漫天的大霧大雪融合在一起了，到處都是白茫茫一片。也辨認不出來它們的面貌了。

大雪足足下了一整夜，終於，它把全城都給蓋住了，把正陽街，中央街，兩旁的買賣店鋪，洋溝板子，還有大十街藥舖前的老柳樹，路上的寥寥行人，都蓋得嚴嚴密密的，這城就變成了銀妝素裹冰雕玉砌的雪城了。

正陽街上那顆碩大的老柳樹，歪了脖子，扭了身子，永遠地保持著這樣的姿勢。它的葉子早就落光了，枝條上卻掛滿了晶亮的冰餾。一陣風吹來，樹枝便輕輕地搖晃起來，冰餾就相互敲打著，發出細碎的，叮叮噹噹的聲響。松樹柏樹上積著的團團雪球，也隨風簌簌地掉了下來，玉屑般的雪沫輕輕地飄散著。偶爾有陽光在迷茫的晨霧中不經意地照過，這些冰餾就反射出五彩斑斕的光影來，射得人有些眼花撩亂了。

大街上的積雪足有一尺多厚，背街的雪就顯得更厚了。好不容易推開房門，積雪就湧進來了。好不容易摸到了鐵鍬，要鏟出一條路來，一腳踩上去，就「酷趾」一聲陷進雪裡去了。

近晌午時，下了一天一夜的雪有些累了，就漸漸地停了下來。這時太陽全然地露出了臉，男人們陸陸續續地走出來，在陽光好的地方，牆根底，柵欄旁，聚成一個團兒，點著了旱煙袋管兒，或蹲或站，不笑而笑，無語自語。更有人拉起一捆秫秸，抖掉上面的雪，一下子坐上去，把那棉帽子簷往下一拉，遮了半邊臉，不多久，就發出了均勻的鼾聲。豬欄裡的豬從棚子裡走出來，晃去身上的雪。道路邊的狗，黑的黃的，東聞聞，西嗅嗅。籬笆旁的雞鴨鵝，並無目標地轉著，不時地啄著刨著甚麼，都在懶懶地享受著這雪後晌午的陽光。

穀草垛那邊，傳來了孩子們的嬉笑聲。穀草垛也被厚厚的雪覆蓋了，便愈發像是故事中的城堡。袁家的老爺們兒袁百和帶了他的兒子小群兒和二孩子，這時候已經在房後山堆起了一個大雪人，現在正把那破了底兒的洋鐵桶「喂大羅」扣在雪人的頭上。這雪人其胖無比，身旁插了個破掃把，像是洋炮，也像毛筆，便看不出他是個文人還是個武將。他的胸前綴了一排鈕扣，是土坷拉嵌的。他的鼻子是一根紅色的胡蘿蔔，眼睛是兩顆黑煤塊兒，嘴巴則是一塊陶土花盆的碎片，是向上翹的微笑樣子。嘴角還插了一個樹枝拐把，那是他的煙袋管兒。他定是剛剛赴了宴席歸來，酒足飯飽後，要抽上一袋「蛤蟆頭」解個乏，歇口氣，一邊威武地，慈祥地，笑吟吟地望著這冰天雪地的世界。

孩子們圍著這雪人，看了大半刻，就到一邊兒玩去了。男孩子踢那毽子，是用銅大錢和馬鬃毛紮的。女孩子踢那口袋，是用碎花布和高粱米縫的。男孩們和女孩們，「踢打奔掰壓，壓打跪踩掏」，所有的花樣都盡情盡興地玩了一遍又一遍。他們把毽子和口袋踢得很高，高過穀草垛了，也把那腳下的雪花踢散了，踢飛了，落在臉頰上，脖子裡。踢著踢著，不一刻，他們就冒汗了，臉蛋兒都紅撲撲的了。這時，狗兒貓兒雞兒鴨兒鵝兒就圍了他們轉來轉去，也不叫，也不鬧，偶爾地嗅嗅雪堆，啄啄地面。地面上除了雪，卻甚麼也沒有了。

婦人們在房子裡，紮著圍裙，戴著套袖，轉在灶臺上的大鐵鍋邊，貼著大餅子。一圈大餅子的中間炣的是土豆和胡蘿蔔。灶邊的風匣「呱嗒呱嗒」地拉著，灶坑裡的火苗子「嗶哩嗶哩」地燒著，木鍋蓋邊的熱氣「噝啦噝啦」地冒著。外面的嚴寒固然令人驚駭，婦人們卻都忙乎得冒汗了。剛剛曬過雪後暖陽的老爺們兒，催著滿頭大汗的孩子們回家吃晌午飯了。院子裡安靜了下來。屋頂上的雪有些融化了，變成了冰霤，一條條一排排地掛在屋簷上。

北方冬日的太陽，雖然沒有夏天時的熱烈暢快淋漓，卻是暖洋洋的，溫融融的，軟舒舒的，它擁抱著這個世界，擁抱著嚴寒，把人的心裡照得寬敞，透亮。

第21章 火燒雲 The Sunset Clouds

公元一九六五年

小城的傍晚時分，火車站的上空時常會被大片的火燒雲佔去了半邊天。每當168次「直快」的汽笛響起的時候，落日的餘暉就懶懶遢遢地爬過乾德門山那綠色的坡頂，暖洋洋地照進西下窪子，照在那綠油油的，靜謐謐的，無邊無際的田野上。這時，天空上的火燒雲就格外地活躍起來。這些雲先是有些淡紫色，下半邊被落日染成了橘色，那是些一小塊一小塊的雲朵，有時聚在一處，慢慢地移動，有時又分開了，像是一群吃飽了的牛兒羊兒，漫無目的地移著動著，磨磨蹭蹭地。牠們吃多了草，長大了起來，又變成了一群駿馬，長著翅膀。牠們被那火車汽笛聲激勵了，遂開始變換著形狀，變換著姿態，變換著位置，在天空上嬉戲著，奔跑著，追逐著。這令人想起音樂課教室裡迴盪過的那首《草原晨曲》：

我們像雙翼的神馬
奔馳在草原上

啊哈呵嘿
草原千里滾綠浪水肥牛羊壯

在這彷佛聽得到的歌聲中，有一匹頭上長了獨角的輕騎駿馬，從馬群中向前走了出來。牠的周身被落日鑲上了耀眼的金邊兒，使得牠顯得莊嚴而奇異。牠扭了扭頸子，蹬了蹬腿腳，就變成了一匹大蹄兒白鼻兒的大洋馬。大洋馬昂起頭，撩了個蹶子，搖晃著尾巴，搖著晃著，就變成了一頭大牡牛了。大牡牛喘著粗氣，打著鼻響，衝著犄角，腰一躬，背一挺，變成了雙峰的駱駝，和「編織社」院子裡來過的那隻一模一樣。這駱駝邊向前行著，邊縮了身子，行了沒多遠，就失了態，亂了陣，一不留神，把自己變成了一隻小猴子了。這小猴子十分伶俐乖巧。牠攀了一顆桃樹，摘下了一顆大桃子，待正要去吃那桃子，卻反被那桃子吞下，桃子就膨脹起來了，一下子又變成了雲彩的形狀。

不一刻，牠們又變成了一夥人形，是鬍子強盜綹子土匪。他們騎了紅鬃烈馬，手裡拿了「洋砲」和「花口擼子」，是傳說中的「四海」，「安邦」，還有「天榮」和「雙勝」。這些鬍子像是剛剛做成了一宗「買賣」，此刻正帶著劫來的金銀財寶和「壓寨夫人」打道回府，返回在托力河巢穴的「江套」，那裡有水有草，有魚有蝦，有米有麵，有煙有酒，又難攻易守，是一塊給養充足，富庶肥沃，安全保險之地。鬍子們在馬背上，無端地折騰了一陣，疲了，乏了，慢慢地就不見了，化解隱匿在大本營「江套」裡的「哈巴崗子」，那周圍濃濃的霧氣之中了。

間或也有體態笨拙些的雲，矜持地保持著湛藍如玉的湖水般的姿態緩緩地流淌著。若再凝神屏氣仔細端詳，便看得出這湖水邊橫斜著幾葉扁舟，隱約中還有幾點漁火在閃爍。湖水的樣子似曾相識，仔細端詳，原來就是東門外的東鹼泡子。那漁人戴了斗笠，披了蓑衣，在拉網收著魚和蝦吶。忽然間，他覺得這景色過於寂寥了，就索性唱起歌來。他的歌聲並不悠揚，歌詞也不很真切，卻把人帶到一個令人懷念的往昔歲月，帶著一點兒神傷。然而，沒過多久，不經意間，這些就都移動了，這湖水，漁人，和隱隱的點點漁火，他們都悄悄地散開了，散得無影無蹤了。歌聲也遠去了，遠得就像並沒有人唱過甚麼一樣。火車的汽笛聲也不再能喚醒它們，再現它們了。

最後，火燒雲連成了一片，不約而同地匯攏聚集，真地像火一樣地在空中燃燒了起來，且把乾德門山和西下窪子裡一片片的菜地，苞米地，高粱地，都染得彤紅彤紅，而正當人們讚嘆不已，說聲「這多帶勁兒」的時候，天就暗了下來，夜幕也緊跟著低垂，先是透著一些黯淡的光亮，不多久，就全然地無光無色，變得漆黑黑的了。火燒雲突地一下子被夜幕罩住，而一下子無影無蹤了。

小城的夜降臨了。

第22章 北京有個金太陽 There Is A Golden Sun in Beijing

公元一九六六年

小城裡的「無產階級文化大革命」，是從院子前面的正陽街開始的。像神州大地的每一條大街一樣，這條街上也充滿了震懾人心的大標語和大字報，充滿了響徹雲霄的革命歌曲和革命口號，瀰漫了驚世駭目的「紅色海洋」和「紅色恐怖」。但是相形之下，正陽街，就是現在的「東風路」後面就要安靜平和得多了。

我家就住在這裡。我家的右面，隔了屋頂，見得到馬路西百貨商店的曼圓形牆垛，那是從前的泰發祥。我家的左面，是無數座低矮的土屋，無數個院落和人家。靠近「背街」的空場上，有一座高高聳立著的「穀草垛」，是「謝大個子」的家產和孩子們玩耍的地方。再向東望去，遠遠地見得到生長了蘆葦，蒲棒和馬蘭的東鹼泡子。在夏天，那裡的蛙聲就響成一片，連綿不絕。

在離我家不遠的一個院子裡，背靠著「麻繩編織社」，住著一戶三代「王」姓蒙古人家。這戶蒙古人家雖說姓「王」，「王」卻並非其原本的姓氏。聽說「王」家是從內蒙古那邊遷移過來的，好像是「扎賚特旗」。我對於「扎賚特旗」毫無概念，只覺得是像歌中所唱的「在那遙遠的地方」那樣遙遠。我還聽說，這戶蒙古人家是「白蒙」，還是貴族，說這家蒙古人在報戶口的時候，隨便揀來「百家姓」中最簡單的「王」字，三橫一豎，圖了個方便。還有人議論說，這家蒙古人本姓「汪古惕」，換了漢文，就成了「汪」或「王」。也有人說，還是「王」姓好，既沾了「王者之氣」，又易讀易寫，書寫起來，還省了那「三滴水」的墨水吶。鄰里們乾脆就把這一家子叫作「蒙古王」。

只是，「蒙古王」的家不是人們想像中的蒙古包「格勒斯」，而是同所有北方的普通人家一樣，住在北方常見的一個普通院子裡的一棟普通平房土屋。

「蒙古王」家的院牆是土砌的，不高，牆頭上也沒有插玻璃碴子，這不禁令人生出要奮力一跳，翻牆而過的想法。但是，並沒有人真地這樣「翻牆而過」，鄰里們只不過是對這院落和院落裡的王家充滿好奇心就是了。

蒙古王的院子裡住著家長王老爺，王老太，王老爺的母親「額吉」老王老太以及王老爺的兩個兒子。

蒙古王一家平日裡動靜不大，有點兒深居簡出的意思，加上院子裡仍穿著蒙古袍的王老太和老王老太大抵只講蒙語，偶爾講出的漢話絆絆磕磕，聲調怪異，像電影《地道戰》裡的日本鬼子，令人哭笑不得，而新一代長我十來歲的兩個蒙古兄弟雖講得漢話，無奈卻很是口吃，難以與外界溝通交流，便索性終日院門緊閉，不與周圍鄰里們寒暄走動，這就增添了這院子的神祕了。

只有過年的前後才是例外。這時蒙古王家就會一下子熱鬧起來。常常地，院子外會停著三四掛膠皮軲轆大馬車，也有牛拉的帶帳篷的勒勒車「草上飛」。這是蒙古王家的親戚朋友們從「那遙遠的地方」探訪他們來了。

院子裡拴著膘肥體壯的大馬，黑的白的紅的棕的都有。馬鞍子卸下了，馬兒們大口地咀嚼著草料，嘴巴交錯著，滿意地搖晃著頭，甩動著尾巴，不時地拉出一串串的糞蛋子，冒著熱氣。那空了的木頭車架子像高射炮一樣，威風凜凜地斜立著。

身穿蒙古袍的車老闆子有時會來照顧一下馬，拍拍牠們的脖子，摸摸牠們的鼻子，手拿著些豆餅渣子，送到牠們的嘴裡，再跟牠們說上幾句蒙古話。

這時候，巷子裡的幾個孩子，小忠兒二孩子三留子就圍觀著，覺得這一切都十分新奇。膽子大些的三留子開口向車老闆子討馬鬃毛紮毽子。車老闆聽不懂漢話，三留子就比劃著解釋。車老闆明白了，卻不給他，用生硬的漢話說：「不星不星！馬牠不高興地！」男孩們還是不肯走，他們合計了，騎在牆上，齊聲喊叫：「蒙溝子，蒙溝子，屁股一遛溝！把搭以滴！」那車老闆卻聽不懂，嘿嘿地笑了幾聲。屋裡的王老爺聽到喊聲，出來了，黑著臉，呵斥著，男孩們慌忙下了牆，一溜煙兒似地跑了。王老爺同車老闆說起蒙語來。王老爺不穿蒙古袍，他穿得跟漢人一樣，戴了棉布帽子和套袖，他在「帽社」工作，也許那帽子和套袖都是他自己縫製的也說不定。

男孩們又回來了，躲在陳家的籬笆後面張望。王老爺又同那車老闆說了些蒙語，車老闆就在車上的麻袋裡摸索，掏出一把碎豆餅，分給孩子們。孩子們不敢接。王老爺鼓勵了說：「接吧！」孩子們才近前接了，卻立即跑開了。他們嘴裡咀嚼那豆餅，覺得很香。他們也是交錯著嘴巴，像那些馬兒們一樣。

這些蒙古人有時還帶來了蒙古牧羊犬，蒙獒「鐵包金」，又叫「四眼」。這犬性格沉靜，對陌生人極為敵視。巷子裡的孩子們就只能遠遠地觀望著，望而生畏，敬而遠之了。

蒙古王大院裡的王氏兄弟老大叫「書聲」，老二叫「書音」，既有書香，又有聲音，想是和「書香的聲音」有些關聯。不過，兩人的口吃程度彼此又是半斤八兩，夠了嗆了。若仔細比較，老二書音就嚴重得多。他與鄰里們基本上是沒有說過話的。老大書聲，這時在省城讀大學文科，雖因文革而學業擱淺，卻是文革前正規考進大學的正牌大學生。

書聲所在的省城大學，與全國所有的學校一樣，「停課鬧革命」已經有了一陣子，校園內的文化大革命也正進行得轟轟烈烈，如火如荼。和全國的青年一樣，書聲也加入了紅衛兵的行列，也奔走於小城的街街巷巷和祖國的大江南北。如此才常常見得到書聲在巷子裡出入的身影。

書聲這時也就是二十出頭。他中等個頭，比例均稱，多半穿一身合體的半舊草綠色軍裝，腰間紮一條軍用皮帶，胸前戴一枚閃閃發光的毛主席像章，左臂上戴一塊紅色袖摽，上面印了草書「紅衛兵」，是毛主席的字體。這是一副標準的紅衛兵打扮。書聲相貌端正俊朗，頭髮有點兒偏棕色，並不明顯的鬢角應該是有意留起來的。他的鼻子棱角分明，像是用蒙古刀削出來的一般。而老二書音的衣著相貌卻很普通。他終日頂著褪了色的藍帽子，行路時低著頭，不與路人打照面，於是就給人有點兒木納的印象。

「狀元啊。」東院的「彭先生」就曾這樣誇獎過書聲。聽彭先生說，書聲曾經背過整本的《新華字典》，是名副其實的「狀元」和「書生」。「彭先生」住在東院的一間半土房裡，他家的窗正對著穀草垛。他被稱為「先生」而不是「同志」，大抵是因為他早就被專了政且被打成了「國民黨殘渣餘孽」，「勞改」後被發落到「小樂天包子舖」打雜兒。他的「歷史問題」，是指他在「滿洲國」垮臺時，曾被國民政府派到小城任「接收大員」。不料沒等他來接收，小城就被八路軍解放了，彭先生自然就成了「階級敵人」，被專了政，改了造，發配到包子舖「重新做人」。據說他原本非常神氣，曾穿西服打領帶披土綠色將校呢大衣戴太陽眼鏡，一副電影裡見到的「反派明星」的派頭。又據說，他在「江省」齊齊哈爾的府上書房中有過滿滿的一架子書籍。不久前，彭先生曾悄悄借過我歐陽山《一代風流》三部曲中的《三家巷》，和巴金的《愛情三部曲》：《霧》、《雨》、《電》。這些書都已被納入「一百部反黨反社會主義反毛澤東思想的大毒草」之列。彭先生稱讚書聲的話我是信的。

這時我還沒有同書聲正式搭過話。偶爾在去畢家井沿兒挑水的路上打了照面，相互點一個頭，這壁廂的我若稍作客氣狀而多噓唏兩句，那壁廂的他招架不住而說不出來話時，就眨巴著眼睛，嘎巴著嘴巴，憋得臉紅脖子粗，兩壁廂很有些尷尬，最後還是相互間再點頭一次，算是相互間解了圍。這樣，在下次路遇的時候，老早就在腦中擬了草稿，最簡潔地問候兩個字「吃啦？」同時用力地點一次頭，對方也以兩個字回答「吃啦。」同時也肯定地點一次頭，便顯不出有甚麼語言的障礙了。

其實，我自己這時也正有點兒口吃。但是在書聲面前，我的口吃則一定顯得初級得小巫見大巫，且頗佔優勢，甚至可以說在同書聲講話的時候，我的口吃就全然地消失了。在後來的一些接觸中，我發覺書聲雖然口吃，卻原來很愛講話，且言語挖苦詼諧幽默甚至妙語連珠。而且我發覺，在書聲講話的時候，我最好做出不經意或有點兒溜號的樣子，他那邊一旦鬆弛下來，就會流暢許多了。有人說書聲在朗誦的時候就絕不口吃，而且談風說月抑揚頓挫從容自如，是常人都不及的。

書聲多才多藝，不但善拉手風琴和二胡，又寫得一手飛逸的鋼筆字，是忽大忽小的「主席體」，且多用繁體。書聲是我心目中的英雄。

有時，在黃昏或傍晚時分，會從崇古王家的院子裡飄出拉二胡的聲音。這是這年的夏天。

這二胡的聲音有時悠美動聽，有時生澀拙稚。後來便發現，悠美動聽的樂聲是出自書聲，生澀拙稚的樂聲是出自書音。好在，院子裡飄出的多半是書聲的悠美動聽的樂聲。

這時的晚風柔而輕，落日的餘輝停在屋頂的煙囪上，煙囪裡飄出的縷縷炊煙，也被夕陽照暖了。院前院後的蛐蛐兒躲在甚麼地方不知疲倦地「曲曲曲」地叫著，遠處東鹼泡子的青蛙聲也「哇哇哇」地響成一片。幾處人家的房山土牆上塗過白灰，紅色仿宋字體書寫了毛主席語錄。鄰里街坊們吃罷了飯閒來無事，坐在院子外的木欖上，或蹲在籬笆前嘮嗑聊天打發時光。

男人們抽著自捲的旱煙，吐著痰，講論著沈小個子家的鹼土，賈大鼻子家的土坯，謝大個子家的毛驢，袁北合家的新媳婦兒，還有袁北合在兒子袁財的新房外守夜偷聽，講誰家的老母豬半夜時分遭屠宰般地狂叫。女人們或納著鞋底子，或縫著鞋幫子，或打著麻繩子，或並不忌諱地掏出奶子喂孩子，講著自家的母雞下了個雙黃蛋，自家的殼郎豬這些天不見長膘，講高家的女人坐月子一頓吃得下倆子兒掛麵，一打雞子兒，半捆大蔥，又笑話著鄭家小子趿拉著做工磕磣的夾鞋，前院傻子小王發接二連三地同他的傻女人生孩子，又不時地撿來瘟豬頭煮了吃肉，講誰家房頂的煙筒被不知哪家的淘小子給堵住了嗆了一晌午煙。

這些鄰里中有外來戶河南楊，河南魏，還有四川張，幾家的男人們嘰哩呱啦地吵架般的外省口音，招來當地戶們的鄙視和嘲弄。雖說那房山牆上的毛主席語錄號召的是「你們要關心國家大事，要把無產階級文化大革命進行到底」，巷子裡的人們關心的卻仍然是家長里短飲食男女吃喝拉撒柴米油鹽雞零狗碎。就連前院最革命的「居委會」主任余老太，也時常湊過來，一邊搗鼓一陣線團，一邊湊上幾句閒篇兒，興許是在暗中監視著「地富反壞右」「國民黨殘渣餘孽」和注視著「階級鬥爭新動向」也說不定哩。

孩子們卻不理會這些。這樣的傍晚，他們大多都是戲耍在穀草垛和籬笆前後的。

這時，十幾二十個淘小子們在玩兒的是「馱馬架」。這是院子裡最刺激的遊戲：一個淘小子騎在另一個淘小子的脖子上，與同樣的另一夥如此架勢的淘小子們廝打，下面一大幫淘小子們簇擁著這兩夥「馬架」，冒著熱汗，流著鼻涕，在揚起的塵土中，跟著廝打哄鬧呼喊著，直到其中的一個淘小子被拉下「馬」，另一個淘小子在「馬背」上和下面他的一群幫兇爆發出勝利的哄笑。我和弟弟們不玩兒馱馬架，在一旁看著，卻是不肯離去的。

女孩兒們則或跳橡皮筋，或扔口袋。橡皮筋實際上只是一條連接起來的彩色花布帶子。兩個女孩兒兩頭扯著並舉著，另一個或兩個女孩兒跨著繩子且唱且跳，且不時地弄出些花樣來。扔口袋的口袋則是用碎花布縫製成的皮球大小的小布袋，裡面放了些許高粱米和石頭子兒。她們在光亮清潔的地面上用白化石畫了格子，把口袋扔進格子裡，再輪流用雙腳夾著那口袋，在格子中跳來跳去。淘小子們這時在忙著玩馱馬架，顧不上去給她們搗亂，女孩兒們便熱烈而投入地玩兒著，紅撲撲的臉上沁出一層汗珠。

蒙古王家沒有這樣大的孩子。或許是因為書聲書音的口吃，這些大人們之間的家長里短和淘小子們的馱馬架，女孩子們的跳橡皮筋扔口袋，蒙古王一家是不參與的，或者是不屑一顧的。蒙古王一家是安靜的。

我曾扒在蒙古王家的牆頭，朝裡面張望過。蒙古王的院子很空蕩。他家的廚房門半開著，裡面冒出一大片熱氣，是王老太和老王老太在燒晚飯吧。院子裡夾竹桃前一把硬木椅子上獨坐著書聲。書聲的懷裡抱了一把二胡，一手拿了琴弓，一手拿了塊松香，是在琴弓的馬尾上擦松香吶。書聲的二胡做工精巧，質地優良。六棱的紅木音筒，一面蒙了鱗紋均勻的蟒皮，一面嵌了細緻的鏤空木雕花窗，下面托了一塊厚實的硬木琴托。琴柱烏黑光滑，上面的一條弧線恰到好處地朝後甩去，末端鑲了一塊玉白色的象牙，渦輪式的琴軸一端配了銅製機械緊弦器。而樹聲手中的琴弓弓根處裝了一塊獸骨雕成的，用以調節馬尾緊度的「弓魚」，是我先前沒有見過的。

書聲的琴聲就在這樣的背景中不知不覺間響了起來，飄揚在暮靄中。

起先是一些並不固定的的練習曲，過些時就變成了《賽馬》，《賽馬》未完，又轉回練習曲，時而響起打弦模仿出的烈馬嘶鳴，或《賽馬》中的幾個樂句反復數次直到流暢完美，《賽馬》便繼續下去了。

聽到書聲的《賽馬》，我覺得那真是相當專業，應該同廣播中播放出的不相上下。書聲的二胡，被我想像作蒙古草原上的馬頭琴。我想像到他祖輩曾居住過的大草原，彷彿書聲書音兩兄弟這時就在駕驛著烈馬，馳騁在藍天白雲綠草地之間。

歡快昂揚的《賽馬》過後是《江河水》。《江河水》悽愴哀怨，激越悲憤，如泣如訴，原本是表現一個失去丈夫的婦人，來到與丈夫分離的江岸，面對滔滔江水，追憶往事，悲訴心中的無比哀怨，不禁嚎啕大哭。而這時的《江河水》十分流行，是因為它像《憶苦歌》一樣，在「天上佈滿星，月牙亮晶晶」的夜晚，在生產隊召開的「憶苦大會」上，憤怒控訴「萬惡的舊社會」和「窮人的血淚仇」。

聽到最多的，是《北京有個金太陽》。這首二胡齊奏曲根據同名西藏風的「戰地新歌」改編，在廣播中也常常播放，我和幾個同齡少年們也笨拙地跟著模仿。

《北京有個金太陽》時而歡快振奮，時而悠緩綿長，是在頌揚北京天安門的毛主席日出般的光輝以及今天的幸福，也在提醒人們千萬不要忘記過去的苦難和黑暗的昨天。

書聲的琴聲在歌頌著遙遠的天邊外一樣的北京城，和那裡的金色的太陽：

北京有個金太陽金太陽
照得大地亮堂堂亮堂堂
哎，那不是金色的太陽
那是領袖毛主席發出的光芒

這琴聲和琴聲中表達的世界令我憧憬和嚮往。美好的陽光燦爛的北京城，動人心魄的造反有理的日子。跟著表哥們，擠上開往北京的列車，做「偉大領袖毛主席的小客人」，憑著紅衛兵革命大串聯的介紹信，免費乘車，免費吃飯，免費與成千上萬的同齡青年們睡在校園裡的課桌上或水泥地上，在「接待站」接受兩天的軍訓，操練隊列。次日經過綿延五十華里的長安街，來到天安門廣場，等待著天安門金水橋前紅太陽升起的時候，等待著雄壯的《東方紅》樂曲響起，於是，毛主席同他的親密戰友林彪，還有周恩來，以及「中央文革小組」的主要幹將陳伯達陶鑄康生江青張春橋王力關鋒戚本禹姚文元，他們橫空出世般地現身在天安門城樓上，向我們頻頻招手，於是，我就和所有的紅衛兵戰友們手舉紅寶書歡呼雀躍：毛主席，萬歲！毛主席，萬歲！再手捧紅寶書，在天安門前拍照留念。天安門城樓的紅牆上被紅衛兵貼了打了紅叉的大字標語「打倒中國的赫魯雪夫！」之後，發一封信給小城小巷子裡的家人：「今天見到了毛主席！」最後，「盛大節日」般地在紅衛兵接待站免費領取四個煮雞蛋，四兩紅燒肉和半斤饅頭。

北京是時尚的，毛主席是時尚的，文化大革命是時尚的，紅衛兵是時尚的，舊軍裝武裝帶是時尚的，毛主席像章是時尚的，見毛主席是時尚的。天空是晴朗的，毛主席是光輝的，生活是幸福的，世界上還有三分之二的人民在等待我們去解放的。前途是光明的，道路是曲折的。據科學判斷毛主席至少要活到一百五十歲林副主席至少要活到一百二十歲的，毛主席是萬壽無疆的，林副主席是永遠健康的。中國阿爾巴尼亞人民的戰鬥友誼是永恆的牢不可破的，中朝友誼是萬古常青的。越南中國是「山連山水連水，共臨東海我們友誼向朝陽」的。天下大亂是必然要達到天下大治的。過七八年是要又來一次的。牛鬼蛇神是要自己跳出來的。馱馬架的男孩兒們會永遠渾身是勁的，跳橡皮筋的女孩兒們會永遠臉蛋兒紅撲撲的。穀草垛會永遠像城堡一樣高高聳立的，東鹼泡子是永遠湖光粼粼的。家人們是不會老去的，我們也是不必長大的。

北京的天安門，天安門裡的金鑾殿，康熙大帝乾隆大帝和西太后曾住過的地方，如今世界革命的心臟，毛主席宣佈「中華人們共和國中央人民政府今天成立了」的地方，毛主席檢閱紅衛兵的地方。世界上最大的幸福莫過於來到這裡，接受毛主席的檢閱。糾纏在雞零狗碎中的小城小巷子裡的鄰里們男人女人們偶爾也會議論到北京，和北京金色的太陽嗎？或許從來也沒有過。這種到北京見毛主席的幸福太過遙遠巨大且不現實，他們是不會有這樣的奢望的。

從書聲拉琴的院子在地圖上和北京劃條直線，沿著這直線徒步「長征」，要花足一個半月，儘管說「毛主席和我們心連心」，卻仍然是隔著萬水，隔著千山，北京的毛主席距離我們是何其遙遠。巷子裡的人們仍在茶餘飯後，繼續著永遠的雞零狗碎和柴米油鹽。

這時我還沒有去過北京，我才只有十二歲，我錯過了所有的那些激動人心的，只有在電影裡才能見到的畫面，錯過了一次次這樣的「大造反節日盛宴」。

書聲卻是到過北京，見過毛主席的。這是我在不久後正式認識書聲，到「蒙古王大院」他家裡見到他的照相冊時知道的。

我第一次正式與書聲打照面是在路上。這已經是秋天了。這一天，我腦中仍保留著讀彭先生借我的《霧》、《雨》、《電》時得到的感動，沉浸在民國「五四青年」的情懷中，不覺間模仿著書中的主人公，邁開闊大而從容的步子，面色也莊嚴凝重起來，彷彿也身穿長衫，頸繫圍脖，手中握了一份《救亡日報》，背景是二三十年代的陌街陋巷。曖昧不明的街燈照著青石板路，天空飄起了雨絲，我就用《救亡日報》遮在頭上。對面，也許會邂逅書中「美麗溫柔的小資產階級女性」，撐著洋傘的密斯「張若蘭」吶。不料正當我沉浸在這樣美好的情懷情景之中時，對面走來了書聲。他似乎察覺到了我的異樣而問道：「這麼急……匆匆，到哪……裡去吶？」我這時十分窘迫，躲閃已經來不及。書聲停了下來，聳了聳肩，顯然是模仿電影《列寧在一九一八》中的高爾基：「阿肥，聽……說你……在，畫……畫。」擠了一下眼睛，又說「我……也喜歡，畫……畫，但畫……不好。有……空光臨寒舍，小……坐如何？」書聲這次的口吃，似乎好了許多。倒是輪到我臉紅和口吃了，尷尬中連連點頭應承下來。

於是我終於有機會走進書聲家那個神祕的「蒙古王大院」，「光臨」他的「寒舍」了。

蒙古王家的廚房裡幽暗而奇異，仍然在飄著渾濁的熱氣，這「寒舍」是暖哄哄的。鍋子裡不知在煮著甚麼，味道有點兒特別。走進稍顯明亮的客廳，見到王家的炕上鋪著暗紅色圖案的氈子，一頭立著一個有些老舊的「炕琴」，一種北方炕上的被櫥「被閣子」，那上面鑲嵌著的彩色瓷磚仍然豔麗。氈子上盤腿坐著兩位老太額吉，果然穿著蒙古袍。兩位額吉一位有點兒駝背，另一位顯得個頭高大，戴了老花眼鏡，在暗處閃著光亮。二位額吉背著窗外的光線，看不清她們在做些甚麼。見有人來，她們對望了一下，用蒙語嘀咕了一陣。

我注意到八仙桌的上方牆上貼了一張油畫《毛主席去安源》的印刷品，上面的塑料薄膜有些反光。這幅畫剛剛在新華書店發行，那天我也擠在人群中，買到後就迫不及待地用廣告色臨摹了毛主席的頭像。此刻，牆上的這張《毛主席去安源》使原本幽暗的屋子顯得明亮了些。畫中年輕的毛主席身穿灰布長衫，握著一把打了補丁的雨傘，彷彿是越過萬水千山，越過滾滾的藍色風雲，從「那遙遠的地方」，那一望無際的大草原走向這小城裡的巷子，走進了這蒙古王的院子。

八仙桌上面，有一座「三五牌」座鐘，座鐘上蓋了一塊褪了色的紅布，兩邊各擺了一個「帽筒」，帽筒上面的彩色圖案是文房四寶琴棋書畫。前面的桌面上，平擱著一個黑漆琴盒，正是書聲的二胡，那激昂的「賽馬」，淒婉的「江河水」和歡快的「北京有個金太陽」就是從這裡發出來的。而在炕琴對面的牆上，裝在一個藍色框子裡有些泛舊的畫像，卻是穿蒙古袍紅臉膛留白色山羊鬍子的「一代天驕，只識彎弓射大雕」的成吉思汗。有人說，蒙古王家「有些家底兒」。是甚麼樣的家底兒？家底兒就在那炕琴裡嗎？王家是流亡的蒙古牧主嗎？是成吉思汗的後裔嗎？蒙古王家的大院真是有點兒神祕。

王老爺子和書音不在家，使我少了一些緊張。這時二位額吉便用《地道戰》中的鬼子聲調同我打招呼：「塔，三白諾，逆好。」「把搭以滴，諾？馳過飯了？」我勉強聽懂。書聲有些尷尬，忙把我讓到桌旁的一張老式硬木椅中。問我是否喝水後，同我閒聊了幾句，又指了指牆上的《毛主席去安源》說：「這……是，我……師兄，劉春華的大……作。甚……甚麼時候你也畫這麼……，一……張。」然後，就從裡間屋子捧出幾個硬皮大本子，那是他花了心思裝訂的相冊，記錄了他在大學校園中以及大串聯中度過的陽光明媚多采多姿的日子。

這些自己放大的，精心剪裁過的黑白照片中，他和他的同學們戰友們身著舊軍裝，腰紮武裝帶，臂戴紅袖章。他們擺成各種時尚無比的舞臺上的造型。照片時而是被裁成方形的，時而是扁長形的或豎長形的，取景都是別出心裁，時尚無比的。照片下面又全部加了文字題詞，是書聲的字跡，也都是詩情畫意，時尚無比的。

比如在哈爾濱松花江畔防洪紀念塔前的那一張，書聲的左臂上伸，目朝前視，一旁書聲的同學右臂端至胸前，左手攥拳，另一個同學雙手捧起一本《毛澤東選集》，背景中紀念塔旁的弧形廊柱加強了畫面的動感，而下面的題詞是「恰同學少年，風華正茂」。或是一張在一座毛主席揮手的巨大塑像前，書聲與他的同學們擺出向前跨步的架勢，其中的一位少年手擎一面紅旗，下面的題詞便是「沿著毛主席的革命路線奮勇前進」。若是騎自行車挎軍用包頭頂陽光，下面的題詞便是「飛車在燦爛陽光下」。若是書聲一人雙手拉開一架「百樂牌」手風琴，臉上洋溢著幸福的笑容，下面的題詞就是「唱出我心中的樂章」。若是在一座俄式「洋蔥頭」東正教教堂前，書聲與他的同學們作莊嚴憤怒鄙視狀，照片下面的題詞便是「要掃除一切害人蟲，全無敵」。

書聲在天安門前的留影則放大成了橫幅信紙的大小，並用手工上了淡色油彩，有光感，很好看，取景也不像多數排隊拍出來的小方塊黑白照片那樣呆板而千篇一律。雖然來不及精心佈置，書聲卻還是擺了一個造型。天安門上毛主席像前的書聲，仍然是一身草綠色軍裝，且在左臂上配戴了紅衛兵袖章。書聲左手擡起，手指張開，右手放在胸前，是大型音樂舞蹈史詩《東方紅》中「胸有朝陽」的造型，像《戰地新歌》中所提示的那樣，「頌揚地，讚美地，幸福地」。這張照片下面的題詞就是「北京有個金太陽」。這大概就是書聲的二胡曲《北京有個金太陽》的畫面。

送我出門的時候，霧氣中書聲叮囑了，說：「歡……迎再次光臨！希……望再有機會探討！」竟說得十分流暢了。這時，二位額吉已經下炕，忙活在灶旁了。她們又互相對望了，用蒙語齊聲對我說了句甚麼，我聽不懂，但還是努力地點了頭，我猜想她們也大約是「歡迎下次光臨」的意思。

一年後，公元一九六七年十月十四日，中共中央國務院中央軍委中央文革小組聯合發出了《關於大、中、小學校復課鬧著命的通知》，關閉了一年之久的學校終於開學了。按學區分配，我到了原本的「耕讀中學」，現在的「衛東中學」，開始了「復課鬧革命」。其實，這「衛東中學」的校舍，就是我從前讀「企業小學」時的校址，就在穀草垛的路東。只不過這樣的「復課」，才僅僅學了十七頁的數學習題，學了一篇《列子‧湯問：愚公移山》，學了一句俄語「毛主席萬歲」。而所謂的「鬧革命」，就是開了次「班會」，開了次「憶苦會」，哄鬧了幾次課堂，就差不多是「中學」的全部的內容了。

前棟校舍一間高班的教室倒是熱鬧非凡。那裡的幾個男生，叼起了煙捲兒，架起了揚琴，操起了二胡，抱起了大阮，橫起了竹笛，擺起了木梆，奏起了《草原上的紅衛兵見到了毛主席》。這樂聲遠不及蒙古王大院裡的琴聲那樣優美，卻響徹雲霄，震耳欲聾，吸引了學生們和鄰里們的觀看。在這樣的樂聲被聽膩了而遭到暗地裡的咒罵又無濟於事之後，一些學生就再也受不住這吵鬧，乾脆就不再回到學校了。

有一次，百無聊賴的學生們把院子裡的大黃牛趕到教室，那大黃牛是「學農」用的「教具」，牠吃飽了草料，肚子圓圓鼓鼓的。那牛卡在門中，進不來出不去，氣得牠幾近瘋狂，大吼一聲，猛力一擠，擠散了門框，衝進了教室，在教室裡狂跳起來，嚇得大家紛紛跳上桌子，越窗而逃。

慢慢地，連這樣的「復課鬧革命」也莫名地不了了之了。校園裡見不到老師的蹤影，教室裡聽不到讀書的聲音。我和我的同學們或是終日毫無目的地走街躥巷東遊西逛，或是傳閱幾本殘缺不全的小說《七俠五義》，《神祕島》和《血字的研究》，或是聚在誰的家裡，每人懷抱了一件廉價樂器毫無秩序地合奏。就這樣，我和「我的同時代人們」懵懵懂懂地走過了毫無秩序的「中學時代」。

第二年，書聲一家在王老爺的帶領下和泥脫坯，籌料運土，在馬路的另一面，造起了一排土屋和一座大院。隔了一條街，就疏遠了一條街，也聽不到書聲的琴聲了。從此，我沒有再去過書聲家新建的「蒙古王大院」。聽說，新建的蒙古王大院的格局有些與眾不同，儘管仍然是土坯房，卻是有走廊，有書房，相當時尚，這一定是書聲的設計。

再後來，我被「分配」了工作。不久，我的家搬去了城北，驟然間同小巷子裡的一切遠離了，也中斷了與書聲的來往。聽說書聲畢業後被分配教書，在「四里五公社」一個叫「四間」的鄉下中學。他的教學特點是文藝宣傳活動搞得好。而老二書音被分到百貨，不久，卻因語言障礙無法與顧客交流而被調到五金公司去修理自行車，因為這不需要語言。其實書音頭腦夠用，也挺聰明，在「單大鼻子」單主任領導下工作，說起來是一種榮光，那是因為「單大鼻子」曾經給林副主席做過警衛員，擁有林副主席贈送的鋼筆，以及民國三十七年時「單大鼻子」和同三歲的林立果的合影。

又過了幾年，我終於離開了那個工作了過七年半的，被我叫作「驛站」的百貨公司，離開了那座被我叫作「平坦的盤子」的小城，踏上了168次開往北京的火車，去讀那遲到了六年半的「找的大學」。

我站在車門口，再一次告別了月臺上送站的親友們。我見到車窗外西下窪子上空泛著的火燒雲，像以往一樣地燦爛。我想像著我要去經歷的下一個「驛站」，那是在蒙古王的院子裡，二十歲出頭的書聲所頌讚過的「有個金太陽」的地方。

前面傳來的火車汽笛聲悠長而沉悶，其中似乎還帶著一絲潮濕的氣息，令我想起那住過了二十幾年的院子，在那個院子裡就經常聽得到這樣的汽笛聲，這聲音常常伴著火燒雲，飄蕩在火車站的上空。這時，那些嬉戲追逐多時的火燒雲已經有了倦意，便漸漸地安靜了下來。它們的橘黃色光影，透過車門的玻璃，照在臉上，有些耀眼，卻漸漸地黯淡了下去，不經意間，一下子就消失了。

第23章 遊街 The Parade

公元一九六六年

老街正陽街，現在的「東風路」南段上，被稱作炮樓子的老銀行「滿洲中央銀行」，它的舊址仍然殘存著。炮樓子的右手不遠處是原來的「泰發祥上雜貨」，現在的「向陽百貨商店」，它的對面是「帽社」。相形之下，破舊不堪的老銀行炮樓子就顯得突兀而詭異了。

在公元一九六六年深秋的一個下午，一列浩浩蕩蕩的「遊街」隊伍，在這條老街上，由南至北開了過來。這時我家就住在「向陽百貨商店」對面帽社的後院。這時的我十二歲，是一個懵懵懂懂，又充滿了好奇心的少年。

這是政府機關，文藝系統和文教系統的隊伍，是聯合大遊街的「革命大行動」。

比起先前的遊街隊伍來，今天的隊伍就要壯麗輝煌許多了。

一排高擎紅旗，高舉毛主席標準像的紅衛兵和造反派後面，一輛「解放牌」卡車緩緩地開了過來，被人們簇擁著。卡車的車箱板上貼了標語：「敵人不投降，就叫他滅亡！橫掃一切牛鬼蛇神！」「敵人」，「他」和「牛鬼蛇神」這些字，都被用紅色墨水劃上一個大大的，對角的「×」。

卡車上最前排，站了兩個瘦高個兒的「走資派」，他們頭上戴著的一米高的，白紙糊的錐形高帽子上，用黑墨寫著他們的「罪行」。他們脖子上掛的牌子，分別是「打倒走資本主義道路的當權派韓福苓！」和「打倒走資本主義道路的當權派李世宧！」他們是人們認得的小城政界的最高當權派。

卡車上其他的「走資派」，還有蒙古人常萬勤，每次呼喊口號時卻很積極，有點兒「自嘲」的味道，態度出奇地好。還有「宣揚封資修文藝黑線的大幹將」白寶宇，因為他是宣傳部長。後面，也有我的姑奶奶，也就是我爺爺同父異母的妹妹。她的主要罪行是名字叫「馬莉」，造反派說這是外國人的名字，於是那身上的大牌子就寫了「資產階級臭小姐馬莉」。她曾在洋學堂讀書。她年輕氣盛，背著全家，十六歲時，就在學校裡入了共產黨。那時她騎了高頭大馬，在鄉間鬥地主，搞土改，打土豪，分田地，很是熱切和威風。她的真實身分，到了解放後家裡還不知道。她的父親，我的曾祖父馬世恩一向老實怯懦，他遵從他的父親，高曾祖馬成順的家訓，遠離官場，遠離朝政。殊不知，她唯一的女兒竟然加入「赤黨」，參加了革命，殊不知，她竟然真地做了官，到後來，住進了城裡罕見的紅磚瓦房，拿了高工資，還真地有些「飛黃騰達」了吶。而她的丈夫，高個頭，儀表不凡的姑爺爺李春和，出身「地主」，就算是「地主階級的孝子賢孫」了。

卡車上站滿了押送他們的紅衛兵造反派們。他們每個人胸前都配戴了閃光發亮的毛主席像章，左臂戴了紅底黃字的紅衛兵袖標，手中握了長短不一的木頭棒子，顯得英姿颯爽，威風凜凜，殺氣騰騰。

緊跟著卡車，四個造反派扛了一塊三米見方的木板牌子，上面的漫畫，畫了一男一女兩個高大的紅衛兵，一個高舉著《毛主席語錄》小紅書，另一個奮力地摁住了兩個形態猥瑣，神色絕望的

「走資派」：大鼻子大齙牙的劉少奇和三角眼小平頭的鄧小平，兩人脖子上合掛了一塊黑底白字的牌子，寫著「打倒劉少奇！打倒鄧小平！」

看熱鬧的孩子們中，五六歲的大剛子和二強子卻不認得韓福苓和李世宸。他們跟著我們，擠在人群中，見了那漫畫，又見了卡車裡站在前排的，脖子上掛了大牌子的兩個人，就指著他們，興奮地大聲喊道，他們就是劉少奇鄧小平，就把周圍的人們逗笑了。這令我想到了《皇帝的新衣》，裡面那個小孩子在說：「他並沒有穿甚麼衣服呀！」「他實在是沒有穿甚麼衣服呀！」最後所有的老百姓也都這樣說。

那兩個被指控為「劉少奇」和「鄧小平」的「走資派」，韓福苓和李世宸也不禁被這「皇帝的新衣」逗得「噗疵」一聲笑了。這使得看押他們的造反派頭目「張大筐」十分尷尬和不悅。張大筐本是韓福苓李世宸的司機，因開車下鄉時「蘿蔔苞米甚麼都劃拉」而得了這個諢號。這會子造反起了家，是「工人階級聯合造反縱隊」的「總司令」。於是，「張總司令」張大筐就向大剛子二強子喊道，嚴肅點。又帶頭高呼了一遍口號：打倒劉少奇！打倒鄧小平！橫掃一切牛鬼蛇神！那兩個假「劉少奇」和「鄧小平」就再次低下了頭去，表示著他們是被打倒了。

放眼望去，跟在卡車後面步行的，是黑壓壓的一大片「牛鬼蛇神」們。他們全部頭戴這樣的高帽子，白茫茫陰森森的一片，像一群垂頭喪氣的幽靈，呆滯地，麻木地，無可無不可地，拖泥帶水地行進著。他們胸前掛在脖子上偌大的紙板做成的牌子，寫著他們各自的名字，同樣被打了「×」。

他們高帽子上的紙穗子，可笑地被風吹著。他們的臉上，有些被黑墨塗了腦門子和鼻樑子。他們的汗水流下來，把臉上的墨沖得條條道道的，這使人看不出他們的表情，看不出他們的屈辱，看不出他們的痛苦，看不出他們的怨恨。他們麻木了。他們或許自己也相信了他們所被賦予的罪名。

紅衛兵們和造反派們，他們手舉著《毛主席語錄》小紅書，一遍一遍地高呼打倒，打到劉少奇，打倒鄧小平，打倒這戴著高帽子的每一個牛鬼蛇神。這些牛鬼蛇神們，也自覺地，機械地按照指令，間或地呼喊著打倒他們自己。

圍觀的民眾追逐著這輛卡車和後面的眾多牛鬼蛇神們，咧開嘴，似笑非笑著，指指點點著。這樣的架勢，先前倒也見過幾次，比如說「土改」，比如說「鎮反」，比如說「三反五反」，比如「肅反」，比如「反右」，比如「四清」和「社教」，解放後十七年間的所有鬥爭和運動，它們的方式方法大同小異，小城裡的人們也就明白了，這都是革命路線下的戰略部署，也就是「與天鬥，其樂無窮。與地鬥，其樂無窮。與人鬥，其樂無窮」。但是比起這場「史無前例的無產階級文化大革命」來，先前的那些可就是小巫見大巫了。

五彩斑斕的演員們，這些早年大戲園，藝術劇院和後來人民文化宮評劇團的牛鬼蛇神們全部出籠了。這使小城人們的眼前頓覺一亮，精神為之一振。

就在不久前，他們還在舞臺上。他們曾是戲文中的生旦淨末丑，在迷離的燈光下，或扮帝王將相，忠奸爭鬥，五雄七霸，征戰殺伐，愚賢忠佞，拜將封侯。或演才子佳人，花前月下，風流倜儻，柔腸寸斷，婉轉水袖，衣袂翩翩。他們穿上華麗的戲裝，粉墨登場，鳳冠霞披，錦袍玉帶，哀絲豪竹，演繹著人間悠悠千載的無限風流，歷史濁清，太虛幻境，無常世事，悲歡離合，榮辱與衰，世態炎涼。

他們穿著這樣的戲服，行在這鬧鬨哄的大街上，卻沒有燈光的照射，沒有鼓弦的渲染，在光天化日之下，他們處在極度的尷尬狼狽之中，無以應對這樣倉促的「登場」。但他們還是被推上了這「場子」。

他們的戲服是胡亂披掛上去的，他們的臉譜是潦草塗抹了幾筆而已的，他們的手中和身上大多都加了道具，卻被造反派刻意地亂點了鴛鴦譜：楊三姐的頸上掛了魯智深的大佛鏈，佘太君的頭上包了塊大紅蓋頭，秦香蓮臉上又點了無數個大黑痣，手裡拿了豬八戒的釘耙。手裡沒有拿道具的牛鬼蛇神們，便拎著小銅鑼，一遍敲著，一邊唸唸有詞：我是誰誰誰，我是牛鬼蛇神，我有罪，打倒我自己。還有兩個牛鬼蛇神，舉竿子扯了一條白色橫幅，上書「牛鬼蛇神是也」。這幾個字卻是筆酣墨飽，力透紙背，很像戲園子「藝術劇院」四個大字的風格，這不是造反派的手筆。

「秦香蓮」小靈芝吶，胸前則掛了一雙繡花鞋，是羞辱她的「生活作風」有問題，於是那掛著的大牌子上就羅列了這樣的罪行：「大破鞋小靈芝」。她和所有的「牛鬼蛇神」們一樣，頭上也戴了高帽子，上書「散佈封建毒素，該死爛眼破鞋」。「毒素」是指責她演出的舊戲，「爛眼」是對「戲子伶人」的蔑稱。

小靈芝穿著黑色的「青衣」，那曾是她在舞臺上的定位，那曾是中國女性的楷模，那曾是中國文化的傳承。如今，這一切都被否定了，這一切都已經毫無價值，毫無意義了。光榮和美麗已經變成了恥辱和醜惡。這一切來得太突然，小靈芝全然地不知所措了。她在今天被釘在了恥辱柱上。她同這一片戴著白茫茫高帽子的牛鬼蛇神們一樣，被定罪為「封資修」文藝黑線的馬前卒和壞份子，他們向毛主席和黨請罪來了。

他們還沒有像傅雷夫婦，像老舍那樣輕言放棄，沒有像鄧拓儲安平言慧珠田保生夫婦田家英李達小白玉霜楊朔舒繡文馬連良等等等無數的知名和不知名人那樣，不堪受辱，不堪忍受無端的迫害，為維護尊嚴和風骨選擇自我了斷，「自絕於人民」。他們至少現在還能忍受，還可以等待，像那隻豬玀一樣，被紅衛兵和造反派所鞭打，所欺凌，所宰割，所吞噬。他們還寄希望於世間一絲微弱的人性光芒，寄希望於「我相信人民相信黨」，而能僥倖地，不至受大屈大辱地活下去。

押著他們的是造反派革命群眾，也就是一些曾經的後臺雜務們，一些演員的學徒們，和「造反派」演員們，如今終於有了這樣翻身的一天，造反的一天，這樣揚眉吐氣的一天。我和我的兩個弟弟，九歲的阿威和六歲的阿勇，還有院子裡的孩子們小忠兒和小安兒，也都儘被這場面吸引了。我們擠在人群裡，看著這熱熱鬧鬧的隊伍，看著這臺上的和臺下人們奇怪的行為，有些驚愕，有些興奮，有些駭然，有些混混沌沌了。

文教系統的牛鬼蛇神們跟在這些演員們的後邊。他們也是拖泥帶水地行走在這赴刑場般的隊伍之中。他們多半穿了中山裝，褪了色的藍色或灰色的，沒有戴高帽子，這使得他們像馬路上蕩起的塵土一樣地不足輕重。

這其間有「工農中學」，即原本的第一中學的黨委書記章廉駒，造反派讓他叼了他的煙斗，裡邊給他裝了馬糞，逼著他抽那馬糞煙。有教導主任潘傑，有第二中學老師們，「資產階級反動學術權威」張溫訓，「壞份子」周則棟，「國民黨殘渣餘孽」馬龍起，而這最後一個，就是我的父親，那時他四十一歲。

父親也已經經歷了無數次這樣的運動了，而遊街則是第一次。現在，理髮店的張大金牙張凱已經不再去我家，他要的「月の刃」剃頭刀子已經再也沒有了，我也不再用拉燈繩滅燈的辦法嚇唬他了。不時到我家的是「外調工作組」的人。他們或三或兩，或男或女，來時就關了門，少則坐兩三個小時，多則大半天。他們面色莊重，神情威嚴，代表了革命，正義和光明。他們各個抽煙，絕不肯留下來接受你晚飯的邀請。他們有時也咳嗽上幾聲，咳出來的痰就吐在牆角，再優雅地用腳一抿。他們出來時留下滿地的煙頭，和滿室難聞的煙霧。瀰漫的煙霧中，父親顯得極度疲倦沮喪和狼狽。

我這時已經滿十二歲了，已經在隻言片語中，能夠拼湊起來父親的故事了。他和他的同學們支持孫中山先生的三民主義革命，先是加入了三民主義青年團，而後去讀了黃埔軍校，也就是中華民國陸軍軍官學校成都本校，又集體加入了中國國民黨。在民國三十八年年終的一個下午，黃埔第二十三期生，其中包括二十四歲的父親，和全校軍佐員生計一四〇〇〇人，他們席地而坐，聽取了校長蔣中正蔣總裁的訓話，而後又被解放軍阻截，最後全體起義投誠，這就是著名的「成都本校最後一期即第二十三期大結局」。這「大結局」也像藝術劇場臺上的戲文一樣地充滿了戲劇性，也像那裡正廳掛著的對子：匯千古忠孝結義，重重演來，漫道逢場作戲，將一時離合悲歡，細細看來，管教拍案驚奇。

此外，我家的「家庭成份」一直被含混不清地劃在「中資產」和「小資產」之間，卻終不屬於那個最被推崇的「無產階級」和「貧下中農」的行列。

關於這件事情，幾家的族人曾悄聲地議論過。那時，「菜園子」大爺爺馬德雲和六爺爺馬德富已經過世，住在城裡的四爺爺馬德祥和五爺爺馬德安就會神祕地，隔三差五地來我家，小心翼翼地議論這件事。終了，方案還是沒有的。

遊街的隊伍在慢慢吞吞，拖拖拉拉地行進著，不知道這之後會是甚麼樣的收場。父親應該是瞥見了我們，卻沒有明確的反應。我們也糊裡糊塗地跟著，也不知道要怎樣地去反應，只是在心裡祈願，希望父親在遊街後能夠返回家來，希望這件事就這樣過去，希望家裡恢復正常的三餐，早晨的苞米麵大餅子，蒸甜菜疙瘩片兒，晌午高粱米飯，燉白菜土豆，下晚苞米碴子粥，炒土豆絲，希望不被外調人員的訪問打擾，希望偶爾也能吃上一次油炸餜子，那是多麼美好。若是還有小人書畫本兒看，那就是好上加好。若是小人書畫本兒中有一些是《西遊記》孫悟空的故事，有《黑龍湖的祕密》，有蘇聯的反特故事，再有一場木偶戲《大南瓜》看，那就是再好不過了。

也有的孩子爬上了電線桿子，爬到了最上面的鐵架子上去了。那電線桿子卻是不容易爬上去的。只有電燈工廠的人，腳上穿了那大鐵鉤拐子，一下一下卡在電線桿子上，才爬得上去。那小孩子在鐵架子上掏出了彈弓，上了一顆小石頭子兒，「嗖」地一下，射中了一個高帽子的尖頂。有時射偏了，就射了看熱鬧的人了，那人擡頭上下左右望了望，發現這孩子在電線桿子上笑吶，就破口大罵了起來。這孩子向他扮起鬼臉，那人推搡著，要擠過來抓住他，孩子卻不懼怕。只見他縱身一跳，跳到旁邊的一個屋頂上。這下子他就自由了。那挨了石頭子兒的人就罵得更加難聽，但這罵聲被街上無比的喧鬧和嘈雜所淹沒了。那孩子繼續地笑著，在屋頂上跳起了「忠字舞」來。房頂下的主人從屋子裡躥了出來，歇斯底里地大罵特罵這孩子的八輩祖宗。這叫罵聲引發了他家大黑狗的共鳴，大黑狗死命地狂吠起來，那孩子趕緊沿著房頂跑了。那些房子的頂是連在一起的，孩子就向東面的房頂跑去了。我和弟弟阿威阿勇也被這場面吸引了。

這時，西邊的火燒雲又燒了起來。這次火燒雲的形狀卻是有些不同：初時是一條條的，像是牛鬼蛇神們的高帽子，卻是血色的，而後，又變成了《西遊記》裡的孫悟空三打白骨精，孫悟空的金箍棒砸向那化身成「村姑」的白骨精，再就變成了《黑龍湖的祕密》裡的篝火：鐵鍋子裡面煮著山雞湯，配上新鮮的香草。這些又移動變幻了，變得有些模糊不清了，我們就說那是炒土豆絲，是油炸大餜子，是高粱米飯拌葷油再撒上醬油，這些都是無與倫比的美味，我們就都嚥了一下口水。

遊街的隊伍已經過去了。無論是走資派和牛鬼蛇神，還是造反派紅衛兵和圍觀的群眾，都已經離開了這條老街正陽街，現在的「東風路」。「東風路」上的行人疏落了。馬路上不時地有日間留落下來的傳單，被晚風吹起來，在空中飄浮著，卻不知飄去的方向。這便很像戲園子藝術劇院散場後燈熄幕落，曲終人散的情形了。

這時的老銀行，那兩個炮樓子，沒有了人群，沒有了喧囂，無遮無掩地裸露在老街上，便顯得格外地突兀和怪異。老銀行原來叫「滿洲中央銀行」和「興農金庫」，聽說那時常常見得到這銀行的日本理事叫永田民藏，乘了四輪馬車在這裡出入，那持槍的門崗，見到這馬車，每每使勁地行個禮，鞠個躬，大吼一聲日本話「哈咿」，那拉車的白鼻白蹄大洋馬，似乎也懂得些東洋禮數，一邊打一個鼻響，一邊拉出幾顆糞蛋子來。如今，這兩個大門洞，一個敞開著，像一個張開了的脫落了牙齒的大嘴。門洞上面，弧形嵌著五個鐵條彎出的五角星架子，不經意卻看不出來似的。它們曾經蒙了紅布，裝了彩燈，閃亮在這條老街的夜色中。至於那是慶祝五一，六一，七一，八一，十一，還是早年的光復，大概只有老輩的人才能記得起了。另一個炮樓子卻被堵上，是住進了人家，卻看不見窗。炮樓子牆上的磚已經損毀得斑斑駁駁的，米黃色的塗料也黑不溜湫，髒拉吧唧的，煙燻火燎過地醜陋不堪著。它們的形狀，顏色和質地，使它們看起來更像是一雙出土的，年代不詳的無名氏的骷髏頭，或者按當地的話來說是「死腦瓜骨」。每一個「死腦瓜骨」上面的三個「機槍眼」通透著，像是一個三眼怪獸被挖出了眼球子，卻仍然用空洞的眼框注視著你，注視著街上的行人一樣。

那天晚上父親回家了。聽說姑奶奶「馬莉」還有姑爺爺李春和也回到了他們自己的家。不幾日後，聽說小靈芝死了。她用她舞臺上扮「青衣」的水袖，在她宿舍的窗子上自縊了。

第24章

邵大舌頭飯店 The Co-operative Restaurant

公元一九六七年

「邵大舌頭飯店」在正陽街小十街路東的轉角。這個飯店雖說叫「邵大舌頭飯店」，但那只不過是個代稱罷了。解放前，這家飯店原本是有字號的，叫「同樂天」。解放後幾遭變革，乃至歷經後來的「公私合營」，就改成了「合作飯店」。改來改去，越來越不見了飯店應有的品性和模樣，由原本的「南北時菜，隨意小酌」變成了只賣筋餅餜子饅頭和炒豆芽菜的小飯鋪，而且連饅頭都只是蕎麥麵的了。在一年前，甚至連這樣風雨飄搖中的小店，也被紅衛兵改叫了「衛東飯店」，又叫過「艷陽天」。人們跟不上這社會發展的形勢，索性就把它叫了「邵大舌頭飯店」，其原因只在於這飯店裡有一個夥計，外號叫「邵大舌頭」。當然，「邵大舌頭飯店」這幾個字是不便寫在門面上的。至於眼前的這條街，早在一年前文化大革命初期就改了名，幾經「造反派」和「保皇派」的激烈辯論，最後「造反派」取勝，就決定叫了「東風路」，取自毛主席語錄「東風壓倒西風」。實際的情形也是這樣，這條街靠近東鹼泡子，風常常從那邊吹來，特別是春天時分，那風裡夾了黃沙，吹得人睜不開眼睛，以至於這條「東風路」不遠處的另一家飯店，就順應了這風勢，捷足先登，把自己改叫了「東風飯店」。而這條街上的另一處飯店，在大十街上的「小樂天包子舖」也改叫了

「紅旗包子舖」。於是，「邵大舌頭飯店」就這樣被約定俗成地叫了起來。

一九五六年公私合營時，同樂天也歷經了席捲全國的「生產資料私有制的農業社會主義改造運動」，而公私合營了。此後不多久，舉國上下，大江南北，盡被「總路線大躍進人民公社」的滾滾洪流所驅動，處處「大煉鋼鐵」，「大辦食堂」，結果是煉出了無數塊黑乎乎的廢鐵疙瘩。吃盡了大鍋飯中的最後一份口糧，於是，不可避免的在劫難逃的大饑荒便接踵而來了。

到了「大躍進」的後期，也就是三年「自然災害」或是「蘇聯逼債」的後期，殃及神州大地的大饑荒已經有所緩解。然而，倖免於這場災害存活下來的人們卻長久地生活在那噩夢和恐懼之中。那駭人聽聞的諸如挖草根啃樹皮吃觀音土乃至人吃人的傳說，那對於饑餓的記憶，仍然像是一個巨大的陰影，壓在人們的頭上，留在人們的心裡。「糧食」，便成了最令人談虎色變的話題。從饑餓中走過來的人們，仍然揮不去對於饑餓的恐懼，他們中有為預防挨餓而捨不得吃飽的，有囤積糧食積攢糧票糖票豆油票香油票酒票腐乳票火柴票香煙票煤油票布票棉花票肥皂票及所有緊俏商品的票券，寧可存放在家裡，或是去換了糧食也捨不得吃，而寧願挨餓受凍的，有因為燒飯時多放了米和油，或是不慎而丟落了糧票，打碎了油瓶，而夫妻吵架婆媳翻臉大打出手反目為仇的故事，竟屢聞不鮮了。

到了一九六六年文化大革命開始，那大躍進時畫在街兩旁的壁畫，就全部被大字報大標語和「紅色海洋」所覆蓋了。那些對高產豐收的讚美和頌揚，那顆由仨人扛著的碩大的小麥穗兒，那妙不可言的公社食堂，牆上書寫的大字「吃飯不花錢，努力搞生產」，那些海市蜃樓般的神話，它們就像西邊天空上那絢麗的火燒雲一樣，出現了不多時，就全然地散去了。

小城裡的人們，這時已經看過蘇聯電影《列寧在一九一八》，已經聽到瓦西里說的「會有的，都會有的，麵包會有的」這樣的鼓勵，已經習慣於認定「前途是光明的，道路是曲折的」，認定人生應該是艱苦的，人來到這個世界上，就活該是要受苦受難，就活該是要衣不遮體食不果腹的。

這時，廣播裡原本播出的每天最後一個節目，已經由慵懶空乏的廣東音樂《步步高》改播為《國際歌》。這激昂而雄渾的旋律，令人心潮澎湃，熱血沸騰，且重新燃起了人們對於明天的憧憬和希望。

這時的中學生每月糧食供應限額計三十斤，包括白麵五斤，豆油四兩。而我的弟弟妹妹們就更少。「糧食」二字仍然是嚴峻而神聖的。於是，小城裡最令人景仰的去處就無疑是「糧米舖」和邵大舌頭飯店了。這兩大去處要是「開板兒」，就必定是人滿為患。糧米舖自不用說，那是國營糧食供應站，合法取得糧食的唯一途徑。而邵大舌頭飯店，則因為免收糧票就買得到高粱米飯，而成為人們心馳神往的聖所和點燃「糧食的味道」的火炬。

這免收糧票的高粱米飯的喜訊不脛而走，竟如同三年前「我國第一顆原子彈爆炸成功」的消息一樣，一下子「炸開了鍋」，立即傳遍小城的各個角落，令人興奮異常，令人摩拳擦掌，令人躍躍欲試。我家周圍的鄰居們也忙不迭地奔走相告。賣飯竟然不要糧票，這簡直是大破天荒，令人難以置信了。

這時我剛滿十三歲。生日這天，按家裡的慣例，吃到了兩個水煮雞蛋。第二天，我便加入了這買高粱米飯的行列。

這天早晨不到四點半，媽媽就把我和弟弟們叫醒。匆匆穿了衣服，我就帶著十歲的二弟阿威和七歲的三弟阿勇，和鄰居陳家的小忠兒結伴，去邵大舌頭飯店買這不可思議的蒸高粱米飯。

媽媽反覆地叮囑要握緊了錢，我就牢牢地記住了這話，把已經有些皺巴巴的七元兩角人民幣緊緊地攥在手裡。

踏了月色，我們繞過曲裡拐彎的胡同，來到曾經的正陽街小十街這不可思議的邵大舌頭飯店。街兩旁曾經櫛次鱗比熱鬧非凡的店鋪買賣已幾近關閉或蕭條。牆上但凡有空的地方甚至窗上都貼滿了大字報和大字標語。新近貼出的是「文攻武衛指揮部」的大字標語「文攻武衛！」，以及「徹底批判中國的赫魯雪夫！」「打倒軍內一小撮走資本主義道路的當權派！」和「徹底砸爛公檢法！」每個字都佔滿了一整開大紙。有幾隻豬玀在撕這些標語，舔食紙後面的糨糊。遠遠地見到有人走過來，豬玀們就不約而同地疾步逃遁，卻並不遠離，而是佯作若無其事似地拱拱身邊的地面，狡猾地掃描了周圍的情勢，見並無人類加以干涉，就又不約而同地疾步返回到那標語的地方，叼起牠們認定的美食，肆無忌憚地大快朵頤起來。

幾經風雨的邵大舌頭飯店如今已是千瘡百孔，體無完膚了。它那破敗的門面上，已經刷了不知多少層塗料，終於變得灰不灰白不白黑不黑黃不黃綠不綠紫不紫，髒兮兮爛歪歪的了。原本掛在門前的兩個紅色幌子，也早就在一年前「破四舊立四新」時被摘掉了，被永遠地「掃進了歷史的垃圾堆」。

夜色中，邵大舌頭飯店的門前已經擠了一大群人，像過年扭秧歌或是大帳篷裡看馬戲那樣熱鬧。附近的路燈晦澀而黯淡，大抵認得出人群中的大人小孩兒，有前院的小錘兒，二孩子，三留子，鄭小子，佳範兒，趙瘸子，謝大個子，賈大鼻子，河南魏，河南楊，東院的張曉麗，小鐵蛋，宋小芬，宋小華，有不少我的同學，還有很多不認識的，好像是半個城的人們都匯集到這裡來了。

雖然是夏天，這樣早的時候，天還是涼颼颼的。有人把那要裝高粱米飯的布口袋子套在頭上，就成了「三K黨」了。有人把那布口袋披在肩上，就成了「苦行僧」了。有人拍打那洋鐵皮水桶，發出歡樂的聲響，就成了「儀仗隊」了。有戴了毛主席像章塗了夜光粉的，在這黑暗中閃著光亮，就成了「魔法師」了。小孩子們跳著蹦著，擁著擠著，吵著讓著，大人們抽著捲煙，一邊聊天。聊著聊著，就聊起了邵大舌頭早先的故事。

邵大舌頭在「滿洲國」時就在這從前的「同樂天」了。那時的「同樂天」是城裡數得上的飯店。雖然比不上這條街北段那富麗堂皇的大飯店福合軒大樓，卻也偶爾包辦酒席，與不遠處的「小樂天」旗鼓相當，不相上下。

邵大舌頭從那時起就叫邵大舌頭，是因為他說起話來有點兒「囉啊囉」的。不過，這並不影響他成為城裡首屈一指的店小二，成為名副其實的好跑堂和好堂倌。他雖然只是個夥計，卻不可小看，正如俗話所說：「飯莊分兩半，跑堂與紅案」，說的是一個好堂倌頂得上半個買賣。邵大舌頭在同樂天的前三年打雜兒，後兩年學跑堂。出徒那年是「康德四年」，也就是西元一九三七年，他才十七歲，就已經能獨當一面了。

五年的學徒下來，他養成了這樣的品行：嘴勤，眼勤，腳勤，看上去永遠在忙忙碌碌，沒有閒的工夫。店裡客人不多，也要步履輕盈，擺桌，上菜，撤桌都要一溜小跑兒，透著生意紅火，人精神的派頭。他心靈性慧，學到了引客鳴堂，介紹鳴堂，應允鳴堂，吆喝鳴堂，結算鳴堂和送客鳴堂等全套絕活兒，且樣樣做得青出於藍而勝於藍。

他眼見賓客登門，便滿面春風地迎上前去，引其就坐，使之堅定在此就餐的決心，送上茶水和「手巾把兒」，在本是很乾淨的桌面上繼續擦拭，介紹菜餚和酒饌，而後以鳴代步，把訂下的菜單逐一唱付給後灶的紅案廚子。他的舌頭雖然有點兒大有點兒捲，聲調卻高昂清脆，尾音熱情長甜，儘顯出滿面殷勤和滿心歡暢。接著，後灶接廚子將菜燒好，這邊邵大舌頭立即上菜，並按順序鳴唱。

他從那熱氣騰騰的後灶出來，右手端了托盤，上面擺了菜兩道，酒一壺，盅兩個，筷兩雙，唱道：「來——啊——啦，一個酸菜粉兒，一個溜肝尖兒，外加二兩燒酒，花生米奉送，您慢——啊——用！」

算賬時當著客人的面，不用算盤不用筆，先唱菜名和菜碼，再唱酒水主食和湯，除店家贈菜，如花生米花椒油小菜，鹽煮綠豆芽等不唱賬外，都逐一報價，並算出總數，還把所收錢數和找回錢數一並唱出，唱得心明眼亮，精彩得如同戲臺子上的關雲長耍大刀和穆桂英打出手。

賓客酒足飯飽後，邵大舌頭便送上牙簽漱口水，同時唱出客套：「幾位您走好，今個兒您在這兒賞光使小店蓬蓽生輝，還望今後您多照應，祝您的寶號日進斗金，府上闔家康寧。」賓客賞「小帳」多在此時，這時的邵大舌頭滿面春風，喜悅的高語音遂唱出：「趙老闆會過了，賞銀錢國幣兩大角！」並與錢櫃同時鳴唱：「謝過了，走好您那兒！」

如若見來的是常客，已經熟悉其口味，邵大舌頭在鳴堂時便加以關照：「拌涼皮一道七寸，拉薄剁窄雙份芥末，抻麵一碗，多搭兩扣走細條！」

有時有急性子的賓客，點菜不久後就催菜，這類客人是不懂吃的外行，很難伺候。邵大舌頭卻有辦法對付。他幾句話就把那賓客說得服服貼貼，火氣全消：「這火候不到家，怎麼也不能給大爺您端上來呀。我這嘎噠情願上來晚了換您兩句罵，也比馬馬虎虎端上來不好吃強啊。您別生氣，您稍微等等我這就來」。這話卻把那賓客說得樂了，便誇他會說話會來事兒。

再後來就光復了，解放了，日換星移，時過境遷，慢慢地，這一套「舊風俗」就不時興了，就被革命了被廢除了。慢慢地，顧客先是要開票繳錢糧票，然後自己到窗口去端菜上飯。於是，「跑堂的」或是「服務員」就全都改行了。時至今日，邵大舌頭也改行蒸起高粱米飯蕎麥麵饅頭來了。

天色漸漸地亮了起來。透過窗和玻璃門，見得到飯堂裡已經是今非昔比，面目全非了。大圓桌子折了起來，就像是城裡的「走資本主義道路的當權派」一樣，統統地「靠邊站了」。飯堂裡完全是空空蕩蕩的。非常時期，飯店也不再是原本意義上的飯店，而只是「加工」高粱米飯的加工廠罷了。

七點半左右，邵大舌頭走了出來。這時候的邵大舌頭已經年近五十，早已不再是當年那個年輕力壯步履輕盈的堂倌小夥子了。只見短粗個頭兒短鼻子禿了頂的邵大舌頭，肩上搭了條髒不拉稀的手巾，顛兒顛兒地從後面走向前來，解下鎖門的鐵鍊子，把門開了一道縫隙，外面的人便呼地一下蜂擁而入，如黃河決口，如火山噴發，如原子彈爆炸，把邵大舌頭撞得歪歪斜斜，踉踉蹌蹌，口裡遂忙不迭地說起了早先的那套辭令：「擠不得呀擠不得，高粱米飯賣大夥。你一份來我一份，剩下一份給自個兒。」他的「我我」也是說得「囉啊囉」的。

人們卻不理會邵大舌頭的辭令，還是掙命似的向窗口擠著，撞著。邵大舌頭的高粱米飯有限，他做不到「你一份來我一份」，是「僧多粥少，狼多肉少」，這是我旁邊拎了隻大倭芫蒸鍋，睡眼惺忪的趙瘸子說的。

我們心裡都在打著鼓。高粱米飯買不到，那就白白站了三個小時，也辜負了家人的期待了。後面的人推著擁著，喧嚷吵鬧中過了一陣子，我們竟然被糊裡糊塗地擠到了前面。窗口裡看見了與邵大舌頭合作的「二老歪」，歪戴了帽子，叼了顆捲煙「蛤蟆頭」，手上戴了副棉手悶子，拿定了一個黑乎乎的倭芫盆，一手拿了一塊木頭板子。二老歪的倭芫盆戳進冒著熱氣的大蒸籠中，盛起一盆高粱米飯，一手用那木板在盆口一刮，邵大舌頭嘴上便說了句「二——啊——斤，來——啊——咧！」一眼見倒進了湊上來的鐵皮水桶裡。邵大舌頭一邊收了錢，一邊摘下夾在耳朵上的鉛筆，在臺子上那小本子上，又劃了一個豎槓。邵大舌頭和二老歪的底線是「每人不得超過三盆」，也就是六斤。這一份已經劃了兩個豎槓，再來一盆，就是最後一個橫槓。我終於鬆開了牢牢攥在手中的錢，遞給了邵大舌頭說，「三份。」阿威阿勇竭力地躥起來，揚起了手說：「是我，是我。」邵大舌頭說：「三份。三三見九，二九一十八。共計十八斤，四毛一斤，收錢七塊二，不多不少！」見到那熱氣騰騰，淺紅色的高粱米飯像星光像金粒像銀河般地倒進了桶裡，便像一塊懸著的石頭終於落下了地。想像到家人們讚許的話說：「看這孩子，這不是也中用了」，便非常得意。邵大舌頭也重複了他的辭令，「十八——啊——斤，得——咧」，並在那本子上畫了三個三槓。

「下——啊——一個。」後面呼拉拉地又擠上一堆人。有高舉著鐵皮水桶或口袋的，一邊搖晃著，有高舉著大號倭莞鍋子的，一邊敲打著，有提著柳條籃子的孩子，聲嘶力竭地嚷著「你擠扁了我的籃子了」，但還是沒有人聽他理他。他的籃子就給擠得完全地碎了，他就哭了。有人就提議，哭他媽啥？扔了那破籃子，拿你那褂子包不就得了。那孩子聽了覺得有道理，抽了兩下鼻子，就不哭了，脫下褂子，繼續向前擠了去。我和弟弟們，還有小忠兒，鄰居那些大人小孩兒們，總算是提著盛了高粱米飯的水桶鍋子或袋子，冒著熱氣，我們也通身冒著熱汗，擠出了這邵大舌頭飯店的大門。裡面仍聽得到邵大舌頭「囉啊囉」的叫聲：「二三等於六。六——啊——斤，齊——啊——了。嘿，下——啊——一個。」這不收糧票的高粱米飯，到了八點半就要停售了。這之後的高粱米飯和蕎麥麵饅頭有是有，卻是照常收糧票的。菜也有，還有免費的炒黃豆芽，量很少，據說很鹹，但是很好吃，也很下飯。

這時，太陽的光亮已經從小十街的東邊照了過來。邵大舌飯店對面的「剃頭棚」，就是理髮店門面的牆垛子上，還有牆上掛著的那個剃頭幌子，三色斜條紋，能轉動的圓柱，已經照上了大片的陽光，顯得喜氣洋洋的。有戴著套袖的夥計出來了，打開了窗板上的鐵桿子，把柵板一塊塊地撤下來，露出了窗，放在窗口前，摞在一起，再用鐵槓子把它們鎖了。剃頭師「張大金牙」張凱就是這兒的。張凱早年在福合軒斜對面的義順記理髮店學徒，如今也已經近五十歲。義順記在公私合營後就慢慢「國營」了，以至最終沒了蹤影。他早就不再去我家找我祖父「二掌櫃的」，去討日本剃頭刀子「月の刃」，因為已經沒有了。有好惹事的孩子們約好了，齊聲吶喊了一聲：「一，二，張凱！」就轉身逃跑了。張凱正在剃頭棚前倒髒水，擡頭望了一下，陽光有些刺眼。他咧開嘴笑了，露出了一顆金牙，閃爍了一縷金光，就轉瞬間消逝了。

這一天是一個晴朗的日子。我和弟弟們和小忠兒擡著那熱呼呼的高粱米飯，右拐，進了那條不足一米寬的小胡同，滿目耀眼的陽光就照了過來。這時，街中心的大廣播喇叭還沒有開始廣放革命歌曲《大海航行靠舵手》，小城的早晨就顯得非常地安詳。我們見到一家一家的人們吃了早飯後，已經開始了這一天的生計，上工的上工，上學的上學。婦人們也在忙碌著她們的家務，或熬鹼，或摘菜，或納鞋底子，或喂豬喂雞。有掛在窗口的蟈蟈響亮地叫著，也有鄰家的蟈蟈聽到了叫聲，就響應了起來，於是，那叫聲就響成一片，此起彼伏了。早起出去打柴火的人這時也拉著木板車回來了，大人們帶領著孩子們，把一捆捆的蒿子草從車子上卸下來，每三捆碼成一堆，站立著。那灰綠色的蒿子散出清新的味道，讓人想起了野外那滿地的野草，上面一片片的野花，白的，黃的，藍的，紅的，紫的，無邊無際地，不管不顧地，隨心所欲地開放著。

第25章 牛棚 Niu-Peng

公元一九六七年

這年夏天，毛主席發動的無產階級文化大革命，已經進行得波瀾壯闊，如火如荼。按「兩報一刊」社論的說法，就是「取得了一個又一個偉大輝煌的勝利」，「革命形勢不是小好，而是大好」，甚至是「越來越好」。一個陳舊的世界被摧毀了，被砸爛了，一個嶄新的世界被推出了，被建立起來了。

新年伊始，經毛主席審定，《人民日報》《紅旗》雜誌發表了題為《把無產階級文化大革命進行到底》的社論，宣佈「一九六七年將是全國全面展開階級鬥爭的一年」，號召全國人民「向黨內一小撮走資本主義道路的當權派和社會上的牛鬼蛇神展開總攻擊」。繼而，在上海刮起了「一月革命」的風暴。對此，毛主席讚揚說：「這是一個階級推翻一個階級，這是一場大革命。」此後，「造反派」奪權，建立了「軍幹群三結合」的革命委員會，奪權之風遂刮遍全國。繼之，中共中央國務院頒佈《關於在無產階級文化大革命中加強公安工作的若干規定》，規定凡是「攻擊誣衊偉大領袖毛主席和他的親密戰友林彪同志的，都是現行反革命行為，應當依法懲辦」，又在實際上擴展到凡對江青康生陳伯達同志稍有不滿的，也被以現行反革命治罪。繼之，解放軍「三支兩軍」，全國批判劉少奇的《論共產黨員的修養》，如此等等，不一而足。對此，林副主席卻信心十足，他說：文化大革命「損失是最小最小最小，而得到的成績是最大最大最大」。他鼓勵要「採取主動的進攻」，「刮它十級，十一級，十二級颱風」。

這個中國北方偏遠小城平靜如止水般的舊世界，也被徹底地砸爛了，摧毀了。它和我們中國其他的地方一樣，像是一個巨大無比的火車頭，被無限地添充了燃料，無限地添充了熱能，無限地放開了速度，義無反顧地向前駛去，它脫離軌跡了，它瘋癲無道了，它狂悖猖獗了。全國老百姓都被無端地拖入到這樣的浩劫和災難之中。中國社會發生的這種慘烈的巨變，徹底顛覆了中國傳統的文化和道德。

「奪權」方面取得了節節勝利。城裡最大的「走資派」韓福苓李世宸常萬勤終於被打翻在地，被徹底地奪了權，專了政。他們被拘了起來，接受審查。

糧食局的「三條狗」被痛打了數次。「狗之一」姜雨貴，他的腿被打傷了。「狗之二」趙海韜，他頭髮被大把揪掉了。「狗之三」張自立，他的嘴巴被打腫了，門牙被打歪了。去年冬天，在遊街的卡車上，「糧庫」造反派「王大白話」拿出一瓶藍鋼筆水，擰開了蓋子，舉在「走資派」孫貴全的頭上，徵求圍觀群眾的意見，問「同不同意」。沒等群眾答曰「同意」或「不同意」，那鋼筆水就「嘩」地一聲澆在孫貴全的臉上，孫貴全的臉頓時青了，綠了，以往的威風掃地了。

人民文化宮的大門口，聚集了一大堆人，在觀看評劇團的「牛鬼蛇神」。前面的臺階上，站了一排「宣揚帝王將相才子佳人，散佈封資修毒素」的領導們和演員們，他們被胡亂地穿了戲服，頸子上都掛了大牌子，寫了他們各自的名字，打了紅色的叉子。他們哈腰九十度，腳抽了筋，腿篩了糠，他們就像電影《列寧在一九一八》裡，列寧同志教育高爾基時說得那樣，被羞辱得「靈魂出了竅」。

還有張富張先生也死了。張富一家就住在我家的前院。他的孫子佳範兒，差不多與我同齡。張富和我的爺爺馬潤身同在「立新商店」工作。在晚近的一個早晨，前來上班的人們發現了張富。他把被單子撕成了布條子，接在一起，在立新商店後院的一間屋子裡懸樑自盡了。

他那瘦小的身軀，就像一把用舊了的掃把，輕飄飄地掛在空中。早晨的陽光透過窗子，和煦地照在他的臉上和身上。他穿戴整齊，把他那雙黑趟絨面的布鞋也穿上了，那鞋底還是雪白的吶。他的臉刮得乾淨，嘴微微張著，看得見嘴裡含著的一顆糖球子，甚至還沒有完全融化。他是帶著一絲甜蜜和一絲美好離開這個世界的。然後，他就像是一個嬰兒一樣，在搖籃「悠車子」裡睡著了。他把他的懷錶和一生的積蓄，一疊人民幣共計一百二十元用手帕包裹了，紮了個別針，留在了衣袋裡，卻沒有遺囑。他的罪名，就是他曾經是「地主」，實際上是一個鄉紳，曾經有過一些田地，有過兩掛馬車，僱過長工短工，過年時殺上一口豬，凍上一缸黏豆包子和餃子。還有，在偽滿「康德七年」，隨著那股經商的浪潮，精明的他出了五百「資本金」，也來到這城裡，在正陽街南街開了家買賣，叫「玉盛長」。此外，造反派還查出來，他有過一把小手槍，那是在開通鄉下鬧鬍子時備下防身的。他最後把手槍偷偷地賣掉了。開通那邊的造反派卻不依不饒，要一追到底。他們派來了人，調查這個手槍，再把這一切串連起來，他就成了「時刻想著變天的地主資本家」，可真是「人還在，心不死」啊。

這「立新商店」，主體就是「公私合營」前的德順東，曾有過一陣子輝煌的馬家床子。「老地主」張富老先生時年也就是五十歲出頭。他厭倦了動不動就被批鬥的日子，他看不出這一切會有了結的一天。他行使了他剩下的唯一權利，他決定不再給後代延續這該詛咒的「地主資本家」惡名，而讓這幾個字在他的身上徹底地消失。

生前的張富卻是慈眉善目，說話時總是和顏悅色，笑瞇瞇的。「他倒更像是一個可親可敬的貧下中農哩」，「多好的一個老頭兒呀」，人們都這樣說。但是，這個世界上，還是又除掉了一個萬惡的地主資本家。張富的死，是「替法西斯賣力，替剝削人民和壓迫人民的人去死」，他的死，是「比鴻毛還輕」的。

鄉間的文革也是這樣。土改時的舊賬這時又翻了出來，當年的地主富農要被再次揪鬥，這叫「回鍋肉」。比如「回鍋鬥地主」，就是在大冬天裡把地主的棉襖給脫了，脖子上挎了土籃子，裡面裝了土坯子，低了頭，躬了腰，上午下午，被輪番批鬥。

對於一切「歷史有問題」的人都是如此。比如有個國民黨國軍班長，每天吃完了晚飯，就必被拉到井邊的大土臺子上狠批猛鬥。村民們來了，造反派就劈哩啪啦開打，朝那國軍班長的臉上左右開弓，打上一通偽滿日本人打「滿洲人」的「協和嘴巴」，我們中國北方人的「耳雷子」，這樣的批鬥要持續到夜裡十一點鐘，然後宣佈，「今天的批鬥到此結束，明天早上繼續抓革命促生產。但是，你他媽得去挑水，燒滿兩大桶開水送到地裡。」這樣，那國軍班長就被折磨得片刻不得安寧，以至於死去活來，生不如死。他的衣服被打碎了，褲子被打爛了，剩下了一條大褲衩子，他竟然說，他還不如那會子給日本人練刺刀挑死了。這話傳到造反派的耳朵裡，就在第二天，連大褲衩子也給他扒了下來，呵斥說，你小子他媽王八犢子幫日本鬼子說話。說著，就朝他的身上澆了一桶冷水。他驚駭了，他發瘋般地摘下那掛在脖子上的大牌子，摔在地上，赤條條地跑向那土井，縱身跳進井裡，待他被打撈上來時，他通身包裹了冰碴子，已經斷氣了。他選擇了「自絕於人民」，他的死，也是無產階級文化大革命的又一偉大勝利。他的死，也是「比鴻毛還輕」的。

說到「自絕於人民」，還有更自絕些的。正陽街中街，現在的「東風路」，有一個解放前開過買賣的老者姓王，經歷幾次這樣的「運動來了」後，終於醒悟了，有一天，自己蔫兒不嘰地找了個角落，自行了斷，主動吊死了。他們根本無法接受這政治的翻天覆地和時代的黑白顛倒，紛紛地「自絕於人民」了。

學校裡也是這樣。這時的「五・七中學」，也就是原本的二中，第二中學，已經揪出了二十多個「牛鬼蛇神」，而又特別篩選鎖定了三個主要「牛鬼蛇神」。這真是「廟小妖風大，池淺王八多」，階級鬥爭無處不在啊。

公元一九六八年七月六日「早請示」後，造反派老師孫錦開通知這三個「牛鬼蛇神」說，「從今天起，你們要集中隔離反省，也就是說不回家了，準備行李和日常用品吧。」於是，就應了林副主席的預言，這「五・七中學」也「刮起了十級，十一級，十二級颱風」了。

「集中反省」就是關「反省室」，「關牛棚」，關「牛鬼蛇神之棚」，關集中營，關土監獄。這「牛棚」裡竟沒有鋪天蓋地的大字報，連「坦白從寬，抗拒從嚴」的標語也沒有。比起我們中國許多地方的「牛棚」來，這「五・七中學」的「牛棚」算是相對溫和的「牛棚」了。

「牛棚」裡的一日三餐是要自己解決的。早餐就吃些隔夜的剩飯。午晚兩餐就要由「牛鬼蛇神」的家屬送去。我這時十三歲，恰好算是「牛鬼蛇神」的家屬和「狗崽子」。而弟弟妹妹們還小，於是這送飯的事，差不多就都由我來承擔了。

這時我還不會騎自行車，每次便走路去「牛棚」送飯。送飯的路上，要經過大十街，走正陽街，走中央街，在人民文化宮的左面繞過去，再經過人民醫院，這樣就一直走到那條路的盡頭。拎著這樣的一個包袱，灰頭土臉地被人們特別是被同齡人注視著，指點著，這就令人有些尷尬了。

專案組所設的「牛棚」就在校園裡。校園就是二中，父親教書的地方，在城北的盡頭，在校園大門口左手邊最前面的一間教室。那六棟紅磚瓦舍，分成三行兩段，雖有些嫌舊，卻整齊地排列在闊大的校園裡。六棟校舍的每一棟有十八個窗子，每三個窗子加上一個門就是一間教室。窗子很高，要踮起腳來才能夠得著。這時的校牆上還間或地書寫了「毛主席語錄」，白底紅字，顯得十分醒目。這裡曾經是聞得見朗朗讀書聲，看得見文質兼美的學術殿堂，如今卻冷落了，被徹底砸爛而「破舊立新了」。

校門的入口處，巍巍聳立著一座玻璃鋼毛主席塑像。這座新近落成的雕塑，白色的毛主席表情堅毅，冷峻，威嚴，慈祥。他頭戴軍帽，身穿大衣，右臂高舉，高大魁偉，猶如一座高山，一座峻嶺，猶如一輪紅色的太陽。暗紅色的花崗岩底座上，鐫刻著金色的題詞，是林副主席的手跡：

偉大的導師，偉大的領袖，偉大的統帥，偉大的舵手毛主席萬歲！萬歲！萬萬歲！

這題詞手跡發表於這一年的五月一日，《人民日報》第一版毛主席像的下面。次日《人民日報》頭版頭條宣稱：「我們的副統帥林彪同志為今年五一國際勞動節的題詞，最集中地表達出了億萬人民對毛主席無限熱愛，無限忠誠，無限信仰，無限崇拜的感情，成為今天整個節日慶祝活動中最響亮的頌歌。」

林副主席的書法竟行雲流水，氣度非凡。但見這手跡初落筆時尚顯遲滯，而後則逐漸流暢，乃至無掛無礙，筆筆如刀，力透紙背，勢不可當。字如其人，林副主席果真是個不達目的不罷休，而且是傾盡心力，務求全功，不留餘量的人。

這時的二中仍然在「停課鬧革命」。毛主席已經決定停止了「革命大串聯」，不再接見紅衛兵了。這使得造反派們的情緒有些低落。學生們和老師們也根本就不來上課，校園裡冷清了起來，寂寞了起來，荒蕪了起來。剩下來的紅衛兵們佔據了幾間教室和辦公室，審訊一通「牛鬼蛇神」，貼一通大字報，撒一通傳單，打一通撲克牌，喝一通酒，抽一通煙，搞一通男女關係，紅衛兵們自己也有些無所適從，無所作為了。

每到傍晚時分，白色的毛主席塑像就被夕陽染上了一層好看的金黃色。夕陽下，毛主席有力地伸出右手，在他的胸前投下一條斜長的影子。這影子裡，映出了天空藍色的反光。這時，毛主席就顯得格外地慈祥。遠處傳來有誰拉手風琴的聲音，那是「遠方的大雁」：

遠方的大雁
請你快快飛
捎個信兒到北京
翻身的農奴想念恩人毛主席

這原本表達西藏人民對於毛主席的思念旋律，也常常轉化成熱戀中男女青年對於遠方戀人的思念，或者是青年人莫名的春愁。在這夏天的傍晚，當白日裡的喧囂散去之後，這琴聲聽起來格外地優美而動人。

被關押起來隔離審查的三個主要牛鬼蛇神，分別是「資產階級反動學術權威，右派份子，歷史反革命」張溫訓，「歷史反革命，右派份子，反革命壞份子」周則棟和「國民黨殘渣餘孽」馬龍起，後者就是我的父親。他的罪行是加入過中國三民主義青年團，加入過中國國民黨，讀過中華民國陸軍軍官學校，即黃埔軍校，如今叫「偽陸校」，這樣，剛好湊齊了「歷反」，「現反」和「反壞」，即「歷史反革命」，「現行反革命」和「反革命壞份子」，「牛鬼蛇神」一應俱全了。這三個「牛鬼蛇神」由「專案組」來管制，「專案組」中也有教師中的造反派參加。

從家裡到「牛棚」，走路大約二十五分鐘的光景。飯盒是由母親裝了，用毛巾和布包皮包裹了幾層，上邊係了個扣，拎著趕到「牛棚」時還有些餘熱吶。

這牛棚的窗，完全用報紙遮蓋了起來，使得原本普通的一間教室顯得十分神祕。看守紅衛兵住在大間教室。他們晝夜不停地看守，是為了使「牛鬼蛇神」們不得以機會串供，逃跑和自絕於人民。進門的右手，擺了一張課桌，送去的飯，要擺在這課桌上，要通過看守的檢查的。我送去的飯食，大米飯二米飯包子餃子貼餅子炒菜雞蛋豆角倭瓜，大半是平時節省下來的細糧，是專為父親做的小灶，是家裡最好的了。

進了學校敞開著的大門，在毛主席塑像的左側，繞到反省室，敲開了門，一個看守紅衛兵收下了飯，再把空了的飯盒和碗遞給了我，就是離開的時候了。

看守是輪換著的。看守就是紅衛兵，紅衛兵就是任何一個不是「狗崽子」的學生。

看守紅衛兵有惡意多些的，在檢查飯盒的時候，就會叫你不但開了蓋子，還把飯菜翻個底朝天，把餃子包子掰開了，要檢查是否藏了紙條子或祕密文件甚麼的。他們也會大聲呵斥，說「吃得這麼好，吃得這麼胖，越吃越反動。」他們是被仇恨和暴戾所充斥著。他們的「人性」，差不多是被泯滅了。

看守紅衛兵也有善意多些的，就不但不要求你把飯菜攪和了，把餃子掰開了，還會同你搭上幾句話說，「哦，今天有餃子，伙食還不錯啊。」不但如此，還會把關在裡間的「牛鬼蛇神」叫出來，給你見上一面。他們的心靈深處還是保留了些許人性的光輝的。

這三個「牛鬼蛇神」們住在教室裡面隔開的一間。那窗子也是用報紙遮得嚴嚴實實的。他們的床鋪是用桌子搭成的。他們每人被分給了一張桌子，桌子上攤著筆記本和紙張。他們大多時間被關在這「牛棚」裡寫「交代材料」，那就是反反覆覆地交代他們的罪行。他們也間或地被傳訊，被造反派帶出去輪番審問。他們會定期被帶到學校的「鐵工廠」，去「學工」，去接受駐校工人階級的「再教育」。他們夾著尾巴作人，戰戰兢兢地，唯唯諾諾地聽著造反派的指令，他們已經斯文掃地，尊嚴殆盡，聲名狼藉了。

張溫訓，青島人，他也曾在「國軍」當過軍官，是先遣隊的。解放時本要隨軍去臺灣，卻被攔截了，沒上去軍艦。這就是「歷史反革命」。還有就是在課堂上曾經說過「江山易改，秉性難易」，被學生揭發了，這就是問題了，這豈不是在惡毒攻擊咒罵社會主義紅色江山嗎，是「何其毒也」。

周則棟，偽滿時曾在「塔子城」教過書，這便使他成了「歷史反革命」。他慣常說話尖刻挖苦，抑或按小城裡的說法，那是「說話趕勁兒」。比如在課堂上，他散佈過「豆芽子長長長長長長長，長長長長長長」，這許多的「長」四聲不一樣，卻被明眼人破解為惡毒諷刺攻擊「一日千里，十五年超英趕美」的大躍進和三面紅旗，這使他被劃為「右派份子」。他還被告發把男學生叫到家中搞「同玩」，這就犯了「殘害青少年罪」而被判了刑，蹲了笆籬子。近來，他多次被臉上塗了黑墨汁，押著，走街串巷，還敲了小銅鑼兒，一面說著：「我是壞份子，我有罪。」

每當「周則棟」的名字被紅衛兵大聲呵斥出口時，他就必被嚇得發抖，嚇得篩糠。他會發出一陣激靈，嚇得必尿褲子無疑，是貨真價實的「屁滾尿流」。他的姓名「周則棟」這三個字，已經變成了對他自己的惡毒的詛咒。他要尿褲子的時候，明明神智清醒，卻無論如何也無法控制自己的膀胱。他的尿就像一股熱血，順著腿和他的黑呢子褲子流了下來，流到鞋子上，流到地面上。他終年穿著黑呢子褲子，是因為這樣的黑呢子最不易看出他的尿痕。他四處望了望，試圖去掩飾，卻已經來不及了，他已經被別人發見了。他極度尷尬，極度窘迫，極度恐懼，他本來就深陷的眼睛，這時就變得極度地陰鬱，就像骷髏上的兩個黑洞一樣。他連自己都不認得了。他恨自己，恨到了一個程度，那就是，如果地獄之門在此刻開啟了，他就會義無反顧地跳進去，頃刻間在地火中把自己燒成灰燼。然而，他的眼前沒有出現地獄之門。他咧開嘴，負疚地笑了。紅衛兵和無產階級專政的威嚴令他聞風喪膽，遑遑不可終日，把他變成真正的魔鬼了。

有時在牛棚的門口，我會遇到張溫訓的兒子張力，也會偶爾遇到周則棟家的女兒周小勤。他們送的餃子，就曾多次被惡意多些的紅衛兵勒令，用筷子挨著個兒夾開了檢查。而饅頭是要掰開來，麵餅是要揭開來，麵條是要挑起來的。惡意多些的紅衛兵們被狂熱和惡意所充滿著，他們像是耶穌在十字架上說的那樣，「他們做的，他們自己也不知道。」

張力比我個頭高，比我機靈。他寬闊的前額和粗大的鼻子像他的父親。他剪得整齊利落的小平頭和沒有多少表情的臉，還有他戴著的一副鏡片有些厚的眼鏡，給了他一副典型的「學數學的人」或是像他的父親「搞植物的人」的氣質。他的數學和植物在學校裡永遠是名列前茅的。這八個月中，我們差不多沒有說過幾句話，但相互間卻是友好的，所謂息息相通的。

這樣的審查似乎是沒有結束的跡象了。三個牛鬼蛇神的「狗崽子」和家屬們，就這樣日復一日，每日兩次，拎著裝滿了的飯盒去「牛棚」送飯，再拎著吃空了的飯盒從「牛棚」回來，風雨無阻，一如既往。他們沒有了希望，卻又心存僥倖。他們仍然堅持「相信人民相信黨」。眼下這條路，本該是他們讀初中讀高中去校園的路，而讀了高中，還是要再去讀大學的。他們的先輩們就獨獨推崇「萬般皆下品，唯有讀書高」。讀書，就是去尋找真理，而「真理必叫你們得以自由」。按年齡推算，他們六歲七歲上學，十七歲十八歲就會開始讀大學，他們在不到「而立之年」，就會成為優秀的數學家，植物學家，工程師和藝術家的。

如今的這條路，則成了他們的「牛棚之路」，「送飯之路」。他們的學業不但荒廢了，他們已經變成了「毫無希望的一代」。他們和他們的同時代人，步了高爾基的後塵，再去經歷了他書中的《童年》，《在人間》和《我的大學》。他們生活在一個史無前例的時代，這個時代充滿了苦難，爭鬥，卑劣，荒謬，怪誕，惡毒，猜疑，暴戾，無恥，齷齪，貪婪和殘酷。他們不禁要問：這個世界是你們的，也是我們的嗎？那麼歸根結底，又是誰的吶？

母親有時也去送飯。她拎著同樣的飯盒子，想到今天也許會碰到那惡意多些的紅衛兵，遭遇到無端的白眼和奚落，就開始緊張起來。到了後來，這就形成了一種條件反射，人民文化宮快到了，母親就禁不住高度地緊張了，手就出汗了，腿就哆嗦了，而且越近「牛棚」，就越緊張。這莫名其妙的「國民黨殘渣餘孽」的帽子是多麼地沉重，還遠不如「右派份子」，有著指望「摘帽」的一天。這真是苦海無邊，卻是遙遙無岸的。

好在父親的工資還是有的。六十元零五角，現在只拿四十元。這樣微薄的薪水，帶我們全家走過了這最艱辛的歷程。

父親偶爾會要我把剩飯帶回家。一九六九年六月，在領了父親的工資後不幾日，我把他剩下的一個包子帶了回來。那包子裡卻藏了一張細長的工資單子，仔細查看，上面用圓珠筆附加了一行小字說：「是最後一次工資，要節省著花」。這信號就是「這個世界將不再屬於我的了，這個世界歸根結底是你們的了」。手錶也捎回來了，那意思是「賣個幾十元，可以生活幾個月」。這令我們全家人驚駭恐懼了。我的表哥騎了自行車，帶著我連夜找到「專案組」頭目家，及時地阻止了這場「國民黨殘渣餘孽自決於人民」的悲劇。但是我們知道，父親在經歷了這一場又一場的運動，一個又一個的衝擊，一次又一次的逼迫之後，他已經絕望了。

終於在八個月之後，「牛鬼蛇神」的家屬們接到「專案組」的口訊說「從明天起，就不必再送飯了」，「他們的反省結束了」，他們的「牛棚」生涯完成了，他們的問題「查清楚了」，他們與這個政權的矛盾是「人民內部矛盾」而不是「敵我矛盾」，他們被「解放」了。

這一天，我和我同時代人的「牛棚之路」和「送飯之路」，在歷經了這漫長的八個月，三百天，送飯四百八十餐之後，也就這樣結束了，我們也被「解放」了。

父親回了家。他在「牛棚」經歷了八個月的關押後，帶回了兩件值得紀念的物品，一件是他用三合板手工製作的精緻小盒，回來就用它來裝理髮工具。這件手工，萌發了他後來要「改行當木匠」的念頭，他發覺，那興許是一條途徑，可以繞過將來的政治糾纏和漩渦吶。另一件就是一個小本子。這本子上寫的是他對「歷史問題」的交代，扉頁上還畫了路線圖，表示著他當年是如何同一群熱血青年學生，從垮了臺的「滿洲國」，從「維持會」「維持」著的小城，到了中華民國的地界「國統區」，如何再輾轉去了成都黃埔「偽陸校」。交代了他是如何在北較場校本部的操場上，聽到了「校長蔣委員長」在中國大陸的最後一次訓話，旋即，「蔣光頭」就飛去了臺灣。接著，「偽陸校」的全體官兵，便被解放軍攔截而集體投降，歸順了新政權。這本子上的字很小，篇幅並不是很多。原來，他壓根就沒有甚麼重大的事件和離奇的情節，值得向黨和人民坦白交代的哩。

作為一個中國青年，他唾棄「大滿洲帝國」，而那時毛主席還沒有在紫禁城天安門城樓子上按動電鈕，升起五星紅旗，他只能愛他的中國，那就是「大滿洲帝國」的敵國「中華民國」。而中國國民黨，那還是國父孫中山先生所創建的吶。再說黃埔軍校，那可是中國最著名的頂尖軍校，培養了許多聞名的抗戰指揮官和將領。林副主席還是黃埔的傑出校友吶，周總理還當過黃埔的政治部主任吶。但是歸根結底，若當了木匠，那就是鯉魚跳龍門，一躍，而徹底地脫胎換骨，變成「工人階級」，而「領導一切」，至少，不需要被「領導」了。無論歲月如何更迭，木匠這傳統手藝是永不會被廢棄的吧。

對於我們的父輩，這種被「解放」了的感受似曾相識。那是在「光復」那一年。民國三十四年，「大滿洲國」垮臺了，那「紅藍白黑滿地黃」的「我愛我國旗」不再「國旗揚揚揚」了。日本人的「王道樂土，五族協和」的「大東亞共榮圈」完結了，或者按當地的說法，那是「扯王八犢子完蛋了」。

儘管如此，「牛鬼蛇神」們並沒有「鬆了一口氣」的感覺。他們記得毛主席的教導，他們已經把這教導背誦得滾瓜爛熟了。毛主席說了，「天下大亂，達到天下大治。過七八年又來一次。牛鬼蛇神自己跳出來。」誰知道吶，他們這樣的「牛鬼蛇神」也許會再跳出來。或許這場文化大革命就會這樣天長地久地，有始無終地進行下去，直至共產主義在全中國，乃至全世界實現的那一天，也說不定吶。

有一天，毛主席的最新指示下來，說是要「復課鬧革命」了，校園裡便開始熱鬧了起來。但是不幾日，就發現這「復課鬧革命」，壓根兒就不是那麼回事兒。這「復」是「復」了，「課」卻沒有認真上過一次。

這時的課本竟是政治教育最極端的體現，目的是要培育出來「又紅又專的共產主義接班人」，只知工農兵學軍，只要階級鬥爭，不必知道甚麼是「文質兼美」，甚麼是「學術殿堂」。根據黨的部署，這課本把語文政治合併了，甚至把語文政治歷史音樂美術都合併了，美其明曰「革命文藝課」。

各地自行編寫的「革命教材」也是五花八門。比如語文課本，在介紹幾種常用的修辭方法時，先以「毛主席教導我們」開篇，解釋甚麼是「排比」，引用了大段對偉大的領袖毛主席的讚美，然後把句式相同或者相近的句子連在一起，盡情抒發無產階級的革命情懷。還有，「引用」這種修辭方式也比比皆是。比如其中有這樣一段：「林副主席說毛主席的話水平最高，威信最高，威力最大，句句是真理，一句頂一萬句」。在寫作時，還引用毛主席語錄和詩詞來說明問題，闡述觀點，表示決心，便加劇了戰鬥力，加劇了說服力，這就叫「引用」。比如古文課，就講列子的《湯問・愚公移山》，這是和毛主席「老三篇」中的《愚公移山》掛上了鉤了。

比如數學題，就是「在萬惡的舊社會，土地大多數被地主富農霸佔著，廣大的貧苦農民沒有土地」，此後一大段的政治內容過去了，才切入正式的數學問題，那就是家裡有多少地，每年收多少糧，要給地主交多少租，借了多少高利貸，過了多久就翻了多少倍等等。比如說到幾何，「簡單圖形」就是這樣講「軸對稱圖形」的：「偉大領袖毛主席是我們心中的紅太陽。讓我們懷著無限忠於毛主席，無限忠於毛澤東思想，無限忠於毛澤東的無產階級革命路線的深厚階級感情，剪個「忠」字代表忠心。我們剪「忠」字時可以把紙對折起來剪。因為這個圖形沿著中間的直線對折過來，左右兩部份能夠完全重合，這種圖形叫做軸對稱圖形。能夠重合在一起的點叫做對稱點。」

比如俄語課，就講了一次「繳槍不殺」和「毛澤東萬歲」，這是和珍寶島自衛反擊戰掛上了鉤了。前者是為了在同蘇聯打仗勝利時使用，後者是以備失敗了英勇就義時高呼的「時代最強音」。學生們卻對這句話饒有興趣和偏愛，於是就把這句時代的最強音寫成了中文，變成了這個模樣：

「大斯特拉夫斯圖維伊特毛澤東」。

張力在學校裡，是連一個朋友也沒有的。他躲在教室的角落裡，怔怔地看著那墨綠色的玻璃磚黑板，和上方的毛主席像，毛主席永遠是在慈祥地，目不轉睛地看著他，卻一句話也不說。他變得越來越孤僻起來。有人試過叫他，喊「張力」，他猛地楞了一下，閉上了眼。然後慢慢睜開，又注視起那黑板和毛主席像來了。同學們見他無聊，就改叫他「傻雞巴蛋」，他還是不講話，索性就不再理他了。

他記得升學考試的作文題目是《記你最難忘的一件事》和《我的祖國》，任選其一。他和多數的同學們選了《我的祖國》。「我的祖國」，在他的眼中，也和在他同學們的眼中一樣，是光明的，蓬勃的，也和他嚮往中的人生一樣，是充滿了希望的。此刻，這希望徹底地破滅了。這個世界已經不再「是我們的了」。

這條路上有時候還能見到張力，他瘋了。

他不再去「復課鬧革命」了。他每天做的事情，還是走路。他還是要從他的家走到二中，走到他爸爸曾經「反省」的那棟房子，那間教室。他又給「反動學術權威，歷史反革命，資產階級的孝子賢孫」張溫訓，他的爸爸送飯來了。這已經成了一個習慣，成了他生命的一部份了。

他會去敲那間教室，曾經的「牛棚」的門，卻輕輕地，格外謙卑地。他不敢對看首著這三個「牛鬼蛇神」的紅衛兵表現出絲毫的不恭不敬。敲了三下，沒有回應。當然這些牛鬼蛇神和紅衛兵們已經不在這裡了。他就安靜地等待著。過了一些時候，還是沒有人來開門，他就再敲了三下。校園裡一位工友過來了，說孩子你回去吧。你爸爸不是已經回家了嗎？工友看起來面善，他就相信了他的話。他拎著飯盒離開了。

第二天，他還是出來，給他的爸爸「送飯」去了。他雖然在家裡見到他的爸爸，卻相信他的爸爸此刻仍然在學校裡「反省」著吶。他認定家裡這個鬍子拉雜的老頭子是「爺爺」。

他的家人們也只能由著他去了。起初，他還真地像從前一樣，準時上路，準時趕到學校，再準時回家。他每天午晚兩次，就這樣地風雨不誤，一如既往。在這幾條街上，人們已經熟悉了他的身影。沿著同一條路，他就這樣怔怔地走過去，又怔怔地走回來。

偶爾，會有小孩子們取笑他，喊叫著：

打竹板，向前行
眼前來到關牛棚
牛棚牛棚真叫好
也不大，也不小
牛鬼蛇神跑不了

他聽到了，也不氣惱，也不反駁。他不記得他的爸爸是怎樣地反黨反社會主義反毛澤東思想的。他的爸爸教數學和植物，只是要求學生們認真讀書，連「學好數理化，走遍天下都不怕」這樣的「資產階級思想」也沒有向學生灌輸過。他自己吶，也是熱愛黨，熱愛毛主席的。他本來配戴了毛主席像章，那是一枚夜光的像章。那像章在天暗下來的時候，就會發出螢綠色的光來，像是令人看到「希望」這兩個字一樣。可是他的像章被人搶走了，還說他這狗崽子是不夠資格戴毛主席像章的。於是他堅信，他的「希望」也被搶走了。

在路上，他還是被一群小孩子數落和羞辱了一番。見他不講話，其中的一個男孩子竟揀了塊土坷垃，朝他扔了過來。他躲閃不及，被打在鼻子上。他的鼻血頓時流了出來，他的嘴巴被鮮血染紅了。這下他急了。他本能地反擊了。他拾起那塊土坷垃，朝那孩子扔回去。那土坷垃砸在那男孩的後背上。那群孩子撒腿就跑，一邊大聲尖叫著：

狗崽子來了！狗崽子吃屎！狗崽子喝尿！

他就像電影裡看到的西班牙鬥牛，被鬥牛士激怒了一樣，狂奔著追趕。一個戴軍帽的小子給樹樁子絆倒了，他就揮起拳頭，向那「軍帽」砸將過去。跑在前面的幾個孩子大叫：狗崽子打人了，反革命打人了。

一隊紅衛兵過來了。他們得知打人的是狗崽子和反革命，就不容分說地圍住了他，向他沒頭沒臉地拳打腳踢起來。他丟棄了布袋子裡的飯盒，裡面的高粱米飯和土豆絲兒灑落了一地。他滿臉是血，滿身是土，雙手抱著頭，蹲在地上，無聲地抽搐著。

看熱鬧的人多了起來，有人發了惻隱之心，勸說不要打了，再打就出人命了。紅衛兵有些心虛了，有些膽怯了，遂停了下來。拍了拍手中的灰塵，吐了幾口痰，揚長而去了。

有人把張力扶了起來。有人從衣兜裡掏出了一塊紙給他擦了鼻子，堵住了鼻血。他執意要走，去給他爸爸送飯，卻被認識他的人擁著回家了。

這之後，張力連續幾天被關在家裡。有人說隔不多久就又看見他了。他仍舊在給他「牛棚」中的爸爸送飯，午飯和晚飯，送了，又拿了回來。

有一天，他出去了就沒有再回來。沒有人知道他到哪裡去了。他的家人發瘋一樣地找他，卻終於找不到了。他在這個充滿了仇恨的瘋狂的世界裡徹底地消失了。

第26章 月黑風高的夜晚 A Dark and Windy Night

公元一九六九年

自去年入冬以來，北方的這個小城就一直被嚴寒籠罩著。到了五月，日間的最高溫度會升到十五度，而在夜裡和凌晨左右，就會降到七度。這時街巷裡早就沒有了行人。街燈稀少且黯淡，人們索性就不指望靠它來照明了。「星光還比這街燈亮些吶」，人們會這樣說。北方的人們，特別是住在這座小城的人們，晚飯過後早早就會去睡了，小城老早就全然地沉靜下來。

公元一九六九年五月九日，星期五。這個夜晚夜黑風高，本來就沒有絲毫綠意的大地和形狀單調仍然光禿禿的樹木，這時完全變成了黑色的剪影，不明確地襯在黑暗混沌的天空上。天空上連一絲一點的星光也沒有。照樣，人們很早就去睡了。夜裡九時許，西北風仍在小城的上空盤旋著，在街巷裡呼嘯著。白天的喧囂和吵鬧就像黑暗中正亮著的蠟燭，吹它一口，「噗」地一下就滅了，喧囂被吹滅了，沒有了影蹤。

其實，小城裡的文化大革命在喧鬧了三年後，這時已經悄然地，無聲息地緩慢和冷卻下來。不久前的「珍寶島事件」和「九大」過後，雖然這裡也有過集會，有過聲討，有過慶祝，但那畢竟離這個小城有點兒遙遠。蘇聯「老毛子」暫時還打不進來。打進來也不怕，早就挖好地道了。「九大」上林副主席被確定為毛主席的親密戰友和接班人並寫進黨章，好吧。雖然林副主席看起來是有點兒獐頭鼠目的奸臣樣，但人不可貌相。林副主席可是打過平型關大捷，林副主席的手裡可是從來都舉著《毛主席語錄》的。何況，若仔細看，也能看出獐頭鼠目中流露出的一些慈祥哩。這些國家大事和世界大事，就像在年初，美國的尼克松就任美國總統，法國的戴高樂辭去法國總統的職務，美國波音747的原型機首次試飛，與小城的人們有甚麼大的關係吶？當然，這類言語只是在人們的心裡嘀咕一下而已，絕不能公開討論的。小城裡的人們和全國的人們是同樣謹慎和小心的。

翌日，五月十日，星期六，月黑風高後的一個天高氣爽的晴天，這一天，這種平坦安靜和乏味被打破了。

這天清晨，小城安靜得出奇。老街正陽街的街面上，那些曾經櫛次鱗比，舖幌飄揚的店舖，商號，以及過去的那些買賣，如今已經關的關，敗的敗。解放後，小城歷經了一次次的運動，一次次的變革，昔日的風華已經面目全非。寥寥無幾的店舖子都還關著板兒。天依然冷著，風卻停了下來。偶爾有出來倒髒水的人，也都睡眼惺忪地出了屋，又進去了。遠處東鹼泡子的上空，只能隱約見到些微光亮，令人們記得這就是太陽要升起的地方。如今，小城裡的日子就像是一隻盤子，平坦，安靜而乏味。

這條五里長街上，開了板兒的，大抵上就只有「孟香久茶館」的開水房了。開水房在小十街街口，透過滿是霧氣的玻璃窗，隱約可見屋子裡微弱的燈光。窗口旁邊的水管子冒著熱氣，顯出一些生機來。有一個打開水的漢子，抱了個竹篾暖壺，灌滿了開水，正要往回走，腳下忽然見到一張白紙條子。拾起來卻看不清上面的字跡，便返回那孟香久的茶館，湊到那窗口。藉著那微弱的燈光，他就讀那紙上的字。他不看則已，一看竟魂飛魄散，驚恐失色。他不敢相信自己的眼睛，那上面分明地寫著：

知識青年上山下鄉是變相勞改

這是甚麼？這分明是一張「反標」，也就是「反動標語」。他懷裡的暖壺忽地跌落，「砰」地一聲，在堅硬的地上跌得粉碎，在這寧靜的小城的絕早，這響聲顯得格外地令人驚駭。幸好他穿著棉鞋，並未被開水燙著。他手裡捏著那張紙條子，不顧一切地奔跑。他要跑回家，又覺不妥，他要把它交到公安局，又害怕被懷疑是「此地無銀三百兩」。他欲把它毀掉，又不敢知情不報。他末了還是報了。

又有人驚恐地舉報在另外一條街上也發現了「反標」。然後又有人在另外一條街發現了另一批反標。接著，另外的幾條街道上也發現了反標。最後的統計是全城的街巷上總計散發過三百零八張反標。有些標語一些被風吹走了，有些被撿到的人悄悄地毀掉了，剩下的就匯集存檔了。

這些反標是在三十二開白紙裁成四小塊大小的紙條子上，分別用多種字體，包括宋體，楷書，行書，草書書寫的。反標的主要內容是攻擊文化大革命，攻擊知識青年上山下鄉運動，攻擊焚書坑儒，攻擊高考的廢除及學業的荒廢，攻擊對老幹部的無端迫害，幾乎包羅了攻擊文化大革命的全部內容，而攻擊的矛頭直接指向文革的發動者毛主席和他的親密戰友林副主席，江青，張春橋，姚文元，和黨中央。反標中的無所畏懼的語言令人震撼。反標中說，「中共中央也不是鐵板一塊」。

比起這次的反標事件，先前所聽過的幾起就都是微不足道，小巫見大巫了。比如某中學某學生舉報了一張紙，紙上畫著一個小人，又無意間在後面寫了「毛主席」三個字。那中學生把這張紙對著陽光看了，「毛主席」三個字正巧與小人重疊，這事就被看作是對毛主席的誣衊。毛主席是偉大的導師，偉大的領袖，偉大的統帥，偉大的舵手，是全世界人民心中最紅最紅的紅太陽，是全人類的大救星，豈能被稱作「小人」？

無獨有偶，還有類似的案件，比如三年前中學教師趙向道趙先生，先是隨意地在一張紙上畫了個毛主席頭像，幾天後又鬼使神差地在反面畫了輛大車子，車上裝滿了柴禾，且把這件事給忘了。不料，這張紙卻被明眼人發現了，對著光一看，毛主席剛好和這車柴禾重疊在一起。就說，這還得了，你這是要用這柴禾，把毛主席燒死不成？告發了，這就成了彌天大罪。於是，再加上他曾擔任過三青團書記，就認定了他是「歷反」和「現反」，判了他十年笆籬子。據說他這十年的牢獄之災，早在「滿洲國」倒臺後不久，城中大名鼎鼎的張監督，就曾給過他暗示。落魄的張監督，那時在五金下雜貨德順東前擺了個攤子糊口。待向道先生默想了求測之事，再報出兩個字來，「監督大人」遂卜出一卦，不禁令他大驚失色，竟一下子尿了褲子。有內部人透露說，後來在笆籬子裡，只要聽了「毛主席」三個字，他就嚇得心跳加速，血壓升高，腿肚子攥筋，腦瓜仁子生疼，直至把屎尿拉在褲兜子裡。

這樣的案件屢屢發生，為此大多數報社都專門設了燈箱，拼版後要仔細檢查，直到確定沒有這種嫌疑才敢開印。

還有在麻繩編織社的大門上出現了用粉筆歪歪扭扭寫著的「東方紅，太陽升，中國除了個毛澤東」。雖然最終的結論是這「除」字是一個小學生的「出」字的筆誤，但這常常是有口難辨的，特別是趕上「嚴打」的當口，書寫者分分鐘會被定為「現行反革命犯」下獄坐牢或被槍斃的。

而這次的事件是真正的反標事件。這樣眾多數量的傳單，這樣直接地，毫不留情地對毛主席林副主席江青同志和文化大革命的攻擊，遠遠地超越了「小人毛主席」，「火燒毛主席」和「中國除了個毛澤東」的嚴重程度。這是在神州大地上發生的「建國後第五起最大反革命案件」，也無疑是一個史無前例的爆炸性事件。

會是什甚麼人作的案？是有組織的美國帝國主義還是蘇聯修正主義的精心策劃？是空投的或潛伏多年的國民黨特務的反共圍剿，還是外星超然文明對於人類行為的干預和矯正？這個聳人聽聞，神祕莫測的事件令人驚駭，令人不安，也令人不名地興奮起來。

人們說：出大事了。

說到「大事」，在小城的歷史上，似乎還沒有發生過甚麼特別了不起的事，值得小城的人們如此地興師動眾，勞民傷財。如今的這件事在小城裡掀起了一陣波瀾。面對著這三百多張傳單，城「革委會」如坐針氈，如臨大敵。中共中央不斷地給省委書記潘壽生施加壓力，令其及早破案。潘書記再把壓力施加給下面。

於是，城「革命委員會黨的核心組組長」英組長英樹全掛帥，立時成立了「69.5.10重大反革命案件專案小組」，簡稱「專案組」，洋洋七十人，由武裝部所派的軍代表陶大松「陶書記」親自領導指揮。全民皆兵，全民破案，一時間「堅決偵破69.5.10反革命案件」的標語貼滿了城裡的大街小巷。專案組把傳單中各種字體進行了剪輯，發到各企業事業單位各學校進行筆跡認定，以便對作案人進行揭發和舉報。

在我們中國，歷朝歷代的文人們多是命運多厄，乃因他們多喜文墨，常拿起筆來，寫寫劃劃，論古非今，發胸中之臆。自大明太祖朱元璋始，「文字獄」便火勢漸猛，至康熙，雍正，乾隆時已呈燎原之勢。這場無產階級文化大革命，更把這莫須有的「反革命罪」推動得史無前列，登峰造極，無以復加。此刻小城裡的這一場人民戰爭，更使那「地富反壞右牛鬼蛇神」們陷於無產階級專政的天羅地網而插翅難逃了。這時，原本的公安局先是被「造反派」奪了權，變成了「臨時接管委員會」，不久後，又變成了「人民保衛組」。

負責此案的專案組有兩個主管。一是「白經理」，是個女的，高個兒，四十多歲。這女的還算溫和。另一個五十出頭的漢子，神情黯淡，臉上疙疙瘩瘩的。人們當面稱他「秦主任」，背著他卻叫他秦犢子。「秦犢子」之所以叫秦犢子，是因為他對「犢子」二字情有獨鍾。他開口說話時，就必會帶出這兩個字兒來。比如說到「喝酒」，他就說「咱喝犢子酒去」。比如說到「撒尿」，他就說「撒犢子尿去」。有人暗中做過紀錄，光是在專案組的這一天，他就會把這「犢子」二字說上一千二百三十四次。

秦犢子口裡叼了顆「大重九」。說起這「大重九」，還有過一個順口溜：「抽煙大重九，喝茶八塊七。出門坐三輪，一身馬褲呢」，是形容了一個春風得意的人的最高享受。只不過，這時秦犢子還是因地制宜，做了適當的更動：口裡叼了「大重九」甚至還是錫紙的軟包。這時的普通工人每天的工資，也就剛夠買得起一隻半這樣的香煙。喝茶卻是每斤七塊二，比起尋常百姓五毛錢一斤的茶葉沫子，這算得上是本地的極品。三輪是沒有的，而他倒是搞到手一輛嶄新的「永久二八」自行車，這主要是身分的象徵，大大地高過「三輪」。還有，「馬褲呢」是已然過時，不過那一身去掉了帽徽領章的草綠色軍衣，讓人一看就知道是「無產階級司令部的人」，是令人非常地羨慕吶。秦犢子這時的工資不高，卻有補貼和特權。這補貼就是「夜餐費」，特權就是由他秦犢子簽字報銷。他天天為「破案」操勞，天天「加夜班」，天天簽字「報銷」。這「大重九」和七塊二的好茶葉，還有他和他的專案組同志們每日兩通的「富裕老窖」就都是這麼來的。

秦犢子找人給他用三合板做了塊巴掌大的「毛主席語錄」牌，固定在這「永久二八」的前面。那牌子紅底黃字，寫著毛主席的最高指示：「階級鬥爭，一抓就靈」。在這小城裡，他騎著這車，叼了這煙，穿了這軍裝，搞起這階級鬥爭，竟如沐春風一般。

幾年下來，他悟出了這樣的道理：「犢子這階級鬥爭，是大大地好」。「槍桿子裡面出政權，犢子這階級鬥爭，也同樣地出政權」。「犢子皇帝輪流坐，今天到我家，齊天大聖孫猴子說得太對了。真沒想到有一天，像我這樣犢子的貧下中農，也有翻身解放的一天。」

專案組就設在「建設路」，也就是過去的坤順街的一個院子裡。這七十號人的「專案員」從各單位脫產抽調上來，是政治上「過得硬」的黨員團員。「專案組」還設了個大食堂，由百貨公司調過去的老苟頭苟紹先負責做飯。老苟頭卻非黨非團，而只是個普通的「革命群眾」。這時正是七月尾八月頭，伙房裡熱得跟蒸籠一樣。老苟頭卻正兒八經地穿了件白大掛，堂而皇之地圍著灶臺轉來轉去。這時，飯堂走進來了秦犢子。秦犢子分析不出老苟頭為何這身打扮，且對此起了疑心，說「犢子大熱的天兒穿這麼多，你犢子熱不熱啊？」就突然拎起他的白褂子。老苟頭慌了，忙說，「別動別動。」秦犢子發現老苟頭白褂子的裡面，竟然一絲不掛。正在吃飯的眾人便湊到前邊圍觀。老苟頭抖落下那白大掛，有些害羞。為了掩飾窘迫，他轉過身去，背面就是一個大白屁股，還「嘟嘟」放了兩個響屁。秦犢子急忙捣住了鼻子，嘟囔著罵了一句：「扯王八犢子。好臭好臭。」

專案組馬不停蹄，全民戰爭的大會戰進行了一輪又一輪。能幹的秦犢子有過幾次破獲現行反革命案件的經驗。這次，他深入地調查了案情，精闢地作出了分析：

秦犢子說了，「第一，犢子的要查作案動機」。

要說動機，大抵是人人皆有之的。比如說這「攻擊知識青年上山下鄉」吧，小城的人們有點兒「整不明白」了：何以上山下鄉才是大有作為吶？讚同的也有，那是說，咱家養活不起你了，你就下罷，好歹有口飯吃。比如「攻擊焚書坑儒」吧，小城的人們就有點兒給「造懵了」：這天下的書，除了毛主席的，就都要焚了不成？讚同的也有，那是說，也分給我幾本焚吧，我家沒有柴火貼大餅子了。比如說「攻擊林副主席」吧，小城的人們就有點兒「犯尋思」了：這林副主席怎麼越看越像個奸臣，越看越像個騙子「打冒支」的吶？讚同的也有，那是說，人不可貌相，海水不可斗量。包青天還不是一臉黑不溜楸？比如說「攻擊計劃生育」吧，小城裡的人們就有點兒「抹不開」了：嘿嘿，被窩裡那玩意兒還能計劃得了嗎？讚同的也有，那是說，不生也罷，生了長大了還不是下鄉。比如說「攻擊文化大革命」吧，小城裡的人們就有點兒「納悶兒」了：啥革命這麼沒完沒了啊，快趕上八年抗戰了。這個「中國的赫魯雪夫」劉少奇，他到底有甚麼事兒吶？這文化大革命，到底是為文化，還是為鬥爭吶？哪朝哪代也沒這麼整呀。讚同的也有，那是說，文化革命就是好。當官的沒一個好東西，活該挨整。一言以蔽之，人人都有作案的動機，人人也都有不作案的可能。

作案人一定是對無產階級專政有著深仇大恨的。哪些人吶？話說城裡武裝部部長盧書齋，名字雖然書香味兒十足，卻是沒有唸過幾天書的。有一次讀到毛主席詩詞《滿江紅・和郭沫若同志》，把「小小環球，有幾個蒼蠅碰壁」的簡化字「幾」唸成了「九」，就變成了「小小環球，有九個蒼蠅碰壁」。有人說不對，他就反駁說甚麼他媽的不對，並解釋說，你看這「地富反壞右牛鬼蛇神」，不正是九個嗎？說得也對，這「地富反壞右牛鬼蛇神」，就是把社會主義的「敵人」，甚至於社會主義的「人民」全部囊括在內了。結論是：要盤查任何「九個蒼蠅」，不可放過任何一個可疑之人。於是，全城包括鄉下，便展開了對這地富反壞右牛鬼蛇神「九個蒼蠅」們的地毯式大排查。

秦犢子又說了，「第二，要犢子查作案條件」。

要說條件，那可不是人人皆有之了。首先，作案人要有文化，有思想。說到有文化，這諸多字體，變化無常，非那撿大糞的屎杵子，或撿瘟豬頭的小王發，或傻呵呵手捧芒果的「工人階級領袖」汪常青之流能做得到的。

說到有思想，這敏銳的思想又絕非跑堂的邵大舌頭，或算命的梅老三所思想得到的。這忽然令專案組得到了一個啟示：這些反標的內容，倒很像是「敵臺」裡面所宣揚的哩。

這時幾個收得到訊號的敵臺，一個是蘇聯的「和平與進步廣播電臺」，一個是臺灣的「自由中國之聲」，還有就是美國的「美國之音」了。這些電臺都是修正主義國民黨和帝國主義反華反共的喉舌。這要有戲匣子收音機有短波段才能收得到。於是各單位便開始搜尋戲匣子和短波了。有時，當你躲在房間裡開了戲匣子聽甚麼的時候，你的門就會突然被你的領導推開說，聽啥吶？你說，哦我在聽樣板戲，他就說，噢你這戲匣子還帶短波吶。

說到偷聽敵臺，事情就嚴重了。要是被發現，輕者被批評教育，重者則被以「偷聽敵臺罪」判刑，甚至挨槍子兒，也是大有可能的。

同時，文化大革命教會了人們去思考，而林副主席則教會了人們對於毛澤東思想的「緊跟」和「活學活用」。人們想起來了，「美國人民是中國人民的好朋友，我黨的奮鬥目標，就是推翻獨裁的國民黨反動派，建立美國式的民主制度，使全國人民能享受民主帶來的幸福」，這可是毛主席在延安的時候親筆寫在紙上的。

而且，人們還聽說過，這美國之音，曾在二戰期間被法西斯德國和日本禁為「敵臺」。如此，按毛主席「凡是敵人反對的，我們就要擁護；凡是敵人擁護的，我們就要反對」這一最高指示，偷聽美國之音，那就恰恰是無可厚非的了。

人們對現實和未來的迷茫，和對不同於「兩報一刊」聲音的渴求，使得他們還是忍不住去偷聽美國之音了。美國之音是這樣標榜自己的：

「這裡是從美國之音發出的一個聲音，消息可能是好的，也可能是壞的，但我們將告訴您真實的情況。The news maybe good or bad, we shall tell you the truth.」

這「真實的情況」，就極大地刺激了人們的好奇心了。偷聽定是要隱避的，且只能在夜裡進行，而由於夜深人靜，便需要把音量調到最小，或者鑽在被窩裡，或者戴上耳塞機。儘管要像特務間諜那樣地偷偷摸摸，儘管有吱吱啦啦和民樂鑼鼓的干擾噪音，斷斷續續隻言片語「真實的情況」還是遠隔了重洋，傳到了我們中國這個卑微的北方小城。

秦犢子還說了，「第三，要犢子查作案地點」。

作案地點就在這城裡，這主要的街道上。可是，這案子真是撲朔迷離呀。這樣高明的作案份子，蒞臨了我們的城，像是空投的美帝蘇修，又像是潛伏的臺灣特務，又像是外星人，更像是這小城裡的尋常百姓，也就是住在城裡城外的你我他。有人又說了，這也像是冤魂野鬼們幹的吶。那些在歷次運動中屈死冤死的，它們化成了「牛鬼蛇神」，也就是「牛」頭馬面，「鬼」魅魍魎，毒「蛇」猛獸，「神」仙皇帝，從硫磺煉獄從陰曹地府裡出來了，向黨中央向文革小組反攻倒算哩。它們隱了形，換了貌，悄悄地來，又悄悄地去。這話說是說了，卻是無法向區裡省裡和中央匯報的。我們社會主義中國是無神論國，豈能屈附於怪力亂神之說。再者說了，只要是反對黨反對毛主席的，管你是在陰曹地府，抑或是在火星月亮上，也要把你捉拿歸案，繩之以法，打翻在地，碎屍萬段。至於這些猜測，其實是毫無依據的。公元一九六九年五月十日的前一天夜裡，並沒有人目擊到任何UFO的蹤影，忽地出現在小城的上空，落在張平洋紀念碑的前面，也同樣沒有人看到甚麼忍者飛俠，從街道兩旁的洋溝暗道裡，抑或遠處東鹼泡子的蘆葦蕩中鑽將出來，來到這作案現場，撒了一通傳單，再隱身遁去。

秦犢子帶了專案組，烏龍笑話也鬧了不老少。鄉下「四里五」有個叫王明貴的，他爹是屯裡的大地主，又當過「甲長」。他在的屯子叫「王祿屯」，就是以他爹「王祿」命的名。這就構成了他的作案動機，他是想翻天啊。公安局認定了就是他，便抄了他的家。這些個「四類份子」，公安是有權隨時抄家的。而後，把王明貴抓了來，在拘留所關了一夜。那裡面拘留的淨是些強姦犯二流子甚麼的，就問他怎麼了，是偷東西了還是強姦了，還把他那份窩窩頭子鹹菜條子給吃了。被審了一通，發現這反標的事兒根本就跟他沾不上邊兒。於是，只好把他放了說，我們不錯抓一個好人，也不漏掉一個壞蛋。他們烏龍了一次，不了了之了。

專案組也懷疑過鎮賚球隊的人，說他們那時來過小城打球，有作案時間。他們身強體壯，看起來就有點「揚脖」和「尿性」，就是有點兒「傲慢與偏見」，「血氣方剛」的樣子。於是，就把他們調來打球，派奸細與他們套近乎，卻終找不出任何蛛絲馬跡，於是就又鬧了次烏龍。

三中的中學生郭良也被烏龍了一次。這時他幹臨時工，在「草葦站」打草捆子。聽說專案組盯上了「你們中間的人」，就莫名地緊張起來。他原本就結巴，這時被問到了，而且還要對筆跡，他就渾身上下不自在，愈發緊張了。他不敢直視專案組的任何一個人，而他躲閃的日光就愈發可疑。他答起話來，擠咕著眼，紅漲著臉，竟然有些語無倫次，答非所問了。說來也奇，輪到了對筆跡，他的字竟然像是傳單上的了。專案組說「再寫一遍」，他就試著換一種寫法，無奈是越寫越像。他們要他寫「知識青年上山下鄉就是好」，「窮則思變」，「相信群眾」，「勞動光榮」和「改天換地」，這樣就查對了反標上的「知識青年上山下鄉是變相勞改」，結果竟然驚人地像了。他有口難辨，他沮喪且絕望了。幸運的是專案組又接到另外的舉報，而且是「證據確鑿」，才暫且把郭良擱置一邊，但規定他不得出城，且每三天來專案組彙報一次。

還懷疑過一個「草葦站」的大學生叫姜德魁。他成份不好，媳婦又是個初中畢業生。他有作案條件，那就是，像他這樣的大學生，應該是甚麼字體都會寫的。還有，案發時，他不在家裡，那麼他就有作案時間。他有點兒清高，人緣不大好，有一個工宣隊的人恨他，希望這反標案是他幹的。那人裝作到他家串門子，暗中偵查，竟然在他的炕蓆上發現了紅墨水的痕跡，而那反標又恰巧有用紅墨水書寫的。那人就舉報了他，要藉機整他一整。

於是他被抓了起來。「群眾專案指揮部」就把他帶到專案組那裡。見他不招，就使勁兒地揍他，揍得他嗷嗷地叫喚，差點兒就承認了，屈打成招了。

對於已經下了鄉的「知識青年」，雖然不是人人都要對筆記，但要問你是不是回過城，看你平時的言行舉止。「青年點」的「知青」們已經不准許回城，而集中在招待所寫「材料」，也就是檢查和反省，交代各自的錯誤思想和行為。偷聽過敵臺的，要具體交代偷聽的時間地點，要在場人的證明。這樣的「材料」，每人竟寫了十餘份。對於主要懷疑對象，是要天天去你家「查夜」，密切注視你的一舉一動的。「查夜」就是專案組的人深夜裡闖進你家突然襲擊，手電筒「電棒」一下子照在你家的炕上，掀起你的被子，看你在做甚麼。他們最熱衷於看到的，就是這家的女人被男人壓在炕上「幹那種事」，還特意地把那女人的私處照亮，咽一次口水，再罵一聲：「我操。」

會樂器的，也在可疑之列。詩言志，曲訴情，看看你演奏的是甚麼曲調吧。歡快的，表示你在為甚麼事情竊喜。悲哀的，表示你有隱秘的心事。不喜不悲的豈不是表示你心有城府，不卑不亢？

最後，專案組把懷疑重點放在了「老三屆」畢業生的身上。傳單中多處引用了魯迅的話，比如「救救孩子吧」，這口氣就很像是《狂人日記》中「揭露中國封建社會的家族制度和禮教的毒害」，字裡行間的「仁義道德」，卻透出「吃人」二字。魯迅的「日記」說：「沒有吃過人的孩子，或者還有？」因而喊出「救救孩子」的口號。這水平，這口氣，除了魯迅，應該只是「老三屆」才有的呀。他們對現實不滿，像魯迅說得那樣，「被社會擠倒在底下」，是要「破破中國的寂寞」呀。

「老三屆」中的六六屆又是最值得懷疑的了。他們都已經準備停當，連「報考自願」都填寫了，連准考證都發到手了，連考場上看時間的手錶都借好了，所謂胸有成竹，萬事俱備，只待十天後考試了。以他們百分之百的升學率，他們就只待八月份奔赴大學校園，開始他們激動人心的大學生活，開始他們人生的新篇章了。可是，萬萬沒有想到，文化大革命它早不來，晚不來，偏偏這個時候就來了，說是中央通知「高考暫停」，「推遲半年」云云，這真是晴天霹靂，「倒了八輩子血霉了」，倒霉呀，倒霉，這就是他們的心態。

於是，秦犢子和專案組就理出了這樣的一個邏輯，作案者：一，「老三屆」。二，六六屆。三，高中生。四，「大學漏」。五，出身不好。六，沒有參加甚麼造反組織的「逍遙派」。七，特別是「友誼社」的成員們。八，還有他們常常聚集的「楊家菜園」。

正在「草葦站」幹臨時工打草捆子的彥先讓就被格外地盯上了。打草捆子是「計件工」，強體力勞動。這草捆機要四個人管一架，一邊兩人。雖然是苦力，每天每人使足了勁兒，竟可賺到三塊三。外加偶爾能拿到個裝車的差事，肯多吃一份苦，多賣一些力，六十噸位的車皮，從晚六點裝到午夜十二點，那月底的收入就超過中學校長了。彥先讓體力好，勁頭足，若能賺到錢「超過校長」，那辛苦就辛苦吧。

彥先讓剛好符合秦犢子總結的七項條件。一，他是「老三屆」。二，他是六六屆。三，他是高中生。四，他學習好，會多種樂器，是「大學漏」。五，他出身不好，爺爺是地主，解放時逃跑了，父親被政府鎮壓，這是「父債子還」。他的父親也開了家小買賣叫「寶聚隆」，經營日用百貨，這就是「資本家」了。六，他原本是所謂造反組織的「神州春社」的成員，解散後就一直逍遙著。七，他是「友誼社」的成員。八，他常常去「楊家菜園」。

專案組已經暗中派了便衣奸細去監視他生活中的一舉一動了。

他的家恰好在專案組的附近。當晚下了班，吃了飯，他就獨坐在他家的牆頭上，拉起了二胡來。他架起了腿，搖晃著頭，拉起了《病中吟》，拉起了《陽關三疊》，也拉起了《山村變了樣》。

他天天拉二胡，這意味著甚麼吶？彥先讓的舉動，令人越看越疑惑，越看越覺得他不像是「無產階級」的人，越看越覺得他「不對勁兒」。奸細說，《病中吟》表達了他對前途的悲觀，《陽關三疊》表達了他心事重重，《山村變了樣》則表達了他作案後的竊喜。這次，居然差不多讓這奸細說得歪打正著了。

專案組派了奸細黃仁祥，彥先讓的同學，打進了草葦站。為了獲取彥先讓的筆跡，就特別地稱讚他的小組葦捆子打得好，而且還格外地說他彥先讓打得好，不好也說好，要他寫材料，總結先進經驗云云。這樣，就輕易地拿到了他的筆跡。

專案組還從瀋陽請來一位筆跡鑑定專家高手，是個女的，據說經驗相當豐富。無論你的字是用反手寫的，還是精心偽裝過的，都逃不過她的法眼。那女的就把老三屆的筆跡全部過目一遍。翻到彥先讓的，果斷地說，就是他寫的。

各街道，各居委會，都辦起了學習班，把老三屆聚集在一起，專門辦了個老三屆學習班，談思想，談認識，談體會，鼓勵懷疑，鼓勵揭發，鼓勵檢舉，這真是一場人民戰爭的汪洋大海。彥先讓的小組作為重點，就額外增加了時間和精力。

公元一九七〇年三月二十九日，星期天，天氣仍然出奇地寒冷。這一天的黑夜來得格外地早。晚飯的時間還不到，黑夜便迫不及待地吞噬了小城和它白日間的光明的恬靜。天空上飄起了雪花，零零落落地。

晚飯後，按領導的要求，這些苦力們在七點鐘又回到了草葦站，辦「毛澤東思想學習班」。十幾個打草捆子的青年們，圍坐在炕上。差不多人人抽煙，那屋子已經是煙霧彌漫，有些令人窒息了。對於他們，這實在是一種精神上的折磨：原本還想著喝上一頓酒，抽上一回煙，打上一輪撲克牌「憋王八」甚麼的吶。無奈卻不能因為缺席而被扣了工時，他們還是來了。學習班上，照例，又開始了毛主席有關階級鬥爭學說的學習。毛主席指示了：「在整個社會主義社會，始終存在無產階級和資產階級之間的階級鬥爭，存在社會主義和資本主義兩條路線的鬥爭。階級鬥爭和資本主義復闢的危險性，必須年年講，月月講。」草葦站的人們果真在遵照毛主席的指示，對於階級鬥爭，就連這星期天的晚飯之後，也是沒有忘記大講特講的呀。實際上，早在民國三十七年，毛主席就肯定地指出過：「階級鬥爭，一些階級勝利了，一些階級消滅了。這就是歷史，這就是幾千年的文明史。」這草葦站的人們，也是在遵循著毛主席的教導，打完了一天的草捆子之後，便興致盎然地開始了階級鬥爭，延續著這偉大的中華民族，乃至全人類的文明史哩。

此刻，專案組長秦犢子的褲襠裡大抵是活躍了蝨子或鑽進了跳蚤，顯然是被不動聲色地叮咬了幾回而騷癢難耐，就伸手抓撓，嘴裡還不乾不淨地罵道：「犢子雞巴鑽進了革命內部。看老子把你犢子打翻在地，讓你永世不得翻身。」還嫌這不夠解氣，又朝地上吐了口痰，惡狠狠地加上一句毛主席詩詞《滿江紅・和郭沫若同志》：「要掃除一切害人蟲，全無敵。」

在談完了思想，談完了認識，談完了體會之後，秦犢子模仿了反特電影《羊城暗哨》裡的人民警察葉處長那樣地背著手，叼著煙，踱著步，低著頭，皺著眉，吸著氣，微微一晃，莊嚴而深沉地說了句：「反革命份子就雞巴犢子在你們中間。」他說完，就咳了一口痰，優雅地吐在腳下，三接頭皮鞋一抿，像是碾死了一隻蟑螂。他掃了一眼會場，又眯起了眼睛，一個個地端詳起會眾。秦犢子的眼睛雖小，卻相當地聚光。他那細小的眼縫中流瀉出來的光澤，給人一種信號，像是在說：「誰是反革命，組織上已經知道個犢子了。」會眾們各個假作鎮靜，卻給這架式嚇得「靈魂出了竅」。他們甚至開始懷疑起他們自己就是那撒傳單的反革命份子了。

這「學習班」竟然拖到深夜十一點。最後，白經理帶領大家學習毛主席詩詞《人民解放軍佔領南京》，強調的是要以「宜將剩勇追窮寇」的精神，堅決揪出現行反革命份子。白經理把文件遞給彥先讓說：「你是高中生，你來唸吧。」

彥先讓清了清喉嚨，讀了起來：

七律・人民解放軍佔領南京

鐘山風雨起蒼黃

百萬雄師過大江

虎踞龍盤今勝昔
天翻地覆慨而慷
宜將剩勇追窮寇
不可沽名學霸王

最後兩句還沒有讀完，外面傳來了汽車的動靜。大家轉頭向窗外。幾乎是同時，像是聽到「咔」地一聲，那窗突地被車燈照得雪亮。沒容大家反應過來，突地進來一隊穿藍制服的「公安」。為首的一個滿臉殺氣，徑直走向彥先讓，抓了他的雙手，聲音都沒有，就麻利地把手銬銬在他的手上。最後，秦犢子走到彥先讓面前，牢牢地盯住他的眼睛，總結似地說：「扯犢子就是你幹的。你就是反革命份子。」

彥先讓被捕了。

雪花無聲無息地飄著。北門裡的楊家菜園，鄰近的電燈工廠，食品公司，遠處的東山，東鹼泡子，都被籠罩在一片濛濛的霧氣中。空氣裡隱約嗅得出一絲辨不出的味道。光禿禿的樹幹樹枝與那些低矮的房屋模糊地混在一起，好像是一塊黑色的盤子，給汙穢的布擦抹了一番，連僅有的幾處星光也給抹得含混不清了。本來就不亮的街燈，在這飄散的雪花和霧氣中，像是在撲朔迷離地搖擺著。

幾天前，楊家菜園的大黑狗「黑子」突然死了。在菜園子鄰著電燈工廠的牆邊，牠吃了外面丟過來的甚麼東西，沒有呻吟，沒有抽搐，也沒有動，只是在剛開始的時候眼睛鼓出來了一下，牠就死了。牠是給人毒死的。黑子的死，令楊家失去了一個完全可以信賴的朋友和機警的衛士。牠不再能守護楊家這塊最後的世外桃源，牠不能在不速之客造訪時發出警報和信號了。牠是被「專案組」的奸細給毒死了，或者說是被「專了政」，被專了無產階級的政。這真是「階級鬥爭，一抓就靈」，真是「與天鬥，其樂無窮。與地鬥，其樂無窮，與人鬥，其樂無窮」，甚至，與狗鬥，也其樂無窮啊。

十一時十分，在楊家菜園東屋，楊志顯和他的六弟「小六子」楊志義已經熟睡。沉寂中，他們突然聽到一陣猛烈的敲門聲。未等下地，幾個荷槍實彈，粗壯彪悍的武裝警察和公安就破門而入。楊志顯驚醒，他知道是「他們」來了，便不禁喝斥：「你們幹甚麼？這五更半夜的，你們夜闖民宅。」武警和公安們並不答話，而將幾道明晃晃的手電光柱照在他的臉上，刺得他睜不開眼睛。不容分辯，武警就像老鷹抓小雞一樣反扭了他的手臂，「啪」地一聲，一副錚亮的手銬就利落地拷在他的手腕子上，他的眼鏡也被打落了。他繼續喝斥。為首的武警並不惱怒，他嘴角上揚了一下，不動聲色地說，你別他媽裝了，走吧。說著，還亮出了「拘留證」。楊志顯瞥了一眼，見那上面蓋了紅色印章，分明地寫著：

拘留證

公拘字第×××號

根據中華人民共和國逮捕拘留條例第×條第×款之規定，茲決定由本局工作人員×××對楊志顯進行拘留。

局長×××

一九七〇年三月二十九日
本證已於一九七〇年三月二十九日十一時十分向我宣佈
被拘留人＿＿＿＿

楊志顯不肯簽字，武警就掏出一盒印泥，抓住他的食指，在「被拘留人」處強行按了下去。門口停了一輛消防車和一輛土綠色吉普車。來了消防車，那是因為城裡車子實在太少的緣故。這夥武警一面攔截呵斥著圍過來的驚恐憤怒無助的楊家家人們，一面把楊志顯推進了吉普。武警們把楊家徹底地搜了一遍，抄走了幾箱子書和筆記，還有他自己的詩集和那臺「美多」收音機。

雪下得大了。那幾點微弱的星光也早就不見了。雪把屋頂和馬路上的景物蓋了起來。消防車和吉普也被蓋上一層雪。地上雜亂的腳印，還有武警們拽著楊志顯劃出的一條拖痕，很快就被雪蓋上了。消防車和吉普啟動了，亮起車燈。這就驚動了周圍的狗。狗吠了起來，先是一兩隻，接著是許多隻。車子拋開了呼喊著的楊家人，向雪夜中駛去了。狗吠聲連成了一片，在這北方的小城，顯得無比地蒼涼。這時的小城已經變成了一個銀白色的世界，它的輪廓也越發模糊不清了。

四天後，一九七〇年四月二日，星期四，黃承志，汪景威也分別在塔子城被捕了。在這偉大的毛澤東時代，無產階級的他們，被無產階級專了政，或者像他們在那些傳單裡所說，他們被放進了「階級鬥爭的絞肉機」裡，他們是在劫難逃了。這些「早晨八九點鐘的太陽」剛剛升起來，就被吞噬了，被大地吞噬了。大地，這隻「黑色的盤子」，這時已經瘋狂得如同一張巨大的嘴，一張惡魔的嘴，「秋風掃落葉一樣」，「嚴冬一樣殘酷無情」，把牠的兒子「大地之子」吞噬了。

第27章 在這迷人的晚上 Such An Enchanted Night

公元一九六九年

楊家菜園在這座小城北門裡「電燈工廠」以北。人們把發電廠親切地稱作「電燈工廠」，是因為這樣的「電力」只是為電燈而發。實際上，小城的人們還因為自己也能發出電來而生出一些自豪吶。早在「滿洲國」大同元年，小城裡就有了這個電燈工廠。那時，城裡大些的商號，還有一些殷實的人家，都拉了電線，通了電流，裝了電燈。這不但替代了從前那冒著黑煙的菜油燈，替代了捨不得用的洋蠟，還替代了那裝了玻璃罩的洋油燈。這電燈真是無比地便利，無比地神奇。待你需要的時候，無論是艾蒿火絨繩，還是「洋火兒」「取燈兒」，打火機，就都統統地免去了。你只要拉一下那垂在牆上的燈繩「閉火兒」，那神奇的電燈泡，裡面抖動的鎢絲，就一下子把漫長的黑夜照得雪亮。你若再拉一下，燈泡裡的鎢絲滅了，你就一下子恢復到無盡的黑暗之中。只不過不盡人意的是，這時的電力仍然常常是不夠強勁，以至於常常停電，故而每家還是備了洋油燈和洋蠟。

諾大的楊家菜園圈在園牆裡，這就把園子裡的世界和園子外的世界隔離了開來

園子外面的世界充滿了詭異。

在過去的一年中發生的一個接一個的事件盤根錯節，千頭萬緒，虛無縹緲，撲朔迷離，令人眼

花繚亂，目不暇給。

三月的「武裝衝擊中央文革，為二月逆流翻案」事件，而後的「反擊右傾翻案風」，隨之各地群眾組織派性復發，重拉隊伍，再立山頭，大搞武鬥。

五月的「清理階級隊伍」。

七月的毛主席指示：「大學還是要辦的」，「要從有實踐經驗的工人農民中間選拔學生」，從此在中國有史以來便破天荒地免除考試，而從工農兵中選拔學員。

八月，毛主席指示：「工人階級必須領導一切」。工人階級遂開始進駐各學校。

九月，全國包括西藏和新疆相繼成立「革命委員會」，從此「全國山河一片紅」；而後，劉少奇被定為「大叛徒大內奸大工賊大特務大反革命」以及「美國遠東情報代表」，林副主席批寫「完全同意」，「向出色地指導專案工作並取得巨大成就的江青同志致敬！」

十月，毛主席指示：「廣大幹部，下放勞動」，全國各地遂普遍開辦「五七幹校」，把原黨政機關，高等學校的絕大部份幹部和教師，送到「幹校」去勞動學習。

十二月，毛主席又發表了最新指示：「知識青年到農村去，接受貧下中農的再教育，很有必要。」此後全國各地立即掀起了史無前列的知識青年上山下鄉的浪潮。

文革以來，毛主席的最新指示從來都是突如其來，自天而降的。而這小城裡的人們，也和我們中國所有地方的人們一樣，對於這一個個的最新指示各個緊跟，亦步亦趨，以至於有些暈頭轉向，目眩神迷了。

園子裡面的世界卻平淡無奇，枯燥無味，只有蘿蔔白菜土豆，高粱米飯貼餅子，還有就是不斷的蟲聲蛙聲和風吹樹葉的沙沙聲。

這園中一排五間大房，楊家原本的十一口之家，六口已經出去了，眼下就只有父母，三子志顯，六子志義和么妹志麗五口人在家。就顯得相當地寬敞。這五間大屋，由第四間進門，是「外屋地」廚房，左手的三間是臥室，右手最東頭，就是楊志顯的臥室和書房。房子前面是菜地，略小，房子後邊也是菜地，就相當地可觀了。這園子所給予楊家兄弟姊妹的，除了平淡和枯燥之外，其實還有新鮮的空氣，也給予了他們足夠大的空間去思想，去探索真理，而這「真理必叫你們得以自由」。

楊父楊先生楊天耀，瘦高個兒，長掛臉，為人儒雅可親。因腦子靈活，善辦事，且「不好逗」，也就是說性格執拗，不可欺辱，故而又被人們喚作「楊鐵鞦子」，諧了「楊天耀」的音了。楊先生在偽滿時就讀奉天的「東北大學」，學的是政法。畢業回來後，日本人「經理指導官」永田民藏，「警務指導官」遠騰勉和齊騰沖二硬要他出任城中的第一高官。「讀書做官」無可厚非。然那時的大小「副職」都由日本人出任，乃掌握真正的實權。於是，這「邀請」被他一口謝絕，竟激怒了日本人，險些被槍斃了吶。

楊先生從此誓不為官從政，就盤下這塊地，加了圍牆，圍牆外植了一圈榆樹，蓋了這五間大屋，屋後打了口笨井，回歸田園，過起了「結廬在人境，而無車馬喧」，「採菊東籬下，悠悠見南山」的日子。有時，面對著他的菜地，園子裡的雞鴨豬犬，他就不禁吟起蘇軾的句子來：「回首向來蕭瑟處，歸去，也無風雨也無晴。」這陶淵明式的世外桃源般的生活，也正是他淡泊名利，與世無爭的心境的寫照。

楊家菜園遠離這大時代大革命的塵囂，守著這鄉間的清淡生活與世無爭，並非使得楊老先生忘卻教育，這也許是因為楊家的血脈中就保留了讀書人的清高和執著。這時楊家的長女楊志傑就早在十多年前讀完了省城的醫科大學，而後的幾個子女也在躍躍欲試。同時，一個嚴峻的現實是，靠楊家菜園這極為微薄的收入，楊老伯實在難以估算還能供得起幾個大學生。

其實，「與世隔絕」倒並非絕對。楊先生訂了五六種報紙，從《盛京時報》，《大同報》，《龍江民報》中揣測時局的變化，也就差不多了。他還在家中置放了從奉天抱回來的上海「美多」五管晶體管戲匣子無線電，聽得到前線的戰事，聽得到梅蘭芳早時錄製的《貴妃醉酒》和《打漁殺家》。清淡的日子，有飯有菜，有瓜有果，有雞有蛋，有書有報，有歌有曲，在那粗茶淡飯，蟲叫蛙鳴之間，倒也算自得其樂了。

對於這場文化大革命，楊先生表現出了莫大的厭惡。有一次，他的兩個女兒，分別是十三和十歲，從學校回來，合計了一下，在家裡模仿起街頭上看到的「忠字舞」，手中握了紅寶書《毛主席語錄》，口中唱道：

拿起筆來作刀槍
集中火力打黑幫
革命師生齊造反
文化革命當闖將

正要喊「革命無罪，造反有理」時，楊天耀從外面走了進來。看到這場面，他突然間翻了臉，不容分說地喊道：「別唱了！這鬼哭狼嚎的，挺胸挎臂的，也算得上是唱歌跳舞？」那時十三歲的小萍已經開始自學俄語，於是便吩咐：「還是鑽研你那外語去吧」，兩個孩子遂嚇得悻悻散去。

太陽漸漸偏西了。這時的陽光已經不像白日裡那樣蒼白，而像是戲園子裡舞臺上的聚光燈，前面加上了橙色的濾色片，變得柔和起來，又有點兒暖洋洋的了。它照在園子周圍茂密的楊樹榆樹上，剛剛吐綠的枝條變成了土紅色，照在房子的山牆上，把土灰色的牆變成金黃色的了。那些樹枝和稀疏樹葉的影子散落在房子上，晃動著，顯得斑駁而陸離。對面那淺灰色的天空上，一輪銀白色的月亮已經高高地掛在半空中了。它有些透明，也並不很圓，倒像是誰在一張水彩畫上，不經意地滴了一滴水，散開了。它在等著太陽完全下去，它來接太陽的班了。

到了晚飯的時間。同往常一樣，高粱米粥，熬蘿蔔塊，炒土豆絲兒，小白菜蘸醬，小蔥蘸醬。高粱米是「糧米舖」按戶口本限量供給的，蘿蔔土豆白菜小蔥是園子裡採來的，醬是自家用黃豆炮製的。這樣的晚飯今天擺了兩桌。

一桌在「西屋」，實際上是廚房和飯堂，一家五口，就是在這裡吃飯。另一桌在「東屋」。老三楊志顯來了朋友，是同校同學彥先讓，黃承志和汪景威。楊家從來都是待他們如自家人一般。無論甚麼時候，只要是吃飯的時間到了，楊大伯就留他們吃飯，這時，幾個人就自己把飯菜端到東屋，今晚就是如此。

按家譜，楊家的這一代是「志」字輩。楊先生給前面四個男孩的名字分別是xian的四聲，就是「先賢顯憲」。排行老三的便叫「楊志顯」。

楊志顯今年二十五歲，彥先讓二十三，黃承志二十五，汪景威二十四，乃「友誼社」的「四君子」。四人無一不像模像樣，才藝具備，品學兼優，正所謂「恰同學少年，風華正茂」。四人是徹頭徹尾的「黑五類」的後代。楊志顯的父親在奉天讀過偽滿的大學，彥先讓的父親曾被政府鎮壓，黃承志的父親曾任國民黨區委書記。汪景威的父親曾是偽滿時塔子城商會會長，這四人的出身是壞到極點了。時逢文革，大學停辦，這樣的出身，在這樣的大時代，是不會有出頭之日的。他們去向叵測，前途渺茫，待業數年，毫無收入，連生計都是大問題了。

楊志顯中等個頭，瓜子臉，尖下頜，清秀而英俊。他的短髮自然地向右側分去，額頭前的一綹頭髮遮住了右邊的半邊眉毛，不經意間流露出幾分瀟灑。他臉色有些蒼白，黑邊眼鏡後的眼睛卻是炯炯有神，令他看上去就像是一個詩人。他的嘴不大，卻雄言善辯，活脫脫是當大律師大法官的材料。他飽覽群書，博古通今，思路活躍，思維敏捷，是六六屆高中生中的佼佼者。唯一的遺憾是他右腿的腿疾，是因為小時候的風濕性關節炎沒有得到及時醫治，落了個骨結核，做了手術，鋼板還在胯骨上釘著，這使得他的行動多有不便，並因此被勸休學。牆角放的這副拐杖，在心裡上給予了他不小的壓力。

如今，他在家中，一邊坐在地上編「茓子」。那十丈長的屯糧食的葦蓆茓子，兩天編一槺，還幫助父親伺弄園子，補貼家用，一邊寫些詩文，編織著他自己的「另一個世界」。地上那矮茓子圍起的墩子裡，盛了些玉米，那茓子就是他編的。對於高考，用「少先隊」時的口號來說，他是「時刻準備著」，勝券在握，萬無一失的。他對文科理科都有著同樣的興趣。他完全能輕而易舉地考上清華北大，走進他理想中的第一志願「政法系」，這門嚴謹而又充滿挑戰的學科剛好綜合了他大多的愛好。他酷愛文學，特別是詩歌散文，幾年來積累下的詩作，已經足夠出一本不錯的詩文集了。

他的詩，現代的，古體的，對仗的，多半是朝氣蓬勃的，浪漫抒情的，光明清朗的。從初中到高中，百餘首詩中處處流露出一個青年對於生命的熱愛和對於理想的追求。詩集的扉頁上，留著楊父用毛筆工整寫下的蠅頭小楷：「吾兒文思泉湧，勢如奔馬，將來必成文壇之健兒。」如今這詩集就鎖在這兩屜桌的抽屜裡。

他對於醫藥學特別關注，這與他自身的健康狀況不佳有關。他讀了不少醫學書籍，竟能把《雷公炮製四百味》一口氣背下來，像是在背「二十四節氣」順口溜一般地輕鬆。

然而，現實是殘酷的，他對於前途的期待實在是不高。以自己的身體狀況和家庭出身，現實的選擇是隨便考進一個別人揀剩下的學科，譬如說師範學院，畢業後掙得一份薪水，能養活自己就滿足了。

同窗彥先讓，是高個頭，國字臉，寬厚的下巴，眉宇間透出一份藝術家的敏銳。他身強體壯，又是一個十足的文藝青年。他拉得一手相當好的二胡，相當好的手風琴，也時常吹口琴，黑管和小號。聽他用他那男中音唱起《三套車》，《喀秋莎》和《莫斯科郊外的晚上》，那聲音渾厚悠揚，飽滿寬廣，令人不禁想起鄉間的泥土和林間的晚風。

同窗黃承志，瘦削臉，身材有些單薄。他的母親民國時在學校教書，寫得一筆好字，這影響了他，便常跟著習大字，練書法。在這疏遠經史，冷淡詩文的無可奈何的時代，他臨池學書，摹帖描紅，從筆墨之中找到了一種意境和情懷，看到了一種思想和品行上的修養。雖然用不起宣紙，他卻在粗劣之極的「再生紙」正反兩面，練就了一手好字。書如其人，他的字絕無虛張聲勢之嫌，卻樸實無華，字字耐看。書為心畫，書法即心法，所謂「或寄以騁縱橫之志，或托以散鬱結之懷」就是了。

同窗汪景威，四人之中他最能說。他講話聲音有些沙啞，言語幽默而挖苦。景威也是中等身材，長得敦厚結實，方腮方臉，被鄉間的陽光罩上一層古銅色。他的嘴唇敦厚，這就增添了他的成熟感。他的古漢語學得好，或許日後成為一位古典文學學者也說不定吶。他家住塔子城，卻花不起六毛錢的汽車票，每次進城都騎了自行車，也常常就住在這裡。四個人中，他是最持重而老成的。

菜飯放在炕桌子上，桌子放在炕上。這裡也是他們原先的戰鬥隊「神州春社」，現在的「友誼社」聚會的地方。這屋子裡除了一鋪火炕，還有一個寒酸的書架，上面滿滿登登地擠了一架子書。這些書多半是學校圖書館的。圖書館封閉了，班主任王雅傑老師悄悄地把鑰匙塞給了他們。在新華書店的書架上只剩下《毛澤東選集》的時代，王老師給予他們的卻是一筆無可估量的財富。那是《三國演義》，《老殘遊記》，《水滸》，《東周列國誌》，《二刻拍案驚奇》，《警世通言》，《紅與黑》，《鍍金時代》，《俊友》，他們是傳著看的。兩本傅雷先生的譯作《約翰・克利斯朵夫》和《名人傳》，還有楊志顯自己的詩集，卻鎖在抽屜裡。

地上還擺了張普通的兩屜書桌，是自己釘起來的。楊家的那臺上海「美多」五管晶體管收音機如今就放在這張桌子上。沒有料到，楊志顯和他的同學們後來的悲劇，竟都是從這兩屜書桌和這臺收音機開始的。

四人盤腿而坐。頭上吊著的那盞裸著的二十五瓦電燈泡蒙了灰塵，原本就不夠亮，此時開了就等於沒開一樣。「還趕不上窗外夕陽的餘輝亮吶。」志顯說，「關了也罷。」

先讓在門口的小舖子打來了一斤散裝白酒，一塊錢。他活動了一下手指，那幹粗活的手已經變得粗糙，使他擺弄起樂器來不免有些尷尬。他抓起酒瓶，把這散酒依次倒在四個「洋灰墩子」茶杯中。

「諸位，今天有了錢，麵包就有了，酒也就有了。」先讓道。他的這句話，和他那寬厚的下巴和真誠的笑容，使人聯想起電影《列寧在十月》裡的「瓦西里」。先讓是四人中唯一有工作的「臨時工」，能拿到工資的，這工作就是在「草葦站」打草捆子，強體力勞動。先讓提議：「承蒙楊府盛情款待，我等不勝感激。本人借花獻佛，謹以此杯中水酒，頌祝楊老伯及府上闔家安康。」志顯道：「多謝諸位。承蒙先讓破費，打來美酒助興。惜家中無以款待，蘿蔔白菜土豆，缺油少水，粗茶淡飯，實在是不成敬意。」透過窗，見到遠處的火燒雲，又道，「諸位：為前途。」眾人遂舉起洋灰敦子，呷了口酒。承志道：「前途何在？」景威噓下了一塊蘿蔔，答道：「前途在廣闊天地窮山惡水之間也。」

天色漸漸暗下，「前途」的概念便越發顯得暗淡。志顯回身拉燈繩開了燈，黑暗中那燈卻顯得明亮些了。瓶中的酒和盤中的菜已近見底。

外面的世界令人困惑：「上山下鄉，紮根農村」乎？何謂「紮根」？紮根六十年？以一生的代價？接受貧下中農的「再教育」？那麼讀書呢？理想呢？這實在令人無法想得通。「友誼社」四君子完全地困惑了，無所適從了。此刻，這個外面的世界是嚴酷的。「世界是你們的，也是我們的，但是歸根結底是你們的。」志顯問：「是嗎？是我們的嗎？」接受再教育乎？「我們也有兩隻手，不在城裡吃閒飯」乎？從現在開始，青年人讀書，他們的終極目標就是去上山下鄉，去「修理地球」，「紮根農村六十年」了。

他們實在無法理解這史無前例的上山下鄉運動，這無疑是不得不為之之舉，是沒有辦法的辦法，沒有出路的出路。因為文革的巨大混亂，以致使這時的經濟瀕於崩潰，根本無法容納這些不斷增長的就業人口，雖然不得不自欺欺人地將此說成是為了「反修防修」。這種強制的政策異乎尋常地嚴厲，反對和抵觸就是「破壞毛主席的偉大戰略部署」，罪可入獄，若「情節特別嚴重者」，甚至要遭殺身之禍。

對涉及到自己終身命運的如此至關重要的問題，自己居然沒有絲毫發言權。這些青年人對自己人生道路最基本的選擇權利，就這樣被殘酷地徹底剝奪了。這一「運動」改變了無數青年本應光明順直的人生道路，牽涉到千家萬戶，造成的人間悲劇難以勝數。這豈非變相勞改嗎？

毛主席指示，「大學還是要辦的」。可是，不經考試，從「工農兵」中「選拔」大學生？這不免有些天方夜譚，不可思議了。

志顯問：「諸位，我們中間哪一個夠得上是工農兵？」

眾人思索了一下，先讓說：「我在草葦站打草捆子，到底算工還是算農吶？」

承志道：「我和景威都做過太多的農活，該算作農吧。」

景威說：「工也罷，農也罷，我們都是黑五類的後代，這工農兵大學，是與我們無緣了。」

志顯又舉起那「洋灰墩子」，卻沒有酒了：「諸位，這大學，看來是與我們無緣了。我繼續編我的茓子吧。」說著，看了一眼門外牆角立著的一捆葦子，地上散開的「葦迷子」，那些自製的破迷子刀子，三角刀，三角掰，還有半空中懸著的那盞洋油燈，掛在檩子上吊下來的鐵絲上。水缸的旁邊，還垛著幾檩編好了的茓子，在幽暗中依稀可辨。志顯道：「這就是我的前途。」這樣的「前途」如同這昏暗的燈光一樣慘澹，且毫無希望。

眾人面面相覷。沉靜了片刻，景威開口，轉移了話題。他學了江青同志的腔調說：「同學們，紅衛兵小將們，我代表中央文革小組，代表黨中央，代表毛主席，來看望你們來了。我宣佈，經過討論和表決，我任命你們，第一，楊志顯同志，任命為織茓少將。」說著，站起身來，遞給志顯一枚虛擬的「徽章」。

清了清喉嚨，繼續道：「第二，彥先讓同志，捆葦技師。」也把「徽章」遞了上去。

景威接著說：「第三，黃承志同志，理田鄉紳。」

最後是他自己：「哎呀，好職位都給了你們，我就揀個差點的罷。」想到自己近來從塔子城趕著豬群，長途跋涉進城送到食品公司，賺得一元多錢，就像江青同志那樣舉起了手，敬了個禮，說：「第四，我自己，販豬行者。」遂給自己也戴上了虛擬的「徽章」。眾人鼓掌。

景威繼續說，轉換了語氣，揮了揮手，這次卻像是電影《列寧在一九一八》中，列寧同志的口氣說：「安靜一點，同志們。工農兵商已然全數湊齊，工農兵大學的大門，此刻正在向你們打開。」又轉型變成了「瓦西里」：「麵包會有的，牛奶會有的，一切都會好起來的。」遂加了一句湖南腔，拖長了音，將他那粗大的右手向空中有力地一劃，肯定地說：「大學還是要辦地。大餅子也會有地。」

最後，又換成了列寧：「還有一條路，那就是死亡。死亡不屬於工人階級。」

兩屜桌上的「美多」在響著。二十年了，算得上是個老物件。只見這收音機的正面，四分之三是遮蓋喇叭的織物，淺黃色，大概是織錦的。下面四分之一有調諧頻段和開關的兩個旋鈕。從背面蓋板的一個個圓形孔洞，可以看到電子管工作時小燈的光亮。這不禁引人對遙遠神祕電波的另一端產生遐想。這臺大上海在一九四九年生產的收音機，雖然時常被干擾臺發出的鑼鼓喇叭聲吵得模糊不清，卻仍然聽得到美帝蘇修的聲音。這些敵臺播放的節目，不同於「中央人民廣播電臺」的陳詞濫調，聽起來又新鮮又刺激，令人很有些欲罷不能。蘇修的「莫斯科廣播電臺中文臺」和「和平與進步廣播站」頻道就有十多個，輕易就能收到。而美國之音，英國的「BBC」，臺灣的「自由中國之聲」，若肯花上點時間，調還是調得到的。

美帝和蘇修的對華電臺，每天都在肆意地攻擊著文化大革命，特別是對毛主席號召的「農業學大寨」運動，說這是「惡魔天天在中國遊蕩」，如此等等。於是，這幾個小青年們，乾脆就把這美帝蘇修的波段鎖定了，放心大膽地想聽就聽。而這深深的庭院，有點兒「天高皇帝遠」的意思。院子裡的那條大黑狗黑子，幾近蒼狼般地機敏和勇猛，牠忠實地守護著這一塊最後的世外桃源，一有風吹草動，便立即狂吠起來，這令走近這院子的生人望而生畏。

「莫斯科廣播電臺中文臺」，也叫「俄羅斯之聲」，恰巧此刻正在播放《莫斯科郊外的晚上》，是用俄文唱的。友誼社的四君子們卻完全記得中文譯文，於是就和著唱了起來：

深夜花園裡四處靜悄悄
樹葉也不再沙沙響
夜色多麼好
令我心神往
在這迷人的晚上

先讓放下筷子，閉上了眼睛，指揮起了這虛擬中的遙遠的樂隊。他看見了麵包，牛奶，學業，前途，還有心儀的姑娘。會有的，一切都會好起來的。

在這個楊家園子，這個聒噪吵雜世界中的世外桃源，這裡的夜晚仍然是幽靜平和而迷人。然而，楊志顯和他的同學們的心緒卻無法平靜下來。

志顯凝神靜望著那燈光給他們投在牆上的影子，思索了片刻，吟出一首詩來。詩曰：

來到人間二十年
病痛折磨不堪言

人世只為天爭命
苦命才子誰可憐

承志拿了隻筷子，在空中舞動，行雲流水，筆走龍蛇，他是在書寫岳飛的《滿江紅》：

怒髮衝冠
憑欄處
瀟瀟雨歇
擡望眼
仰天長嘯
壯懷激烈

志顯的老弟，十七歲的「小六子」楊志義，這時走了進來。小六子從小就和三哥志顯住在這東屋，與三哥最親。

小六子端上來一盤炒花生米和半瓶「塔子城老窖」，是楊大伯楊伯母饋贈的。這真是令人心醉。小六子為眾人的「洋灰墩子」裡斟了些許塔子城老窖。先讓舉杯，聞了聞這香醇無比的「老窖」，再次提議祝楊大伯楊伯母健康長壽。楊伯母炒的花生米火候適中，顆顆亮光光的，沾著星點的鹽花。先讓承志景威三人儘管是楊家的常客，卻仍然不好意思多用。景威無意間竟用筷子一次夾起了兩顆，便驚詫著自己的本事，說「看見了吧，這叫一石二鳥，一箭雙鵰。」眾人稱奇之餘，紛紛效法。

志顯說：「妙極。咱們來比試，看誰夾得時間長。」說這話的時候，他的眼鏡片上愉快地閃出了一下光亮。

兩顆花生米是小心翼翼地夾了起來，夾著不掉卻是很是困難的。先讓的花生米突地彈了出來，掉落在桌子上。他順勢把筷子分開，雙手各握一隻，在空中對稱地劃了幾下子，說道：「我這裡變化出了萬能如意寶葫蘆一個。」又用雙手撫摸了那虛擬的寶貝，魔術師般地鞠了一躬道：「我這寶葫蘆裡應有盡有。諸位，想來點兒甚麼吶？今天是共產主義社會的分配方式，各盡所能，按需分配。」

志顯道：「哦？妙哉，妙哉。那麼，吃的有嗎？」

先讓道：「當然，當然，儘管吩咐。」

志顯便說：「給我來個漬菜粉。」

承志道：「給我來個尖椒乾豆腐。」

景威道：「你們那太素了。給我來個餾肉段兒。」

最後輪到先讓自己，他把手伸進那虛擬的寶葫蘆說：「諸位，你們是太謙虛了。咱們來個土豆燒牛肉，如何？」眾人不覺謙了一下口水。多麼美妙的土豆燒牛肉，這可是傳說中的「共產主義大餐」哩。

眾人便齊聲讚道：「甚佳甚佳，我也要這個了。」先讓吹了口「仙氣」，從那「寶葫蘆」裡為每人討了一份這樣的「共產主義大餐」。跟著，眾人拿起那虛擬的刀叉，叉起一塊牛肉，放進嘴裡，學了電影裡西洋人的樣子，緊閉著口細細咀嚼，且不時地拿起虛擬的餐巾布，優雅地擦一下嘴巴。

突然間停了電，屋子裡徒地一下子漆黑一團，適才的寶葫蘆，還有這美妙絕倫的「土豆燒牛肉」就一下子不見了蹤影，眾人便忽地一下，從光明的「共產主義」天堂跌落到這冷酷的人間。先讓向亮著一星光亮的牆角摸索過去，那裡的凹巢上放著艾蒿繩。這時的火柴憑票供應，要節省著用。楊家常常像真正的鄉下人家一樣，用艾蒿搓成艾繩點燃，可讓它燃一天或者幾天。艾蒿氣味清香，令人陶醉。先讓拿起一張舊報紙，撕下一小條，對著那艾繩，點燃了，再點亮洋油燈，放下了燈罩，屋子裡遂明亮了起來。這使他們完全回到了現實中。那隻妙不可言的「寶葫蘆」和「共產主義盛宴」已經如海市蜃樓般地消失了，只剩下桌子上的洋油燈，有些尷尬地照著他們和這個「迷人的晚上」。這洋油燈燈臺高挑，線條波曲，是粗糙的綠玻璃的。原本青亮的玻璃罩子，上端已經給油煙子燻黑了。燈撚上的火苗燒成一個好看的弧形，如豆般地悠忽閃爍，發出暖和的光，在斑駁的屋牆上投下了這幾個青年人的巨大身影。

志顯常常記得羅曼・羅蘭在《約翰・克里斯朵夫》卷首裡面的句子。他曾把這段句子抄在筆記本上，其實早就能背誦出來了：

「流光慢慢地消逝，晝夜遞嬗，好似汪洋大海中的潮汐。幾個星期過去了，幾個月過去了，週而復始。循環不止的歲月仍好似一日。」

他們在一九六六年初就參加了高考，也就是「普通高等學校招生全國統一考試」。他們所在的一中，高考升學率高達百分之百。他們在此刻，本應該已經在大學裡讀到了三年級。不料，這場災難性的文化大革命，把他們的理想和應有的人生徹底地，毀滅性地顛覆了。他們的時光，就這樣慢慢地，無聲無息地消逝。幾個星期過去了，幾個月過去了，一年過去了，兩年過去了，三年過去了，這文化大革命竟毫無收場的跡象。實際上，像他們這樣家庭出身不好的青年，無論你的學習怎麼好，都是沒有希望和前途的。無產階級大學的大門，對於他們，是無情地封閉了。比如我同學宋小國的哥哥宋三國，是高六一屆的高材生，考試倒是回回參加，卻生生不予錄取。那是因為他的父親曾是國民黨的高級將領，被俘後就一直按照「重大歷史反革命份子」和「戰犯」關押改造著。宋三國卻永不言敗。他年年考，年年落。終了，他腦出血身亡，帶著永世不能圓的夢，他走了。

他們的世界是孤獨的。對於孤獨，他們也在傅雷先生的身上找到了答案：「赤子便是不知道孤獨的。赤子孤獨了，會創造一個世界，創造許多心靈的朋友，你永遠不要害怕孤獨，你孤獨了才會去創造，去體會，這才是最有價值的。」

他們熱愛的傅雷先生已經於三年前，一九六六年九月三日凌晨，與夫人朱梅馥不堪凌辱，雙雙憤然離世，自行了斷了，「自絕於人民」了。這過去的三年中，全國有無數這樣的人，相繼被迫害致死。

他們想起了傅雷先生為《貝多芬傳》撰寫的《譯者獻詞》，被無數當代中國青年們抄錄，誦詠，實際上已經差不多變成羅曼・羅蘭原著的一部份了：

「真正的光明決不是永沒有黑暗的時間，只是永不被黑暗所掩蔽罷了。真正的英雄決不是永沒有卑下的情操，只是永不被卑下的情操所屈服罷了。所以在你要戰勝外來的敵人之前，先得戰勝你內在的敵人；你不必害怕沉淪墮落，只消你能不斷地自拔與更新。戰士啊，當你知道世界上受苦的不止你一個時，你定會減少痛楚，而你的希望也將永遠在絕望中再生了吧！」

而且，毛主席也說過這樣氣吞山河的話：

「天下者，我們的天下；國家者，我們的國家；社會者，我們的社會；我們不說，誰說？我們不幹，誰幹？」

這時，志顯費力地下了炕，雙手撐著膝蓋，艱難地走到那兩屜桌，小心地開了鎖，打開了左邊的抽屜，從裡面抽出一個本子，那是他的詩集。他翻到末頁，讀了上面抄下的羅曼・羅蘭的話：「我們在戰鬥中不是孤軍。世界的黑暗，受著神光燭照。即是今日，在我們近旁，我們也看到閃耀著兩朵最純潔的火焰，正義與自由。」

他們還記得佛陀也表達過這樣的道德情懷：「我不下地獄，誰下地獄。」這是一種用自己的痛苦換得別人的快樂的態度。

也許，是該輪到我們下地獄的時候了。

他們還記得羅曼・羅蘭這樣的句子：「我們周圍的空氣多沉重。老大的歐羅巴在重濁與腐敗的氣氛中昏迷不醒。」我們的神州大地也是同樣地昏迷不醒。「打開窗子吧！讓自由的空氣重新進來！」

是打開窗子的時候了，是該做一點兒甚麼的時候了。

他們決定去做了。他們已經把他們的聲音寫了出來，寫在三十二開白紙裁成四小塊大小的紙條子上，三百張有餘，此刻這些紙張就鎖在這書桌的抽屜裡。他們要把這些紙張，這些傳單散發出去。他們要在夜深人靜時，在黑暗時，把這些紙張和他們「卑微的意見」傳遞給人們。他們只能這樣，偷偷摸摸地，像竊賊一樣，發表自己「卑微的意見」。他們也準備好了，在不得已的時候，他們寧願選擇沉淪，沉淪到以人民的名義，為人民自己建造的地獄裡去。

他們這樣去做了

第28章 黑色的盤子 The Black Earth

公元一九七〇年

於是，這起重大的「反標」案件就這樣被破獲了。沒有甚麼美帝蘇修國民黨或外星人的參與，沒有轟轟烈烈動人心魄的起伏跌宕，這使得小城裡的人們多少有些兒莫名地失落。

一年兩個月後，公元一九七〇年七月二十八日，星期二，在「育紅小學」，當局革命委員會召開了「嚴厲打擊69.5.10現行反革命份子公審大會」，為這個著名的反標事件畫上了一個句號。

小城裡的主要政治集會和慶典，都是在「育紅小學」，也就是曾經的實驗小學，過去的「中央國民優等學校」的廣場上進行的。這天一大早，廣場上就擠滿了席地而坐的各單位參加公審的人。逢這樣的政治活動，照列全城各單位是要停工停業停產停學的。這時的學校雖然已經「復課鬧革命」有了一陣子，我和我的同屆畢業生們卻已經不屬於任何學校或單位，也就因此沒有在被召集之列了。

廣場的四周圍著一圈榆樹。這些榆樹長得七扭八歪，每當微風吹過，它們就不經意地搖動起來，那樣子倒像是一群從「紅旗包子鋪」走出來，包子吃足了，白酒喝高了的領導們哩。這個廣場，對於小城裡的人們來說，實在是再熟悉不過了。這裡開過了無數次的運動會，慶祝會，批鬥會和審判會，它是小城政治文化的最前沿，就像是北京紫禁城的天安門廣場一樣。

主席臺在廣場的西側。它看起來有點兒像早年趕廟會的時候，臨時搭起來演野臺子戲的彩棚。它的屋頂上，插了不少的彩旗，被風吹得呼啦啦地響，興高采烈地飄揚著。也有幾條繩索從屋頂上拉下來，上面黏了無數面三角形的彩紙做的小旗子，風也把它們吹起來了。這廣場醜陋歸醜陋，但要是經過了一番裝扮，也終會顯出幾分姿色來。今天的主席臺就是如此。那三個敞開著的臺口，中間的一個是主臺，兩邊的，就像是「出將」和「入相」了。臺口的一排桌子後，坐了一排人。後牆上那幅巨大的毛主席像，正莊嚴肅穆和藹慈祥地向前望著。桌子後面，正中央端坐了城裡的最高領導人英樹全。他頭上戴了頂草綠色的軍帽，卻沒有帽徽。他穿了件警服，卻沒有領章。他的非軍非民的裝束，使人看不出他是法官，還是書記，還是政委，還是軍代表，還是武裝部長，他是「革命委員會黨的核心組組長」。他的五官周正，表情莊嚴。一年多來，他飽經了來自區，省，乃至黨中央來的層層壓力，今天終於大鬆了一口氣。他親自指揮，親自上陣，如今，破了案，他終於坐在這審判臺上了。

主席臺前停著三輛「解放牌」卡車。卡車上分別站著被嚴打，被公審，被宣判的「69.5.10現行反革命份子」，被圍在荷槍實彈的武裝警察周圍。

宣判由「公安機關軍事管制委員會」執行。在全體會眾敬祝了毛主席萬壽無疆，敬祝了林副主席永遠健康之後，英核心組組長宣讀了《中國人民解放軍公安機構軍事管制委員會刑事判決書（七〇）軍刑字第××號》。宣判以毛主席的最高指示開始。毛主席說：「堅決地把一切反革命份子鎮壓下去，而使我們的革命專政大大地鞏固起來，以便將革命進行到底，達到建成偉大的社會主義國家的目的。」

英核心組組長的講話中，還大略地介紹了這個「集團」的「犯罪經過」。這時，文化館前的宣傳櫥窗裡已經展示了一組插畫。其中之一，就畫著青年學生彥先讓，騎了自行車，後座架子上坐了青年學生黃承志，在這個月黑風高的夜晚，正散發著這著名的反動標語，它們飄在空中，飛飛揚揚，不乏一些詩情畫意，而那馬路上的一盞路燈，在幽暗的背景下，還發著昏黃的鬼火般的光亮。這氣氛倒更像是電影裡看到的場景，那勇敢的阿爾巴尼亞遊擊隊員們，在德寇佔據下的小城，神不知鬼不覺地灑下傳單，說是「消滅法西斯，自由屬於人民」吶。

而此刻站在前面的這四位青年，他們無法再瀟灑，無法再詩情畫意了。在這座像是一塊黑色的盤子一樣的小城裡，已經沒有了他們要的自由。他們生來就是注定了要「把整個生命和全部精力都獻給了人生最寶貴的事業——為人類的解放而奮鬥」。他們剛剛要試探著走出這塊黑色的盤子，走進廣闊一些的天地之中，剛剛跨出了一步，就被專了政，就被送進了這架「階級鬥爭」的絞肉機裡，連骨頭都將一併被絞得粉碎。

宣判中說明了這判決是「根據黨的政策和廣大革命群眾的要求，報請省革命委員會核准的」。這些現行反革命份子的罪行是「惡毒地攻擊，誹謗我國社會主義制度和無產階級專政，極其瘋狂地汙衊，咒罵偉大領袖毛主席和林副主席，江青同志，黨中央，中央文革小組，攻擊毛主席親自發動的偉大的無產階級文化大革命，攻擊三面紅旗，攻擊知識青年上山下鄉。其反革命活動十分猖狂，其反革命氣焰極為囂張」。結論是「罪大惡極，非殺不足以平民憤」。

這時，原本的「公檢法」已經被紅衛兵和造反派「砸爛」了。這裡不再需要法院，不再需要檢查院，沒有原告和被告，也沒有辯護律師和陪審團。這時，「黨內最大的走資本主義道路的當權派」劉少奇已被折磨至死，文革本身卻並未結束。一九七〇年一月三十日，毛主席對《中共中央

「關於打擊反革命破壞活動的指示」》批示了兩個字：照辦。於是，這個指示下達到了全國，並改變了中國自古以來，包括中共執政初期的慣例，即判處死刑需報請朝廷，由中央政府批准。現在，已經將殺人權力下放給了各省市自治區：殺人由省市自治區革命委員會批准，報中央備案。於是，判處死刑便無須最高法院認定，只要備案而已。大迫害浪潮從此遍及全國。這樣，小城裡的「革委會」和省城裡的「革委會」就對這批現行反革命份子進行了「依法判決」。

主席臺後飄過一陣子尿騷味兒。這大敞實開著的主席臺平時空置著，不免成了路人們不時來「方便方便」的臨時毛廁。今天，在這樣莊嚴肅穆的氣氛下，這味道就不禁令英核心組組長蹙了一下眉。

「罪犯們」被剃了光頭。按慣例，他們被提供了早飯，也就是「斷頭飯」，被打了強心劑，「上了繩」，雙手被反捆，低頭站立著，頸子掛了大牌子，遮住了大半個身子。牌子上白底黑字，分明地寫著：

69.5.10	現行反革命份子	主犯	楊志顯	判處死刑　立即執行
69.5.10	現行反革命份子	主犯	彥先讓	判處有期徒刑二十年
69.5.10	現行反革命份子	從犯	黃承志	判處有期徒刑十五年
69.5.10	現行反革命份子	從犯	汪景威	判處有期徒刑五年

所有這些政治犯胸前的牌子，都被對角畫了一個大的鮮紅的「×」，這同每一個被打倒了的走資本主義道路的當權派和階級敵人一樣，包括上至國家主席劉少奇，下到小城的書記韓福苓李世

宸常萬勤李明勝和各個角落的地富反壞右牛鬼蛇神。這些人是毛主席說的要被掃除的「一切害人蟲」，是要被「打翻在地，再踏上一隻腳」，碾成泥土和灰塵，永世不得翻身的。

會場的氣氛熱烈，凝重，莊嚴。

突然間，從人群中衝出一個十四歲的女孩，是志顯的二妹小萍。她偷偷地從家裡蹓了出來，擠在人群中。這宣判令她心膽欲裂，不能自已。她不顧一切地衝了過去，扒著車箱板，發瘋似的狂喊：「三哥！三哥！」只見死囚車上的楊志顯擡起頭，看到自己的胞妹，知道這是最後一次，也是最後一眼見到她了，遂費力地點了點頭，嘴角上似乎露出了一絲苦笑，卻不能言語。他的頸子被一根細繩子勒著，連呼吸都有些困難了。兩個戴紅胳膊箍的「糾察隊」慌忙上前截攔她，厲聲喊道：「你怎麼也來了？快回去！」車上的人也搖著手裡的小紅旗，趕她走。這次宣判大會，並不通知家屬收屍，楊家的全家已被監管起來，是不准「亂說亂動」的。小萍仍大聲喊道：「三哥！三哥！」四五個「紅胳膊箍」蜂擁而至，連推帶搡，把小萍拖走了。

這三輛「解放牌」卡車，行在前面的是前導車，裝了滿滿一車荷槍實彈的武警。第二輛車上押著楊志顯，他被五花大綁著，背上又加插了「招子」，上面寫了他的罪名。第三輛車上押著有期徒刑犯彥先讓，黃承志和汪景威。「解放牌」拋開廣場上聚集的會眾，捲起一片塵土，排出濃烈的廢氣。這三輛卡車以不急不緩，令人剛好能小跑著，卻用跟得上的速度，繞出廣場，向左，到正陽街，即現在的「東風路」，大十街，向右，經小十街。

巷子裡的人們也擁擠推搡著來看熱鬧。

眼前的情景就像是在過去逢初一十五看扭秧歌，看那剃頭棚大金牙張凱鬍子拉雜的臉上撲了白粉，塗了胭脂，穿紅戴綠，腰繫粉色綢帶，手持著兩頭兒，扭扭捏捏地劃旱船，走兩步退一步，一邊捎帶著跟鄰街的大姑娘小媳婦們擠眉弄眼。

這情景也像是在兩年前，看工人階級代表汪常青從首都「勝利歸來」。那時他去了北京，隨著一夥工人階級代表受到毛主席的親切接見，捧回了一個玻璃盒子，裡面裝了隻蠟製的芒果。那芒果黃澄澄的胖嘟嘟的水靈靈的，比真的還真，據說是毛主席把這外國朋友贈送的珍貴禮物，轉送給了首都工農毛澤東思想宣傳隊，而後再用蠟成批複製，限量生產，配以精美的玻璃盒子，輾轉到各省各地，被全國人民夾道迎送瞻仰。這真是偉大領袖對工人階級的「最大關懷最大信任最大支持最大鼓舞」，是「永遠和群眾心連心」哩。汪常青頭戴舊軍帽，胸前掛了朵大紅花和毛主席像章，雙手捧著這「芒果」，他傻呵呵地有點兒木訥地微笑著，不時地抽著鼻子，吸回流出來的鼻涕，也不時地向腳後吐一口痰。他的前後由大片人群簇擁著，人們敲著鑼鼓，擎著紅旗，歡天喜地地慶祝這一「毛澤東思想的偉大勝利」。終於，他連他自己也相信了他的確是不可思議的，不可多得的，不可忽視的，不可怠慢的革命造反派，是肩負了偉大的歷史使命的，是受了毛主席的最高指示，要「領導一切」的工人階級。領了毛主席的芒果，就算是領了毛主席的批示「照辦」。於是，他就順理成章地，笑逐顏開地被「結合」進了「革委會」，任了「革委會副主任」了。此時此刻，他也坐在這審判臺上，仍然穿著毛主席接見時穿的那身褪了色的軍裝，非常體面和莊重。他不失時機地朝地面上吐一口痰，再優雅地朝旁邊的「英核心組組長」點一下頭。

廣場上十幾個高音喇叭裡震耳欲聾地播放著《大海航行靠舵手》。三年來，這音樂日日夜夜地響徹在神州的大地上，響徹在小城的街巷裡，它刺激著人們的心靈，挑動著人們的魂魄，如今，已經叫人說不出它的曲調是激昂而歡快，抑或是慵懶而悲傷。看著二十六歲的楊志顯站在死囚車上而馬上就要被槍決，人們的情緒沸騰了起來。像張大金牙扭秧歌和汪常青捧芒果一樣，槍斃人也是一椿盛事，一項壯舉，也是小城裡一道難得的風景，一種難得的刺激，也是毛澤東思想的偉大勝利。

這一天要發生的事情，楊志顯和他的同學們原本就設想到了。飛蛾撲火，螳臂擋車，蚍蜉撼樹，向如此強勢的無產階級文化大革命運動挑戰，後果是不難設想的。

其實他們只不過是發出了一些對於時局不滿的聲音罷了，只不過是比小城裡的大多數人們多了一些敏銳，多了一些勇氣罷了。他們的行為，縱然不被表彰，也不至於被追殺。他們的「罪行」，充其量是在馬路上隨意丟棄了紙張而要繳納五毛到一元人民幣的「罰款」就是了。不過，這時候小城裡還沒有亂扔垃圾而被罰款的先例。然而這個時代和這個時代的人們卻決意不放過他們。祖祖輩輩，這裡的人們已經習慣了恭順，習慣了對於權力的絕對服從，習慣了麻木地看著自己的同類被折磨，被凌辱，被摧殘，被剝奪自由和生的權利。

三輛「解放牌」向右，開到「八一路」。行到了公安局的附近，丟下第三輛車，把有期徒刑犯彥先讓黃承志和汪景威送進院子內的監獄。剩下的兩輛，就提了速，從「八一路」徑直向北，向「北門外」的方向開去。

楊志顯那架黑邊眼鏡被沒收了。他被剝奪了「看清這個世界」的權利，因為這個世界歸根結底，還是不屬於他們的。他在這奔赴地獄的路上，最後地看上一眼他生活了二十六年零四個月的小城。他的視覺卻是模糊的。

遠處的東鹼泡子，那銀灰色的水面似乎在閃爍。小的時候，他的腿腳還便利，他同他的同學們在夏天常常去那裡玩耍，去看日出。那裡有許多脫坯挖出來的大坑。晨星漸沒，東方已經發白了，茫茫的天際散著一層白霧。白霧深處，露出一片濛濛的雲霞，桃紅色的，並不濃重。忽然間，一個紅彤彤的光斑跳了出來，那就是小城裡的人們熟悉的太陽。它先是收斂著自己的光芒，使人可以直視著它。轉瞬間，它放射出了灼熱的霞光，把大地照亮了，把東鹼泡子也照亮了。泡子的水面上反射著碎金般的光芒，蘆葦也染上了金黃色，在光芒中搖曳，顯得細膩而別緻，清爽而柔和。閉目聆聽，粼粼水聲輕輕入耳，不禁令人心曠神怡，忘卻了擾人的暑氣，心情遂回覆到一汪澄明清澈的平靜之中。這不起眼的東鹼泡子，如今也彷彿是人間仙境，世外桃源了。他和他的同班同學們還在小東門外那一帶，冒雨追趕過仙鶴。他也模糊地看見東山的丘陵，那裡長滿了野草和馬蘭。他曾同六弟去那裡打柴。那時，六弟拉著那木頭車，他的腿腳不便，就坐在上面。柴禾打到一半，帶去的一瓶子水就已經喝完了。他記起了西下窪子上空的火燒雲。這時，他就閉上了眼睛。

火燒雲也好看。傍晚時分，西下窪子的上空便會時常出現大片的火燒雲。它們佔去了半邊的天空。那火燒雲似乎樂於聽到火車站的汽笛聲。汽笛響起的時候，那火燒雲就格外地活躍起來，像是一群長著翅膀的駿馬，被那汽笛聲激勵了，遂開始變換著形狀，變換著姿態，變換著位置，在天空上嬉戲著，奔跑著，追逐著。也有一團團的雲朵，聚在一處，慢慢地移動，像是一群吃飽了的牛羊。忽然，這些駿馬和牛羊匯聚到了一處，變成了千峰萬壑利刃飛揚般的冰山，並憑空高潮迭起地響起那具有新疆塔吉克族風味的旋律，那是他和他的同學們在電影院看過的《冰山上的來客》插曲《花兒為什麼這樣紅》：

花兒為甚麼這樣紅？
為甚麼這樣紅？
哎……紅得好像，
紅得好像燃燒的火，

它象徵著純潔的友誼和愛情。
花兒為甚麼這樣鮮？
為甚麼這樣鮮？
哎……鮮得使人，
鮮得使人不忍離去，
它是用了青春的血液來澆灌。
花兒為甚麼這樣枯黃？
為甚麼這樣凋零？
哎……甚麼人呢？
甚麼人呢把它摧殘？
使它成了友情破滅的象徵？

這歌聲充滿著撕心裂肺的悲痛和神傷，充滿著無邊無際的懷念和追憶，曾使他和他的同學們聽得熱淚盈眶。他見到那冰山被燃燒了，像是鮮紅的火焰和血，跳動著，流淌著，它們也疲憊了，慢慢地安靜了下來，慢慢地融化了，聚合在一起，暗了下來，火焰和鮮血也不知道甚麼時候悄悄地枯黃凋零淡去了，淡得無影無蹤了。火車的汽笛聲也不再能喚醒它們，再現它們了。夜幕也緊跟著落下，先是透著一些黯淡的光亮，不多久，就全然地暗了下來，變得漆黑漆黑的。火燒雲走了，「我揮了揮衣袖，不帶走一片雲」，他又記起了徐志摩的詩句。

他微微地睜開了眼睛。這些他將不會再見了。他忽然發覺，這座城原來是這樣地像一隻盤子，一隻平坦的，黑色的，骯髒的盤子。

小城裡的北城門，實際上已經不存在了，所謂的北門外，早就成了小城臭名昭著的槍斃人的刑場的代名詞。解放以後，這裡就處決了無數個地富反壞右和階級異己份子。對於階級敵人，這裡是「秋風掃落葉一樣」「嚴冬一樣殘酷無情」的死亡之門。這次，「解放牌」卻一反常規，經過「北門外」，繼續北行。直到快到「東方紅林場」了，「解放牌」才在一片窪地「大泥坑」旁停了下來。

盛夏的郊野上，蒿草和雜木顆肆意地叢生著。惟有這「大泥坑」，怪誕地在太陽底下裸露著它那黑色的，被太陽曬裂了的表面，這兒那兒地，泛著土紅色的曬乾了的淤泥，使得這「大泥坑」看起來很像是一隻汙穢的，發黑發黴了的，殘破了的盤子。幾棵沒有葉子的樹，毫無生機地，稀疏地生在地面上。這些樹上突兀地架著十幾個老鴰窩，像是幾根立著的魚刺上的惡瘤，凝固在這汙穢的盤子裡。很遠的遠處，在一片藍灰色的天空上，掛著一個不大的，蒼白的太陽。太陽的上方，積著一些暗灰色的雲，晦澀而不明朗，像是一團團用了很久的，油膩而洗不乾淨的抹布。

這時候差不多就是古代所謂的「午時三刻」，也就是將近晌午十二點了。太陽掛在天空中央，是地面上陰影最短的時候，也就是一天中「陽氣」最盛的一刻。中國古代一直認為殺人是件「陰事」，無論被殺的人是否罪有應得，他的鬼魂總是會前來糾纏那判官，糾纏那監斬的官員，糾纏那行刑的劊子手，以及有關連的人員。今天，革命委員會要「代表人民」，擊斃一個「現行反革命份子」，選擇陽氣最盛的時候行刑，可以壓抑鬼魂不至出現。小城人們的這種猜測是不是有點兒根據，就不得而知了。

此刻並沒有出現《水滸傳》「梁山泊好漢劫法場」中激動人心的畫面，並沒有「在十字路口茶坊樓上一個虎形黑大漢，脫得赤條條的，兩隻手握兩把板斧，大吼一聲，卻似半天起個霹靂，從半空中跳將下來」。也沒有電影中的「地下游擊隊」隊員們，扮成販夫走卒，其中之一，掀動了一下頭上的禮帽簷子，眨了下眼睛，給了個暗號，於是各自掏出懷中的手槍，突地命中那為首的法西斯劊子手，劈哩啪啦，一陣槍聲中，遊擊隊員們帶著死囚，駕著卡車，一溜煙兒似地揚長而去。更沒有傳說中的ＵＦＯ飛碟，無聲無息地落在這「大泥坑」，放出強烈的光，把人們的眼睛刺得睜不開了，然後，個子矮小身穿銀白色制服的外星人們，劫了楊志顯，這個被人類否定了的「現行反革命份子」，去移民到另一個星球。那裡不講階級鬥爭，不講三忠於四無限，不需要上山下鄉。然後，ＵＦＯ飛碟的艙門無聲無息地關起來，無聲無息地起飛。強光漸漸地熄滅，地面上的人們瞠目結舌，望洋興嘆，這件事就這樣了結了。

但是，這些卻都沒有發生。二十六歲的楊志顯是必死無疑了。

兩個戴紅胳膊箍的武警劊子手熟練地解開車廂鎖，打開車廂板，架著死囚楊志顯的胳膊，像拎一隻垂死的小雞一樣，無聲響把他摔下車。本來就體弱多病的楊志顯，這時已經幾近癱瘓了。他沒有表情，看不出他有對生的留戀，或對死的恐懼。

在這生命的最後一刻，他能想到些甚麼，就只能憑人們去猜測了。他從決定要去做這件事的那一天起，就想到了這樣的一個時刻遲早是要來到的。如此，他的腦中也許會閃過他記下的這樣一段話：

「我們在戰鬥中不是孤軍。世界的黑暗，受著神光燭照。即是今日，在我們近旁，我們也看到閃耀著兩朵最純潔的火焰，正義與自由。」「即使他們不曾把濃密的黑暗一掃而空，至少他們在一閃之下已給我們指點了大路。跟著他們走罷，跟著那些散在各個國家，各個時代，孤獨奮鬥的人走罷。讓我們來摧毀時間的阻隔，使英雄的種族再生。」

「西下窪子」那邊傳來了火車的汽笛聲，這也許會把他的思緒拉得很遠。這聲音他無比地熟悉，即便在他家那幾近與世隔絕的菜園子裡，也是聽得到的。一定是又有一列火車開動了，離開了小城，他也許會這樣想。這車上的旅客大抵在擁擠的車廂裡，或昏昏欲睡，或遙望窗外。這列火車要開向這小城的下一站白城，再經過通遼，瀋陽，錦州，一直開往北京。他如果讀了大學，蹬上了這列火車，這前面的許多路程和故事就都在等待著他了。只是，這一切已經永遠不會屬於他的了。

這一刻，他也許會記起了貝多芬的話：「我要扼住命運的咽喉」。楊志顯和他的同學們企圖「扼住命運的咽喉」，爭取他們讀書的權利，他們其他應有的權利，以及他們做人的基本尊嚴。但是，他們自己的咽喉反而被命運牢牢地扼住了。此刻，他肉體的咽喉也被牢牢地扼住了，他的頸子被那根邪惡的細麻繩死死地勒住，他連一個字的語音都發不出來。這樣也罷，就「讓我們就保持沉默吧」，他的腦中閃過了電影《列寧在一九一八》裡的臺詞。對了，十月革命的導師列寧同志，他就是這樣嚴厲地對付知識份子的，他告誡高爾基，「別讓憐憫的鎖鏈纏住了你」。是的，「革命不是請客吃飯，不是做文章，不是繪畫繡花，不能那樣雅緻，那樣從容不迫，文質彬彬，那樣溫良恭儉讓。革命是暴動，是一個階級推翻一個階級的暴烈的行動」。楊志顯的嘴角向上動了一下：階級鬥爭果真是一臺貨真價實的絞肉機啊。

於是，他就徹底地放棄了。

面無表情的劊子手們熟練地踢了他一腳，他就自然地跪倒在地了。他厭惡而唾棄這樣災難性的「無產階級文化大革命」劊子手般的專政。他「拒不認罪」。認罪？我何罪之有？他會這樣說。他對於這個世界徹底地絕望了。他們的「神州春社」，他們的「友誼社」，他心目中的神州和友誼，這一切從現在起，就不再屬於他的了。這個世界，「歸根結底」，並不是屬於「我們的」，而是屬於「你們的」，是屬於當權者的。

他從來就沒有想過要去當一次英雄，他只是跟著他看到的「正義與自由」，這「兩朵最純潔的火焰」，不暇思索地向前走去而已。

一個劊子手雙手端起了槍，瞄準了楊志顯的後腦。這劊子手胸前的毛主席像章和舉著的槍筒，在這灰色的背景上詭異地閃爍著，他胳膊上的紅胳膊箍，像一團邪惡毒焰一樣在這灰色的背景上燃燒著。

圍觀的民眾還沒有緩過神來，一顆子彈，「颼」地一聲射出槍膛。

這槍聲並不像人們想像中地那樣慘烈，卻是有些過於平常和安靜了。這沉悶而短促的迴聲在這「大泥坑」上空滑越，轉瞬就消失了。楊志顯在子彈從後腦穿透頭顱，腦漿和鮮血迸飛出槍口的那一瞬，機械地抖動了一下，就無聲地向前倒下了。他的手臂被綑綁著，喉嚨被處理過了。他不可能像洪常青或是許雲峰在戲文中那樣慷慨就義振臂高呼「中國共產黨萬歲」，不可能發出時代的最強音「毛主席萬歲」，或者別的甚麼。他向那個「鐵板一般堅固」的權力倒下了，屈服了。

樹上鑽出了幾隻老鴰，空洞地叫了幾聲，旋即飛走了。

突然間，後面衝上來一位頭髮散開著的年過六旬的婦人，是楊志顯的母親。她老人家拼命掙脫了阻攔，和她的女兒趕到刑場，卻沒能見到她兒子的最後一面。她發瘋般地撲向劊子手，聲嘶力竭地大喊：土匪！鬍子！強盜！你們殺害無辜，你們還算是人嗎？簡直是土匪！簡直是鬍子！簡直是強盜！我同你們拼了！她揮動著她的手臂，卻有氣無力了。她的詛咒，足足可以給她定上一個「現行反革命罪」，「根據黨的政策和廣大革命群眾的要求」，再判上個死刑「立即執行」。然而在此刻，我們的專政機構「革命委員會」和造反派劊子手們，他們竟然寬容了，仁慈了，他們其實是無言以對了。他們佯作甚麼也沒聽到，他們大抵也不會去向上級匯報了，他們忽然間也失落了，沒有自我了。他們連自己都被自己的行為驚呆了。他們也像耶穌在十字架上說的那樣，「他們做的，他們自己也不知道」。

劊子手們退下後，幾個負責檢驗的糾察官員立即上前，扯著遭槍擊的屍體的雙腳向後拉，整齊地擺好，再檢查他是否已經全然斃命。劊子手的槍法很準，他的子彈用得節省。這不同於我們中國其他許多地方的慣例，一個死囚會被用作練習槍法的靶子而中上六七顆子彈。這裡的權力機構還是考量到了死者家屬的利益，這五分錢一顆的「子彈費」並沒有增加。

二十六歲的楊志顯的生命已經完結。

他的「同案犯」們，隨之陸續被押送到不同的監獄服刑改造去了。他們用生命和青春作賭注，他們用書寫和散發的形式表達他們的意見和要求，他們以人民的身分為人民的利益呼籲，卻被代表人民利益的當局所拒絕了。他們失敗了，他們從此就被人民忘記了。

那自古就存在著的一輪太陽，每天早上仍然從小城東鹼泡子的上空升起。「育紅小學」操場上的廣播喇叭中，仍然播放出莊嚴神聖的《東方紅》樂曲，給這一輪紅日伴奏。那自古就有的一輪月亮，每天傍晚仍然掛在火車站的上空。同一個廣播喇叭中，仍然播放出《國際歌》。這旋律雄渾激烈，波瀾壯闊，給人以鼓舞和力量。

然而，這些鼓舞和力量都是短暫的。因為千百年來，小城人們的日子過得平凡，他們的生命也活得平凡，死得平凡。生了，那是自然，死了，那也是自然。階級敵人牛鬼蛇神和反動派，他們要跳出來進行反革命活動，那也是自然。他們要「自絕於人民」，那是毫無辦法的呀。那「英特納雄奈爾」的崇高理想，離他們過於遙遠，他們是要先「填飽了肚子再說」的。於是，穿梭於這個近乎瘋狂的階級仇怨和恐怖殺戮中，僥倖活了下來的小城裡的人們，就繼續著他們各自的生計了，繼續他們的柴米油鹽，他們的飲食男女，他們卑微的，毫無高尚可言的「無產者的一生」了。

翌日，公元一九七〇年七月二十九日，星期三，這一天的上午，我，還有我的同時代人，就是只讀了十七頁「中學課本」的「六九屆初中生」們，這一代「早晨八九點鐘的太陽」，被取消了讀初中，讀高中，讀大學的權利，被「分配」工作了。分配方案是在第一中學食堂前的空場上發佈的。城裡三所中學的「畢業生」們席地而坐，接受了勞動調配站對我們的分配。當日，我和我的十六個「同時代人」就被帶到百貨公司，開始了工作，開始走向了人間。這時我還不足十六歲。

第29章 驛站的故事 In the World

公元一九七〇—一九七八年

1. 文星閣 The Poetry Club

公元一九七一年

這一年，就是我和我的「同時代人」齊志全，李憲章躲在「文星閣」裡讀書，誦詩，喝酒的時候，我剛滿十七歲，是被分配到這個公司工作的第二年。

一年多前，一九七〇年七月二十九日，星期三，一個平常而普通的早晨，也就是著名的「69.5.10」反標案件宣判大會的第二天，小城裡幾百個六九屆初中畢業生，聚集在鐵道西一中食堂前邊的空場上，我們席地而坐，聆聽了勞動調配站對我們工作分配的方案。

這一天陽光很好，我們這些同一天參加工作的青年們，也就是「我的同時代人們」，都如同這早晨的陽光一樣燦爛明媚著。這十七個人，若按姓氏筆畫為序，那就是：王淑文，李文太，李曉蘭，李憲章，穆淑華，苗佔雨，尚碧野，姚淑琴，席敏蓉，張紹燕，楊文生，梁春青，楊學素，楊學慧，趙春，齊志全，還有我自己。

我和我的「同時代人」們，在「復課鬧革命」時，上了幾天學，讀了十七頁初中數學課本，唸了一篇古文《列子・湯問：愚公移山》，學了一句俄語「毛主席萬歲」，就算是中學的全部內容了。這時，學校癱瘓了，大學停辦了，上山下鄉注定是在劫難逃了。而想不到的是，這一年因了城裡的需要，我們竟然被安置了工作。這天早晨，在眾多的名字中間，我的名字被唸到了，是被分配到了商業系統。

隨後，我們十七名青年，被政工組的政工員積極份子汪起，帶到了商業系統百貨公司的院子裡，這個後來被我們稱作「驛站」的收發室前，開始了工作，宣佈了月工資是三十元。

從此，就像高爾基三部曲中的阿廖沙一樣，我們走出了《童年》，走進了《人間》，走進了《我的大學》。

我的「人間大學」就在百貨公司的院子裡。

院子的大門對著中央街，馬路對面是迎賓旅社，迎賓旅社的對面，是綜合服務樓，包括了人民浴池，國營照相館和國營醫藥商店。這幾棟紅磚建築，是十年前大躍進時的產物。那時響徹雲霄的豪言壯語，比如「十五年超英趕美」，這時早已被遺忘殆盡了。人們現在響應的是「工業學大慶，農業學大寨，全國學人民解放軍」。

這前面的橫街，就是與正陽街平行的街，從前叫坤順街，歷經了近三十年的滄海桑田，它原本的名字已經不翼而飛。而這條中央街，四年前文革伊始，就被紅衛兵改名叫了「東方紅路」，不料過不多久，又被另外一夥紅衛兵宣佈叫了「反帝路」，理由是這條街上曾設過日本帝國主義的城公署，還住過「天主堂」的神甫瑞士人高輔文，結果是非但「東方紅路」和「反帝路」沒有叫響，連原本的街名中央街也漸漸被人忘記了。

這條原本的中央街仍然寬闊而空寂。從這條街向西望去是火車站，火車站的下面，是一望無際的西下窪子。西下窪子種了「滿山遍野的大豆高粱」。火車站的鐵路通向北方和南方，通向「外邊的世界」。

在夏天的傍晚，火車站廣闊無垠的上空，就常呈現出一片片壯麗輝煌的火燒雲，伴隨著不時傳來的火車的笛鳴，不禁令人感動。這笛鳴是世間最美妙的天籟之聲，它雄渾而不粗野，動聽而不做作，激情而不張狂，彷彿是歸家的召喚，屢屢點燃著人們對前程莫名的期盼和模糊的希望。

於是，就在中央街上的百貨公司院子裡，我從此參加了工作，懵懵懂懂地踏進了這個世界，開始了這場「我的大學」的旅程。這時，我差十九天滿十六歲。

在政工組組長楊青善和汪起的帶領下，我們在西廂房的一間空屋裡學習黨中央文件，學習《人民日報》《解放軍報》《紅旗》雜誌為紀念解放軍成立四十三週年所寫的社論，題目叫《提高警惕，保衛祖國》。

小個頭大鼻子大分頭的政工員汪起，雙手舉了報紙，一字一頓地唸道：

「革命先烈為我們拋頭，嗯——拋頭……甚麼啦？」下邊的字他不認識了。

「是拋頭顱。」有人接了一句。

「哦，拋頭顱。酒熱血。」汪起說。

「汪師傅，是灑熱血。」一旁的齊志全，腰板挺得直直的，他客氣地糾正了汪師傅。

「汪師傅」汪起的文化程度，比起我們這些有名無實的「六九屆初中生」，實際上的「六六屆小學生」並好不了多少。這其實是怪不得汪起汪師傅的。簡化字的「灑」和「酒」差了微妙的一小橫，實在是令人難以辨認。

三天後，我們十幾個青少年去了財務科，打了欠條，每人預支了五元錢，帶了簡單的行囊，由汪起帶隊，乘了一輛卡車，顛簸了一個多小時，去鄉下勝利人民公社馬蹄大隊「半拉山」支援麥收，也算是接受了一次「貧下中農的再教育」和「革命的洗禮」。結果，我和齊志全的五元錢並沒有花掉，而原封不動地帶了回來。李文太苗佔雨等男生，則在供銷社全數買香煙抽了。

十天後，我們回到了百貨公司。

貧下中農的「再教育」和「洗禮」果真重要，我們至少體驗到，在百貨公司的院子裡，穿得乾淨，不沾泥巴，不受日曬，不挨雨淋，不起早，不貪黑，比起上山下鄉，實在不知道輕鬆和優越了多少倍。從沒有電燈，蚊子哄哄，先幹活再吃早飯的農村回到城裡，竟覺得是從地獄回到了人間一般。

同來的那些青年人被派去下了「基層」，也就是下面的「一百」和「三百」，院子裡就剩下了我一個。不久後，院子裡又從基層調來了齊志全和李憲章。他們被分配做了倉庫保管員。管理倉庫，須得出身勞苦，成份可靠，因為他們保管的是國家的財產。做保管員，除了工資之外，還額外配給工作服大頭鞋和棉大衣，是個令人羡慕的工作。

我的工作範疇和界定則有些含混。我做的大致叫「搞宣傳」。沒有人告訴我誰是我的領導，誰是我的上級，也沒有人告訴我每天該做甚麼。偶爾地，政工組的老楊要我出黑板報，或王主任要我在院牆上寫大字「禁止煙火」。

百貨公司的大院也連著「一百」的後院。在這期間，我偶爾也會到那裡去做事或閒逛。

我從暖庫前向東繞去，曲裡拐彎的院子裡繞到原本我家買賣的後院，那是城裡曾經最大的五金下雜貨德順東，也叫馬家床子。那時的馬家床子早已經遷移到了正陽街南街路西，左鄰王興泰鮮貨店，右接公福祥綢緞莊，是城裡的最好地段。

這裡留下過我父輩祖輩曾祖輩高曾祖輩們生活的足跡和身影。他們曾經坐在這後門旁的木橯上編過笊籬簾子，在八仙桌上吃過粗茶淡飯，在樹蔭底下談過生意買賣，在院子裡漿洗過衣衫被褥。這裡曾飄過炊煙，聞過雞鳴。這裡曾見過高曾祖父馬成順穿了長袍馬褂，曾祖父馬世恩穿了灰布長衫，祖父二掌櫃馬德豐穿了西服革履，父親馬龍起穿了「國高」學生制服，在這院子裡出出進進。這裡曾聽過祖父的胞兄大掌櫃馬德雲劈哩啪啦地撥打著算盤珠，父親的堂兄馬龍漢嗚嗚呀呀地拉著梵阿玲小提琴。他們一代代人眼見著外面這風雲變幻的世界，經歷著這時代的更迭變遷，帶著幾分詫異，幾分驚慌，幾分無奈和幾分不知所措不知所從隨波逐流和隨遇而安。

然而，送走了「滿洲國」，迎來了「解放區的天」，迎來了「公私合營」，一夜之間，馬家床子也和小城裡一切的私有財產和土地一道，被悉數沒收，寸金不剩，寸草不留，被專了政，革了命，「資本主義」被打倒了，馬家床子的家族也灰溜溜地夾起尾巴做人，惶惶不可終日了。

我雖然不是在這個院子裡出生，卻在見到這院裡院外的景物時，特別是見到那從天窗上射進來的光照，不太明亮地照在我祖輩們曾住過的地方，那刷了白灰的牆壁，被踩得光潔的泥土地面，殘留在這兒那兒牆上的磚雕，磁磚和壽釘，儘管早已是時過境遷，物是人非，儘管這裡已經改作了辦公室，牆壁上掛了毛主席像，寫了「為人民服務」，擺了辦公桌，安了電話，我卻感受得到一種奇異的，難以言喻的似曾相識，好像是那幾十年前的泛黃碎片，那已經流淌過去的蹉跎歲月，和那有些模糊不清的往事記憶，如今又穿越時間和空間，從歷史的天涯海角，被一筆筆描畫出來，一幅幅重現了一般。

偶爾，也會有「從舊社會過來的人」，特別是從前泰發祥和公福祥，現在「三百」和「一百」的老輩人，他們說起我，便要提起我是「馬家床子二掌櫃的長孫」云云，便令我不免有些尷尬和窘迫。

傳達室爐子上的水壺吱吱地開著，窗前的胡老頭定睛地望著窗外的來往車輛和行人。水缸旁的報紙架上掛了報紙，《人民日報》和《解放軍報》通常無人問津，只有《參考消息》，被來往的過客們搶來搶去。我剛剛看過了普希金的短篇小說《驛站長》，就把眼前的場景套進去，把收發室叫作「驛站」，把門口看門的胡老頭叫作「驛站長」。

公司分配給我的辦公桌，就在這驛站裡面的一間，實際上的「值宿室」，就是夜裡值班的人住宿的地方。值班是由男職工輪流，兩人一組，一組輪一週，叫「值週」。「值週表」寫在大紅紙上，像「光榮榜」一樣，掛在收發室第一間屋的牆上，那上面洋洋幾十人，慢慢地就都熟識了。

光榮榜上的這些人卻原來都是形形色色，個性鮮明。他們中間有書記主任，倉庫保管員，調撥室的調撥員，出納組的出納員，業務處的業務員，包裝回收處的回收員，政工組的政工員，財務科的會計，還有說不清道不明的閒爛雜人散仙混混，相形之下，我和我的同時代人們，雖然也儘量做出老成老練的樣子，比如說手裡舉著顆香煙，用食指彈彈煙灰，使勁兒咳嗽一聲，再往灶坑裡吐出口痰，說起話來常帶了口頭語「我說我說」，「這個這個」，卻仍然顯得非常稚嫩青澀和裝模作樣。

這些天的天氣一直晴朗著。小城裡的日子開始無比地平淡起來了。

「69.5.10」案件的判決，大泥坑刑場上空的槍聲，像是給這個大時代中的小城畫了一個大的句號，宣告了一個終結和一個來臨。也許是人們擔心這話題過於敏感，也許是人們在心底深處對於這事件的結局和事件主角們的命運有些歉疚，總之，這件事便再也沒有人提起了。慢慢去，這件事就像是「滿洲國」的故事一樣恍若隔世，離開人們的生活和他們的日子越來越遙遠了。

我在公司糊裡糊塗地搞了一年的「宣傳」，出了幾次黑板報，滿院子寫了「禁止煙火」，學習了幾次中央文件，參加了幾次誓師大會，秋天「分秋菜」時，我分到了一堆白菜，一堆土豆。年底「發東西」時，我發到了一綑黑粉條，兩條凍雜魚，一年就這麼過去了。

今年七月，我還被文化館借用了一次，和兩棵農場的上海知青黃國琦一起，戴了草帽，頂著烈日，在火車站下邊的「八一路」路口，在專門修建的的巨大水泥牆上，爬上腳手架，臨摹放大了油畫《毛主席和林副主席井岡山會師》。不料九月底還不到，林副主席就「出事了」，那牆上的顏色還沒有乾透，連牆帶畫就一股腦被拆除，我和黃國琦近一個月的辛苦，還有塗在上面的一大堆油畫顏料，就在「八一路」上消失了。

慢慢地，我們就感到，這個百貨公司的院子似乎就成了我們要一直呆下去的地方。我們看著周圍的人們，他們的生活模式大致就是上班下班，娶妻生子，男的喝喝小酒，打打撲克，女的織織毛衣，扯扯閒話，他們的理想和追求並不是「為全人類的解放而鬥爭」，而是為了卑微的飲食男女，卑微的柴米油鹽醬醋煙茶和吃喝拉撒雞零狗碎。他們嚮往的是用「加班」所得到的三毛錢「夜餐費」，集體吃上一頓「人民飯店」，喝上一通塔子城老窖，然後搞上對象，解決「個人問題」，「解決自行車問題」，男的騎上一輛「永久二八」，女的騎上一輛「鳳凰二六」，家裡打個大衣櫃，寫字臺和五斗櫥，最後再積極「要求進步」，盡快解決「組織問題」，混上個一官半職。繼而，他們的下一代再重複著他們的軌跡，一代一代，就這樣地循環下去。他們把這樣的日子過得順理成章，理所當然，或者叫作「滋潤」。

分到「一百」賣針織品的梁春青就活得有些「滋潤」。雖然他的外號叫「小傻子」，其實他並不傻，而且很「會來事」。他的上身穿了件草綠色軍衣，深棕色的塑料衣扣，領口露出藍條海魂衫，漆黑的褲子，白色網球鞋配棕色尼龍絲襪，頭戴見稜見角的軍帽，尖瘦的下巴，樣樣都時髦而別致，這使他看上去幹練，正直，向上，是典型的「靠近組織的革命青年」。他開始和陳木匠的姑娘自由戀愛，還寫了入黨申請書，顯得前途無量。

同樣分到「一百」賣鞋的穆淑華，她的上衣是小碎花布的，領子和衣袋蓋是黑絲絨的，深藍色的褲子一點兒都沒褪色，牛皮鞋扣了鞋襻，露出雪白的襪子。她梳了羊角辮，紮了尼龍繩，圓臉兒紅撲撲的，笑瞇瞇的，樣樣也都時髦而別致，人也顯得和藹可親。她已經開始同一個外地的軍官通信往來，搞起了對象，並互寄了照片，給那軍官織了毛衣，編了尼龍絲杯套，也寫了入黨申請書，可謂「個人問題」和「組織問題」「革命生產兩不誤」。

他們中間的大多數人，慢慢地把算盤子打得快些了，把數字碼寫得溜些了，言談舉止也穩重些了，也逐漸「會來事」些了。

我和齊志全李憲章卻不怎麼穩重，不怎麼合乎潮流，也不怎麼會來事，還不時地發些牢騷，發些怨言，甚至對那些溜須拍馬的人嗤之以鼻。剛好，這時我們的工作都不忙。空閒的時候，我們就聚集在齊志全管轄下的倉庫裡閒聊和閒泡。

我提議把這倉庫命名為「文星閣」，這提議就立刻得到了響應。「文星閣」這稱號是從《我的同時代人的故事》裡得來的。書中的「我」，也就是作者科羅連柯自己，那一年「長滿了十八歲」，從「玫瑰色的煙霧」和「寂寞中」走了出來，他和他的「同時代人們」便時常聚集在一起讀書誦詩，議論時事，就把這種聚會叫作「文星閣」。

院子裡的十餘棟倉庫分別是小針織，大針織，小百貨，大百貨，鞋類，服裝，布疋，紡織，文化用品，及專放易凍商品的暖庫。鞋庫有兩處，小鞋庫裡不但有一個小閣樓，上面還開了一個天窗。那裡乾燥而幽黯，有一束並不明亮的光從上面照進來，這種感覺就像是傳說中列寧「連續吃了六個墨水瓶」的沙皇監獄中一樣。

大鞋庫是一棟結實的紅磚加水泥的大屋頂建築。它的正面有兩扇鐵灰色的大門，右面的一扇，在一個白色的圓底上，印了一個紅色的「5」字，大鞋庫就是「5號庫」。

這兩棟鞋庫裡都整齊地搭滿了木架，摞滿了紙箱，一直摞到屋頂。紙箱裡裝滿了鞋子，散發著橡膠，棉布和皮革的味道。在晴朗的上午，就有陽光從高牆上一排裝了鉄欄桿的窗子透進來，照在貨架最上層那排紙箱子上。

這就是我們的文星閣。

同文星閣原形中的俄國主人公科羅連柯一樣，我們也是在「用文學的三棱鏡來觀察和想像生活」，於是這裡就有了齊志全誦詠岳飛《滿江紅》時的「風波亭」，有了李憲章高唱《莊稼蓋滿了溝》時的「莊稼地」，也有了我朗讀普希金《致大海》時的「黑色岩石」。我也把自己想像作詩人普希金，並同書中的插圖一樣，揚起手臂，向那滾動著的波濤致意：

再見吧，自由的元素！

這是你最後一次在我的眼前，

滾動著蔚藍色的波濤，
和閃耀著驕傲的美色。

詩人普希金卻不是梁春青，不是穆淑華，不是老套子，不是汪起，不是老盧，不是柳慶恆，不是抖音，不是狗頭肉，不是董書記，也不是王主任。普希金是西下窪子上空的火燒雲，是東鹼泡子水面上飛翔的大雁，是火車站傳來的汽笛長鳴，是一個不羈不屈任性輕盈急速飛舞的自由自在的靈魂。

日子就這樣急速地，任性地，自由自在地，無聲無息地飛舞著過去了。全國的大學均已關閉了兩年之久，重回校園，重歸學業，已經是既不可望又不可及的天邊外的事了。因此，我們的心中便生出了一些焦躁和鬱悶。有一天，在一個閒散的冬天下午，我們三人開始在文星閣裡偷偷地喝起酒來。

北方冬天的太陽去得早，天乾冷乾冷的。這時距下班還有一段光景吶，夜幕卻已經悄然地降下了。齊志全剛剛在「5號庫」門前的空地上，颯颯秋風般地打了一套拳腳，院子裡的水銀燈就亮了起來，把它鉛白色的光投在一堆堆蓋了雨布的貨箱上和地面上，像是落了一層薄薄的雪。隨處可見的「禁止煙火」四個大字，是我一年來「搞宣傳」的成果。我刻意地把「火」字畫成了兩根木樁，組成個「人」字圖形，上面的兩點兒就用兩團火焰代替。這曾得到了王主任王純和的誇讚和欣賞，「有藝術性啊」，他這樣肯定地說，並且邀請我去給他家畫炕蓆，就是在炕面上糊了牛皮紙，廣告色畫上圖案，再塗上兩遍清油，說是為他家「點綴點綴」。

我們三人在「5號庫」進門右手的盡頭，攀著架子到第二層，這是齊志全清理出來的一塊空地，很像是一座小閣樓的平臺。平臺上的一個白瓷茶碗「洋灰墩子」，裝了一杯無牌的廉價散酒，旁邊的一張黃色草紙上攤了一包「小人酥」，是本地土產的花生糖，算下酒菜。齊志全去了趟外面不遠處的二食品，棉大衣口袋裡藏了小人酥，袖子裡藏了一洋灰墩子白酒，繞過門口「驛站長」胡老頭的注視，悄悄地帶了進來。

傳達室「驛站」遠遠地亮著燈。透過窗，看得見那裡擠滿了等待下班的人們。那裡有驛站長胡老頭在調理爐子，屋子裡就永遠是暖和和的。

文星閣中沒有爐子，這裡同外面一樣地乾冷著。

我們三人齊為長，李居中，我排幼。於是齊志全先舉起洋灰墩子，清了清喉嚨：

「諸位，來吧，為前途」，喝了一口，又長噓一聲，拿起一顆小人酥，剝去糖紙，優雅地丟進口裡，並將杯子傳給李憲章。

「初中都沒唸，大學就更沒指望了。哪兒有前途？算了。我喝一口。」「滋啦」一聲，李憲章喝了一口，也嘆了口氣說。李憲章也是一臉書生氣。

我接過洋灰墩子，試探著先抿了一下，有點辣，又接著喝了一口說：

「等著吧。也許還有這麼一天。來，為前途，為這一天。」

「這一天……但願還有這一天。」齊志全又呷了口酒，眯起了小眼睛。「咱連狗頭肉都不如啊。人家可是老中學生。」又說。「老中學生」就是「滿洲國」時的「國高生」。

「此人狡猾。」我同意。

「狡猾歸狡猾，卻是個高人吶。」齊志全說。

「哦？」我問，「怎麼個高法？」

「此人城府高深，非同小可。比如人家悄悄地給你指點說，領導怎麼說都是對的。要想混得好，就得靠領導。他怎麼說，你就該怎麼做。這其實是對的。」齊志全曾受過狗頭肉的點化。

「老盧和柳慶恆就專門跟領導對著幹。」我在「驛站」就時常聽到二人對董書記董胖子的謾罵。

「這叫不靠近組織，自由主義。」李憲章套了「組織」的話，說出了他們的問題所在。又加了一句「高大倔子也不服軟。」「高大倔子」高乾坤是李憲章在針織庫的師傅。

「咱還不如他們。」我說。柳慶恆會說俄語，可以直接偷聽蘇聯敵臺。「高大倔子」是老初中生，還會攝影，都是令人羨慕的。

「這幫傢伙。」李憲章說，「草重還會作詩吶。」「草重」是「董」字的代號，指的是董書記董胖子。

「草重者，詩聖也。」我給了他一個新綽號。又不無嘲弄地加了一句，「打油詩吧？」

「四六句。」齊志全把他給揭穿了。

「遠看城牆像鋸齒，近看城牆像齒鋸吧？」我想起了小時候看過的民國笑話集，叫《笑話一百種》，有這麼一段嘲諷那個自以為是「詩人」的故事。

「不看城牆不鋸齒，越看城牆越齒鋸。哈！」齊志全接了下兩句。這笑話我們已經說過好幾次了。

「哎，小齊，你給來一首。」李憲章建議。

「來一首？好，就來一首。」齊志全又瞇起了眼睛，又喝了口酒，然後脫口唸出：

望江樓上望江流
綠水悠悠蕩扁舟
對岸青山映綠水
隔林百鳥唱金秋
業奎古景今何在
錦城風貌募人留
何日春風來報喜
望江樓上思悠悠

這是他去年到齊齊哈爾「業奎」百貨批發「二級站」出差時，順路去了次龍沙公園，登上了假山，眺望了湖水所得的感懷。

「好詩。」我和李憲章讚揚道。「業奎美景，景色迷人。」我說。又輪流喝了口酒，吃了顆小人酥，把洋灰墩子傳給了齊志全。

「你的詩吶？」李憲章朝我轉過頭來。

「有。」我從棉襖兜裡掏出一張紙，是一年前寫的一首「打油詩」，湊近光亮，唸了：

在百貨公司的收發室裡，
每天晚上，
都有一群人在這裡聚集。

他們吃著麵包，喝著茶水，
邊吃邊喝，洩著滿肚子的怨氣。
一個骯髒的臉，閃在燈底，
用手拍了拍肚皮：
想當年，老子服兵役，
在部隊是二等翻譯。
哲學術語，我全通曉。
只要對我們不利，
只須幾個術語，
他們就得乖乖地給我立正稍息。
兄弟們勇敢地幹下去，
大權一定是屬於我們的。
二人邊說邊笑，
邊把麵包屑塞在嘴裡，
把一雙小眼又擠了擠，
愉快地放了幾個屁。
柳盧兄弟笑嘻嘻，
幻想融入夢裡。

打油詩是洋派的「普希金風」，說的是傳達室驛站那邊的老盧和柳慶恆，此刻大抵正在謾罵著董書記吶。

「哈哈。」齊志全和李憲章笑了：「愉快地放了幾個屁一句精彩。」

「柳盧」是驛站中的常客。其實這兩人只是混混沌沌地混著日子，「掌權」的野心大抵是沒有的。

再吃了顆小人酥，我們又相互倡導著：「這些混子。來，繼續喝酒。」

最後，平臺上便只留下了一堆糖紙和那隻空下來的洋灰墩子，還有滿腹的無助和無奈。文星閣裡已經完全暗了下來。透過窗，看到外面飄起了雪花，空中的寒氣似乎凍僵了院子裡的一切。我寫在牆上的「禁止煙火」似乎有了一點嘲諷的意味，是在說，「這麼冷的天兒，火都凍僵了，何須禁止？」

西邊火車站又傳來了汽笛聲。驛站的門口安靜了下來。適才等著下班回家的人們的喧鬧，還有門外中央街上，以及那些天涯咫尺的，明處暗處的，深深淺淺的，聽得見聽不見的聲響，這時都因寒冷而戛然而止，無聲無息了，只留下一聲聲火車的笛鳴。

下班了。有騎車的，有步行的，有路子廣關係硬的就在車把上掛了或手裡拎了一瓶塔子城老窖或一條凍魚的，是走後門搞到的緊俏物品，他們紛紛擾擾地出了驛站的大門。我們三人都沒有自行車，或者按我們的自嘲，我們有的只是「十一號卡車」。於是我們就駕著「我們的車」，李憲章向右，我和齊志全向左，轉到正陽街向南行去。

雪漸漸大了起來。街道兩旁的店鋪都關了板兒，打了烊，下了班，走了人，都變得黑乎乎的一片了。黑暗中，模糊不清地見到牆上的大字標語「工業學大慶」，顯得有些有氣無力了。路燈昏暗而迷離，照在落了雪的路面上，似乎使這早來的夜有了一點明亮的跡象。

2. 驛站A　In the Front House A

公元一九七二年

這一年，我長滿了十八歲，在百貨公司的這個大院子裡，已經工作了兩年了。

我的工作職稱是甚麼，我的上司領導是誰，我每天到底要做些甚麼事情，好像從來就沒有明確過的。我沒有辦公室，卻分給了我一張舊辦公桌，這張辦公桌就在收發室最裡面的一間「值宿室」裡。這間屋子的對面，還有老滿的辦公桌。老滿姓「滿」，叫滿國軍，是搞「基建」的。有人嘲弄他的名字是「滿洲國的國軍」，他並不予以理睬。

我的「工作」就稀裡糊塗懵懵懂懂地開始了。

有時候是政工組的老楊說：你把黑板報換了吧。有時候是王主任說：你就把櫃臺上的牆點綴點綴吧。有時候董書記說：你就寫些標語掛在營業廳吧。有時候另一個王主任說：你就再把櫥窗換一下吧。在這些都做了，老楊王主任董書記忘記了給我工作指令的時候，我就還是要回到收發室「驛站」那裡去。

這時我已經讀過了爸爸書櫃裡普希金的《驛站長》，覺得把這個收發室叫作「驛站」是再合適不過了。我也開始像俄國作家科羅連柯那樣，「用文學的三稜鏡來觀察生活」。科羅連柯那時剛好也是十八歲。《驛站長》中的「驛站長」薩姆松．維林這樣的小人物影子，就像三稜鏡一樣，折射在我所生活的環境中。此外，我還把這裡當作高爾基筆下的《在底層》。於是，驛站就顯得格外色彩斑斕。

這個收發室「驛站」，就像我們中國所有的收發室一樣，設在公司的大門口。驛站的第一間，有兩個大窗戶，剛好開在兩面成角的牆上。正面的窗前，置放了一張很老很舊的書桌，右面的窗外，就是百貨公司的大院子了。那書桌前，永遠地坐著門房，也就是「驛站長」胡老頭。

胡老頭只有一條腿，架著木頭雙拐。胡老頭的來歷像是有點兒蹊蹺，有人說他曾當過國軍機槍班班長，被解放軍俘虜，而後的第一次戰鬥剛剛開始，沒等打上一槍，就被國軍飛機扔下的炸彈打斷了一條腿。這是他在閒談中不小心洩漏出來的。

他的口音很重，說不出到底是江蘇人還是浙江人，像是外國語又不是外國語。同時，他又有些口喫。每逢遇到院外頭有車有人進來，又不打招呼時，他便急急切切地打開書桌前大窗子中的一個小窗，操起他這「外國語」，結結巴巴地大聲質問起來。他的語調激昂表情鮮明，那有些胖的臉也漲成了醬紫色。他永遠戴了一頂舊的便帽，他的拐杖上纏著一層層的布條子，已經給磨得發亮了。他桌子的左邊有一個磚砌的爐子，冬天時，那爐子就被他調理的暖烘烘的。

胡老頭住在舊時義順記理髮店後院的一間土房子裡。他也是有家有眷的。他每天天不亮就起了身，架著雙拐從家裡趕來，然後就透過桌子前的窗子，長久地目不轉睛地注視著窗外。窗子的每塊玻璃上都貼了「米」字形的紙條子，是為「備戰備荒為人民」，應對蘇聯社會帝國主義的侵略。胡老頭新近被評選為「年度先進工作者」，還得了獎狀和一隻畫了大牡丹花的鐵皮暖壺，對此他倒是特別地平靜。這兩樣獎品選得好。獎狀是榮譽和紀念，暖壺則是緊俏稀罕的東西，通常是年輕人結婚作為賀禮用的。爐子上的水壺燒著水，吱吱地響著，水蒸氣飄過窗口，看著窗外這來來往往的車輛行人，往事就如同這霧氣般在眼前掠過。想起他這一輩子的風風雨雨，從國軍到共軍，從打小日本到打共軍再變成共軍又去打國軍，然後竟被國軍打掉了腿，臨了就守著這驛站的大門，看窗外的風景，這一生孰敵孰友，孰勝孰負，孰王孰寇，打打殺殺，爭爭奪奪，誰能理得清吶。這真是人生如戲啊。

驛站的裡邊有兩間宿舍，是為輪流「值宿」的人設的簡單住所。「值宿」就是輪流住宿值勤，也就是住在這裡，每個人大約兩個月輪上一次，每晚補貼加班費三毛錢。三毛錢雖然不多，但如若加上四兩糧票，就夠買到兩個麵包，甚至還剩下四分錢，加上一分，買得到一根奶油冰棍。值宿排名表紅底黑字，像光榮榜一樣，喜氣洋洋地貼在胡老頭座位後面的牆上。這裡的第一間宿舍有兩舖炕，第二間宿舍，就是有我辦公桌的那間，有一鋪炕。這炕無論冬夏都是燒火的。

這裡之所以被稱為驛站，是因為它確實是驛站的緣故。城裡的大車店萬順店，就有這樣的意思。這裡的大門白日間從來都是敞開著，進庫出庫的車馬行人絡繹不絕，有城裡的經銷商店的，有鄉下的供銷社的，最多的還是院子裡的人。

「院子裡的人」是指各倉庫的保管員們。他們閒下來的時候，就到這煙霧彌漫的驛站裡烤火，看報，喝著便宜的紅茶，吸著自捲的紙煙，傳播著城裡的新聞，說著各種各樣的笑話，也打紙牌下象棋，甚至喝酒吃飯。這裡就像是一個工會俱樂部，像是一個街心廣場或劣等酒館，吵歸吵，鬧歸鬧，卻頗有些意思。

遇到工程隊巡迴理髮的「王剃頭」王安來了，有人就讓他剃頭。末了，那人就會兌上一盆溫水，自己洗頭，把肥皂沫子濺得四處都是。王安給他吹乾梳理後，那人便煥然一新，鮮明光亮了。

王安理髮。雖然是免費，卻總要討些回報，小的如索求肥皂券火柴券玻璃券，大的如索求皮靴子券縫紉機券自行車券，這些緊俏物質，都是憑券供應的。百貨公司內部人就有機會搞到這樣的東西。這樣的索求，是在理髮過程中，王安眨巴了幾下眼睛後提出來的。

這些倉庫保管員們其實各個都是個性鮮明表情生動的漢子。比如脾氣暴躁的老盧，常把董書記罵上一頓，且罵得狗血噴頭。比如綽號「抖音」的老楊，常把《沙家浜》刁德一「適才聽得司令講」唱得抖起音來，抖得如呼嘯的北風，比如正在搞對象的小何，常常兌上一大盆熱水洗頭，然後再擦上雪花膏，臉上脖子上手心手背都擦，走起路來，香味就飄起來，人們就說，哦，搞對象的來了。

還有一些時候，聊著聊著，這話題就轉成謾罵了。謾罵的對象包括自上而下大小頭目無一倖免，包括書記主任科長股長，還有基建員採購員倉庫保管員和政工組長。

這謾罵的內容開了頭就無限地擴展起來，包括罵某書記派某人去「搞秋菜」，路遠功夫長吃力不討好；罵某主任發配他到包裝回收站工作是扯王八犢子；罵某人自己掏腰包買回酒菜請某主任加班淨他媽溜鬚拍馬；罵某人見省裡某廳長來了，就立正規規矩矩行了個軍禮，廳長說這年輕人有發展，這真是機會份子啊；罵某人大夏天下班時卻穿了大夾襖鼓鼓囊囊的很是可疑，說不準就是個監守自盜吶；罵某男與某女關係曖昧肯定在搞破鞋；罵某男與某女結婚兩個月不到，某女的肚子就大了；罵某女今天出嫁便宜了這小子，從此這世界上就減少了一個處女。

這種口無遮掩淋漓盡致的謾罵，常被董書記批評作自由主義，而被勒令「寫檢討」，卻把我和同時參加工作的小青年們聽得瞠目結舌並拍手稱快。

臨近下班的時候，特別是逢乾冷的冬日，人們就索性盤腿坐在炕上，攤起一疊油膩膩的撲克牌，吆五喝六地打起「對主」或「憋王八」來。

董書記也有被輪到「值宿」的時候。這時，這裡的氣氛就熱烈了許多：滿是煙霧的驛站裡，有我辦公桌子的那間屋子，那剛剛燒熱了的炕上就坐滿了人。有人會把電燈泡換上個一百五十度的，這屋子就照得如同白晝一般。炕蓆上攤著油膩的紙牌，茶杯裡滿著濃烈的紅茶，地上扔了一片瓜子皮和煙頭。

肥頭碩耳的董書記，滿意地握著他的一份插成扇面形的紙牌，小眼睛眯成了兩條短而細的線，像是給誰用鉛筆不經意地畫了兩下子一樣。人們說，董書記應該算得上是一個敬業樂群，奮發向上的好幹部。他已經中年謝頂，卻刻意地把邊上的頭髮攏到腦門，這樣的做法叫作「地方支援中央」，雖然不是他的原創，卻也體現出了他的風趣和風采來。

他的對面，坐的是倉庫保管員老盧，一個鬍子拉雜的中年漢子。這時的老盧，高個頭，披一件棉大衣，蹬一雙大頭鞋，戴一頂退色的便帽。他性情耿直，講話直來直去。「我是個粗人，沒有甚麼文化」，有時他自己這樣說。這會兒他黑燦燦的臉上，神色有些無奈，這令人想起宣傳畫上正在「憶苦思甜」的老貧農。他今天手裡的牌有些不怎麼好。

旁邊的慶恆斜睨著這牌局。慶恆是老盧在公司裡的至交。慶恆卻是有文化的。他會俄語，當兵時，在中蘇邊境充任過二等翻譯。我這時搞到了一本俄文畫冊，便追著他要他幫我翻譯上面的圖片說明。而慶恆每日應對了在公司的工作後，多半就躺在驛站的炕上看《參考消息》。這時，他間或彈一下煙灰，間或磕幾顆瓜子。而他的臉型，就像是一顆有些乾癟的瓜子。他薄嘴唇，說話尖刻挖苦。他的頭髮長且亂，不時地遮蓋了眼睛，故而間或地用手掀一下，卻又下落了。

「小蔣鳳山」把平時一直戴著的軍帽摘了，人們這才發現他那很是油膩的頭髮，原來是背到後面去的，看上去令人覺得陌生。他戴了近視眼鏡，一條鏡腿斷了，纏了幾圈膠布。那眼鏡片好像是一邊大一邊小，一邊厚一邊薄似的。他說話的聲音沙啞且大，一吼一吼的，令人想起街口的那隻大叫驢。他的名字前加了個「小」字，是有別於和他同名同姓的「大蔣鳳山」。他坐在炕沿的邊上，一隻腳使勁地抖著，尼龍絲襪子發出奇異的光澤。

背著窗口的，就是「大蔣鳳山」，也是倉庫保管員。同是「蔣鳳山」，他們的秉性卻迥然不同。他的嘴唇有點厚，鼻子有點闊，鼻孔有點大，而他的藍布帽子卻不大不小，戴在頭上，使他看起來敦厚而可敬，合適而端莊。他出起牌來慢條斯裡，手裡捏著一張牌，尋思著，琢磨著，遲遲不肯出手。這卻不能保證他勝券在握，他也會常常失手。而這失手就增加了他的慎重，使得他的動作愈加緩慢，乃至於每每輪到他出牌了，必定要小蔣鳳山衝著他的耳朵，驢子般地吼上幾吼，他才不得不終於把那牌翻過來，放下說，就是它了。

玩牌的還有「老套子」林仲奎，是頗值得多提幾句的。他是一個瘦小的，臉刮得很乾淨的湖北漢子。他目光如豆，笑容可掬，他巧言令色，見風使舵，「君子不立危牆之下」，是他的座右銘。他本在國軍當過兵，被俘後又當上了解放軍。隨之又成了志願軍「最可愛的人」去了朝鮮。也就是憑著他腦子靈活，善用地形地物，竟在槍林彈雨中毫髮無損，終了又「雄糾糾，氣昂昂」地跨過了鴨綠江，返回了祖國。無奈痞子還是痞子，老套子屢屢因生活作風不檢道德敗壞加貪汙偷竊，從原本做到省城教育學院的體育教員，跌到小城的百貨公司，落得做了個包裝回收員。他就這樣栽了一個又一個的跟頭，卻仍然頑強地活了過來。「老套子」這綽號的產生是偶然的。那是一次財務流程報表，被王主任發現了一處失誤，卻不明說，結果下面的人把那數字算了又算，仍查不出問題所在，無奈，哭喪著臉找了王主任，王主任這才不慌不忙地說：「你們好好看看這名字吧。」遂終於發現是把「林仲奎」寫成了「林仲套」。王主任賣的這個關子，竟然把這報帳員折騰得苦不堪言，結果是「老套子」這綽號，就從此叫得一發不可收拾了。

外面的天很黑很冷，這間屋子卻是燒得暖暖和和，熱熱鬧鬧，如同過年似的。紙牌在桌子上繼續被摔來摔去，直到一方終於被擊打得落花流水，臉上貼了幾次紙條子，再鑽了幾次桌子，才肯盡興休戰鳴金收兵。

打更的老付頭也湊了過來。老付頭是個乾瘦的小老頭，愛說笑話，且每每把這笑話的內容往「某某與某某搞上了破鞋」那方面引導，是他熱衷的話題。他新近掉了顆門牙，這使他說起笑話來就發出「發絲發絲」的聲音。他那裝了三節一號電池的手電筒照在老盧和大蔣鳳山的臉上身上，那紙條子橫七豎八地用粘膏黏在他們的臉上耳朵上，令他們顯得狼狽且悲哀。他們自己，在強光下對望著，也禁不住咧開了嘴巴，抖動了嘴唇，無奈地笑了。

這時候，董書記就派老付頭去二食堂買回些筋餅和酒菜。眾人就都興奮了，熱烈地鼓起掌來。

不料突然間停了電，卻不怎麼黑暗，因為透過窗，院子裡有一個水銀燈卻還亮著，那是備用電源的電。那光有些慘澹，像是被薄雲遮蓋了而半透過來的。老付頭拿過來兩隻蠟燭，翻扣過來兩個洋灰墩子，滴了蠟油，坐穩了蠟，炕上的筋餅和酒菜被照亮了，這燭光下的晚宴就顯得格外地親切而和諧。

筋餅軟而筋道，油汪汪的。菜裝在臉盆子裡，是炒乾豆腐和漬菜粉，混裝在同一個盆裡了。酒是本地土產老白乾，六十五度，打了一大塑料桶，燙了後就倒進洋灰墩子裡。「祝酒辭」是虛情假意的，卻是不可或缺和理所當然的。

今天的祝酒辭由老套子開始。他代表鑽了桌子貼了紙條的老盧和大蔣鳳山，是表達了他的心聲：「哈這個，董書記和在座的各位同志們，我林某能有今天，實在要感謝人民感謝黨，感謝董書記。我敬董書記一杯，我先乾為敬。」這半洋灰墩子的白酒竟一揚脖，咕嘟咕嘟地喝進去了。

董書記咧嘴笑了，舉杯答道：「整這個景兒啊。感謝人民感謝黨是對的，感謝我倒不必要。繼續努力吧。」又把洋灰墩子舉高了些，吟出了一句唐詩來：

沉舟側畔千帆過
病樹前頭萬木春

接著說道：「我力所能及。」便飲了一大口。老套子奉承道：「還是董書記行啊，出口成章啊。」

這話聽起來順耳。董書記答曰，這唐詩沒完，還有下文吶：

今日聽君歌一曲
暫憑杯酒長精神

眾人聽懂了，便為董書記的唐詩熱烈地鼓起掌來，齊聲喊道：「來，敬董書記一杯。」

接著，眾人也各執一詞，紛紛擾擾地敬起酒來，不一刻，一桶老白乾見底，炒乾豆腐漬菜粉和筋餅也一掃而光。

眾人中除了董書記保持了清醒的頭腦和意志之外，其餘的人全部不勝酒力，像《智取威虎山》

中吃過百雞宴的眾匪徒一樣，把自己徹底地喝高了，灌醉了，「醉成了泥一灘了」。

於是有的就開始胡說八道，有的就索性倒下頭來大睡。董書記也和衣睡了。鼾聲起了，時高時低，時快時緩，有的如塔樓子悠邈的火警警報，有的如西下窪子呼嘯的北風，有的如火車站遠去的汽笛長鳴，有的如井沿兒洋井淒然的嗚咽，有的如灶臺旁呼哧呼哧的拉風匣聲。

老付頭把炕上的杯子盆子和蠟燭撤走了，驛站變得幽暗而安靜，只剩下那些起彼伏的鼾聲。窗外顯得明亮了些，老付頭自言自語地說，下雪了。

銀白色的雪花在空曠的院子上空飛舞著，飄揚著，它們飄到那水銀燈前面的時候，就更加耀眼而剔透了。朦朦的雪夜中，院牆上四個大紅黑體字「禁止煙火」，顯得比白日裡還要醒目和莊嚴。

老盧喝得最高。他翻了個身，指了董書記，嘴裡嘟囔著：「董書記你聽好了，我沒喝高。王八犢子才喝高了吶。別讓我一個人寫檢查，要寫就全都雞巴寫吧。」董書記對老盧的主要意見，是他的「自由主義」和「黨性不強」。只是這兩點都過於抽象，因此，對於董書記的意見，老盧就壓根沒當作是一會事兒。這會兒，董書記卻繼續打著他的鼾，對於老盧的咒罵和威脅便聽而不聞了。

過了半個時辰，老盧起了身，喝了口涼茶，深一腳淺一腳地從驛站裡走了出來，走到院子裡黑板報的跟前，望了望上面的大標題，是《人民日報》的文章〈無政府主義是假馬克思主義騙子的反革命工具〉，是一篇「批林批孔」的檄文，批判林彪煽動極左思潮，那是董書記不久前要我抄寫上去的。標題有點兒過長，像是戲園子蘇德坊說的繞口令，太快了，太複雜了，老盧看不太懂，便搖了搖頭，再望了一眼，自語道：字兒不錯啊。他撒了泡尿，抖了幾下，冷風一吹，哇地一聲嘔吐了起來。他打了幾個響亮的噴嚏，頓時覺得舒服多了，於是，他清了清喉嚨，竟唱了起了《智取威虎山》中的「朔風吹」來：

望飛雪
漫天舞
巍巍叢山披銀妝
好一派北國風光

「朔風吹」在這寂靜的院子裡迴盪著。雪花飄在他的身上，他披上了銀妝，落在他臉上的，立刻就融化了。

3. 驛站B　In the Front House B

公元一九七三年

自從一九七〇年七月二十九日，我和我的「同時代人們」被分配了工作，來到這個百貨公司以來，懵懵懂懂之間，三年就過去了。這一年夏天，我長滿了十九歲。

被我們叫作「驛站」的收發室裡，仍然瀰漫著劣等煙草的氣味。這裡的來往過客們仍然一如既往地聚集在這煙霧之中，抽煙，喝茶，閒聊，打撲克，說笑話，飲酒和謾罵。而「驛站長」胡老頭胡修勤，仍然一如既往地，目不轉睛地注視著窗外，看著那來往的車輛和行人。

這時，「小百貨」倉庫保管員小何何子凱已經結了婚，不再像一年前搞對象那會兒，動輒就兌上一大盆熱水，呼哩嘩啦地洗頭和劈哩啪啦地拍雪花膏。他已經像《西遊記》中的唐玄奘，歷經了九九八十一難，取到了真經，修得了正果，功成名就，高枕無憂了。閒散雜人「抖音」老楊楊冬生仍然瞪著大眼，挺著鷹鈎鼻，說著尖酸刻薄的話，顫抖著他的樣板戲「適才聽得司令講」和「她態度不卑又不亢」，如同冬日裡呼嘯的北風。「大百貨」倉庫保管員，共產黨員老盧盧偉泉仍然不屈不撓地謾罵詛咒著董書記董主任和每一個領導，不時地朝灶坑裡吐一口痰。眨著狡慧雙眼的包裝回收員，瘦小的「老套子」林仲奎仍然抽著他的葉子煙「蛤蟆頭」，興致勃勃地重複著他那些有關搞破鞋的故事。老滿，滿國軍，差不多完成了第二百貨商店的「基建」，那紅磚紅瓦大屋頂藍屋簷水磨石地面的「二百」也快隆重開業了。柳慶恆仍然每日裡躺在炕蓆上看《參考消息》，發表一通對於時局的評論。柳慶恆當過兵，曾在中蘇邊界充當過「二等翻譯官」。此刻，他雖然也是「包裝回收處」的包裝回收員，卻遊手好閒，得過且過，這令人們把他原本的職務是甚麼都全然地忘記了。只見他從《參考》上撕下兩根手指大小的紙片，撒上些煙草「蛤蟆頭」，紙邊上舔了吐沫，熟練地捲了顆喇叭筒，點燃了，狠狠地吸上一口，吐出幾團又濃又厚的煙霧，飄蕩在空中。

今年的《參考消息》上，時局也正是像這眼前的煙霧一樣詭異飄渺，撲朔迷離著：毛主席會見了美國的基辛格，鄧小平恢復了國務院副總理的職務，越戰結束了，中央專案組在調查林彪在蒙古溫都爾汗的墜機暴斃，張鐵生高考交了白券反了潮流，如此等等，看得慶恆眉飛色舞，笑逐顏開，手舞足蹈。

這時，公司調來了上海知青黃國琦，便給驛站帶來了許多的生氣和新奇。

黃國琦是上海第三技工學校畢業的知識青年，「上山下鄉」到兩棵農場小廟子，如今到百貨公司，是要同我一道「搞宣傳」，宣傳佈置新開業的第二百貨商店。

黃國琦今年二十四歲，和我一樣，也是正值黃金時代的「知識青年」和「文藝青年」。公司給他安排的「宿舍」，就是收發室驛站的大炕，其實也就是和那些值宿的人睡通鋪。他帶來了一個幾近散了架子的大木板箱子，上了鉸鏈加了鎖，擺在驛站第二間屋子的北炕上。

這個木板箱子，也就是他的「圖書館」兼「畫廊」。黃國琦大我五歲，叫我「小馬」，卻因為他的上海口音濃重，就把「馬」說成「木」，於是我就成了「小木」。有一天，他神祕地掏出了鑰匙，小心地打開了鎖，給我參觀了這個箱子，也就是他的圖書館和畫廊，還談論了列賓和貝多芬。於是，我們就成了好朋友。

列賓是我們崇拜的大畫家，我們也把驛站叫作「列賓美術學院」。據說「十月革命」後，畫家列賓曾拒絕把聖彼得堡更名為「列寧格勒」，他從外國寄往「聖彼得堡」的郵件，因為「地址不符」遂被全數退回。而對於貝多芬，我雖然壓根就沒有聽過他的音樂，但是他的精神，已經開始變成了我們自己的精神：「一個不幸的人，貧窮，殘廢，孤獨，由痛苦造成的人，世界不給他歡樂，他卻創造了歡樂，來給予世界！他用他的痛苦來鑄成歡樂。」列賓和貝多芬，都是我們崇拜的英雄。

木板箱子裡的圖書館和畫廊中的藏品眾多：除了畫素描用的石膏眼睛鼻子嘴巴和不少的油畫顏色，大半是書籍和畫片。書籍中有傳記文學，歐文・斯通的《馬背上的水手》，羅曼・羅蘭的《約翰・克利斯朵夫》和《貝多芬傳》。小說有托爾斯泰的《戰爭與和平》，契訶夫的短篇小說全集，萊蒙托夫的《當代英雄》，科羅連柯的《我的同時代人的故事》，和舍甫琴科的《音樂家・美術家》。

厚厚的一疊畫片，被黃國琦稱為「精品」。「精品」有從蘇聯畫報上撕下來的單頁，其中有列賓的《查波羅什人致土耳其蘇丹王書》，有約干松的油畫《在舊時的烏拉爾工廠》，有蒙卡奇的《偷糖小賊》，印刷有些粗劣。有《星火》雜誌的插圖，甚至還有幾張名家的原作，一張韓和平的鉛筆人像，被黃國琦小心地罩在一張薄紙下面。

驛站裡安靜下來的時候，黃國琦就請我看這些圖片，並逐一地如數家珍般地介紹和講解。「精品呀，精品」，「精品中的精品呀」，黃國琦這樣說。在這偏遠的小城，在這遠離詩文遠離優雅的時代，這些收藏不禁令人十分地肅然起敬。這些「精品」和「精品中的精品」，大大地開啟了我的眼界，也成了我們「列賓美術學院」的美術欣賞教材。

偶爾，黃國琦的同學胡保羅從兩棵農場小廟子投奔過來，這時，我們的興致就極好了。黃國琦在招待胡保羅的時候，也邀請我留下來一起吃晚餐。

胡保羅也是上海知青，三年前從上海來到黑龍江。那時，全國人民都在敲鑼打鼓，響應偉大領袖毛主席的號召，開展「知識青年上山下鄉運動」，因為「農村是一個廣闊的天地，在那裡是可以大有作為的」。

「響應毛主席的偉大號召，向毛主席獻忠心」的標語口號鋪天蓋地，勢不可當。黃國琦的家在衡山路法租界，胡保羅的家在黃浦江邊。他們的家門口，都被這標語口號遮蓋得嚴嚴實實。住在這一帶的資本家們，經歷了歷次運動和登峰造極的漫長的文化大革命洗禮，已經死的死，衰的衰。還剩下來苟延殘喘的，在這新興起的運動之中徹底地絕望了。他們看不得自己的子女撇下他們遠走他鄉，留下他們孱弱的枯乾的身軀，在淒風苦雨中孤老終身。他們紛紛地在夜深人靜的時候穿戴整齊，或懸梁自盡，或服藥安眠，或跳樓身亡，鬧得這一帶人心惶惶，惶惶不可終日。

為了逃避「上山下鄉」，胡保羅揹了畫箱子和紙張，躲到了寧波象山外婆家畫風景寫生。他畫了那個曲曲彎彎的山包，最後，油畫筆在山上輕輕畫了一條白線，不料竟被當地村民舉報了。村民是一個「雌老虎」般的兇悍女人，質問「鬧列啊騷拉做甚麼？」並一口咬定他是「娘希匹特務」，是偷畫了「備戰公路」，偷竊了「軍事機密」。而且，還在他的口袋裡翻出了一條線繩，而這線繩其實是買涼席量長短用的。雌老虎說「娘希匹這線繩和畫上的白線一定有某種關聯」。他是受了反特電影《祕密圖紙》的影響，腦中「階級鬥爭」這根弦綳得正緊著哩：「一隻黑色的公文包，在車站被竊，裡面有九十九號祕密圖紙。這個圖紙關係到國家的重要機密，一旦被敵特運到國外，將對我國國防和人民生活，帶來嚴重的後果。」胡保羅哭笑不得，卻有口難辯，遂被野蠻地關在公安局的一個小黑屋子裡。這屋子裡沒有床鋪，只有一個茶杯口大小的木樁子，戳在地上，算是坐席了。「坐得屁股上面全是瘡，伐能睏覺的」，胡保羅這樣說，「每天吃九兩冬瓜，每頓三兩」。這屋子的窗口只有一本書的大小，透過那一線光亮，感覺就像是墮入邪惡的地獄深處。到了夜間，這地獄就徹底地黑了下來，人在無盡的黑暗之中，如同被這萬劫不復的黑暗吞噬了一般。「我依噶曉得甚麼叫伸手伐見五指了」，胡保羅說。

無端地被關了半個月，胡保羅還是被「動員」去「上山下鄉」了。這時，已經在周莊躲了兩個月，畫了不少主席像的黃國琦趕了回來。實際上，因為是獨生子女，他本可以留城去工廠，卻和胡保羅一起來到了黑龍江。

天色漸暗，黃國琦就邀我留下來，和胡保羅一起吃晚餐。

晚餐就是掛麵條，是在驛站的第一間屋子裡煮的。只見黃國琦跳上了炕，旅行包裡翻出了一個裡外一樣黑的鋁鍋，放在胡老頭書桌旁的爐子上，加了水，下了麵，下了菜。過不多久，變戲法一般，在裡間老滿的辦公桌上就擺了三個大碗，三雙竹筷，碗裡盛了麵，麵上擺了兩片金華火腿，撒上些許蝦皮，澆上些許醬油和醋，胡椒粉，熱氣騰騰的麵就香氣四溢，連專注窗外車輛行人的驛站長胡老頭，都禁不住嚥了幾下口水，回轉過頭來，說，「這這這這味兒可真香啊。」

「七歲七歲啦」，黃國琦招呼著我們「七歲」吃飯。

桌上還有一小碗泡好的黑色大頭菜蘿蔔頭，是黃國琦從上海帶來的，一年內就只有這幾塊，這時成了可口下飯的美味。黃國琦就鼓勵著，說：「小木，七呀，七呀。」「小木」就是上海話的「小馬」，「小馬」就是我，「七呀」就是「吃呀」。於是我們就吃了起來。轉眼間，桌子上的麵和菜就一掃而光，甚至吃罷了，還意猶未盡，但是已經沒有了。

有時候，我們共同的朋友白怡夫來了，加入了這樣的晚餐，這裡的氣氛就更加熱烈起來。

這時黃國琦就會找到三個「洋灰墩子」，就是粗糙的茶杯，倒上些許散裝白酒。桌上散著的上海糖包裹在彩色的糖紙裡，發著誘人的光亮。

白酒裝在暖壺裡，暖壺藏在炕上的牆角裡。滿滿兩隻暖壺的白酒，是酒廠廠長老劉給的上好「古塔老窖」，以答謝黃國琦給他從上海買到了三輛自行車。老劉參加過「遼瀋戰役」，也就是「遼西會戰」，並被國軍打斷了一條腿。自行車是「二八永久加重」，一百八十元一輛。老劉雖然自己騎不了車，這自行車卻和縫紉機手錶一樣，都是了不起的難以到手的高檔奢侈品。

這時二十七歲的白怡夫是品學兼優一表人才的六六屆高中畢業生，本該就讀北京電影學院美術設計專業，本該已經畢了業，分配了工作，甚至已經設計了一兩部出色的電影，卻因文化大革命突然發起，而被無端地永遠地剝奪了機會。如今剛剛從托力河鄉下返城，分配在糖業煙酒公司「搞宣傳」，和我現在的工作相似。只是怡夫的黑板報，還有其他的所有「宣傳」都比我做得出色和精彩。在「煙酒公司」的黑板報上，他用不起眼的普通彩色粉筆，奇蹟般地把那報頭和插畫做得美輪美奐，令人嘆為觀止。除了畫一手精彩的鉛筆素描頭像，還畫出一流的宣傳畫和主席像，甚至在七年前，怡夫還曾和幾個小青年代表小城，在「哈爾濱之夏」音樂會的主會場「北方大廈」，還有室外露天舞臺上蹬了臺，上了場，演出了帶動作的小合唱《毛澤東思想育豐田》，頌揚的是街基人民公社的豐田大隊，因「活學活用毛澤東思想」而受到團中央的表彰，並把這事蹟刊登在《中國青年報》上。二十歲的白怡夫和他的合唱隊員們，拉開了架勢唱道：

豐田人跟黨走，跟呀跟黨走。主席四卷捧在手，捧呀捧在手。毛主席咋說咱咋辦，千難萬險不回頭。

那時，怡夫和他的同學們，已參加過高考，前程和未來還在並不遙遠的地方等待和召喚著，就像「哈爾濱之夏」的背景上那絢爛多彩的火燒雲一樣，令人無限地期待和憧憬。

又停電了。窗外的夜色已深，院子裡只有一盞水銀燈還亮著，是公司小發電機發的電。它有氣無力地把那淺淡的光照在地面上，照在蓋著苫布的貨箱上，像慘白的月光瀉下來一樣，顯得有些黯淡和神傷。

值班的人不知躲到哪兒打撲克牌去了。驛站的第一間，就只有打更的老付頭「更倌付」靠在桌子旁，抱著手電筒，頭上蓋了帽子，睡著了，呼呼地打著鼾。

老滿的桌子上倒扣了隻洋灰墩子，上面一隻燒成半截的蠟燭亮著暖色的光，蠟油流到了桌面上。

窗外傳來淅淅瀝瀝的聲音，是下起雨來了。這情形令人想起了普希金在《驛站長》中描繪的畫面：

「一八一六年五月，我有事沿著現已廢棄的某驛道經過某省。」「那一日天氣炎熱。車子距離××站還有三俄里，開始下小雨了。」

燭光輕輕地搖曳著，蠟燭的底部透著暖色的橘黃，火尖上閃著幽幽的藍光，泛著一絲典雅和高貴。

當杯子裡的古塔老窖見底的時候，怡夫就唱起了俄羅斯民歌。他的歌聲不高，卻厚重而富有磁性：

冰雪遮蓋著伏爾加河
冰河上跑著三套車
有人在唱著憂鬱的歌
唱歌的是那趕車的人

這歌聲帶著幾分憂鬱和灰暗，也透出一絲暖洋洋的光照，彷彿真地穿過漫天的風雪和刺骨的嚴寒，從那遙遠而苦難的伏爾加河上傳來。

我們偶爾也幫電影院「搞宣傳」的萬老師萬俊畫電影廣告，這樣，我們就可以看到免費的電影。我們擠在電影院檢票口，見到把門的張經理兇惡地盤問著每一個人：「票哩？票哩？」就聲稱「去找萬老師」，張經理就手一揮，放我們進去了。

空氣渾濁的電影院裡，我們如饑似渴地看著為數不多外國電影，如同在呼吸著外面世界的新鮮空氣，一邊在黑暗中畫速寫記構圖記對白。

構圖是奇特的，像楊逸麟的連環畫《一顆銅鈕扣》：平視的，俯視的，仰視的，斜視的，黑白對比強烈的，充滿戲劇充滿張力的，像「油畫一樣的」，我們還這樣說。

銀幕上軍火庫外高牆電網，巡邏兵的皮靴聲沉重而篤定，步步緊逼，長長的黑影籠罩過來，直把觀眾逼向極度的緊張之中。而後，在夜靜人稀的背街陌巷，那些扛了戰利品凱旋的閃動人影便令人激動不已。

閃爍著霓虹燈的城市，鋪著鵝卵石路面的僻靜小巷，彬彬有禮的先生女士，或格子衫，或粗呢夾克，或西裝革履的地下游擊隊，或纏綿的爵士樂和低沉的吉他曲，阿爾巴尼亞姑娘米拉輕輕款款，自如而自信，甚至在殘酷戰爭的災難和痛苦中，都漂浮著一絲煙清雲淡的優雅和美麗，這些就令人聞到一點遙遠的「西方世界」的氣息，掀起了陌生而神祕的異國畫面的一角。

《寧死不屈》中的吉他飄出充滿異國情調的旋律：

趕快上山吧　勇士們
我們在春天加入遊擊隊
敵人的末日即將來臨
我們祖國要獲得自由解放

最後，這歌聲變成了排山倒海似的合唱，令人心潮澎湃，令人熱血沸騰。

電影中的畫面不時地浮現腦海，妙不可言的對白音猶在耳。也許這些說不清的，被遺忘的東西，其實一直都在我們的心中。

對白是翻譯後配音的，幽默優雅而妙趣橫生。這是邱嶽峰，畢克，李梓，劉廣寧，童自榮的聲音。他們的聲音連同他們的名字，都令觀眾們癡迷不已。

阿爾巴尼亞電影《地下游擊隊》中就有這樣的對白：

「貝多羅，這可能嗎？」蓋世太保的頭子「魔鬼」貝羅蒂，眼鏡片上閃了一道亮光，又說，「貝多羅，要考察他一下。」

在去往刑場路上的汽車裡，「魔鬼」貝羅蒂的思緒變成了畫外音：「中尉，在你那毫無表情的臉上，我甚至看不出有絲毫的不安。不過，咱們等著瞧吧。當你拿槍對準你同夥腦袋的時候。你還能保持這種平靜嗎？」

貝多羅中尉表面的平靜中卻隱藏著不安：「魔鬼，不管你怎麼裝模作樣，我看得出你在監視我。我知道你那雙兇惡的眼睛，在研究所有可能使我暴露的神態。這我不怕。唯一使我不安的，就是如果他們真要我槍殺達麗達。不。這絕對辦不到。」

《寧死不屈》中說：「你生來就不是戰鬥的。去彈你的吉他吧。」

《列寧在十月》中說「牛奶會有的，麵包會有的，一切都會有的。」

《第八個是銅像》裡有這樣的對話：

哥哥安東：「幹啥你不去傷感橋傷感，反而笑？」

妹妹阿爾瑪：「請你讓我安靜一點。」

安東：「依我看你書裡講的那個傷感橋是最蠢的事。」

爸爸布魯瓦大夫插了進來：「胡說。」「你說的和他看的這些，通通都是胡說。科學，科學不能丟掉。總有一天會重新開學。要完成學業。」

這句話正是對我們如今現狀的寫照。我們在等待著大學重新開學，我們想著「要完成我們的學業」。

欣賞精品，讀書，看電影，畫小風景，畫人物速寫，都是這些日子裡最精彩，最寫意的樂事，更是這文化藝術饑餓時代的饕餮盛宴。至於這些小說和傳記文學，則成了我們精神上的食糧和支柱。

我也學著黃國琦的樣子，把書中的精彩片段抄在筆記本上，不但如此，甚至連字體都模仿起他了。我們輪流朗讀這些書的章節和段落，引來傳達室驛站過客們的嘲諷。

這時，我們都有一個共同的夢想，就是去讀大學，去「完成學業」，去畫畫，去當大藝術家，而那本《約翰・克利斯朵夫》，在扉頁上就註明了是獻給「各國的正在受苦，奮鬥，而必戰勝的自由靈魂。」

我們像柯羅連科那樣，「用文學的三稜鏡來觀察生活」，追求「理想主義，英雄主義和人道主義精神」。我們要「從偉人的生涯中汲取生存的力量和戰鬥的勇氣」。正如譯者傅雷先生所說：「在陰霾遮蔽了整個天空的時候」，「唯有真實的苦難，才能驅除羅曼蒂克的幻想的苦難；唯有看到克服苦難的壯烈的悲劇，才能幫助我們擔受殘酷的命運。唯有抱著我不入地獄，誰入地獄的精神，才能挽救一個委靡與自私的民族。」

我們讀普希金的《驛站長》，就是現在這個「驛站」和「驛站長」胡老頭名字的出處：「喂！冬妮婭！站長叫道，茶炊拿來，再拿點奶油。他說了這話，從屏風後面走出了一個約莫十四歲的女孩，跑進了前堂。她的美貌給我一驚。」我們讀萊蒙托夫的《當代英雄》：「我會把自己的生命甚至名譽一連二十次地孤注一擲，但我決不會出賣我的自由。」我們讀《馬背上的水手》，感嘆「時間，時間，令他無盡地嘆息」。我們讀《戰爭與和平》，安德烈公爵望見了那「遙遠的，高高的，永恆的天空」，讀《音樂家・美術家》中的卡爾・巴甫洛維奇・布留洛夫家的大紅窗簾，「像火一樣，在漆黑的背景上燃燒」，讀《貝多芬傳》中貝多芬的感嘆「孤獨，孤獨，還是孤獨」，讀《我的同時代人的故事》：「這世界整個兒只有這麼一點點，就好像侷限在一隻平坦的盤子裡」。讀《約翰・克利斯朵夫》：「流光慢慢地消逝，晝夜遞嬗，好似大海中的潮汐」。

流光正是這樣「慢慢地消逝」著。這些或優雅或充滿鬥志的文字吸引和激勵著我們，彷彿我們就是故事中的主人公和人物，在這樣「晝夜遞嬗」的時光中，在這樣「大海的潮汐」中經歷故事中的故事一樣。

無所事事的時候，我們便千方百計地拉攏周圍的人做「模特兒」，畫他們的頭像。

這些「模特兒」中，有驛站裡院做飯的「花老頭子」老馬頭，尊稱馬大爺，卻並沒人深糾其名。他古銅色的臉稜角分明，鼻子下嘴巴上留了一把白鬍子，手裡拿了個煙袋管，掛了個煙荷包，儼然是畫報上的「老貧農」；有工程隊的巡迴剃頭匠「王安」，「王安」卻不是他的本名。他眨著一雙溜溜轉的眼睛，像是《智取威虎山》裡狡猾多端的「小爐匠」，索求的代價是給他畫一個「門斗」；有大百貨倉庫保管員老盧，他鬍子拉雜，頭戴一頂軟塌塌的帽子。他不時地吐痰，令人想起早年間出沒於「老錢櫃」或「河套」的土匪鬍子；有老剛頭，眼睛凹陷著，精瘦而乾癟。老剛頭木是舊商人，年輕時做過「跑外櫃」就是要帳的。他記憶超群，練就一套心算的本領，也就是「袖裡吞金」，且很會講笑話，特別是葷笑話。老剛頭這時已年過七十，在百貨公司打打雜務，說說笑話，而那些葷笑話則最受群眾歡迎。

說起「畫像」，他們初時還有些興致，說是「給我畫像？那就畫吧，把我畫得帶勁點兒」，看得出「愛美之心，人皆有之」。不料這畫像的畫法卻是「契斯恰柯夫教學體系」的「長期作業」，要畫上四五個鐘頭，而剛剛坐了半點鐘，前面的「模特兒」就沉不住氣了，就打起瞌睡了。這時，我和黃國琦就沒話找話，和他們搭訕以驅逐其睡意：

「馬大爺，那時的窯子街到底在哪兒呀？」我們胡編了一個話題。

「就在東南拐兩趟房一條街那嘎達呀。那時我牛性啊。」馬大爺看來是熟門熟路。

「噢，門斗，門斗。往這兒看往這兒瞧。」我們決定用「門斗」去喚醒剃頭匠「王安」。

「啊？門斗，嗯吶。得加個亭子加些荷花啥的吧。」王安腦中的門斗是有山有水有亭有臺有花有草有荷有柳的理想國「樂園圖」。

「哎老盧，董書記是怎麼說的？」我們相信，只有這樣的話題才能激得起老盧的憤怨。

「董書記？他媽的讓我寫檢討。我說行啊董書記，你拿張紙來，我給你畫個大雞巴你貼牆上。」說完，就狠命地朝灶坑裡吐了一口痰。按董書記的話來說，老盧「無組織無紀律」的「自由主義」又犯了。

「後來那野漢子怎麼了？」我們肯定這「養漢」的事兒是老剛頭最熱衷的話題。

「那野漢子聽到喊聲，連忙提上褲子，噌地一下，從窗戶跳了出去，把腳脖子給崴了。」說時，他那乾癟的嘴咧開了，露出顆閃亮的金牙來，再摸了一下自己的腳脖子，彷彿他自己就是那崴了腳脖子的野漢子。

有時，我們也鼓勵「模特兒」點上一根煙提神。不料，說著說著，抽著抽著，「模特兒」就又睡了起來。這「契斯恰柯夫教學體系」的「長期作業」，果真把人畫得死去活來。他們說這可真是「活受罪」，便死活不肯再坐下來了。

油畫小風景寫生都是我們揹著小號油畫箱，在街頭巷尾田邊水旁，在清晨正午黃昏傍晚，一氣呵成塗抹出來的。它們是大筆觸灰色調，是羅工柳留蘇式的，是馬克西莫夫速寫式的。它們叫《暮靄》，《雨》，《燈光》，《傍晚》，《冬天的早晨》，《黃昏的道路》，《春天來了》，或陽光明麗，或薄霧迷離，或燈火闌珊，或斜雨纏綿，張張充滿了「小資產階級」的文藝情懷和詩情畫意。

不久後，「二百」開了業，「宣傳」做得已經差不多，老楊和王主任也不再找我寫標語和出黑板報了。我就被調到了二百的「大百貨」櫃臺賣貨，賣的是搪瓷盆搪瓷杯玻璃杯暖水壺。黃國琦轉換到了「東風機械廠」，他在那裡的工作也是「搞宣傳」，還做些別的甚麼，我就沒有明白，只知道他這時的「宿舍」，就僅是一條又冷又硬的板櫈。

東方機械廠在「八一路」上。待「勝利公社」的幾個上海知青進城找到黃國琦，他能用以招待的，仍然是煮麵條。金華火腿已經沒有了，若每人的碗裡能加上兩三個乾蝦皮，就已經算是款待了。

有時，黃國琦就被文化館館長尹樹文請到家裡說，「小黃，到我家去吃羊肉餡餃子吧。」於是，吃了幾十個羊肉餡餃子，喝上幾盅白酒，飲上幾碗紅茶，看上一攞子蘇聯畫冊，再看了一遍《蕭邦畫傳》，最後，參觀了他的彩色套印木刻，這要算是非常地奢侈了。

我們仍然常常聚集在一起。特別是我們被甚麼單位請去「搞宣傳」畫牌子的時候，就把萬家園子的萬家賓和劇團的金國義，一中的于老師也拉上。雖然沒有報酬，所招待的酒席卻令人十分地受用。

到了飯時，去的是「紅旗包子鋪」，原本的小樂天和回民飯店，原本的福合軒。桌子上擺了好酒好菜：鍋包肉，五花肉燉酸菜，小雞燉蘑菇，蔥爆羊肉，溜肉片，溜肉段，溜肥腸，豬肉燉粉條，殺豬菜，醬骨頭，東北大拉皮，尖椒乾豆腐，漬菜粉，木須肉，拔絲土豆，肉皮凍，炒土豆絲，焖豆角，家常豆腐，燒茄子。十幾個人圍著這大圓桌子，層層疊疊擺滿了這二十道大菜，外加富裕老窖。席間大家勸著酒，敬著煙，獻著辭，聊著天，夾著菜，喝著茶，儘管人人溫文爾雅，矜持收斂，卻一邊大快朵頤，洋洋灑灑，酣酣暢暢，豈止是極端地奢侈，簡直是盛大饕餮的節日了。

再過不久，又傳來大學招生的消息。按毛主席的「七・二一」最高指示：「大學還是要辦的，我這裡主要說的是理工科大學還要辦」，神州大地千千萬萬的青年們看見了新的希望。和這些青年們一樣，黃國琦也立即投入了高考複習的行列，並下了決心，要孤注一擲，走出這塊「平坦的盤子」。他記得在《田中角榮傳》裡，田中背了整本的《英和辭典》，每背下一頁就撕掉，還有在《馬背上的水手》裡，為了充分使用時間工作，傑克・倫敦「留五小時睡眠」，而「當清晨的鬧鐘把他從睡夢中喚醒」，「那輝煌燦爛的一天就開始了」。黃國琦效法的就是這種精神。他近乎於狂熱般地複習功課，終於考取了東北工學院的冶金工程專業。他又添加了一個木板箱子，有一天，就帶著這兩個箱子，永遠地離開了小城，去讀真正的大學了。

怡夫和我，還有兩棵農場小廟子的胡保羅，我們都沒能走出這塊平坦的盤子，而留在了各自的驛站，繼續著我們原本在做的事情。

在那之後的兩年裡，我仍然在做努力，卻終於因為「家庭出身」的原因，而決定放棄這個夢想，雖然在內心的深處，仍然潛伏著一個模糊的期盼，期盼著奇跡的發生，期盼著在一個仍然有些寒意的傍晚，我終於能背負行囊，走出這塊平坦的盤子，踏上那列168次直快列車，去尋找「天邊外」的世界，去經歷人生中的另一些驛站。

這期盼卻模糊而飄渺，沒有明確的輪廓和方向，或者說，這樣的期盼就如同傍晚的火燒雲一樣，它們在西下窪子的上空追逐喧鬧了一些時候，就幻滅了，消失了，被夜幕吞噬了。

4. 抖音 The Amazing Tenor

公元一九七三年

收發室「驛站」的常客之一，是老楊楊冬生，外號叫「抖音」。這是因為他常常在驛站裡高歌一曲。這一曲相當地走音，又不住地顫抖，聽起來有些蒼涼和悲愴，甚至令人有些毛骨悚然，或者說「起雞皮疙瘩」。

抖音大約四十出頭，瘦高個，鷹鈎鼻子，大眼睛，大背頭，嘴巴上留了幾根不長的鬍子，太陽穴上貼了一塊膏藥。他愛唱上一口，且唱法有些西洋格調。他最常唱的是京劇樣板戲《沙家浜》中的《智鬥》和《國際歌》。他唱的時候，不但把這場戲中的胡傳魁刁德一阿慶嫂一併呵成，甚至把前奏間奏都哼鳴出來。比如他哼道：

「登哩格楞啦哩格啦格楞。」

然後就唱起了刁德一的「反西皮搖板」：

這個女人吶啊啊啊啊，不尋常！

於是，這句「搖板」就搖了起來，抖了起來，搖著抖著，像無端地刮起了朔朔的北風，像北風捲起了枯黃的落葉，像落葉紛紛揚揚迎面飛撞在你的身上臉上一般。

而當他穿著他的大氅大棉襖，唱起了《國際歌》，這首「無產階級的歌」的時候，他就搖著抖著從驛站的裡間走到外間，那悲壯的膛音便愈發地搖動與顫抖起來，像老銀行後院那塔樓子裡傳來的嗚咽的火警警報，不但搖得北風捲落葉，甚至抖得天昏地暗，日月無光了。

「真他媽抖得瘮得慌啊。」老盧不禁也抖了一下肩膀，謾罵了一句。

「抖音」雖然是百貨公司的職工，卻是十足的「散仙」和「混混」。他的工作性質和範疇也是含混不清的。他所負責的似乎是「商品維修」，但顯然他大半的時間是在驛站裡閒置著抽煙喝茶看報打牌和抖音。

他的所謂「商品維修」其實是徒有其名。他的衣袋裡除了一把玻璃刀，便沒有甚麼可以稱其為「維修工具」的工具了。他常常在驛站裡像模像樣地戴了白手套，擺開了架勢割玻璃，這就是進行「商品維修」的全部內容了。這時他的耳朵上夾了根香煙，擼了胳膊挽了袖子，一手捏了刀子，一手握了把木尺，刀子頂在尺子頭上，在那玻璃上一劃，再用刀子一敲，輕輕一掰，他嘴巴上的幾根鬍子一抖，太陽穴上的一小塊膏藥上下錯動了一下，就聽「唠嚓」一聲，那玻璃就齊刷刷地分開了，令在一旁觀察的人們嘖嘖稱奇，嘆為觀止。

這時他就把嘴捲起來，吹了個口哨，把耳朵上的煙拿在手裡，一旁的人替他劃了根洋火點上，他就把那煙深深地吸上一口，再緩緩地吐出來，若有所思地自言自語道：「大拉皮，硬硬地。」這是他的口頭語。「硬硬地」的意思是說這是一道「硬菜」，就是過得硬的上好的一道菜。眼前這大塊玻璃使他聯想起晚近在人民飯店吃的晌午飯，那涼拌「大拉皮」，就像眼前這玻璃一樣地晶瑩剔透，和黃瓜絲胡蘿蔔絲雞蛋絲肉絲蔥絲香菜沫芥末拌了，澆上辣椒油醬油和醋，一大筷子送進嘴裡嚼了嘛了，再「嗞啦」一聲，喝上口白酒，那叫過癮啊，他不禁嚥了一下口水。

他耳朵機敏，又特別留意驛站來往過客的談話。因了業務的關係，這裡常常招待洽談採購的客人。晌午飯時，業務員們便時常要在人民飯店或是二食堂「安排安排」。業務員是百貨公司洽談業務的「高層」。這其中有老宋宋雪智，老張張寶思，老坦兒張會祥，以及後來的天津財經學院畢業的大學生王卓文，以形成了公司的「業務核心」。招待客人就是他們的「核心業務」之一，而公款吃喝就稱為「安排安排」。

這時，抖音老楊就格外留意「安排」的時間和地點。他每每會恰到好處地「碰巧」提前趕到那地點等候，待老宋帶了業務核心和來客們桌前坐定，酒壺擺好，他就特意「碰巧」在桌前走過，臉上略帶詫異，說，「哎，這不是老宋嗎？咋地，來且啦？」「來且」就是來客了。

老宋宋雪智是文雅之人，被我們稱做「宋大學生」，並有「說法」說，「宋者，名雪智，乃經濟學府五年卒業之良材也。」「文雅之人」老宋礙著面子，抹不開趕抖音走，就只好給引薦了：「這是我單位的老楊。」來客就客氣地招呼了：「哦，老楊。一起喝點吧？」老楊便趁勢自來熟起來，說：「喝點兒？喝點就喝點兒。」這時，他就板櫈上坐了，筷子擺了，反客為主，毛遂自薦，說這館子我熟識，並熟門熟路地點起菜來：

「啊尖椒乾豆腐漬菜粉兒！外加一個大拉皮，硬硬地。」

來客覺得老楊這人挺有意思，挺會勸酒，席間就都多喝了幾杯「古塔」，多吃了一些菜飯，多談了不少業務。

抖音老楊孩子多，工資低，生活拮据。平時，老楊的晌午飯多半是吃帶來的苞米麵大餅子芥菜疙瘩加驛站裡集體共用的紅茶水。

這一天在傳達室驛站，他又獲取了業務員老宋宋大學生和老張張老坦兒「安排安排」的情報，就瞥了一眼爐子上正烤著的兩個大餅子，露出鄙夷的神情，不屑地哼了一聲，對驛站長胡老頭說，「這大餅子我不要了。扔了吧。」說著，就抓起一個，向門外的雪堆上丟去，把那鬆軟的雪堆砸了一個圓溜溜的黑洞。

這時碰巧我和黃國琦從火車站畫速寫回來，正凍得瑟瑟發抖餓得饑腸轆轆，見到一個大餅子正從驛站裡飛將出來，驚詫之餘，瞥見胡老頭爐子的鐵絲簾子上，還有一個烤得黃澄澄的大餅子，正散發著食物的味道，聽到「這大餅子我不要了」，就上前去拿，卻不料一把讓抖音老楊搶過來，朝外面的雪堆扔過去，又在雪堆上砸了一個圓溜溜的黑洞，像他自己的兩隻大眼，一壁廂嘴裡還嘲笑地說著，「有大拉皮，誰還吃這玩意兒？」

這樣，大拉皮我們沒吃到，大餅子也沒吃到，卻見到了抖音老楊穿上了棉大氅，走出了驛站，迎著北風，又唱起了《國際歌》：

起來，饑寒交迫的奴隸，
起來，全世界受苦的人！
滿腔的熱血已經沸騰，
要為真理而鬥爭！

這「饑寒交迫」的歌聲顫抖著，我和黃國琦也在饑寒交迫中顫抖著。老楊已經豎起了棉大氅的領子，按獲取到的準確時間地點，朝「安排安排」的人民飯店的方向走去了。

像整整一百年前巴黎公社的社員們那樣，帶了許多莊嚴和雄渾，他的《國際歌》在寒風中顫抖著，漸漸地消失在中央街上朔朔的北風中了。

第30章 早晨 What A Beautiful Morning

公元一九七七年

小城的每一個早晨，無論晴天陰天或雨天雪天，仍然是從東門外的東鹼泡子開始的。東鹼泡子的水面上，無論是波光搖曳，還是冰封雪蓋，永遠都有著蘆葦蒲棒和馬蘭的妝點。它們夏天綠了，冬天枯了，都永遠襯映在那廣闊無垠的天空下。歲月就這樣匆匆地過去，春夏秋冬，日復一日，年復一年，公元一九七七年來臨了。

一年前，我家從城南搬到了城北，從此，就永遠離開了我和弟弟妹妹們出生的那所房子，離開了左臨的那條正陽街，對著第三百貨商店，過去的泰發祥，離開了右臨的那個雜而亂的院子，那座高而大的穀草垛，還有周圍無數的童年故事，不遠處的東鹼泡子，以及蒙古王大院裡傳出的書聲的琴聲。

舊房子賣給了蘆葦公司，賣了三千五百元。蘆葦公司就是過去的麻繩編織社，那裡曾去過一隻高大威武的駱駝，吸引了周圍鄰里們的參觀和評論。

搬去的新家在第二完小「二完」的後院，是從李喻武手裡買下的房子，花了四千元。李喻武就住在隔壁東院。他曾在民國二十一年接手了福合軒大飯店樓下王泰來的「光陸照相館」，改叫「大昌寫真」。如今已經四十四年過去，李喻武早就退了休，伺候起了家園。他戴著眼鏡，鑲了金牙，梳理得整齊的背頭已經全白了。他的身上仍看得出當年攝影師的痕跡，那是在小城裡少有的幾家照相館中，閱歷了紀錄了千萬人的面孔後所留下的痕跡：幹練，精明，和藹卻不肯退讓，善於把握時機，又有幾分與眾不同和不屑一顧。他撿磚頭，拾瓦塊，和泥巴，脫土坯，修倉房，搭雞架，種菜蔬，把他的院裡院外房前屋後收拾得井井有條，乾乾淨淨，利利落落，又充滿了生機。

我家的院子裡也同樣地充滿了生機。這院子不大，地面上灑了水。早晨的陽光照在土砌的院牆上，藍色的院門上，「下屋」的紅磚牆上，還有那土砌的爐子和旁邊的煙筒上，把它們都罩上了暖色的光，懶懶洋洋地，清清爽爽地。

「下屋」是一間大屋，是三弟阿勇帶領他的朋友們建起來的，足以給我或者誰做日後的「新房」了。紅磚是在針織廠門口收集來的。「下屋」和「正屋」的門窗都刷了天藍色的油漆。正屋的窗上門上貼了紅紙橫幅，不大，說的是「擁軍愛民」和「軍民一家」，把院子映襯得有了些喜氣。此刻，二弟阿威已經在北京南口海軍後勤當了海軍。「一人參軍，全家光榮」，我家的「歷史問題」和「家庭成份」終於得以平反，正名和昭雪，從而回到了「無產階級的隊伍」中來。

我的爺爺已近七十歲了。昔日德順東馬家床子的二掌櫃，如今穿著藍色「勞動布」大褂，是他的工作服，他早已沒有了四十年前西裝革履禮帽手套一應俱全的紳士派頭，而是一個「勞動人民」了。阿威當兵這樣的光榮，使他終於在人民的面前擡起頭來，二十七年遭受的冷遇終於得以沖洗。

我的家裡仍然常有我的客人光臨。按我爺爺的話說，那是我們小城裡的「年輕業餘畫者們」，沈書寶，丁志剛，姚繪江，趙岩，萬海明，孫文坤。他們年紀在十四歲左右，都差不離一樣的個頭，都還沒上高中。大一些的王偉王建明也不過二十一歲，都如同這院子裡早晨的陽光一樣年輕和朝氣蓬勃。我們有時聚在一起，或在我家的院子裡，尋了木條子洋釘子鋸子錘子鉗子剪子做畫框繃畫布塗底膠，或出去畫風景畫速寫畫頭像。這個夏天的早晨，我們拎了畫箱子小櫈子，穿過鐵路二道口到西下漥子畫風景寫生。

西下漥子早晨的陽光和傍晚的火燒雲一樣令人感動。這時太陽已經出來了，把田壟樹木莊稼大豆苞米高粱和乾德門山照得蒼蒼翠翠。天空晶瑩剔透，空氣無比清新，透出一股勢不可當的蓬勃和生機，又自由又快樂又振奮。

我們坐定了，畫那「西下漥子的早晨」。

前面樹叢中的一家農舍屋頂上，有幾個孩子在「抹房子」，那泥土煙筒上開始飄出炊煙，清淡而飄逸，悠閒而疏朗。那爐灶上蒸的定是貼餅子，桌子上擺放的是苞米碴子粥，小蔥和大醬。

老大在「抹泥」，老二老三在「叼泥」。看不清他們的面孔，他們說話的聲音卻依稀可辨。過了一會兒，老二老三的肚子餓了說，大哥咱們不幹了，吃飯吧。帶頭兒的大哥說，幹一會兒再吃。老二老三還是央求著要去吃飯。老大就說：「好。最後三鍬泥。完了吃飯。」老二老三受到這話的鼓勵，各自又叼了這「最後三鍬泥」，合計又叼了六鍬泥。太陽升高了，他們去吃飯了，我們的寫生也畫完了。

那院子裡傳來了狗叫聲，立即有不遠處的另一隻狗迎合著叫了起來。這狗叫聲裡也像是被這早晨的陽光照亮了一樣，透著蓬勃和生機，透著「最後三鍬泥」的精神，令人想起了我在「二百」試衣鏡兩側抄寫的標語，說的是「寧可掉斤肉，工作幹不夠。情願脫層皮，工作搞上去」，再加上我編造的橫批：「闊斧横刀」。

籬笆上的牽牛花，窗前的玻璃翠和芍藥菊都盡情地開著。它們剛剛被灑過水，還滴著水珠，籬笆旁的兩個搪瓷臉盆也留著水跡。鵝欄裡的兩隻大白鵝伸長了頸子，努著橘色的嘴巴。花母雞帶著小雞雛們啄著食。小雞們黃澄澄的，毛絨絨的，牠們都愉快地享受著這院子裡早晨的陽光和清新的空氣。房子投下的影子裡，停著父親的永久牌二八自行車。車尾的紅燈在暗處反著光亮。

奶奶已經是七十多歲的瘦小老太太了。那欄子裡的鵝下的蛋碩大而溫暖，捧在手裡，笑得她嘴都合不攏了。我們家吃鹹蛋是「救飯吃」的，無論是鹹雞蛋，鹹鴨蛋，還是鹹鵝蛋，敲開了一個小洞，用筷子摳著吃，要幾天才吃得完，而奶奶的鹹蛋吃得還要更久遠些。她老人家的朋友，我的大奶奶，昔日德順東大掌櫃夫人已在兩年前過世。大奶奶也是一個瘦老太太，個頭高些，她們都沒有裹過腳。那時大奶奶常常從北頭菜園子走到我家南頭的舊屋去串門兒，時常帶上一些青菜，有一次還帶過一隻燒雞，是她親手燒製的。她和奶奶都吃齋向善，那燒雞是給她們以外的人享用的。她們在一起的時候就盤腿坐在炕上的小褥子上。家裡每次來了客人，奶奶就會讓出一塊乾淨的小褥子，她自己也坐在一個這樣的小褥子上。奶奶和大奶奶談上很多的話，聲音不大，談得十分投機，十分好聽。她們的笑容也燦爛真誠，還露出整齊潔白的牙齒，雖然那是戴上去的假牙。她們的話題也是柴米油鹽和雞零狗碎，卻愉快和諧，津津有味，也時常透出了做人的智慧和感悟。

在前院二完任校長的龍漢大爺，就是原來德順東大掌櫃馬德雲的長公子，有時會到我家來坐坐。這時他就帶來一些手紙送給我們，是二完「走五・七道路」的校辦工廠生產的。龍漢大爺已經不再談論我家的「成份」到底是「小資產」抑或「中資產」，那令人不愉快的話題似乎已經過去，因為「階級鬥爭」的話題，這時也不怎麼有人提了。晚近，他正在和爺爺的同父異母弟弟五爺馬德安整理家譜。我家的家譜和祖宗龕原本是像模像樣的，卻在文革破四舊時砸了，毀了，燒了。

龍漢大爺偶爾也抄起我的小提琴，調調弦，站立了，拉上一曲《桃李迎春》：

春深如海
春山如黛
春水綠如苔
白雲兒快飛開
讓那紅球現出來
變成一個光明的美麗的世界

龍漢大爺高個頭，正是一個中年漢子。他推拉著琴弓，眼睛微闔，透過窗外院子裡的陽光，看得到他寬大的腦門上和高挺的鼻樑上泛著的汗珠，閃爍著，就彷彿多年前在奉天盛京學校的校園裡，面對著早晨陽光下的桃樹李樹和如海如黛如苔的春天，拉他自己的小提琴「梵阿玲」一樣。透過院門，看得到鄰居徐家的院牆，也被陽光照亮了。徐家的「一對雙」姐妹「大雙二雙」十歲出頭，長得一模一樣，就像一對好看的牽牛花。她們剛剛吃了飯，正雙雙背了書包上學去。

這時，我已經在百貨公司和二百工作了七年，從當年的十六歲走到了如今的二十三歲，從初時的「搞宣傳」到後來的營業員，工資也從三十元加到了三十五元。我工作那年戴上的手錶「東風牌」和後來騎的自行車「永久牌」，是父母親給我買的。我擁有了兩件滌卡中山裝，分別是灰色和藍色，擁有了的確涼襯衫，短袖一件，長袖兩件。長袖之一是三弟阿勇去廣州「押運」牛車回來時送我的。那淺藍色的的確涼，有暗條紋路，在小城裡還不多見。押運辛苦，卻領到了押運費八十元，是普通人兩個月的工資。我還有一件暗綠色的毛衣，是母親織的。我和「我的同時代人們」差不多都有了這樣的裝備。此外，我的皮鞋和寬邊眼鏡，分別是上海知青俞偉傑和黃國琦從上海帶回來的。我的一件外套，是綜合了黃國琦的外套和白怡夫的罩衫設計了，由母親裁剪縫製起來的。我們羨慕阿爾巴尼亞電影中地下游擊隊員穿的粗呢格子外套，但這只不過是羨慕罷了。

我家飯桌上的高粱米飯也悄悄地慢慢地隱退了。那高粱米飯曾經是舊社會「滿洲國」時飯桌上的主食，曾經是幾年前邵大舌頭飯店的美味佳餚。如今，糧食已經夠吃了，就連那妙不可言至高無尚的「糧票」也失去了它的光環和神性。飯桌上的苞米麵蒸餅子包了餡兒，很好吃，小米加大米撈出的二米飯，就著一盤炒土豆絲或燉倭瓜豆角，還有辣椒燜子，也可以敞開量吃得淋漓而暢快。我的弟弟阿勇和兩個妹妹小傑小紅仍在城裡讀書，我們的衣服上已經差不多見不到補丁了。

我家的吃水仍然要去井沿兒挑，但那已經不是「畢家井沿兒」了。接水時排了長龍，男的女的，老的少的，卻都是不認識的人。有時也有好看的女孩兒去挑水，穿著也好看。她們臉上的表情雖然有些矜持和驕傲，卻仍然被早晨明媚的陽光照著，照得像籬笆上的牽牛花一樣燦爛。

至此，我的父親已經得到了徹底的「解放」。他的「歷史問題」已經不再被外調不再被審查不再被糾纏不再被刁難了。這世界就像這早晨陽光下的院子一樣，令人忘記了昨夜的風雨，令人心裡輕鬆和敞亮起來。

鄧小平再次被恢復了原任的黨政軍領導職務，中斷了十年的正常大學高考終於恢復了。我又記起了阿爾巴尼亞電影《第八個是銅像》裡爸爸布魯瓦大夫的臺詞：「胡說。」「你說的和他看的這些，統統都是胡說。科學，科學不能丟掉。總有一天會重新開學。要完成學業。」我的這一願望被重新點燃了。

晚飯後，二中的校園突然間熱鬧了起來。十幾年來，校門口高高聳立著的玻璃鋼毛主席塑像永遠在揚著手，永遠在堅毅，冷峻，威嚴，慈祥地注視著遠處的天空。曾經鐫刻在暗紅色花崗岩基座上的林副主席題詞「四個偉大」，早在六年前就被磨去，換上了毛主席自己的詩詞手跡「世上無難事，只要肯登攀」。

前面的幾間教室裡燈火通明著，照亮了裡面穿著藍色灰色衣服的人群。這些人都是來參加高考文化課輔導，要「趕搭最後一班車」的男女青年，其中也不乏十年前的「造反派」和「紅衛兵」。我也擠在他們中間。我既非「造反派」，又非「紅衛兵」，那是因為我當年太小，且「不夠資格」。對於我們這些中學只讀了十七頁數學，一篇古文，一句俄語的「六九屆初中生」來說，這樣的文化補習實在是勉為其難了。我也和大多數人一樣，也就是去「碰碰運氣」。只是我的運氣常常不好就是了。但是，那「最後一班車」裡的迷人燈火和沿途的綺麗風景還是吸引著我和「我的同時代人們」，我們和他們為了這「最後一班車」，已經付出了十幾年的代價，現在要「掙了命一般」地，像在邵大舌頭飯店買高粱米飯般地衝向前去，無論是世上何等的難事，「掙了命」也要「登攀」一回了。

但是，如果說讀大學是一班列車，對於二十三歲的我就已經是最後一班了。我給「敬愛的鄧副總理」寫信，請求鄧副總理繼續為人民「撥亂反正」，請求各部門不再因為我的「家庭出身」而不准我蹬上這「最後一班車」。我把信用複寫紙謄印了四份，其中的一份託人帶到北京去郵寄。因為這信封上的收信人姓名地址是赫然在目的「北京　國務院　鄧小平副總理　收」，這字樣一定會把小城的郵電局嚇得如水投石，如臨大敵。據說對於這封信，後來「鄧辦」竟給了小城的政府以回覆，但其實情和內容就不得而知了。

公元一九七八年二月二十六日，我終於離開了這個工作了七年半的，被我叫作「驛站」的百貨公司，離開了這座被我叫作「平坦的盤子」的小城，像七年半前剛剛參加工作時那樣懵懵懂懂地離開了家門和院子，在親友們的簇擁下，來到那個熟悉得不能再熟悉的火車站，踏上了168次開往北京的火車，就是那「最後一班車」，按「布魯瓦大夫」的話，去完成我的學業，去讀那遲到了六年半的「我的大學」。

我站在車門口，再一次告別了月臺上送站的親友們。我見到車窗外西下窪子上空的晚霞泛著玫瑰色，像以往一樣地絢麗奪目。我想像著我要去經歷的下一個驛站，那是在蒙古王的院子裡，二十歲出頭的書聲所頌讚過的「有個金太陽」的地方。

前面傳來的火車汽笛聲悠邈而沉悶，似乎還帶著一絲潮濕的氣息，令我想起那住過了一十幾年的兩個院子，在那兩個院子裡都經常聽得到這樣的汽笛聲，這聲音常常伴著火燒雲，飄蕩在火車站的上空。

突然間，人群中長我十歲的金國義大哭起來。這哭聲強烈地感染了我，我也突然地大哭起來，那是對逝去的「我的同時代人的故事」的紀念和憑弔。

我在驛站裡的「同時代人」齊志全也在人群之中。他的紀念和憑弔是一首七言詩：

萬傾藍天任爾遊
丹心只為友人留
盛友如雲隨車動
高朋揮手熱淚流
……

我急忙抽出手中的鋼筆，把這詩記在手背上。鋼筆是張玉營剛剛贈送給我的。在劇團樂隊工作的張玉營也是我的「同時代人」。

168次開動了。這時，天邊的晚霞透過車門的玻璃，照在臉上，有些耀眼，卻漸漸地黯淡了下去，不經意間，一下子就消失了。

後記 Epilogue

公元二〇一七年

這本對於小城的零星紀錄，起於「康德二年」，民國二十四年，西元一九三五年，那個我所知甚少的年代，止於一九七八年的二月二十六日，那個我親身經歷過的年代。那一天，我終於拿到了大學錄取通知書，被許許多多的人擁著，出了小城早已不存在的西門去火車站，繞過候車室票房子，進了檢票口，到了月臺，等待那列168次直快客運火車，終於要離開這座小城，這塊「平坦的盤子」，去北京讀書了。

送站的人很多。我知道，我是正在離開我的親人們和朋友們。那個火車站，還有小城裡的條條街巷，以及所有熟悉得不能再熟悉的景物，在不久後就要成為永遠的過去。

這時天色已晚，月臺上的燈光不甚明朗。不遠處的票房子和那座像顆立著的手榴彈似的「水塔子」，在蒼茫暮色中依稀可辨。那些為我送行的人們中，突然間有人大哭了起來，是長我十歲的金國義，八年前我們開始揹了小油畫箱子，走街躥巷地畫遍了小城的風景。這哭泣是對那些「急逝的風景」的悲悼。

168次直快在小城的停留時間是八分鐘。七點五十八分，火車開動了，我在小城歷經了二十三年的故事，就這樣，像車窗外急逝的風景，永遠地向後退去，被這列前行的火車拋在後面了。

這之後的四十年歲月中，我又歷經了許多的故事，卻總不及我在小城經歷的故事那樣令人難以忘懷，令人忍不住要把它們紀錄下來。

終於，我得以將那些故事寫在紙上，或者準確地說，是敲打在我的iPhone的螢幕上了。我將它們電郵給自己，再拼湊起來，就成了這本二十八萬餘字的文稿。

四十年前去火車站為我送行的人們，還有小城裡的所有人們，他們也經歷了許多許多。他們之中的一些已經年長，一些正在老去，一些已經辭世。他們都是非常值得尊敬值得紀念的。

這本書裡出現的街巷房屋花草樹木山崗湖泊，如今都已經發生了天翻地覆的變化。唯有那片大地上的天空，即《戰爭與和平》裡安德烈公爵望見的「遙遠的，高高的，永恆的天空」，它下面的黑夜和白晝，清晨晌午和夜晚，還有正陽街那棵百年高齡的老柳樹，仍然矜持著不肯改變模樣。

這些人和物，這些人物間衍生出的故事，就是這本書中的故事了。

這些故事是真實的。倘若說或有「虛構」，那只不過是在非常必要之時，稍稍地更改了一些人的名姓，也隱去了一兩處地名，或者加上了一些想像，以作空白之處的補充，得以能拼出這樣一個儘量完整的「拼板」罷了。

凡是出現在書中的地名，商號，甚至它們的地理位置，都是絕對真實和準確的，因為我有幸搜集到了這些資料，發覺這些名稱或是好聽而吉祥，或是打上了特定的時代烙印，就刻意把它們保留了下來。這些商號店舖的方位，是按當時的街區地圖排列的，許多的細節，也都是確鑿可信的。

甚至包括這些故事中人物們的綽號，也都是各個真實的，沒有半點兒的摻假，因為那些綽號恰如其分地表現了他們的身分和特質，隱去了或改變了，實在是有些可惜。

不過，這所有的描述，如若引起疑問，就可以按人們習慣的方法，解釋作「本故事純屬虛構，如有雷同，純屬巧合」。

小城裡的人們其實並不健忘。有時他們暫時淡忘了一些事情，那是因為時間過得太快的緣故。他們的日子過得雖然並不十分地稱心如意，這被視為「日子」的東西，卻不計一切地，義無反顧地向前飛逝而去，就像是火車站那向前開去的火車，就像是春天街巷裡刮起的風沙，就像是夏天西下窪子的火燒雲，就像是秋天東鹼泡子蘆花上飛過的大雁，就像是冬天漫天飛舞的大雪和那堆起來的胖墩墩的雪人，駛去了，刮過了，散開了，飛離了，融化了，不留一絲兒的痕跡，但卻是真真切切地發生過了。

小城裡的人們繼續向前行進著，過著他們的日子和人生。他們所居住的平坦的盤子其實也是遼闊的，他們所經歷的平凡的人生其實也是宏偉的，如同歌德在《上帝和世界》中所頌讚的：

遼闊的世界
宏偉的人生
經年累月
勤奮真誠
常常週而復始
從不滯停
忠守傳統
而又樂於迎新

心情舒暢
目標純正
啊
這樣又會再前進一程

於是，上面記述的這些故事，就算是我對於小城日子的一些紀念，以留下的一點痕跡，為著小城裡的人們，也是為了我們的時代。

血歷史80　PC0667

新銳文創
INDEPENDENT & UNIQUE

在這迷人的晚上：
大時代的小城故事1935-1978

作　　者	馬文海
責任編輯	洪仕翰
圖文排版	莊皓云
封面設計	蔡瑋筠
出版策劃	新銳文創
發 行 人	宋政坤
法律顧問	毛國樑　律師
製作發行	秀威資訊科技股份有限公司 114 台北市內湖區瑞光路76巷65號1樓 電話：+886-2-2796-3638　傳真：+886-2-2796-1377 服務信箱：service@showwe.com.tw http://www.showwe.com.tw
郵政劃撥	19563868　戶名：秀威資訊科技股份有限公司
展售門市	國家書店【松江門市】 104 台北市中山區松江路209號1樓 電話：+886-2-2518-0207　傳真：+886-2-2518-0778
網路訂購	秀威網路書店：http://www.bodbooks.com.tw 國家網路書店：http://www.govbooks.com.tw
出版日期	2017年5月　BOD一版
定　　價	560元

國家圖書館出版品預行編目

在這迷人的晚上：大時代的小城故事 1935-1978 /
馬文海著. -- 一版. -- 臺北市：新銳文創,
2017.05
面； 公分. -- (血歷史 ; 80)
BOD版
ISBN 978-986-5716-97-4(平裝)

857.7 106005205

讀者回函卡

感謝您購買本書，為提升服務品質，請填妥以下資料，將讀者回函卡直接寄回或傳真本公司，收到您的寶貴意見後，我們會收藏記錄及檢討，謝謝！如您需要了解本公司最新出版書目、購書優惠或企劃活動，歡迎您上網查詢或下載相關資料：http:// www.showwe.com.tw

您購買的書名：________________________

出生日期：________年________月________日

學歷：□高中（含）以下　□大專　□研究所（含）以上

職業：□製造業　□金融業　□資訊業　□軍警　□傳播業　□自由業

□服務業　□公務員　□教職　□學生　□家管　□其它______

購書地點：□網路書店　□實體書店　□書展　□郵購　□贈閱　□其他

您從何得知本書的消息？

□網路書店　□實體書店　□網路搜尋　□電子報　□書訊　□雜誌

□傳播媒體　□親友推薦　□網站推薦　□部落格　□其他__________

您對本書的評價：（請填代號　1.非常滿意　2.滿意　3.尚可　4.再改進）

封面設計____　版面編排____　內容____　文／譯筆____　價格____

讀完書後您覺得：

□很有收穫　□有收穫　□收穫不多　□沒收穫

對我們的建議：________________________

____

____

____

請貼
郵票

11466
台北市內湖區瑞光路 76 巷 65 號 1 樓
秀威資訊科技股份有限公司　　　收
BOD 數位出版事業部

（請沿線對折寄回，謝謝！）

姓　　名：＿＿＿＿＿＿＿＿　年齡：＿＿＿＿　性別：□女　□男

郵遞區號：□□□□□

地　　址：＿＿＿＿＿＿＿＿＿＿＿＿＿＿＿＿＿＿

聯絡電話：（日）＿＿＿＿＿＿＿＿（夜）＿＿＿＿＿＿＿＿

E-mail：＿＿＿＿＿＿＿＿＿＿＿＿＿＿＿＿＿＿